收获

60周年
纪念文存 珍藏版

中篇小说卷（1983—1986） 《收获》编辑部 主编

烟壶
美食家

邓友梅　陆文夫　等　著

人民文学出版社
PEOPLE'S LITERATURE PUBLISHING HOUSE

图书在版编目(CIP)数据

烟壶　美食家/邓友梅等著；《收获》编辑部主编.
—北京：人民文学出版社,2017
（《收获》60周年纪念文存：珍藏版.中篇小说卷.1983—1986)
ISBN 978-7-02-013028-3

Ⅰ.①烟…　Ⅱ.①邓…②收…　Ⅲ.①中篇小说-小
说集-中国-当代　Ⅳ.①I247.5

中国版本图书馆 CIP 数据核字(2017)第 157838 号

总　策　划　黄育海　程永新
责任编辑　甘　慧　张玉贞
装帧设计　汪佳诗

出版发行　人民文学出版社
社　　址　北京市朝内大街 166 号
邮政编码　100705
网　　址　http://www.rw-cn.com

印　　刷　上海利丰雅高印刷有限公司
经　　销　全国新华书店等

开　　本　720 毫米×1000 毫米　1/16
印　　张　27.75
字　　数　386 千字
版　　次　2017 年 8 月北京第 1 版
印　　次　2017 年 8 月第 1 次印刷

书　　号　978-7-02-013028-3
定　　价　99.00 元

如有印装质量问题,请与本社图书销售中心调换。电话:010-65233595

| 编者的话 |

　　巴金和靳以先生创办的《收获》杂志诞生于一九五七年七月，那是一个"事情正在起变化"的特殊时刻，一份大型文学期刊的出现，俨然于现世纷扰之中带来心灵诉求。创刊号首次发表鲁迅的《中国小说的历史的变迁》，好像不只是缅怀与纪念一位文化巨匠，亦将眼前局蹐的语境廓然引入历史行进的大视野。那一期刊发了老舍、冰心、艾芜、柯灵、严文井、康濯等人的作品，仅是老舍的剧本《茶馆》就足以显示办刊人超卓的眼光。随后几年间，《收获》向读者奉献了那个年代最重要的长篇小说和其他作品，如《大波》（李劼人）、《上海的早晨》（周而复）、《创业史》（柳青）、《山乡巨变》（周立波）、《蔡文姬》（郭沫若），等等。而今，这份刊物已走过六十个年头，回视开辟者之筚路蓝缕，不由让人感慨系之。

　　《收获》的六十年历程并非一帆风顺，最初十年间她曾两度停刊。先是称之为"三年自然灾害"的困难时期，于一九六〇年五月停刊。一九六四年一月复刊后，又于一九六六年五月被迫停刊，其时"文革"初兴，整个国家开始陷入内乱。直至粉碎"四人帮"以后，才于一九七九年一月再度复刊。艰难困顿，玉汝于成，一份文学期刊的命运，亦折射着国家与民族之逆境周折与奋起。

　　浴火重生的《收获》经历了拨乱反正和改革开放的洗礼，由此进入令人瞩目的黄金时期。以后的三十八年间可谓佳作迭出，硕果累累，呈现老中青几代作家交相辉映的繁盛局面。可惜早已谢世的靳以先生未能亲睹后来的辉煌。复刊后依然长期担任主编的巴金先生，以其光辉人格、非凡的睿智与气度，为这份刊物注入了兼容并包和自由闳放的探索精神。巴老对年轻作者尤寄予厚望，他用质朴的语言告诉大家，"《收获》是向青年作家开放的，已经发表过一些青年作家的作品，还要发表青年作家的处女作。"因而，一代又一代富于才华的年轻作者将《收获》视为自己的家园，或是从这里起步，或将自己最好的作品发表在这份刊物，如今其中许多作品业已成为新时期文学经典。

　　作为国内创办时间最久的大型文学期刊,《收获》杂志六十年间引领文坛风流,本身已成为中国当代文学的一个缩影,亦时时将大众阅读和文学研究的目光聚焦于此。现在出版这套纪念文存,既是回望《收获》杂志的六十年,更是为了回应各方人士的热忱关注。

　　这套纪念文存选收《收获》杂志历年发表的优秀作品,遴选范围自一九五七年创刊号至二〇一七年第二期。全书共列二十九卷(册),分别按不同体裁编纂,其中长篇小说十一卷、中篇小说九卷、短篇小说四卷、散文四卷、人生访谈一卷。除长篇各卷之外,其余均以刊出时间分卷或编排目次。由于剧本仅编入老舍《茶馆》一部,姑与同时期周而复的长篇小说《上海的早晨》合为一卷。

　　为尊重历史,尊重作品作为文学史和文学行为之存在,保存作品的原初文本,亦是本书编纂工作的一项意愿。所以,收入本书的作品均按《收获》发表时的原貌出版,除个别文字错讹之外,一概不作增删改易(包括某些词语用字的非标准书写形式亦一仍其旧,例如"拚命"的"拚"字和"惟有""惟恐"的"惟"字)。

　　特别需要说明的是,收入文存的篇目,仅占《收获》杂志历年刊载作品中很小的一部分。对于编纂工作来说,篇目遴选是一个不小的难题,由于作者众多(六十年来各个时期最具影响力的作家几乎都曾在这份刊物上亮相),而作品之高低优劣更是不易判定,取舍之间往往令人斟酌不定。编纂者只能定出一个粗略的原则:首先是考虑各个不同时期的代表性作品,其次尽可能顾及读者和研究者的阅读兴味,还有就是适当平衡不同年龄段的作家作品。

　　毫无疑问,《收获》六十年来刊出的作品绝大多数庶乎优秀之列,本丛书不可能以有限的篇幅涵纳所有的佳作,作为选本只能是尝鼎一脔,难免有遗珠之憾。另外,由于版权或其他一些原因,若干众所周知的名家名作未能编入这套文存,自是令人十分惋惜。

这套纪念文存收入一百八十余位作者不同体裁的作品，详情见于各卷目录。这里，出版方要衷心感谢这些作家、学者或是他们的版权持有人的慷慨授权。书中有少量短篇小说和散文作品暂未能联系到版权（毕竟六十年时间跨度实在不小，加之种种变故，给这方面的工作带来诸多不便），考虑到那些作品本身具有不可或缺的代表性，还是冒昧地收入书中。敬请作者或版权持有人见书后即与责任编辑联系，以便及时奉上样书与薄酬，并敬请见谅。

感谢关心和支持这套文存编纂与出版的各方人士。

最后要说一句：感谢读者。无论六十年的《收获》杂志，还是眼前这套文存，归根结底以读者为存在。

《收获》杂志编辑部
上海九久读书人文化实业有限公司
人民文学出版社
二〇一七年七月二十四日

| 目 录 |

陆文夫	美食家	1
邓友梅	烟壶	77
扎西达娃	巴桑和她的弟妹们	161
张承志	黄泥小屋	242
林斤澜	憨憨 ——矮凳桥第一个起楼的供销员	309
陈　村	他们	348
马　原	虚构	390

美食家

陆文夫

一　吃喝小引

美食家这个名称很好听，读起来还真有点美味！如果用通俗的语言来加以解释的话，不妙了：一个十分好吃的人。

好吃还能成家！这是我万万没有想到的。想到的事情往往不来，没有想到的事情却常常就在身边；硬是有那么一个因好吃而成家的人，像怪影似的在我的身边晃荡了四十年。我藐视他，憎恨他，反对他，弄到后来我一无所长，他却因好吃成精而被封为美食家！

首先得声明，我决不一般地反对吃喝；如果我自幼便反对吃喝的话，那末，当我呱呱坠地之时，也就是一命呜呼之日了，反不得的。可是我们的民族传统是讲究勤劳朴实，生活节俭，好吃历来就遭到反对。母亲对孩子从小便进行"反好吃"的教育，虽然那教育总是以责骂的形式出现："好吃鬼，没有出息！"好吃成鬼，而且是没有出息的。孩子羞孩子的时候，总是用手指刮着自己的脸皮："不要脸，馋痨坯；馋痨坯，不要脸！"因此怕羞的姑娘从来不敢在马路上啃大饼油条；戏台上的小姐饮酒时总是用水袖遮起来的。我从小便接受了此种"反好吃"的教育，因此对饕餮之徒总有点瞧不起。特别是碰上那个自幼好吃，如今成"家"的朱自冶以后，见到了好吃的人便像醋滴在鼻子里。

朱自冶是个资本家，地地道道的资本家，决不是错划的。有人说资本家比地主强，他们有文化，懂技术，懂得经营管理。这话我也同意。可这朱自冶却是个例外，他是房屋资本家，我们这条巷子里的房屋差不多全是他的。他剥削别人没有任何技术，只消说三个字："收房钱！"甚至连这三个字也用不着说，因为那收房钱的事儿自有经纪人代理。房屋资本家大概总懂得营造术吧，这门技术对社会也是很有用的。朱自冶对此却是一窍不通，他连自家究竟有多少房屋，坐落在哪里，都是稀里糊涂的。他的父亲曾经是一个很精明的房地产商人，抗日战争之前在上海开房地产交易所，家住在上海，却在苏州买下了偌大的家私。抗日战争之初，一个炸弹落在他家的屋顶上，全家有一幸免，那就是朱自冶——到苏州的外婆家来吃喜酒的。朱自冶因好吃而幸存一命，所以不好吃便难以生存。

我认识朱自冶的时候，他已经快到三十岁。别以为好吃的人都是胖子，不对，朱自冶那时瘦得像根柳条枝儿似的。也许是他觉得自己太瘦，所以才时时刻刻感到没有吃够，真正胖得不能动弹的人，倒是不敢多吃的。好吃的人总是顾嘴不顾身，这话却有点道理。尽管朱自冶有足够的钱来顾嘴又顾身，可他对穿着一事毫无兴趣。整年穿着半新不旧的长袍大褂，都是从估衣店里买来的；买来以后便穿上身，脱下来的脏衣服却"忘记"在澡堂里。听说他也曾结过婚，但是他的身边没有孩子，也没有女人。只有一次，看见他和一个妖冶的女人合坐一辆三轮车在虎丘道上兜风，后来才知道，那女人是雇不到车，请求顺带的，朱自冶也毫不客气地叫那女人付掉一半车钱。

朱自冶在上海的家没有了，独自住在苏州的一座房子里。这房子是二十年代末期的建筑，西式的。有纱门、纱窗和地毯，还有全套的卫生设备。晒台上有两个大水箱，水是用电泵从井里抽上来的。这座两层楼的小洋房坐落在一个大天井的后面，前面是一排六间的平房；门堂、厨房、马达间、贮藏室以及佣人的住所都在这里。

因为我的姨妈和朱自冶的姑妈是表姐妹，所以在抗战后期，在我的父亲谢世之后，便搬进朱自冶的住宅，住在前面的平房里。不出房钱，尽两个义务：一是兼作朱自冶的守门人，二是要我的妈妈帮助朱自冶料理点家务。这两个义务都很轻松，朱自冶早出晚归，有家没务，从来也不要求我妈妈帮他干什么。倒是我的妈妈实在看不过去，要帮他拆洗被褥，扫扫灰尘，打开窗户。他不仅不欢迎，反而觉得不胜其烦，多此一举。因为家在他的概念中仅仅是一张床铺，当他上铺的时候已经酒足饭饱，靠上枕头便打呼噜。

朱自冶起得很早，睡懒觉倒是与他无缘，因为他的肠胃到时便会蠕动，准确得和闹钟差不多。眼睛一睁，他的头脑里便跳出一个念头："快到朱鸿兴去吃头汤面！"这句话需要作一点讲解，否则的话只有苏州人，或者是只有苏州的中老年人才懂，其余的人很难理解其中的诱惑力。

那时候，苏州有一家出名的面店叫作朱鸿兴，如今还开设在怡园的对面。至于朱鸿兴都有哪许多花式面点，如何美味等等我都不交待了，食谱里都有，算不了稀奇，只想把其中的吃法交待几笔。吃还有什么吃法吗？有的。同样的一碗面，各自都有不同的吃法，美食家对此是颇有研究的。比如说你向朱鸿兴的店堂里一坐："喂！（那时不叫同志）来一碗××面。"跑堂的稍许一顿，跟着便大声叫喊："来哉，××面一碗。"那跑堂的为什么要稍许一顿呢，他是在等待你吩咐吃法的——硬面，烂面，宽汤，紧汤，拌面；重青（多放蒜叶），免青（不要放蒜叶），重油（多放点油），清淡点（少放油），重面轻交（面多些，交头少点），重交轻面（交头多，面少点），过桥——交头不能盖在面碗上，要放在另外的一只盘子里，吃的时候用筷子撂过来，好像是通过一顶石拱桥才跑到你嘴里……如果是朱自冶向朱鸿兴的店堂里一坐，你就会听见那跑堂的喊出一大片："来哉，清炒虾仁一碗，要宽汤、重青，重交要过桥，硬点！"

一碗面的吃法已经叫人眼花缭乱了，朱自冶却认为这些还不是主要的；最重要的是要吃"头汤面"。千碗面，一锅汤。如果下到一千碗的话，那面汤就糊了，下出来的面就不那么清爽、滑溜，而且有一股面汤气。朱自冶如果吃下一碗有面汤气的面，他会整天精神不振，总觉得有点什么事儿不如意。所以他不能像奥勃洛摩夫那样躺着不起来，必须擦黑起身，匆匆盥洗，赶上朱鸿兴的头汤面。吃的艺术和其他的艺术相同，必须牢牢地把握住时空关系。

朱自冶揉着眼睛出大门的时候，那个拉包月的阿二已经把黄包车拖到了门口。朱自冶大模大样地向车上一坐，头这么一歪，脚这么一踩，叮当一阵铃响，到朱鸿兴去吃头汤面。吃罢以后再坐上阿二的黄包车，到阊门石路去蹲茶楼。

苏州的茶馆到处有，那朱自冶为什么独独要到阊门石路去呢？有考究。那爿大茶楼上有几个和一般茶客隔开的房间，摆着红木桌、大藤椅，自成一个小天地。那里的水是天落水，茶叶是直接从洞庭东山买来的；煮水用瓦罐，燃料用松枝，茶要泡在宜兴出产的紫砂壶里。吃喝吃喝，吃与喝是一个不可分割的整体，凡是称得上美食家的人，无一不是陆羽和杜康的徒弟的。

朱自冶登上茶楼之后，他的吃友们便陆续到齐。美食家们除掉早点之外，决不能单独行动，最少不能少于四个，最多不得超过八人，因为苏州菜有它一套完整的结构。比如说开始的时候是冷盆，接下来是热炒，热炒之后是甜食，甜食的后面是大菜，大菜的后面是点心，最后以一盆大汤作总结。这台完整的戏剧一个人不能看，只看一幕又不能领略其中的含意。所以美食家们必须集体行动。先坐在茶楼上回味昨天的美食，评论得失。第一阶段是个漫谈会。会议一结束便要转入正题，为了慎重起见，还不得不抽出一段时间来讨论今日向何方？是到新聚丰、义昌福，还是到松鹤楼。如果这些地方都吃腻了，他们也结伴远行，每人雇上一辆黄包车，或者是四人合乘一辆马车，浩浩荡荡，马蹄声碎，到木渎的石家饭店去吃鲃肺汤，枫桥镇上吃大面，或者是到常熟去吃叫花子鸡……可惜我不能把苏州和它近郊的美食写得太详细，深怕会因此而为苏州招来更多的会议，小说的副作用往往难以料及。

二　与我有涉

如果朱自冶仅仅自我吃喝而与我无关的话，我也不会那么强烈地厌恶他。他当他的美食家，我当我的穷学生，本来是能够平安相处的。可是我在前面的一节中只说到朱自冶吃早点，吃中饭，他还有一顿晚饭没有吃呐！

朱自冶吃罢中饭以后，便进澡堂去了。他进澡堂并不完全是为了洗澡，主要是找一个舒适的地方去消化那一顿丰盛的筵席。俗话说饿了打瞌睡，吃饱跑勿动。朱自冶饱食一顿之后双脚沉重，头脑昏迷，沉浸在一种满足，舒畅而又懒洋洋的神仙境界里。他摇摇晃晃地坐上阿二的黄包车，一阵风似的拉到澡堂里，好像是到医院里挂急诊似的。

朱自冶进澡堂只有举手之劳，即伸出手来撩开门帘。门帘一掀，那坐账台的便高声大喊："朱经理来哉！"天晓得，朱自冶哪一天当过经理的，对资本家应该喊一声老板才对。不过，老板这种尊称那时已经不时髦了。一是缺少点洋味，二是老板有大有小，开爿夫妻老婆店也能叫作老板的。经理就不同了，洋行经理，公司经理，买卖大，手面阔，给起小账来决不是三块两块的，五十元的关金券用不着找零头！所以那跑堂的一听到朱经理来哉，立刻有两个人应声而出，一边一个，几乎是把个朱自冶抬到头等房间里。这头等房间也和现在的高级招待所有点相似，两张铺位，一个搪瓷澡盆，有洗脸池，有莲蓬头。只是整个的面积较小，也没有空调设备。不碍，冬天有蒸气，夏天有一只华生老牌的大吊扇，四块木板在头顶上旋个不歇。

朱自冶向房间里一坐，就像重病号到了病房里，一切都用不着自己动手。跑堂的来献茶，擦背的来放水，甚至连脱鞋也用不着自己费力。朱自冶也不愿费力，痴痴呆呆地集中力量来对付那只胃，他觉得吃是一种享受，可那消化也是一种妙不可言的美，必须潜心地体会，不能被外界的事物来分散注意力。集中精力最好的方法是泡在温水里，这时候四大皆空，万念俱寂，只觉得那胃在轻轻地蠕动，周身有一种说不出的舒坦和甜美，这和品尝美食有异曲同工之妙，但是二者不能相互代替。他就这么四肢不动，两眼半闭地先在澡盆里泡上半个钟头。泡得迷迷糊糊、昏昏欲睡的时候，那擦背的背着一块大木板进来了。他把朱自冶从澡盆里拉出来，把木板向澡盆上一盖，叫朱自冶躺上"手术台"，开始了他那擦背的作业。读者诸君切不可把擦背二字作狭义的理解，好像擦背就是替人擦洗身上的污垢。不对，朱自冶天天一把澡，有什么可擦的？这擦背对他来说实在是一种古老的按摩术，是被动式的运动。饭后百步走被认为是长寿之道，但是奉行此道者需要自己迈开双腿。擦背则不同，只消四肢松弛地躺在"手术台"上，任人上摩下擦，伸拳屈腿，左转右侧，放倒扶起，同样受到运动的功效，却用不着自己花力气。真正的美食家必须精通消化术，如果来个食而不化，那非但不能连续工作，而且也十分危险！

朱自冶的此种运动时间也不太长，大体上不超过半个钟头。然后便在卧榻上躺下，开始那一整套的繁文缛节，什么捏脚、拿筋、敲膀、捶腿。这捶腿是最后的一个节目，很可能和催眠术有点关系，朱自冶在轻轻地拍打中，在那清脆而有节奏的响声中心旷神怡，渐渐入睡。这一觉起码三个钟头，让那胃中的食物消化干净，为下一顿腾出地位。

当朱自冶快要醒来时，我也从学校里下学归来。书包一放，妈妈便来关照：

"今天还在元大昌，快去！"

妈妈的话只有我懂，那朱自冶还有一顿晚饭没有吃呐！

朱自冶吃晚饭也是别具一格，也和写小说一样，下一篇决不能雷同于上一篇。所以他既不上面馆，也不上茶馆，而是上酒店。中午的一顿饭他们是以品味为主，用他们的术语来讲叫"吃点味道"。所以在吃的时候最多只喝几杯花雕，白酒点滴不沾，他们认为喝了白酒之后嘴辣舌麻，味觉迟钝，就品不出那滋味之中千分之几的差别！晚上可得开怀畅饮了，一醉之后可以呼呼大睡，免得饱尝那失眠的苦味，因此必须上酒店。

苏州的酒店卖酒不卖菜，最多备有几碟豆腐干，兰花豆，辣白菜之类。孔乙己能有这些便行了，君子在酒不在菜嘛。美食家则不然，因为他们比君子有钱，酒要考究，菜也是马虎不得的。既不能马虎，又不能雷同，于是他们便转向苏州食品中的另一个体系——小吃。提到苏州的小吃我又不愿多写了，除掉如前所述的原因外，还因为它会勾起我一段痛苦的回忆，我被一个我所厌恶的人随意差遣！

苏州的小吃不是由那一爿店经营的，它散布在大街小巷，桥堍路口。有的是店，有的是摊，有的是肩挑手提沿街叫卖的。如果要以各种风味小吃来下酒的话，那就没有一个跑堂的能对付得了，必须有个跑街的到四下里去收集。也许是我的腿长吧，朱自冶便来和我妈商议：

"你家高小庭蛮机灵，阿好相帮我做点事体，我也勿会亏待伊。"

妈妈当然答应罗，她住了人家的房子不给钱，又没有什么家务可料理，心里老是过意不去，巴不得能为朱自冶做点事，以免良心受责备。可怜的妈妈不知道剥削二字，只承认一切现存的社会法规。她教育儿子不能好吃，却对朱自冶的好吃不加反对，她认为那是一种"吃福"，好吃与吃福是两回事体。可我却把它当作一回事，怎么也不愿意去替朱自冶当跑街的。堂堂的一个高中生怎么能去给一个好吃鬼当小厮呢！

妈妈又哭了，父亲谢世后家境贫困，是靠我的大哥当远洋水手挣点钱："去吧小庭，我们头顶人家的天，脚踏人家的地，住了人家的房子不出房租，又不交水电费，算起来相当于全家的伙食费。只要朱经理说个不字，你就念不成书，我们一家就会住在露天里。只怪你爸爸走得早啊，我求求你……"

我只好忍辱负重了，每天提着个竹篮去等候在酒店的门口。等到华灯初上，霓虹灯亮满街头的时候，朱自冶和他的吃友们坐着黄包车来了。一长串油光锃亮的黄包车，当当地响着铜铃，哇哇地揿着喇叭，像游龙似的从人群中夺路而来，在酒店门口徐徐地停下。他们一个个洗得干干净净，浑身散发着香皂味，满面红光，春风得意。朱自冶的黄包车总是走在前面，车夫阿二也显得特别健壮而神气。阿二替朱自冶掀掉膝盖上的毡毯，朱自冶一跃落地，轻松矫捷。在酒店门口迎接他们的不是老板，也不是跑堂的，而是两排衣衫褴褛，满脸污垢，由叫花子组成的仪仗队。乞丐们双手向前平举，嘴中喊着老爷，枯树枝似的手臂在他的左右颤抖。朱自冶似乎早有准备，手一扬，一张小票面的钞票飞向叫花子头："去去。"

叫花子呼啦一声散开，我这个手提竹篮，依门而立，饥肠辘辘的特殊叫花子便到了朱自冶的面前。这个叫花子所以特殊，是因为他知道一点地理历史，自由平等，还读过三民主义；他反对好吃，还懂得人的尊严。当叫花子呼啦一声散开而把我烘托出来的时候，我满腔怒火，汗颜满面，恨不得要把手中的竹篮向朱自冶砸过去！可是我得忍气吞声地从朱自冶的手中接过钞票，按照他的吩咐到陆稿荐去买酱肉，到马咏斋去买野味，到采芝斋去买虾子鲞鱼，到某某老头家去买糟鹅，到玄妙观①里去买油氽臭豆腐干，到那些鬼才知道的地方去把鬼才知道的风味小吃寻觅……

我提着竹篮穿街走巷，苏州的夜景在我的面前交替明灭。这一边是高楼美酒，二簧西皮，那霓虹灯把铺路的石子照得五彩斑斓；那一边是街灯昏暗，巷子里像死一般的沉寂，老妇人在垃圾箱旁边捡菜皮。这里是杯盘交错，名菜陆陈，猜拳行令；那里却有许多人像影子似的排在米店门口，背上用粉笔编着号码，在等待明天早晨供应配给米。这里是某府喜事，包下了整个的松鹤楼，马车、三轮车、黄包车在观前街上排了

---

① 苏州玄妙观亦称元妙观。

一长溜。新娘子轻纱披肩，长裙曳地，出入者西装革履，珠光宝气；可那元妙观的廊沿下却有一大堆人蜷缩在麻袋片里，内中有的人也许就看不到明天……"朱门酒肉臭，路有冻死骨。"这句众所周知的诗句常在我的头脑里徘徊。

朱自冶倒是不肯亏待我，常常把买剩的零钱塞在我的口袋里："拿去！"那神情和给叫花子是差不多的。

我睁眼、僵立。感到莫大的侮蔑。

"拿去吧，是给你奶奶买肉吃的。"

侮蔑被辛酸融化了。我是有个老祖母，是她把我从小带大的，那时已经七十六岁，满嘴没牙，半身不遂，头脑也不是那么清楚的。可是她的胃口很好，天天闹着要吃肉，特别是要吃陆稿荐的乳腐酱方，那肉入口就化，香甜不腻。她弄不清楚物价与货币的情况，在她的头脑中一切都是以铜板和银元计算的。她只知我的哥哥每月要寄回来几千块钱（能买一百多斤米），为什么不肯花二十六个铜板给她称一斤肉回来呢？三百个铜板才合一块钱！她把这一切都归罪于我的妈妈，骂她忤逆不孝，克扣老人，而且牵牵连连地诉述着陈年八代的婆媳关系，一面骂一面流眼泪。妈妈怎么解释也没用，只好一面在配给米里捡石子，一面把眼泪洒在淘米箩里。我在这两条泪河之间把心都挤碎！

当我用朱自冶的零钱买回几块肉来，端到奶奶的床前时，他一面吃，一面哭，一面用颤巍巍的手抚摸着我的头："好孙子，还是你孝顺，奶奶没有白带你……"

我一听这话眼泪便簌簌地往下流，我想大哭，大喊，想问苍天！可是我拚命地哽住喉咙，俯伏在奶奶的床头，把头埋在棉被里。既然在侮蔑中把钱接过来了，为什么不能让奶奶得到一点安慰！

"上有天堂，下有苏杭"啊！这句老话不知道是谁发明的，而且大言不惭地把苏州放在杭州的前面。据说此种名次的排列也有考究，因为杭州是在南宋偏安以后才"春风熏得游人醉，错把杭州作汴州"。而苏州在唐代就已经是"十万夫家供课税，五千子弟守封疆"了。到了明代更是

"翠袖三千楼上下，黄金十万水东西"。近百年间上海崛起，在十里洋场上逐鹿的有识之士都在苏州拥有宅第，购置产业，取其进可以攻，退可以守。苏州不是政治经济的中心，没有那么多的官场倾轧，经营的风险；又不是兵家的必争之地，吴越以后的两千三百多年间，没有哪一次重大的战争是在苏州发生的；有的是气候宜人，物产丰富，风景优美。列代的地主官僚，富商大贾，放下屠刀的佛，怀才不遇的文人雅士，人老珠黄的一代名妓等等，都欢喜到苏州来安度晚年。这么多有钱有文化的人集中在一起安居乐业，吃喝和玩乐是不可缺少的，这就使苏州的园林可以甲天下，那吃的文化也是登峰造极！风景不能当饭，天天看了也乏味，那吃却是一日三顿不可或少的。苏州所以能居于天堂之首，恐怕主要是因为它的美食超过了杭州。这也许是苏州人的骄傲吧，可我那时简直觉得这是一种罪恶，是人间最最不平的表现！我不知道地狱里可有"天堂"，可我知道"天堂"里确有地狱，而且绝大多数的人都在地狱的边缘上徘徊。说老实话，当我开始信仰共产主义的时候，我没有读过《资本论》，也没有读过《共产党宣言》，多半是由朱自冶他们促成的；他们使我觉得一切说得天花乱坠的主义都没有用，只有共产才能解决问题！如果共掉了朱自冶的房产，看他还神气不神气！

我偷偷地唱着一支从北平传来的歌：

> 山那边呀好地方，
> 穷人富人都一样，
> 你要吃饭得做工呀，
> 没人为你作牛羊。
> ⋯⋯⋯⋯⋯⋯

这支歌的曲调很简单，唱起来也用不着尖起嗓门儿费死力，可它却使我从"朱门酒肉臭，路有冻死骨"中找到了出路，出路就在山那边！

我决定到解放区去了，那已经是一九四八年的冬天。我不知道解放区的形势，总以为国民党还很强大，还有美国的原子弹什么的。无产阶级要夺取全国胜利，恐怕还要经过几年、几十年的浴血奋斗！我读过《铁流》与《毁灭》，知道革命的艰难困苦，知道那是血与火的洗礼。所以当时的心情很悲壮，准备去战死沙场。"风萧萧兮易水寒，壮士一去兮不复还！"当时的心情很有点像荆轲离别高渐离。

我的高渐离便是苏州，是这个美丽而又受难的城市叫我去战斗！临行之前我上了一趟虎丘山，站在虎伏阁上把这美丽的城市再看一遍：再见吧，你的儿子将用血来洗尽你身上的污垢！傍晚，我照样去替朱自冶买小吃，照样买了一块乳腐酱方送到奶奶的床前：吃吧，奶奶，孙子从屈辱中接过钱来为你买肉，这恐怕是最后的一回！我的判断没有错，当奶奶发觉最孝顺的孙子失踪之后，她哭喊了三天便与世永别。

年轻时的记忆多么深刻啊！"文化大革命"期间的挂牌、游街、屈辱、受罪如今已经淡忘了，仿佛那是一场不屑一顾的游戏。可是三十多年前离家别井，暗中告别亲人，向着黑暗猛冲的情景却点滴不漏地保存在记忆里。也许我是欢喜记着光荣而忘掉屈辱吧，可又为什么不把三四十年前的屈辱也忘记？每当我在电影或电视中看到受伤的战士从血泊中爬起来，举起枪，高喊着报仇的口号向敌人猛扑过去的时候，我的心便会向下一沉，两眼含着泪水。虽然这种镜头看得太多了也觉得老一套，可是这种话我不许孩子们说，孩子们一说我就要骂："小赤佬，你懂什么东西！"

三　快乐的误会

没想到我进入解放区已经太晚了，淮海战场上的硝烟已经消散，枪炮声已经沉寂。解放区的军民沉浸在欢乐的高潮中，准备打过长江去！我们这些从蒋管区去的学生被半路截留，被编入干部队伍随军渡江去接管城市。我从苏州来，当然应该回到苏州去，因为我熟悉那里的大街小巷以及那种好听而又十分难懂的语言，带个路也方便。至于回到苏州去干什么，谁也没有考虑，如果那时有人提出什么前途、专业、工资、房子等等，我们这一伙"小资产"便会肯定他是国民党派来的！革命就是革命，干什么都可以，随便。我们的组织部长却不肯随便，一定要根据各人的特长和志趣来分配，因此就出现了十分快乐的场面：

组织部长把我们二十多个学生兵招集到一个祠堂里。祠堂的正中摆着方桌，桌上放着档案和纸笔，二十多人分坐在两边。

组织部长是个大知识分子，早年毕业于交通大学的机械系。他对我们这些小知识分子十分熟悉："现在要给大家分配工作了，组织上尽量照顾各人的特长和志愿，希望你们在回答问题之前好好地考虑，分定之后就不许犯自由主义。"

当时的气氛本来很严肃，却被我的老同学，诨号叫丁大头的人弄得豁了边。丁大头的头其实也不大，可是他的知识很广博，天文、地理、历史、哲学他样样都懂一点。因为他的脑子里包容的东西太多，所以看起来他的头好像比平常的人大了点。他第一个被部长叫起来：

"你想干什么呢？"

"随便。"丁大头回答得很爽气。

部长翻了翻眼睛："随便是个什么东西？说得具体点。"

"具体点……那也随便。"

人们哄堂大笑了："他什么都懂，可以随便！"

部长也笑了，翻翻档案："什么都懂的人到什么地方去呢？……我问你，你对什么东西最感兴趣？"

"看书。"

"那你为什么不早说呀，到新华书店去。"

丁大头被一句定终身，后来在某地的新华书店当经理，而且是个很称职、很懂行的经理。

第二个被叫起来的是个女同学，苏州姑娘，长得很美，粗布的列宁装和八角帽使得她在秀丽中透出矫健的气息。

部长向她看了一眼便问:"你会唱歌吗?"

"会。"

"来一段《白毛女》试试。"

"北风那个吹……"女同学拉开嗓子便唱。那时我们天天唱歌,谁也不会扭捏。

"好了,好了,到文工团去!"

这位女同学的命运也不坏,"文化大革命"前唱民歌,很有点名气。如今听不见她唱了,这小老太婆也可能是在哪里教徒弟。

轮到我的时候便糟了,我怎么也想不起最欢喜什么,除掉反对好吃之外,我好像对什么都欢喜。我没有任何特长,连唱起歌来都像破竹子敲水缸。

部长等得不耐烦了:"难道你一样事情都不会干?"

"会会,部长,我会替人家买小吃,熟悉苏州的饮食店。"我决不能承认万事不通呀,可这一通便出了问题!

"挺好,干商业工作去,苏州的食品是很有名的。"

"不不,部长,我对吃最讨厌!"

"你讨厌吃?很好,我关照炊事班饿你三天,然后再来谈问题!下一个……"

完了,命运在一阵哄笑声中决定了。可我当时并不懊丧,也不想犯自由主义,扬子江在怒号,南岸的人民在呼喊,要拯救劳苦大众于水深火热之中,要推翻那人吃人的旧社会;再也不能让朱自冶他们那种糜烂的寄生虫式的生活延续下去!朱自冶呀,朱自冶,这下子可由不得你了。我们决不会让你饿肚子,至少得让你支起个炉灶来烧东西。也不能老是让阿二拉着你,你自己有两只脚,应该是会走路的。

风萧萧兮江水寒,壮士一去兮又复还。我又回到苏州来了,几经转折之后又住在朱自冶的门前。朱自冶对我刮目相看了,他称我同志,我喊他经理;他老远便掏出三炮台香烟递过来,我连忙摸出双斧牌香烟把它挡回去。别跟我来这一套,你那高级烟浸透了人民的血汗,抽起来有股血腥味。朱自冶在解放之初有点儿心虚，深怕共产党会把他关进监牢，那牢饭可不是好吃的！

　　隔了不久，朱自冶便镇静自若了，因为我们取缔妓女，禁大烟，反霸，镇反，一直到三反五反都没有擦到他的皮。他不抽大烟不赌钱，对妓女更无兴趣，除掉好吃之外什么事儿也没有干过。镇反挨不上他，他不开工厂不开店，谈不上五毒俱全和偷税漏税。所以他经常竖起大拇指对我说："共产党好，如今没有强盗没有小偷，没有赌场没有烟铺，地痞、流氓、妓女都没有了，天下太平，百姓安定，好得很！"他说的可能是真话，可我把他上下打量，心里想，你为什么不说没有赌吃嫖遥呢？赌和嫖你沾不上，吃和遥你是少不了的。等着吧，现在是新民主主义！

　　朱自冶并没有消极地等待，还是十分积极地吃东西，照样坐着阿二的黄包车上面店，上茶楼，照样找到另一个人帮他跑街买吃的。

　　那时候我的工作很紧张，没有什么上下班的时间，也没有星期天，没早没晚地干，运动紧张的时候便睡在办公室里。可那朱自冶比我还积极，我起床的时候他已经坐着黄包车走了；我睡得迷迷糊糊的时候才听见他的黄包车到了门前。他每逢到家的时候都要踩一下铃铛，那铜铃的响声在深夜的小巷里像打锣似的。他有时候也不回家，仲夏之夜吃饱了老酒，干脆就睡在公园的凉亭里，那里风凉，还有一阵阵广玉兰的香气。他渐渐地胖起来了，居然还有个小肚子挺在前面。妈妈对他说："朱经理，你发福了，人到了四十岁左右都会发胖的。"可他却说："不对，我这是心宽体胖。现在用不着担心那些强盗和流氓了，别看我有几个钱，从前的日子也是很难过的。生日满月，四时八节，我得给人家送礼，一不小心得罪了人，重则被人家毒打一顿，轻则被人家向黄包车上掷粪便。就说那个上饭店吧，以前也是提心吊胆的。有一次我们几个人吃得正高兴，忽然有个人走到我们的房间里来，要我们让座位。我不知道他是什么人，拌了几句嘴，结果得罪了流氓头子，被他的徒子徒孙们打了一顿，还罚掉了四两黄金的手脚钱！现在好了，那些家伙都看不见了，有的进了司前街（苏州的监狱所在地），有的到反动党团特登记处登了记，一个个都缩在家里。饭店里也清净得多了，人少东西多，又便宜，我吃饱了老酒照样可以在公园里打瞌睡，用不着防小偷！"朱自冶拍拍小肚子："你看，怎么能不发胖呢！"

我听了朱自冶的话直翻眼，怎么也没有想到，革命对他来说也含有解放的意义！

当我深夜被朱自冶的铃声惊醒之后，心头便升起一股烦恼，这苏州怎么还是他们的天堂？劳苦大众获得解放的时候，那寄生虫也会乘汤下面，养得更肥！我没有办法触动朱自冶，可我现在有了公开宣传共产主义的权利，便决定首先去鼓动拉黄包车的阿二。

阿二住在巷子的头上，在那口公井的旁边。他和我差不多的年纪，却比我生得高大、漂亮、健壮。小时候我和他在巷子里踢皮球，皮球踢上房顶之后总是他去爬屋面。他的老家是苏北，父亲也是拉车的；父亲拉不动了才由儿子顶替。阿二每天给朱自冶拉三趟，其余的时间可以另找生意。他的那辆车是属于"包车"级的，有皮篷，有喇叭，有脚踏的铜铃，冬春还有一条毡毯盖住坐车的膝头。漂亮的车子配上漂亮的车夫，特别容易招揽生意。尤其是那些赶场子的评弹女演员，她们脸施脂粉，细眉朱唇，身穿旗袍，怀抱琵琶，那是非坐阿二的车子不可。阿二拉着她们轻捷地穿过闹市，喇叭嘎咕嘎咕，铜铃叮叮当当，所有的行人都要向她们行注目礼；即使到了书场门口，阿二也不减低车速，而是突然夹紧车杠，上身向后一仰，嚓嚓掣动两步，平稳地停在书场门口的台阶前，就像上海牌的小轿车戛然而止似的。女演员抱着琵琶下车，腰肢摆扭，美目流盼，高跟鞋橐橐几声，便消失在书场的珠帘里。那神态有一种很高雅的气派，而且很美。试想，如果一个标致的女演员，坐上一辆破旧的硬皮黄包车，由一个佝偻蹒跚的老人拉着，吱吱嘎嘎地来到书场门口，那还像个什么样子呢！人们由于在生活中看不到、看不出美好与欢乐，才甘心情愿地花了钱去向艺术家求教的。

由于上述的种种原因，所以那阿二虽然是拉黄包车，家庭生活还是过得去的。我去动员的时候，他们一家正在天井里吃晚饭。白米饭，两只菜，盆子里还有糟鹅和臭豆腐干，他的老父亲端着半斤黄酒在吱吱唼唼地。我寒暄了几句之后便转入正题：

"阿二，现在解放了，你觉得怎么样呢？"

阿二是个性情豪爽的人，毫不犹豫地说出了他的体会："好，现在工人阶级的地位高了，没有人敢随便地打骂，也没人敢坐车不给钱。"

我听了把嘴一撇："唉呀，你怎么也只是看到这么一点点，工人阶级是国家的主人，决不是给人家当牛作马的！"

"我没有给人家当牛作马呀！"

"还没有，你是干什么的？"

"拉车。"

"好了，从古到今的车子，除掉火车与汽车之外，都是牛马拉的！"

"小板车呢？"

"哪……那是拉货的，不是拉人的。人人都有两条腿，又没病又不残，为什么他可以架起二郎腿高坐在车子上，而你却像牛马似的奔跑在他的前面！这能叫平等吗？你能算主人吗？还讲不讲一点儿人道主义！"

阿二吸了口气："唏，这倒是真的。"

阿二的爸爸叹了口气："没有办法呀，他给钱。"

"钱……！"我把钱字的音调拉了个高低，表示一种轻蔑："你可知道朱自冶他们的钱是从哪里来的？他们榨取了劳动人民的血汗，你拿了一点血汗之后又把他服侍得舒舒服服的！"

阿二的眉毛竖起来了："可不，那家伙坐车很挑剔，又要快，又怕颠。"

我乘热打铁了："问题还不在于朱自冶呐，我们年轻人的目光要放远点，你看人家苏联……"我滔滔不绝地讲起苏联来了，就和现在的某些人谈美国似的，"苏联的工人阶级，一个个都是国家的主人，不管什么事儿，没有他们举手都是通不过的。他们的工作都是开汽车，开机器，开拖拉机，没有一个是拉黄包车的。"我向阿二爸爸的酒杯乜了一眼："拉车弄几个钱也作孽，仅仅糊个嘴。人家苏联的工人都是住洋房，坐汽车，家里有沙发，还有收音机！半斤黄酒有什么稀奇，人家都喝伏特加哩！"我的天啊，那时我根本不知道伏特加是什么，若干年后才喝了几口，原来是像我们在粮食白酒里多加了点水！

阿二和他的爸爸更不知道伏特加了，他们听到这个名词还是第一回。那老头儿还咂咂嘴，他以为伏特加总是和茅台差不多的。

阿二也心动了："哦……呃，那才有奔头。爸爸，我们也不要拉车了，你也当了一世的牛马啦！"阿二当然不是为了伏特加，我知道，他是想开汽车。那时候，年轻的人力车工人最高的理想便是当司机。

阿二的爸爸把酒杯向起一竖："唏……快吃饭吧，吃完了早点睡，明天一早要去拉朱自冶上面店。"白搭，我说了半天他等于没听见。老头儿的思想保守，随他去！

我抓住阿二不放，约他到我家来玩，继续对他讲道理，而且现身说法，拿自己作比："你看我，高中毕业的时候，有个同学约我到西山去当小学教员，每月三担米，枇杷上市吃枇杷，杨梅上市吃杨梅，不要钱。还有个同学约我到香港去上大学，他的爸爸在香港当经理，答应每月给我八十块钱港币，毕业以后就留在他的公司里当职员。我为什么不去呐，人活着不都是为了吃饭，更不能为了吃饭就替资本家当马牛！"除了讲道理以外，我还借了一大堆《苏联画报》给他看，对他进行形象化的教育，说明我们青年人要为这么一种伟大的理想去奋斗。说实在，我所以能讲苏联如何如何，也都是从画报里看来的，画报总是美丽的！

阿二的觉悟果然提高了，也和他的父亲闹翻了，坚决不再拉车，另找职业。我在旁边使劲儿打气："好，你这一步走得对，最好是进厂，当产业工人去！"

隔了不久，阿二垂头丧气地来找我："我把苏州都跑穿了，别说工厂啦，连饭店里都不收跑堂的！"

我连忙说："千万要坚持，不能泄气。"

"气倒没有泄，可是肚皮不争气，没饭吃了！"

我听了也着急："啊，这倒是个严重的问题，再克服一下，我去帮你想想办法。"

我给了阿二几个钱，立刻到民政局去找一位同志，他是和我一起渡江过来的。

那位同志一听就啧嘴："你这位老兄毛里毛糙地，做事也不考虑考虑，现在有些资本家消极怠工，抽逃资金，不关门就算好的了，你还想到哪里去找职业？"

"好好，我检讨。可你总不能见死不救呀，想想办法吧。"

那位同志沉吟了一下："这样吧，我正在搞失业工人登记，准备以工代赈，先解决他们的吃饭问题。"

以工代赈的项目是疏浚苏州城里的小河浜，这个工作很辛苦，但也很有意义。旧社会给我们留下了很多污泥浊水，我们要把浊水变清流，使这个东方的威尼斯变得名副其实，使这个天堂变得更加美丽，是我们革命的一个方面。

阿二听说这也是革命工作，二话没说，不讲价钱，天天去挖污泥，抬石头，工作比拉车辛苦几倍，但是每天只有三斤米。

阿二的爸爸也没有办法，为了吃饭，只好在门口摆起一个卖葱姜的小摊头。因为他家就住在公井的旁边，人们往往在洗菜的时候才发现忘了在菜场上买葱姜，所以生意还是不错的，只是那一碟糟鹅和半斤黄酒从此绝迹。那老头儿每天见到我时总是虎着眼睛把头偏过去。我的心里也有歉意，总是在暗中安慰着老头："老伯伯，你别生气，总有一天会喝上伏特加的！"我把老头儿的虎眼当作一根鞭子，每天抽一下自己："下劲儿干，争取社会主义的早日胜利！"每当我深夜拖着沉重的双腿走过这空寂无人的小巷时，都要看一看阿二家的窗口，默默地叨念："老伯伯，我高小庭总算对得起你，我没有怕苦，也没有怕累，我和你家阿二都在为明天而奋斗！"

为了阿二的事情，妈妈可生了我的气："你这个不识好歹的东西，朱经理哪一点亏待过我们？人家花钱坐车碍你个屁事呀，你硬要和人家作对，弄得阿二家衣食不周，弄得朱经理出入不便，早晚都要街上去叫车，有时候淋得像个落汤鸡，你这个缺德的东西！"

我决不和妈妈争辩，解放以后再也不能让她流眼泪。何况她的道德观点和我也没法统一，她还相信三从四德，还认为京戏里的那种老家奴十分了不起。只是我听了妈妈的责骂以后，再也不敢去鼓动那个为朱自冶跑街的了，那人是个老头，抬不动石头。

朱自冶对我也有感觉了，再也不喊我高同志，再也不请我抽香烟，在门口碰到我时便把头一低，擦身而去。看不出他的眼神，不知道他对我是恨呢，还是忌？不管怎么样，他的手里总算有了一样东西，一个草提包，包里有双套鞋，包口上横放着一把洋伞。他黎明出门时估不透天气，所以都带着雨具，以免叫不到车时淋成落汤鸡。我看了暗中高兴："你迟早得自食其力，应该一样样地学会。"

四　鸣鼓而攻

也许是组织部长在我的档案里写了点什么，所以我的工作转来转去都离不开吃的。全行业公私合营的时候派不出那么多的公方代表，我也只好滥竽充数，被派到某个有名的菜馆里去当经理。

这个菜馆我很熟悉，但在解放前从来没有进去过，只是在门口看见有许多阔绰的人进进出出，看见有许多叫花子围在门前，看见那橱窗里陈列着许多好吃的东西，在霓虹灯的照耀下使人馋涎欲滴。我读过安徒生的童话《卖火柴的女孩》，总觉得那卖火柴的女孩就是死在这个菜馆的橱窗前。我进店的时候正是冬天，天也常常飘雪，早晨踏着积雪跑到店门口时，我的心便突然紧缩，深怕真的有个卖火柴的女孩倒在那里，火柴盒儿撒满了一地。

我在店里也坐不稳，特别看不惯那种趾高气扬和大吃大喝的行为。一桌饭菜起码有三分之一是浪费的，泔脚桶里倒满了鱼肉和白米。朱门酒肉臭倒变成是店门酒肉臭了,如果听之任之的话,那我还革什么命呢!

我首先发动全体职工讨论,看看我们这种名菜馆究竟是为谁服务的?到我们店里来大吃大喝的人,到底有多少是工人农民,有多少是地主官僚和资产阶级!用不着讨论,这不过是一种战斗的动员而已。每个职工都很清楚,农民根本不敢到我们的店里来,他们一看那富丽堂皇的门面就害怕,不知道一顿要花几石米!还不如到元妙观里去坐小摊,味道也不错,最多三毛钱。工人一生之中能来几回?除非他有特殊的事体。可是谁都认识朱自治,都知道他们的吃法和口胃。每一个服务员都背得出一大串老吃客的名单,在那长长的名单中没有一个是无产阶级。其中有几个高级职员的成份难以划定,据老跑堂的张师傅反映,他们有的是老板的亲戚,有的是老板手下的红人,而且都有股份。当然,每天来吃的人并不全是老顾客,你也不能叫所有的吃客都填登记表,写明前六项。可是,老的服务员对判断吃客的身份都很有经验,他们能从衣着、举止、神态,特别是从点菜的路数上看得出,来者绝大部分都不是工人农民,至少曾经有过一段并非工农的经历。

实行对私改造的那段时间,资本家的心情并不全是兴高采烈,也不都想敲锣打鼓,有些人从锣鼓声中好像看到了世界的末日,纷纷到我们的店里来买醉。他们点足了苏州名菜,踞案大嚼,频频举杯。待到酒酣耳热时便掩饰不住了:"朋友们,吃吧,吃掉他们拖拉机上的一颗螺丝钉!"这话是一种隐喻,因为那时候我们把拖拉机当作社会主义的标志。一讲到社会主义的农业便是像苏联那样,大农场,拖拉机。"吃掉他们拖拉机上的一颗螺丝钉!"当然是对社会主义不满,气焰嚣张,语气也是十分刻毒的!

我把收集来的材料,再加上我对朱自治他们的了解,从历史到现状,洋洋洒洒地写了一份足有两万字的报告,提出了我对改造饭店的意见,立场鲜明,言词恳切,材料生动确凿,简直是一篇可以当作文献看待的反吃喝宣言!

领导上十分欣赏我的报告，立即批准在本店试行，取得经验后再推向全行业。

我放手大干了！

首先拆掉门前的霓虹灯，拆掉橱窗里的红绿灯。我对这种灯光的印象太深了，看到那使人昏旋的灯便想起旧社会。我觉得这种灯光会使人迷乱，使人堕落，是某种荒淫与奢侈的表现。灯红酒绿的时代早已一去不复返了，何必留下这丑恶的陈迹？拆！

店堂的款式也要改变，不能使工人农民望而却步。要敞开，要简单，为什么要把店堂隔成那么多的小房间呢，凭劳动挣来的钱可以光明正大地吃，只有喝血的人才躲躲闪闪。拆！拆掉了小房间也可以增加席位，让更多的劳动者有就餐的机会。

服务的方式也要改变。服务员不是店小二，是工人阶级，不能老是把一块抹布搭在肩膀上，见人点头哈腰，满脸堆笑，跟着人家转来转去，抽了抹布东揩西拂，活像演京戏。大家都是同志嘛，何必低人一等，又何必那么虚伪！碗筷杯盏尽可以放在固定的地方，谁要自己去取，宾至如归嘛，谁在家里吃饭时不拿碗筷呀，除非你是当老爷！

以上的三项改革，全店的职工都没有意见，还觉得新鲜，觉得是有了那么一点革命的气息。可是当我接触到改革的实质，要对菜单进行革命时就不那么容易了。

我认为最最主要的是对菜单进行改造，否则就会流于形式主义。什么松鼠桂鱼、雪花鸡球、蟹粉菜心……那么高贵，谁吃得起？大众菜，大众汤，一菜一汤五毛钱，足够一个人吃得饱饱地。如果有人还想吃得好点，我也不反对，人的生活总要有点变化，革命队伍里也常常打牙祭，那只是一脸盆红烧肉，简单了点。来个白菜炒肉丝、大蒜炒猪肝、红烧鱼块、青菜狮子头（大肉圆）……够了吧，哪一个劳动者的家里天天能吃到这些东西？

反对的意见纷纷而来，而且都是从老年职工那里来的。

跑堂的张师傅反对了。他说话有点嬉不溜溜地："啊哈，这下子名菜馆不是成了小饭铺啦！高经理，索性来个彻底的改革吧，每人发两块木板，让我们到火车站去摆荒饭摊。"

我听了把眼睛一抬："同志，有意见可以提，态度要严肃点，这是革命工作，不是和吃客们打哈哈的！"我知道他和资产阶级的老爷太太们周旋了几十年，说话不上路，所以特地点了他一点。

"好好，没意见，这样做我们也可以省点力。"张师傅服了。

管帐的也提意见了："高经理，我的意见也可能不正确，只是我有点担心……喏，这样做当然是对的了，可那赢利是不是会有问题？"他说起话来嗫嗫缩缩，因为他和原来的老板是亲戚，三反五反时曾经擦破点皮。

"你的担心我也考虑过，可是社会主义的企业是为人民服务，决不能像资本家那样唯利是图！"

"对对，对对对。"管帐的马上服帖。

死不服帖的是那几位有名的厨师，如果用现在的职称来评定的话，他们不是一级便是二级。他们可以著书立说，还可以到外国去表演。可我那时并没有把这种宝贵的技术放在眼里，他们也可能没有把我这样的外行放在眼里，特别是那个杨中宝，好像我剜了他的肉似的：

"这不是都卖点儿家常便饭了吗？"

"家常便饭有什么不好呀？"

"家常便饭家家会做，何必上饭店？"

"出门的人哪有背着锅子走路的？"

"出门的人都想尝尝天下的名菜，噢，苏州的名菜就是红烧狮子头？"

"那要看是什么人？"

"什么人都有，包括像你这样的干部在内！"

"我出差每天三毛钱伙食，两毛钱伙补，一顿吃掉五毛钱，还有早晚两顿没有着落哩！"

"不是所有的人都和你一样，他们自己贴。"

"贴，拿什么贴？不少人就是因为出差时嘴馋，才贪污了公款。"

"如果人家请客呢？"

"为什么要请客，拉拉扯扯的。三反五反的教训还不够吗？不少人被资本家拉下水，就是从请客吃饭开始的，说不定那些见不得人的勾当，就是在我们楼上的小房间里干出来的！"

"人家结婚呢？"

"结婚更不能铺张浪费，买几斤糖，开个联欢会，我们机关里就是这样干的。"

杨中宝火了："高经理，你说的都是外行话，机关是机关，饭店是饭店。请你把我调到机关里去当炊事员吧，保证没意见！"

我看着杨中宝直翻眼，把到了嘴边的话咽回去。我不能对一个老工人发脾气，他的工龄和我的年龄差不多，是地地道道的无产阶级，而我的本人成份是学生，属于小资产阶级，再怎么革命也是革不掉的，只好暂时忍耐一点。何况他们所以反对也有道理，因为这一改他们就没有用武之地了。白菜炒肉丝不需要什么高超的手艺，连我都会……是呀，他们的技术不能发挥，也很可惜。调到机关里去当炊事员虽然是气话，调到交际处去当炊事员倒是很合适的……

会场沉寂。

我要设法打开僵局，目光便向青年人投射过去。那时候我已懂得，如果遇事打不开局面，最好是鼓动青年人起来带头。他们不保守，有闯劲，闯过了警戒线也无妨，然后再向回拉一点。矫枉必须过正，也许就是这个道理。

"青年同志们谈谈嘛，你们也是店里的主人，来来是属于你们的，谈谈。"

年轻的职工们只是笑，看看老师傅又看看我，两边都为难，一时拿不定主意。内中有个小伙子，名字叫作包坤年，跑堂的，虽然还没有满师，讲话却是很有水平的：

"同志们，我们的店必须改革，必须彻底地改革！再也不能为那些老爷们服务了，要面向工农兵。面向工农兵决不是一句空话，要拿出菜单来作证明。烧什么菜，就是为什么人。蟹粉菜心不仅工农兵吃不起，而且还要跟着老爷们受罪！为什么，菜心都给他们吃了，菜帮子都到了工农兵的碗里！生炒鸡丁要用鸡脯，鸡头鸡脚都卖给拉黄包车的，这分明是对工农兵的瞧不起。农民进店来点只豆腐汤，有人竟然回生意：'嘿，吃豆腐汤到元妙观去吧，那里的豆腐汤又好又便宜。'元妙观只卖豆腐脑，分明是捉弄乡下人的。要是朱自冶他们来了就不得了，从堂口到厨房，都是忙得飞飞地。鱼要活的，虾要大的，一棵青菜剥剩了手拇指那么一点点……"

　　包坤年这么一带头，人们就跟着发表意见，纷纷揭露我们的浪费，以及重视筵席而看不起小生意。这些情况我以前都不了解，听了十分生气，把手指在桌面上敲敲："你看，你们看，不改革怎么得了呢！"

　　跑堂的张师傅低头不语了，回掉农民的生意可能就是他干的。几个厨师也不讲话了。苏州名菜选料精细，浪费肯定是有的；围着朱自冶之类的人转也不假，名厨要靠吃家，要靠他们扬名，要靠他们品出那千分之几的差别。最好能碰上孔夫子，孔子曰："食不厌精，脍不厌细！"

　　改革方案就这么定下来了，包坤年是立了功的，他后来表现得也十分积极，我指向哪里他打向哪里。我也为他的进步创造了很多有利的条件。至于他在"文化大革命"中把我打得半死，那是后话，暂且不提……

　　我当时把全部精力都扑在改革上，每晚回家都在十一点之后。我改了店堂，换了门面，写了大红海报张贴街头，还向报馆里投了稿，标题是：名菜馆面向大众，大众菜经济实惠！

　　开张的那一天，景象是十分壮观的。老头老太结伴而来，还搀着小孙子、小妹妹。那些拉车的、挑担的、出差的，突然之间都集中到店门口。门前的黄包车，三轮车，马车停了一长溜。这种车水马龙的情景解放前我也曾见过，可那是拉着老爷太太们来的；老爷太太们美酒高楼，拉车的人却瑟缩在寒风里。如今瑟缩的人们都站起来了，昂首阔步地进入店堂，把楼上楼下两个像会场似的堂口都挤得满满的。一时间板凳桌子乒乓响，人声鼎沸如潮水，看起来有点混乱，可那气氛实在热烈！服务员上菜也很迅速，大众菜，大众汤都用不着现做，汤装在木桶里，菜装在大锅里，一勺一大碗，川流不息地送出去。店门口的行人要靠右走，进去连成两条线，如果用门庭若市来形容，那是十分贴切的。

朱自冶和他的吃友们居然也来了，很好，我倒要看看你们今天想吃点什么东西！谁知道他们先在门口看看广告，再到店堂里瞧瞧热闹，俯下身去看看大众菜，鼻子嗡了那么几嗡，然后带着不屑一顾的神情走出去，还相互拍拍打打地发笑哩！我见了义愤填膺："反对吧，先生们，我改革的目标就是要叫你们反对！"

老头老太的反映可就不同了："啊哟，以前只听说这家菜馆有名，越有名越不敢来，今天可算见了世面！"

挑菜的农民也说了："这菜馆我以前来过几回，都是挑着青菜进后门，一直送到厨房里，从来不敢向店堂里伸头！"

那么深刻的写照呀，多么自豪的语言，人民的称赞使我忘记了疲劳，感动得心都发抖。不管将来的历史对我这一段的工作如何评价（放心，它无暇顾及），可我坚信，当时我决无私心，我是满腔热忱地在从事一项细小而又伟大的事业！

当时，我们的领导也到了现场，看了也很满意，虽然秩序有点混乱，那也是前进中的缺点，要我们好好地总结提高，然后推向全行业。

五　化险为夷

这一下朱自冶可就走投无路了！尽管我们的经验很难推开，许多名菜馆都是敷衍了事，弄几只大众菜放在橱窗里装装门面。可是风气一开那苏州名菜便走了味，菜名不改，价钱不变，制作却不如从前那么精细。朱自冶有一张什么样的嘴啊，他能辨别出味差的千分之几哩！一吃便摇头，便皱眉，便向人家提意见。朱自冶看错皇历了，这时候再也没有人把他当作朱经理，资本家三个字也不是那么好听的。有钱又怎么样，不许收小费，你爱吃便进来，嫌丑请出去，反正营业额的大小和工资没有关系。如果依了你朱自冶的话，还要落得个为资产阶级服务的臭名气！

朱自冶怎么受得了呀，他每吃一顿便是一阵懊丧，一阵痛苦，一阵阵地胃里难过。每天都觉得没有吃饱，没有喝够，看到酒菜又反胃。他精神不振，毫无乐趣，整天在大街上转来转去，时常买些糕点装在草包里，又觉得糕点也不如从前，放在房间里都发了霉，被我的妈妈扫进垃圾堆。那个很有气派的小肚子又渐渐地瘪下去了。

有一天晚上，朱自冶居然推门而入，醉醺醺站在我的面前："高小庭，我……我反对你！"

资产阶级开始反扑了，这一点我早有准备："请吧，欢迎你反对。"

"你把苏州的名菜弄得一塌糊涂，你你，你对不起苏州！"

"这是你的看法，菜碗没有打翻，一塌糊涂是谈不上的。是的，我对不起苏州的地主和资产阶级，对苏州的人民我可以问心无愧！"

"你你……你对不起我！"

"是的，应当对不起你，因为你自己也是资产阶级！"

"小庭啊，人可要凭点儿良心，这些年来我可没有亏待过你！"

朱自冶语无伦次了，他竟然想揭下伤疤当膏药贴，这就惹得我火起："朱经理，我是对不起你，也对不起你的朋友；你的朋友中有三个是地主，有两个是在反动党团特的册子上登过记的，还有三个是拿定息的，包括你自己在内。别以为定息可以拿到老，这资产阶级总有一天要被消灭的！"

朱自冶吓了一跳，以为我们的政策又要改变。对他来说吃当然很重要，消灭却是性命攸关的。他的酒意消掉了一半，不由自主地向后退，掏出一根前门牌塞过来，被我用飞马牌挡回去。他乘势把香烟一叼，吸了一口："该死，今天托人到常熟去买了一只叫花子鸡，味道还和从前一样，不免多喝了几杯，这就糊里糊涂地跑到你家来了。咦，我是从哪个门里进来的呢！"朱自冶想夺门而走了。

"慢点！"

朱自冶站住了。

"朱经理，如果我有什么地方对不起你的话，那就是我没有告诉你一句最要紧的话：你再也不能这样下去了，要逐步地学会自食其力！"

"是是，我一定铭记。"

从此以后，我很少碰到朱自冶，他当然也不会再来向我表示反对。我对他倒是十分关心，常常向妈妈问起。妈妈说她也不清楚，经常不见朱自冶回家，房间里一股霉味。我想，朱自冶也许是去干什么了吧，吃是终身的必需，总不能是终身的职业。

隔了不久，包坤年来向我回报——他经常向我回报。

"不得了，杨中宝他们开地下饭店了，是专门为资本家服务的，每天晚上赚大钱！"

"可当真？"

"一点不假，是我亲眼看见的，地点就在你家东面的五十四号里，天天晚上有许多资本家在那里聚会，杨中宝烧菜，一个妖里妖气的女人收钱！"

包坤年说得有根有据，我怎能不问不理？立刻到居民委员会去调查，找杨中宝来谈话，一问一查又找到了朱自冶的踪迹。

朱自冶开始隐退了，他对饭店失望之后，便隐退到五十四号的一座石库门里。这门里共有四家，其中一家的户主叫作孔碧霞。孔碧霞原本是个政客的姨太太，这政客能做官时便做官，不能做官时便教书，所以还有教授的衔头。苏州小巷里的人物是无奇不有的。据说，年轻时的孔碧霞美得像个仙女，曾拜名伶万月楼为师，还客串过《天女散花》哩！可惜的是仙女到了四十岁以后就不那么惹人喜爱了，解放前夕，那政客不告而别，逃往香港，把个孔碧霞和一个八九岁的女儿遗弃在苏州。

孔碧霞年轻的时候打扮惯了，也可能是由于登过台的关系，所以举手投足、顾盼摆扭等等都讲究个形体美。讲究得过了分便变成矫揉造作、挠首弄姿；特别是在无姿可弄而硬弄时便有点怪里怪气。苏州话骂人也不是那么好听的，人家暗地里叫她"干瘪老阿飞"。

朱自冶一贯地不近女色，为什么突然之间和孔碧霞混到一起去呢？很简单，那孔碧霞烧得一手好菜！

孔碧霞数十年的风流生涯，都是在素手作羹汤中度过的。她丈夫的朋友都是政界、实业界、文化界的高雅得志之士，像朱自冶这样的人是休想登堂入室的。什么美食家呀，在他们看起来，朱自冶只不过是个肉头财主，饕餮之徒，吃食癞皮。哪有一个真正考究吃的人天天上饭店？"大观园"里的宴席有哪一桌是从"老正兴"买来的？头汤面算得什么，那隔夜的面锅有没有洗干净呢！品茶在花间月下，饮酒要凭栏而临流。竟然到乱哄哄的酒店里去小吃，荷叶包酱肉，臭豆腐干是用稻草串着的，成何体统呢！高雅权贵之士，只有不得已时才到饭店里去应酬，挑挑拣拣地吃几筷，总觉得味道太浓，不清爽，不雅致。锅、勺、笊篱不清洗，纯正的味儿中混进杂味，而且总有那种无药可救的，饭店里特有的油烟味！朱自冶念念不忘的美食，在他们看起来仅仅是一种通俗食物而已。他们开创了苏州菜中的另一个体系，这体系是高度的物质文明和文化素养的结晶，它把苏州名菜的丰富内容用一种极其淡雅的形式加以表现，在极尽雕琢之后使其反乎自然。吃之所以被称作艺术，恐怕就是指这一体系而言的。

孔碧霞的烹调艺术，就是得之于这一派的真传。她在当年的社交界是个极其有名的姨太太，会唱戏，会烧菜，还会画几笔兰花什么的。二十多年间她家的庭院里名流云集，两桌麻将让八个男人消遣，一桌酒席由她来作精彩的表演。她家有一个高级的厨娘，这高级的厨娘也只能当她的下手！

朱自冶被逼得走投无路之后，偶尔听他的一位吃友谈起，说是五十四号里有个孔碧霞，此人当年如何如何，如何身怀绝技。

朱自冶一听便笑了："你老兄是说吃解馋的吧，好菜怎么能家里做呢。你没有那么多的佐料、高汤,没有那么大的炉火与油镬,办不成的。"

"不信?那也没有办法,我请不动那位尊神。她根本就不把我们这些人放在眼里。解放前我想尽天法也没有打得进去……对了,近几年来听说她的家境不好,手头拮据,也许看了孔方兄的面上,能为我们操办一席。你家和她靠近,去试试。"

朱自冶病急乱投医了,他为了吃总会干出一些冒冒失失的事体;他冒冒失失地去敲五十四号的大门,径直说明来意。

如果是在解放前的话,孔碧霞不把朱自冶赶出来才怪呐!可那孔碧霞不如朱自冶,她没有那么多的存款和定息,已经把房子租给了三家,还得靠变卖家具和手饰度日。同时她也多年不操此道,有点技痒难熬,很想重新得到别人的称赞,再现昔日的风流。她内心已经许诺,表面上还要搭搭架子:

"啊呀,朱先生,倷(你)是听啊里(哪里)一位老先生活嚼舌头根,倷尼(我们)女人家会做啥格(什么)菜呢,从前辰光烧点小菜,是呒没(没有)事体弄弄白相(玩儿)格!"这女人的一口苏白像唱歌似的好听,可惜的是写出来却并不美观。

朱自冶当然理解罗,涎皮搭脸地恳求着:"行行好吧,不管你办什么我们都吃,总归要比饭店里好点。"

"饭店!……"孔碧霞十分轻蔑地拉长了声音:"你们男人家真没出息,闻了饭店的那股味道之后居然还吃得下东西!"

朱自冶目瞪口呆了,饭店里有什么味道?有的是美食的香味,闻了以后才胃口大开哩!"啊,是是,我们这些人都是凡夫俗子,吃了一世什么也不懂,赏个光吧,让我们开开眼界。"

"好吧,那就献丑了,你们几个人呢?"

朱自冶默算了一下,把食指一环:"九个。"

"不行,最多只能七个,人多是没好食的。"

"那就八个,正好一桌。"

孔碧霞笑了："朱先生，你不懂规矩，那下手的一个位子是给烧菜的人留着的。"

"好好，对不起。"朱自冶嘴里叫好，心里犯疑，哪有厨师上桌的？为了吃也只好迁就了，随即从身边掏出一叠钞票，数了五十元放在桌子上，心里盘算，这十块钱就算是小费。

孔碧霞面有难色了："哎呀，这几个钱吃点什么呢？"

朱自冶把心一横，八十块全部豁出去，买个面子。

孔碧霞迟疑了半晌，好像在那里算帐，最后乜了朱自冶一眼："好吧，不够的地方我也凑个份子。唉，你这人也实在可怜！"

事情就这样定下了，孔碧霞足足地准备了五天。据说还有一只红焖鳗没有来得及做，因为买回来的鳗鱼必须先用特殊的方法养一个星期，而那朱自冶又馋得等不及。

至于这一顿到底吃了些什么，我没有参加，不能乱吹。

杨中宝是参加了的。那一天他正好休息，在大街上碰到了朱自冶。朱自冶是去通知他的吃友们准时上阵的，没想到有位老友因病不起，需要另找候补的。看见杨中宝便说："走走，跟我去见见世面。"接着便把如何找到孔碧霞等等说了一遍。连说带吹，借以发泄对我们饭店的怨气。

杨中宝从来不服人，艺高人总有那么点傲气。名厨师都是男人，哪来这么个女的！可是他也听他师傅说过，在清末民初的时候，苏州有一种堂子菜，是从高等妓院里兴起来的。做这种菜的全是聪敏漂亮的女人，连丑丫头都不许帮道，那做工细得像绣花似的。他反正闲着没事，那朱自冶又不用他出钱，何不趁此去见识见识，如果真有可取的话也可学点技术；如果言过其实的话也可把朱自冶揶揄一顿，煞煞他的锐气！

杨中宝只向我讲了事情的来龙去脉，说明他没有开地下饭店，同时对这种捕风捉影的小报告十分恼火，说是有人和他过不去。他一气之下就不谈孔碧霞了，而是缠着我把他调到交际处去。这事儿很快就办成了，所以我一直不知道那天晚上孔碧霞如何大显身手，究竟吃了些什么稀世的美味！读者诸君也不必可惜，在往后的岁月里我们还会见到她表演。"文化大革命"可以毁掉许多文化，这吃的文化却是不绝如流。

我当时只能从朱自冶的行动上来进行推测，肯定那天晚上的一桌菜是："此曲只应天上有，人间哪得几回闻！"

朱自冶一吃销魂，从此很少见到他的踪影。他再也不像没头苍蝇似的在街上乱转，再也听不到他清晨开门去赶朱鸿兴；他不食人间烟火了，一日三餐都吃在孔碧霞的家里。一个会吃，一个会烧；一个会买，一个有钱。两人由同吃而同居，由同居而宣布结婚，事情顺理成章，水到渠成。

朱自冶终于成家了，一个曾经有过无数房屋的人，到了四十五岁上才有了家庭！家庭是个奇妙的东西，他会使人变得有了关栏，言行举止也规矩了点。朱自冶稳重些了，注意言谈，也注意外表。衣着和过去大不相同。笔挺的中山装，小口袋里插着两支钢笔，颇有点学者风度，这恐怕是孔碧霞参照她前夫的形象加以塑造的。

那孔碧霞不仅会烧菜，治家也是能手。结婚以后她千方百计地调整住房，让朱自冶搬过去，把五十四号里的三户人家搬过来。三户人家的住房面积都有了扩大，她自己也不蚀本。因为那五十四号是个中式的庭院，有树木竹石，池塘小桥，空间很大，围墙很高，大门一关自成天地，任他们吃得天昏地黑也没人看见。那时候，像我这样的反吃战士比较多，还有反穿的；谁要是考究饭菜，讲究衣着，那就有被斥之为资产阶级的危险，或者说是和资产阶级的思想沾了边。所以有钱的人也不得不稍加隐蔽，关起门来吃，吃到肚子里谁也看不见！当然，完全看不见也不可能，人们每天早晨都看见朱自冶夫妇上菜场。两个人穿着整齐，一个拎篮，一个拎包，一个人的膀子套在另一个人的膀子里，惹得行人侧目而视，嗤溜一声："干瘪老阿飞！"

我的妈妈从来不说孔碧霞的坏话，她认为这个女人是行了件好事，使得一个败子回头。她买菜回来常常对我说："又碰到朱经理啦，现在变好了,夫妻两个亲亲热热,像个过日子的。"

我听了只是哼哼,心里想:这叫变好?这是关起门来逃避改造!

六　人之于味

朱自冶逃避改造,我对他也无可奈何。他不到我们的店里来吃饭,我也不能冻结他在银行里的存款;说他有资产阶级的思想也白搭,他本来就是资产阶级。让他去吃吧,革命不是一次完成的,只要他规规矩矩,不再叫喊什么苏州菜不如从前,不再闯到我的房间里来提意见。

朱自冶当然不会提意见罗,偶尔碰到我时也是陌若路人,头也不点,挺着那重新凸起来的肚子扬长而去,像个得胜的公鸡,气得我两肺直扇!

更为气愤的是居然有人和朱自冶唱着一个调子,说我们的饭店是名存实亡,饭菜质量差,花色品种少,服务态度恶劣!而且说这种话的人百分之九十以上都不是资产阶级。有干部,有工人,还有老头老太什么的。我听了很不服,改革才进行了一年多,你们怎么会从赞扬变成反对?两片嘴唇翻得倒快呐!我只好耐心地加以解释:

"老太太,少说两句吧,一年前你能到这里来吃饭,还算见了世面!"

"世面已经见过了,现在要吃好东西!"老太太晃着几张大钞票:"喏,儿子寄来的,他再三关照我要增加营养,高兴的时候便到你们店里来改善改善。改善个屁,还不如我自己烧的!"

"那就自己烧吧,自己烧的东西合口味。"我想起孔碧霞来了,不觉说漏了嘴。

老太太火了:"你……你这话像是开黑店的人说的,我能烧还要你们干什么,白养着你们拿薪水!"

包坤年挺身而出了:"什么叫开黑店,你嘴里放干净点!社会主义的企业是黑店？你侮蔑……"

我连忙拦阻："好了。算了算了。老太太，你别生气，这菜如果没有动过的话，我们退钱。"

对干部模样的人我就不大客气了："同志，你是出差的吧？"

"对，咱从北京出差到苏州，听说苏州菜名扬四海，你们的店很有名气，特地来品尝品尝，可你们却拿出这玩意儿！"

"同志，有这样的玩意儿已经不错了，你的伙补一天才几毛钱？"

"咱自己就不能补？现在不是包干儿的时代了，咱花得起！"

"艰苦朴素的作风还得保持。"

"对对，谢谢您的教导，早知如此应该背一袋窝头上苏州，你们这家饭店嘛，存在也是多余的！"袖子一甩，走了。

我叹了口气，觉得这人的资产阶级思想也是很严重的，才拿了几天的薪金制，就这么财大气粗地当老爷！至于我们这家饭店的存在……唉，确实有了点问题。这两年国民经济大发展，农村连年丰收，工人调资定级，干部拿了薪水……那人民币又特别见花，肉才六毛多一斤，五香茶叶蛋五分钱一个，二两五的洋河大曲连瓶才两毛二分钱。许多人都阔绰起来了，看到大众菜便摇头，认为凡属"大众"都没有好东西，"劳动牌"也不是好香烟。我想为劳动大众服务，劳动大众却对我有意见。有人把意见放在桌面上，更多的人是不愿费口舌，反正有名的菜馆多的是，他们的改革本来就不彻底，临时弄点大众菜装装门面的。时过境迁连门面也不装了，橱窗里琳琅满目，各种名菜赫然在焉！他们乘着市面繁荣时拚命地掏人家的口袋，掏得人家笑嘻嘻地，那营业额像在寒暑表上哈热气，红线呼呼地升上去！我们也曾有过黄金时代啊！想那改革之初，营业额也曾一度上升，我还以此教育过管账的，说他是杞人忧天。隔了不久便往下降，降，降……降掉了三分之一，再降下去确实会产生能否存在的危机！

好吃的人们啊！当你们贫困的时候恨不得要砸掉高级饭店，有了几个钱之后又忙不迭地向里挤，只愁挤不进，只恨不高级。如果广寒仙子真的开了"月宫饭店"，你们大概也会千方百计地搭云梯！

一九五七年的春天是个骚动不安的季节，到处都在鸣放，还有闹事的。店里的职工开始贴我的大字报了，废报纸上写黑字，飘飘荡荡地挂在走廊里。我看了以后倒也沉得住气，无非是大众菜和营业额等等的问题。只有一张大字报令人气愤，说我是拿饭店的名声，拿职工的血汗来换取个人的名利，说那杨中宝是被我打击、排挤出去的！署名是"一职工"，可从那语气和那么多的形容词来看，肯定是包坤年写的。你这小子也太不应该了，当初改革时你也曾热情支持，说杨中宝开地下饭店也是你回报的，怎么能把一堆屎都甩到我的头上来呢！当然，我也没有必要对此加以解释，只要有千分之一的正确性，都是应该接受的。

正当我惶惑不安，心情烦躁的时候，却来了我的老同学丁大头！

丁大头到北京开会，路过苏州，特地下车来看看我。转眼八年啦，真叫人想念！我情不自禁地叫起来："老伙计，我要好好地请你吃一顿，走，上我们的饭店去！"我叫过以后也觉得奇怪，这话可不像我说的，怎么见了面就想请客呢！

丁大头摇摇头："罢啦，你们的饭店我已经领教过了，还把大字报浏览了一遍。老伙计，你这些年都干了些什么呢？"

"干了点什么？等等，你等等。等会儿我会全部告诉你。"我连忙把我的爱人叫出来，向丁大头介绍："喏，这就是我的爱人。这就是我常常对你说起的丁大头。"

丁大头欠了欠身子："丁正，绰号大头……哎哎，这个雅号再也不能扩散了，我和你一样，大小也是个经理！"

我爱人掩着嘴笑，盯住丁大头看，好像要弄清楚那头是否比平常人大点。

我说："你别呆看了，快到小菜场去看看，买点儿什么东西。"丁大头对我们的饭店已经领教过了，带他到人家的饭店里去更是制造口舌。所以我想叫爱人随便弄点菜，晚上就在家里吃一点。

谁知道我的爱人没手抓了，结婚两年多她还没有弄过饭哩！她只会替丁大头倒茶、递烟。说："你们先谈回儿吧，妈妈到居民委员会开会去了，等她回来再替你们准备吃的。"

我一听便急了，居民委员会开会是个马拉松，又拉又松，等到他们开完会，那小菜场肯定已经关门扫地。便说："你就烧一顿吧，不能样样事情都依赖妈妈。"

我爱人来话了："怎么，你把说过的话都忘啦，你说年轻人如果把业余时间都花在小炉子上，肯定不会有出息。"她把双手一摊："你看，我这个有出息的人还不知道油瓶在哪里！"

丁大头哈哈地笑起来了："对，我可以证明，这话肯定是他说的，一切后果由他负责！"

我连忙摆摆手："好了，你到居民委员会去一趟，就说家里来了人，让妈妈早点儿拔签。"

爱人出去之后，我便滔滔不绝地倒苦水，从头说到尾："……那些大字报你都浏览过了，进行人身攻击的不谈，那是一个年轻人跟着人家起哄的。可是我的改革有什么错？旧社会的情景你也见过的，就是为了消灭那种不平才去战斗。我不会忘记，临离开这个城市的时候我曾经对她发过誓言。当然，那只是一种壮志，个人的力量是很微薄的，可是在我力所能及的范围内决不能让那些污泥浊水再从阴沟里冒出来，决不能让那些人还生活在他们的天堂里！他们可以关起门来逃避，但是不能让我们的同志在吃的方面去向资产阶级学习。当年我们遥望江南，为的是向旧世界冲击；曾几何时，那些飘飘荡荡的大字报却对着我冲击了！冲吧，我问心无愧！"

丁大头沉默了，直抽烟，他的心情大概也是很不平静的。

"说话呀，你的知识比我广博，这些年又在新华书店工作，整天埋在书堆里，你可以随便抽出一本书来敲敲我的头，最好是那些布面烫金的，敲起来有力！"

丁大头笑了："那不行，敲破了头是很难收拾的，我只是想告诉你一个奇怪的生理现象，那资产阶级的味觉和无产阶级的味觉竟然毫无区别！资本家说清炒虾仁比白菜炒肉丝好吃，无产阶级尝了一口之后也跟着点头。他们有了钱以后，也想吃清炒虾仁了，可你却硬要把白菜炒肉丝塞在人家的嘴里，没有请你吃榔头总算是客气的！"

我跳起来了："你你，……你也不能天天吃清炒虾仁呀！"

"谁天天到饭店里吃炒虾仁的，他有那么多的工资吗？"

"可也不少呀，同志，你不能低估这种潮流！"

"是你把大众低估了，大众是个无穷大，一百个人中如果有一个来炒虾仁，就会挤破你那饭店的大门！你老是叨念着要解放劳苦大众，可又觉得这解放出来的大众不如你的心意。人家偶尔向你要一盘炒虾仁，不白吃，还乐意让你赚点，可你却像砂子丢在眼睛里。"

"不不，我对大众没意见。"

"我知道，你是对那个朱什么治有意见，他闭门不出了，你到哪里去揪他呢！"

"也不是全躲在家里。"

"当然，肯定会有许多人跟着劳动大众去吃虾仁。告诉你吧，即使将来地主和资本家都不存在了，你那吃客之中还会有流氓与小偷，还有杀人在逃的，信不信由你。"

我信了。我早就发觉过这一点，住旅馆需要工作证和介绍信，吃饭只要有钱便可以。我只好叹气了："唉，你的话也不无道理，可我总觉得勤俭朴素是我们民族的美德，何必在吃的方面那么顶真呢？"

"说得对，这对你个人来说是一种美德，希望你能保持下去，可你是个饭店的经理，不能把个人的好恶带到工作里。苏州的吃太有名了，是千百年来劳动人民创造出来的文化，如果把这种文化毁在你手里，你是要对历史负责的！"

我一听便凉了。我在学校里读过历史，知道那玩艺可不是好惹的，万一被它钉住了，死都逃不脱的！可我也怀疑，这吃的艺术怎么会是劳动人民创造的呢，说得好听罢了，这发明权分明是属于朱自冶和孔碧霞他们的。

也怪我的妈妈太热情，这天的晚饭竟然是五菜一汤，汤是用活鲫鱼烧的，味道鲜美。

丁大头眉花眼笑了："你看，这社会风气已经渗透到你的家庭中来了，注意！"

七　南瓜之类

丁大头走后，我仔细地检查了我的行为。一个老朋友来了，为什么立即想到要去买菜呢？很简单，这是一种乐趣，也含有尊重与慰劳的意味。过去为什么不是这样的呢？记得渡江后和他在无锡分手时，我也曾为他送行，花了五分钱在摊头上吃了一碗小馄饨，他十分满意，我也情意绵绵。今天为什么不能那样做，一顿花掉五块多钱！也很简单，那时的五分钱是我全部流动资金的十分之一，而我今天的工资是七十五，加上我爱人的工资，再扣去家庭的开支，那五块钱也就等于五分钱。物质和精神的砝码一样大，情谊的天平是平平的。如果我今天还请丁大头吃小馄饨，即使他不介意，我又有什么必要让他忆苦思甜！如果让妈妈和爱人知道的话，肯定要把我一顿臭骂："这些年你一直惦记个丁大头，来了以后只肯花五分钱，你还像不像个人呢！"

我当然像个人，而且自以为像个很好的人，不随波逐流，不见异思迁……可我有没有感到时间在流去，生活在变迁？我只知道忘记了过去就等于背叛，却不知道忘记了变化也和背叛是差不多的，同样是违反了人民的心意。不去管什么朱自冶了，让他在小庭院里快活几天！

正当我想转弯的时候，反右斗争开始了。这个运动没有碰到我，差点儿还成了英雄哩。谁都承认我立场坚定，方向对头，早就以实际行动打击了资产阶级的"今不如昔"。只是由于我的心中有鬼，说话吞吞吐吐，行动也不积极，白白错过了一个提拔的机会，是个扶不起的刘阿斗。

我想转弯也来不及了，因为跟着便是"大跃进"，"大跃进"之后便是困难年。"大跃进"的时候人人都顾不上吃饭，困难年人人都想吃饭了，却又没有什么东西可吃的；酱油都要计划供应了，谁还会对大众菜有意见？连菜汤都是一抢而空，尽管那菜汤是少放油，多放盐。凡是能吃的东西人们都能下肚，还管它什么滋味不滋味！

这就苦了朱自冶啦！他吃了四十多年的饭，从来就不是为了填饱肚皮，而是为了"吃点味道"。这味道可是由食物的精华聚集而成的。吃菜要吃心，吃鱼要吃尾，吃蛋不吃黄，吃肉不吃肥，还少不了蘑菇与火腿。当这一切都消失了的时候，任凭那孔碧霞有天大的本领也难以为炊。

人也真是个奇怪的动物，有得吃的时候味觉特别灵敏，咸、淡、香、甜、嫩、老点点都能区别。没得吃的时候那饿觉便上升到第一位，饿急了能有三大碗米饭（不需要上白米）向肚子里一填，那愉快和满足的感觉也是难以形容的。朱自冶尽管吃了一世的味道，却也难逃此种规律。他被饥饿从小庭院中逼出来了，又拎着个草包成天在街上兜。这一次不是寻找美味了，只要看见那里围着人，便拚命地向里钻，企图能买到一点红薯、萝卜或花生米之类，不管什么价钱。无奈，他经常总是提着个空包回来，神情沮丧，疲惫不堪地走过我家的门前。我第一次见到他财大并不气粗，他也许是第一次感到金钱并不是万能的。照理说那朱自冶也饿不了，城市不比农村，他有定量供应。大跃进之前他家的定量吃不了，经常向外调剂，现在虽说捐献掉两斤，那也不至于饿肚皮。奇怪，一旦缺少了副食品和油之后，那粮食就好像是棉花做的，一天八两一顿下肚，还不知道是塞在哪个角落里！何况那思想也有问题，一顿不饱十顿饥，眼睛一睁便想吃东西。朱自冶以前是眼睛一睁便想吃头汤面，现在却老是睁着眼睛看住桌上的饭碗，总觉得他碗里的饭要比孔碧霞女儿少了点。孔碧霞也没好气：

"是你的肚子里有鬼！"

"我有鬼还是你有鬼？一个是空的，一个是实的！"

孔碧霞一把夺过女儿的饭碗："给你，都给你，反正女儿也不是你养的！"

孩子哇地一声哭起来了，夫妻俩吵得不可开交。吵到后来实行分食制，一只煤炉两只锅，各烧各的。在吃上凑合起来的人，终于因吃而分成两边。再也看不见他们两个套着膀子走路了，再也听不见孔碧霞嗲声嗲气地叫喊："老朱嗳，你来嘘！"

资产阶级的家庭关系本来就是建筑在金钱上的，当金钱处于半失效的状态时，那关系也就会处于半破裂。我倒有点为朱自冶幸庆了，这下子他可以不再迷信金钱，也可以知道一粥一饭的来之不易，不要那么无休止地去寻求美味。

我这样想并不是幸灾乐祸，因为我和朱自冶同处于一个灾祸之中，他饿我也饿，同样地饿得难受。按说，我是一个饭店的经理，在吃的方面还是有点儿办法的，在这种特定的时刻，权力的作用会明显地超过金钱。可我一贯自认为是个很好的人，饿死事小，失节事大，不去搞那些鬼把戏。老实说，也没有饿到真的爬不起来的地步。况且我的家庭很巩固，妈妈和我的爱人拚命地保证重点。妈妈总是让我先吃："快吃吧，吃了上班去，我反正没事，等一歇。"我知道这"等一歇"是什么意思，总是偷偷地把饭拨掉点。我的爱人重点保证女儿，孩子读小学，正在长身体，放学回家等不及放书包，便喊肚子饿，不管给她多少，她都会呼呼啦啦地吃下去，哪像现在的孩子，吃饭都要大人逼！

我爱人的身体本来就不好，不久便发现腿也肿了，脸也泡了。这是当时的一种流行病，谁都会医，药方也很简单：一只蹄膀、一只鸡，加四两冰糖煎服便可以，到哪里去找呢！

我有点心事重重了，走路也闷着头。走过阿二家门前时，他在门内向我招手。

阿二早已不挖河道了。当年以工代赈时，每天只拿三斤米，他积极工作，毫无怨言，不愧为工人阶级。领导上十分器重他，安排他到搬运站去工作，现在是基层工会的主席。他对我很信任，总以为我说的话都是对的。可不，那黄包车已经进了博物馆，三轮车也不多见，他虽然没有当上司机，却也是司机的领导哩。

我进了阿二家的门，见阿二的爸爸也坐在天井里。这老头儿有好几年对我不予理睬，后来儿子当了干部，定了工资，讨了媳妇，阿三、阿四也都就了业。老头儿也不卖葱姜了，在那摆摊头的地方摆张小桌子，天天晚上弄点老酒抿抿，看见我总是笑嘻嘻地打招呼："来来，弄一杯！"如今的日子又不大好过了，小桌子又搬到了天井里。我喊他一声老伯伯，他想笑却没有张开嘴。

阿二把我拉到一边："怎么样，我看见阿嫂的脸色有点不对！"

"是啊，有点浮肿。"

"这样吧，我们有两辆汽车到浙江去拉毛竹，毛竹没有拉到，却在哪个山沟里弄来两车南瓜。你准备一辆小板车，天不亮便到码头上去，我弄一车给你。"

"不不，我又不是你们单位里的人，怎么好分你们的东西，再说……"

"别说啦，我决不会做那种'狗皮捣灶'的事情，那南瓜有我一份，你先拉去吃。我们经常有车子在外面跑，总比你活络点。"

"那……"

"那什么呀，去拉吧！"老头儿在旁边插话了："南瓜有什么稀奇，大农场，拖拉机，我还等着喝你的伏特加哩！"老头儿咧开嘴笑了，他是在挖苦我的。

我也笑了："老伯伯，你别挖苦我，我还没有翻你的老底呢。那时候阿二去挖河泥，你看见我连头也不点。后来怎么样啦，天天喊我弄一杯。别着急，目前是暂时的困难，好日子会回来的！"

老头儿真心地笑了，连连点头："对对，我相信，相信。"

千千万万个像阿二爸爸这样的人，所以在困难中没有对新中国失去信心，就是因为他们经历过旧社会，经历过五十年代那些康乐的年头。他们知道退是绝路，而进总是有希望的。他们所以能在当时和以后的艰难困苦中忍耐着，等待着，就是相信那样的日子会回头，尽管等待的时间太长了一点。我很后悔，如果当年能为他们多炒几盘虾仁，加深他们对于美好的记忆,那,信心可能会更足点!

我回家把这件事情告诉了妈妈,妈妈谢天谢地,连忙四处奔走,去借小板车。

小板车借回来了,可那朱自冶却像幽灵似的跟着小板车到了我的家里!他的样子很拘谨,也很可怜。叫他坐也不坐,痴痴呆呆地站在门角落里。我暗自稀奇,现在来找我干什么,难道还对大众菜有意见!

妈妈对朱自冶一直很尊敬,硬拉朱自冶坐下,还替他倒了杯水:

"朱先生,有什么话你就说吧,是不是又和孔碧霞吵架啦!"

"哪有力气吵啊,你们看,瘦的!"朱自冶叹了口气,拍拍他那曾经两度凸出来的肚子,他那肚子是生活的晴雨表。

是呀,朱自冶那个颇有气派的肚子又瘦下去了,红油油的大脸盘也缩起来了,胖子瘦了特别惹眼,人变得像个没有装满的口袋,松松拉拉地全是皮。我说:"忍耐一下吧朱先生,这对你也是一种磨炼!"

"啊……也对,也对。"朱自冶迟疑着,想站起来,又坐下去。

妈妈是个饱经沧桑的人,她从朱自冶的神态上就已经看出,这是一种有求于人而又难以启口的表现。她在解放前被逼得无路可走时,也曾向朱自冶借过钱。她曾经对我说过,向人借钱的日子最不好过。失魂落魄地跑进门,开不出口来又跑出去,低声下气地不知道要兜几个圈子。她大概是不想让自己受过的罪再让别人受,便替朱自冶壮胆:

"朱先生,有什么话就说吧,说出来也好让我们帮助。人生一世,谁还没有个为难之处!"

"南瓜。"朱自冶没头没脑地开了口:"听说你家去拉南瓜,能不能分点给我,我……给钱。"

妈妈虽然知道朱自冶决不是来借钱的,却没料到他是来讨南瓜,这事儿她不好做主,因为南瓜和我爱人的浮肿病有点关系,万一有个三长两短,那就说不过去。不答应朱自冶吧,她也觉得说不过去,因为她知道许多公子落难,义仆救主的故事,只好抬起头来看看我:"小庭,你看呐!"

用不着看了，朱自冶那可怜巴巴的样子就在眼前。从他趾高气扬地高踞在阿二的黄包车上，大摇大摆地出入茶馆酒肆，直到今天抖抖缩缩地向人家讨几只南瓜，天意的惩罚也是够受的啦！

我点了点头："好，分点给你。"

朱自冶双手一合："谢谢，谢谢，我给钱！"说着便把手伸进口袋，他并没有忘记钱的魔力。

我突然产生了反感："不要钱，你要答应我一个条件！"

"什么条件？"朱自冶又惶了。

"跟我一起去拉板车。不劳动者不得食，总不能再叫人把南瓜送到你家里！"

"当然当然，我一定劳动！可……可我不会拉板车，弄不好会把车子拉到河里。"

我一想，这倒也是个实际问题："你总会推吧，我在前面拉，你在后面推。"

"会，我一定用力推。"

"那好，明天早晨四点钟，你在巷头上烟纸店的门口等我，过时不候！"我给他把时间定死了，劳动者总要守点儿劳动纪律。

第二天早晨三点五十五分，我把小板车拉出了大门，在空寂的小巷里哐啷哐啷地向前滚。

果然不错，朱自冶站在那里哩。我本来的意思是叫他站在烟纸店的屋檐下，那里可以避一避深秋黎明时的寒露。可他却紧紧地裹着一件旧雨衣，像个电线木杆似的站在路灯的下面，为的是能让我一眼便看见。我看了很高兴，劳动是能改造人的，起码叫他懂得了准时准点。

"早啊，朱先生，叫你久等了吧。"

"可不是，我已经抽掉了五根香烟！"朱自冶说着便脱雨衣，弯下身来帮我推。

我连忙说："穿上，空车是用不着推的。"我存心要教会朱自冶一点儿劳动的本领，便把车杠向上一提："你看，只要前高后低，重心在后，它自己会向前滚的，费不了多少力。等会儿装了南瓜，也只要你在上坡下桥时帮我一把。到了平地，你只要一手搭住车帮，弯腰向前，把体重压到车帮上，跟着跑跑便可以。"

朱自冶嘘了口气，原来这推车也不费力！他把雨衣向手弯里一搭，甩打甩打地走在我的身边。朱自冶东张西望，兴致勃勃，好像是第一次看到这黎明前的苏州，第一次看到清洁工人在路灯下扫地，第一次听到那粪车在巷子里辚辚地滚过去。

"高经理，现在几点啦，我怎么觉得还是在半夜里。"

"四点零三分。怎么，你没有表吗？"我有点奇怪了，朱自冶的时间怎么是用抽几支香烟来计算的？

"不瞒你说，读大学的那一年家里给了我一只浪琴金表，我戴了三天就不想要了，总觉得手腕上多了个东西，很不舒服。"

我差点儿笑出来了，那只浪琴金表大概早已下肚，放在肚子里是最舒服不过的。

"那你不要准时上课吗，迟到了也是很不舒服的。"

"迟到，嘿嘿，我根本就不到。野鸡大学，文凭也可以卖的。唉，书到用时方恨少呀，现在想看点儿书了，还有许多字不识呢！"

我对朱自冶刮目相看了，不会拉板车也罢，能看点儿书总是好的，开卷有益。

"都看点儿什么书呢？"

"喏，当然是关于吃的，食谱。这些时没有什么吃的了，晚上睡不着，想起自己一生吃过的好东西，好像那些大盘小碗，花花绿绿的菜肴就在眼前。不瞒你说，我在这方面的记忆力特别好，我能记得几十年前吃过的名菜，在什么地方吃的，是哪个厨师烧的，进口是什么味道，余味又是怎么样的……你别笑，吃东西是要讲究余味的，青橄榄有什么吃头？不甜不咸，不酥不脆，就是因为吃了之后嘴里有一股清香，取其余味。人真是万物之灵啊，居然能做出那么多好吃的东西！从天上吃到地下，从河里吃到海里。人要不是会钻天打洞地去吃的话，就不会存在到今天！恐龙只会吃草，那么巨大的东西如今又在哪里？……你别叹气。是的，我也觉得很可惜，当年吃过了也就算了，没有写日记，现在回想起来就不那么全面，所以想看食谱，复习复习，还可以熬馋呢！……哎哎，你慢点走啊，听我说，那些食谱看了叫人生气，记载得很不详细，我认为最好吃的里面都没有，特别叫人生气的是看不起我们苏州的菜，都是些奇里古怪的东西，什么皇帝吃过的。皇帝有什么了不起，每天一百只菜，摆摆场面，还不知道有几只是可以吃的！乾隆皇帝为什么要三下江南呀，就是到苏州来吃的……"

实在熬不住了："快走吧，拉南瓜去！"我把南瓜二字说得特别响，目的是让他的头脑清醒点。

"对对，我们决不能忽视南瓜，用南瓜照样可以做出上等的美味。你们的店里过去有一只名菜，名叫西瓜盅，又名西瓜鸡。那是选用四斤左右的西瓜一只，切盖，雕去内瓤，留肉约半寸许，皮外饰以花纹，备用。再以嫩鸡一只，在气锅中蒸透，放进西瓜中，合盖，再入蒸笼回蒸片刻，即可取食。食时以鲜荷叶一张衬于瓜底，碧绿清凉，增加兴味。"朱自冶背完了食谱，又摇摇头："其实那西瓜盅也是假的，鸡里并没有多少瓜味。瓜甜鸡咸，二者不配，取其清凉之色而已。我们可以创造出一只南瓜盅，把上等的八宝饭放在南瓜里回蒸，那南瓜清香糯甜，和八宝饭混然一体，何况那南瓜比西瓜更有田园风味！……"

够了。这一大篇吃经念下来，已经快到码头了。我也不想打断他的话，也不再希望他有什么转变，这人是本性难移！让你去画饼充饥吧，我可要改变主意。我本来想把南瓜分给他一半，现在重新决定：分给他三分之一！

八　殊途同归

万万没有想到，一个好吃的人和一个反好吃的人居然站到一起来了!"文化大革命"中我成了走资派,朱自治成了吸血鬼,两个人挂着牌子,一起站在居民委员会的门口请罪。

朱自治成为吸血鬼犹可说也,我成了走资派……也有道理。因为在困难年过去之后,我觉得时机已到,可以对过去的改革加以检讨,再也不能硬把白菜炒肉丝塞到人家的嘴里了。何况当时的形势和人们的要求也逼着我的转变。领导上提出要开高级馆子、卖高价菜,借以回笼货币,我们本来就是名菜馆,更是义不容辞的。人们在困难年中饿坏了,连我这个素以不馋而自居的人,也想吃点好东西。妈妈也到自由市场上去游转,五块钱一斤豆油,十块钱一只鸡,看了摇头惊呼,还是笑嘻嘻地拎一只回来,加水煎熬,放在我爱人的面前:"吃吧,孩子,这两年苦坏了你!"老人说这话的时候眼泪都掉下来了,其实我爱人的浮肿病早已消退。只有小女儿兴高采烈,到处宣扬:"我们家今天吃了一只鸡!"好像发生了什么惊天动地的事情!

高价菜又把朱自治吸引到我们的店里来了,而且是和孔碧霞一起来的。两个人虽然没有套着膀子,却是合拎着一只大草包,一个抓住一个拎襻,相视而笑,十分亲热。那包里装满了高级糖,高级饼,两人刚刚剃过高价头,容光焕发,喜气洋溢,一股子高级香水味。金钱又发生作用了,那垂老的爱情当然是可以弥合的。

二十元一盆的冰糖蹄膀,朱自治一下子便买了两只,分装在两个饭盒子里。我和朱自治自从拉了那趟南瓜之后,见了面都要点头,说两句天气,以纪念那一段共同的经历。困难终于过去了,店里有了东西卖,我也觉得增添了几分光彩。看见朱自治来买蹄膀便和他搭话:"好呀,老顾客又回来啦!"

朱自治也高兴,笑着,拉拉我的手,可那话却是不好听的:"没有办法呀,蹄膀和冰糖自由市场上没有,只好到你们店里来买老虎肉!"

"噢……那你为什么不乘热吃,带回去给孩子?"

"不不,你们的蹄膀没烧透,不入味。我们带回家去再烧一下,再用半斤鸡毛菜垫底,鲜红碧绿,装在雪白的瓷盘里,那才具备了色香味。

你们的菜呀，还差得远呢！"

我听了有点懊丧，当时不该把南瓜分给他三分之一。可我也接受了教训，决不把这股气扩散到别人的头上去。一九六三、六四年的供应情况又和"大跃进"之前差不多了，我要致力于炒虾仁，使人对这美好的日子留下更深刻的记忆，人总不能老是后悔。可这恢复工作比我当初的改革要困难百倍，从精细到粗放，从严格到马虎，从紧张到懒散，从谦逊到无理都是比较容易的，要它逆转可得费点劲儿哩！

包坤年早就不当"店小二"了，这是在我的启发下改变的。他的行政职务虽然还是服务员（对此他很有意见），服务的时候却像个会议的主持人，高坐在那会场似的店堂里。吃客拥进店堂时他便高声大喊："喂喂，不要乱坐，先把前面的桌子坐满！听见没有，你为什么一个人溜到窗子口？"

"同志，请你来一下。"

"要点菜吗？看黑板，都写着咧。"

"同志，我想要两只苏州名菜。"

"名菜？每一只菜都有名字，写得清清楚楚的。"

几乎每天都有吃客吵到我的面前："我们是来吃饭的，不是来受气的！"我忙着给人家赔不是，同时抓紧时间开会，做思想工作，订服务公约，批评别人，检查自己。还得感谢我们苏州的滑稽艺术家张幻尔——祝他安息。他那时编演了一个滑稽戏，名叫《满意不满意》。这戏还真帮了我不少忙，我还请他到店里来做了一次报告，他的报告比我的报告有效，所以便招待了他一顿，没有收钱，是在宣传费用中报销的。

以上种种，到了"文化大革命"中自然就成了罪孽，说我是全面复辟了资本主义，伤天害理地强迫革命群众去服侍城市里的老爷！张幻尔的那一顿饭也不是好吃的，陪着我狠狠地被斗了一整天！

包坤年成了头头了，对准着我造反。他那时有一种错觉：认为打倒了局长便可以当局长，打倒了经理便可以当经理。局长已经被人家抢先打倒了，他也只好屈就点。他确实也具备了各种对我造反的条件：历史清白，一贯拥护革命路线，最最难得的是在一九六三年便抵制过我的复辟行为，遭到过我的残酷打击！这话也并非完全捏造，一九六三年我是批评过他，他那名菜都有名字的妙语，还被报纸上的一篇文章引用过，虽然没有点名，总会有点压力。所以他在控诉我的罪行时总是义愤填膺，热泪盈眶："那时候黑云压城城欲摧，我势单力薄，孤军奋斗，只好暂时屈服在他的淫威下面，我盼啊，盼啊……"包坤年经常在店堂里看小说，词儿是不少的，也不空洞，他对我的情况十分熟悉，重磅炸弹都捏在他手里。那时候他老是跟着我转，我也把他当作左右手，可算是无话不谈的。诸如我小时候曾经帮朱自冶买过小吃，住了他家的房子不给钱等等。有些话是为了说明旧社会的不平，有些话纯属闲聊，并无目的。包坤年把这些事儿都串起来了，批道：

"这个死不改悔的走资派，从小便被资本家收买，眼看蒋家皇朝的末日已到，便带着不可告人的目的混入我解放区。解放初期伪装积极向上爬，攫取了权力；一有机会便全面复辟资本主义，为他的主子效力！"这些话虽然不合事实，却也很有逻辑性。我是在蒋家皇朝末日已到时到解放区去的，解放初期我是很努力，当了经理当然有了权力，一有机会是改变过经营管理！任何事情只要先把它的性质肯定下来，怎么说都有理，而且是不需要什么学问的。"白马非马"，如果我首先肯定了你是只马，那就不管你是白的还是黑的，你怎么玄也休想滑得过去！要不然的话，世界上的黑白为什么会那样容易就被颠倒了呢？

也有人是出于一种好奇心理："是呀，哪有房屋资本家是不收房钱的？不是一天两天啊，一住几十年，这里面到底是什么关系？"这些人并无恶意，只是想知道人与人之间的秘密关系。

包坤年可要抓住这些关系做文章了，立刻通过居民委员会去外调。

这个朱自冶呀，没说头。他除掉好吃之外还有个致命的弱点——怕打。当包坤年把袖管一捋，桌子一拍，他就语无伦次，浑身发抖。

"说，你有没有收买过高小庭？"

"收……收买过的。"

"怎么收买的?"

"经常给他钱。"

"在什么地方给的?"

"在酒店里。"

"总共给了多少?"

"大……大约有几十万。"

"啊!这么多的钱你是怎样从银行里取出来的?"

"用,用不着取,是零钱,对对,是伪币。"

幸亏包坤年要比我的老祖母明白得多,如果他也只知道铜板和银元的话,很可能要闹笑话。

"伪币?……伪币也是钱!快说,解放以后你们是怎么勾结的?"

"没有。解放以后他对我不大客气。"

"胡说,把他带走!"

"啊啊,我该死,我忘了,困难年他还给了我一车南瓜哩!"该死的朱自冶呀,他忘了说三分之一,为了这个数字,还害得我多挨了几拳头!

这下子不得了啦,证据确凿,罪行累累!更不得了的还在后面呢,三转两绕把个孔碧霞也牵出来了。她的前夫解放前夕逃往香港,困难年还从香港给她寄过罐头,秘密指令就藏在罐头里!她是潜伏特务,我和特务内外勾结,窃取国家机密……包坤年看的都是反特小说,看多了自己也会编。你看:天亮前的三点五十五分,朱自冶穿着一件美制的雨衣(那件破雨衣确实是美国货),歪戴着一顶鸭舌帽(没有戴),站在电灯柱下徘徊,连续不断地抽了五支香烟。准四点,高小庭拉着板车从巷子里出来,左右这么一看,轻轻地说了一声:"走……"故事的开头很有吸引力,因而十分畅销,到处请他去作批判发言。他没完没了地讲着,我弯成45度角站在那里,还要不时地回答问题:

"你有没有罪?"

"有罪,我有罪!"我确实承认自己有罪。当年包坤年听说杨中宝到孔碧霞家吃饭，便编造出杨中宝开地下饭店，而且还有个妖里妖气的女人收钱。我不但没有批评他，却从自己的需要出发，对他重用，加以鼓励。如果编造谎言能得到好处的话，那他为什么不编呢？好处越大，他就会编得更加离奇！

"回答，你是不是罪该万死！"

我拒不回答。我不想死，我要活。我有错误要纠正，还有那愿意为之牺牲的共产主义事业……

拳头又落到我的身上来了，打得并不重，却像刀尖刺在心头，我总觉得包坤年握着的刀柄，有一半儿是我作成的！

居民委员会也不能没有表示，可那批斗的事儿都给包坤年包了，他们捞不到，只好勒令我和朱自冶、孔碧霞早晨到居委会的门口请罪。我和朱自冶终于站到了一起！

挂着牌子站在居委会的门口请罪，那滋味比"押上台来！"更难受。押上台去向下一看，黑压压的一大片，也不知道有几个人是我认识的。站在居委会的门口就不同了，巷子里早晨进出的都是熟人。那拎着菜篮的老太是看着我长大的，那阿嫂结婚的时候曾经请我坐过席，那孩子嘛……前几天见了我还喊叔叔哩！我低着头不敢看人，人们也不忍看我。好端端的一个人，又不偷又不抢，怎么突然之间像个吊死鬼似的，一动不动地竖在那里！有人绕道走了，绕不掉的人便匆匆地奔过去，装着没看见。偏偏我又能从他们的脚步和鞋袜上看得出是谁。看得最准确的当然是我的妈妈了，她小时候缠过足，后来才放开，那双半大的脚围着儿子转过多少回啊，如今是那么沉重而零乱，歪斜而迟疑。

只有阿二满不在乎，他走到我身边便高声咳嗽，轻轻地说："别着急，先熬着点。"

孔碧霞可熬不住呀，她是个爱打扮而又讲风度的人，如今剃了个阴阳头，挂着个女特务的牌子站在那里。特务而加女字，更容易引起人们的注目和非议，因为谁都不会想到女特务会做菜，总是想到女特务会搞一些乱七八糟的男女关系。再加上那个该死的朱自冶，居然交待他曾经看到孔碧霞从外国罐头上剥下商标纸，一直压在玻璃台板里，破四旧的时候才烧毁。使得包坤年的故事里又多了一个情节。那密码就在商标纸的背后！孔碧霞又羞、又恨、又急，站了不到半个小时便砰然一声倒地，满脸鲜血，人事不省。亏得居委会主任并不存心要和谁作对，便叫人把她搀了回去。

我对朱自治更加反感了，请罪的时候都离他远点，表示我和他并非同类。你朱自治好吃倒也罢了，在那样的情况下，好吃根本就算不了一会事体。可你为什么那么怕打，为了一时的苟安，竟然不顾夫妻情义，提供那种不负责任的细节。由此我也得出结论，好吃成性的人都是懦弱的，他会采取一切手段，不顾任何是非，拚命地去保护、满足那只小得十分可怜而又十分难看的胃！

第二天一早，阿二带着二十多个搬运工人来了，一个个身强力壮，头上戴着柳条帽。队伍由一部大榻车开路，榻车上装着杠棒、绳索和铁钎。车子到了我们的面前时便往下一停，有人大喝一声："是谁叫你们站在这里的？"

朱自治又吓了，慌忙回答："是居委会主任。"

阿二把手一挥："去几个人，把主任找来。"

五六个人同时拥进大门，把主任拉到了大门口。

"是你叫他们站在这里的？"

"是的，请问你们是哪一派的？"居委会主任感到有些来者不善。

"我们是杠棒派，告诉你，这里不许站人，妨碍交通！"说着便有人到榻车上抽杠棒，拿铁钎。

居委会主任连忙摆手："革命的同志们，这件事情可以商议，可以商议。"

阿二说："这样吧，如果你觉得不好交待的话，那就叫他们到拐弯的弄堂里去扫地。"

居委会主任是个很有社会经验的人，他立刻明白了阿二的用意，也没有必要冒挨打的风险，便对我们挥挥手："回去，各人回家去拿扫帚。"

阿二高兴地瞟了我一眼："不许偷懒，扫得干净点！"

我听了暗自发笑，那拐弯的弄堂是条死弄堂，总共不到三十米，划不了几扫帚。

可是我却无法和朱自冶分开，我扛着扫帚进弄堂，他也紧紧地钉在我后面，我扫他也扫，我歇他也歇，还要找机会向我表示谢意："还是你的朋友好，够交情！"

我忍不住叫出来了："我的朋友是不讲吃喝的！"

九　士别三日

其实并不是别了三日，三三得九，整整九年我没有见到过朱自冶。他大概还住在五十四号里，我与全家下放到农村去了九年。

九年的时间不算太短了，所见所闻再加上亲身的经历，足够我进一步思考吃饭的问题。在思考中度过了五十大寿。

过生日的那一天，妈妈杀了一只老母鸡，开后门弄来一斤洋河大曲，闷闷地喝了几杯。三杯下肚之后突然惶恐起来，怎么搞的，什么事儿还没有干呐，却已经到了五十岁！解放初期我和五十多岁的老先生一起开会，上下台阶都得看着他点。在我的印象中，年过半百已经是老人了；在农民的生活中，五十岁的人如果有儿有女而且儿女都很孝顺的话，他是不挑重担的。"一事无成两鬓斑，常使英雄泪满衫！"我虽然不是英雄，却也流下了几滴眼泪。我在泪眼与醉意中胡思乱想：如果能让我重新工作的话，我第一要……第二要……简直像在做梦似的。梦也是一种预感吧，它有时候也能实现，只是实现起来不如梦中那么容易。

灾难过去之后，我又回到了苏州。这一次可不是背着背包回来了，一家大小，瓶瓶罐罐，台凳桌椅，农具家什装满了一卡车。我对苏州城有点不习惯了，觉得它既陌生又熟悉。大街小巷都没有变，可是哪来的这么多人哩！苏州人没有事儿并不是游园林，而是荡马路。如今，你连过马路都得当心点！在大街上碰到多年不见的熟人时，只能站在人行道的边上讲话，讲话要提高嗓门，还不停地有人从你的肩膀上擦来擦去。大批下放并没有能减少城市的人口，却把个原来比较安静的城市涨得满满地。涨得我连个安身之处也没有了，只好借住在亲戚的家里。也好，这下子可以和那朱自冶离得远点，他在城东，我在城西。

组织部的同志找我去谈话，那位同志也和我差不多的年纪。当年要饿我三天的老部长早已不在了，祝他安息，在"文化大革命"中，他在另外一个城市里"自动跳楼"。什么都懂的丁大头也不在了，他就死在"什么都懂"的上面，而我这个什么都似懂非懂的人却活到了今天……

"组织上考虑，你还是回到原来的工作岗位，有什么意见？"

我什么意见也没有，只是感到一阵心酸，忍不住自己的眼泪。如果坐在我面前的还是老部长的话，我会和他抱头痛哭的！老部长啊，你再也用不着饿我三天了，我已经深深地懂得了吃饭的意义；放心吧，丁大头，我再也不会硬把白菜炒肉丝塞到人家的嘴里。我要拚命地干，我要把时间放大三倍，一份为了老部长，一份为了你……

"不要激动，过去的都过去了，困难还在前面。"

我点点头。这是用不着说的，每次灾难都是首先影响到吃饭；灾难过去之后第一个浪头便是向食品市场冲击，然后才想到打扮，想到电风扇和电视机。

我的估计没有错，但是还有两点没有估计在内。十年动乱以后乱是停止了，可那动却是大面积的！人们到处走动，纷纷接上关系。访战友，看亲戚，老同学，老上级，有的被关押了十年，有的从反右以后便失去了联系。人们相互打听，谁谁有没有死，谁谁又在哪里。"好呀，看看去！"几乎是每一个家庭都会发生一次惊呼："啊呀，你怎么来啦……"我虽然反对好吃，可是在这种情况之下并不反对请客。我也是人，也是有感情的，如果丁大头还能来看我的话，我得好好地请他吃三天！

还有一点没有估计在内，那就是旅游的兴起。旅游这个词儿以前我们不大用，一般地都叫作"游山玩水"，含有贬义。现在有新意了，是领略祖国的山河之美。不管是什么意思，我都不反对，人是动物，应该到处走走。特别是欢迎外国朋友们来走走，请他们看看我们民族的文化，顺便赚点儿外汇。别以为苏州的园林都是假山假水，人工造的，试问：世界上哪有一种文化不是人为的？真山真水虽然伟大，但那算不了文化，是上帝给的。何况苏州的园林假得比真的还典型、集中、完美，全世界独一无二，不是吹的！

苏州的饭菜呢？经理。在这个古老的天堂里吃和玩本来是并驾齐驱的，你既然不反对请客，不反对旅游，还欢迎外国朋友，那就不能落后，落后了是要挨打的。

可不是，开始的那阵子人们意见纷纷，什么吃饭难呀，品种少呀，态度坏呀。有人提意见，有人发牢骚，有人指着我的鼻子骂山门。那包坤年还和一帮青年人打了起来，真的挨了几拳头！没有办法，包坤年也需要有个恢复的过程。"文化大革命"期间他不是服务员，而是司令员，到时候哨子一吹，满堂的吃客起立，跟着他读语录，做首先……，然后宣布吃饭纪律：一号窗口拿菜，二号窗口拿饭，三号窗口拿汤；吃完了自己洗碗，大水槽就造在店堂里，他把我当初的改革发展到登峰造极！

别人对我发牢骚，我也对别人发牢骚，我的牢骚只能私下里发："现在的事啊，难哪……"不能在店堂里发，如果伙着大家一起发的话，那不是要把店堂吵炸啦！我得注意点，年岁也不小了，不能那么毛毛糙糙。特别是对包坤年，得讲个团结，他整天都在等着我打击报复呢！不错，他在"文化大革命"中打过人，但也只是打过我，没有打过别人。朱自冶招得快，没有挨过打，孔碧霞也不是他打的。他自己也是上当受骗，又没有能当上经理，牢骚要比我多几倍！

包坤年挨了人家几拳之后，便到办公室里来找我，面部的表情是很尴尬的："高经理，我……过去，对不起你……"

我连忙摇手："算了算了，过去的事情别提，那也不能完全怪你。如你是来检讨的话，那就到此为止；如果你有什么事儿的话，那就直说，不必顾虑。"

包坤年翻翻眼睛，半信半疑："我想……我这个人不适宜于当服务员，说话的嗓门儿都是两样的，容易惹人家生气。过去的那些年胡思乱想，都是不切实际。今后再也不能靠吵吵喊喊了，要凭本事吃饭，技术第一。所以我想好好地学点儿技术。"

"你想离开饭店？"

"不，那也是不现实的。我想去当厨师，学烧菜。不管怎么样，我学起来总比别人方便。"

"噢……"我的脑子悠转着，考虑两个问题：一是包坤年的服务态度恐怕一时难改，很难保证他在相当长的时间内不和人家打起来。二是厨房里确实也需要人，培养年轻的厨师已经成了大问题。我二话没说，马上同意。

包坤年十分满意，到处宣扬："放心，这个走资派是不会打击报复的，我那么打他，他都没有记仇，你贴了张把大字报，发过几次言有什么关系！"

别小看了包坤年的宣扬，还真起了点稳定人心的作用。人心思治，谁也不想再翻来覆去。牢骚虽多，可那牢骚也是想把事情做好，不是想把事情弄坏，只不过性急了一点。性急也是一种动力，总比漫不经心好些。

我和同志们仔细地研究了吃客的意见，发现除掉有关服务态度之外，要求也很不统一。有的要吃饱，有的要吃好；有的要吃得快（赶着去玩儿），有的不能催（老朋友相聚）；有的首先问名菜，有的首先问价钱；有人发火是等出来的，有人发牢骚是因为价钱太贵。不能把白菜炒肉丝硬塞在人家的嘴里，可那白菜炒肉丝也是不可少的，只是要炒得好些。

我的思想也解放了，不搞一刀切，还引进了一点洋玩艺。不叫大众菜，叫"快餐"，一菜、一汤、一碗饭，吃了快去游园林，否则时间来不及。其实那快餐也和大众菜差不多，只是听起来还有点儿效率。否则的话，人家一看"大众"便上楼，谁都欢喜个高级。我们把楼下改成快餐部，一律是火车座，皮靠椅，坐在那里吃饭也好像是在旅行似的。青年人特别满意，带劲儿，又新鲜，又花不了他们几个钱。我年轻的时候只知道拖拉机，他们现在比我当年懂得多，还知道外国有种餐厅是会转的。怎么个转法我也不知道，反正在火车座儿里吃饭也有动的意味。当然，快餐的味道也不错，如果要添菜也可以，熏鱼、排骨、油爆虾、白斩鸡都是现成的。有个青年朋友吃得高兴起来还对着我打响指："喂，最好来瓶威士忌！"这一点我没有同意，我担心那威士忌和伏特加也是差不多的。

楼上设立炒菜部，把会场似的店堂再改过来，分隔成大小不同的房间，一律是八仙桌，仿红木的靠背椅，人多可加圆台面，墙角里还放几盆铁树什么的。老年人欢喜怀旧，进门一看便点头："唔，还是和过去一样的！"其实和过去也不一样了，如果真和过去一样的话，他们也会有意见："怎么搞的，二十多年了，还是这样破破烂烂的！"

当我忙得满身尘土，焦头烂额的时候，背后也有人说闲话："都是这个老家伙，当年拆也是他，现在隔也是他，早干什么的！"我听了心往下沉，什么，我也成了老家伙啦！老……老得还可以嘛，那家伙二字是什么含义？也罢，干活儿不能动手抓，总得使几样家伙的。何况我从拆到造也不是简单的重复，内中有改进，有发展，这就叫不破不立。遗憾的是从破到立竟然花去了二十多年，我的心里也是不好受的。

改造店堂和引进一点洋玩艺都好办，要恢复传统的名菜，全面地提高质量就难了，难在缺少人材。杨中宝和他的同辈人都纷纷退休了，有的是到了年龄，有的是想尽办法提早退休，好让子女顶替。名菜虽然都有名字，有些菜名青年人连听也没有听到过，他们的心里也很急，纷纷要求学习，而且对杨中宝十分想念。许多人虽然没有见过杨中宝，但都听师傅说起过，说杨中宝的手艺如何如何，肯定也会说我当年对杨中宝是怎样怎样的。历史不仅是写在书中，还有口碑世代流传！

我决定去求见杨中宝，希望他不记前隙，来为我们讲课，按教授待遇，每课给八块钱。

我去的那天天下大雨，大雨也要去！

杨中宝见我冒雨而来，十分感动："啊……你还没有忘记我！"他确实老了，行动蹒跚，耳朵也有点不便。当我说明来意并作了检讨之后，他紧紧地握住我的手，拍拍我的手背："你呀，还说这些干什么呢，那些事我早就忘光了。我只记得那里是我的娘家，我在那里学徒，在那里长大。我发过几次狠了，临死之前一定要回娘家去看看兄弟姐妹。你请也要去，不请也要去，听说你们现在忙得不错哩！"

我听了很感动，这是一个老工人的胸怀，也是一个老工人的心意，他对我们的事业是有感情的，那感情比我深厚。

杨中宝来了，是由他的孙子陪同来的。他先把我们的店里里外外看了一遍，不停地点头叫好，说是和过去简直不能比。特别是那宽大的厨房，冰箱、排气风扇、炊事用具，雪白的灶头，他当年在交际处也没有这种条件。我把所有菜单都请他过目，他看得十分仔细。

杨中宝开讲的时候，全店上下都来了，把个小会场挤得满满的。我请他解放思想，放开来讲，多讲缺点。可是杨中宝讲得很有分寸，入情入理：

"我看了，你们工作得蛮好。要说苏州的名菜，你们差不多全有了，烧得也好。缺点是原料不足和卖得太多引起的。这事很难办，现在吃得起的人太多，十块八块全不在乎。据讲有些名菜你们连听也没有听见过，这也难怪，一种菜往往会有很多名字。比如说苏州的'天下第一菜'，听起来很吓人，其实就是锅巴汤……"

下面轰地一声笑起来了。

"就是锅巴汤，你们的菜单上天天有。有些名菜你们应该知道，但是不能入菜单，大量供应有困难。比如说鲃肺汤，那是用鲃鱼的肺做的。鲃鱼很小，肺也只有蚕豆瓣么大，到哪里去找大量的鲃鱼呢？其实那鲃肺也没有什么吃头，主要是靠高汤、辅料，还得多放点味精在里面。鳃肺汤所以出名，那是因为国民党的元老于右任到木渎的石家饭店吃了一顿，吃后写了一首诗，诗中有一句，叫'多谢石家鲃肺汤'，从此石家饭店出了名，鲃肺汤也有了名气。有些名菜一半儿是靠怪，一半儿是靠吹。"

我向椅背上一靠,深深地透了口气。

"你们的缺点也不少,为什么把活鱼隔夜杀好放在冰箱里?为什么把青菜堆在太阳里?饭店里的东西除掉酒以外,其余的都得讲究新鲜。过去有一只菜叫活炒鸡丁,从杀鸡到上菜只有三分多钟,那盆子里的鸡丁好像还在动哩!"

包坤年举手发言了:"杨师傅,请你说说,这么快都有什么秘密?"

"也没有什么秘密,主要手脚快,事先做好一切准备,乘鸡血还未沥干时便向开水里一蘸,把鸡胸上的毛一抹,剜下两块鸡脯便下锅,其他什么也不管。这……这主要是供表演用的,也可以为厨师增加点名气。"

杨中宝为我们讲了两个多钟头,又到厨房里去实地操作表演;老人的兴致又高,不肯休息,回家后便犯老病,睡了十多天。

我本来想打报告,把杨中宝请回来当技术指导,补足他的原工资,外加讲课津贴。现在再也不敢惊动他了,让老人安度晚年。青年人的学习热情很高,不肯罢休,说是刚刚听出点味道来,怎么能停下呢!这话很对,我过去没有重视人材,更没有想到培养的问题,现在悔之未晚,得加倍努力!想来想去,想出了一个主意:出招贤榜!谁熟悉哪个烧菜的名手,都可以推荐,不管是在职的还是退休的,讲一课都是八块钱,年老体弱的人,可以叫出租汽车去接。

这一下可坏了,一张招贤榜又把个朱自冶引到了我的身边!

十　吃客传经

不知道是谁首先想起了朱自冶,一经宣扬以后人人都很同意。这使我十分吃惊,原来好吃也会有这么大的名气!

是的,请朱自冶来讲课的理由是很充分的。他从一九三八年开始便到苏州来吃馆子——这还没有把他在上海的"吃龄"计算在内,不间断地吃到了"大跃进"之前。三年困难之间虽然一度中断，但他从未停止在理论上的探讨，据外间流传，就是在那极其困难的条件下，他写成了一本食谱。"文化大革命"期间他什么都肯交待，唯有这份手稿却用塑料纸包好埋在假山的下面。此种行为的本身就可以跻身于科学家、理论家、文学家的行列，且不说他到底写了点什么东西。包坤年说得好："只要他讲讲一生都吃了哪些名菜，就可以使我们大开眼界！"我同意了。我再也不能把个人的好恶带到工作里。何况我不见朱自冶已经整整十年，十年寒窗还能中状元，你怎么能把个朱自冶看死呢？可是我没有亲自登门求教，是包坤年叫了一部出租汽车去的。朱自冶六十八岁，符合我所说的坐车条件。包坤年说他想借此机会去向朱自冶和孔碧霞检讨，过去的事情是一时昏了头。我想也对，这个检讨由他去做比较适宜，谁欠的账谁还，我也不能包揽。

朱自冶讲课的那一天，也是我主持会议。他的吃经我已经听过一些了，特别是关于南瓜盅，我的印象是很深的，我要听听这些年他到底有了哪些发展。

朱自冶并不是很会讲话的人，尤其是到了台上，他总是急急巴巴，抖抖合合的。讲起吃来可大不相同了！滔滔不绝，而且方法新颖。他一登台便向听众提出一个问题：

"同志们，谁能回答，做菜哪一点最难？"

会场活跃，人们开始猜谜了：

"选料。"

"刀功。"

"火候。"

朱自冶一一摇头："不对，都不对，是一个最最简单而又最最复杂的问题——放盐。"

人们兴致勃勃了，谁也没有料到这位吃家竟然讲起了连一个小女孩都会做的事体。老太太烧菜的时候，常常在井边上，一面淘米一面喊她的孙女儿："阿毛，替我向锅子里放点盐。"世界上最复杂和最简单的事情都有最大的学问，何况我们的几个老厨师都在频频点头，觉得是说在点子上面。

朱自冶进一步发挥了："东酸西辣，南甜北咸，人家只知道苏州菜都是甜的，实在是个天大的误会。苏州菜除掉甜菜之外，最讲究的便是放盐。盐能吊百味，如果在鲃肺汤中忘记了放盐，那就是淡而无味，即什么味道也没有。盐一放，来了，鲃肺鲜、火腿香、莼菜滑、笋片脆。盐把百味吊出之后，它本身就隐而不见，从来也没有人在咸淡适中的菜里吃出盐味，除非你是把盐多放了，这时候只有一种味：咸。完了，什么刀功、选料、火候，一切都是白费！"

我听了大为惊讶，这朱自冶确实有点道理！

朱自冶的道理还在向前发展："这放盐也不是一成不变的，要因人、因时而变。一桌酒席摆开，开头的几只菜要偏咸，淡了就要失败。为啥，因为人们刚刚开始吃，嘴巴淡，体内需要盐。以后的一只只菜上来，就要逐步地淡下去，如果这桌酒席有四十个菜的话，那最后的一只汤简直就不能放盐，大家一喝，照样喊鲜。因为那么多的酒和菜都已吃了去，身体内的盐份已经达到了饱和点，这时候最需的是水，水里还放了味精，当然鲜！"

朱自冶不仅是从科学上和理论上加以阐述，还旁插了许多有趣的情节。说那最后的一只汤简直不能放盐，是一个有名的厨师在失手中发现的。那一顿饭从晚上六点吃到十二点，厨师做汤的时候打瞌睡，忘了放盐，等他发觉以后拿了盐奔进店堂时，人们已经把汤喝光，一致称赞：在所有的菜中汤是第一！

整整的两个小时，朱自冶没有停歇，使人感到他的学识渊博，像冰山刚刚露了点头。他在掌声中走下台来，挺胸凸肚，红光满面，满头的白发泛着银光，更增加某种庄重的气息。包坤年从人群中挤上去，紧紧地拉住了朱自冶的手："朱老，你讲得太好了，我都作了记录，只是记录得不全面，我想带只录音机到府上去拜访，请你再讲一遍。"

"这个嘛……可以，不过最好请你在下午三点以后，我吃了饭得睡一会儿。"

"当然当然,你以后的报告我一定当场录下来,不再麻烦你。我想根据录音再加整理。"

"不必了吧,我是随便讲讲的。"

"哪里,你的讲话太珍贵了,不留下来太可惜!"

"好吧,整理好给我看看。"

"一定,一定要请你过目的。"

朱自冶到底在野鸡大学里混过,老来颇有点教授风度;包坤年一贯重视收集材料,热情也是可掬的;我也向朱自冶发出邀请,请他下个星期继续讲下去。

朱自冶连续为我们讲了三课,包坤年借来一只四喇叭,把朱自冶的讲话全部录下。可惜的是讲到第二课大家便有点着急,讲了半天的盐,这盐怎么还没有放下去呢!厨师们不像我那么外行,放盐的重要性他们是知道的;他们更想知道朱自冶在放盐上有哪些绝技。朱自冶不像杨中宝,他只肯在台上讲,不肯到厨房里去表演。讲到第三课的时候便开始说故事了,说是哪一年和哪几个人去游石湖,吃了一顿船菜如何精美;哪一年重阳节吃螃蟹,光是那剔螃蟹的工具便有六十四件,全是银子做的。而且讲来讲去只有一个观点,现在的菜和过去不能比,他以前说皇帝不懂吃,现在又说清朝是如何的。我当然不能说他是宣扬今不如昔,却也产生了一点怀疑,饭菜不比文物,文物是越古的越值钱。如果在山洞里发现了一幅原始社会的壁画,哪,了不起!可那山洞里的烤野牛是否也算是最好吃的?厨师们打哈欠了,有的干脆回家去睡觉,说是不听他吹牛。讲到第四课味道就不正了,把什么大姑娘唱小曲儿,卖白兰花,叫堂会等等都夹在菜里面。

我决定叫暂停,可那包坤年有意见,说是这样珍贵的材料如果不及时抢救,那是要对历史负责的!

我听到对历史负责就发怵,心里就没有个底。很难说啊,万一那朱自冶还有许多货真价实的东西没有讲出来,或者说他已经讲出来的东西我们并不理解,那倒真是要负责的!好在这一类的难题现在已经难不倒我了,我也学会了一套,即遇事拿不准时,千万不能说死,这里打一个坝,那里要留一个口,让他走着我瞧着,到时候再说话,总归是我对。

"这样吧,朱自冶的报告必须暂停,因为人们已经听不下去。抢救材料的事情当然不能停,反正你已经开始了,那就由你负责到底,我可以提供一定的条件。"

包坤年雀跃了:"买个四喇叭!"

"四喇叭不能买,那是属于集团购买力,要上面批。录音磁带你可以买,宣传费用中可以报销,也不要全买TDK,买点儿国产的。"

包坤年十分满意:"高经理,谢谢你的信任,我一定把这个任务好好地完成。"

讲课就这样结束了,朱自冶前后讲了三课,三八二十四,外加出租汽车费。可是事情并没有结束,另外的一个口子还开着哩,那录音磁带不停地向外流。

包坤年每隔一个星期便要报销两盒磁带,而且全是TDK,我在批发票的时候便问他:"你的任务什么时候才能结束呢?"

包坤年神气活现:"啊呀经理,现在的事情闹大了,到处都来请朱自冶做报告,而且都是找我联系,不会有结束的时候。我们也不想结束,决定成立一个烹饪学学会,对外联络可以有个正式的名义。朱自冶当会长,我当副会长,你也是发起人之一。考虑到你的工作忙,所以请你当理事长,挂挂名的。"

"啊!"我的脑袋嗡了一下,立刻产生了一件条件反射,那包坤年又成立战斗队!

"不不,我不能参加,我对烹饪学是一窍不通。"

"不需要你通,表示赞助而已。"

"不不,我赞助不起,我们没有那么多的宣传费,当年请张幻尔吃顿饭,也不过花了一盘磁带的钱。"

包坤年笑了:"经理呀,你也真是……赞助不等于要钱,钱我们有办法，可以印讲义。你看地摊上卖的《缝纫大全》，一本一块多，成本才几毛钱？穿的有人要，吃的还愁没有生意！何况我们可以乘做报告的时候往下发，用不着私人掏腰包，人家也有宣传费。"

我看着包坤年直翻眼，佩服。他实在比我还会做生意，我只想到掏私人的腰包，没想到要挖公家的宣传费。可以预料，那比掏私人的腰包更容易。我无权反对他们这样做，只好提一点忠告式的意见：

"讲义也不能瞎编呀，不能把那些大姑娘唱小曲儿等等的东西也编进去。"

"不不，讲义是我执笔的，它和小说不同，全谈学术，牵不到男女关系。"

我笑笑，在发票上签了个名："拿去吧，下次请买国产的。"

包坤年拎起发票抖了抖："放心吧，下次用不着你批了，我们还要买四喇叭，买计算机！"

说实在，我没有把包坤年的话全当真的，他们想得起劲罢了，成立个学会谈何容易！就凭包坤年这点儿烧菜的本领，再加上朱自冶讲放盐，又有多少学术可以研究呢，弄不成的。包坤年欢喜赶时髦，赶那么一阵子就要回头。

我想得太简单了，过分低估了包坤年的活动能力。不错，包坤年在烧菜方面的本领还没有学到家，可是他在估量形势，运用关系方面却很老练。饭店是个公共场所，什么人都有；有名的饭店当然会有名的人物前来光顾，只要主动热情，多加照顾，帮着订菜订座，那关系便可以搭上去。老的搭不上便搭小的，通过小的也可以牵动老的，包坤年便可由此而登堂入室，看准时机，帮助人家操办家庭宴会。儿女婚事，老朋相聚，用得着酒席的地方很多，花几个钱也不在乎，唯一困难的是缺少技术与劳力。包坤年精力充沛，技术虽然不太好，但他能请动技术很好的老师傅。老师傅会烧，朱自冶会吹，包坤年能跑腿，酒席价廉物美，包你满意。乘人家吃得高兴时，他们便宣传烹饪学学会的宗旨，请求赞助。如果他们是成立营养学学会的话，赞助的人可能不多，营养学虽然可以防病健身，延年益寿，但是很难懂，而且也不如烹饪学实惠，烹饪学是看得见摸得着的，硬是有一桌丰美的筵席放在你的面前！"学会"二字也很有吸引力，反动学术权威早已打倒了，现在人人都知道，任何学术总比不学无术好，赞助学术不会犯错误，即使错了，学术问题也是可以讨论的，讨论得越多越有名气！

朱自冶的名气越来越大了：一个老专家，在十年浩劫中写了一本书，某某经理看了佩服得五体投地，用小汽车接他去做报告，出两百块工资请他当顾问，他不去……

包坤年在外面活动的风声，朱自冶那越来越大的名声，呼呼地吹到我的耳朵里。"让他走着我瞧着，到时候再发表意见。"现在时候已经到了，我也无话可说了。我不能说朱自冶讲课是吹牛，大家别去听，听一次讲放盐还是可以的。我也不能揭朱自冶的老底，说他一贯好吃，死不改悔……正中，一个人要做出点学问来，必须终身不渝，坚持到底！对于包坤年我也不好说什么，我不能说他是开地下饭店，他再也不找我在发票上签字。唉，一切实用主义的工作方法都是自搬石头自砸脚，有的随搬随砸，有的从搬到砸要隔几十年！

十一　口福不浅

过了不久，我的老朋友阿二到店里来找我。我们两个人虽然不再住在一条巷子里，可是两家人家却经常来往。当我搬进新大楼的时候，他们一家都来道喜。连阿二的爸爸也由孙子们搀扶着爬上楼。他对我的妈妈说："恭喜你呀老嫂子，你活了一生一世，从今以后再也不必担心房东会把你赶出去！"我的妈妈老迈了，回不出话来，只是擦眼泪。阿二更是经常到我家来，说说老话，坐一坐。有时候觉得老话也重复得太多了，便抽烟喝茶，无言相对，好像也是一种享受。他直接到店里来找我，这还是第一次。

阿二见了我便把手一举："无事不登三宝殿，有件事情求求你。"

"什么事？"

"我家大男要结婚了，就在这个星期天。我想到你们店里订两桌酒席，可你们要排到三个星期之后！经理呀，能不能帮帮忙呢？"

我为难了："哎呀，你何必来凑这种热闹，人家在饭店里摆酒是图排场，收人情，省事情。你也准备收人情吗，我应当送几十块呢？"

"去，我也不准备大请客。你家、我家、亲家，还有几个小朋友，总共不到二十人。"

"那好，两桌酒席你家摆不下吗，不能摆在天井里吗？你到店堂里去看看，闹哄哄的，想说几句高兴的话谁也听不见；到时候服务员要下班，拿着扫帚站在旁边，你能吃得安逸？"

"啧啧，哪有卖瓜的说瓜苦的。"

"瓜倒不苦，不是吹的，现在的几只菜都不推扳，表扬信收到了一大堆，可我总觉不如家宴随便。还有一个问题不好解决，我们有店规，凡属本店的工作人员，一律不得在本店与熟人同席，以免吃客们产生误会。你叫我怎么办，站在边上看！"

"嗬，那不能。这一次我要好好地请你喝两杯，当年如果不是你动员我参加失业登记，今天的情况也许就是两样的。"

"行，自家办。我可以帮助你请个好厨师，呱呱叫的手艺。"

阿二笑了："那倒不必，我们家人手多，个个能动手。鸟枪换炮啦，伙计，人人都有一两样拿手菜哩！"

"更好，一人烧一只，我烧最后的一只汤。"

阿二拱拱手："免了，你的汤我已经领教过了。星期天晚上早点来，等你。"

我的心里喜滋滋的，真的等着这桌酒席。我给他家惹过麻烦，害得阿二的爸爸摆葱姜摊头；也就是在那个天井里，阿二叫我去拉过南瓜，如今在那里摆上两桌酒啊！不吃也美！

正当我美的时候，包坤年蹦跳着进来了，看样子他也很美；我美他也美，这个世界才会变得更美！

包坤年高高地叫了一声："经理，给！"把一张印着金字的大红请柬塞到了我手里。我把请帖翻过来一看："为庆祝烹饪学学会成立，特订于二十八日中午（星期日）假座××巷五十四号举行便宴招待各界人士，务请大驾光临。"好，又是一顿酒席来了！我对这桌酒席的反映很快，不假思索地便说了出来："抱歉，我星期天有个约会，要到人家吃喜酒去。"说着便把请帖向桌上一丢。

包坤年搔搔头皮："你那是什么时候？"

"晚上六点。"我又不假思索地说了出来。

"好极了，不冲突，我们是中午十二点。"

我再把请帖拿起来看看，果然不错，中午二字明明白白地印在那里。我只好摆观点了："不行，我没有参加你们的学会，也算不了是哪一界的人士，去是不合适的。"

"经理呀，正是因为你不肯当理事长，才使得我们的工作进行得十分顺利，空出一个理事长的位子来，解决了大问题！要不然的话，我们早就吵散啦，学会到今天也不能成立！"

"噢！"原来如此，参加是一种赞助，不参加还是更大的赞助！事物的因果关系实在微妙之极！

"去吧经理，某某某都去了，你不去是不像话的。又不是开大会，也不要你发言，纯粹是吃，一顿美餐，不去很可惜。"

"我不大欢喜吃。"

"那就少吃点，见识见识，对你来说也是一种业务学习。老实告诉你吧，这一桌酒席是百年难遇。朱自冶指挥，孔碧霞动手，我们几个人已经忙了四天。所有的理事都想参加，挤不进来大有意见。没有办法，孔碧霞有规矩，最多不得超过八人，再三商量才同意改用圆台面，连你十个。"

包坤年的话使我动摇了。当年杨中宝到孔碧霞家去吃饭，只听说吃得好上天，却一直不知道究竟吃了些什么东西。如今有了机会，不去见识一下是会终身遗憾的。何况我参加不参加都是赞助，如果再空出一个位子来，还不知道会引出什么后果哩！

"好吧，我去。"

"一言为定，不来接你了，五十四号你是熟悉的。"

"太熟悉了，我闭上眼睛也能摸到。"

五十四号我是很熟悉，读中学的时候我每天都要从那里经过，常常看见有许多油光锃亮的黄包车停在门口，偶尔还有一辆福特牌的小轿车驶过来，把巷子里的行人挤得纷纷贴上墙头。那两扇黑漆的大门终日紧闭着，门上有一条缝，一个眼。缝里投信件，眼里装有玻璃，据说这是一种窥视镜，里面能看清外面，外面看不见里面，叫花子是敲不开门的。那时候沿门求乞的人很多，差不多的人家都装有这种东西。我从来不知道那门里是什么样子，只是看见那高高的围墙上长满了爬墙虎，每到秋天便飘送出桂花的香气。如今的桂子又飘香了，我从一个孩子变成了"各界人士"，又到了五十四号的门前。

那扇黑漆斑驳的大门敞开着，有一位年轻而漂亮的妇女站在门里面。她的穿着很入时，高跟皮鞋，直筒裤，银灰色的衬衫镶着两排洁白的蝴蝶边，衬衫也是束腰的。她笑嘻嘻地迎了上来，我以为是收入场券的，连忙把请柬掏出来给她看。她掩嘴，深深一鞠躬，左手向前一伸："请进。"跟着便高声地叫喊："妈妈，高经理来啦！"

噢……对了，她就是孔碧霞的女儿，是那个政客兼教授留下来的。姑娘也应该有这么大了，连我的女儿都有了孩子。我再回过头来看看她，活像孔碧霞，孔碧霞年轻的时候，也该是一代风流！

孔碧霞从那条铺着石子的花径上走过来了。我抬头一看，简直不认识了，她好像已经把原来的脸型留给了女儿，自己变成了一个半老的贵妇。现在不会有人喊她干瘪老阿飞了，她也发了胖，胖得丰满圆润，比站在居委会门前请罪时年轻得多。她的头发向上反梳着，在后脑上高高隆起。这种高，正好抵销了因发胖而造成的横向发展，所以不会造成人们视觉上的错误，好像发了胖的女人都比以前矮了一点。她的衣着并不花哨，时间已经使她懂得了打扮的真谛；年轻而漂亮的人不管穿什么衣裳都好看，淡装浓抹都相宜。年老的人如果要打扮的话，主要是用衣着来表示某种风度和气质而已。所以孔碧霞的衣着很素净，一件普通的蓝色西装外套，做工考究，质地高贵，和她的年龄、体型都很相配。

孔碧霞对我很热情，像她这样精细的人，很难忘记细小的事情。

"高经理呀，就怕你不来呐。唷，也老了，当阿爹了吧？"

"没有，刚当上外公。"

"好，都是一样的。快请进，就等你开席。"

我跟着孔碧霞往前走，一个幽雅而紧凑的庭院展现在面前。树木花草竹石都排列在一个半亩方塘的三边，一顶石桥穿过方塘，通向三间面水轩。在当年，这里可能是那位政客兼教授的书房，明亮宽敞，临水是一排落地的长窗。所有的长窗都大开着，可以看得清楚，大圆桌放在东首，各界人士暂时都坐在西头。

包坤年从石板桥上走过来了，把我向各界人士一一引见。其中有两位是朱自冶的老吃友，我当年替他们买过小吃。有一位是我的老领导，我年轻时便听过他的报告。其余的三位我都不熟悉，一个沉默寡言，两个谈笑风生，谈吐间流露出一股市侩气。

朱自冶穿着一套旧西装，规规矩矩地系着一条旧领带，领带塞在西装马甲里。这套衣裳不知道是从哪个箱子的角落里翻出来的，散发着浓重的樟脑味，可是朱自冶穿着并不显得滑稽，反而使我肃然而有敬意。好熟悉，这种装束是在哪里见过的？对了，我在读高中的时候，老师们的衣着基本上分为两大派。一派是长袍蓝衫，一派是西装革履。国文教员总是穿长袍，物理教师都是穿西装的。烹饪学属于科技，穿长袍蓝衫显得太陈旧，穿制服又没有特点，穿崭新的西装又显得没有根基，西装而是旧的，妙极！好像是一个潦倒多年的老科学家刚被重视，刚被发现！这一身打扮肯定是出于孔碧霞的大手笔，朱自冶穿衣裳一贯是很拆烂污的。

朱自冶多年不穿西装了，行动很不自然，碰碰撞撞地越过几张椅子，把一本烹饪学讲义塞到了我的手里。我拿着讲义在我的老领导的面前坐下，也觉得十分拘谨。解放初期当我还在工作队的时候，曾经和这位领导同志有过一段时间的接触，在我的印象中他是个不苟言笑，要求严格，对知识分子有点不以为然的人。我们那一伙"小资产"在他的面前都装得十分规矩而谨慎。今天在此种场合中相遇，还使我感到有点手足无措，最主要的是找不出话来说，只好把手中的讲义慢慢地翻阅。

"小高。"

"噢。"

老领导叫了我一声小高以后，也发现我的年纪已经不小了，立刻改了口："老高呀，你要好好地看看这本书，多向人家学习学习。"

"是，我一定好好地拜读。"

"现在不能靠外行领导内行了，要好好地钻进去。"

"是的，我在这方面过去犯过错误。"

"知道错误就好，现在还来得及。"

我点点头，继续把讲义翻下去，发现这本由朱自冶口述，包坤年整理的大作并不是什么新鲜的东西，是从几种常见的食谱中抄录而来的，而且错漏很多，不知道是抄错的还是印错的。我抬起头来看看朱自冶，想向他提出一点问题，可那朱自冶却避开我的目光，双手向前划着，好像赶鸭子似的请大家入席。

人们鱼贯而出，互相谦让，彬彬有礼，共推我的老领导走在前面。

人们来到东首，突然眼花缭乱，都被那摆好的席面惊呆了。洁白的抽纱台布上，放着一整套玲珑瓷的餐具，那玲珑瓷玲珑剔透，蓝边淡青中暗藏着半透明的花纹，好像是镂空的，又像会漏水，放射着晶莹的光辉。桌子上没有花，十二只冷盆就是十二朵鲜花，红黄蓝白，五彩缤纷。凤尾虾、南腿片，毛豆青菽、白斩鸡，这些菜的本身都是有颜色的。熏青鱼，五香牛肉，虾子鲞鱼等等颜色不太鲜艳，便用各色蔬果镶在周围，有鲜红的山楂，有碧绿的青梅。那虾子鲞鱼照理是不上酒席的，可是这种名贵的苏州特产已经多年不见，摆出来是很稀罕的。那孔碧霞也独具匠心，在虾子鲞鱼的周围配上了雪白的嫩藕片，一方面为了好看，一方面也因为虾子鲞鱼太咸，吃了藕片可以冲淡些。

十二朵鲜花围着一朵大月季，这月季是用勾针编结而成的，很可能是孔碧霞女儿的手艺，等会儿各种热菜便放在花里面。一张大圆桌就像一朵巨大的花，像荷花，像睡莲，也像一盘向日葵。

人们从惊呆中醒过来了，发出惊讶的叹息：

"啊……"

"啧啧。"

还没有入席我就受到批评了："老高，你看看，这才是学问呐！看你们那个饭店，乱糟糟的。"

我没有吭气，四面打量，见窗外树影婆娑，水光耀廊，一阵阵桂花的香气，庭院中有麻雀吱吱唧唧。想当年那位政客兼教授身坐书房……

朱自冶又把两手向前划着，邀请大家入座。同时把领带拉拉松，作即席讲说：

"诸位，今天请大家听我指挥，喝什么酒，吃什么菜，都是有学问的。请大家不要狼吞虎咽，特别是开始时不能多吃，每样尝一点；好戏还在后面，万望大家多留点儿肚皮……"

人们哈哈地笑起来了，心情是很愉快的。

"……吃，人人都会，可也有人食而不知其味，知味和知人都是很困难的，要靠多年的经验。等会儿我可以一一介绍，敬请批评指教。开席，拿酒杯。"

包坤年立即打开酒橱，拿出一套高脚玻璃杯，两瓶通化的葡萄酒。这一套朱自冶不说我也懂了，开始的时候不能喝白酒，以免舌辣口麻品不出味。可我就想喝白酒，我学会喝酒是在困难的时刻，没有六十四度不够味。

包坤年替大家斟满了酒，玻璃杯立刻变成了红宝石，殷红的颜色透出诱人的光辉。葡萄美酒夜光杯，那制作夜光杯的白玉之精也可能就是玻璃。

包坤年是副会长,斟完了酒总要讲几句的,为了要突出朱自冶,多讲了也不适宜,便举起筷子来带头:"同志们请吧,请随意……"

朱自冶也不想为别人留点面子,煞有其事地制止:"不不,丰盛的酒席不作兴一开始便扫冷盆,冷盆是小吃,是在两道菜的间隔之中随意吃点,免得停筷停杯。"说着便把头向窗外一伸,高喊:"上菜啦!"

随着这一声叫喊,大家的眼睛都看住池塘的南面,自古君子远庖厨也,厨房和书房隔着一池碧水。

电影开幕了:孔碧霞的女儿,那个十分标致的姑娘手捧托盘,隐约出现在竹木之间,几隐几现便到了石板桥的桥头。她步态轻盈,婀娜多姿;桥上的人,水中的影,手中的盘,盘中的菜,一阵轻风似的向吃客们飘来,像现代仙女从月宫饭店中翩跹而来!该死的朱自冶竟然导演出这么个美妙的镜头,即使那托盘中是装的一盆窝窝头,你也会以为那窝窝头是来自仿膳,慈禧太后吃过的!

托盘里当然不是窝窝头,盖钵揭开以后,使人十分惊奇,竟然是十只通红的番茄装在雪白的瓷盘里。我也楞住了,按照苏州菜的程式,开头应该是热炒。什么炒鸡丁、炒鱼片、炒虾仁等等的,从来没见过用西红柿开头!这西红柿是算菜还是算水果呢?

朱自冶故作镇静,把一只只的西红柿分进各人的碟子里,然后像变戏法似的叫一声"开!"立即揭去西红柿的上盖:清炒虾仁都装在番茄里!

人们兴趣盎然,纷纷揭盖。

朱自冶介绍了:"一般的炒虾仁大家常吃,没啥稀奇。几十年来这炒虾仁除掉在选料与火候上下功夫以外,就再也没有其他的发展。近年来也有用番茄酱炒虾仁的,但那味道太浓,有西菜味。如今把虾仁装在番茄里面,不仅是好看,请大家自品。注意,番茄是只碗,不要连碗都吃下去。"

我只得佩服了,若干年来我也曾盼望着多给人们炒几盘虾仁,却没有想到把虾仁装在番茄里。秋天的番茄很值钱,丢掉多可惜,我真想连碗都吃下去。

唔，经朱自冶这么一说，倒是觉得这虾仁有点特别，于鲜美之中略带番茄的清香和酸味。丁大头说得不错，人的味觉都是差不多的，不像朱自冶所说有人会食而不知其味。差别在于有人吃得出却说不出，只能笼而统之地说："啊，有一种说不出的好吃！"朱自冶的伟大就在于他能说得出来，虽然歪七歪八地有点近于吹牛，可吹牛也是说得出来的表现。在极力的享受和娱乐之中，不吹牛还很难使那近乎呆滞的神经奋起！

仙女在石板桥上来回地走着，各种热炒纷纷摆上台面。我记不清楚到底有多少，只知道三只炒菜之后必有一道甜食，甜食已经进了三道：剔心莲子羹，桂花小圆子，藕粉鸡头米。

朱自冶还在那里介绍，这种介绍已经引不起我的兴趣，他开头的一笔写得太精采了，往后的情节却是一般的，什么芙蓉鸡片，雪花鸡球，菊花鱼等，我们店里的菜单上都有的。

人们的赞叹和颂扬也没有停歇：

"朱老，你的这些学问都是从哪里得来的？"

"很难说，这门学问一不能靠师承，二不能靠书本，全凭多年的积累。"

"朱老，你过了一世的快活日子，我们是望尘莫及。"

"哪里，彼此彼此，'文化大革命'和困难年也是不好过的。"

"算啦，那些事情都过去了，吃吃！"

"是呀，将来到了共产主义，我们大家天天都能吃上这样的菜！"

我听了肚里直泛泡，人人天天吃这样的菜，谁干活呢，机器人？也许可以，可是现在万万不能天天吃，那第五十八代的机器人还没有研制出来哩！

"老高。"

"噢。"

"你为什么不说话呀，像朱老这样的人材你以前一点儿也不知道吗？"

"知道，我很早便知道。"

"那你为什么不请他去指导指导，把你们的饭店搞搞好。"

"请……请过，我们请他讲过课。"

"那是临时的，没有个正式的名义。"

人们突然静下来，目光都集中在我的身上。我凝神了。在今天的这顿美餐里，似乎要谈什么交易?!

"名义……这名义就很难说了。"

"也是一种专家嘛!"

"叫什么专家好呢?"我等待着人们的回答。科学家、文学家、表演艺术家，你哪一家都靠不上去!

"吃的……"说不下去了，"吃的专家"是骂人的。

"会……"会吃专家也不通，谁不会吃?

包坤年把筷子一举："外国人有个名字，叫'美食家'!"

"好!"

"对!"

"美食家，美食家!"

"来来，为我们的美食家干一杯!"

朱自冶踌躇满志了，忍不住把那旧西装敞开，举杯离座，绕台一周，特别用力地和我碰了碰杯，差点儿把那薄薄的玻璃杯都碰碎。是呀，他那吃的生涯如今才达到了顶点；辛辛苦苦地吃了一世，竟然无人重视，尚且有人反对。真正的价值还是外国人发现的!

我只恨自己的孤陋寡闻，一下子就败在包坤年的手里。我只知道引进"快餐"，却没有防备那"美食家"也是可以引进的。好吃鬼，馋痨坯等等都已经过时了，美食家!多好听的名词，它和我们的快餐一样，也可以大做一笔生意。如果成立世界美食家协会的话，朱自冶可当副主席；主席可能是法国人，副主席肯定是中国的!

人们在欢乐声中拨动了第十只炒菜，这时候孔碧霞走了进来，询问大家对炒菜的意见。人们纷纷道谢，邀请孔碧霞同饮一杯。我站起身来为孔碧霞斟满酒，举起杯：

"谢谢朱师母，你的菜确实精美，谢谢你，也谢孩子，她为我们奔走了半天。"我对孔碧霞也没有多少好感，但是我得承认，她的确是做菜的能手，二级厨师的手艺，应该由她来当烹饪学学会的主席或者是副主席。世界上的事情会做的往往不如会吹的，会烧的也不如会吃的！

孔碧霞很高兴："哪里，能得到经理的称赞很不容易。"她举起杯来划了个大圈子："怠慢大家了，几只炒菜连我也不满意，现在没有冬笋，只好用罐头。"

"啊，没说的。"

"来来，为美食家的夫人干一杯！"

一杯干了以后，包坤年开始收酒杯了，别以为宴会已经结束，早着呢，现在是转场，更换道具的。

朱自冶又拿出一套宜兴的紫砂杯，杯形如桃，把手如枝叶，颇有民族风味。酒也换了，小坛装的绍兴加饭、陈年花雕。下半场的情绪可能更加高涨，所以那酒的度数也得略有升高。黄酒性情温和，也不会叫人口麻舌辣。我向那酒橱乜了一眼，看见还有两瓶五粮液放在那里，可能是在喝汤之前用的。我暗自思忖，这桌饭不知是谁出钱，是朱自冶的银行存款呢，还是人家的宣传费？

孔碧霞告辞以后，下半场的大幕拉开，热菜、大菜、点心滚滚而来：松鼠桂鱼，蜜汁火腿，"天下第一菜"，翡翠包子，水晶烧卖……一只"三套鸭"把剧情推到了顶点！

所谓三套鸭便是把一只鸽子塞在鸡肚里，再把鸡塞到鸭肚里，烧好之后看上去是一只整鸭，一只硕大的整鸭趴在船盆里。船盆的四周放着一圈鹌鹑蛋，好像那蛋就是鸽子生出来的。

人们叹为观止了：

"老高。"

"唉。"

"你看看，这算不算登峰造极？"

"算。"

"就凭这一手,让朱老到你们的店里去当个技术指导还不行,每月给个百二八十的。"

我明白了,这恐怕是今天的中心议题,连忙采取推挡术:"不敢当,我们的庙小,容不下大菩萨。"

"你们的庙也不小呀,就看庙主的眼力……"

幸亏那只三套鸭帮了忙,当它被拆开以后人们便顾不上说话了,因为嘴巴的两种功能是不便于同时使用的。

我看了看表,这顿饭已经吃了将近三个钟头,后面还要喝五粮液(我很想喝),还会有一只精采的大汤作总结,还会有生梨或者是菠萝蜜。可我不敢终席了,因为终席之后便是茶话,那圈套便会绕到我的脖子上面。

"实在对不起,我下面还有一个约会,不能奉陪到底。谢谢朱先生,谢谢诸位,谢谢……"我不停地说谢谢,不停地向后退,退了五步便转身,径奔石板桥而去。过得桥来回头看,见那长窗里的人都呆在那里。

我觉得今天的举止很不礼貌,也不光采,好像是逃出来的。如果不向女主人打个招呼,那孔碧霞会伤心,她是很要场面的。

孔碧霞和她的女儿还在忙着,听说我要走,有点儿扫兴:"啊呀,大概是我做的菜不好吧,不合你的口胃!"

"哪里,你的菜做得确实不错,什么时候请你到我们的店里去讲讲,交流交流。"

孔碧霞笑了:"有什么好交流的,这些菜你们都会做,问题是你们没有这么多的时间,细模细样地做,还得准备个十几天……哎,你不能再坐会儿吗,还有一只大汤咧。"

"知道……"我突然想起件事情来了:"朱师母,今天的甜菜里面怎么没有南瓜盅?困难年朱先生和我一起去拉南瓜的时候,说是要创造出一只南瓜盅,有田园风味!"

孔碧霞咯咯地笑了:"你听他瞎吹,他这人是宜兴的夜壶,独出一张嘴!"

十二　巧克力

　　出了五十四号向西走,到阿二家去。天啊,那里还有一桌酒席等着我哩!我什么也不想吃了,三套鸭不好消化,那一番谈话也值得回味。可我想和阿二、和他的爸爸干几杯,当然是白酒,六十四度,喝下一口之后像一条热线似的直通到肚里,哈地一声长叹,人间无数的欢乐与辛酸都包含在内。

　　秋天对每个城市来说,都是金色的。苏州也不例外,天高气爽,不冷不热,庭院中不时地送出桂花的香气。小巷子的上空难得有这么蓝湛,难得有白云成堆。星期天来往的人也不多,绝大部分的人都在忙家务,家务之中吃为先,临巷的窗子里冒出水蒸气,还听到菜下油锅时嗞啦一声炸溜。

　　从五十四号到阿二家,必须经过我原来住过的地方,这地方的样子一点儿也没有变。石库门,白粉墙,一排五间平房向里缩进一段,朱自冶住过的小洋楼就在里面。我仿佛看见阿二的黄包车就停在门前,朱自冶穿着长袍从门里出来,高踞在黄包车上,脚下铃铛一响,赶到朱鸿兴去吃头汤面。四十年来他是一个吃的化身,像妖魔似的缠着我,决定了我一生的道路,还在无意之中决定了我的职业。我厌恶他,反对他,想离他远点。可是反也反不掉,挥也挥不走,到头来还要当我的指导,每月给个百二八十的。百二八十是多少?加起来除以二,正好是一百元人民币!如果杨中宝能来当指导,我情愿在一百之外再加二十,奖金还不计算在内。可这朱自冶算什么,食客提一级最多是个清客而已,他可以指导人们去消遣,去奢靡,却和我们的工作没有多大的关系。美食家,让你去钻门子吧,只要我还站在庙门口,你就休想进得去!

　　一直走到阿二家,我心中的怨气才稍稍平息。这里是个欢乐的世界,没有应酬，没有虚伪，也谈不上奢糜。天井里坐满了人，在那里嗑瓜子，吃喜糖。我的一家都来了，包括我那个刚满周岁的小外孙在内。这孩子长得又白又胖，会吃会笑，还会做眯眼，捏捏小拳头和人表示再会。现在都是独生子女，一个娃娃可以有六个大人在他的身上花费物力和精力。满天井的人都以娃娃为中心，给他吃，逗他笑，从这个人的手里传到那个人的手里。

有人把硬糖塞到我那小外孙的嘴里，他立刻吐了出来。

"怎么，他不吃糖吗？"

"他呀，要吃好的！"

"试试，给他巧克力。"

有人拿了一条巧克力来，剥去半段金纸，塞到孩子的手里。果然，这孩子拿了就往嘴里送，吃得嗞嗞咂咂地流口水。

人们哄笑起来了："啊呀，这孩子真聪明，懂得吃好的！"

我的头脑突然发炸，得了吧，长大了又是一个美食家！我一生一世管不了个朱自冶，还管不了你这个小东西！伸手抢过巧克力，把一粒硬糖硬塞在小嘴里。

孩子哇地一声哭起来了……

满座愕然，以为我这个老家伙的神经出了问题。

一九八二年八—九月

附言：本文是小说，纯属虚构，不得已而借用苏州风物，此亦文学之惯技，务请读者诸君不必一一查对。

——作者再拜。

（原刊于《收获》1983 年第 1 期）

烟　壶

邓友梅

一

近年来由于大工业化的卷烟生产，使吸纸烟者遍及世界各个地区、各个阶层，把闻鼻烟这一古老的生活享受硬给挤兑没了。这是件叫人不服而又无可奈何的事！从卫生的角度看，鼻烟比烟卷、雪茄可实在优越得多。闻鼻烟只不过嗅其芬芳之气，借以醒脑提神，驱秽避疫。并不点火冒烟，将毒雾深入肺腑熏染内脏。其次闻鼻烟时谁爱闻谁抹在自己鼻孔下边，自得其乐。不爱闻的人哪怕近在咫尺也呛不着熏不着，如果打喷嚏时再用手帕捂紧鼻口，那就毫无污染环境的公害。鼻烟自从明朝万历九年被利玛窦带进中国，到康熙、乾隆年间达到了它的黄金时代，朝野上下皆嗜鼻烟。那时，不会闻鼻烟的人大概就像今天不会跳迪斯科那样要被人视作老憨。康熙皇帝到南京时，西洋传教士敬献多种方物，他全部回赏了洋人。只把"SNUFF"收了下来。有学问的人说这几个洋字码儿，就是"鼻烟"。看过乾隆庚辰本《过录脂评石头记》的人也会记得，晴雯感冒之后，头昏鼻塞，宝玉命麝月给她拿了西洋鼻烟来嗅过，痛打几个喷嚏，通了关窍，这才痊愈！纸烟也盛行了多年，它可曾有过鼻烟这样显贵的身份、光辉的业绩？

还有一个证明鼻烟优越的实例，自明末以来，由于鼻烟的流行，我国匠人结合自己民族工艺传统，大大地发展了鼻烟壶的制造艺术。您别小看鼻烟壶这东西大不过把握，小则如拇指，装不得酒，盛不得饭。可是它把玉石琢磨、金丝镶嵌、雕漆、烧瓷、雕塑、绘画、景泰蓝、古月轩各色工艺技术都集于一身，成了中国工艺美术的一朵奇葩。成了中国工艺技术一个浓缩的结晶。尽管经过上百年的流散、毁坏，很多珍品丧失了。今天我们若涉足到烟壶世界里观光，仍然会目不暇给，美不胜收。按原料来分，有金属壶、石器壶、玉器壶、料器壶、陶器壶、瓷器壶、竹器壶、木器壶、云母壶、瓠器壶、象牙壶、虬角壶、椰壳壶、葫芦壶，此外还有珍珠、腰子、鲨鱼皮、鹤顶红……按其大类已是举不胜举了。若分细目，名目更加繁多。比如同是瓷壶，又分官窑、民窑、斗彩、粉彩、模刻、透雕、青花加紫、雨过天晴、珐琅、窑变……同是玉石壶，则分白玉、青玉、翡翠、珊瑚、玛瑙、水晶……而玛瑙壶中又要分玳瑁、藻草、缠丝、冰糖……若按造型来分，则又有鸡心、鱼篓、砖方、月圆、双连式、美人肩等等。只一个圆壶，也要分作扁圆、腰圆、桃圆、蛋圆等。一句话，烟壶虽小，却渗透着一个民族的文化水平、心理特征、审美习尚、技艺水平和时代风貌。所以一些好烟壶在国际市场上常常标以连城之价。一九七六年德国拍卖行展出一只烟壶，几分钟内被人以二百万马克买了去。美国著名的烟壶学者司蒂文森先生去世后，他收藏的中国烟壶拍卖了一百四十万美元。这位司先生终生不娶，除去研究中国鼻烟壶几乎别无他好。他写的关于中国鼻烟壶的研究著作，在同行眼中，差不多等于原子能学者眼里居里夫人的论文。在西方有两个"国际中国鼻烟壶学会"。他们定期开会，宣读论文，出版期刊。会员人数年年有所增加。司蒂文森先生生前就是设在北美的那个学会的主席。我们说鼻烟推动人们开拓了一个新的艺术领域，这不算夸大吧。

　　成千上万的人一生没见过鼻烟壶，照样学习、工作、恋爱、结婚、生儿、育女，这是事实。可你也别小瞧它。它能在国内外获得如此的重视，你得承认它在一个特定的领域里是闯出了成绩了。多少人精神和体力的劳动花在这玩意儿上，多少人的生命转移到了这物质上，使一堆死材料有了灵魂，有了精气神。您闻不闻鼻烟，用不用烟壶这没关系，可您得承认精美的鼻烟壶也是我们中国人勤劳才智的结晶，是我们对人类文化作出的一种贡献，是我们全体人民的一笔财富。……我们似乎走了题。本来是说闻鼻烟与吸香烟的"比较卫生学"的，怎么一下岔到烟壶上来了？

　　听说西洋有一派写小说的，主张落笔之前不要有什么构思、预想。找个话题开始之后，一切随着意识的流动而流动，随着思绪的发展而发展。这办法很近似我们祖先在《三教指归》上说的"鞭心马而驰八极，油意车而戏九空"的原理。准此，咱们也不必再把话题拉回到鼻烟上去，顺流而下往下讲烟壶吧。

二

　　烟壶中有一种做法叫作"内画"。水晶瓶也好，料器瓶也好，只要是透明的瓶体，全可拿来当作坯子。由画家在瓶子内部画上山水人物、花鸟草虫，写上真草隶篆、诗词文章。工笔写意，水墨丹青，透过瓶壁看来，格外精致细腻。这一技术极难。因为鼻烟壶在造型上有定例，瓶口阔者放不进一粒豌豆，窄者只能插一根发簪。一般人用掏耳勺插进瓶内掏烟还难以面面俱到，要想往内壁画图谈何容易？更何况不论多精多美的图画文字，在画时一律要反面落笔，看起来才成正面图像。所以赏玩那方寸天地内的"壶里乾坤"时，人们难免产生各种臆想。有人说这东西是躺下来仰面朝天画的,不然看不清瓶内壁落笔点;一说这是用头发沾着颜料一点一点勾抹成的,一个壶要画半年;还有人认为这东西并非人所能为,多半是仙家游戏之作。因为那时"古月轩"制品正风靡一时,人们用"古月"二字推测出是胡仙所制。胡家众仙一向诙谐倜傥。既能化作好女迷人,又能制造瓷器戏世,难免不会画几个烟壶来捉弄一下红尘中人。这本是极有论据的,可惜后来内画壶越传越多,这论据竟不攻自破了。您想,画个三两的玩玩还则罢了,整批的画,成打的卖,这明显是挣钱混饭的行径,仙家何至于落魄到这般地步呢?再往后,可就传出了有此特技的画家的姓名。到二十世纪初,北京一带有名画师就有了四位——北京人四平八稳惯了,搞选举、排名次一向和奥林匹克运动会或小说评奖之类国内外惯例相反,不选前三名,也不排前五名,偏是四名。"四大名医""四大名旦""四大须生",吃丸子也要"四喜丸子"。于是便选出了四大内画画师。他们是:

"登堂入室马少宣,雅俗共赏业仲三,阳春白雪周乐元,文武全才乌长安。"

我们讲讲这个乌长安。

三

乌长安姓乌里阿,原名乌世保,是火器营正白旗人。祖上因军功受封过"骁骑校"。到乌世保这一代,那职叫他伯父门里袭了。他闲散在家,靠祖上留下来的一点地产,几箱珍玩过日子。别说骑马,偶然逛一趟白云观,骑驴时两腿也打哆嗦。但这并不妨碍他作为武职世家的光荣,也不耽误他高兴时自称为"它撒勒哈番"。

乌世保活到三十多岁,一向安分守己地过日子。每日里无非逗逗蛐蛐,溜溜画眉,闻几撮鼻烟,饮几口老酒,家境虽不富有,也还够过。北京的上等人有五样必备的招牌,即是"天棚,鱼缸,石榴树,肥狗,胖丫头。"乌世保已没闲钱年年搭天棚了,最后一个丫头卖出去也没再买。其他三块却还齐备,那狗虽不算肥,倒是地道的纯种叭儿。他从没有过非分之想,就是一时高兴出堂会,玩票去唱几句八角鼓,也是茶水自备,不取车资。有一回端王府出堂会,他唱"八仙祝寿"。忽然那府里一个太监把嘴伸到乌世保耳边吹了点风:"我告诉您,王爷就要当义和团的大师兄了,您唱词里要来两句捧义和团的词,抓个彩,王爷准高兴!"凭心而论,乌世保决没有喝符念咒的瘾头,但既来祝寿,总要叫主家高兴,也藉此显显自己的才智。何况端王这时正得意,儿子溥儁被太后立为大阿哥,宣进宫里教养,很有当皇上的老子的希望。乌世保一铆劲,就加了几句词:"八仙祝寿临端府,引来了西天众神灵:前边是唐僧猪八戒,紧跟沙僧孙悟空,灌口二郎来显圣,左右是马超跟黄汉升;济公活佛黄三太,诸葛武侯姜太公,收住云头到王府,要见王爷大师兄……"

载漪听了捧腹大笑,问左右:"这个猴崽子是谁家的孩子?"那传话的太监说:"正白旗乌家,他祖宗是它撒勒哈番,现在正闲着。"载漪说:"噢,是武职呀。叫他上虎神营当差去吧!"

这虎神营是专为镇压洋鬼子才建立的一支突击队,以"虎"克"羊",以"神"灭"鬼",那用意是极好的。乌世保听了却魂不附体,赶紧磕头说:"谢王爷恩典,可奴才不会打仗,不敢受命……"载漪说:"用不着你放洋枪。那儿少个'笔且齐'你去支应着。有我的面子,裕禄不会难为你。"

乌世保不敢执拗,磕了头出来,就急得像发疟子,后悔编那几句唱词邀来了恩宠。给他弹弦的那人叫寿明,是个穷旗人,可老于世故。见他急成这样,就出主意,让他弄了几件精致玩意送给那位传话的太监,向王爷禀了个"因病告假"的帖子。王爷本来也是一时高兴,出了这个主意。见他执意不肯,也就作罢了。过了一年,即是庚子。八国联军占领北京,和清政府议和时,有一项条款就是惩办"义和团祸首"。这载漪不仅没当上皇帝的老子,连端王的爵位也丢了,被发配新疆,终身禁锢,虎神营也就冰销瓦解。

八国联军占北京时，乌世保也倒了点小霉。那只叭狗跑丢了。他出去找狗，又叫洋人逮住去埋了一天死尸。看到死了那么多人，他想起端王要他去虎神营的事，实在有点后怕。

过了一年，和议谈成，北京又恢复了正常生活。他觉得大难不死，应当庆贺庆贺，就约了寿明等几个朋友，趁九月初九，去天宁寺烧香谢佛。

北京这地方，地处沙漠南缘，春天风沙蔽天，夏日骄阳似火，惟有这秋天，最是出游的好季节，所以重阳登高之风，远比游春更盛。

四

当时北海、景山，全是皇室禁地，官商百姓要出游，须另找去处。最出名的去处有城西的钓鱼台，城北的土城，城南的法藏寺和天宁寺。这几个地方为何出名呢？原来土城地旷，便于架起柴火来吃烤肉；钓鱼台开阔，可以走车赛马；法藏寺塔高，可以俯瞰瞭望；而天宁寺在彰义门外，过珠市口往西，一路上有好几家出名的饭庄。乌世保要去天宁寺，为的是回来时顺路可以去北半截胡同的"广和居"，他那里的南炮腰花、潘氏蒸鱼，九城闻名。

乌世保请的寿明，就是替他出主意请病假的那位弦师。此人做过一任小官，但不知从什么时候，为了什么就远离了官场，而且再没有回复的意愿了。他弦子弹得好，不仅能伴奏，而且能卡戏，特别是模仿谭鑫培、黄润甫的空城计，称为一绝。各王府宅门每有喜庆，请堂会总有他。他也每请必到。他生计窘迫，不接黑杵，这又叫人更加高看一眼。不过他成天提着弦子拜四方，可不光是为了过弹弦的瘾，他还没到空着肚子凑热闹，为艺术而艺术的超脱境界！他借着走堂会这机会也兼营点副业，替古玩店与宅门跑活拉纤，从中挣几个"谢仪"。这事儿看着轻巧，其实不易，一要有眼力，品鉴古玩得让买卖双方服气；二要有信用，出价多少，要价高低，总得让卖主知足，买主有利可赚，成破都不能离大谱。这就造就了寿明脾气上的特别之处，一是对朋友热心肠守信用，二是过分的讲面子要虚荣。因为干这行的全凭"威信"，一被人看不起，就断了财路了。

　　这日他们从天宁寺回来，在广和居尽情吃喝了一阵，已是未时末申时初，夜宴上座的时候。出门时他和乌世保又叫跑堂的一人给包了一个荷叶包的合子菜，出门拐弯，走到了胡同北口。这时由菜市口东边过来一辆青油轿车。寿明没防备，叫车辕刮了个趔趄，还没站稳，车上跳下来个戴缨帽的差人抓住他领口就扇了一嘴巴。乌世保喊道："畜生，你撞了人还敢无理！"这时车帘掀开，一个官员伸出头来喊道："什么东西这样大胆，挡了老爷的车道，打！"

　　乌世保听这声音耳熟，扭过头一看，是自己家的旗奴，东庄子徐大柱的儿子徐焕章。这徐焕章的祖先，是带地投旗的旗奴，隶籍于它撒勒哈番乌家名下。这样的旗奴，不同于红契家奴。除去交租交粮，三节到主子家拜贺，平日自在经营他的田土，并不到府中当差。这些人中，有的也是地主，下边有多少佃户长工、老妈下人，过的也是饭来张口衣来伸手的排场日子。但主子若有红白大事，传他们当差，可也得打锣张伞，披麻戴孝，躬身而进，退步而出，抬头喊人主子，低头自称奴才。别看他们在家当主子时威严得不可一世，出来当奴才时却也心安理得、安分守己。他们觉得这也是一份资格、一份荣耀。他们教训自己的奴仆时，往往张口就是："你们这也叫当奴才？看看我们在旗主府里是怎么当差的吧！主子一咳嗽，这边唾盂递过去了，还等吩咐？主子传话的时候，哪一句上答应'嗻'，哪一句上躬身后退，都有尺寸管着，能这么随便吗？"

　　这些年有点变样了，不少主子家越来越穷，有的连家奴都养活不起，干脆让他们交几两银子赎身。有的主子自己落魄作苦力，扛包儿当窝脖儿了。旗奴却当官的当官，为商的为商，发迹起来。旗主子就反过来敲奴才的竹杠。有位主子穷得给人扛包儿，他的旗奴赎身后作了太仆寺主事，这主子一没钱用就扛着货包在太仆寺门口转悠，单等他的奴才坐轿车来时拦着车喊："小子，下来替爷扛一估截！"太仆寺主事丢不起这人，只得作揖下跪，掏钱给主子请他另雇别人。因为按着"大清律"，奴才赎身之后，尽管有作官的资格，仍保留着主奴名分。旧旗主打死赎身旗奴，按打死族中旗奴减一等定罪，不过"降一级调用"而已，没哪个奴才敢惹这个漏子。

徐焕章的父母是赎身脱了奴籍的。可徐焕章是家生子，尽管脱了籍，也要保持奴才名分。徐焕章连半个眼都看不上乌世保，焉能甘心受这窝囊气呢？有舍银子舍钱的，还有舍奴才当的吗？当奴才可以，总有点什么捞头才行。为了和老主子抗衡，他得寻个新主子。如今连太后皇上都怕洋人，不如投到洋人名下最合时宜，于是他信了天主教，并且由天主教神甫资助上了同文馆，在那里学了日本话和法国话。为此，闹义和团的那一阵，他可当真丧魂失魄了几个月，躲在交民巷外国医院当了义务杂役。直到八国联军进城后的第四天，他才敢回家。因为八国联军进城头三天，见人就杀见东西就抢。徐焕章知道底细，没敢出门。乌世保是正白旗，徐焕章既是乌家的奴才，自然也住在正白旗的防地，也就是朝阳门以北东四大街以东的这一地带。这一地带在联军破城之后归日本军占领。徐焕章一路走来，就见有几家王府和大宅门口挑出白色降旗，上写"大日本国顺民"字样。自家门口，只见也挑了幅白旗，却没写字。到家之后，问起原由，才知道这日本占领区有个不成文的规定：凡不挂归顺白旗的人家，日军就视作义和团拳民，任意杀戮。几个王府大户带头挂出了白旗，没来得及逃走的百姓也只得效法。但有的户无人识字，有的人不甘心自己戴上"顺民"帽子，便只挂旗不写字，多少给自己留点脸面。徐焕章听后，连连摇头，叫他女人赶紧把旗解下来。他爹听了，连忙拦阻说："别价，太后跑了，八旗兵撤了，连肃王府都挂了白旗，咱能顶得住鬼子的洋枪吗？"徐焕章说："我不是要撤下来，我叫她把旗解下来写上那几个字。"他女人说："不写字鬼子兵也认可，咱何苦自己往上立那亡国奴的字据！"徐焕章说："住口！我们这谈论国家大事，哪有你说话的地方？""德性！"他女人往地啐了一口，出门把白旗解下，扔在了书案上。徐焕章是在同文馆学过日文的，就研好墨，润好笔，展开白旗，端端正正写了几个地道日本文字"顺民の家"，挂了出去。这招牌一挂，十分生效，第二天下午一个军曹带着四个日本陆军士兵就来找徐焕章谈话了。那时全北京城里，要找两个会日本话的中国人，实在比三伏天讨唤两个冻酸梨当药引子更难办。日本军成立临时伪政权"安民公所"，正寻找"舌人"，自然要找这白旗上写日本字的人来。第三天徐焕章左胳膊上就套上了个白箍，上边写"大日本军安民公所"，盖了关防。从此晃着膀子跟日本巡逻兵一块抓拳民，杀乱党，替日本军队搜罗地方上的痞赖劣绅组织维持会，一时间成了北京城东北角上的伏地太岁。日本人知道敢于出头干维持会的人，没一个在老百姓眼里有斤两的，叫他们出来临时维持一下街面秩序可以，靠他们长久为自己效劳绝对没门儿，就交给这维持会一项任务，要他们探听在这一地区居住的王公大臣们的行踪和品行，以便发掘可委重任的大角色。也是该当徐焕章发迹，这区内住着一位铁帽子王，曾任镶红旗汉军都统、军咨大臣，现任民政部尚书的善耆。善耆跟前一个戈什哈和徐焕章住邻居。这天徐焕章从维持会回家，路过这戈什哈门口，看到那人在院里放了个小炕桌就着黄瓜喝烧刀子。他看了一眼，并没在意。他走过去后，只听背后咣当一声急忙把大门关上了，这才引起他警觉，心想："这小子不是随肃王保着太后跑陕西去了吗？怎么突然显魂了？"想到这，连家门都没进，原地一扭身又走了回去，照直走到戈什哈大门口，用手把门拍得山响说："沙二爷，开门！"

这位戈什哈，去年夏天因为自己老婆在徐焕章门口扔西瓜皮，倒洗衣裳水被徐焕章老婆骂了几句，他曾到徐焕章门口寻衅打过徐焕章他爹一个耳光。这次回来一听说徐焕章发迹了，当了通司，先就有几分胆怯；偏偏刚才喝酒忘了关大门，被徐焕章看见了，又加了几分不安，所以赶紧关上了门，门关好后往回走了几步还不放心，又回来扒着门缝往外瞧。他刚一伸头，徐焕章正好用劲来拍门，几声山响，先吓走了他三分锐气。

等把门打开，一见徐焕章那一脸假笑，干脆把为王爷保密的规矩全忘，只记得讨好姓徐的，以免遭其报复的心愿。于是问一句答一句，便把肃王奉旨回京议和的事全交代清楚了。

徐焕章第二天恭恭正正上了个密札，告诉东洋人善耆从西边回来了，正躲在府里抽大烟。日本人为这赏了徐焕章十两银子。这善耆正是日本人要物色的理想人物，他不光爵高位重，提倡洋务，而且特别跟日本有渊缘，有名的浪人川岛浪速，和他素有交往。日本占领军得到徐焕章的情报后，立即找川岛拉线，派安民公所总办柴贵亲往肃王府拜会，从此打下了今后几十年善耆一家为日本帝国效劳的基础。善耆为日本军队出的头一把力是由他出面推荐介绍三百名步军和绿营兵，为安民公所组织了一个"巡捕队"。日本人就把徐焕章派在巡捕队当笔帖式。后来八国联军撤兵，善耆就以这个汉奸队为基础办起中国最早的警务来。

乌世保在八国联军占领时，被抓去埋死尸，曾经碰见过徐焕章。只见他头戴凉帽，身穿灰布长袍，胳膊上带着白袖箍，手提大马棒驱赶中国人抬尸体挖坟坑。他想招呼一下，求徐焕章说句话把自己放了，可话到口边又咽了下去，并且故意转过脸把帽子拉低躲开徐焕章的视线。他实在丢不起这个人！他宁可皮肉受苦，也不愿叫大伙知道这驱使自己的人原是自己的奴才。当时他咬咬牙忍住了，今日一见这火又勾上来了，何况撞的是他的朋友？乌世保提高嗓门，慢悠悠地问："我当是谁呢？徐狗子呀！你好大威风？"

徐焕章转头一看，不由得吸了口凉气儿，暗说："有点崴泥！"这不是在巡警衙门，是在大街上，大街上还是大清国的法律，要叫他兜头盖脸骂一顿，往后怎么当差管事在人前抖威风呢！好汉不吃眼前亏，先把事情化了，有什么章程回自己衙门再说。想到这儿，就满脸堆下笑容说：

"哟，主子爷，您吉祥！"跳下车来就打千，"奴才瞎眼了，奴才罪过！"

这时闯祸的车伕和听差赶紧躲开了。寿明见坐车的人请安赔礼，是自己朋友的奴才，也就不再发作。忙说："不要紧，没碰着，走吧！"偏巧凑来看热闹的人里边有几个人认识徐焕章，早已恨得牙痒痒而找不着办法报复他，一见这机会，可就拾起北京人敲缸沿的本事，一递一句，不高不低在一边念秧儿。

"这可透着新鲜，奴才打自己的主家！"

"人家有了洋主子了，老主子还放在眼里吗？"

"子不教父之过，奴欺主是旗主子窝囊！"

"这话不假。"

"您不瞧，如今这奴才什么打扮，什么身份？再看这两位主子爷，那行头不如奴才的马伕鲜亮了！反了个儿了！"

"大清国没这个家法！倒退二十年，时松筠当了内阁大学士、军机处行走，他主子家办白事，他还换上孝服在主子灵前当吹鼓手呢！"

这菜市口是南方各省旱路进京的通衢大道，又正是游人登高归来的时刻，围观的人越来越多，越来越杂。有人就喊："打！""噢，旗主还想靠他去攀洋亲哪！"

乌世保那受过这种刺激，恰又喝了酒？便一扬手举起荷叶包朝徐焕章砸了过去，大声骂道："你小子当官了，你小子露脸了，你小子不认识主子了！我今天当众教训你，让你知道自己是个什么东西……"

看热闹的一见这穿得鲜亮体面的官员被个穷酸落拓的旗人砸得满头满脸猪肝猪肠、头蹄下水，十分高兴，痛快，于是起哄的、叫好的、帮阵的、助威的群起鼓噪，弄得菜市口竟像谭叫天唱戏的广和楼，十分闹热火暴。

徐焕章见过世面，知道在目前这情势下若要反抗，大伙一人一脚能把他踩扁了，便红涨脸，垂手而立，口口声声说："爷打得好，爷骂得对，谢谢爷教训奴才！"

乌世保是个中正平和人，杀人不过头点地，见他认了错，这气就消了一半。寿明在开头时虽很恼怒，可他是个冷静人，一听人们议论，一看徐焕章的打扮排场，觉出有点不妥，这人看样眼下颇有权势，闹过了未必能善罢甘休。乌世保这样的旗主子，最大的本事就是今天这两下子了，这奴才真要使点手脚，他还未必有招架之功。赶紧又反过来劝解。乌世保这时酒劲已消了大半，便把口气放软，教训徐焕章说："今天我也是为你好，你年纪轻轻，前程还远呢，这么不知自制还行？不要忘了自己的名分！去吧。"周围观客发出一片遗憾扫兴之声，也就散了。

乌世保回到家中睡了一觉，到晚上酒消尽了，回想起这件事，多少觉得有点过分，可也没往深处想。过了两天，这事传开了，认识的人见了面赞扬他"大义凛然，勇于整顿纲纪"，他这才意外地发现自己很有点英雄气概。他正想是否要进一步发扬自己这一被忽视了的美德，忽然刑部大堂派人来把他锁链叮当的拿走了。到了那儿一过堂，问的是他在端王府跟着端王画符，在单弦儿里念咒和报效虎神营的经过，他这才知道是把他当义和团漏网分子看待了，大喊冤枉。堂上老爷说："你有冤上交民巷找洋人喊去，这状子是日本使馆递的。我们都担着不是呢！"便右手一挥，给他上了四十斤大镣，押到死囚牢去了。

乌世保的女人是香山脚下正蓝旗一位参领的女儿。旗人女孩，向来在娘家有特殊的地位，全家都得称呼"姑奶奶"，有什么喜庆节令，也不随众向长辈行跪拜大礼，因为保不齐哪一位姑奶奶哪一次应选会选进宫，不能不预先给以优待，这就养成了一些满洲少女的特别脾气。这些脾气跟好的内容相结合时，显着自信自尊，敢作敢为，开朗大度，不拘小节；若和坏的内容相融合，也会变作刚愎自用，不谙事理，自作聪明，不宜家室。

乌世保进监狱后不久，徐焕章忽然带着大包小包的礼物来看老主子了，说是那天在街上车伕冒犯了大爷，他专诚来谢罪。乌大奶奶哭诉，大爷被抓走了。他听了大抱不平，拍着胸脯说他挖门子钻窗户也要打听出大爷的下落，把他营救出来。大奶奶正着急得团团转，来了这么个义仆，自然信赖他，便托他搭救大爷。

徐焕章亲自领大奶奶见了刑部主事，办案的师爷。这些人异口同声地说大爷的案子是洋人亲自交涉的，非要大爷首级不可，难以通融。徐焕章当着大奶奶的面向这些人说情许愿,这些人才答应找有权者说说情,但要的价是极高的。到了这时候,救大爷的命要紧,大奶奶哪里还顾得上银子呢?先收账款,后卖首饰,上千的银子都花出去了,还没有个准信。大奶奶刚要对徐焕章起疑,徐焕章把喜讯带来了:"大爷的死刑开脱了,明天请奶奶亲自去探监。"

大奶奶头一次进刑部大牢,又羞又怕。幸好徐焕章早有打点,该使钱的地方使钱,该许愿的地方许愿,大奶奶一说是探乌世保的,没费大事,见着了大爷。尽管两口子平日说不上怎么亲爱,这时一见可都哭了。大奶奶问大爷打官司的经过。大爷说头一天过堂要他供加入义和团、烧教堂杀洋人,他没有招认,此后就扔在死囚牢里不再问他。后来徐焕章来探监,偷偷告诉他已经买通了堂官,以后再过堂叫乌世保什么话也不回,只是大声哭妈,这案子就有缓。虽说乌世保对徐焕章的来意起疑,也禁不住抱一线希望去试试。谁知这么哭了几堂,竟然灵了。打昨天起把他换到了这个优待监房里来,伙食也好些,牢子也客气,都说他的死刑开脱了,可没见判文。

大奶奶叹了一声说:"平日我说话,你不放在心上,反把你那刘奶妈的唠叨当圣旨,死到临头才品出大奶奶我的手段来吧?告诉你,这死刑是我花钱给你买脱的,徐焕章是我指使来的!从今以后谁亲谁后,你掂量掂量吧!"

大奶奶和刘奶妈有什么过节,且不说他。当时乌世保对大奶奶实在是千恩万谢、五体投地,答应出狱以后,再不敢违背夫人的管教。

大奶奶回来后,见到徐焕章,满口感激之词,并问徐焕章,大爷何时才能出狱?徐焕章说:"以前花的钱,是买大爷一条命,这已人财两清了。要出狱还得另作计议。"大奶奶说:"我能变卖的全变卖了,再用钱从哪里出呢?"徐焕章就说:"我们家给奶奶府上经管着的一项二十亩地,近年水旱蝗灾,也没出息,您不如把契纸给我,我拿它去运动运动,把大爷保出来。"

大奶奶从来没把地亩当作财产,也不知道一项二十亩是有多少进项,心想多少珍珠翡翠全变卖了,一张契纸算什么?便找出契纸,交给了徐焕章。知道大爷出狱是指日可待的事了,这才为如何向大爷交代这一程子的花销犯起愁来。

岂不知,从一开头这件事就是徐焕章和刑部主事等几个人做好了的局子。日本使团来的文书,本就是徐焕章拟就专吓唬刑部堂官的。乌世保听了徐焕章的主意,上堂就哭妈,问什么都不回话,堂官实在为难。大清国以孝治天下,儿子哭考妣,即使在大堂上堂官也无权拦阻。问一堂哭一堂,这官司怎么向洋人交待呢。这时主事悄悄进言,申报犯人得了疯魔之症,压在一旁,等他清醒明白了再行审理。并说洋人问案一向有此规矩,断不会与大人为难。堂官乐得顺水推舟,就把乌世保丢在一边了。当初放风说非判乌世保死刑不可,一来就把他关在死囚牢里,也是主事等人作的手脚。不仅乌世保蒙在鼓里,连堂官也不知情。

乌世保在优待监房里只住了两天,就又被提出来扔到一个普通牢房里去。伙食也糟了,牢子也不客气了。

五

这间牢房也不大。乌世保进来时早已有两个人住在里边。一个瘦长个儿的老头,谦卑斯文,少言寡语,心事重重;一个强壮汉子,粗俗蛮横,穿一件库兵的号衣。年老的管年轻的叫"鲍兄弟",年轻的管年老的称"聂师傅"。鲍兄弟草席底下压着一本《三国演义》,每天早晨放风之后,都问聂师傅:"再来一段?"聂师傅便点点头,拿起书靠牢门光亮处坐下,读上两回。乌世保从他念书的流利、熟练劲儿上,知道这是个有书底子的学究。牢子禁头对这聂师傅也相当客气,每日三餐送来的饭,总比给乌世保的要多一点,精一点。给乌世保吃棒子面窝头老腌萝卜,给聂师傅的白面花卷一荤一素。乌世保看了气不过,便问牢子:"一样的坐牢,怎么两样饭食?"牢子奚落道:"人家住房给房钱,吃饭给饭钱,凭什么跟你一样？"乌世保虽听不懂，也不好再问。至于库兵，他根本不吃牢里的饭，天天有人从大库里给他送饭来，不仅送肉送鸡，甚至滚热的鸡油下边盖着绍兴花雕，冒充鸡汤送进来。他一开饭乌世保就把头转向门外，因为那味道实在诱人，他怕不小心露出馋相惹人看不起。这两人受的待遇比他高一等，他由不忿而产生了敌意，所以整日自己缩在一隅，不与他们交谈。这库兵不仅饭量大、酒量大，而且烟量大。一般人用烟壶，宽不过二指高不过一拳，他用一只岫玉武壶，竟像个酒葫芦，烟碟像饭桌上的烧碟。一倒倒个小坟头，用大拇指沾上，左右从鼻孔下往上一抹，嘴上画个花蝴蝶。乌世保看着又厌恶又眼馋，因为他的烟瘾也不小。近日里外边断了消息，愁得饭吃不下，觉睡不着，就是想闻烟。烟闻光了，偏偏又没有新犯人来暂住，屋里只有他们三个人，想张嘴向库兵讨换一撮，又觉有失身份。便拔下挖耳勺使劲刮那空烟壶，刮几下，磕一磕，就有些许烟末空出来，他小心翼翼地全都抹到鼻子里也还闻不出味道。库兵不光烟量大、闻得勤，而且大惊小怪，闻起烟来鼻孔、嗓子一起作响，打个喷嚏也先张嘴朝天"啊"几声。闻鼻烟跟打哈欠相似，也有传染性，那里一闻，这边就鼻子难受。所以他一闻烟，乌世保就刮烟壶。越刮落下的烟末越少，后来就干脆什么也倒不出来了。乌世保不肯相信烟壶当真挖得这么干净，希望总还有哪个角落没挖到，便举起烟壶对着窗户照，用眼仔细地搜寻。

乌世保用的是茶晶背壶式的文壶，浅驼黄色，内壁挂上烟的部分则呈墨褐色。他对着窗户照了半晌，终于发现在左下角还有一疙瘩豌豆大的烟末没挖下来，便把掏耳勺的头弯了弯，小心伸进壶口里去。这时那位一向沉默寡言的聂师傅忽然伸手拦住说："别挖了，再挖可就破了构图了。"乌世保把手停住，可是没听懂，直着眼看看聂师傅："你说什么？"聂师傅指指烟壶说："你自己再看看！"

乌世保举起烟壶对着窗户又照，这时那大汉从身后也探过头来，大呼一声说："咦，妙啊！竹兰图。没想到您倒有双巧手，能在烟壶里边作画！"说完他和聂师傅一起大笑。乌世保经这么一提，才发现他用那挖耳勺在壶内刮的横道竖道，无意间竟组合成一幅小画：左下侧像一墩兰草，右侧像几根竹子。自然只是近似，并不准确。他也不由得笑了起来。聂师傅一时兴起，就把烟壶要过来，从大襟上解下胡梳和挖耳勺，把挖耳勺顶头稍弯一下，伸进瓶内，果断地、熟练地刮了几下重新交给乌世保，乌世保迎着阳光再看，原来只这几下，聂师傅就把这画修出了郑板桥的笔风，还提一句旧诗，并署了个"长白旧家"的代名。

乌世保作个揖说："不知道老先生是大手笔，失敬失敬。"

聂师傅忙还礼说："雕虫小技，聊换温饱而已。倒是老爷无师自通，天生异秉，令人羡慕。"

这时库兵把烟碟递上去说："您要犯瘾，来点这个。就别再挖那壶了，免得把画再挖坏了。"

乌世保伸出拇指和食指，狠狠挖了一挖，按入鼻孔，痛痛快快打了两喷嚏，这才笑着说："好几天了，这两喷嚏就一直想打没打出来。"库兵说："好几天了，我等着您伸手找我寻烟，可您就是不赏脸，您是不是不认字，怕我叫您念三国？"乌世保说："是不熟识，不好意思，您要让我，我早闻了。"库兵说："您是旗主，怎敢造次呢？"言来语去，三个人就熟识多了。

乌世保把鼻烟报仇解恨般地狠吸了几撮，一股辛辣芳香之气直入脑际，两个喷嚏一打，心情更开朗些，便问库兵犯了甚案。库兵说偷了库里的银子，叫堂官抓住了。乌世保说："听说你们进库干活时都要把全身脱光，到库里换上官中的衣裳，出库时也全身脱光，这银子怎么带出来呢？"

库兵说："人身上是开口的，哪儿口大往哪里塞呗。反正不能用嘴，因为出库时在堂官面前口中要呐喊出声。"

乌世保听了，脸上有点发热，小声嘀咕说："哪能带多少？为这么点小利坐大牢，值个么？"

库兵说："实在不容易。十两一锭的银子，我才夹带了四锭，走在堂官跟前偏巧要放屁，就掉出了一块来。这本是祖宗留给咱们旗人的一条财路，懂事的官长应当一扭脸就过了的，谁想这位堂官是新来的荒子！大惊小怪，把我送进来了。"

"判了吗？"

"拟了个斩监候。"

"哎呀！"

"您别怕，死不了。补一个库兵得花几千两银子的运动费，比买个知府当还贵呢！不许屁眼里夹银子谁还干这个呀？当官的懂得这里的猫溺。"

问到聂师傅，更是出奇。他不是坐牢，是借住。他是个作内画和烧"古月轩"的艺匠。前一阵他别出心裁烧了一套烟壶，共十八件，每件取胡笳十八拍一拍词意作的工笔彩画。这套东西被载九爷买去。九爷越看越爱，约聂师傅面谈一次。聂师傅奉命到府里见他，他正有事要出去，要下人们安顿聂师傅先住下，说回来再谈。这一切本来都挺平常，只是九爷最后两句话交代坏了，他说："找个严实点的地方给他住，省得别人把他找去让他再烧一套，我这个就不值钱了。"哪儿严实呢？监狱最严实。刑部大堂和九爷有交情，下人们就把聂师傅存到监牢里来了。已经过了有两个月，九爷还没腾出工夫来跟他谈话。

乌世保说："照这样你多咱出去呢？"

聂师傅说："谁知九爷哪天想起我来呢。"

从此乌世保和这两人就交上了朋友。牢房里每天闲坐，心焦难熬，乌世保就索性请聂师傅教他在烟壶内壁绘画的技法。聂师傅知道他是旗人世家，不会以此谋生，不致抢了自己饭碗，也就爽快地在一些基本技法上作了些指点。这乌世保是天资聪明的，把那烟壶四壁用黄土灌满染褐，倒出土来，就用挖耳勺画，画完一回，请聂师傅作了评论指点，再把黄土灌进去重新涂死，从头再画，慢慢地就有了功夫。正想再进一步钻研，乌世保因为心中积着愁闷，饮食不周，忽然生起病来。库兵出钱请牢子找医生号脉开方抓药；煎汤送水的事就落在了聂师傅肩上。乌世保上吐下泻，那二人洗干擦净，毫无厌恶之意。乌世保虽然自幼就当闲人，但落到这个地步，人家俩人一个死刑在身、一个满腔冤苦，还这样伺候他，不由得不动了真情。稍好一些时，便说："您二位对我恩同再造，我怎样得报呢？"聂师傅说："患难之交，谈什么报不报？为你作点小事，忘了我自己的愁苦，这日子反好过些。"库兵叹口气说："大爷，我倒要谢谢你呢！前些天我常想，如果我这斩监候弄假成真了，到了阴曹地府，阎王爷问我生前干了点什么事，我说什么呢？我以前当牛当马，给人家偷银子；这两年当牛当马，为自己偷银子，这阳世三间有我不多、没我不少，我死了连个哭我的都没有！你们说我为谁奔呢？乌大爷这一病，我为你多少出了把力，就觉着活得有滋味多了。我要真死了，我敢说这世上有个人还念叨我两声，您说是不是？这可不是银子钱能买来的。"说着库兵便擦眼泪。聂师傅忙说："他是病人，哭一鼻子还可以；你平日有说有笑，今天怎么了？"库兵说："我平日说笑是哄我自己高兴，我怕一沉静下来就揪心。这两天我不说笑了，是心里稳当了！"乌世保说："你那群库兵弟兄待你不错，你不该觉着孤单冷落。"库兵说："他们怕我过堂时把他们全咬出来，是堵我的嘴呢！救我是为了救他们自己，哪有真交情？我要能出去，也不会干那缺德勾当了。或是给聂师傅打个下手，或是为你乌大爷作个门房，你们收下我作伴当吧。我有银子，不用你们发饷。你们只要拿我当哥们弟兄待就行了。"

这库兵言谈，大异于往日，不由得两个人追问他的历史。才知道养库兵的人家，有一种是花钱买来的不满十岁的乞儿孤子，从小就训练他用谷道夹带银两。先用鸡蛋抹香油塞入谷道，逐步的换成石球、铁球，由几钱重加大到几两重，由夹一个到夹几个，稍有反抗即鞭抽棒打。那办法极其残酷狠毒，就如同渔人驯养鱼鹰子相仿。到了入伍年龄，主家给补上缺后，白天当差要赤身露体搬运银锭，下班之后，主家在门口接着，一出门就用铁链锁上，推进车内拉回家，直到第二天送回大库门口上班时这才开锁。庚子年，主家叫乱兵杀了，他在库里躲过了这一难，才熬的成了自由人。他无家无业，租了马家香蜡店的两间厢房住，偷来的银子就存在香蜡铺。香蜡铺马掌柜是个好人，答应攒到个整数时帮他说个人成家的。刚过了几个月，没料想犯了事。乌世保说："你该小心点就好了。"库兵说："这样露白，也是常事。别人犯了，有家人或主家出钱去疏通奔走，关几天就放了。可我只靠几个库兵弟兄们替我纳贿说项，就不像别人那样追得急走得快，到现在还没有个准信儿。"

从此，三个人就更亲密了。过了些天，牢头忽然传话，有人来为乌世保探监了。乌世保又高兴又害怕。高兴的是总算又和外边通了气，又见着了家里人；害怕的是半年多没见家人，怕家中出了什么大事！到了会见处所，乌世保一看，不是大奶奶，也不是刘奶妈，却是寿明，心中又是一惊！忙问："寿爷，怎么敢劳动您哪！"

"朋友嘛，不该怎么着？"

"怎么您弟妹不来，家里出什么事了？"

"没事！"寿明说完打了个愣。乌世保敏感到有点什么内情，还没问，寿明抢着说："我来一是跟你告个罪，我查清了，您这官司全是徐焕章那小子一手摆弄的。可您是为我才得罪的他，我不能站干岸。您放心，我想什么办法也得把您救出去。现在刑部大堂换了人，徐焕章有来往的几个人都走了。我正活动着，不用几天您这儿就会有信儿。我嘱咐您一句，您上了堂实话实说，就说端王确是荐你上虎神营的，可您没去。至于唱堂会加的词，是临时抓彩，唱过就忘了，实在与义和团无关。您一句话推干净，剩下的由我去办，您都甭管了！"

乌世保回到牢房，把寿明的话告诉两位难友，两人都给他道贺。碰巧这晚上又有人给库兵送了酒来，三人尽兴喝了一场。酒后，聂师傅正襟危坐，把二人拉在身旁左右，说："咱们相处一场，也是缘分。如今乌大爷一走，何时再见，很难预期。我已经是年过花甲的人了，朝不保夕，来日无多，有几句肺腑之言，向二位陈述一下。"

两人听他说得郑重，便屏息静听。

聂师傅说，他虽然会画内画壶，但看家的绝技不是这个，而是烧制"古月轩"。"古月轩"是乾隆年间苏州文士胡学周发明的。胡学周祖上几代作官，很收藏了些瓷器。胡学周几次赴考未中，无心进取功名，就以鉴别、赏玩瓷器自娱。久而久之，由鉴赏别人的作品发展到自己创制新的品种。他把西洋的珐琅釉彩和中国传统的料器、嵌丝铜器等工艺结合，造出了薄如纸、声如磬、润如玉、明如镜的这么一种精巧制品。在落款时把自己姓字分开，题作"古月轩"。人们也就管这种制品称作"古月轩"。乾隆南巡，苏州地方官以他造的器皿进贡，博得了皇上赏识，降旨把胡学周调至京城内府，专供皇家烧制器皿。这些器皿由皇帝赏赐亲王重臣，才又流入京师民间。一时九城哄动，价值连城，多少人试图仿制，皆因不得其要领，不得成功。胡学周身后几世都是单传，所以这门技术始终未传到外姓手里去。胡家做活，也用帮工打杂，但只作粗活，到关键时刻，不仅要把雇工打发开，连自己家的人都要回避，制作人把门锁紧自己一个人在屋内操作。

胡家第七代孙名叫胡漱石，生有一子一女。这时他家已积蓄了点家财。男孩子六岁时，请来位先生开家馆，为了不让儿子太寂寞，便把他失去父母的表侄聂小轩招来伴读。也是救助孤苦的意思。这聂小轩十分聪明勤奋，正课之外，酷爱书画，山水草虫，无师自通，比胡家男孩更有长进。胡漱石有空便指点他一二，十二岁时便教会了他内画技术，算是给他领上条自谋生路道儿。后来家馆散了，聂也没离去，帮胡家打打杂、跑跑腿，算作几年来供他食宿的补偿。

咸丰十年，胡家少当家已廿岁，正要跟他父亲学"古月轩"技艺时，赶上英法联军进攻北京，当时他去天津收账，在河西务碰上乱兵，叫洋鬼子马队踏伤，回家后不上一个月吐血而亡了。胡家女儿，幼时生过天花，破了相，二十七八还没说上人家，为父亲主持家务。胡漱石年近六十，遭此打击，人顿时萎靡下去。他看自己日子不多了，担心女儿后半生没有着落，也不愿自己家传手艺由他一辈绝了根，就把聂小轩招到跟前，问他可愿继承自己的门户。如果愿意，须拜师入赘一起办。聂小轩早就迷心于"古月轩"绝技，只是不敢妄想学习；自幼和表姐相识，也没什么恶感，自然叩首谢恩。于是请来本族人长，择吉日立了约，行了拜师礼，同时入了赘。但胡漱石仍不放心，怕日后生变，便把制"古月轩"的技艺分作两半，配料、画图教给了聂小轩，烧窑看火传给了自己女儿，叫他俩起誓互不交流，为的是使两人永远合作，谁离了谁那一半技术都没有用处。

说到这里，聂师傅拉住乌世保的手说："没想到事过三十年后，我女人走了我内兄的旧路，又死在八国联军的炮火下边了。幸好在此之前她把她的手艺传给了我的女儿，我父女合作才烧几只胡笳十八拍酒器来。如今我在这里吉凶未卜，万一出了意外怎么办呢？本来我也想学我师傅的办法，选一个既是女婿又是徒弟的年轻人，把技术传给他。只怕没机会了。"

库兵说："听那话，九爷对您也没有歹意，何苦把事想得这么绝呢？"

聂师傅说："什么事都有个万一，万一发生不测，这门手艺绝在我这一代，我不成了罪人？当前最最紧要的是找个人把我的手艺接过去，我就无牵无挂生死由之了。世界虽大，可我能见到的就是你们二位，只好求你们中间的哪一位来成就我这点心愿，给我个死后瞑目的机会。"

库兵说："我是粗人，出力出钱，我都能办，可这事不行。我大字不识，画扁担都画不直溜，哪能学画呢？"

聂师傅把目光注视到乌世保身上。

乌世保沉吟了很久，才说："这事太重大，太正经了，我不敢应承。我这三十来年，玩玩闹闹的事、任性所为的事干过不少，如此正儿八经的事我没干过，也不知道我能干不能干。这样的重托，我可不敢应承。"

聂师傅说："我知道您有份家产，不愁衣食，也看不起以劳力谋生的卑俗事物。可我问您一句，人活一世吃现成穿现成，天付万物与我，我无一物付天，大限到时，能心安吗？"

"这话我想也没想过。"

"打个比方，这世界好比个客店，人生如同过客。我们吃的用的多是以前的客人留下的，要从咱们这儿起，你也住我也住，谁都取点什么，谁也不添什么，久而久之，我们留给后人的不就成了一堆瓦砾了？反之，来往客商，不论多少，每人都留点什么，您栽棵树、我种棵草，这店可就越来越兴旺，越过越富裕。后来的人也不枉称我们一声先辈。辈辈人如此，这世界不就更有个恋头了？"

库兵在一边说："真有您的。连我也懂点意思了。乌大爷，您还没参透这禅机吗？"

乌世保还有点难下决心，说道："如此绝妙的技艺，短时间内怎能学得成呢？"

"您能写、会画，又熟悉了我的画法，这就事半功倍了。要紧的是学会釉色的配方。怎样出红，哪样变绿，这里有一套诀窍。我们世代口传心授，是最珍贵的。坊间仿照'古月轩'的能人不少，有的已仿得极像，但就是有一招他们仿不出来，釉的种类和色气，我家祖传能出十三色，坊间赝品，出三色、五色、七色的就绝少了！我如今把这传给你，是豁出身家性命，乃托艺寄女的意思。我是求您学艺，不敢以师自诩，咱们是朋友，朋友也五伦之一，想来您不会有负我的重托的。"

乌世保看到聂师傅满脸诚意，想起自己病时人家对他的扶难济危之情，觉得再要推辞就显着太无情了。他思忖一阵，忽然站起身来，整理了一下衣襟，纳首朝聂师傅拜了下去。聂师傅急忙拦住，说："这又是干什么？"

乌世保说："既然干正经事，咱们就郑郑重重。"

聂师傅说："我是代师传艺，决不敢给乌大爷当老师。"从此二人正式授受了"古月轩"的绘釉技艺。

乌世保跟着聂小轩学了不到一个月，传乌世保去过堂了。不知寿明使了什么法术，让书办作了什么手脚，新尚书审理旧案，一翻存卷，头一份就是乌世保的案卷。题签上写着的理由却是端王派他去虎神营当差抗命不到。尚书说："这虎神营也是招八国联军的祸首之一，他不到任不正好与他无干么？"这尚书向来是不看本卷的，便召乌世保来过堂。乌世保已得到寿明指点，上堂来不再哭爹喊娘了，只一个声地叫冤枉。上边一问，他句句照实回答。新尚书是满员，叹口气说："八旗世家就这么随意关押禁锢？可真是人心难测了！放！"并嘱咐书办把此案整理个简要文书，他要参前任一本。

乌世保这才磕了三个响头，结束了一年零八个月的铁窗生涯。

乌世保出狱时，聂小轩从腰中掏出个绵纸小包。打开来看是一对包金手镯。他叫乌世保以此作信物去见他女儿柳娘，柳娘自会相信他。

六

一跨出刑部大牢，乌世保看街街宽，看天天远，看人个个光洁鲜丽，看整个世界都明亮繁华，这才衬出来自己头发长、面色暗、衣裳破、步履艰。走道的人拿白眼往他这一看，自己先就软了八分锐气。不等人斥挞，不由得就学黄花鱼往边上溜，低头急走，惟恐让熟人碰见。康熙年间，曾有旨意，八旗兵营在北京各有驻区，几百年下来，人丁消长，房产买卖，有了不少变化，乌家倒还住在烧酒胡同没动。几辈子的祖居还能认错吗？可乌世保进了胡同竟找不着自己的宅子了。他顺着胡同来回走了几遍，最后在他隔壁谷家门口停了下来。谷家是正白旗牛录佐领，跟乌家住了几代邻居。乌世保还和谷家大少是同窗，这门是认不错的。他就上前拍了几下门环，里边一阵响动，拉开了一条门缝，是门房周成。周成扫了一眼，马上把门又关上了，厉声说："走走，快赶个门去吧，我们历来不打发要饭的！"

乌世保忙喊："老周，是我！怎么连我也不认识了？"

"谁？"周成再打开门，定睛瞧了半天，发小声自问了一句："这是保大爷吗？"接着就大声问候，打起千来，"大爷好！您的灾满了？"

"唉，好，好，可我怎么找不着家了呢？这刚搭的天棚、新油门柱、上了灰勾了缝的砖墙是我们家么？……"

周成被问得张口结舌，一时不知怎么回答好。这时后边走来一个穿洋绉短打、辫子打得松松的、手拿折扇的中年人，问道："周成，跟谁说话哪？"

乌世保凑上一步打千说："二叔，是我您哪！吉祥哪！"

"是世保啊！瞧你这身打扮是怎么啦？听说你跟蒙古王爷去山东发了财呀，怎么打扮得跟金松似的？要唱跪门吃草呀？"

"二叔，您玩笑，我这是……"

谷二爷把脸一板，冷笑道："当过拳匪，坐过大牢，你还有脸上这儿来？你不嫌丢人我还嫌丢人哪。怎么摊上这么个街坊！周成，关门！"

大门当啷一声又关上了。

乌世保气得浑身哆嗦，想喊喊不出，要走走不动。正觉得头晕眼花，那门又开开了，仍是周成，却压低了嗓音：

"乌爷，快走吧。你这宅子早已经卖给太平仓黄家了！"

"那我们家的人呢？"

"大奶奶去年冬天就归西了。少爷叫刘奶妈抱走了。"

"您……"

这时谷大爷在里边喊周成。周成摆摆手，把一吊大钱扔在乌世保脚前，蔫没声地把大门又掩上了。

乌世保只觉眼前发黑，胸口发堵，也不辨方向，直估笼统往前走。刚走到南小街北口，从东边来匹顶马，两个戈什护着，一顶蓝呢大轿过来。人们一见就喊："快回避，豆芽胡同马老爷回府了！"众人躲还躲不及，乌世保却眼中无物耳边无声仍直着眼珠往前闯。恰好一个地保走过，怕他犯了卤簿，出于好心，上去啪啪两个嘴巴，把他揉到一家烟铺大幌子下边，按他蹲了下去。这两个嘴巴，把他打清醒了。他哇地一声哭了起来。哭了一阵，心里轻快些了，才想到如今投奔哪里去呢？

他低头看看自己一身褴褛，心想这副蓬头垢面的样儿见谁也不行。天也黑了，腿也软了，腹也空了，不如找个地方先住下来，休息一晚明天再作盘算。这里距朝阳门不远，那里有不少骡马客店，不如就近投那里去。凭手中这一串钱，吃几两面，蹲一宿大炕或许还够。

乌世保趔趔趄趄走到一个骡马店前，刚要进门，一个小伙计迎了上来，问道：

"找谁您哪？"

"住店。"

"往里请。"小伙计刚说完，一个端着水烟袋、靸着鞋的中年人从账房迎了过来，拦住乌世保问："上哪儿去？"

乌世保说："住店。"

"住店？"那人上下打量他两眼，冷冷地说："没房了！"

"不住单间，伙住。"

"大炕上也满了，您趁着还没关城门，到关厢看看去吧！"

乌世保刚转过身去，就听那人念叨说："作生意要长眼，你招这么个人进来谁还敢来伙住？一脸烟气，几天没过瘾了，这种人手脚能干净吗？"

乌世保心里打个寒战，退了出来。心想这朝阳门是走粮车的大道，店大欺客，不如往北走奔东直门，那里专走砖车，店小势微，不敢欺人，便奔东直门而去。快到掌灯，才找到个偏僻冷清的小店。这店临街三间穿堂，门口挂着个带红布的笊篱，门外用土坯砌了几个长条高台算作桌子，摆了几个树墩、拗轴算作机子。乌世保坐下，先要了四两饸饹吃下肚，才问掌柜的说："我要进城，天晚了，你这可有方便住处？"掌柜见这人穿戴虽旧，款式不俗，吃相文雅，算账时还给伙计两个镚子的小费，便满脸堆笑地说："有有有。东耳房一铺大炕，现在就住着一位赶车的把式，您二位正好作伴。"便命伙计领他进去，还特别叮嘱伙计给沏壶高末，打盆水洗脸。

车把式正盘腿坐在炕上，就着驴肉喝烧刀子。见又来了客人，忙欠欠身说："来了你哪。喝我这个？"乌世保从走出监狱快一整天了，到这时才碰到个说人话、办人事，并把他也当个人看的地方，而这地方竟是他几十年都未曾到过的。他冲这位素不相识的车把式深深打了一千说："偏了您哪！"

这车把式本来也是行个虚礼儿，见乌世保正经八百地谢他，索性跳下炕来拉住乌世保说:"烟酒不分家。既然投店同宿,前生就是有缘的,说出大天来您也得赏我个脸。"乌世保闻到酒味,本也动心,经这么一劝,一边说,"那就恭敬不如从命了!"便坐到炕桌对面去。伙计一看这位客人入座了,上前边拿筷子时顺便把这新闻就告诉了掌柜的。掌柜的既好热闹,这种半乡下店主也尚存几分古风,特意刮了两条丝瓜爆炒出来,端到屋里说:"听说二位一见如故,给小店也带来喜星,和气生财呀,我敬二位一个菜!"车把式拉店主入席,店东稍客气两句,也打横就炕沿坐下。从乌世保一进门,他就觉得这人有些蹊跷。几杯入肚,乌世保眼神有点活泛了,店主便打听乌世保的来历。乌世保正憋了一肚子话无处可讲,便把怎么受冤,怎么坐牢,怎么出狱后寻家不着,怎么到城关投店不收,一一讲了一遍。北京人向来管烧酒叫作"牛皮散",有道是:"喝了牛皮散,神仙也不管。"乌世保借酒倾述一完,那车把式就借酒大骂起来,声称他要见徐焕章敢抽他鞭子,碰上谷佐领,准骂他祖宗。店主东直等他拍着桌子把一肚子的侠肝义胆抖落净,这才插话:"我说这位爷,您眼下打算怎么办呢?"

乌世保说:"天亮我头一件事是去找朋友。"

店主摇摇头说:"您头一件事是剃剃头,打打辫,洗洗澡,光光脸,然后借也好,赁也好,换一件洁净行头,就您现在这副扮相,进城找谁也找不到,弄不好净街的许把您当游民再抓起来。说句不怕您生气的话,东庙门口那叫街的都比您这身打扮囫囵!"

乌世保点点头,又摇摇头:"您说的满对,可是我赤手空拳,囊中惭愧。"

店主说:"有东西还愁变不来钱吗?"

乌世保说:"我蹲了一年多牢,连个送饭的都没有,哪儿来的东西?"

店主说:"刚才在外边您付饭钱,我看见你从怀里掏出个烟壶来,茶晶背壶,隐隐约约像是里边藏着图画文字,这可是有的?"

乌世保不由得手往肚子上一捂,失声说:"哟,敢情露了白了!"

店主说:"开店的,这眼睛是干什么使的?正经客人带着贵重财物,我得经心点,照应点;黑道上朋友带来行货,我也不能不察,弄不好就得贪官司。要没这点分寸敢留您老住下吗?我是个俗人,不懂文玩古器。可到底是住在万岁爷的一亩三分地上,没吃过猪肉还没见过猪跑吗?知道这不是个等闲之物。恕我直言,按您现在这穿装打扮,这东西带在身边准给您招祸。见财起意也好,诬良为盗也好,这世界上什么人都有,黄鼠狼可专咬病鸭子。不说别的,就来几个青皮无赖,找由子跟您打一架,就势把东西抢走您能怎么着?依我说,不如卖了。像您这样的世家,这些玩物必不只这一件。明儿找到少爷,你玩什么没有,何不用它救个急呢?"

乌世保听他讲得有理,并且也想趁机试试他这内画技艺,就点点头说:"那明天我拿到古玩店叫他们看看。"

店主笑道:"您又差了。店大欺客,凭你这身打扮,人家一看您就等银子使唤,他们能不压价吗?"

乌世保问:"你说该怎么办?"

店主说:"我替您找几个熟人看看,他们要,咱就省事了,他们不要,我陪您到鬼市儿走一趟,不过丑话说在前头,私下买卖,佣钱是成三破四,上鬼市儿可就凭您自各儿赏了!"

这店主原是个替人跑合说生意的行家。

当年往两江福建去的水路是靠运河。通县通北京的石板官道在朝阳门外,在东直门的关厢是个冷落所在。在这一带开店房,免不了接待合字上的朋友,替他们销赃落个水过地皮湿。这种买卖是进不得高台阶大字号明来明去作的。店主联络下的主顾高的不过是当铺老西和鬼市儿上夹包儿打鼓的,所以他不劝乌世保去古玩铺。他已相信乌世保不是贼了,但在作生意这点上他还得拿他当贼对待,好赚两个佣钱花花。他见乌世保赞同他的主意了,便要求乌世保把烟壶拿出来过过目。

"好东西!"车把式见乌世保掏出烟壶来,抢先抓到手中看了一眼,不由得叫了出来,"这枝枝叶叶的,您说可怎么画进去的?有这个您还愁换不了行头吗？我赶半年车怕也赶不出这么个烟壶钱来！"

"那你小心掉地下摔了，连车带马赔进去！"店主开个玩笑，把烟壶夺了过来，仔细地品鉴。店主是粗人，这方面二五眼。但那年头时兴用这种东西，更何况他还常替人倒腾货，见的多了，自然就懂点门道。这内画技术自嘉庆末年道光初年至现今，到这时已有了七八十年的历史，人们也看熟了。甘恒、马彤、桂香谷、永受田等人，玩烟壶的人大多知道；新近的内画家有几个简直是家喻户晓。如马少宣能在拇指大的壶内恭楷书写全篇"九成宫"；业仲三画的红楼人物、聊斋故事被称为一绝。而玩烟壶的人若不知道周乐元的名字就像书家不知王羲之，简直要被人笑掉大牙。这周乐元把龚半千的樊头披杖法用到了内画壶上，所画的"寒江钓雪"、"风雨归舟"和"竹兰图"，人称神品。店主曾经手替人卖过一只"三秋图"壶，刚才瞥了一眼乌世保的烟壶，觉得与那壶很像，是周乐元的作品，所以紧抓住不放。看了一会后，他却"唉"了一声，摇起头来。

乌世保问："您看出什么包涵来了？"

"没落款！"

"那'长白旧家'四个字也算款！"

"没有印！"

乌世保心里想："大狱里弄到墨就不错了，上哪儿弄红色去？"便说："马少宣的壶也常不押印。"

最后店主说："别的壶都是磨砂地、暗茶地，您这壶怎么透亮的？"

乌世保不由得"哦"了一声。他一直觉着自己画的画跟通常的内画壶有点什么地方不像。店主这一点他才明白，别人画的壶画壶壁透明，画面并不透明；他这全是透明的，所以线条不精神、色调没光彩。他想起见过早年甘恒画的一个壶，也是这么透明的，但人家那是白水晶坯子，看得清晰。他便说："这个你不懂。道光年间画的壶多是透亮的。这才证明我这壶够年头！"

车把式瞌了，又听不懂他们的话，便说："你们在这争有屁用，明天市上看行市要价呗。我后半夜就套车去黄寺,你们要跟车可早点歇着!"

七

天交四鼓,车把式就套好了铁箍大车,顺着护城河往北往西,奔德胜门外而来。

在德胜门外,天亮之前有两个市集,一叫人市,一叫鬼市。两个市挨着,人们常常闹混,说:"上德胜门晓市儿去!"其实这两市的内容毫不相干。人市是买卖劳动力的地方,不管你是会木匠、会瓦匠,或是什么也不会却有把子力气,要找活儿干,天亮前上这儿来。不管你是要修房,要盘灶,要打嫁妆——那时虽不兴酒柜沙发,结婚要置家具这一点和当代人是有共同趣味的——天亮前也到这儿来。找人的往街口一站说:"我用两个瓦匠、一个小工!"卖力的马上围上去问:"什么价钱?"这样就讲定雇佣合同。那时钟表尚未普及,也不讲八小时工作制,一律日出而作、日入而息。这交易必须赶早进行,大体在卯时左右,干这个活儿的人称"卯子工"。

鬼市可是另外一套交易。这里既不定点设摊,也不分商品种类,上至王母娘娘的扎头绳,下到要饭花子的打狗棒,什么也有人买,什么也有人卖。不仅如此,必要的时候还能定货,甚至点名要东西。你把钱褡子往左肩一搭,右手托起下巴颏往显眼的地方一站,就会有人来招呼:"想抓点什么?""随殓的玉挂件,可要有血晕的。""有倒是有,价儿可高啊!""货高价出头,先见见!"这就许成就一桩多少两银子的生意。当然也有便宜货。"您抓点什么!""我这马褂上五个铜钮掉了一个。""还真有!""要多少钱?""甭给钱了,把您手里两块驴打滚归我吃了就齐!"这也算一桩买卖。在这儿作买卖得有好脾气,要多大价您别上火,还多少钱他也不生气。"这个锡蜡扦儿多少钱?""锡的?再看看!白铜的!""多少钱?""十两银子!""不要!""给多少?""一两!""再加点。""不加！""卖了。"怎么这么贱就卖！蜡扦是偷来的，脱了手就好，晚卖出一会多一分危险。因为有这个原因，在这儿你碰到多重要的东西也不能打听出处。也因为有这个原因，确实有人在这儿买过便宜货。用买醋瓶子的钱买了件青花玉壶春的事有过，要买铜痰筒买来个商朝的铜瓿这事也有过；反过来说，花钱买人参买了香菜根，拿买缎子薄底靴的钱买了纸糊的蒙古靴的事也有。但那时的北京人比现在某些人古朴些，得了便宜到处显摆，透着自各儿机灵！吃了亏多半闷在肚里，惟恐惹人嘲笑。所以人们听到的都是在鬼市上占了便宜的事。自以为不笨的人带着银子上这儿来遛早的越来越多。有人看准了这一点，花不多钱买个料瓶，磨磨蹭蹭，上色作旧，拿到市上遮遮掩掩、鬼鬼祟祟故意装作是偷来的，单找那灯火不亮处拉着满口行话的假行家谈生意。若是旗人贵胄，一边谈一边还装出份不想再卖、急于躲开的模样，最后总会以玛瑙、软玉的高价卖出去。天亮后买主看出破绽，鬼市已散。为了保住面子，反而会终生保密的。

　　四更多天，乌世保和店主坐大车到了黄寺的西塔院。车把式告诉他，这塔院是当年萧太后的银安殿，乌世保很流连了一会儿。前些年在庆王府堂会上，他听过一次程长庚楼的"探母"，梅巧伶扮演的萧太后。他设想那胖胖的萧太后要在这院里出入走动，可未免有点凄凉。因为这时北京的黄教中心挪到雍和宫了，黄寺已经冷落。

　　店主领着乌世保往西走了里把路，往南一拐，就远远看见了灯火如豆，人影幢幢的鬼市，而且听见了嘈杂声。他们急走几步，不一会就到了近处。虽然是临街设市，但是极不整齐，地摊上有挂气死风牛角灯的，有挂一只纸灯的，还有人挂一盏极贵重又极破旧的玻璃丝贴花灯。摊上的东西，在灯影里辨不大出颜色，但形状分得出来。锅碗瓢盆、桌椅板凳、琴棋书画、刀枪剑戟；索子甲、钓鱼竿、大烟灯、天九牌；瓷器、料器、铜器、漆器；满族妇女的花盆底、汉族贵妇的百褶裙；补子、翎管、朝珠、帽顶……有人牵着刚下的狗熊崽，有人架着夜猫子，应有尽有，乱七八糟。

乌世保问："咱们也没带个灯来，怎么摆摊呢！"

店主笑道："到了这儿您就少说话吧！瞧着我别走丢了就行。"

店主走到一个摊前停下，蹲下来看摊上的货物。这摊不大，一块蓝布上摆了两个笔洗、一方砚台，几个酒杯，还有三四个瓷烟壶。店主拿起一个盘龙粉彩的壶问："要多少？"卖的人伸了四个手指头。店主把它放下，站起身来。那人问："你给多少？"店主说："三爪龙也能卖钱吗？"那人马上说："要好的说话呀！"便从腿下抽出个钱褡子，从钱褡子里掏出个绵纸包，轻手轻脚打开绵纸包，又拿出两个用棉花裹着的烟壶来。乌世保伸过头凑近去看，只见一个是马少宣内画壶，画着谭鑫培战长沙的戏装像；另一个竟是模刻上彩的"避火图"。店主问那内画壶的价钱。卖主说："少二十两不卖。因为是料坯，若是水晶坯怕加倍你也买不来！"店主说："二两卖不卖？"那人说："好，大清早先来个玩笑，抬头见喜。"店主使个眼色，招呼乌世保又往前走。他们又走了几个摊，见到烟壶就问价，然后走到路灯下一个大摊前，店主悄悄说："刚才打听下行市，您有底了吧？咱这个壶多说能卖十五两银子。"乌世保假装叹口气，心里却十分高兴。他这茶晶壶当初是十两银子买来的。他有生以来，凡卖东西总要比买价赔一点，这会竟能挣几两，这可改了门风了。

这个大摊，摆的多是文物摆设：有几个粉彩帽筒、斗彩撑瓶、大理石插屏、官窑的绣墩，几套石章子，一些玉挂件，也放了几个烟壶。其中有两个内画的是蛮人仕女（那时庚子才过，人们关于画上的西洋人还一律称作蛮人）。这时正有一个瘦高个儿、弓肩驼背的蹲在地上掂量这两个蛮人壶。卖主要五十两，他出三两一个。卖主落到四十两，他每个壶加半两，给七两银子买一对。最后竟然用十五两银子把这一对壶买了下来。这人付了钱，用手帕把壶包起来走了。店主就一步不离地紧跟着。走出四五丈远之后，他往前凑了一步，横挡在那人身边说："这位爷，我刚才看了半天，见您是个实打实要买货的人，我这儿有点东西您看看怎么样？"说完也不等那人应允，径自从腰里掏出烟壶递了上去。那人握在手中用大拇指上下抚摸了一下，大略看了看，敷衍地说："好壶，好壶！要多少钱？"店主说："不打价，您给二十两银子！""值，值！您再找别人看看。好东西，不怕卖不出去！"说着把烟壶塞回店主，继续走路。店主又紧追几步说："您再看看这东西，不要没关系，出个价么！"那人无奈，又站住了脚，第二次把烟壶拿到手中，比较认真地看了一眼，这才看出茶晶瓶壁上还有内画。他举起来迎着路边一盏风灯看了看，认真地又问了一句："要多少钱？"

"刚才说了，不打价，二十两。"

"要有印就值了，没印。"

"您给十八两！"

那人又把烟壶举起来看，忽然"哦"了一声，又仔细端详一阵，急迫地问道："你这壶是哪里来的？"

"哪儿来的？您是真不懂这儿的规矩还是起哄？"

那人把壶攥得紧紧地问："别误会。你告诉我这壶哪儿来的？"

"甭管哪儿来的，不是偷的就得了！"

"我没说你偷！我问你哪儿来的？这壶经过我的手，是我卖出去的。我正要找这个买主！"

这时乌世保从黑灯影里闯了出来，拉住那人说："寿三哥！我看着像您，可不敢认，在后边看了半天了。"

"你？乌大爷，您出来怎么也不给我个话儿呢？今天再不见您，我要上刑部去打听去呢！"

乌世保掏出手绢来擦擦眼："我正要找您哪！可您瞧我这扮相，能上街吗！这才打主意卖点东西换换行头……"

寿明问烟壶哪儿来的，把店主吓了一跳，他以为这壶确实是乌世保偷的叫人认了出来，正想溜开。现在看到不是这么回事，他就又从黑地里钻了出来："噢，二位早认识呀，久别重逢，大喜大喜！"

乌世保忙向寿明介绍这位店主。寿明听后问乌世保："你店里还存放着东西吗？"乌世保说："没有。"寿明从怀里掏出一吊大钱给店主说："我们哥俩总没见，我接他到我那儿住几天。您没少为我这朋友操劳，这钱拿去喝碗茶吧！"

店主嘴上称谢，心里好不懊丧。认为这寿明是个古董贩子，看上那烟壶有利可赚，把乌世保挖走好独吞利钱，抢走了他挣佣金的机会。

乌世保问："您怎么今儿也上鬼市来了？"

寿明说："我这是常行礼儿。"

乌世保说："您倒有闲心。"

寿明说："我不捣腾点买卖吃什么？你进去这一年多，外边的情形不知道，让我慢慢跟你说吧！国家要给洋人拿庚子赔款，咱们旗人的钱粮打对折。人慌马乱的也没人办堂会请票友，我这买卖也拉不成了。旗人也是人，不作买卖我吃什么呀？"

乌世保："我家的事您知道吗？"

寿明说："我全知道。这里不是说话的地方，到家里我慢慢跟你讲。"

八

乌世保放出去的第二天早上，也就是他正跟着店主在鬼市上转悠的时刻，九爷府两个差人，一个打着灯笼，一个牵着头骡子，来到刑部大牢，接聂小轩进府。牢子来喊聂小轩的时候，他和库兵还正睡得香甜。牢子用脚踢踢聂小轩说："起起起，我给您道喜了！"

聂小轩听了吓得一哆嗦。当年的规矩，凡是起解或出红差，必在五更之前，牢子说"道喜"，凶多吉少，他马上推了库兵一把说："兄弟，我这一走，也许就此辞世了……你如果能出去，千万给我家送个信。把今天日子也记清楚，免得子孙记错了忌日……"

牢子拍了一下聂小轩肩膀说："你想什么了，是九爷派了下人来请你。"这时两个差人已等得不耐烦，在外边连声催喊。牢子连拉带推，把聂小轩赶出了门，又重重下锁。库兵睡得呓而八睁，聂小轩这话虽听清了，可一时没明白意思，等他琢磨过意思来，小轩已经出了门。他就追到牢门上大喊一声："你放心走吧，我决忘不了你的嘱咐。"小轩听喊，又回头说了一句："跟你侄女说，我别的挂虑没有，就怕祖传的手艺断了线。叫她找乌大爷……"下边话没说完，一个差人拽住他说："噜嗦什么，九爷那儿等着呢！叫他老人家等急，你我都担待不起。快走吧！"出了门，两人把他扶上骡子，一路小跑奔前门外而来……且慢，那时的王孙公子全住内城，这九爷是何人，怎么单住在前门外？

　　九爷是某王爷的老少爷，十二岁那年受封"二等镇国将军"。本来眼看着就要受封贝子衔的，因为他和溥儁自幼不睦，西太后封溥儁为大阿哥时，他酒后使气说了几句不中听的话，传到太后耳朵去了，从此冷落了他，把个贝子前程也耽误了。有这点疙瘩在心，九爷表面沉湎于声色犬马，内底下却和肃王通声息，与洋人拉交情。他花钱为一个名妓赎身，在前门外西河沿买了套宅院作外宅，像是金屋藏娇，不务正业。实际是躲开宫里的耳目，在这地方办他的"洋务运动"。他穿洋缎，挂洋表，闻洋烟，听洋戏匣子，处处显示洋货比国货高。最有力的证据是大阿哥投靠太后，到头来垮了；自己拉拢洋人，庚子以后眼见得扬眉吐气。按着辛丑条约，清政府要派人上东京去向日本政府赔罪。朝廷定下赴日的特使是那桐。肃王就告诉那桐，要想这件事办顺溜，得让九爷当随员。那桐把这话奏知老佛爷，讲明要九爷出洋是洋人的意思。老佛爷尽管不待见九爷，也不敢驳回。九爷这些日子忙着准备放洋的事，把聂小轩忘在脑后去了。这天因准备送给日皇和山口司令等大臣礼物，他又看了那一套胡笳十八拍的烟壶，这才想起在刑部大狱还寄放着一个人，就叫人们去叫聂小轩。九爷的习惯是夜里吸烟早上睡觉，发令时正好后半夜寅时。下人们把聂小轩带到前门外小府时已是早上，九爷该睡觉了。管事就把小轩放在马号里，等下午九爷醒来再回事。

　　九爷当初买到胡笳十八拍的烟壶，越看越爱，惟恐聂小轩烧出一套来再卖给别人，他这一套就不算孤品了，就急忙把小轩抓来，想嘱咐他不许再烧这个花样。如今过了几个月，他这股热气冒完了。况且又想把"十八拍"送给东洋人，是孤品也不属于他，他打算赏几两银子，放聂小轩回去。要是早晨聂小轩走的快一点，或是九爷睡的晚一点，这事也就这么了啦。偏偏聂小轩来晚了一步，下午午末未初，九爷醒来，底下人回事说海光寺的和尚了千和聂小轩都等他召见，问他先见谁。"进京的和尚出京的官"。这了千自湖南衡山前来京城，手中托着个金盘，金盘里放着他自己剁下来用滚油煎焦了的右手，专向王公大臣募化，发愿修一片文殊道场，一时在九城传为奇闻。九爷一向爱惹漏子看热闹，自然先传他。九爷穿上便服，靸着鞋来到垂花门内的过厅，下人们就把和尚领进来了。和尚打了问讯，九爷赐坐，问了些闲话，和尚就掏出了化缘簿向九爷募化。九爷说："慢着！说你剁下手来发愿，要募化一座道场。钱我是有的，可得见见真章。我连你那只手都没见到，怎么就要钱呢？你把红布打开我瞧瞧。"和尚连忙又打个问讯说："阿弥陀佛，不要污了贵人的眼。"九爷说："你少废话，打开我瞧瞧！"

和尚无奈，就跪到地上，掀起红布，把那只炸焦的手举过了头顶。九爷正低头下视，他这一举，黑乎乎像鸟爪似的，一只断手差点碰了他的鼻子。九爷打个冷战，一拍桌子说："混账！这哪里是人手，你弄了什么爪子炸糊了上北京蒙事来了？"和尚说："善哉，小僧发愿修庙，一片诚心，岂能作欺天瞒人之事？"九爷说："你要真正心诚，当我面把那只手也剁下来，不用你叫化，我一个人出钱把庙给你修起来怎么样？"和尚汗如雨下，连连叩头。九爷说："来人哪，把他左手垫在门坎上，当我面拿刀剁下来！"呼拉一声过来两个戈什哈，就把和尚揪住，拉到门口，卷起袖子，把那剩下的一只左手腕子垫在门槛之上，嗖的一声拉出把钢刀。和尚一惊，就晕了过去。九爷摆摆手，戈什哈收起了刀。九爷说："弄盆水把他泼醒了！"

戈什哈端来两盆凉水，兜头泼下。那和尚一个冷战醒了，看看手还在臂上，甩了甩哪儿也没伤，赶紧给九爷叩头。九爷大笑着问："刚才这一下怎么样？"和尚哭丧着脸说："吓贫僧一跳！"九爷说："你把个烂手猛一举，差点碰了我的鼻子！你吓我一跳当我不吓你一跳？行了，拿化缘簿去找管事的，说我捐五百两银子。"

和尚晕头胀脑地走了。九爷被这件事逗得大为开心，就叫人去传聂小轩。聂小轩来到门外，不敢骤进，隔着门就跪下磕了个头。九爷心情正好，看小轩的破衣烂衫也觉有趣，见他那战战兢兢的神态也觉好玩，就笑嘻嘻地说："你把手伸出来我瞧瞧！"

聂小轩大惑不解，迟迟疑疑地伸出了两只手。坐牢久了，不得天天洗漱，一双手又脏又瘦，他很羞惭。可是九爷不管这些，看完手心又叫他翻过手背，然后对两边的下人们说："啧啧啧，你们都看看，这也叫手！和尚那只手，光会敲木鱼，一刹下来就成千成万的募化银子；这手会烧'古月轩'，能画蔡文姬该值多少钱哪！我买了，你出个价吧！"

聂小轩说："那套烟壶钱九爷不是已经赏给小的了吗？"

"不是买烟壶！"底下人凑趣说，"九爷要买会作烟壶的这双手！"

聂小轩答道："回爷的话，这手长在小的身上，它才能做事，要剁下来就不值钱了！"

聂小轩本是句气话，可九爷认为他答得机智，便说："好，连人带手一块卖我也要，光卖手我也要。咱们立个字据吧，要连人一块卖，以后你作的'古月轩'只准卖我一个人，不准外卖，我给你身价银子。要光卖手也行，卖了手以后你不能作了，九爷我养着你。"

聂小轩一听，浑身都软了，再不敢答话。九爷便说："管家，把聂小轩带到马号好好照应，我给他一天工夫让他想想。到下晚要想不出主意来就得听我的了。"

聂小轩连声大喊："九爷开恩，九爷开恩！"过来两个戈什哈，把他架走了。九爷笑了一阵，吩咐管事，明天给聂小轩准备十两银子，送一身旧衣裳放他走，今天先逗拢逗拢他。

管事见九爷高兴，便讨好说："爷，您叫奴才预备的一百只羊奴才可预备好了。赁的对过羊肉床子的，一天三两银子。多咱派用场您吩咐奴才！"

九爷一听，越发高兴，大笑着说："现在就用。派羊倌把它们赶到义顺茶馆门口，在那儿等我。"

这茶馆在宣武门外偏东,离虎坊桥不远。本是梨园行、古董行出入之地,王亲贵族很少光顾。九爷爱寻开心,有时换上件下人们穿的土布长衫,蓝打包,混充下等百姓,到前门外闲逛。这天又这个打扮出来了,正好在琉璃厂那儿碰见个耍猴的。耍猴的备了个小车,套在山羊背上,让猴赶车绕圈。九爷看着高兴,花十几两银子连羊带车全买下来了。他要买猴,人家不卖,他就叫耍猴的背着猴,自己牵着羊,一块回王府,要给老王爷演一场。走到义顺茶馆,他叫耍猴的在门口等他,他自己牵着羊进里边去喝茶。进门之后,他刚找地方坐下,跑堂的就过来说:"这位爷,我们这儿可不兴把羊牵进来喝茶。"九爷说:"我歇歇腿就走。羊又不占个座位,怎么不能进?"柜台上坐着位少掌柜,是个新生牛犊,就说:"牵羊也行,羊也收一份茶钱!"

"那好说!"

喝完茶,九爷果然扔下两份茶钱。那伙计还犹疑,拿眼问少掌柜,少掌柜没好气地说:"看什么,收下不结了?"九爷上了火,回来就吩咐管家给他借一百只羊,借不到买也要买来!

九爷吩咐完管家,吸了几口烟,吃了点心,叫人备上马,直奔义顺茶馆。到了门口,把马交下人牵着自己走进柜台去。下午茶馆有评书,请的是小石玉昆说《三侠五义》,上了有七成座。这时还没开书,茶座的人都隔着窗户往外看,见街上有两个戴红缨帽的看着一群羊,既不进也不退,把许多车马行人都截在那里,人们估不透怎么回事。九爷来到柜台前,见换了个有胡子的坐在那儿,就问:"那个少掌柜哪儿去了?"

少掌柜本来在后屋算账,听见有人找,便探出个头来问:"什么事?"

九爷说:"前几天我来喝茶,你收了我两份茶钱,人一份,羊一份,可是有的?"

少掌柜一听这话,再打量这人,便想起了那天的事。这也是个财大气粗、觉着全北京城都招不下自己的人物,便索性走近一步说:"有这么回事,怎么着?那天便宜,今天要来还涨钱了:一个羊得收两个人的茶份！人两条腿，羊四条腿，比人多占地方！"

九爷点点头，扔下一块银子说："一只羊四个大钱，一百只就是四百大钱，你称称这银子，多点不用找，算给了小费了！"说完就朝外边大喊了一声，"给我轰进来！"

话音刚出门，一个戈什哈就打开了门帘，另几个人把鞭子抽得啪啪响，羊群像潮水一样涌了进来。喝茶的人一看，叫声不好，夺路要走，门口挤满羊群，哪有插脚的地方，只得打开窗子，鱼跃而出。一时街上也知道这茶馆出了热闹，都扒着窗户往里瞧。羊群进门以后，东闯西撞。这是群山羊，不是绵羊，登梯上高，连灶王爷佛龛都顶翻了。茶壶茶碗摔得一片清脆的响声。那少掌柜本还想发作，老掌柜赶紧把他一拉说："别攮业了，快磕头吧。你没看他里边露出黄带子来吗？"

九爷看着热闹，笑了一阵。到门口骑上马奔肃王府商量给日本人送礼的事去。

九

寿明把乌世保领到自己家中，这才谈乌世保蹲牢期间他家中出的变故。

乌世保在家中，除去忙他自己那点消遣功课，从不过问别的事。乌大奶奶自幼练就的是串门子、扯闲篇、嚼槟榔、斗梭胡的本领。从嫁给这无职无衔的乌世保，就带来八分委屈，自然不会替他管家。他们的家务就一向操在乌世保的奶妈手里。

奶妈姓刘，三河县人。三十几岁上没了老伴，留下一个儿子，如今已成家，在三河开个馒头铺，早就来接过母亲，请她回去享晚福。当时乌世保的父亲刚得了半身不遂，没人伺候，奶妈没走。乌世保父亲去世后，乌世保生了儿子。这时乌家的家境已雇不起奶妈，乌世保求奶妈再帮两年忙，奶妈抹不开面子，又留了下来。旗人家规矩，奴仆之中，唯独对奶妈是格外高看的。奶儿子若成了家主,奶妈便有半个主子的身份。刘奶妈看不惯主子奶奶那骄横性儿,处处怕奶儿子吃亏,便免不了在开支上和乌大奶奶有些别扭。乌大奶奶明着冲奶妈甩闲话,暗着跟乌大爷耍脾气。乌世保不哼不哈,心中有主意,准知道奶妈一走这点家业就要稀里哗拉,对奶妈决不吐一个"走"字。

乌世保一进监牢,事情麻烦了。

刘奶妈和徐焕章的爸爸同时在乌府上做过事,知道他的人品,这次徐焕章上乌府里来,又大模大样、装作不认识刘奶妈,刘奶妈就劝大奶奶别听他花马吊舌。大奶奶不听,大奶奶要刘奶妈把放在外边的银子催回来拿去运动官司,刘奶妈又不肯。于是大奶奶就撕破脸大闹了起来,又哭又骂,向四邻诉说刘奶妈阻拦营救大爷出狱,为的是等大爷死在牢里好昧下乌家财产。刘奶妈忍得了这口气丢不了这个人,求佐领谷老爷作干证,交待清楚账目回三河县去了。

大奶奶是自己做不熟饭的,何况还带个孩子?便雇了胡同口一个裱糊匠的女人何氏来当老妈。这何妈挣的是钱,图的是赏,自然处处顺着大奶奶的意思来。大奶奶平时爱斗梭胡,自从大爷出事,斗牌的伙伴都不来约她了,成天闷得发呆。这何妈跟花会跑封的许妈是干姐妹,会唱三十六个花名:"正月里来正月正,阴惠老母下天宫,合同肩上扛板贵,碰上了江春小灵精……"她拍着孩子睡觉时就哼,大奶奶听着好玩,也学会唱几段。她问何妈这词东一句西一句是怎么意思?何妈说:"这都是花名,押会用的。阴惠是菩萨,您要做梦梦见观音大士就押阴会,一两银子押中了赢三十两呢!江春是窑姐,板贵是棺材……"大奶奶听得有趣,便问:"这上哪儿去押呢?"何妈说:"不用您跑腿,会上专有跑封的。您要押,她就上您家来。您押哪一门,多少银子,写清楚包好交给她。明天开了会,她把会底送来,您要赢了,她连银子也就带来了。您就赏几个跑腿钱。不赢呢,她白跑。"三说两说,何家女人把跑封的许妈招了来,大奶奶就试着押会。这东西不押便罢,一押就上瘾。今天作个梦,梦见有人抬棺材,押个板贵,赢了;明天早上一睁眼先回忆夜里做了什么梦，赶紧再押。若输了呢？又想翻本，更要接着押。时间长了，自然有输有赢，但总是输的多赢的少。而且常常是押的注大时多半输，注小了反倒赢。一来二去，大奶奶变卖首饰家产来的银子，大宗给了徐焕章，小宗输给了花会，还拉了一屁股账，终于连月钱也不能按时开，何妈也辞工走了。

　　刘奶妈在儿子家住了几个月，不放心小少爷，赶上过五月节，买了点桑椹、樱桃，和一串老虎搭拉，包了一包粽子，进京来看望。一见这情形眼圈就红了。问道："我指望没我气您了，您这日子该有起色了。怎么刚几个月就败到这份上呢？"大奶奶不好说打会输钱，只说连日生病，衙门里又要花销，两头抻挞的。钱是有，就是没工夫去收账。刘奶妈心想你的家底全在我肚子里装着，还跟我吹什么呢？有心不管她，又觉着对不起死去的老爷活着的大爷，就给她留下了几两银子说："不知道大奶奶欠安，也没给大奶奶带点什么可口的吃食来。这几两银子您自己想吃什么买点什么吧。我现在儿子家正盖房，我也不得闲，等我安置好了，再来看您。那时候要是大爷还没出来，您身体还没大安，就把小少爷交给我去带着。"大奶奶一听忙说："等你安置好谁知是多早晚了？我近来总是吃不下睡不着，实在没力气带孩子。你既有报效主子的心意，现在你就把阿哥带走吧。等过了年你再送他回来，那时候大爷总该回来了！"刘奶妈原就舍不得扔下小少爷受委屈，便收拾了几件小孩的衣服被褥，带着小少爷搭进京送土产的大车回三河县了。她想头下雪总还要送这孩子回京看看他妈。

　　刘奶妈把孩子带走，大奶奶生活更加百无聊赖，只好反锁上门到娘家去混日子。娘家老人都已不在了，大哥当家，这位参领爷不仅继承了上一辈的职务，也继承了女人当家的家风。参领夫人初过门时，这位小姑没少替她在婆婆面前上眼药。憋了一肚子腌臜气，今日姑奶奶混得跟糊家雀似的回娘家来，能不以牙还牙以眼还眼么？要知道这位参领夫人也是下五旗出身，也有说大话、使小钱、敲缸沿、穿小鞋的全套本事。结果乌大奶奶没住多久，参领老爷偷偷攥给妹子四十两白银，劝她说：

"亲戚远离香，您还是回宫降吉祥吧。"

这次回来，乌大奶奶才尝到财去人情去的滋味。后悔把产业变卖得太干净，银子花得也太顺溜，第一次顾虑起乌大爷回来不好交账的事了。她想拿这四十两银子作本再挣回点利息来，恢复点元气。若真拿这几十两银子作本，摆个小摊儿，开个门脸儿，未见得不能混口棒子面吃。可大奶奶既不懂做生意的门道，又怕伤体面，也没有谋求蝇头小利的耐心烦，简便痛快的路径还是打会。人不得横财不富，打会发财的例子可有的是。听说东直门外有母女俩，在乱葬岗子睡了十天觉求来个梦，回来卖了三亩地打会，一下子赢回九十亩地来，成了财主。雍和宫后街蒙古老太太那仁花，穷得就剩下三间房，她把它卖了，到安定门外窑台边去求梦。一个小媳妇给她托梦来了，那小媳妇说："我是打花会输光了上吊死的。我告诉你个花名，你明天去押。狠押注，把那开会局的赢死给我出口气。你可记住，赢了钱别忘给我刻块石碑，修个小庙。"这老那仁花把一百两银子押上，一下得了三千两，就在那院里给吊死鬼修了个小祠堂。许多人都去看过的……这都是何妈今天三句明日两句给她零打碎敲散布的，这时一股脑儿全想起来了。便在"十月一，死鬼要棉衣"的那个下午，她糊了几个包袱，关城门之前出了朝阳门，上八里庄西北角那片义地求梦去了。这四十两银子是她最后起家的血本，怕放在家中半夜叫贼偷去，她卷在包袱皮里围在腰上，外边用棉袍罩住，随身带到了坟地里。她反锁门时，隔壁周成正拿着竹筅帚打扫大门口，招呼说："哪儿去您哪？"大奶奶说："我许下个心愿，出城烧两包袱。家里没人，劳驾您多照应点。"周成说："这早晚出城还赶得回来吗？听说城外晚上可不大太平！"大奶奶说："放心吧您哪！敢欺侮旗家娘们的小杂种还没生出来呢！"各户都是关上门过日子，周成又不是爱扯闲话的人，大奶奶走了一天一宿这胡同没第二个人知道。那时候还刚兴用煤烧炕。大奶奶技术不熟，火没压死。傍天亮时火苗窜上来把炕头可就烤红了。接着席子、褥子就一层层的往上焦糊。因为压得厚，叠得死，光冒烟不起火，这气味可就大了。到中午时分，左邻右舍都翻褥子揭炕席，以为自己家烧着了什么。谁家也没找着火星。这味越来越大。到了下午，人们干脆推开门到胡同里查火源，才发现乌家房顶在往外冒烟。再一看大门反锁着，大伙就炸了锅了："这得去看看呀！她自己烧了不要紧，火一起来可不分亲疏远近哪！"最近的邻居是谷佐领，佐领下命令踢开了乌家大门，众人拥进院里，见那烟是从堂屋里间钻出来的，就不顾一切又去拉堂屋的风门子。风门被吸得紧紧的，众人费了多大力量，才猛然把它拉开。门一开，风一进，只听"通"的一声，就像炸了个麻雷子，所有窗纸都鼓破了，火苗从各处带眼带缝的地方喷了出来。走在前一排人的辫梢、眉毛都吱啦一声燎得卷了毛。人们费了一个时辰工夫才把这场火救下，总算没蔓延到两侧邻居家中。可乌家已烧得一窝漆黑，连房顶都塌下来了。佐领一面上大兴县报官，一面打发人去正蓝旗请大奶奶娘家人。正蓝旗参领老爷来后一看，吓得手脚乱哆嗦，直问："我们姑奶奶呢？"这时周成才说，头天下晚看她夹着纸包袱出城还愿去了。参领说："阿弥陀佛，脱过这场灾就好，我还以为她烧在里边了呢！"这时大兴县来察勘火场的差人也在场，一听这话瞪起眼，张开嘴，喘了几口大气，有点结巴地说："这事可别碰得太巧了！八里庄西北角水坑里今早上可捞上来个女尸首，旗装打扮，还没弄清是人推下去的是自己跳的！"周成问："什么打扮？"差人说："紫缎子棉袍黑猫窝。"周成说："参领老爷，您别愣神了，快认认尸首去吧！这个打扮有点玄！"

　　腊月初三刘奶妈带着小少爷进京来。这时参领老爷已把烧黑的木料、烧剩的坛子水缸用车拉走，只留下一片黑乎乎的瓦砾了。周成把她引到门房去给她喝了碗热水，述说了事情的经过。刘奶妈说："这么好个人家，就这样吹了，散了，家破人亡了？"周成说："八国联军进城时，王爷府还说完就完了呢，这您不是亲眼见的？如今这个小阿哥怎么办呢？"刘奶妈说："我先带着，等乌大爷出来再说呗。他总不能关一辈子！我就劳驾您了。万一乌大爷要回来，您告诉他小少爷在我这儿！"

　　谷家佐领大爷，因为乌世保当"义和团"给本牛禄出了丑，本来就不痛快；失火又差点殃及到自己的宅子，更恼恨乌家，就报上去给乌世保削了旗籍。您想，等乌世保来到他门口时，他还能有什么好脸色吗？亏了周成热心，寿明去看大奶奶时碰上他，他把原委告诉了寿明，不然乌世保上哪儿打听准信去？

十

　　寿明把这前前后后说完，乌世保像是泥胎受了雨淋，马上眼也翻白，口也吐沫，四肢抽搐，瘫在地上不醒人事。寿明从烟盘子里拈起根烟签子，扎进他人中，狠狠捻了几捻。乌世保哇的一声吐出口痰来，寿明这才舒了口气，拿个拧干的手巾给他说："你擦擦脸，喝口水，歇一会儿吧。"乌世保觉得头晕嗓干，也着实累了，便一边擦泪，一边大声地叹着气，一边擦脸、饮茶。

　　乌世保想和寿明商量自己找个落脚之处，这时寿明的女人在外屋说话了。以前乌世保拿大，从未到寿明家来过，这是头一次见寿明女人。她有六十出头了，可嗓音还挺脆生。就听她招呼女儿，说："招弟呀，快把这个旗袍去当了去。当了钱买二十大钱儿肉馅，三大钱菜码儿，咱们给乌大爷作炸酱面吃！"乌世保一听，连忙站起来告辞。寿明脸却红了，小声说："咱们一块出去，我请你上门框胡同！"乌世保说："别，您靴掖子里也不大实成吧？"寿明说："别听老娘们哭穷，那是她逐客呢。我这位贤内助五行缺金，就认识钱。咱惹不起躲得起。你说，她怎么就不出城去求个梦什么的呢？"乌世保说："按说，不应该说死人的坏话。我那个死鬼哪怕多听刘奶妈一句话，能惨到这分上吗？这个人在世时，酒色财气，就这气字上她敞开供我用！"两人一路说着，奔前门外而来。寿明请乌世保吃了杂碎爆肚。又请他上"一品香"洗了澡、剃了头，两人要了壶高末在澡堂喝着，让伙计拿了乌世保的里外衣服去洗。这工夫，寿明这才帮着乌世保筹划他以后的生活。

　　乌世保平时没有为安排自己的生活操心过，进了监狱就更用不着自己操心。寿明问他以后打算怎么办？他什么也说不上来。寿明家业败得早，自己谋生有了经验，心中就有成算。他说："您既没主意，那就听我的。可有一样，我怎么说您怎么办，不许自作主张。"

乌世保说："您叫我自作主张我也作不出来。孩子跟奶妈去我倒是放心，不过我出狱时还应下一位难友的请求，要我照顾一下他的家眷。我是受过人家恩的，要言而有信。"

寿明就说："这事您应得好，够人物。可是，您现在这样什么也办不了。依我说先住下来，找个事由挣几两银子，补补身体换换行头，再说别的。"

乌世保说："理是这个理，可哪有现成的事由等我去找呢？"

寿明说："事由是有，可就是得放下大爷的架子。"

乌世保说："叫我下海唱单弦去？"

寿明说："那也是一条路。不过目前用不着。"

乌世保说："上街摆摊卖字？"

寿明说："怎么样？"

乌世保说："这光天化日之下，打头碰脸的！累能受，这人丢不起呀！"

寿明笑道："我准知道你说这个！好，不用你出去舍脸。我看了你画的内画壶，行，能打开市面！我给你找个小店先住下来。给你买壶坯子，买颜料，你只管画。卖货办原料全是我的事。你怕丢人，别署真名，起个堂号不就完了！"

乌世保仰天长叹了一声："唉，真没想到，我乌世保落到这步田地，要靠十个指头混饭吃！"

寿明说："你先画着，等你尝到甜头就没这些感慨之言了。良田千顷，不如一技在身。你看看咱们落魄的旗主们吧，你我这是一等的！三等、五等、不入流的有的是呢！"

寿明告诉乌世保，要找个合适的地方住下。以哈德门外花市附近最合适。那一带净住的是玉器、象牙、绒花、料器、小器作等行的匠人。

租间房成天猫在屋里画烟壶，没人当稀罕传说。哈德门设有税卡，是外省进京运货作生意的必经之路。大街两旁有的是饭摊茶馆，吃喝也方便。这一带又多是贩夫走卒下榻之地，房钱饭钱都便宜。虽然按身份说和乌世保有点不合，现在还讲得起这个吗？

乌世保无可奈何地点点头。出了澡堂，寿明就领他到蒜市口附近去找客店。寿明和这里的杜家店有过穿换，由他作保，先住下，半个月再结账。租的是东跨院里一个单间。屋里除去土炕上铺着的席子，再没第二件东西。乌世保一看，比监牢里也不强什么，就啜了下牙花子。寿明笑道："您别急，房子有了，咱先说铺盖。"乌世保说："我是头次进这样的店，原来真就是家徒四壁！"寿明说："被子、褥子、枕头、蚊帐什么都有，要一样算一样的钱，用一天算一天的钱，咱们常住，不比那过路客人，住个三天两后晌，这么租法咱租不起。回头我给你到估衣铺办一套半新不旧的行李来，这才是长久之计。还有一样，你有套行李放在这儿，早一天算账晚一天算账店里都放心，他不怕你跑。你什么都租他的，又不付现钱，日子一长他就给你脸色看，不也惹闲气么？"说话间小二把一个黑不溜秋的小炕桌和一把磕了嘴的茶壶、两只碰了边的茶碗送了过来。垂手站在旁边说："掌柜的叫我问问，爷的伙食是自理还是由店里包？"寿明说："先包到月底，要好呢就吃下去，要太差了，我们另打主意。"伙计说："别人不知道寿爷还不知道吗？我们这店就是靠伙食招人呢。北京人谁不知道：'杜家店，好饭伙，暖屋子热炕新被窝！'"寿明说："几个月不见小力笨出息了，少跟我耍贫嘴。乌爷是我的至交，你们要伺候不好得罪了他，有你的猴栗子吃！"伙计走后，寿明关照乌世保："他这儿伙食是不行，可包下来，有钱没钱您就能先吃着。早上起来您上对门喝浆子吃油炸鬼去，不在包伙之内。我留下几两银子您先垫补用，以后日子长了，咱们再从长计议。"

乌世保过意不去，连忙拦着说："这就够麻烦您的了，这银子可万不敢收。"

寿明说："您别拦，听我说。这银子连同我给您办铺盖，都不是我白给你的，我给不起。咱们不是搭伙做生意吗？我替你买材料卖烟壶，照理有我一份回扣，这份回扣我是要拿的。替您办铺盖、留零花，这算垫本，我以后也是要从您卖货的款子里收回来的，不光收本，还要收息，这是规矩。交朋友是交朋友，做生意是做生意，送人情是送人情，放垫本是放垫本，都要分清。您刚作这行生意，多有不懂的地方，我不能不点拨明白了！"

乌世保点头称是。

十一

义顺茶馆的老掌柜，也不是死轴子。等他弄明白来找茬的是九爷，立刻仰天大笑说："刘铁嘴这小子还真料事如神，说我今年有黑爷拱门之喜！"马上吩咐人在后院给九爷的下人摆桌子，先茶后酒恭维说："九爷上我这小茶馆赏脸，是我的造化。也是各位爷拉拔我。没别的孝敬，我送给爷们一人一个竹牌子。以后凭这水牌来喝茶，分文不取！"临走一人又给包了一斤好香片，连羊倌都赏了四吊钱饭钱。晚上九爷回来，问几个下人那茶馆是怎么收场的。下人们添油加醋，把一百只羊说成了天罡地煞，把茶馆的壶碗砸了，桌椅掀了，连后厨房的灶头全踩平了。老掌柜听说来的是九爷，连连朝北磕头，谢九爷给他教训。九爷听了，挺起肚子舒舒服服地闻了两捏鼻烟说："那就饶了他吧！他要不服软，明天我再赶二百只羊去，连着三天，叫他小子吃大黄！"下人说："我的爷，明天还去？他那茶馆十天八日开得张么？"九爷一想，又笑了起来。下人看火候到了，就进言说："爷圣明，您是出气去的。掌柜的也服软了，您心里也痛快了，那损坏的家伙，我猜您准想赏他个血本。"

九爷问："你是我肚子里蛔虫？"

下人说："全北京城谁不知道我们爷财大势大不拿银子当稀罕呀？"

九爷骂了两声，掏出一个锞子。下人们扣了一半，把一半拿去赔茶馆的壶碗家伙。这茶馆掌柜居然逢凶化吉。九爷先付了一百只羊的茶钱，合二百个客座的收入，这就顶上茶馆的两天的收入。几把茶壶、茶碗能值多少？何况有的锯锯还能使。一算总账还挣了几个。更难得的是这段笑话传出去后，一时间成了新闻，街头巷尾纷纷议论，人们谁不想亲耳听听掌柜的自己讲这奇遇？几天之内多卖了几百碗茶。但这事只能发生在买卖人身上，因为他们讲的是和气生财、逢场作戏，手艺人却没这本事。手艺人自恃有一技之长，凭本事挣饭吃，凡事既认真又固执，自尊心也强些。碰上九爷这类事宁折不弯，就是另样的结局。

聂小轩眼下就碰上了麻烦。

九爷那天早上，本打算开个玩笑就放了他。九爷到肃王府商量如何给日本皇室送礼的事。正好徐焕章也来了。从打庚子以后，徐焕章平步青云，成了肃王府的常客。他给王爷出主意说，送东洋人礼物，要精巧不要贵重。联军进城的时候，抢到汉官宅门，法帖名画儿不要，专要女人的弓鞋；到满员府里，宝石盆景、墨玉山子不要，偏抢烟灯烟枪，他们就爱个灵巧稀罕。一听这个，九爷又想起了他的胡笳十八拍烟壶，他叫人取来给肃王和徐焕章过目。徐焕章一看，连声称赞说："您这套玩意儿拿出去，可把别人的礼品全压下去了。"肃王说："老九这么一来，不把咱给闪了吗？"九爷忙说："只要王爷赏脸，奴才这套给王爷使唤吧。"王爷问："那你呢？"九爷说："奴才想要，再叫这人烧一套就是了。"王爷拿起烟壶看看底，见打的印子是"光绪己亥"。便笑道："怪不得花样这么新，我说以前没见过呢！既这样我何必夺你所爱，你叫那人替我再烧一套不就结了。"徐焕章一直在把玩这烟壶，一听这话，马上凑趣说："王爷要烧，莫如让他换个画样儿，既不和九爷的重样儿，又透着新鲜，最好是应令的画儿。"王爷说："你想的好。换个什么画儿好呢？"徐焕章说："奴才总跟洋人往还，知道他们的癖好。让奴才替王爷找几套洋画儿来请王爷选，选好叫他们摹到坯子上烧出岂不好？"王爷听了十分高兴，就请九爷和匠人定规好，先作准备，等徐焕章的画样子拿到就开工。

九爷回到前门外小府，不等落座，就一叠声的叫人去传聂小轩。聂小轩愁得一整天也没吃下东西去，竟比坐牢时还更憔悴，一见九爷，抢过来跪了一跪，便立在一边低头不语。

九爷笑着问道："你想好没有，是单卖这只手呢，还是连人一块卖？"

聂小轩打个千，低下头不说话。

九爷说："怎么着？两样都舍不得卖呀？"

聂小轩又打了个千，还是不说话。

九爷大声笑了："也罢，看你胡子拉茬了，给你条明路。要是手也舍不得卖，人也舍不得卖，就再卖我一套'古月轩'的小玩意儿吧！"

"嗯？"

聂小轩不相信这么生死攸关的大难题就这么轻易作罢了，直瞪着眼不知怎么应对。管家在一旁喊道："傻了？回爷的话呀！"

"嗻，嗻！"聂小轩连连点头，"您说要什么我给您弄什么来，没有的我现烧。"

"给我再烧一套烟壶。"

"嗻！"

"得多少天？"

"我不敢说，得看坯料能买得着买不着，那套十八拍的坯子是我祖上留下来的，就那么一套全用了。这东西是山东出的……"

"我管不着，我等着用。"

"不然我把烧好的画刮了去，给您另烧。"

"那得多少天？"

"三个月吧。刮釉子也要上火呢！"

"我不管！两个月限期！过了限我发了你！"

"我拚上命也给您办！"

九爷不愿说要等别人决定画样，便说："你先烧个样儿给我看看。我觉着对心才能发你定钱，叫你开工。你出来日子不少了，快回去看看吧。"

聂小轩谢恩出府,浑身叫冷汗湿透了。

十二

听说义顺茶馆近几天生意兴隆,寿明把乌世保画的一个烟壶装了烟,另两个用绵纸包了,到义顺茶馆去找生意。

茶馆不大,不过是一溜三开间的筒子房,放了六张方桌,门外两旁各有两张条桌、几条春凳。别处买卖兴隆靠"天时",他这儿却靠"地利"。这里往南不远的陶然亭、梨园义地和松柏庵,是梨园界喊嗓遛弯的习惯去处。当年戏剧艺人被视作"贱民",不许进内城居住,他们的住家也多在由此往东的马神庙,往西的椿树胡同,往南的南横街潘家河沿一带地方,著名大戏馆子广德、广和、三庆也都距此不远。遛弯回家的艺人们走到此处,正是个中间站口,坐下来吃点心喝茶,完事后上哪儿去都方便。这么一来,那些爱学戏的、爱听戏的、做行头的、扎把子的、前台管事、后台坐钟、场面头、武行头、箱官、检场、车僮、马伕,一句话,要在艺人身上拉交情找饭辙的人也就成了这里的常客。除此而外,这茶馆还有一批鸟客。这玩鸟的客人和唱戏的伶人有些共同之处,他们一样起得早,一样欢喜山林水边。不论百灵、画眉、黄鸟、淀颏,一样的在早上溜嗓放歌。他们从先农坛、城墙根、护城河、万寿西宫遛鸟回来,也多半愿意在这茶馆坐坐聊聊。于是一些插笼的、烧食罐的、捉蚂蚱的、养蜘蛛的、要和养鸟的拉关系找饭辙的人也成了茶馆的常客。久而久之,两种艺术交流的结果,就出现了一些既会唱戏又能养鸟的全才人物。这种人有个特点,他若以唱戏为职业、养鸟为消遣的话,您说他养鸟的本事比唱戏强他才高兴;他若是以养鸟为生、唱戏是玩乐的话,您可千万得说他唱戏已到了炉火纯青的地步,比起他的养鸟本事胜过百倍,这才不致得罪他。因为有这种种"行规",和这两行无关的人多半站在门外听听鸟鸣,看看名优,没有几个敢进去和那些熟客挨肩坐下来吃茶的，怕犯了忌讳。

寿明坐下之后，就不断地跟先来后到的熟人们打招呼，两眼可一直往窗外打量。当他看到一高一矮两个胖人从南边走来时，就抖抖袖子、抻抻衣襟抢出门去，朝高个胖子斜着身子打个千说："三爷您倒早班！"又往旁一侧身子，朝矮个儿胖子也请安说："吴大爷您总这么闲在！"钱三爷手里提着大鸟笼子，不便躬身，只得象征性的拱拱手。吴大爷却把手中串着的一对腰子停住，还了一安："托福您哪，我倒想不这么闲在了，没人约我成班呀！"他们说话之间，就有几个闲人被吴大爷的大鸟笼吸引了过来。有认识的便指点说："这是有名的大花脸钱效仙，那是有名的二花脸吴庆长……"唱铜锤的向来是矮胖墩较多，以致使人们有个误解，以为声带与身高成反比例。北京人竟编了个俗语说"矬老婆高声"。二花脸以架子武打见长，自然是人高马大才透着威武雄壮。这两人正好相反。钱效仙身高体长，却能声若宏钟，已是十分可贵了；而吴庆长又能以矬墩儿的身量唱李逵、马武、窦二墩，山膀一拉，胸脯一挺，气势磅礴，竟使人忘了他是个小矮胖，所以比钱效仙更为人称奇。这两人还都有点怪癖，就是一旦腰里有了几两银子，就懒得上台。吴庆长迷了串古玩铺，替人跑合长眼的瘾比唱戏的瘾大。他和寿明是半个同行半个朋友。钱效仙爱玩活物，不过他的玩法十分特别，总想把天生敌对的动物弄在一起使他们放弃前嫌，握手言欢。他花钱定编了一个中间带隔断的大笼子，最先是一边养个黄鼠狼子另一边养只鸡，养了一些天，他相信这两位已经建立了初步的友谊了，便撤了中间的隔断，结果那黄鼬就把鸡吃了，他一怒之下摔死了黄鼠狼。又买来一只夜猫子。搭上隔断，在另一边养了个小白老鼠，这小白老鼠成天望着猫头鹰浑身哆嗦，吃不下喝不下，没几天吓死了。现在他笼子里一边是一只大狸猫，另一边是一只白玉鸟。眼下他还没撤隔断，那鸟倒也能吃能喝，就是一到鸣的时候就像嗓子眼按了个簧，颤抖得叫人想落泪。他这笼子又不加罩，走到哪儿都有人看稀稀罕。别人看这一鸟一兽是个乐，他看这些围观的人也是一乐。此外他又爱花钱买新奇淫巧之物，所以和寿明又算是半个朋友半个主顾。

寿明请安问好之后，三人相跟着就到寿明桌前坐下。钱效仙笼子里有猫，不能和那些画眉、百灵往一起挂，他就索兴摆在桌子上靠墙的地方。他拿大手绢擦完手，擤完鼻子，就伸手去掏烟壶。他因身体魁梧，所以用着一个武壶，用荷包挂在腰间，掏起来挺费事。这时寿明就把乌世保画的那个壶递了上去："三爷，你尝尝这个！"

"百花露？"

"百花露不行！真正的西洋大金花。跟您告诉嘿，光那个芝麻皮的瓶套，就值一双好靴子钱！就甭问烟价了！"

"你寿大爷是花这个钱的主儿吗？"钱三爷斜睨了寿明一眼，笑着接过烟壶，打开壶盖，先就着壶口嗅了嗅。

"怎么样，不蒙您吧？"

"烟是大金花！决不是你买的！"钱三爷说，"老实讲，哪儿来的吧？"

寿明先把头歪着点了点，表示服了钱三爷，然后把嘴凑到钱三爷的耳边小声说："我替别人淘换个烟壶。这烟壶里带着半壶烟，这烟壶我就没拿出去，先闻着了。要不一倒腾家伙，这烟跑了味儿，就不地道了！"

钱三这才把视线投到烟壶上，看了一会儿说："这有什么新鲜的，还用你淘换！"

寿明笑着不说话。钱三沉不住气了，拿起来又看，并且迎着窗户看里边的绵，哦了一声："还有内画呀。这也不新鲜啦！"

"画跟画不同！"寿明说，"告诉您您也不懂。拿来吧，别给人家打了……"

这钱三最反对人家说他对什么事不懂，又最忌讳别人以为他没钱。一听这话，就来了个半红脸。

"怎么，你怕我赔不起吗？"

"您这是说哪儿去了？别说这么个烟壶。醇王府的汝窑大瓶您不是唱一出《锁五龙》就搬来了吗？"寿明赔笑道，"我是怕您嫌冤！您真打了，我让您按原价赔，您准说不值，骂我讹您；按一般的茶晶内画壶赔，我得连裤子搭进去！"

"这玩意有这么神？"

寿明不语，只是微笑。钱三又拿起来看。他摇摇头，又点点头。冷笑了一下，又吸口冷气问："您替人说合的多少钱？"

"五十两！"

"给你五十一两，三爷我留下了！"

"哎哟，三爷，我这是替别人淘换的，我得守信用。"

"您再寻摸一个给他！"

"您圣明。这样的内画要能轻易找到第二份，您会多出一两银子？钱三爷是买死人卖死人的主，能走这个窟窿桥儿？您还我吧！"

钱三把寿明的手一推说："小子呀，谁让你在我这显派来着？再赏你四两，灯晚到三庆后台拿银子去！"

"哟，三爷抢货可真手狠！"吴庆长半天冷眼看着，到这时才插话说："让我瞜瞜，怎么个好法？"

钱三把烟壶交给吴庆长。吴庆长反复看了又看，连说："值值，三爷您买着了！大便宜是您的，小便宜是我的，这点大金花空出来赏我吧！"

吴庆长果然掏出个碧玉烟碟，把烟全倒了出来。这吴庆长品评文玩的本事，在梨园界很出名。他说值，钱三格外得意，知己地说："大爷，我知道您常给古玩店长眼、跑合。我是不干，可不是干不了。我要干连您的生意也抢一半，您信不信？"

"信，信。我就是不信南边对过是北，也不能不信这句话！钱三爷么！好！"

钱效仙一高兴，拉着吴庆长去吃炸三角。吴庆长说："把这份盛情先记下，我今天不得闲。明天早晨还是坛根儿见。完了咱们从那儿直奔五牌楼。"

钱三走后，寿明也站起来告辞。吴庆长拉住他袖子说："没这么便宜。您说，钱三爷的五十五两有我几成？"

"天地良心，大爷，我是替别人白跑腿！"

"老了！什么玩意要五十，碰上那个晕头还添五两。您说，凭什么？"

"我说出来，连您也得说值！"

"我不信。您说服了我，今儿早晨的点心钱是我的。舍命陪君子！我生意也不做了！说，凭什么值五十五两银子？"

"这烟壶是一个朋友蹲了一年零八个月大狱，无师自通画的！我是尽朋友交情。我要赚一个锛子，灯灭我就灭！"

吴庆长还追问，寿明便把乌世保的事说了。但他没提姓名，更没说这人进监狱是涉了"义和团"之嫌。因为吴庆长近来常出入宣武门的天主教堂，人们怀疑他要信教。

这吴庆长信不信耶稣不说，可确是个热心人。听寿明说完，就正色说："既这么说，这人也是值得怜惜的。他以后打算靠画壶吃饭么？"

"这样的旗人，现在除去靠这个混饭吃还有别的路吗？"

"咱们是朋友，你的朋友也跟我的朋友一样。像这样抓大头，一回两回行，长了不行。有几个钱效仙呢？要画，得画点特殊的出来才能站住脚，成一家！"

"承您指教，您说怎么着好？"

"两条路。一是专门作假，死抱着自怡子啊、周乐元不放，做到分毫不差，这也能挣钱。可话说回来，一样的花功夫，何苦在人品上落价儿呢？"

"这话您说。"

"再一条路就是自己打天下。刚才我看了那壶，看出这个人确实是有点根基的，所以我才多这份嘴。"

寿明点点头说："难为您费心。这人本来有点大写意的底子，所以有点他自己的笔意。"

吴庆长摇头说："写意要大泼大洒、痛快淋漓。烟壶寸地，又没有宣纸浸润渲染的那股柔性，怕难见成色。画工笔呢，刚才说了，太贫。好比唱戏，黄润甫这么唱走红了，我也这么唱，谁还听我的？再说黄润甫身高膀阔,他丁字步一站,两把板斧平端,就是美。我个头矮了半尺,双肩窄了五寸,也这么亮相,还有个看头吗?我得找我的辙。你是花脸我也是花脸,你这么唱有理我那么唱也有理。要看大刀阔斧的您去看黄润甫;要瞧精神妩媚,您捧吴庆长。有这话没有?"

"千真万确!"

"我告诉您,我早就瞧着郎世宁的画法上心了!怎么就没人把他的画法用到内画上去呢?您可别听那些画画的扒得它一子儿不值,我把话说在这儿,要有人学了他的要领用到内画上,那就叫拔了份了!自打庚子以后,咱们这行买卖的主顾变了您不知道吗?谁买的多?洋人!八旗世家、高官大贾光卖的份没买的份了。碰上有暴发户新贵花钱买货,您细打听一下,十有八九又是买了去到洋人那儿送礼的!有这话没有?"

"这话您说了!"

"咱们别的钱全叫洋人赚走了,惟独这一份手艺书画能赚他们的。为什么不赚?这郎世宁是意大利人。意大利、英吉利、奥地利,都犯'利'字,全是圣母玛利亚的后人,分家另过的。所以他的画他们就看着眼熟、顺心。至于葡萄牙、西班牙、日耳曼尼牙这些'牙'字的,跟'利'字的八成是表亲,他们喜欢的他们也喜欢。您告诉您那位朋友,投其所好。孙子!叫他把抢咱们的银子再掏出来吧!他要依我的话办,画出来的东西不用交别人,我给你包销。我准让他发财!"

寿明对吴庆长鉴别古物的本事一向认可。自他出入教堂后,总觉得他沾上几分鬼气。今日听他一谈,才知道他不是去入教,八成是掏洋和尚的钱袋去的。

他们正说得热闹,身后忽然闪过一个人来。身材不高,面色红润,亮纱的袍子,踢死牛快靴,松松的扎了根辫。打了个千,声音粗嗄地说:"敢问这位可是寿明老爷?"

寿明赶忙回礼说:"恕我眼拙,看着面熟,可不敢认您。"

那人说:"借一步说句话行吗?"

吴庆长连忙起身说:"我还有点事去忙,少陪了。"

那人忙说："您坐着您的，我就两句闲话！"

吴庆长说："我确实有事。失陪失陪！"

看吴庆长走远，那人才说："不是您想不起我来，实在是您没见过我。我也头一次见您。我是受朋友之托来访您的。"

寿明连忙让坐。那人便说："我有个朋友在刑部跟您的朋友乌大爷同牢。他托我找到您，传两句话给乌大爷。"

寿明忙问："您的朋友贵姓？"

那人说："姓鲍，是个库兵。他叫你告诉乌大爷，有位聂师傅被九爷传走了，吉凶不明。聂师傅临走嘱咐一件事，叫乌大爷千万把他的手艺传下去。要能看到他作出新活儿来，死也瞑目了。"

寿明便问："什么手艺？聂师傅是谁？您可说清楚！"

那人说："他就说了这么几句。我原样趸来原样卖，再多一个字我就不知道了。"

寿明说："也罢。你不是要说两件事吗，还有一件呢？"

那人从身上掏出一张三百两银子的银票来说："这是鲍老弟周济给乌大爷的几两银子，让他做本，经营那份手艺。他说他这一辈子没干对这世界有用的事，乌大爷经营手艺他入上一股，也就不枉来阳世一遭了。"

寿明问："这话怎么说？"

那人看看两旁，悄声说："这人判了斩刑。如今入了死牢，秋后就要典刑。他是个库兵，偷银子犯了案。"

寿明惊慌地抓住那人说："难得这人如此仗义！"

那人说："要说偷银子，哪个库兵不偷？事犯了，大库就把整个的亏损全堆在他一人身上让他代众人受过。不多说了，拜托拜托。"

寿明忙说："不敢请教贵姓。"

那人说："敝姓马，在樱桃斜街开香蜡店，有便请赏光。请您告诉乌大爷，别辜负朋友一番心意就是。现在请您打个收据，我好回复那位朋友，让他放心。"

寿明借茶馆柜上笔砚，恭恭正正开了个三百两银子收据。写完看看，意犹未尽，便加上了几个字：

"江头未是风波恶，别有人间行路难。"

十三

寿明离开茶馆，先到琉璃厂买了些颜料、色盘、明胶、水盂之类画具。又到珠宝市挑了四五个透明料烟壶坯子。这才拐到磁器口乌世保存身的小店中来。

乌世保自幼过的是悠闲自在日子，一旦落到蹲小店与引车卖浆者流为伍，人们或许以为他会沮丧，会绝望，会愁眉不展。岂料不然。他有求精致爱讲求的一面，可也有随遇而安、乐天知命的一面。局面大有局面大的讲究，局面小也有局面小的安排。寿明十来天没来，他那斗室已变了样。门楣上贴了个"泛彩居"的横额。横额旁墙缝里砸进半截棺材钉，竟在钉上挂了个小巧精致的鸟笼，养了只黄雀。进得屋来一看，又是一番景色。小炕桌上添了座仿宣德铜炉，燃起一缕檀香。窗台上放了只脱彩掉釉冲口缺瓷，却又实实在在出自雍正官窑的斗彩瓶。里边插了两棵晚香玉，瓶旁一把宜兴细砂、破成三瓣又锯上的口壶。墙上悬了张未装未裱乌世保自己手书的立轴，上写："结庐在人境，心远地自偏。"屋子收拾得倒也干净明快，只是乌世保这身衣服，比刚出狱时更加破旧，从在澡堂洗了一遍，再没洗过。脚上一双布履，也前出趾后露跟了。他正盘腿坐在炕上聚精会神画烟壶。见寿明进来，马上放下笔，跳下炕。要打千，可是屋子太小，一蹲就撞着炕沿，只得拱了下手说："不知大驾光临，有失远迎，当面恕罪！"寿明也玩笑地还了一句："咱家来得鲁莽，先生海涵！"落座之后，乌世保就从枕下递过一把湘妃竹扇骨的折扇说："我正惦着请您开开眼呢！我花三两银子买了把扇儿，您猜猜谁画的？松小梦！松年要知道他的手笔才卖三两，准得大哭一场！"

寿明问："您哪儿发了这么大财，置办起文玩来了？"

乌世保得意地一笑说："挣来的！您几天没来，我囊空如洗了。昨晚儿试着把一个画好的料瓶拿到哈德门外青山居去卖，他给了十两银子！"

寿明一听，马上沉下脸说："这是怎么说，怎么不经我手您自己去卖了？"

乌世保忙解释说："我是一时高兴试一试。不管他给多少，可证明我乌世保居然自己能挣钱了！您该庆贺我。"说着，乌世保又不屑地一笑，低下声说："寿爷，可惜了我这它撒勒哈番，从此以后……"

寿明叹了口气说："我也不是恘您，八国联军占北京，连王府的福晋都叫洋人掳夺了，一二品的顶戴叫人拉去扫街喂马，您这它撒勒哈番值几个子呢？我不怕您生气，我也是骁骑校。可我这份顶戴还没您画的鼻烟壶值钱呢，有什么恋头。您睁眼看看，如今拉车的、赶脚的、拴骆驼的，哪一行没有旗人？您无意中会了这门手艺，就念佛吧！"

乌世保点点头。

寿明又说："我不是怪你自己卖货少了我的回扣，我是不愿叫你卖倒了行市。这一行里门道太多，怕您吃了亏。您知道我拿去的那个烟壶卖了多少钱吗？五十五两！"

"真的？"

"所以说不叫您自己胡闯呢！"

"嚯，这回我服了！"

"您就管把您壶画好、画精，买卖的事由我跑。这不光是我一个人的意思，还有一个朋友，死在临头还关心着您的事业呢！"

乌世保忙问："谁？您说的是什么话？"

寿明这才把马掌柜来访的事说给他。说完，把他买的颜料等物连同剩下的银子全摊到桌上说："乌大爷，咱们原是玩乐的朋友，今天我促成您弄这内画的手艺，可并不就是贪拿几个回扣，实在是发现您真有才！那位牢里的朋友，人家图什么？也是盼您成器。铁杆庄稼倒了，激励你闯出一条路来，这才是朋友之道。今天我碰见唱花脸的吴庆长，跟他说起您，他也挺热心，还献了条计策在此……"

烟壶

乌世保听到库兵判了死刑，并托人送银与他，早已泪流满面，后边寿明谈吴庆长建议他如何创立自己画风的话就没听清。最后，寿明对他说："朋友们既如此热望您打下内画的天下来，您可不应该再有什么三心二意了。"

乌世保这才答话："您误解了。库兵送银与我叫我坚持的手艺，不是说的内画，您没听他先提到聂小轩的嘱托吗？"

寿明说："我听了，可没听懂。问马掌柜，他也不清楚。"

乌世保就把狱中聂小轩向他传艺的事说了出来。寿明说："这么一件大事您当初怎么没告诉我！跟我还隔心是怎么的？"

乌世保说："哪能呢！我是想聂师傅并没犯罪，九爷也没有害他性命的理由。他当时心窄，想得多了，我既劝不转他，只有从命。但他早晚会回家，这传艺选婿的事自然还由他自己去办。我不过在这期间照顾一下他的女儿而已。这'古月轩'手艺，是人家祖代安身立命的绝技。好比一份家产，他危难之中不得已付托于我，我可不能趁人之危就据为己有、安然受之。何况我也有了混饭的门路。我立下个心愿，只要聂师傅在世，我既不作这行生意，也不对外人说我会这套技艺，照顾他女儿的事我则要担起来。聂师傅对我是有救命之恩的。现在既有库兵送的银子，您我就去看看他女儿。他家地址我在狱时记下了，在广渠门里五虎庙夹道。"

十四

崇文门外虽有几处热闹去处，都在磁器口以北、蒜市口以西。花市四条，是明朝以来制造和售卖假发、首饰、绒花、蜡果的地方。东小市专卖日用百货、土产杂品。这一带住的全是手工业、小商贩、抬轿的、赶脚的，很少有前门大街往西那一带的富商大贾、名优红妓。所以住房都是碎砖砌墙、青灰漫顶，又矮又黑，进身局促。虽有外城的粗陋，却无郊区的开阔。自揽杆市向东向南，接连几个庙，因靠不上烟火布施，专以为人停灵存槟为生。像五虎庙、阎王庙，庙名本就吓人，大殿廊下又摆列几个填了瓤子的棺木，再有雅兴的游客也会却步。而左安门里还驻防几营旗兵。这里虽也算北京城里，距紫禁城不过十里路程，可这里的旗兵和内城的旗人大有不同，脾气秉性、风俗习惯都保存了比较多的强悍之风。在各种好习惯之外也有一条叫人发怵的，动不动就抓人个罪名罚他挑水——北京城井水多苦，要吃口甜水往往要上二三里路之外去挑。丘八大爷过分劳苦，抓个人换换肩本来情有可原，只是这么一来城里人就把这西南一角视作了危途。平日里就十分冷清了。

寿明和乌世保走上大街，发现今日不同于平常。磁器口、蒜市口，东西相对都有人树杉蒿、捆苇席在搭法台，东小市路两边早被摊贩们挤满：卖香蜡纸码的，卖锡箔银锭的；莲花灯、蒿子秆、荷叶、鱼蜡，一份挨着一份。法华寺门口已扎起一艘首尾三丈有余的大法船。龙头凤尾、殿阁楼台、龙女童子、罗汉金刚，十分精致。乌世保看到庙门口黄纸露布，才想起今日已是七月十三，交了盂兰盆会的会期。凡与亡灵有关祭日，清明节、十月一，总带点凄凉景色。惟有这中元，是很有点喜庆金光的。这与盂兰节的起源有关。盂兰盆，梵语是"乌兰婆拿"乃倒悬之意。这一日斋僧拜佛，解亡魂倒悬之苦，自应普天同庆。话虽如此，其实人们热心此节，也并非完全是为鬼魂设想，倒是各种法事给人们带来了乐趣。当时北京各庙，各有自己拿手的绝活献给三界。这法华寺出名的就是慧通和尚的飞钹。慧通是个武和尚，有很好的拳脚功夫。十八般法器中他单掌铙钹。这钹直径二尺七寸，重十斤八两，比戏台上唱"铁笼山"的那对钹还要大。平日诵经作法，他不动用。惟独在盂兰盆会上，他从佛前请出来，在法鼓、云锣的伴奏下，左右挥舞，上下翻飞，缠头盖脑，金光四射。舞得高兴时还打出手，"嚓"的一声扔上天空，足有三五丈高。下来时接法又有多少名目，"张飞骗马""苏秦背剑""太公钓鱼""白蛇吐信"，那惊险利落之处，在跑马解的沧州人那里都是看不到的。每逢这日子，常有达官贵人及其宝眷，借结善缘为名从城里乘车来看他的表演。所以尽管时辰尚早，从各条街已有人流涌向法华寺了。寿明和乌世保费了好大劲才从人流中钻出来，却又被卷到了去夕照寺的漩涡。虽说每逢中元赶庙的人都多，也没到这地步。寿明嘴勤，打听了一下。才知八国联军攻占北京的时候，光绪二十六年七月二十夜晚，在这左安门内打了一仗。这一带的军民老幼齐上阵，宰了二十多个德国兵。鬼子进城后，在左近血洗了三天。今年盂兰盆会，本处居民每户捐一升米为死去的义士超渡。连和尚们也发愿白作法事，不领布施。

　　寿明和乌世保挤了足有一个多时辰，这才来到五虎庙夹道。问清聂家住处，便走到一个黑漆小角门前，用手拍拍门，喊了声："柳娘在家吗？"里边应了一声，是个男人声音。门拉开时，出来的竟是聂小轩。聂小轩换了件灰布小衫，月白裤子，扎着裤脚。白袜透空洒鞋。新剃了头，打了辫，那模样看来年轻了有十岁。不等乌世保开口，他劈头就问："我回来就打听你，怎么你出来这么久竟没来过？"乌世保告罪说："实在是遇到了意外，囊空如洗，这刚得到几两银子，马上就来寻师妹的。"他又引见了寿明。寿明常在古董行中混，早已听说过聂小轩的名字，极恭敬地问了安，这才进院子里来。

　　这是个独门独户的小院，但只剩下了南屋和西屋，正房被火烧得只剩下乌黑的几堵残墙。两棵枣树，有一棵也半边烧焦了。院子收拾得干净整洁，四角旮旯不见一根草刺。聂师傅把他们让到南屋。南屋迎门条几上方悬着一幅写真画像，画的是一位穿红蟒戴珠冠的老妇人。八仙桌上摆着四盘供果。乌世保忙问："这是师母？"聂小轩点点头。乌世保赶紧正正衣领，跪下磕了头。寿明也要跪，被聂师傅拦住了。寿明问："老伯母仙逝多久了？"聂师傅说，八国联军来时，人们都帮着守军去守左安门，聂家父女都去了，只有老伴瘫痪在床，未能参战。德国兵攻进城后，见人就杀。聂小轩看看回家的路已不通，柳娘又年轻，便拉着她躲到幸公庄北的苇子坑里。躲了一天一宿，第三天回家来，半个胡同正烧得通红。待和邻居一道救熄，堂屋顶子早已坍下，老太太已死去多时了。整个脸已烧焦，无法辨认，这写真是聂小轩凭着记忆画下的。他说："我没给她装殓什么,这像上就给她穿戴得富贵点吧!"说完惨笑了一声。

寿明怕引得老人伤心,便用话岔开,问:"大妹妹不在家?"

聂小轩说:"夕照寺作法事,为她妈烧香祈祷去了。"

乌世保问:"师傅是哪天出来的?"

聂小轩说起出狱回家的经过,脸色开朗起来。他说到九爷捉弄他时,带点羞涩的挖苦了自己的惊慌失措。说到最后九爷不过是转弯抹角订一批货时,又爽心地大笑起来。这时外边大门响了两声,脆脆朗朗响起女人的声音:"爹,我买了蒿子回来了。"寿明和乌世保知道是柳娘回来,忙站起身。聂小轩掀开竹帘说道:"快来见客人,乌大爷和寿爷来了。"柳娘应了一声,把买的蒿子、线香、嫩藕等东西送进西间,整理一下衣服,进到南屋,向寿明和乌世保道了万福说:"我爹打回来就打听乌大爷来过没有,今儿可算到了。寿爷您坐!哟,我们老爷子这是怎么了?大热的天让客人干着,连茶也没沏呀!您说话,我沏茶去!"这柳娘干嘣楞脆说完一串话,提起提梁宜兴大壶,挑帘走了出去。乌世保只觉着泛着光彩、散着香气的一个人影象阵清清爽爽的小旋风在屋内打了个旋又转了出去,使他耳目繁忙,应接不暇,竟没看仔细是什么模样。柳娘第二次提着茶壶进来,他才来得及细看。这一看却又惊得他赶紧把头低了下去——市井小户之内也有这样娟美的女孩儿么?

她有二十左右,穿一件月白杭纺挖襟敞袖小袄,牙白罗裙,银白软缎尖口鞋上绣着几朵折枝水仙。银镯子、银耳坠,深蓝辫根,浅蓝辫梢,为给母亲穿孝竟打扮得素素雅雅。那长相则是形容不得的,只能说谁看也觉得美,乌世保看了觉得尤其美。美在舒展、大方、健康、妩媚,没脂粉气,没妖艳气。这地带满汉杂居,汉人受满族风尚影响,多不缠足。又自幼劳动,故而身条腰枝发育得丰满圆润,像水边挺立的一枝马蹄莲。

柳娘给大家满上茶后,在一边的磁墩上偏身坐下,问道:"我们一直惦着乌大爷呢。府上全家都吉祥?"

聂小轩忙说:"可不是。我净顾说自己的事了,还忘了问您,家里怎样呢?"

乌世保长叹一声，就把家中遭遇细讲了一通。中间有些地方，寿明帮着作了说明。聂小轩听着不敢相信，连声问："您连奶奶的尸首也没见着？小少爷至今还没见面？这家就这么毁了？"

乌世保点头。聂小轩又问："这么说，您现在是住在令伯父的府上了？"

寿明说："他父亲伯仲之间，多年隔阂，如同路人。乌大爷现在住在磁器口杜家店里。"

柳娘听到孩子被刘妈接去时，眼圈已红了。听到火烧了宅院，就擦眼泪，这时竟出声地抽泣起来。乌世保见了，赶紧去劝她："您甭难过，我过得挺好，现在靠画烟壶谋生反倒过得挺安乐您呐！"他也是个爱哭的人，嘴上这么说，手也去擦眼泪。

柳娘说："您是个大男子汉，自然不把这艰难放在眼里。我可怜的是小少爷。我爹在牢里的时候，我可尝够了这孤儿的苦滋味，何况他还这么小呢！"说着想起自己受的苦处，更哭泣起来。聂小轩也半天没有说话。过了一会，寿明问道："聂师傅近来就为九爷那几个壶忙活哪？"

聂小轩说："可不是。他叫我先烧俩样品看看。壶坯子、釉料、钢炭倒有了着落，可就是垫本困难。我们这一行，向来定活的东家都先给垫本，拿他的钱为他备料。从没有先烧样子看了再拿定钱的一说。"

乌世保便拿出两锭银子来说："您先用这个吧。本来这也是拿来给师妹过日子的。"聂小轩推辞不受，说："你刚出狱，哪有余钱。我要没出来便也罢了，我出来了不能再叫你背累。"乌世保便讲了库兵嘱咐的话，并说了他送银之事。聂小轩叹息说："这也是个热心人，可惜被人拉进了泥坑。银子你收起来，这继承手艺的话原是我叫他传给你的，现在既见了面，你就和我一起干吧。口说千日，不如手做一时。"乌世保要说库兵判定死刑的事，被寿明用眼色止住了。聂小轩问："现在停下你的内画，来和我画'古月轩'，有什么难处吗？"

乌世保说："当时您是怕没机会再授徒，不得已才传授给我；我是尽朋友之道，为叫您心安才学。如今您已回来，自当再仔细挑选有为后生承继祖业。我哪能乘机把您的祖传绝技据为己有呢？这好比您在狱里交我一包银子，原是准备万一您回不来时叫我拿来赡养小姐的，如今您回来了，我当然原物奉还，哪还有分一份的道理？……"

乌世保正说得滔滔不绝，寿明突然又踩了他一脚，向他急使眼色。他顺着寿明的嘴角一看，只见聂小轩把头扭向墙角，柳娘却瞪着一双气恼的眼睛盯着他。寿明说道："你可真是书呆子！人家磕头祷告、求情送礼来认师，聂老怕还不肯要，哪有您这样师傅上赶着教，还一拽三打挺、三拽一哧溜的？依我说，今天我在这作证人，您恭恭敬敬跪下磕三个头，正式拜师吧！"寿明又瞪了一眼，把乌世保按着跪下。乌世保只得跪下磕了三个头。聂小轩却拦也没拦，笑着还了三揖。乌世保站起身，柳娘冲他道个万福，大大方方的叫了声"师哥！"寿明是个知趣的人，连忙从腰中掏出他还没卖出去的两个烟壶，给乌世保说："正好，事情来的仓促，这个你权当作拜师礼吧。"乌世保双手捧与聂小轩。聂小轩说："今天盂兰会为死去的人超度，也算喜事，咱们几喜临门，柳娘收拾酒菜，咱们痛饮几杯，冲冲这一年的晦气！"

柳娘收拾菜肴的工夫，乌世保把她放在院里的蒿子拿过来修修剪剪，用黄裱纸卷上线香，缚在蒿叶之间；又找来两把椅子，把蒿杆绑在椅子背上做成星星灯。寿明也是会玩的人。出门买来新鲜荷叶，梗中下了竹签，插上了小蜡烛，逐一拴在聂小轩院中夹的花障上。天刚杀黑，远远近近响起法鼓铙钹、诵经拜佛之声。孩子们手举长梗荷叶、挖空心的莲蓬、掏了瓤镂了皮的西瓜，各插了小蜡，燃点起来，边走边唱。天上一轮明月捧出，上下交辉，整个京城变成了欢快世界，竟忘了这个节日原是为超度幽冥世界的沉沦者而设的。

寿明和乌世保也把荷叶上的蜡烛和青蒿上上百支线香点燃，院内顿时亮起千百盏星星几十轮皎月。聂小轩叫柳娘把炕桌摆在当院。放下矮凳蒲垫，四个人围坐饮酒。席间聂小轩再次叫乌世保到这里来学习画"古月轩"。柳娘说："师哥在店里吃住也不洁静，不如索性搬了来住。东耳房收拾一下我住，西屋让给师哥。"乌世保还想推辞，又被寿明拦住了。寿明说:"这样很好,师徒如父子,搬在一起才是久处之计。"

这晚上寿明和乌世保都喝了不少酒。告别出来后,寿明推推乌世保说:"你大难不死,必有后福!小娘子颇不俗,您若有意,我当冰媒。"

乌世保醉醺醺的说:"胡说,祖宗有制,满汉是不通婚的!"

寿明说:"狗屁,乾隆爷还娶了个伊帕尔汗呢!道道地地的西域回回!"

十五

乌世保这人,一生事事被动。可一旦被推上一股道,他还就顺势往前滚。他唱单弦着过迷,画内画着过迷,如今跟聂小轩学外画又着了迷。原来这东西像变戏法,明明红花绿叶,画的时候却要涂黑釉蓝釉,只有见了火它才变出花红叶绿。这还不算,那釉色竟还会涨会缩!有的釉在画时要堆成一堆,烧出来才能有薄薄一片;有的釉画时摊成一片,烧出却又是窄窄的一丝。怪不得多少人钻研仿制,终究不能乱真。他一心扑在学画上,那一老一少却扑在他身上。聂小轩给他出图,教他点染。柳娘端汤送水、洗洗缝缝。今天做一件衫儿叫他穿上,明天缝一条裤儿命他换上;逢五逢十催他洗澡,月初月末逼他剃头。隔了些天寿明来看他,见他又白又胖,衣履整洁,容光焕发,竟换了一个人。聂小轩脱离了牢狱之灾,既收徒弟又接了定货,也是舒心顺气、满脸知足的神气。柳娘孤苦了几个月,如今父女团聚不算,还添了位师兄,给这女人带来了照应别人关切别人的机会,也带来了羞怯的希望。寿明是个精于世道的人,他只坐了半个时辰,就喷出来这家甜丝丝的滋味。他明白了,乌世保搬进这个院,不是添了一个人,而是添了一盆火,把这一家的生活给烘热了。

聂小轩给乌世保的头一件实习品是个小碟,上边画"昭君出塞"。寿明看到乌世保已用墨线勾出了人物轮廓,便问聂小轩:"照这样,三五天后不就能烧成了吗？"

聂小轩说："要这么容易还叫'古月轩'吗？"

寿明说："这不都勾了线了？"

聂小轩说："亏您还捣腾古董买卖，敢情对'古月轩'满不摸门。这么着，让柳娘领您看看她的炉子吧。"

柳娘笑了笑，把寿明领进烧掉了顶的北房墙筒里去。这墙内沿四边扫得干干净净，正中间砌着个砖炉，有头号水缸大小。寿明问："这是什么？"柳娘说："窑。"寿明走近去看，用缸碴、麻刀、青灰、白灰抹了一层泥衬，四周码满了钢炭，中间地带上下扣着两口筒子形的大砂锅，接缝处用泥封好。上边这口锅把底捅掉，留下个碗口大的窟窿。从这窟窿口吊下去一只铁架，架上卡着一个泥托。

寿明惊异的睁大眼说："烧'古月轩'都用这办法，都这么大窑？"

柳娘说："别人烧是冒充我们家的，不能叫我们知道，我没法见到。我们家祖传下来，就是这么个烧法。您是我师哥的知交，我们才破例儿叫你看，还望您出去别跟外人学舌呢。"

寿明自语说："怪不得……"

瓷器向来是用窑烧的，所以盆儿、缸儿、碗儿、碟儿全论套，从头盆到五盆摆开来一大片。讲究的用户，从荷花缸到醋碟酒盅，几百件瓷器，一种釉一样花一窑火烧成。瓷器鉴别家知道看出哪些瓷是一个窑出的并不难。汝、哥、钧、定，分辨容易；要看出同窑的器皿中哪些是一火烧的，才叫真功夫。"古月轩"出世并不久，可给品鉴家带来不少难题。人们没见过它有成套的器皿，也没见过半尺以上的大物件。别说成套的餐具，就连佛前五供、瓶炉三事也没有。多半是单件头。碗是一只，杯是一盏。所以聂小轩能烧出十八只一套的烟壶就是奇迹。

寿明说："这么说，聂师傅作十八拍烟壶，是分十八窑烧出来的吗？"

柳娘说："怕要烧八十八窑还多。"

寿明问："这怎么讲？"

柳娘说:"'古月轩'珐琅釉,是火中夺彩的玩意。每样釉色要求火候不一样,同一样釉色,深浅也要求火候不一样。一张叶子,叶面烧一火,叶背烧一火,叶筋还要烧一火。您算算,一个十二色的壶要烧几次!"

寿明说:"原来这样!"

柳娘说:"还不止这样。这料胎和釉彩熔化的热度很相近,有的釉要的火候比坯子还高。保住坯子,釉子不化,成了死疙瘩。要了釉色,坯子软了又会变形。成败常在眨眼之间,全凭眼睛一看。烧十件未必能出来两件,把废品算算一个壶得烧多少火呢?"

寿明说:"怪不得坊间一个烟壶常要上千的银子。我原想作'古月轩'的人家一定会富比王侯呢!"

柳娘说:"别人我不知道,我们家可是背着债过日子。"

寿明说:"何致于这样?"

柳娘说:"手艺人没有恒产。一批活儿下来,几个月之内买料、买炭,伙食杂项全是先借了钱垫上。卖出货去把账还了能剩几个呢?要是定的活呢,定钱取来先就作了垫本,到交活时也没多少富裕。何况这手艺并非一年三百六十天全能做的。"

寿明说:"真是一行有一行的难处。"

柳娘说:"如今烧'古月轩'并没利可图,平日我爹和我是靠内画挣嚼谷的。隔三岔五烧几件,一是为了维持住这套手艺,怕长久不做荒废了,对不起祖宗。二是我爹跟我也把这当成了嗜好,就像您和我师哥好久不唱单弦就犯瘾似的,有时赔点钱也做!不管多么劳累辛苦,多么担惊受怕,一下把活烧成,晶莹耀眼、光彩照人,那个痛快可不是花钱能买来的!"

寿明听柳娘讲话有板有眼,大方有趣,猜想她在手艺上也是有才有艺的,就更增加了替她和乌世保撮合的热心。他告辞时,借聂小轩送他的机会,要聂小轩陪他几步,就把这意思透露给了聂小轩。聂小轩说:"当初我虽是出于无奈才把手艺传给乌大爷,可也实在是看出这个人有点根基。

虽然出身纨绔，但不失好学之心，尚存善良本性，不是那一味吃喝嫖赌或是机诈奸巧之徒。不过我家向来不与官宦人家结亲，何况他是旗人？"

寿明说："乌大爷在牢里时就被削了籍了，还什么旗人？就是旗人又怎么样？我也是旗人，难道咱们不算知交吗？"

聂小轩说："您别误会。我们这儿住户满汉参半，大家都和睦的很，决没见外的意思。我是说，乌大爷眼前虽有点失意，他能长久安心当个一品大百姓，不想重登仕途吗？"

寿明说："您怎么放下明白的装糊涂？如今这旗人能跟二百年前比吗？您的左邻右舍有几个真当了军机达拉密的？补上缺不也就是两季老米，一月四两银子。还拖期欠饷打折扣！您别听乌世保口口声声'他撒勒哈番'，那是他吹牛，我们旗人就有这么点小毛病，爱吹两口。其实那是他爷爷辈的事。他自己连个马甲也没补上。端王给他派个笔帖式，他还没去，倒为这个坐了一年多牢。"

聂小轩原来就有意，于是顺水推舟，卖个人情给寿明，答应说："有您作冰人，我还能驳吗？让我再问问闺女吧！"聂小轩当晚趁乌世保出门闲走，把柳娘叫到跟前，说："我这次进了牢房，头一件闹心的事是后悔没为你定下终身大事，没把手艺传给后人。现在天缘凑巧，出来了乌大爷，又没了家眷，咱们还按祖上的规矩，连收徒再择婿一起办好不好呢？你不用害臊，愿意不愿意都说明白。这儿就咱爷俩……"

柳娘说："哟，住了一场牢我们老爷子学开通了！可是晚了，这话该在乌大爷搬咱们家来以前问我。如今人已经住进来，饭已经同桌吃了，活儿已经挨肩儿做了，我要说不愿意，您这台阶怎么下？我这风言风雨怎么听呢？唉！"

聂小轩听了，正不知该怎么回答，一看女儿眉头尽管皱得很紧，两边嘴角却是向上弯去。便说："你要实在不愿意，我也不难为你。我早就对人说过这是我徒弟。住在一起不方便，让他再搬回店去就是。"柳娘说："我要凭着自己性子来，一生不与他合着作活，他画了没人烧，您这徒弟不就白收了？您都生米做熟饭了，才来问我们。"聂小轩说："你说

烟壶

的是。可我怎么也想不起来了，当初叫乌世保住到这来是谁的主张呢？"爷俩正在说笑，听到门响，知道是乌世保回来，这才住嘴。柳娘上厨房去预备洗脸水，乌世保便到南屋来见聂小轩。聂小轩问了他几句话，见他支支吾吾、满脸泪痕，便生了疑，问道："照实说，你上哪儿去了？"

乌世保吞吞吐吐地说："到我大伯那儿请了个安。"

聂小轩说："你说跟我学徒的事了？"

乌世保说："没有。我说我从此要以画内画为业了，特禀明一下。"

聂小轩："他不赞成？"

乌世保说："他说我削了籍，跟乌尔都氏没关系，他管不着我的事！今后再不许我说自己是旗人，不许我再姓乌。"说完垂头丧气，满脸悲伤。

这时门帘呱哒一响，柳娘闪了进来。她攴着腰儿，半喜半怒地指着乌世保说："人有脸树有皮，你家破人亡人家都没来打听一下，你倒还有脸去认亲！挨了狗屁刺还有脸回来说！那儿枝高是吧！"

聂小轩说："柳儿，你别这么横，血脉相关，他还恋着旗人，也是常情。世保，我问你，你是不是至今还觉着凭手艺吃饭下贱，不愿把这里当作安身立命之处呢？"

乌世保说："从今以后再要三心二意，天地不容。"

聂小轩说："好，那你就把我这儿当作家！"

乌世保跪了一跪说："师徒如父子，我就当您的儿子吧。"

柳娘笑了笑说："慢着，这个家我作一半主呢，您不问问我愿意不愿意？"

乌世保说："师妹，你还能不收留我吗？"

柳娘说："不一定，我得再看看，看你能长点出息不！"

十六

徐焕章虽然常和日本使团打交道，但当真能算上朋友的，只有个陆军上士。他请这位上士去八大胡同喝花酒，趁着酒兴问他日本人最喜欢什么样的画。也许他的日语还不到家，也许那个上士有意开玩笑，便从口袋里掏出一叠照片来说："这个我们最喜欢。"徐焕章看了看，照片有十来张，分作两大类。一类是他跟日本妓女一块照的；一类是八国联军占领北京时，他骑着洋马、挂着洋刀在午门、天坛、正阳门箭楼前照的。这前一类烧成"古月轩"未免不雅，这后一类倒极为对路。为八国联军打败大清国去向人家谢罪，还有比画联军在北京的"行乐图"更应景的么！便向那人要了两张，说是留作纪念。然后找到个会画宫笔画的大烟客，叫他按这日本人的服饰、洋马的装配、刀枪的形制，画个八扇屏，背后点景分别为前门、午门、天坛、太庙等处。画好后他给了那人四两银子两钱烟土。拿到肃王处吹嘘说这是请日本人自己出的题目，是任何人送的礼物中都没有的图样，送过去准能压过群僚。肃王看了也很满意。问他花了多少钱，他说甘愿孝敬王爷，不肯讲价。肃王便叫人领他到马号挑了一匹好马，还带全套的鞍鞯。

　　肃王派人把画稿送给九爷。九爷一看，也觉着新奇，很投合东洋人的口味。徐焕章近日也往九爷处钻营，可这人小气，不怎肯在管家戈什身上送门包。管家也看不上他狗仗人势的下贱相。九爷在那里称赞画稿，正好管家来回事，管家就说："爷，这画别人夸得你可夸不得。"九爷说："怎么啦？"管家说："本来您那份十八拍是这次送礼的头一份。徐焕章弄这个来，就叫肃王的礼把您的比下去了！这小子吃里扒外，把您阴了。"九爷听了觉得有理，便有点不高兴。对这徐焕章便有点冷淡了。

　　转眼到了中秋节。聂小轩指导乌世保试烧的一个烟碟、一个烟壶出了炉。造型美，色彩艳，图样好。聂小轩便揣着到九爷府上检验。管家跟他也熟了，把他带到了垂花门外。九爷刚喝完茶，一边看花匠在甬道两边摆桂花盆景，一边喂他新买来的一条狗。这狗出自西洋、日耳曼尼亚，经红毛人从澳门带到北京的。身量高，身条细，四条腿像四根铁杆，走在方砖地上咚咚有声。浑身乌黑，只腹下和四条腿里侧各有一条白线，称作"铁杆银丝"。原在载振手中，九爷用两匹跑马一对好蛐蛐才换过来。一个僮儿在九爷身旁端个朱红漆盘，盘内是五花牛肉。小僮用蒙古刀把肉切了，九爷随手就把肉朝天上乱丢，那狗腾空而起，一块块全从空中接住。偶尔落在地上一块，它就弃之不顾，再转过身来朝九爷吠叫。

管事叫聂小轩在垂花门外等候，自己拿了那一壶一碟进去呈报。聂小轩知道这里的规矩，便悄悄把个二两的银锭塞在烟壶的布包下边。管事看也不看，一解开包袱皮，连包皮一起揣进了腰间，这才进门去向九爷回事。

九爷正玩得高兴，便说："这事我不早说过，叫他拿画样儿去作不就结了。"

管事说："不给人家定钱，人家怎么买料呢！"

九爷说："你发给他二百两就是。这也用跟我噜嗦？"

管事说："人家还孝敬了这两件样儿呢！"

九爷这时才接过那两件东西去，细看了看，有了笑脸。便对门外的聂小轩说："再加一百，给你三百定钱。我这银子可不许退，烧好了给我东西，烧不好我可还要你那两只手！"说完大笑起来。

聂小轩请个安说："谢谢爷赏饭。刚才管家吩咐，要按画稿去做，小的没见画稿可不敢说能做不能！"

九爷说："不管那个，能不能都得做！"

管家说："聂师傅，放心吧，咱九爷是难为人的主子吗？"作了个眼色，叫聂小轩退下。到了外边，他小声说："您放心吧，那画稿我看过，你一手捏着卵子都能画下来。"

管家在账房取了三百两银子。让聂小轩打了手印，到门口交给聂小轩说："你数数，可别少了。"

聂小轩一数，二百九十五两，心中打个转，又提出个五两的锞子放在管家手里说："多了一块，您收回去吧。"

九爷接着喂狗，喂着喂着，忽然想跟狗也开个玩笑，便随手把聂小轩送来的烟壶也扔了出去。他本以为那狗也会当作肉接住，把牙硌一下的，谁知那狗往上蹿了一下，并不张嘴，看那烟壶直落到石阶上摔得粉碎。管家听见破裂声，以为僮儿打碎了什么东西，忙进门来看。九爷大笑着说："你瞧这个东西多精，换个东西扔出去，它能认出不是肉来，干脆不张嘴！"管家说："它认得。肉什么色，烟壶什么色啊？"九爷听了，忙找跟肉一样颜色的东西来试验。便把身上带的，客厅里摆的玛瑙烟壶、茶晶酒杯、琥珀烟嘴、烟料扇坠掺和在肉一块，一件一件扔了出去。后来小僮费了好大劲才把那些碎碴碎片收拾干净。

聂小轩离开九爷小府时间尚早，便顺路到天桥买几样杂食供果、中秋月饼，预备带回家过节。时隔一月，这为人过的节与那为鬼过的节又大为不同了。秋高气爽，万里无云。各项的鲜果也下来了：马牙枣、虎拉车、红李子、紫葡萄、黄梨丹柿、白藕翠莲，五彩杂呈，琳琅满目。从福长街北口，沿天桥南北，摆满十里长街。像"四远斋"、"桂兰斋"这样的大茶食店，原是专供大宅门，不屑做这小生意的。近年因时局不定，生意清淡，竟也来出了摊子。五尺长的床子上，居中立起一块二尺多高的大月饼，饼上雕了嫦娥月桂、玉兔杵药。饼上方悬挂红布，上边金字写了字号。下边由大到小用月饼摆了几座宝塔。引来众人争看。那售"月亮码的"更不示弱，在它对面树起长竿，竟挑起一幅一丈多长的"月亮码儿"。金碧辉煌，刻画精细。这里中心坐的却又不是嫦娥了，乃是一位端坐在莲台上的金面佛祖。旁注"太阴星君，月光普照菩萨"。莲台之下，也有玉兔杵药。引得人们猜测，闹不清这位菩萨和嫦娥是分掌月亮的两面还是分成单日双日轮流值星。这二位又都有吃药的嗜好，便苦了兔儿爷这边捣了那边再捣。他的地位在嫦娥和星君之下，和人间近了些，人们对他也就讲些平等。在卖兔儿爷摊儿上便给他作了各种打扮。长耳裂唇之下，有穿长袍的，有穿短打的；有的挑着剃头担儿，有的打着太平鼓；还有的穿长靠，扎背旗一副杨小楼的扮相；还有一种用纸浆捣塑制成的，里边装了机关，用线一拽，眼珠下巴乱动，人们干脆不称他"兔儿爷"，叫他"呱哒嘴"。靠近坛根，单有一帮乡下客，卖的是鸡冠花、青毛豆、雕成莲花形的西瓜、摆成娑萝叶样的萝卜缨。

聂小轩正在和一个卖鸡冠花的讲价儿,有人拍了他一掌,抬头一看,是寿明。寿明也背着钱褡子在买过节的东西。便说:"我正有点累呢,咱们找个茶馆歇歇脚去。"两人便往西,走到坛根一个茶馆坐下。

这天桥附近的茶馆,和内城的又大有不同。门面小,房舍低,故而外边搭个大天棚,客座在外边多在屋内少。房檐下设一长形灶,一串摆上四五把小口大底长嘴壶。风箱一拉,两头冒火四下出烟。茶桌是碎砖砌的,条凳一律本色白茬,又宽又大。因为在这喝茶的以拉骆驼、赶驴、贩菜、推车的劳动人居多,便于他们蹲着吃喝。今天上天桥买节货的人多,茶馆也挤,为了清静,他二人进了屋内。屋内低矮黑暗,可比外边清静。茶送来后,两人喝了几口,都皱皱眉。原来这里的茶叶也不如城里,沏的是名叫"满天星"的高末。

说了几句闲话,聂小轩就告诉寿明,已问过柳娘,柳娘并没拒绝乌世保这门亲事。现在就看乌世保意思如何。虽然现在吃住都在一起,这婚事却是不能两家直接过话的。寿明说也曾问过乌世保。乌世保原说要向他大伯禀报一下再定;近日又说谁也不问了,只要双方八字相合,他极愿作亲。聂小轩点点头,心想:"我一直觉着乌世保突然上他大伯那儿去有点蹊跷,果然这里有文章。"便说:"既这样,你叫乌世保写个庚帖,我把柳娘的也写好,拿到'悦来栈'钱半仙那里去合一合吧。若无妨克等项,早日完了也好。住在一起,长了怕有闲话。舌头板子压死人,白找气生。"

寿明问聂小轩手中提的锦匣是什么。聂小轩便说是画稿。寿明问什么画?聂小轩说他还没看。寿明说何不打开一看呢。聂小轩连声说好,便把锦匣打开,拿出画稿。屋里太暗,两人便走出门站在窗下看。先看到是工笔重彩的蛮人画,线条、着色、布局,都平常。聂小轩再仔细看,觉得有点别扭了,这蛮人都舞枪弄刀,跟背景不大协调。细一研究,所点的景全是北京实物,这两样东西没有往一块画的。寿明看出了这一点,只是摇头,没有开口。这时背后已站了几个伸头看画的,只听其中一个人说:"八国联军在北京还没呆够啊!这画画的想他呢!"聂小轩问:

"你说什么？"旁边另有一个瘦长个儿、白净脸、留着八字胡的人冷笑了两声说："凌辱陵庙，不以为耻反以为荣，居然画下来把玩，可叹可羞！这要再拿到洋人那儿换银子，可真谓廉耻丧尽了！"

几句话像一阵惊雷，把聂小轩震得头晕心跳，再看那画，果然题字写的是庚子纪念。抬起头来本想再和那人讨教两句，不知为什么人们哄然散了。寿明小声说："快走。"自己也躲进了屋里。聂小轩还没明白出什么事，一个穿着巡警官服的人慢步踱到了他眼前。那时，这种洋式警服在中国还刚出现，十分扎眼。聂小轩不由得打了个冷战。那人问："你卖画呀？"

聂小轩说："不，我在这看画！"

"刚才说话的那个人是你一块的？上那儿去了？"

聂小轩说："我不认识。我看画他凑过来也看，连姓名也没通呢。"

警官伸手拉过一张画，看了一眼，突然问道："你是聂小轩？"

聂小轩说："我也没说我不是啊？"

警官厉声说："混账东西，王爷赏你的画稿你敢如此不敬，拿到这地方来传看。还不快滚，小心我打断你的腿。"说完那警官急急走开，吩咐站他身后远处的两个人，追那发表议论的八字胡去了。

聂小轩被骂得莫名其妙。看警官走远，寿明才在屋内喊道："还不进来，等着招祸呀？"

聂小轩进了屋，惊魂未定地说："这个人是谁呀？怎么连画稿哪儿来的都知道。还一肚子邪火？"

寿明说："这个人就是徐焕章。"

尽管光天化日，大街上还熙熙攘攘，聂小轩却觉着一下子天黑了。寿明见他脸色难看，神情滞呆，忙问："您觉着怎么样？"聂小轩说："没事，我有个病根，一着急就眼前发黑，一会儿就过去。"寿明扶他坐稳，又换了壶茶，让他趁热饮了几杯，慢慢脸色缓过来了。寿明说："我送您回去吧。"聂小轩说："您忙您的。"寿明说："再不雇个脚吧。"聂小轩说："罢，罢，我骑不惯那东西，一走三摇，还不把我腰扭了。我慢遛达着吧，天还早呢。"

分手之后，聂小轩便沿着坛根往东走。心里烦恼，一时又没有主张，便想绕个弯散散心，冷静下来再作打算。不远处就是金鱼池了。聂小轩平日爱看金鱼，便强打精神走了去。这金鱼池原是大金朝时的"鱼藻池"。相传当年池上宫殿，画栋飞檐，也是内苑禁地，如今早已颓废。池子划成碎块，叠土为塘，卖与当地居民，用来养殖金鱼。和草桥的花一样，专为皇室大户作清供雅玩之选。多余部分，自然也卖与民家。北京人有种花养鱼的爱好，皆得力于这两地的花农鱼户。聂小轩刚走到池边，便看见鱼户们摆了木盆、瓦缸，放满各色金鱼。什么"双环""四尾""狮子头""孔雀翅""三白""七星"。最名贵的两种是雪白带墨点和大红披黄纹的"金银玳瑁"。还有什么"鹤珠""银鞍"。数不清的名目，看不尽的花样。这旁边又有卖灯笼草的，卖活鱼食的，玻璃缸、琉璃盆，把个水池四周装点得五光十色。聂小轩平日看到这些，总是兴致盎然，脚站麻了也不愿走开。可今天却看不出兴味来，没看两三个摊，便败了兴，扭回身往家里走。而且脚步越来越沉重，神色越来越颓唐了。

柳娘做好饭菜。把一条棋桌早早摆到了桌当中，把银箔、千张悬在枣树枝上。让乌世保在枣树南侧挖坑埋了两根竹竿，准备悬挂月码。聂小轩回到家来，强装出欢笑，掏出买好的供果，让柳娘去收拾好，摆进盘，自己洗了脸说："我乏了，等你拜完月，招呼我起来吃饭，让我先歇一会儿。"

柳娘把果品摆好，天也就暗下来了。等月亮在东墙头一露脸，她就让乌世保把月亮码挂上，然后对他说："这拜月是我们女人的事，你躲进屋里去吧。可不许偷瞧，瞧了会烂眼边。"她把鸡冠花、毛豆、月饼、水果一盘盘摆到棋桌上，从屋内请出个青花炉，拈上三支香，恭恭敬敬跪了下去。然后每插一支香，诉说一个心愿。这办法都是在看戏时学来的。《西厢记》也好，《拜月亭》也好，小姐月下上香，都是这般祝愿法。小女儿们并不想另有发明，但祝愿的内容却是各有各的创造。戏里的小姐头炷香多是祝愿官清民顺、国泰民安,柳娘没这么大宏愿,她祝死去的母亲早日超生,祝九爷这批定货顺利烧成得个好价钱,还祝家里人合顺平安。这"家里人"包括乌世保。拜罢起来,她叫出乌世保,帮她解下月亮码,和挂的千张银箔一块烧化了。两人把供品搬进南屋,端上酒菜,请聂小轩出来吃团圆饭。

聂小轩在屋内躺了一阵,稍安定了点。吃饭间也找题说笑了几句。后来柳娘问起九爷画稿的事。聂小轩说:"画稿还没赶出来,咱们先烧几件自己出样的给他看看。要好,也许就不再用他的画稿了。"乌世保说:"既这样,您就早点出稿。"聂小轩说:"师傅领进门,修行在各人,我还总扶着你们走道吗?这一回你自己来,我不过问,等烧成了再看。"乌世保说:"我怕不行。"柳娘说:"你这人也真上不了台面。我爹既叫你画,他总有点成算。万一出了毛病他也没有白看着的道理。叫你干你就干呗!"

乌世保被柳娘抢白一通,便不再推辞。第二天起他就构思、起稿。他是画过写意的,便参照写意的画法,设计了套梅兰竹菊《四君子图》。把稿拿给聂小轩看,聂小轩摆手说,"我说了烧成再看,你不要麻烦我!"从此他就埋头作画,不再过问这院里别的事。

柳娘是细心的。中秋那晚,她就发现老头说笑间常常走神。此后,常常发愣,再不把门反插起来在屋里悄悄地摆弄什么。而且一反过去早睡早起的习惯,夜里灯光常常亮到三更天气。有一天她舔开窗纸往里瞧瞧,是在算账,把账本、现银、首饰全摆在桌上。一边拨拉算盘一边往账上记。又有一天,她看见老人在守着个锦匣看画片。她依稀记得这锦匣是他中秋那天拿回来的,可以后就藏起来不见了。她找个机会,悄悄把这事告诉乌世保。乌世保说:"岂有此理,长者背着你的事你怎么能偷着看呢?如此鬼鬼祟祟,羞煞人也!不要妄加猜测,安分做自己的事去!"柳娘白瞪他一眼说:"碰上你这么个枣木疙瘩,我这辈子有罪遭了。"

柳娘想偷偷看看那画页。可是老头藏得挺严,每逢出门必定把门锁上。她时时留意着,老虎也有打盹的时候,终于有一天老头出门锁没有锁死,叫她拨开了,她找到那锦匣,抽出画页,看了两张,就拿去找乌世保。

"你看这是什么?"

乌世保看了看说:"画。"

柳娘说:"我知道是画。你看看这是什么画。"

这画的边上有说明,说明在复制到"古月轩"上时应注意的事项。乌世保便说:"这是叫咱们照样临摹的画稿。老爷子怎么说九爷没给他呢!"乌世保又看了看画的内容,便皱起了眉头。

柳娘说:"你别装神弄鬼的,看出什么来了?"

乌世保说:"这上边画的是八国联军占北京!"

"着,着,着!"柳娘用手拍着桌子说,"我就知道老头子有心事,你还埋怨我不该私看他行动。屁吧!这样的订货岂是能接的?这样的画岂是我们中国人能画的?"

乌世保说:"你别火,老爷子必有成算。也许他说好拿别的画顶了。他不是叫咱自己出稿烧几件吗?咱烧好一点,兴许就把这个换下来了。"

柳娘半信半疑,把画放归原处,照样封好,又把门锁上。过一会聂小轩回来,虽拉了拉锁,却没说什么,大约是并没发现。

十天以后,乌世保画的"四君子壶"烧出来。聂小轩看了连连点头,在手中摩娑了半天,说道:"好,好,我放心了。"

这晚上吃过晚饭,时间还很早,聂小轩说身子倦怠,便掩上门睡了,连灯也没点。乌世保独立做出头一批成品十分兴奋,便也没点灯,摸黑坐着。柳娘对老头起了疑,也不点灯。只是坐在窗前远远的盯着南屋窗户,看有什么动静。

刚交二更,南屋灯亮了。柳娘悄悄溜到窗下,从窗纸破口处往里瞧,接着哎呀了一声踢开门闯了进去。这时老人手中正攥着一把崭新的利斧,听见进来人,也吓了一跳,急忙躲藏。柳娘扑过去两手抓住了斧把,叫道:"爹呀,您可别这样!"又喊:"乌大爷,快过来!"乌世保听到头一声"哎呀",已经站起身。听见柳娘踢门而入,便也出了屋门。这时就应声赶到了南屋。一见这情形,两腿便抖了起来,战兢兢地说:"这,这是怎么档子事?"柳娘说:"我爹不知道要跟谁拚命!"聂小轩一跺脚,放开斧子,说:"糊涂东西,你爹有跟人家拚命的胆量吗?"

乌世保问:"那您这是要干吗?"

"我恨这两只手!"聂小轩说完,叹了口气,坐在了床上。

柳娘把斧子隐到身后,也在椅上坐下。乌世保站在那里,两个人都呆呆地望着聂小轩,不知话从哪里说起。

聂小轩镇静了一下自己,说道:"九爷给的画稿,你们偷着看了,是不是?"

两人点了点头。

聂小轩问:"你们打什么主意,这东西能烧吗?"

柳娘说:"这不知是哪个心让狗吃了的杂种起的稿子,有点中国人味能画这个吗?我们要烧了对得起我妈吗?"

聂小轩又问乌世保:"你说呢?"

乌世保说:"我松,我草包,洋人来了我没有枪对枪刀对刀的勇气,可我也不能上赶着当亡国奴不是?这点耻辱之心我还有。"

聂小轩说:"这是九爷订的活,咱不烧九爷能依吗?"

柳娘说:"既这样,咱们快收拾收拾逃开吧?"

聂小轩说:"我一向作人光明正大,怎么能偷偷跑开?再说咱是收了定钱的。人家告你个携款卷逃,吃官司事小,这人丢得起吗?"

柳娘说:"赶明儿您去把定钱退了不结了?银子不是没动吗?"

聂小轩说:"九爷有言在先,定钱是不许退的,要么交他作好的活儿,要么要我这只手!"

柳娘这才知道他为什么拿斧子!

聂小轩说:"我恨这两只手啊,它们操劳一生,没给我带来饱暖,可几次三番给我招祸。去年不是因为那套壶画得好我能进监牢吗?我跟你们说,九爷放我回来的那天,就跟我来了个下马威,问我这手卖不卖,要不卖手就连人一块卖给他。我那一夜几次想发狠把手剁下来扔给他。可我不死心哪,我怕这手一剁,'古月轩'这门绝技就断了种了,我没法见祖先。今天我看见世保作出来的活我放心了。可又想,咱们的手要非画这个不可,还不如这手断了呢!"

柳娘跑过去抓住他爹的手,捂在怀里说:"爹,您别吓唬我。爹,您气憷了。"

乌世保说:"您别想这么心窄呀!九爷爱混闹,这九城谁不知道?怎么跟他叫真儿呢!明儿格您把定钱拿去,再带上我跟师妹作的这套'四君子壶',好好求求,要烧,咱给他烧这个,不烧咱退银子。杀人不过头点地,没有过不去的河!"

两人劝到四更天,聂小轩答应去求求试试。柳娘把斧子拿到她自己屋里锁进箱,又打水让老爷子洗了脸,劝他睡下去。

柳娘和乌世保没睡,他们合计到天亮,因为不知九爷能否答应改画,终究没合计出个妥当办法来。

十七

聂小轩只打了个盹就起身了。洗漱完毕,草草吃了几口点心,数足银两,包好画稿,带上"四君子壶"就奔九爷小府里来。

九爷这几天一顺百顺。太后从废了大阿哥之后,跟洋务派透着近乎,看着九爷也顺眼了。不知怎么一高兴,传旨下来,赏了九爷个头品顶戴。于是庆功的、贺喜的几天来挤掉门上几层油漆。九爷头两天还有兴致,到第三天头上就传下话来,除紧急公务一律免见。

这天徐焕章也来了,递进帖子去,半天没见回话,便坐在外客房里发躁。忽然看见管家领着一个人来在垂花门外站住,小声谈论什么。徐焕章呆得无聊,就把身子影到窗边,装作看那里摆的一盆菊花盆景,偷听他们说话。自从他正式到巡警衙门当差,他觉着自己有这份义务,多打听点别人的秘密。

其实管家是在埋怨聂小轩。聂小轩手头不死，人也谦恭，管家对这种人还有点"身在公门好修行"的心意，并不想难为他。

管家说："九爷这两天正乏，你现在来回事不是找不顺序吗？"

聂小轩说："工期太紧，实在不敢拖延，怕误了期更惹九爷生气。"

管家说："你简短点说，我给你回……"

刚说到这儿，九爷在院里高声问道："李贵，你在那儿又嘀咕什么呢？"

管家说："是烧'古月轩'的聂师傅。"

九爷说："定钱都给他了，他还噜嗦什么，叫他滚！"

"嚓！"管家瞪了聂小轩一眼，小声说："我说你找屁刺不是，快请吧！"

九爷在里边又发了话："我乏了，今天谁都不见，来的客人全替我挡驾吧。"

九爷听到聂小轩的名字，想起徐焕章阴他的事来了，故意给他个苍蝇吃，好叫他以后不敢造次。

徐焕章碰了软钉子，有点恼火。不等管家通知，自己就退了出来。走出大门，看见聂小轩在胡同口蹲着，这气就撞上来了。他并不知道九爷为什么冷落他，他觉着是聂小轩惹九爷发火才把他的事搅了。便冲聂小轩喊了声："喂，过来。"

聂小轩发愁，九爷根本不见面，退定钱管家不收，下边该怎么办呢？没想到这"喂"的一声是喊他。可徐焕章走过来了，走到跟前，用脚碰碰他说："我问你话呢！"

聂小轩抬头一看，认出了是那位警官，忙站了起来。

"你上九爷这来干什么？"

"我来说说烧烟壶的事。"

"你烧好了？"

"没有。这个画稿用不得。"

"为什么?"

聂小轩前几句是凭直觉答的,说到这儿他才清醒,打了个顿儿,鼓起勇气说:"我是大清国的子民,不能画那个!"

"混账!"徐焕章暴怒了,上去左右开弓打了聂小轩几个嘴巴。"这画稿是老子订的,你敢挑剔?"

聂小轩豁出去了!喊道:"你不也是大清国人吗?"

"你小子是乱党!"徐焕章狞笑着说,"那天我看见你跟那个反叛密谋来的。怪不得了,不然一个小手艺人,哪来的这个胆子!我现在不跟你理论,你赶紧把活儿烧出来,耽误一个时辰,我要你的脑袋。你那个同党今天就拉去砍头了,看你猖狂几时!"

徐焕章悻悻地走了。聂小轩又气又恨,没头没脑地站起来就走。走出煤市街南口,走不动了。珠市口大街上人山人海,嘈杂喧闹,在鼎沸的人声中听见筛破锣的声音、吹号角的声音。人墙把他挤得动也动不得,他抬脚看看,原来街心正站着一队绿营兵,停了几辆驴车。驴车上站着几个人,五花大绑,背后插了招子。对面一家饭铺的伙计端出几碗酒,站到条凳上,把酒碗送到犯人嘴边。一个体格魁梧的犯人一口气饮完,声嘶力竭地喊道:"丫头养的们,再过二十年又是一条好汉!"看客中间轰的一声叫起好来,可那人像一摊泥一样的瘫下去了。聂小轩听这人口音耳熟,但已看不见他的脸面。往那高耸起来的招子上看了眼,见到硃笔勾处,是个大写的"鲍"字,心中就一机灵。这时另一辆车上,一个瘦高个、八字胡的人也把酒饮光了。聂小轩认出来,正是在天桥发议论的那个人。那人微微含笑,大声说:"各位父老兄弟,各位炎黄子孙,我没偷,我没抢,我就是反对他们卖国呀!他们把我们中国一块块切着卖了!洋鬼子杀我们人,抢我们钱,在我们祖宗坟上拉屎。连圆明园都烧了,就不许我们说一句吗?老少爷们,救救大清国吧,救救……"

喧闹的人声低了下来,变作了喊喊喳喳低语。前后囚车的犯人蠕动了一阵,喊出各样粗鲁的叫骂。一个小军官朝赶车的人摆摆手,队伍、驴车、看客像河水一样朝西，往菜市口流去了。

聂小轩清醒了过来。心想：我这是往哪走？回家？我回家干什么去？要办的事没办成我回去能想出什么办法来？

他掉回头，又朝北走。快到云居寺的时候，几个人拥着一辆四尺长辕车，绿呢车围、大红拖泥。前有顶马，后有跟役，车伏在下边牵着辕马疾走而来。聂小轩认得是九爷的车。先躲在道边，车快走近时，他一闪身冲到马前跪了下来，高喊了声："九爷，开恩吧！"

车伏把车勒住了。九爷以为是有人拦车喊冤，探出头来。见是聂小轩，反笑了："你小子又出什么幺蛾子？站起来说。"聂小轩磕了一个头，站在一边，把三百两银子放在那画稿上，两手举过顶说："小的实在画不了这样的画，定钱画稿我不敢收了，爷开恩收回吧？"

九爷刚喝了点酒，又接到帖子请他上广和茶园去听谭叫天，心里正高兴。他弄不懂聂小轩是怎么档子事。见聂小轩满脸通红，汗涔涔、喘吁吁，便笑道："猴崽子，喝了酒上九爷这儿耍酒疯来了。也就是我，换别的爷台不掌你的嘴？回去干活去吧！我早说了，烧不出八国联军图样的烟壶，把你的手送来。我不收定钱！"说完朝车伏摆了下手，放下车帘，又爽快地笑了两声。那车伏往空中甩了个响鞭，车子走动两步便跑起来了。

聂小轩愣了片刻，一跺脚，追了上去。喊道："罢，我就给您手！"随从冷不防他又冲了上来，连忙去拦，聂小轩一个跟跄跌到马后车前，把手伸到车轮的前边……

九爷没听见聂小轩喊什么，只觉着那车咯噔一声，一歪一晃，险些把他头撞了。车伏猛叫一声"吁——"，把车又刹住了。外边立刻传来一阵喧哗。

九爷没有再掀车帘，只问了声："又怎么了？"

车帘拉开一条缝，管家探进头来，脸色煞白，嘴唇发抖，说："聂小轩的手叫车轧折了。"

"嗯？"九爷又笑了，"这小子还真犟！有他的！快送到接骨苏家去接上。肃王还等着他那手烧烟壶呢！"

聂小轩的心思管家懂，他暗地对这个小工匠有点佩服。就说："九爷，聂小轩要是从今后再不能烧'古月轩'，您那套十八拍的壶可就举世无双了！"

九爷想了一下，赞许地连连点头，小声说："那就索兴趁他昏着把手给他剁下来，报告王爷说他酒醉失足，被车轧断手，烟壶烧不成了。"

"嗻！"

"三百两定钱不要了。赏给他养伤！"

"嗻！"

管家一声吩咐，车马又走动了。

后　话

管家把聂小轩送到伤科医生处诊治。见腕骨已碎，不能修复。他便没照九爷的吩咐把这右手剁下来。命医生上药包扎，开了内服的药方，雇辆车把聂小轩送回家里。三百两银子他如数给了柳娘，不仅没拿回扣，连诊治费他都由账房里支了。临走嘱咐说："你们趁早搬家，另寻出路。这事肃王和徐焕章知道后不能善罢甘休，那时我可就护不住你们了。"

乌世保也估计与九爷毁约不是易事，但没料到是这样个结局。他望着聂小轩那血淋淋的衣袖和没有血色、微闭双眼的面容，惊呆了。吓傻了。从屋里走到院子，从院子又回到屋里。想做什么又不知该做什么。想说话又找不到话可说。柳娘虽也慌乱了一阵，却马上把自己镇静了下来。她既没安慰父亲，也没理睬乌世保那丧魂失魄的样子，说了句："你照顾点家里。"便径自推门走了。这一走，直到灯晚才回来。回来时，手里提着两个大红包袱。这时聂小轩已经由乌世保伺候着喝过粥，服了药。疼痛稍减，精神略增。小声地断续地对乌世保述说他和九爷交涉的经过。见柳娘进门，两人都奇怪地问："哪儿去了？这是拿的什么?"

柳娘把一个包袱扔给乌世保,对他说:"你现在就走,寿明大爷在崇文门悦来栈候着你。明天换上衣裳,再由寿明陪着坐车回来。"乌世保听了莫名其妙,想仔细问问,又见她不是气色。刚一迟疑,柳娘就推他说:"快走啊,什么时候了,还容你装傻卖呆?你走了我还有活要干呢!"

乌世保稀里胡涂挟着包袱走出了门。柳娘这才对聂小轩说:"爹,不管您心里什么滋味,今天得听我的。多吃点,吃好点。好好养养神,明天一早咱们上路。"

聂小轩问:"上哪儿去?"

柳娘说:"奔三河县,投奔世保的奶妈去。孩子不还在那儿吗?"

聂小轩用那只好手,指指包袱问:"这是怎么回事?"

柳娘说:"我这么不明不白地跟乌世保同行同止算怎么回事?到了三河我算哪门亲呢?明天先拜天地,随后再上车。"

聂小轩说:"拜天地?上车?这么两件大事儿你自己就办了?"

柳娘说:"您病着,那一位比棒槌多两耳朵,我不自己办谁办?"

聂小轩说:"这一宿工夫也筹备不及呀?"

柳娘说:"衣裳我买了。神码香烛我请了。我找了寿明连当倗相带作媒证,车子也雇好。能带的东西带着,不能带的交给寿明,以后由他变卖,把银子捎给咱。这个人靠得住。"

聂小轩除了服从,没话可说。柳娘一夜工夫把行李收拾妥当。把神码供到她母亲影相的上方,摆了香炉蜡扦。第二天一早,寿明陪着装扮一新的乌世保乘一辆马车,领着两辆骡车来到了聂家。寿明主持婚礼。两人拜了天地。又向聂小轩和柳娘母亲的画像磕了头。最后谢过寿明,便把聂小轩扶上一辆车,新婚夫妻合坐一辆车。另一辆车拉上行李什物,出广渠门奔三河县去了。

从此以后,乌世保改名乌长安,以画内画壶为生。两口子为了保存"古月轩"这门工艺,每年还烧它三窑两窑。但既不署名,也不谋利。底印全打上"乾隆年造"。再也不烧过去没有过的新花样。内行人都知道,"古月轩"有光绪年号的绝少。所以过了四十余年,当北京市面上忽然又出现了一件光绪年造的"古月轩"制品时,就成了奇闻。并由此又引出一段公案。此事笔者虽有兴趣,亦欲调查,有无收获,殊难预料。故不敢贸然许愿说《烟壶》还要写出续篇来。

一九八三年十月三十日
连日发烧中写完

(原刊于《收获》1984年第1期)

巴桑和她的弟妹们

扎西达娃

夏天又到了。

巴桑一直没有实现妈妈留给她的遗嘱：夏天的时候，带上弟弟妹妹到林卡里，找一块有青草，有小溪的地方搭上围帐，高高兴兴地玩上一天。

妈妈是得肝癌死的。那天，爸爸和她，还有弟弟妹妹全围在病床前。那时巴桑手中还抱着尼玛。尼玛睡着了，她还不到一岁。爸爸跪在床边，像小孩似地把头埋在妈妈怀里。妈妈两眼深凹进去，远远看去像两个黑洞。妈妈握住巴桑的手，看了看尼玛，凄苦地一笑，对她说："真对不起。以后，要让你多受累了。"

三年过去了，尼玛已经能够跟在哥哥屁股后面整天乱跑。夏季的夜幕时分，巴桑常常站在院门口望着那些玩林卡①回来的人，他们醉醺醺地手拉手，沿街边舞边唱，不时

---

① 西藏人喜爱在夏天节假日时，全家人或好友们在树林丛中搭起帐篷成围帷，摆上各种食物、酒、菜，以及娱乐玩具，尽兴游玩一天，故称为玩林卡。

地在路灯下停住步，互相敬酒。

她侧着身让过一群快乐的邻居摇摇晃晃挤进院门。

她羡慕得直咂嘴："啧啧！瞧瞧人家。可我们家……怎么回事？"

达娃耸耸鼻子说："算了吧姐姐，我们家玩林卡只能在嘴皮上玩。"

星期六下午下班时间比往常提前一些，巴桑骑着车夹杂在人流中。街上的人很多，下班的、放学的。还有不少草原牧民和留长发的康巴人，他们手执佛珠终日在拉萨转经朝佛，游荡在大街小巷中。

太阳垂落在西边。刺目的阳光平射在人们的脸上。个个都眯起眼，脸上布满了皱纹。女人们抬起疲惫的胳膊，用手掌架在前额，半张着干裂的嘴唇，目光懒散地望着前方。

巴桑骑的是一辆破旧的英国老式"三枪"牌自行车。这辆车是妈妈在十八岁的生日那天得到的礼物。半年后，妈妈跟爸爸私奔时，又作为嫁妆把这辆车驮在骡子背上从几百公里的日喀则一路颠簸到拉萨。如今已面目全非，车架上的标记已被磨得难以辨认，车轮钢圈也被损得歪歪扭扭，转动时擦着挡泥板的边缘发出有节奏的沙沙声。

锈迹斑斑的车把前还挂着一个花格布包扎着的手提饭盒，一路上笃笃响。里面装着十个馒头和两份土豆片炒牛肉。每次买饭，单位的人见巴桑就说："小伙食团的采购员来了。"

大街上，有几个女高中生并肩走在巴桑前面。走在她们中间的一个高个儿的姑娘是达娃，今年十七岁，身高一米六九。头发用手绢扎成马尾巴发型。绽裂线的书包非常随便地挂在微微耸起的右肩。她像高贵的公主似的扭着细长的脖颈跟左右交谈着什么。谈到开心处，大家一齐停住脚步，肩膀和腰枝便上下颤动不停，发出尖厉的笑声。她打扮平常，只是那条洗得褪了色的牛仔裤使她比别的女高中生更显出一股弹性和青春的活力。

巴桑在她们身后揿了几下铃铛。其他女孩回过头都热情地跟她打招呼。她们都知道她是达娃的姐姐。

"早点回家。"她对达娃说。

"来了。"达娃跟女同学们挥挥手,紧跑几步,双手抓住后车架,两腿叉开,一个跳木马动作,稳稳当当骑坐在巴桑身后。

自行车前把摇晃两下,钢圈的摩擦声变得更响,更沉重了。

"滚下来!警察抓住要罚款。"

"那就用我的书包给抵上。"

"别胡扯!"

"没事,你抄小路嘛。"

巴桑没法将她甩下去,只得驮着她艰难地在弯弯曲曲的小巷里穿行。

在路上,巴桑告诉达娃明天全家一定去吱尔玛归桑玩一天林卡,要不,去甲玛林卡也行。达娃好像兴趣不大似地哼哼两声。

"你可别想溜,说定了。"巴桑说。

"谁说溜了?我们班上女同学约好了明天去强盗林卡玩。"

"那我们明天也去那儿玩,到了那儿你再去跟同学玩。全是女同学?"

"没有一个长胡子的。要是……明天爸爸回来呢?"

"不管他,他有钥匙。他把这个家早忘了。"

巴桑家在巴尔廓南面一个院里的二楼上,这是早先她爸爸妈妈从日喀则逃到拉萨后,妈妈用自己的私蓄买下的两间屋子和一间厨房。早前在楼下临街还有间房子,是他们作买卖时开的店铺,后来卖给别人了。院里住着二十几户人家。院中间有口井,过去邻近几个院的人们都来这儿提水,这些年巴尔廓区的每个院都安上了自来水管和下水道,这口井就不用了。从院门口一进去是条狭长的通道,边上停靠着自行车,出了通道两边各有一个上二楼的石头台阶,表面被蹭磨得平滑光亮。靠井边的一根木桩边系着一条奶牛。

几乎每家人的窗台上都养着一些花。有海棠花、玫瑰花、菊花、吊金钟……养花的花盆也是各式各样,方圆不一:红梅牌五磅奶粉筒、马威露面包油罐筒、陶瓷罐、方木箱、铁盆、五十铃日本柴油车上的黑色方电瓶。拉萨居民大都爱养花,同时也不大会养花。

院里纵横交错的铁丝网上挂着万国旗般的衣物。西边角落立着三只一百五十公升的大汽油桶，楼上一家主人是驾驶员，他的几个上小学的孩子们没事便喜欢坐在汽油桶上打扑克。北边底层有一间阴暗潮湿的小屋，过去在这里堆放没用的东西，如今被腾出来供给这家主人的从草原来朝佛的亲戚住。那些膀大腰圆的亲戚们也来拉萨做些生意，把大块大块的牛肉和大包大包的酥油运到拉萨，换成大袋大袋的粮食运回家乡。

从巴桑记事起，院里既没有哪家搬出过，也没有哪家迁进来。

巴桑的爸爸在纳金电厂当修理工，离拉萨有二十多公里。自从妻子死后，他就很少回家，一个月只回来一两趟，总喝得东摇西晃、醉醺醺的。每次发了工资，便回家来把钱往巴桑手里一塞，然后随便往哪张床上一躺，便睡死过去。到下午他爬起身揉揉眼皮又一言不发地搭班车回厂里去。

家中的许多事都靠院里的好心肠的小伙子们帮忙。这些小伙子大姑娘们从小跟巴桑一起打铜钱、玩羊腿骨、捉迷藏。如今有的出嫁了、有的当了爸爸、有当国家干部的、当国营职工的、上大学的、当小工的，也有的二十四五岁还继续在家待业，和一群闲暇忧郁的城市流浪汉们成天四处游荡，见了派出所那些板着面孔的民警便知趣而悻悻地躲避到一边。

他们时常用手推车给巴桑家拉回几车作燃料用的泥煤，有时候还给巴桑送电影票。他们知道她从来不会单独一人去看，她总带着达娃、米玛、普布和尼玛，一支小小的队伍浩浩荡荡开进电影院。只有达娃不老实，总想单独活动。巴桑紧紧抓住她的手腕说："不行，现在不行，等你高中毕业找到工作，那时你爱去哪儿都行。你钻进地狱我都不管。"

"到那时，我每月还给家里交钱吗？"她眨眨眼问。

"那看你的良心。"

"良心是大大地有哇。"达娃说。

院里的年轻人有时还提着录音机到巴桑家开舞会，她是整个院里最年轻的家长。当然，在她心绪好的时候并不反对。舞会开始前，她总要瞪起眼对一两个长着桃花眼，薄嘴唇的风流小生严厉警告："不许拉我们家的达娃跳摇摆舞,她还是中学生……你们的一张嘴……还有这两只手要是不老实,当心点!"

"我想我们还是管得住薄薄的嘴巴,至于这手嘛……"他们笑嘻嘻回答。

"不跳了不跳了!"巴桑把录音机往他们怀里一塞就要关门。

"哎哎,巴桑姐姐,"他们用脚抵着门,露出最认真最虔诚的表情。"好猎手是决不会在自己家门边狩猎,这你是知道的。"

舞会开始了。

"请!"他们右手潇洒地在空中划出个夸大的S形弧线,作出一副绅士派头。

"跳什么舞呢?"达娃扇动着神气的鼻孔。

响起了《邀舞》①豪华的音乐旋律。

"又是慢三步?"她不屑一顾地对邀请者挥挥手。"最好你脚下踩两块垫布,②好把我家的地也蹭亮些。"

巴桑今年二十三岁,初中刚毕业就进了护士学校,现在一家医院外科当护士,在门诊和病房之间几个月轮换着值班。院里常有某一个小伙子找到她,做出一副叫人看了非常可怜的表情,哼哼唧唧地诉说一早起床到现在这该死的腰一直打哆嗦;要么哪一位参加别人的婚礼喝醉了,在回家的路上一头撞在电线杆的水泥桩上,捂着血淋淋的脑袋来找她。他们除了享受不用挂号、包扎治疗和取药外,离开医院时口袋里理所当然地揣走一张巴桑托人为他们开的病假条:因伤口菌毒感染建议休息五天。因患重感冒建议休息三天。第二天上午巴桑在家透过窗户就可以看到这些法定的休息者们吹着响亮的口哨,皮鞋擦得锃亮,不慌不忙地迈出院门,度他们愉快的病假去了。

---

① (德)韦伯(1786—1826)作于一八一九年,原为钢琴曲。后由柏辽士改编为管弦乐曲。
② 藏族房屋的地面通常用一种名叫"阿吱"的黏土铺成,主人用几块浸了酥油的羊皮绒羊毛垫踩在脚下,在屋里来回蹭磨,使地面显得平滑光亮。

巴桑骑自行车搭着达娃一回到家,刚把车在院里架上,普布就飞快地跳下台阶,殷勤而麻利地解下系在车把上包饭盒的花格布,揭开盖,嗅了嗅菜,抓起一个馒头便啃了一口。

巴桑在他脑袋上敲了一下:"你是猪吗?先把你这双黑爪洗洗干净。"

米玛比普布大一岁,今年十一岁,在家没事便迈起他的四方步,仿佛永远在度量着屋里的面积大小。"好一个小哲学家,"达娃老爱讥讽他。

他走到巴桑面前拍了拍肚子,那意思是说:我这儿现在像空口袋一样瘪了。达娃把书包往床上一扔,打开柜子取出碗筷张罗着晚饭。不到四岁的尼玛像影子似的跟在巴桑屁股后面,她到哪儿她便跟到哪儿。

"米玛,现在不是考虑国际问题的时候,我忙得像捻羊毛的砣子团团转,你倒好。去阿妈玉珍家买一碟酸萝卜。"达娃把一只细瓷碗塞给他。

"钱呢?"他摊开一只手。

"姐姐,买酸萝卜的钱。"达娃喊道。

巴桑从厨房进来,湿漉漉的手在裤子上蹭了几把,撩开衣摆,掏出两毛钱。

"吃一斤泡酸萝卜,放半斤屁。"米玛说。

"你说什么?"巴桑问。

"我说吃一斤泡酸萝卜,放半斤屁。"高雅的哲学家迈步去买酸萝卜了。

达娃帮姐姐熬清茶,茶开了,潽到炉灶上,腾起白色的蒸气,她慌忙伸手端锅,钢精锅烫得她尖叫一声差点没打翻在地。她把锅放在地上蹦起身,手指紧紧捏住耳垂直抽冷气。

"轻点放,这锅可不是盐巴口袋。"巴桑骂道。

达娃瞪了一眼。

晚饭都快吃到一半,还不见米玛回来。巴桑给他夹了点菜留在另一只空碗里,普布眼馋地盯着碗:"三片,四片……"他数着,"啊呀呀,给哥哥留了五片肉。我一共才吃了两片。"

"给,要饭的化子。"巴桑又给他夹了两片。

米玛双手捧着帽子走进来，四方步变成了小碎步。他战战兢兢，小腿在打抖。粉红色的酸萝卜条盛在帽子里，手指缝往下滴着水珠，他毕恭毕敬地将这只布碗放在桌子中间，后退两步。

"碗呢？"普布问。

"那还用说，"达娃得意地叫道，"小白花似的碎片洒落在流满臭水的街上。"这个喜爱文学的女高中生总爱乱用点诗的语言。

巴桑没说什么，把一个馒头递给他。尼玛伸出油花花的小手摸了下这位不幸的哥哥的脸，表示抚慰，学着那些老太太爱说的话："孩子，真可怜。"

"他们在街上踢足球，"米玛无力地申辩，"一球就踢过来。"

"嗷。我们居委会是有这么一位超级球星，我知道他。他罚点球时连球门的边都挨不着，可瞄起女孩子的后脑勺，简直踢得像神枪手一样准。"达娃嚷嚷道。因为她本人也是其中的受害者之一。

巴桑拍拍桌子，郑重宣布："明天，我全休，又是星期天。我们全家去玩强盗林卡①，行吗？"

除了达娃低头吃饭，米玛、普布和尼玛一起欢呼起来。

"哥哥强巴没回来，上哪儿找车？"达娃问，"让我们像牦牛一样把东西驮去吗？"

"他出车时给我讲好了，最迟今天回来。"巴桑说，"过不了一会儿他准到。"

接下来巴桑开始分工，她掏出一笔数量可观的钱让弟弟妹妹分头去买青稞酒、糖果、点心。她要留在家里烤饼子，做菜。

"围帷呢？"普布问，"我们家连个逛林卡的漂亮的围帷都没有。"

巴桑从里屋的箱子里翻出一包皱巴巴的长围帷，"就用这个。"

"别人家都是尼龙纱，还带小窗户。"普布抖抖它说。

---

① 位于拉萨南面的拉萨河河心岛，风景优美。新中国成立前常有强盗出没，故拉萨居民称之为"强盗林卡"。

"用它来围一群山羊还凑合。"达娃厌恶地掉过头。

"你这个长舌妇,有本事你给我买一条来。"巴桑骂道。

"我是中学生呀。"

巴桑继续宣布:"你们,有作业的今晚做完,还有你,达娃。今晚上厕所都解干净。"

"姐姐你有治拉肚子的药吗?我这会就觉得不舒服。"达娃捂着肚子说。

"我才不管哪。反正,明天吃过早饭你别想溜。"

每个星期天吃过早饭,达娃一抹嘴巴,说声上趟厕所,大家就知道她不到下午四五点钟是不会进屋的。这一天的家务事自然是巴桑的分了,谁叫她是家里的老大呢。米玛是个老实的孩子,有时也挽起袖子帮帮她。他手脚笨拙,巴桑端出一箱垃圾让他倒到三楼的厕所里,他沿过道、楼梯一路上都要撒下些纪念品;叫他去楼顶收晒干的衣服,他也把邻居家的一两件衣服捎带回来。那些快嘴女人们便破口大骂他是贼呀,长了三只手的小偷呀,骂得这位小哲学家像老鼠一样不敢吱声,躲在屋里冥思苦想。每到这个时候,才十岁的普布鼓起腮帮,昂起脑袋走出门为哥哥打抱不平,他翻来覆去只有几句自己也不理解的脏话。那些大块头的女人们不把他放在眼里,她们撩起衣服,晃着脑袋说:"想讨奶吃吗?来呀。瞧你这一身尿臊味,你大概每天夜里在床单上画吉祥符吧,快去拿来让阿妈看看。哈……"几句话呛得他羞愧难当,懵头懵脑地败下阵来。等到达娃一回来,便轮到她上阵,她若无其事地走到她们面前侧身一站,胳膊在胸前一抱,嘴一撇、眼一撩,不慌不忙地显出她那非凡的口才,骂得女人们瞠目结舌,气得她们像风吹树叶一样瑟瑟发抖。好半天,才呜呜咽咽伤心地说:"这个长了三条舌头的小妖精,她的舌头像鞭子,能把人的皮给抽下来。我敬了半辈子的佛,论年纪可以做你的妈,你也不怕得罪菩萨。"

"我只有一个舌头,我就是用这个舌头和大家说话的。……呵呵……"

"呀！你这个不害羞的家伙，你伸舌头给谁看？呸！罪过罪过，唵嘛呢叭咪吽。①"

有姐姐压阵，普布背着手，握两块尖石在一旁晃来晃去，一副悠悠乐哉的神态。随时准备在女人们吐唾沫，揪头发打耳光的混战中援助姐姐。……

……

"达娃姑娘，达娃姑娘，请你出来一趟。"门外，隔壁邻居央京奶奶在呼唤。

"什么事？奶奶，进来坐。"达娃撩开门帘。

"不啦，"央京颤巍巍的手举起一封信，"格桑又来信了。"

"哦，还有照片。"达娃接过来捏捏。

"'将军'不在，又麻烦你了。"央京说。

"别这样说。快进家去，我念给你听。"

"谢谢，好姑娘。"

达娃在央京家里坐下，撕开信皮。央京像听话的小学生似的身体板直，双手平摊在腿上侧耳倾听。

央京今年七十二岁。院里那条深栗色的奶牛就是她饲养的。她每天给这条牛喂几次草，挤两次奶，然后把一木桶牛奶做成十几瓶酸奶子，装在柳条筐里背到冲赛康市场上找个角落蹲下，手摇包铜皮的经筒，口念六字真言。早上出门，吃午饭时就能卖完。到冬天，吃酸奶的人少，人们愿意喝热腾腾的牛奶红茶，她便找好两三家订户，每天吃过早饭，把挤出的新鲜牛奶灌进一只只长颈玻璃瓶里给户主送去。她自然也像拉萨其他卖牛奶的女人们一样，少不了往牛奶里掺兑一点水。

其余时间她便坐在墙根下晒太阳，和同院的几个老人们谈谈人世间，关于来生和转世之类的话题。到晚上便挂着拐杖，腕子上挂串檀木佛珠，手握飞旋的经筒汇入巴尔廓环形路上善男信女的人流中。

---

① 藏族佛教中的六字真言。

央京如今孤身一人。她原是一位贵族管家的妻子，丈夫已去世十七年了。她早年在拉萨东郊的蔡公堂还有一块小小的领地，那是她父亲留给她的。央京二十岁那年生下个男孩取名格桑。长大后加入了藏军，二十五岁就当藏军第一团团长的侍卫官①。三年后，即一九五九年，在三月十日前两天。他跟随团长率领的一个特别警卫小队，并且在一些全副武装的康巴人协助下，秘密护送着便装的达赖喇嘛从罗布林卡②出来，乘船过拉萨河，很快越过国境线去了印度。离家的那一阵，格桑连父母亲，妻子和刚一岁的儿子都没来得及见一面。央京前两年才得到儿子格桑的音讯，是通过西藏人民广播电台对流落在印度的藏胞每晚的"家乡来信"节目联系上的。格桑往拉萨写了几封信，转到央京手里，才知道他如今在印度孟买市开了个鞋店。

有一天，次旦坐在院里的自来水旁告诉来接水的达娃说："我爸爸从印度来信了。"

"真的？那你可以去印度玩玩了。"她说。

"他娶了个印度老婆。"次旦说，"怎么样，跟我去玩一趟吧。"

"……我跟你？我是你老婆吗？"

"没关系，过几年就是了。"

"嘿！"她跳到一边。"我看你天天打架，脑袋都挨傻了。谁要做你的老婆，呸！你找罗刹魔女③好了，你俩才是天生的一对。"

次旦是央京奶奶的孙子，二十五岁。在冷库当搬运工。他行动敏捷。长长的栗色头发半掩住一双狡黠的眼睛。薄嘴唇，鼻梁边洒着几粒雀斑。他时常披一件半新半旧的英国黄呢军上装。那是他爸爸格桑当年离家败逃时遗漏下的唯一物件。由于次旦打起架来异常凶猛，成为这一地段上的年轻人的头目，加上这件神气的英国军装，大家给他取了个绰号，叫

---

① 藏军第一团即达赖喇嘛的警卫团。
② 罗布林卡，始于十八世纪四十年代，为达赖喇嘛豪华的夏宫官邸。
③ 佛学中解释为食人之女鬼。藏文含义为食肉的精女魔。

"将军①"。

有一天，奶奶央京困惑地问他："孩子，你……是不是改名了？"

"你说什么，奶奶？"

"听大人小孩怎么都叫你……将军。这将军，算是干吗的？"

"嗨！他们愿意乱叫，我有什么法？"

"哦！是这样。"

后来，奶奶央京也跟大家一起叫起孙子的绰号来，虽然到现在她也没弄清"将军"是什么意思。

达娃念这封信十分吃力。信上的藏文写得倒非常流利，字体也很漂亮。但信中常常出现几行英文，使得她大为恼火，不得不跑回家从书包里翻出《英文常用词用法词典》查上一阵。

"鞋店……营业厅……霓虹灯。……他说……哦——是这样，他说最近他的鞋店在翻修，准备扩大营业，盖了两间专门卖鞋的房子，唔……门口还要安装霓虹灯。"

"野火灯，那是什么？"央京听不明白这些词。

"好像是……奶奶你看过电影吧？大城市，香港，晚上的时候，街道门上有些红红绿绿的灯，像变魔术一样变来变去，上面有时变字，有时变人……"

"哦，知道了，知道了。连我们拉萨还没这玩意呢。菩萨保佑。"

"所以，原来打算下个月来拉萨看您，现在要推迟一些，要等到七、八月份。知道吗？"

"哦，哦，"她点点头。

信中还夹着一张彩色照片，也许是曝光过度，色彩很重。格桑一脸油亮的古铜色，他已是五十多岁的男人。身边坐着一位印度女人，是他后来娶的老婆，她裹着披纱，额头上印着一个朱砂痣。前面还坐着一男

---

① 此绰号为汉语，拉萨年轻人常将藏语和汉语混合使用，所以央京奶奶不理解此绰号的意思。

一女两个十几岁的穿戴洋气的孩子。

"唵嘛呢叭咪吽,"央京边抹着眼泪边念叨。"格桑要是知道他儿子'将军'现在……"

"别哭了,奶奶央京,别说这些,等叔叔格桑回来再慢慢告诉他。"达娃安慰道。

"'将军'从小没有爸爸,妈妈又嫁人了,也不管儿子。是我一口糌粑,一口茶把他喂大。怪谁呢?我已经老了,像夜风中的酥油灯,说什么时候灭就什么时候灭。"

"奶奶,别这么说,有我和姐姐巴桑,还有别的邻居,你别想这么多。"

"要是格桑回来,问起'将军',叫我怎么回答呢?菩萨哟。"

次旦在半年前因为多次打架,后来无故打伤两个尼泊尔人被判处两年徒刑。每月十五号那天,央京就背着灌满酥油茶的水瓶,提一包罐头食品、点心和香烟,费力地挤上公共汽车去北郊监狱探望他。第一次探监是达娃陪她去的。次旦脸色苍白,仍然披着那件英国黄呢军装。他像在寻找什么似的不停地东张西望。他没说什么,收下了东西。央京奶奶泪流满面地唠叨着:要好好改造呀。重新做人呀。听领导的话,叫干啥就干啥。千万别再打架。他好像什么都没听进去,心不在焉地点点头。达娃紧张地躲在央京背后,这地方她头一次来,不知怎的感到羞愧得脸发烫,喘不过气来,只想早点离开。

次旦想起了什么,对奶奶说:"下次,您把我的口琴带来。"

"你还不学好。"央京生气了,瘪着嘴。

"在我床边的柜子里,别忘了。达娃,到时你帮记着点。我奶奶记性不好。"

达娃慌乱地点点头。

"奶奶在家,多麻烦你和巴桑了。"

"哦,别这么说。"

"达娃,以后,你别来了。你还是学生,懂吗?"次旦说。

达娃一直想给次旦说件事情,张了几次嘴,又说不出来。

第二次央京探监时,达娃很郑重地提醒她口琴的事。央京用手帕包好后揣进了怀里,两个同院的小伙子扶着她向公共汽车站走去。

达娃不知道在监狱里犯人是否能吹口琴。

巴桑有一天告诉她,"咱们只是帮助奶奶央京。别的,你少想入非非。"

"我想……什么了?"达娃莫名其妙,尔后脑子拐过弯来,便委屈地叫喊:"姐姐你说什么呀?我是那种人吗?好吧,你看着,向护法三宝起誓:达娃我要再进奶奶央京家门坎,我就……我……"她实在想不出该赌什么咒:"我……呜……哭吧!"

她倒趴在床上先哭开了。

巴桑满不在乎地哼着小调收拾柜子里的东西。

可不到两个小时,巴桑在院里自来水管下喊道:"达娃,快出来帮奶奶央京接一下口袋。"

达娃就忘了刚才起的誓,出来接过央京从粮店买回的一口袋糌粑,"奶奶,您何必呢,跟谁讲一声不就……"

"没事、没关系,刚才外面一个康巴人帮我提到门口。这不,你又接上了。"

达娃背着粮袋,一掀门帘,又跨进了央京家的门坎。

有时候,米玛也拿着几本小人书去她家要讲故事给奶奶听。央京高兴得直抹眼泪,像小学生一样身体坐得板直,认认真真地听。听不到一半,只见她脑袋一点一点往下耷、便慢慢地瞌睡过去。米玛只好一撇嘴角,摇摇头,沮丧地悄然离开。

当夜幕降临,巴尔廓便由白天闹哄哄的商业气氛转入晚上一片嗡嗡诵经声的宗教气氛里。成百上千的善男信女拥上街道。摇经筒的、捻佛珠的、捧香火的、端酥油灯的人流像一支声势浩大的游行队伍,洪水般地漫溢着巴尔廓。从楼顶上往下望去,这股缓缓蠕动的黑压压的人流像一个古老而冥顽的宗教的灵魂，默默地在流逝的岁月里飘游；默默地跟随着时代的变迁；又仿佛在默默地向这个物质文明日益发达的世界发出执拗的挑战。

巴尔廓街道旁雪白的水银路灯，在人们无数双脚纷纷扬起的尘灰和弥漫的松柏枝炊烟中显得黯淡失色。罩上了一层雾濛濛的光圈。

达娃手提塑料袋，里面装着一大包食品，夹杂在人流中。她从东南边一家早晚商店拐进巴尔廓，离家不过百十米，但还是顺着人流绕了一大圈。拉萨人都知道，巴尔廓夜晚转经时刻，不能逆着人流穿行，应该按顺时针方向走，哪怕多走点路。她走到大昭寺门前，门庭前的石板地上挤满了一排排磕长头的人，大都是年长的妇女和乡下人。人们固定站在原处，面对大昭寺，口诵六字真言，双手合十、举过头顶，在面部和胸前祷告一次，两手伸开，弯下腰、身体向下朝前扑去，匍伏在光滑的石板地上。然后收回双手，起身站立、又磕下去，一次次、一遍遍……；女人们都脱掉鞋子，有的光着赤脚，有的只穿着袜子，她们用根细绳在靠小腿肚处将长裙系住，以便于磕头；男人们站在稍远处，脱掉帽子；牧区的男人们将盘起的长辫拉散，用受难者乞求的眼光久久仰望大昭寺屋顶上的金鹿法轮标记，将握在手中的佛珠碰向额头，闭上眼、嘴里喃喃祈祷。

达娃在大昭寺门前没有停下步子，她左右环顾周围，然后双手迅速在胸前合掌，将头埋下，向大昭寺深深鞠下一躬。轻轻念道："菩萨保佑。"随后抬起头继续向前。她没有向菩萨祈祷什么，只是内心有一种善良和净化的情感驱使她鞠下一躬。没有人认出她，更没有学校的同学。他们这会儿说不定又在哪个角落喝酒寻醉，或者在电影院门前游荡，那里是青年们的聚集场所。

前面，兴冲冲走着一个瘦小的男人，双手背着，一双罗圈腿迈得很快，看打扮就知道是乡下人。一位背着孩子，包扎着方格花头巾，手执一把香火，身体高大的农妇从达娃身边超过，紧紧跟着那大概是她丈夫的矮小的男人。达娃右边一位穿太空服，皮鞋钉笃笃响的小伙子推一辆自行车，旁边有个嚼口香糖的姑娘跟他走在一起，两人低声交谈，姑娘不时地将口香糖在嘴里弹得叭叭响，时而两人吃吃地发出笑声。左边走着一个身体十分魁梧高大的康巴男人，前额一撮黑穗耷拉着。白衬衣、袍子系在腰间，一只衣袖垂在腿后晃动着，揣一把长长的腰刀。他走起路来趾高气扬，大摇大摆，仿佛谁都不放在他眼里。他从鼻腔里哼出低沉的诵经声。"须仰视才能望见。"达娃不由得想起语文课文中的一句话。

回到家，巴桑已经把那包皱巴巴的围帷布洗好后晒在楼顶。她说第二天早晨就可以晾干。又在厨房里忙碌半天，烤出十几个大大小小的饼子，盛在方竹盒里。还炒了几样菜装进手提饭盒。

米玛钻在厨房的杂物堆下帮姐姐找马桶背包。几乎每家拉萨人都有一两个这种样式的马桶包，用它来装八磅热水瓶背在身后去逛林卡最方便。他边找马桶包，边不时地撕下一小条挂在铁丝上的风干的羊肉塞到嘴里有滋有味地嚼着。

普布在外屋的矮床上整理着一大堆小人书。家里没钱经常买小人书。这两天他时常背回一书包破烂的小人书，也不知从哪儿弄来的。他正专心地把那些快撕掉的地方用糌粑熬成的浆糊小心翼翼地粘接起来。

为明天准备的东西差不多都齐了，巴桑捶捶酸疼的背，解开围腰。一看表，这一阵忙了三个多小时。

强巴出车还没回来。巴桑心中暗暗着急：明天，可别又吹了。

达娃说声要做作业，便钻进了里屋。

"姐姐达娃做什么作业呀，她在写诗。"米玛从厨房里掀开门帘，探头喊道。

达娃返身走到门口蹲下身问："哲学家，你知道什么叫诗吗？"

"诗就是那个……写爱情。"他胡乱地唱起来，"自从和你相识以来，好像你……"

"滚你的！"她站起身，一只脚向他踹来，他连忙把脑袋缩在门帘后面。

"我不是狗！"他躲在厨房里大声抗议。

"写诗？哎呀呀。"巴桑拉过达娃的手，摇摇头，连声啧啧道，"来来来，让我仔细看看你的手，到底是写诗的手还是作小工的手。"

"你管不着！"达娃一个劲往回挣。

巴桑看了一会儿，在她手掌心拍了一下。"粗得像钢锉，算了吧。"

"是呵，"达娃盯着自己的掌心，感叹地摇摇头，"真像幅世界地图，这儿是河流。这儿……还有峡谷……"

"是给哪个小白脸写情书吧？"巴桑盯着她问。

米玛悄悄地从厨房爬出，从她们身后绕进里屋，大声读着："啊，你远去了……"

"坏蛋！我要用钢笔尖把你的眼珠戳瞎！"达娃大喊一声要冲进去。巴桑笑着伸出双臂紧紧箍住了她的腰枝。

"快念！米玛，我抓住她了。下面是什么？"

"你抓好了吗？"米玛在里屋担心地问。

"她跑不了，快念念哪。"

"……去了，在……这个字我不认识……的黄昏里。什么什么。红的……什么什么……热。"

达娃勾手在姐姐肢窝和两肋一阵乱搔，巴桑痒得跳开。达娃冲进里屋，一阵噼里啪啦响声，米玛捂着鼻子逃出来。

"没用的家伙。"巴桑抬手在自己鼻子前轻蔑地一挥。"什么什么什么。呸！"

"我才上五年级。"米玛提醒道。"她心好黑，打我鼻子。"

达娃倚靠着门框，手中摇晃着几张诗稿，喊道："爱情万岁！"

"学生万岁！"米玛说。

普布干完了他的修补工作，从床上跳下来，揉揉弯曲了半天的膝盖，也晃着几本小人书喊道："小人书万岁！"

快深夜十二点了，强巴的车还没回来。巴桑知道明天逛林卡的事又算告吹。其实，刚吃过晚饭，她就感到明天没希望了。

她胆怯地看了弟弟妹妹们一眼，发现他们都用一种受骗后而变成嘲笑的眼光看着她。她很难过；她已经不是第一次向他们许这个愿了，可没有一次能够实现。

谁也不提明天的事。最后，米玛仿佛自言自语地小声说："我听有个老师说，我们脚的地下也住着人，是一种很怪的人。"

"好哇！你偷干羊肉。"普布发现了哥哥残剩在嘴角的肉屑。

巴桑躺在床上，身边睡着小妹妹尼玛。外屋的两张矮床上，达娃睡一张，米玛和普布睡在一起。

窗外街上转经的人已经寥寥无几。还听得见几个职业宗教者磕长头的唰唰声，那是用包铁皮的木板做成的手护套磨在地上的声音。远处，一些不肯回营地的康巴人在夜晚唱着高亢悠扬的家乡民歌。狗在黑暗的小巷里吠叫。街对面的楼上住的是尼泊尔做生意的侨民，夜夜从收音机里播放出软绵绵的印度歌曲。

巴桑从小就是听着街对面播放的歌曲进入梦乡的。二十多年来，她从每晚灌进耳里的歌曲中竟学会了几句印度话。

她关掉灯，月光洒在被子上，亮极了。

"啊！那遥远的，遥远的星……"印度女歌手像撒娇的小猫咪咪呜呜，嗲声嗲气地唱着。

她想起了十来岁的时候，躺在暖和的被窝里听街对面的印度歌曲，脑子里便浮现出寂静的古城堡，高高的拱形城门，宽阔冷清的广场上走着一位全身裹黑纱的女人，像幽灵般飘行。广场的地上还坐着个弹琴的流浪艺人。停泊在海湾的大帆船。高高的桅杆。海平线。天空有两个背上长翅膀的光屁股男孩在飞翔。帆船甲板上的圆肚子大木酒桶。戴红绿尖帽的小丑在木桶上跳舞。这些画面不知是怎么印在脑海中的。她曾记得家里的柜子上摆过印度、也许是英国的饼干筒。还记得小时候妈妈送过她一盒彩色铅笔，那上面好像印着这些画片。因为爸爸和妈妈来到拉萨后曾开过一段时间的杂货铺。那时在楼下还有间房子，门朝街道开，是间小店铺，货架上摆的都是些外国货。那段童年的记忆已经变得模糊了。

小时候，她常看见对面的窗户里出现一个少年的脑袋，头发是鬈曲的，鼻子是挺直的，眼睛是灰色的。他的模样很像后来看过的印度电影《流浪者》中的少年拉兹。他是那家店主的儿子。她经常趴着窗户望去。有一天他发现了她，冲她做了个怪脸，她没任何表情地看着他。他又向她扔过一颗糖，距离太远，糖块掉在一个戴红袖章穿皮大衣的男人的头上，他抬头看了看，又低下头、用大皮靴把糖块踩碎了。后来，那个异国少年再也没有出现。

妈妈和街对面那家尼泊尔店主的女人相处得很好。巴桑看见她时常去对面的店铺里坐坐，和那女人聊天。有一次，巴桑过去喊妈妈回家吃饭，她们讲的既不是藏话，也不是巴桑时常听惯的尼泊尔话，而是跟收音机歌曲中的话语差不多。那一定是印度话了，巴桑想。因为妈妈小时候在印度生活过。妈妈从不带她去街对面的店里，总是一个人去。只有在吃饭时，她有时候听见妈妈对爸爸说起那家尼泊尔人："最近边境货物卡得很严。""他们生意不好，想回国。""居委会不让群众去外国人商店。也有人悄悄去他们店买只'瓦斯针'①"什么的。

"哦！一个谜，一个永恒的谜，你埋葬了多少痴男怨女……"街对面的音乐声还在深夜里无休止地播放。

在巴桑的心目中，妈妈的形象就像梦中幻影似的遥远而神秘。她是一个脸色苍白，沉默寡言的女人。说话慢声慢气，举止如同一位有教养的贵妇人。从前家中的柜子上供着佛龛，里面放着几尊小巧精美的铜菩萨，佛龛前摆着十几只盛满净水的银碗，每只碗的水中漂浮几片名贵的藏红花瓣②，柜子上还放着只香炉，插着一把散发着麝香和其他混合香味的香柱，供龛边有一叠用黄缎包好的长条经书。那时妈妈除了每天对着佛龛朝供几次外，有时间便戴一副很有学究气的金边眼镜，坐在矮桌上，身后沐浴着从窗外射进的阳光。捧着一叠《二十一度母》经书专心致志地阅读。

---

① 一种瑞士名牌手表。
② 一种珍贵的藏药。

"文革"的时候，居委会的干部到每户居民家里没收佛像。一天下午，妈妈把佛龛里的小铜菩萨取出。包在一块方布里提了出门，到吃过晚饭才回家。巴桑只听见妈妈对爸爸说扔进拉萨河什么地方了。但那叠经书却一直偷偷地保存在家里，偶尔在晚上妈妈取出来在灯下阅读。

　　妈妈原是日喀则一家富商的女儿，名叫娘扎①·益西拉姆。她从小寄养在印度侨居的伯伯家，在一家英国人办的女子学校受教育，长到十五岁才接回西藏。她是个安分守己、性情温顺的姑娘。十八岁时，她父亲送她一辆崭新的三枪牌自行车，在当时自行车是达官贵人们才能享受的奢侈品。随即给她安排了订婚仪式，未婚夫是拉萨噶夏政府五品俗官②的儿子，刚从印度留学回来。学的是建筑学，他和几个有志于改造西藏的贵族子弟正研究太阳能采暖，并向政府和社会八方求援，希望能得到支持。但在当时，这个建议被人们视为荒诞不经，并成为那帮庸碌贵人们的笑料。一个大雪飞扬的冬天，娘扎家背水的女佣在院门庭外的台阶前踩着一条奄奄一息的汉子，那汉子身上覆盖着一层厚雪。人们把他抬到厨房里好半天才把他治醒过来。这条汉子为了报答主人的救命之恩，从此给主人家赶骡帮往印度做生意。跑了几趟，生意做得很好，主人才发现他是赶骡帮的能手，又会讨价还价，便对他十分器重。后来才知道他原是给泽当宗本一名俗官当马夫的，在一次酒醉后，不知何故用刀捅死了一位颇受当地人们尊重的冰雹喇嘛③，是正受到当地政府通缉捉拿的杀人犯。主人不敢留他，送给他一笔钱要他离开。他拒绝接受，也没说什么。三天后，主人才发现女儿娘扎·益西拉姆带着那辆自行车和她私蓄的金银珠宝跟随那位杀人犯逃跑了。正要派人往拉萨追赶，叛乱的烟火在全西藏蔓延了，到处是枪炮声。主人一阵捶胸顿足，尔后卷着财产带上家眷跟随一大批逃亡者离开家园，逃往印度，从此断绝联系。

　　父母的这些身世，是巴桑上中学时，才零零星星知道一些。她想不

---

① 房名，西藏人常在自己名字前加上自己家的房名。
② 西藏政府官员分僧官和俗官，僧官为喇嘛。
③ 一种职业喇嘛。在麦子成熟时，念咒经阻止天上冰雹降落打坏庄稼。

通像菩萨般文静的妈妈竟会做出这般浪漫的举动。原来爸爸曾经杀过人，巴桑既感到有意思又感到不光彩。她弄不清爸爸杀人的原因，也许爸爸永远也不会告诉她。她也从来没敢问过妈妈当初为什么会跟杀人犯私奔而又不愿跟一个有理想和抱负的豪门子弟结合，在巴桑的想象中他还是一位英俊潇洒的青年。她原想等将来自己也做了母亲，妈妈抱了孙子，到那时母女俩就不再有什么不好问的事了。没想到她刚二十岁时，妈妈就永远离开了她的孩子们。

巴桑还在护士学校学习，就开始幻想着自己的浪漫史。她的幻想远比妈妈当年的行为崇高。她幻想自己是一名解放军护士，精心护理一位受重伤的英雄战士。他曾一人抱着机枪守阵地，身上被敌人的子弹打得碎布纷飞，头上缠着渗出血的绷带。这个形象是那个时候电影中常见的镜头。她给这位英雄洗擦伤口，最后，他喃喃地喊着："坚持……胜利……"英勇悲壮地在她怀中闭上了双眼……，怎么，死了？她想着想着感到沮丧。不！她昼夜守护他、给他喂饭喂药，他终于恢复健康重上前线。他胸前挂满了奖章。少先队员上前给他系上红领巾。周围是鲜花和人群。她骄傲地站在他身边。他向她投来一个深情的目光。头顶上洒下五彩缤纷的碎纸花，"新郎新娘入场……"这算想到哪儿去了？嗨！反正……她挥挥手，赶去眼前浮现的那些乱七八糟的想象。

两年后，只实现了那么一点点可怜的幻想，当了护士，这点原是用不着幻想的。穿军装戴领章帽徽是没影的事了。她护理过的病人中也没有一个被子弹打得千疮百孔。没有一个是军人。他们中更没谁后来成为她的情人。倒是在妈妈死后天葬的那天……

拂晓。天还是黑的。好心的邻居们纷纷来到家里，低声地安慰着痴滞不语的爸爸。按照风俗，死者亲属不能跟着去天葬台。隔壁的次旦和几个小伙子轻手轻脚地将妈妈的尸体抬了出去。巴桑从窗户望去，送葬的人们悄然无声地走在冷清的街上。手推车上那块方形的包裹在水银灯下白得触目惊心，妈妈的尸体就蜷缩在白色的包裹里。送葬的队伍围着巴尔廓绕了一圈，静静地朝北走去。

到下午，天空灰蒙蒙的，西边一片雪雾笼罩。巴桑独自走在大街上。她不知该去什么地方。路上行人寥寥无几。她心里空荡荡的，觉得天阴沉得要塌下来。

身后传来一阵低沉的喇叭声，一辆解放牌汽车缓缓停在她身边。强巴从车里迈出来，他是她小学时的同学，后来很少见到他。

"我刚跑柳园①回来，才知道。你别太难过，人嘛……"

她点点头。

"上车吧，天冷。"他拉开车门。

"你去哪儿?"她问。

"刚修了一下车，出来试试。"

汽车穿出城外，在西郊宽阔笔直的沿河公路上没有目的地行驶。她一句话都不想说，非常疲惫地靠着车门。

下雪了。挡风玻璃上迎面扑来纷纷点点的雪花。刮雨器开始有节奏地左右摇摆起来。

巴桑想到今后这一个家的重担将由她来挑，不禁感到害怕。她不能想象没有了妈妈，这个家将会成为什么样子。

"我什么都不懂。妈妈不在了，弟弟妹妹该怎么办哪?"她捂着脸哭了。

强巴沉默了一阵，说："巴桑，以后，我来帮你。"

她抬起头，看见他的表情是真诚的、严肃的。

"我也没有妈妈。"停了会儿，他望前方说。

上小学时，她和强巴坐一张桌子，他长得又黑又壮，大家叫他"野牛"。他从不在课堂上回答任何一位老师的提问。

"那么请你回答你的名字!"老师急了。

他照样紧闭着嘴。

---

① 甘肃省南部一个小镇，是西藏进藏物资转运站，一九八三年转运站迁移至青海省格尔木市。

只得把他罚出教室，他一声不吭地走出教室站在门外，直到重新被叫进去。

那时巴桑带着午饭到学校，中午不回家。强巴常常在放学后还被罚在教室里"端正态度"。巴桑很同情地将自己的饭分给他一半。

强巴十三岁时离开了学校去运输公司学开车。离校时，巴桑摸了下他的脸，被女同学们看见，高声起哄。后来，还流着眼泪写了份检讨书，老师说在她幼小的心灵中受到资产阶级思想的严重腐蚀。

强巴把巴桑送到院门口。他没下车，朝她点点头表示回头见。

第二天，他提着一壶青稞酒，还带了几斤酥油和羊腿牛肉来到巴桑家看望她。

巴桑的恋爱就是这样开始的……

她感到，男人们有一点是共同的：冷漠、酗酒、打老婆。

强巴喝酒时一点也不客气，别人敬他酒时他从不推谢，一声不吭地接过酒杯，咕咚咕咚喝个底朝天，然后，默默地还给主人，也不说什么，敬他多少他都喝了。奇怪的是他酒醉后开起车来比他走路要稳得多。西藏交通管理没那么严，哪怕你喝酒精，只要不把车开上人行道、不把民警指挥台撞翻，不会有人来检查过问。有几次强巴醉醺醺地送巴桑回家，只见他脑袋一点一点地往方向盘上磕。这两年强巴的解放牌换成了日本五十铃八吨大柴油车，车速飞快，吓得她半死。汽车刚在院门前刹住，他就趴在方向盘上呼呼地睡了过去。巴桑只得招呼达娃和米玛把他从车上拖下来半搀半拖地拉到屋里。巴桑知道汽车不能在街上随便乱停，巡逻的警察发现是要罚款和没收执照的。她又去敲央京奶奶的门，把次旦从床上叫起来，听说他会开两下车，请求他把强巴的车开到大昭寺前面的停车场里。次旦披着黄呢军装出门一看这堆庞然大物，慌忙摆手说："我一共只开过两个小时的'解放'，挡还挂得咔咔响，这日本货连油门在哪儿我都摸不着。"

"求求你，求求，你试一下。"巴桑钻进车里给他作起示范来。"我看强巴右脚一直踩住这儿，……停车时他左脚踩这儿……你试试。"

她凭着坐车时无意中观察强巴开车动作的记忆，对次旦胡乱示范了一遍。

"这家伙要是把别人家的墙撞开个洞钻进去，我可负不了责。"他咕咕噜噜地埋怨道。"我看拉萨男人除了我，全是它妈的酒鬼。"

他倒的确滴酒不沾。并且，口琴吹得非常美妙。

巴桑又是笑脸相陪，又是好言相劝，答应给他多开病假条，答应给他弄紧缺药品。他骂骂咧咧在车里摸摸索索，找到大灯指挥灯的开关，又捣鼓半天，总算把车发动起来。汽车"轰"地往前一窜又熄火了。又折腾一阵，汽车慢慢启动了。巴桑提心吊胆地跟着车后边跑边提醒他千万小心。汽车终于像醉汉似地歪歪扭扭行驰在夜深人静的巴尔廓街，朝停车场驶去。

这个次旦还真有两下，巴桑想，以后什么时候也得学学开车，像遇到这种事就不用求别人了。唉，为了强巴……

家里。达娃和米玛正鼓着腮帮憋足了劲把强巴烂醉如泥、死沉的身体往床上摆好，给他脱掉鞋子，拉开铺盖，又去厨房端来盆子，随时准备他哇哇呕吐。达娃恶心地捂着自己的鼻子，扳正他的头，往他脸颊边垫块毛巾，接住他嘴角流出的唾液。

院门。巴桑忐忑不安地等待次旦。好半天，他气喘吁吁地回来，额头上汗津津的。

"差点没撞到别人的车屁股上，怎么也找不到刹车。这活哪是我干的。"他把车钥匙交给她。

巴桑这才松口气，一阵道谢，掏出手绢给他擦汗。次旦这才不好意思地用手挡开。

"这点小事，咱哥儿们，好说。"

这一夜巴桑也睡不好，和达娃挤在一起。尼玛便放在隔壁央京家。强巴一呕吐，她就赶紧起身进屋照料他一阵。

第二天一大早，强巴起床后捶着脑袋说疼得像要爆炸，脑浆好像在里面开了锅似地沸腾。没等巴桑翻出止痛片，强巴脸也不洗，要过车钥匙就下楼。

"车在停车场。"她提醒道。

"我知道。"好像昨晚是他把车停去似的。

"你不喝点茶?"

他也不搭话,径直出门。

这一年多时间他喝酒少一点,成天拚命跑车,在家休息几天的时候不多。这期间他高兴时,也买电影票。不多,就两张。把票往巴桑手中一递,那意思是说:今晚陪我看电影。巴桑并非不乐意,这样在一起的时间不多,哪怕这晚上轮着她值班,她也跑到医院请科里别的护士代值一班,日后自然是加倍偿还。只是,她心想:他干吗不多买几张。

在电影院里,无论电影好坏,场内有多乱,只要影片一开映,强巴就探直了身子,半张着嘴,非常认真地盯着银幕,早把坐在他身边的女朋友忘得一干二净,哪怕她起身离开他也不知道。巴桑一点也看不进去:普布是不是跟别的孩子打架了?尼玛该不会从后台阶上摔下来吧?达娃别又跟那些不三不四的人在街上鬼混。

映到一半,场灯亮了,银幕上映出幻灯字幕:跑片未到,请观众们原地休息。接着是男男女女们一片吹口哨、跺脚、四处喊人的乱糟糟的起哄声。强巴好像才想起巴桑坐在他身边,皱起眉头看看她:"你想什么?"

"我想什么啦?"

"你还在想医院里的那位混蛋。"

"哦,别这么说。你想到哪儿去了。"

"你是在想那个混蛋。"

"他不是混蛋,是病人。"

"他是混蛋!"

"好吧。可你小声点不行?"她也火了。

达娃睡在外屋,另一张床上的米玛和普布已经睡着了。米玛睡得很静，发出均匀的呼吸声；普布一条腿伸在哥哥肚皮上，不时地咂咂嘴，在梦中喃喃呓语。达娃抬起头，在月光下看见普布的光屁股露在外面，她伸手将被子给他拉上。

她静静地仰卧着。

街外面收音机播放的音乐声停止了。磕长头的声音消失了。狗也不再吠叫。只听得见院门在初夏夜风的吹拂中发出轻微的嘎嘎声响。

临睡前，达娃在院门前站了一会。她倚靠着处在阴影里的门框，穿着白色短袖内衫，两只光溜溜的胳膊横抱在胸前来回摩擦。街斜对面的水银路灯下，几个小伙子蹲在马路边抽着烟，不知聊些什么，这里的夜晚和内地所有的城市一样没有什么夜生活。小伙子们比比划划，抢拳踢脚，大概在模仿某一部武打片。也许因为达娃穿的是白色内衫，其中一个小伙子看见了在黑暗中伫立的她。他扔掉烟头，穿过马路，其他几个小伙子默不作声地注视他朝达娃走去。

走到跟前，达娃才认出他是邻院的桑吉，绰号叫"迪迪"，在附近一家自行车修理铺当伙计，他的六弦琴踢跶舞跳得绝美。据说他同时跟七个姑娘谈恋爱。如果不是现在警察和居委会的治保人员采取了强制的治安措施，抓了一批打架斗殴和其他一些扰乱社会治安的青年，在次旦之后，他有可能成为这一地段上的第二个小头目。

他双腿叉开站在达娃跟前，两手插在一条肮脏的冒牌牛仔裤屁股后兜里。达娃扭头避开他的眼光，她知道只要跟眼前这位很容易使姑娘们倾心的年轻人聊上三五句，他就会本能地施展他的魅力，说出几句富有诗意又隐含着色情的话，使一个经验不足的女孩听了后辗转难眠，情不自禁会对他的话回味一番，达娃上过他的当。她现在只想在临睡前在黑暗的门框边独自站立一会儿，让现实生活中纷杂的思绪平静下来，同时又抑不住地幻想着古怪的未来。

"上个月，我去了趟北郊，'将军'的奶奶也去了。"迪迪说，"他挺好。"

达娃没说什么。

"他的奶奶怎么样？"迪迪继续说，"奶奶有什么办不了的事告诉我一声。"

"没什么。"她小声回答。

"他小子还是那样。他挺够朋友的，……要我向你问好。"

达娃看看他。

"不信吗？"

"信。"

"我知道有个犯人的姑娘，很想念里面的情人，把信上不好写的事……你明白吗？就是那些话，用墨水写在捎给他的蓝棉衣上。这是一种苦难而高尚的爱情。警察是发现不了的。我不知道那犯人能不能发现棉衣上的字，如果发现了，那更糟。你想，生活在一个苦闷的男性集体……"

"去去去！去跟你那帮等待进监狱的男性们说这些吧。"达娃捂住了耳朵。

"'将军'什么都没跟我说。"他依然冷静地站在她面前，声调平稳沉着地说，"可我感觉到了，如果两人渴望，那是什么东西也挡不住。"

"求求你！我什么也不想听，我什么也不渴望。"她退进院里，拉过沉重的院门关上。横拉木栓，从牙缝里朝地上挤出一口唾沫。

他在门外轻轻叩了两下铜环。

"你别生气，'将军'虽然从来都看不起我，但我一直尊重他，他出来后还是我们的'将军'。"他在门外说。

"'将军'和我没一点关系。"过了半天，她对着门轻声说。

在路灯下消磨夜的时光的小伙子们大概早已散伙各自回家了。达娃一闭眼，就看见一团从遥远的地平线走来的黑影。那模糊的黑影好像是由于地上蒸腾的热浪不住地晃动，变形。随着这团黑影的渐渐清晰，一丝清亮苍凉的口琴声从远处飘现，在空间时大时小地振荡而来。这仿佛是一幅在悠远的广阔背景下富有意境的电影画面。在炎热的荒原中，一个人在背后一轮火红巨大的太阳的映衬下，吹着口琴走来。

这是次旦的口琴声。他常常深夜里坐在院门口一个人吹奏。琴声柔和颤悠，音量也不大，邻居们没有谁从窗户探出头抱怨这夜晚的口琴声吵得他们睡不着觉。相反，只有这个时候次旦才会在他们心目中消除了他那令人害怕恼恨的形象，变得善良、孤独、多情、柔顺。达娃最喜欢他吹奏的是印度故事影片《流浪者》中的一首插曲《丽达之歌》。那时候，大院里的姑娘和小伙子们时常在睡觉前围聚在院门口，仰望着高原深邃夜空闪烁的明星和东边山上刚刚升起的月亮，三三两两地坐在门槛上，斜靠着墙壁，有的从窗口探出半个身子，有的远远的站在一旁，津津有味地听他吹奏。当大伙的情绪高涨时，便放开嗓子一齐高唱。她和姐姐巴桑也趴在窗边跟着底下的年轻人唱道：

　　小喇嘛说要来，
　　我开窗户等待。
　　可是他却没来，
　　锅倒被贼偷跑。

要么，又一起用不太标准的汉语唱道：

　　么么（毛）雨，啊么么（毛）雨，
　　嗷，幸佛（福）不是么么（毛）雨，
　　不会自己从天上丢（掉）下来。

次旦被逮走的那天也是一个星期六晚上。中午的时候，他不知从哪儿借了一辆半新的、墨绿色的、带挎斗的幸福牌三轮摩托车开回来。消声器有毛病，发出很大的噼叭声。他很不熟练地架着来回摇摆的车把，在院门前生硬地煞住车。猛烈的惯性使他身体前扑，胸脯差点抵在滚圆的油箱上。

院里的十来个孩子们立刻被这辆摩托吸引住，纷纷从楼上楼下的家里跑出来，围住摩托叽叽喳喳叫个不停。大家仰起头，眼巴巴地望着次旦，希望能爬上去坐一会儿。普布最有心眼，看见挎斗上沾了些泥浆，立刻摸着胳膊肘，上前三两下蹭擦得干干净净。

"好吧，我带你们在原地转一圈。"次旦说。

大大小小的孩子们争先恐后一拥而上，钻进挎斗里，坐在备用胎上，连后座也挤了两个。普布坐在最后，大半个屁股露在外面。院里的姑娘们也饶有兴趣地站在大门口，看着弟弟们像群顽皮的小猴似地挤来挤去，那些挤不上去的小孩在一旁急得哇哇乱叫。

"别急，没坐上的等会儿，我开两次。"次旦乐哈哈地说。

那些挤上了车的孩子们，在噼噼叭叭发动机的震动下，神气十足，鼓起腮帮，各自唱着雄赳赳的进行曲。姐姐们也情不自禁跟着欢呼起来。

摩托车一共不过开了有二三十米，不管车上的孩子们怎样高声抗议和哀求，次旦扭转车把就向回开。他弯拐得太急。这个时候，普布从屁股上只沾一点的后座上仰面朝天掉了下来。

"哦！"在一旁观看的达娃尖叫一声，没命地跟过去拉起普布。还没来得及问他话，他一把甩开姐姐，快步追赶摩托，口里还喊着等等他。次旦不知道后面掉下人了，等他听清院门口的姑娘们喊的什么，他已经停在原地了。

普布这才一屁股坐下来号啕大哭，他伤心的是没能坐完全程而在一半时掉下来了。次旦跳下车跑去抱起他，摸摸他的头，摸摸他的背和屁股，问他哪儿疼，他说哪儿都不疼。

"送你去医院，"次旦不容分说，把孩子们轰赶下车，把普布放在挎斗里。"真倒霉，我干吗跟你们这群小叫化子缠个没完。"

他只带着普布，一拧油门，噼噼叭叭跑开了。

"喂！当心点。"达娃使劲喊道。

不消二十分钟，他们又回来了。普布满面春风，姐姐巴桑在医院给他作了检查，只不过屁股蛋碰青了一块，把裤子磨出个小洞。但是这个代价是值得的，这一趟比刚才那个二三十米不知远了多少倍。

不一会儿，次旦拿着块手抓羊肉进来，给普布和达娃分了一点。

"刚才把我吓得够呛。"次旦说。

"'将军'，你一会儿再开一次，让姐姐达娃也坐一坐。"普布说。

"滚你的！"达娃骂道。

"真的，真好玩。"他躲到一边去。

"可以，"次旦咽下一口肉说，"咱们讲个条件。"

"帮你做职工政治题？"达娃问。

"不。我有个哥儿们，他妹妹进了巴尔廓派出所的学习班。他妈妈病了，当哥的不好意思送饭，让我去帮他送。"

"去哪儿？喔，我不好意思。"

"就中午送一次。你想想，那些警察早就想找我麻烦。喂，怎么样？"

"那女孩叫什么名字？"

"苍姆。跟你差不多高，眉毛弄得细细的，最风流的一个。你一看就知道。"

"她是不是住在'饶果林卡'？他爸爸过去是收尸人……"

"哦对对对，就是她。"

"真晦气。"

"我没执照。晚上交通民警下班后，我带你们走沿河路。我们一直可以开到堆龙①。"

"好吧。"达娃接受了这个条件。

"记住，你就说是昂旺平措叫你来的，是他的哥哥。"

不一会儿，她接过一个用蓝色头巾包扎的手提饭盒，出了院门，朝巴尔廓派出所走去。

快过藏历年了，拉萨市区正举办一个盛大的春季物资交易会。派出所的警察们把这个地区的小阿飞、流氓、小偷等少男少女们集中起来办

---

① 拉萨近郊的一个县。

两个星期的"学习班"。其中不少是进过几次劳教所的,放出来后照样捣蛋。为了不让这帮人挤在熙熙攘攘的物资交易会的人群中偷盗行骗做其他坏事,"学员"们从家里抱着被子住进了派出所里,每日三顿饭由家人送。派出所门口虽然没有设岗,倒也无人敢往外跑。他们在里面学宪法、刑法、诉讼法等,交待自己和揭发他人的问题。

达娃走到门口,里面挺热闹的,不少女人打开饭盒给自家的孩子或兄弟送来了许多好吃的,还有水瓶里满满的酥油茶。三十多个大大小小的"学员"们从寝室里出出进进。他们许多人都是在大街时常见到的瘪三,穿得花里胡哨,又肮脏不堪。最大的不过二十四五岁,最小的才十一二岁。他们在这里还是那么又唱又乐,嘻哈打闹,就像在外面一样。大的欺负小的,随便抬手把小的帽子打飞。小的逗傻的,惹得他们笨手笨脚在院里追逐。警察们在休息时并不严厉,对一两个顽皮的家伙吓唬性地抡起皮带在空中挥舞几圈,小家伙装着害怕地伸伸舌头,大家一笑没事了。有的在院里吃饭的人中间无所事事,走来走去,偶尔习惯性地挑逗别人几句话,立刻又引出一阵并无恶意的脏话。那边墙根下,三个"女学员"蹲在那里背朝人群在吃饭。

达娃惶惶不安地站在派出所院门口,一眼就认出了苍姆。她独自扭着身躯斜靠墙壁,双手抱在胸前,全身随鞋跟敲磕地面的节奏上下不住地抖动,眼光漫不经心地望着蓝天。

达娃挪过步子走到她跟前,轻声问:"你是苍姆吗?"

苍姆上下打量一番,细细的眉毛一挑:"是的。"

"昂旺平措哥托我来送饭。"她把饭盒放在地上,蹲下身动手解开方头巾。

"我妈怎么没来?"苍姆依然没动,望着下面。

"你妈妈她,病了。"达娃抬起头回答。

"她早上还来了,怎么会病呢?"苍姆蹲下身急切地问。

"不知道。"

"喂,你是我哥新结识的情人吧?"她一只柔软滑嫩的手摸在达娃脸上。

达娃急忙躲开，厌恶地打掉她手，将脸在肩头上揩了几下。她觉得这只手非常肮脏。

"我哥还真有眼力。"她照样笑嘻嘻地说。

"你听着，连你哥长的是驴脸还是马脸我都没见过。"达娃忿忿地说。

"他长的是小白脸。"苍姆说完便打开一层层饭盒。里面盛的食物既丰富量又足。她摇摇头不想吃，忽然想起什么，困惑地问她，"你说，你不认识我哥哥？"

"是你哥哥的朋友托我来的。"

"哦。"她点点头。一会儿，她显得烦躁不安，接着神秘地对她说，"求你办件事。"

达娃看看她。

"我实在憋不住，没办法。喂，你能去外面帮我买盒烟吗？"

达娃起身就要走。

苍姆抱住了她的腿，苦苦低声哀求道："求求你了，发发善心做点好事吧，菩萨有眼。"

达娃心软下来。

"实在没办法。"苍姆苦笑一下，"我身上没带一分钱，你做做好事。"

达娃觉得她这张脸既令人厌恶又令人怜悯。她无可奈何地晃晃脑袋，走出院门。

"别让他们发现。"苍姆低声嘱咐她。

在旁边的一个小摊前，她给苍姆买了盒牡丹牌高价烟和一盒火柴，装着若无其事地走到苍姆跟前从衣摆下悄悄塞给她。

"等我出来后，你一定来我家玩。我有一双印度的红色高腰皮靴，带拉链。到时我一定送给你。"苍姆真心实意地说。

"我什么都不要，"她提起苍姆胡乱扒了几口的饭盒，包好后，快步离开了这个鬼地方。

"朋友，我会记住你的！"苍姆在背后喊道。

走到街上，达娃重重吐了一口气，她差点没哭出来，不知道什么原因使她觉得很伤心。她心里一面咒骂次旦给她的这门鬼差事，一面又咒骂自己。苍姆这样的女孩对达娃来说并不陌生，达娃并不憎恨她们，只是瞧不起这样的人。一路上，她把自己和苍姆作了番比较……

回到院里，达娃把饭盒交给了次旦。

"怎么样？"次旦问。

"她们活得挺好。"达娃淡淡说了一句。又说，"晚上我不去了。"

"去哪儿？你不去兜风了？"

"不去了。"

"那，随便。"

吃过晚饭，次旦又坐在院门前吹口琴，达娃站在离他几步远的墙根下。她抱着胳膊，心情忧郁，从她眼前的路上横过一群群开始转经的人流，她对此情景看腻了。她眼光痴痴地发愣，不知是在倾听次旦吹口琴，还是对着夕阳里绯红的云霞出神。她想起了妈妈，人们都说长得像她。关于灵魂升入西天。今生来世。祈祷膜拜。太空人。环球小姐。今年在世界上流行的服装样式。作文的题目《难忘的一天》。全校女子四百米长跑第一名。化学不及格。藏族有没有女诗人。书包的文具盒里发现一张匿名情书，字迹歪歪扭扭。讨厌。姐姐迟迟不肯结婚，家里不能没有她。

"达娃，现在你们学校有没有宣传队？"次旦拍打着口琴问。

"宣传队？现在又不是'文化大革命'。我们有个业余文艺小组。"达娃怔怔地停顿一下问，"你不是说去印度吗，多久去？"

"我爸来信说他要回来，等他回来再说。"他从裤袋里摸出一支烟点上，吸了一口说。

"你干吗不去看电影？"

"我等一个人。"

"又是打架。"

"不，去军区溜旱冰。"

"瞧你脑袋被打成这样子。"

"是呵，我这脑袋就像是包酥油的羊皮，被缝得到处都是疤。"他摸了摸头，"你姐姐就给我缝过两次。她抱住我脑袋缝针的时候，我觉得她是在邮电局缝一件包裹什么的。"

一个走路像狗熊似的两臂在肚子前摇晃的男人向他们走过来。

达娃鼓了鼓勇气："'将军'，我想跟你说件事。"

"是好事吗？"他眯起眼问。

"怎么说呢？"

那狗熊般的男人过来拍拍次旦的肩膀，歪歪头，说："走吧。"

"我晚上回来听你说。要不，明天也行。"次旦手指打了个响亮的榧子，跟那人走了。

"注意点，别把脑袋摔着。"达娃提醒了一句。

这事从次旦入狱后，她心里更加内疚。

那是几个月前的深夜，巴桑在医院门诊值夜班。达娃照顾弟弟妹妹睡了，自己却为白天在学校跟同学吵架，老师无理地批评了她而难过得在床上辗转难眠。晚上这一片地区停电，蜡烛也找不到，没法看看书。忽然听见窗户下的街道上一群年轻人的争吵声。接着便是一阵拳打脚踢声，吵得她心烦意乱。那会儿社会秩序比较乱，打架的事没人敢管，谁要是探出头斥责下面那些亡命徒，不消几分钟，窗户上的玻璃就会遭到一阵石块的袭击，被砸成碎片。

达娃掀开被子，光着脚丫开了门，从过道的木桶一直爬到楼顶，靠着短墙，借着朦胧的月光往下看：模模糊糊一些黑影在晃动，扭成一团，打得难分难解。达娃一怒之下，搬掉垒排在墙上的土坯，朝着底下那帮家伙咚咚地砸下几块大土坯。一时间，有人发出惨叫。一伙人就像棍子打在豌豆堆上，全跑散了。

她拍拍手，才想起只穿着贴身短衣短裤，冷得大腿起了层鸡皮疙瘩。她抱着双肩一溜烟跑回家，重新钻进了被窝。不到五分钟，便进入了梦乡。

第二天早晨巴桑下班回家，边脱衣服边咕嘟道："'将军'半夜又来医院了，一进门就昏倒，脑袋被人用土坯砸了个口、满脸满身的血和土，就像是从地狱里钻出的魔鬼。吓死人了。"

"是……'将军'？"达娃昏头昏脑地问。

"就在大门外面。脑震荡了。他说对面那些混血儿①早就跟他过不去。是他们站在楼顶上砸的他。"

"他要去找他们？"

"我劝了半天，对他说：下次脑袋再挨一下，就该考虑考虑由谁抬你去天葬台，而不是进医院。"

这件事除了达娃，谁都不知道。

次旦到底还是向那些无辜的混血儿进行了报复，把两个年轻人一个打脱几颗牙齿，一个打得昏迷了过去。

那天晚上，他滑完旱冰刚进大门，就被等候多时的公安民警戴上了手铐。

风停止了，门不再发出声响，只有一只猫在黑暗中咪咪叫。

夜声在断断续续中进入黎明……

早晨。巴桑把茶煮开后，打开柜子，取出弟弟妹妹们的换洗衣服。便掀开他们的被子，将干净衣服朝他们脸上一扔，屋里立即呜呜哇哇地热闹起来。达娃披头散发坐在床上，怔怔地想着什么。巴桑走到普布床边撩开被子，照他光屁股拍了几掌："起来！天呐，瞧你这身肥肉，真该宰了你。"

普布拉过被子捂住屁股，还不想起床。巴桑便骑到他身上一阵搔挠："哼，你睡，叫你睡。"

"咯……妈呀，我起来。姐姐，求求你，……哎呀，我起来。"

米玛虽然醒了，但趁姐姐在揪起弟弟时，一声不响地蒙着头默默地计算一个数学公式。

---

① 指尼泊尔商人和拉萨女子结合所生的混血儿。

达娃摩擦着光圆的臂膀，横格无袖紧身衫里鼓起一对正发育的小乳峰："姐姐，我的裤子呢？"

"你钻床底下找吧，大概在老鼠洞里。"巴桑说。

尼玛赤裸着小身体跑到米玛跟前伸手去挠哥哥的脚板心，他倏地起脚蜷成一团。尼玛穷追不舍，小脑袋跟着钻进被窝去摸他的脚。

"臭虫！"米玛恼火地一蹬，正踹在尼玛脸上。

"呜……哇！"尼玛捂着脸爬出来，嚎啕大哭。

"米玛！好哇，好哇，你等着。"巴桑威胁地指点着他。

"她抠我的脚心，抠得我好痒。"他嘟哝着慢腾腾坐起身，怯生生地看着姐姐。

"我的裤子！谁把我裤子藏起来了？难道叫我光着腿出去吗？"达娃把床上的一件件衣服袜子扔得满天飞。

"那才好，你不就是爱显露你漂亮的大腿吗？不害羞的东西！"巴桑叫道，"你，普布！再在床上翻跟头，我发誓饿你一天。……别哭了，尼玛，跟姐姐洗脸去。告诉我，刚才哥哥米玛用什么打了你？"

"呜……脚，他的脚……"

"嗯，是哪只脚？"

"他的脚……呜——，我的脸……"

"哦，哦，好的好的，等会我要剁掉他的脚趾头。"

"姐姐，你看普布……"米玛奋力推开弟弟的纠缠，他不明白为什么一大早就有这么些人跟他过不去。"……你滚开，我扣子还没系好。"

"少林武术！"普布鼓起胖乎乎的腮帮，一头将米玛顶翻在床上，小哥俩滚抱在床上。

巴桑扑过去照他们身上咬了一口。

"哎哟，狗！"普布疼得大叫。

达娃好不容易在枕头下找到裤子，赤着脚站在地上边系腰带边回头说："姐姐，该好好揍他俩一顿，普布昨晚往我耳朵里塞纸条。"

"我看你也该揍一顿！"

"是吗？哼！"她高兴地翘起鼻子，显出满不在乎的神情，一掠头发，到厨房梳洗去了。

十分钟后，全家围着矮方桌吃早饭。昨晚做好的饼子和炒菜，巴桑都放在饭盒里，也许正在吃早饭强巴就回来了，巴桑怀着最后一线侥幸的心理想道。

酥油不多，每人盛满清茶的木碗里放一小块拇指大的油脂漂在上面。

"啧啧，几天不照镜子，才发现我瘦得像冬天的狼。"达娃望着茶碗努起嘴做了个怪脸，那意思是说这茶清淡得能照出自己的影子。

"该多放点酥油，天天都是清茶加盐巴，连我撒出的尿也都又黄又咸。"普布也跟着埋怨。

"那就割下你肚皮上的一块肉解解馋，我敢说那尽是油。"巴桑回了一句。

"那么我呢？"米玛挺起干瘦的胸脯问。

"你刚才欺负尼玛，我还没跟你算账呢。"

"哥哥米玛是用这只脚踢我的。"尼玛想起来了，抬起一只脚。

"左边锋。"达娃说。

"看你踢的。"巴桑抚摸着小妹妹的脸，上面有些泛红。

"强巴哥哥还不回来，我好想他哟。"尼玛卖乖地说。

"连姐姐巴桑都不想，你算啥？"达娃白了她一眼。

"这一碗糌粑也填不住你们的嘴吗？讨厌！"巴桑皱起了眉头。

"以后我也开车。"普布说。

"昨天，我们同学的哥哥的车翻了。"米玛说。

"你少说不吉利的话。"巴桑把他的头朝茶碗里按去。

过了一会儿。达娃说："姐姐，该给我买个乳罩，你没见我已经用得着了吗？"

"要那玩意儿干吗，我从来也不戴。"巴桑瞟了她的胸脯一眼，脸有些红了。

"姐姐巴桑光给姐姐达娃买，我们呢？"普布说。

"呸！不要脸的家伙。"她笑了。"等长大了给你老婆买去吧。"

"我也要！"尼玛高高兴兴地说。

"讨厌！"达娃扬起头，傲慢地斜瞪着她。

普布莫名其妙，他碰碰米玛："哥，她们说什么呀？"

米玛伸长了舌头专心地舔着碗底，咂咂嘴说："谁知道呢。我反正不要，姐姐也不会给我买。"

"大家都闭上嘴快点吃，完了收拾房子，要是爸爸回来看见又要骂我们这儿像是狗窝。"巴桑拍拍桌子，"天呐，这还有一大堆脏衣服。"

完了，强巴今天是回不来了。这逛林卡的事……，巴桑闭起眼睛。

有一阵轻微的叩门声。除了尼玛，哥哥姐姐们谁也没听见。她擦擦嘴巴，悄悄走到厨房，踮起脚跟开了门。一个穿皮茄克的年轻人站在门口。

"你是谁？"尼玛问。

"是人。"

"是好人还是坏人？"她想了想，问。

"嗯——是大人。"

"尼玛，你在跟谁说话？"巴桑在屋里问。

他抱着尼玛走进来，除了巴桑，屋里谁都不认识他。他长得很帅气。

"是……"巴桑一时想不起他的名字。困窘地摸着脑门。

"忘了？"他笑嘻嘻问。

"哦！次旺俊美。"她一合巴掌，"你怎么知道这儿……"

"我一个同学群佩洛桑……"

"哦，楼下在报社工作的，你们是同学？"

"他快结婚了，我来帮他做个藏柜。一聊，才知道你住这儿。他出去找牛胶，我就来这坐会儿。"

次旺俊美那时住十八号病床，他的床位靠着窗户。他是剧团搞布景装置的。据说是在剧场装台时从十几米的天桥上面掉了下来，当时正好一个多事的演员把一架练功的大海绵软垫拖到舞台上准备翻跟头，他刚好落在上面。就这样他还是右小臂骨折，还断了两根肋骨，躺了一段时间，能走动了，成天吊着胳膊没事就坐在值班室同护士们聊天，在医院里转悠，他住的病室有三张床，中间一张是空的，靠门边一张床住着位病友，是一个从乡下来到拉萨打短工的中年男子。他给一家单位伙房劈柴禾时，一根弹起的柴禾飞到他前额把他击昏在地。

这两个病人相处得不坏，隔着一张空床躺着互相聊天。有时一阵互相奚落，乡下人总吃亏。

"现在是午休时间，请不要大声说话影响别人。"巴桑推开门警告他们。

乡下男人很老实，把被子蒙在头上侧过身去。

"他说他救过一个外国人。"次旺俊美说，"这可能吗？"

"那有什么。"巴桑说。

"那有什么？"乡下人不服气地转过身，"后来那个高鼻子娘们抱住我脑袋直啃。"

"哎呀呀，真——妙！"次旺俊美叫道。

"嘘！"她止住他。

她坐在中间的空床边，想听听乡下人是怎样救外国人的。他不肯说。她吓唬他下午打针时要使劲打他屁股，要让他疼得喊祖宗，他才好像十分不情愿地慢腾腾地讲了起来：

这几年，夏天时，有很多外国人来他家乡登山，他在雪山下生活了几十年总算开了眼界。他经常给外国登山运动员当脚夫，背着他们登山用的器材和食品箱往大本营地上上下下，能赚很多钱。那一次还来了个年轻的女人。不过她只待在半山腰的帐篷里，胸前挂着一架照相机，什么都拍。连那些草场上密密麻麻在阳光下发亮的羊粪蛋她也拍。登山的是几个男人，其中一个每次上山时跟她拥抱一阵。有一天，山上起风了，雪雾飞卷，气温骤然下降，帐篷被刮得呼呼响。他把一箱食品背进了帐篷，里面有几个惶惶不安的人挤在一起，他只好蹲在帐篷口外。一个陪外国人来的拉萨人告诉他有一个外国人下山时迷了路，被风雪困住了。

他是个富翁，听说他在家乡还有私人大飞机。他和其他人失去了联系，他穿的是红色登山服。年轻的女人又是揪头发又是咬手指，叽里咕噜不知嚷些什么。他想那人可能是她丈夫。她最后腰上系根尼龙绳，提把冰镐要冲出帐篷，大家一起扯住她。拉萨人告诉他，那女人要去找那人。他说他出去试试看，大家给他裹上厚厚的一身鸭绒衣裤，他很不习惯地出了帐篷。

乡下人歪着头讲述，说话的样子像在发牢骚。他没把怎样找到外国人的经过告诉次旺俊美和巴桑。次旺俊美一再问他。

"是菩萨保佑我找到的。"他坚持道。

"我不信。"

"他根本不在原来的方向，在很远的一个大冰洞里。"

"你是怎么知道他在那里的？"次旺俊美问。

"山上什么都看不见，到处刮着雪花。离帐篷走上一顿茶时间的山弯后面有个玛尼堆①，我先去那里。"

"嗯，后来？"巴桑问。

"我在玛尼堆前闭上眼祈祷了很久。后来，菩萨显灵了，我眼前看见了那个外国人躺在冰洞里，我清清楚楚看见他穿着红衣服，他躺着的样子跟我找到他时一模一样。那个冰洞我从来没去过。我站起来迷迷糊糊地走，像在飘一样，最后走进了大冰洞，发现了他。"

巴桑和次旺俊美互相对视一眼，伸伸舌头，那意思是说他讲得太玄奥神秘了。

他俩又问了乡下人许多细节："你没有被冻坏？"

"没有。我把外国人背回帐篷，我鼻涕流出来了，在鼻子下冻成两根冰条。另一个外国人拍拍我的肩，用手在我鼻子下那么一弹，'当'的一声就断了。"

---

① 用小石头垒成的石堆。在西藏各路口到处可见，藏民作为祭品奉献神祇，认为这些地方是神的住所。

"嗯，还有？"

"没有了。我回来时丢了一只手套，是那个外国娘儿们的。"

"她是怎么感谢你的？"

"我听不懂，她力气很大。抱住我……我挣都挣不开，她像麻雀啄青稞似地在我脸上啄……啊呀呀！呸！这个罗刹魔女，我说不要——不要，她还不放。"

乡下人说着用袖子在脸上厌恶地蹭擦几下，仿佛脸上刚沾上那女人的唾液。

"啊呀呀！"他俩乐得不得了。巴桑第一次忘记了自己在病人面前的身份。

护士长推开门，一脸怒气地盯着巴桑，用指头戳了戳她手腕上的表。巴桑一看，明白了给病人端药量体温的时间已过了半点钟。

不久，乡下人出院了，没有谁来接他，他提着小包。巴桑和次旺俊美送他到医院大门。乡下人重感情，抓着他们的手，泪水在眼眶里滚动。巴桑掏出五块钱送给了他，次旺俊美把自己的许多衣服和一些钱粮也送了他。

从此，次旺俊美一个人躺在病房里。巴桑很纳闷：为什么单位里竟没有一个人来看望他。

有一天，他散步时不小心又把脚扭伤了，疼得在床上直哼哼。

"你哪儿不舒服？"巴桑坐在床边问他。

"我哪儿都舒服。"

"我给你热敷一下？"

"不要！"

"给你用松节油揉揉。"

"不要！"

"那，我帮你把腿抬高一点。"

"你最好把我抬到天葬台去！"他乱喊着。

不知怎地，巴桑很可怜他。她俯下身抚摸着他汗津津的头发。

强巴穿一身油腻腻的工作服，拿着一砣报纸包的酥油闯了进来。巴桑背对着他，没看见。次旺俊美看见门口站着一位黑脸汉子，随口骂道："喂，你走错门了吧，这儿不是给车看病的地方。"

"强巴？"巴桑困惑地喊了声，他从不来病房找她。

"拿去。"他把酥油往病床边的床头柜一放。

"你怎么不放家里。"

"我马上就出车。"说完他转身就走。

"他是谁？"次旺俊美问。

"我……同学。"

"同学？他那样子好凶。"

"是同学嘛。你问这么多干吗？"

一个星期后，他也出院了。

尼玛抱着屋中间的柱子，探着头好奇地张望。米玛慢腾腾地收拾桌上的茶碗。普布在角落又整理他的一堆破烂的小人书，他们不时地偷偷打量着这漂亮陌生的年轻人。

达娃仿佛心神不定地从里屋走到外屋，又从外屋钻进里屋，也不知她在忙些什么，只听见她鼻子眼在哼着小调。

"你们……要出门？"次旺俊美问巴桑。

巴桑心事重重地挥挥手，柜子上，那些为逛林卡准备的糖果点心，盛满食品的手提饭盒还端端正正地摆着。

"我们今天逛林卡，没有车。"米玛老老实实地说。

巴桑苦笑一下，俯身递给他一碗茶。

"今年你们还没去玩过？"他问。

"我们好几年没去了。"米玛又插进来说。

次旺俊美不理解地皱皱眉头。

"反正，有一天我们会好好地去玩个痛快。"巴桑说，"现在不行，我试过，没办法。"

"姐姐，我去看我朋友。"尼玛抱着柱子站了半天。

"你们别打架。"巴桑说。

"小心,它昨天咬了我的手。"普布告诫她。

"隔壁奶奶央京的一条小哈叭狗。"巴桑告诉次旺俊美,"她最喜欢它。"

达娃提着书包往矮方桌上一扔,坐下来,取出课本、文具盒和作业本,摆满了一桌。

"去屋里做不行?"巴桑说。

达娃瞪了她一眼,噼噼叭叭把东西又塞回书包,站起身:"讨厌,人家明天就得交作业嘛。"

过了一会,她又掀开门帘从里屋出来,拿着课本:"姐姐,这个念什么?"

"她真怪,明明知道我没读过高中。"巴桑皱紧眉头,"你去问次旺俊美哥。"

"啊——嘞,次旺俊美。"她怪模怪样拉长了腔调说,"我想起来了。我还看过你的表演,演得不错。"

"你认错人了,我从没上过舞台。"

"你上过,是忘了?"

"是吗?"他咧着嘴苦苦回忆。

"有一次,演员在舞台上哭哭啼啼,他们后面那房子倒了。你正蹲在后面吃东西,往嘴里一塞,使劲把房子拉起来。我坐在第一排,肚子都笑疼了。"

"想起来了,那一次是布景后面的铁压没压好,那块布景是一个学员安的。把我给亮出来了。"

"当时你吃的什么?"

"桑吱帕里①。"他记得很清楚。

"噢,原来你是幕后人物。"达娃跟他谈得很投机。

---

① 用精面炸成的馃子,雪白酥脆、香甜,是拉萨人节日喜爱的一种点心。据说这种点心是从尼泊尔传来的。

"你胡扯什么,"巴桑骂道,"你不是来问字吗?"

"这字念什么?"达娃指着课文中的一个字"咄"。

他摸摸后颈脖,吞吞吐吐地说:"好像,念……'chū'吧,我汉文不行。"

"啊卡卡,'出出逼人'。"她响亮地笑了。"我问过七个小伙子,有六个都念成'出',你是第八个,这念'duō'。懂吗?男子汉。"

"你叫他什么……男……子汉?"巴桑惶惑地问。

"没什么。我以为搞文艺的都很有学问。"

"你既然认得还跑出来问什么?"巴桑火了。

达娃娇媚地吹了声口哨。

巴桑无可奈何地对他摇头苦笑。他伸出舌头和脸一起拉得长长的,意思说:现在的女学生,啧啧!

普布把柜子上插着塑料花的花瓶给晃倒了。

"你像野猪似的在那儿乱蹭什么?"巴桑喝道。

"我背上老痒。哥哥米玛,帮我搔搔。"

"你该洗澡了,"达娃靠着柱子说,"你身上太脏,长满了虱子。你身上的虱子可以送到皮革厂加工一双皮鞋了。"

"我才不给你搔,"米玛下意识地搔搔自己的背,走到巴桑跟前,"姐姐,给我八毛钱,我们学校要统一交八毛钱买白手套。"

"恐怕还得给你做身西装吧?"巴桑忿忿地说,"你好神气。"

"他是学校仪仗队敲鼓的。"普布大声说。

"我冬天给你们买的皮手套就不能戴?"

"这是学校的规定。"米玛说。

"是的,所有的鼓号乐队都戴白手套。"次旺俊美在一边说。

"是跟院里那些小伙子去喝甜茶吧?"达娃问。

"给你吃这个,"米玛五指并成一撮回敬她一个手势,表示叫她的嘴像核桃壳一样闭紧,别管闲事。

"孩子,这个动作不文明。"达娃拍拍弟弟伸过来的手。

"你做作业就给我滚进里屋好好做。"巴桑冲她吼了一句。

"这个嗓音太大,一个人在三十分贝以下才能思考问题。懂吗?"

"姐姐达娃,今天你是怎么啦?让姐姐巴桑给你治治病吧。"普布蹲在角落困惑地说。

"你哭吧,流浪汉!"她骂道。一跺脚,一扭腰钻进里屋。

"到处流浪,哝——呜——"普布边唱边把塞满一书包的小人书背到肩上,哼着走出门。最后不知对谁声明了一句,"我是不向姐姐要钱的。"

达娃把课本收进书包。她站在镜子前理了理马尾巴发型。黑色的毛衣外面罩上一条米黄色的连帽太空服,把拉链拉到胸前适当的位置。找了块破布把皮鞋擦了擦,又从抽屉里翻出自行车钥匙,装着上厕所的样子溜到院里,开了车锁,将那辆破自行车推出院门,一跨腿,驶进星期天拥挤的人流中。

巴桑从口袋里掏出一张五角、两张一角的钱钞和几枚大小面值的硬币数了数给了米玛。

"他们找牛胶该回来了。"次旺俊美看看表,起身告辞。"大后天,下个星期三是'五四'青年节。我们剧团要在罗布林卡演出。还搭一个大围帷,到时候,你和弟弟妹妹一定来。"

"我也是共青团员。"巴桑小声说。

"巴桑,"他说,"你放心,到那天我找车。我弟弟在接待处开丰田。'五四'那天我保证来。"

"哥,到那天,你们那儿跳舞吗?我姐姐达娃最爱跳。她还会跳摇摆舞。"米玛说。

巴尔廓街道,个体工商户摆的货摊密密麻麻把街道两旁挤得满满的。在这里作买卖的有卖各种瓷器、花花绿绿小百货、各色毛衣毛裤的青海人。有手中抖着熟好的羊皮、纤维织成的人造羊皮和各种昂贵的地毯、长垫,从宁夏来的戴白帽的回民。摆着自家缝的儿童衣裤以及样式土气的衬衣的四川女人。他们的顾客大都是乡下人。有从印度过来做买卖的康巴人，男人身穿花衬衫、牛仔裤、留长发、手执佛珠；女人穿的是国外藏民中流行的新式无腰带紧身长裙。他们摆的是令人眼花缭乱的戒指、耳环、胸针、首饰、手镯、项链，以及印有外文商标的衣裤。还有浙江来的年轻的男人找个拐弯的角落处挂起一块白布，上面写着蹩脚的藏汉文："快速补牙、镶牙、拔牙。"一只木架上摆着些极不卫生的手术器械和药瓶药盘等，一只木凳边立着架脚踏式简易钻牙机。河南来耍猴的敲着破锣，穿黑袄的老头哼着家乡调，那猴子头上戴着古代官帽，不知所措地站在中间，招引着一些为数不多的乡下人和孩子。卖瓜子和香烟、糖、酒的山东女人安分守己地搬只小凳坐在马路沿上。而那些拉萨商人则悠悠地坐在自己家门的货摊后，头顶还搭块遮阳布，嘴里嚼着干奶酪，饶有兴趣地望着那些举着衣服晃抖的内地来的汉人在高声叫卖，望着他们脖子上暴起的筋脉。拉萨商人从来不叫喊，永远不吭声地守在自己摊前。还有从西藏各地来的商贩，摆着当地的土特产：氆氇呢、彩色围裙垫、金丝帽、藏刀、木碗、酥油桶、马鞍。行人们来来往往。一群群穿着臃肿的羊皮袍的牧人，他们往往扶老携幼形成一支支小小的行动迟缓的队伍。有身体比常人略高一筹的康巴男人，屁股后拖着长长的袍袖，腰间横一把长刀。套着黑色宽坎肩，身材矮小、行动敏捷的工布人。包着花格头巾、半土半洋的郊区农妇。裹着绛红色袈裟的喇嘛。剪得像淘气的男孩似的短头发，赤着脚，三三两两牵着手的年轻的尼姑们。穿戴可以同内地大城市甚至外国相媲美的拉萨男女青年。戴大盖帽、穿制服的以徽章和颜色区分的警察、海关人员、工商管理人员、税务人员、邮递员、民航工作人员也夹杂在人群中。三三两两的士兵。系着厚帆布，手上套着包铁皮的木板掌、满脸灰土的职业朝佛者在行人们的脚下磕着唰唰响的长头，行人们纷纷给这些殉教者闪开一条道。惹人注目的外国游客，被一大群牧人和乡下人围着，人们纷纷扯起挂在脖子上的廉价的小装饰玩意儿递给外国人企图蒙骗点外钞。一群坐在墙根下，一丝不苟地诵经的男人，像唱诗班的合唱者。一位领着只散发着强烈的膻臊味的放生羊的老太太提着糌粑口袋依秩序施舍给诵经的每一个人,还有在人流中像困兽般吼叫的大小汽车。各种拖拉机和摩托车。自行车……

达娃车技高超、熟练地在人群中拐来拐去,大多数骑车的人在这里只得推着车,只有少数几个不怕事的大胆沉着的年轻人才不肯将屁股从车座上离开。达娃也是其中的一个。

街上的年轻的男女们都戴着花花绿绿的长檐棒球帽。去年这个时候拉萨时兴的是戴巴拿马式草帽。今年一下又换了花样,青年们仿佛不约而同在一个早上都戴起了棒球帽。达娃做梦都想买一顶,姐姐挥挥手说:"女孩戴那种帽看起来像阿飞,你还是学生呢。"

普布也鼓动巴桑给达娃买一顶:"姐姐达娃戴上最好看,像日本演员。"

"像美国演员也不行。"巴桑无动于衷。

达娃骑在车上,想起一首拉萨民歌,便胡乱地编词哼哼着:

> 拉萨姑娘行走在大街上,
> 拉萨姑娘行走在大街上。
> 姑娘我多想要一顶棒球帽,
> 一顶长檐的红色棒球帽。

> 拉萨姑娘行走在大街上,
> 拉萨姑娘行走在大街上。
> 姑娘我多想要一副乳罩,
> 一副绣着花边的乳罩。

> 拉萨姑娘行走在大街上,
> 拉萨姑娘行走在大街上。
> 姑娘我的愿望太多了,
> 手中无钱一样也得不着。

出了大昭寺往北拐，骑到军区东大门又向西，走上笔直的沿河公路，碧蓝的拉萨河缓缓地流动。河堤上一处处玛尼堆。再往前不远，河里有一块狭长的覆盖着树林的河心岛，拉萨人叫它"强盗林卡"。一架用粗铁丝和木板搭成的吊桥连接着河堤和岛，吊桥摇摇晃晃，人走在上面咔吱吱地响。达娃小心翼翼推车过了桥，河心岛的树丛里一家家来逛林卡的人家被茂密的枝叶掩遮住，到处能听见各家录音机传出的音乐声。岛边的沙滩上，女人们挽着裤腿漂洗着衣物。

达娃把自行车往一片浓密的树丛里一推，锁了车，拉过枝叶将车藏得严严实实。然后拨拉着树枝从逛林卡的一家家围帷边走过，每走到一个围帷前她都探进头寻望一眼。那些小伙子们在里面便一阵乱叫："喂，卓玛啦，我们等你半天了。"

"梅朵啦，进来，你喝醉了吗？连老地方都认不到了。"

她便装疯卖傻地回答他们："不错，那边哥哥们的酒可比你们这又酸又臊的酒好喝，要不我怎么会醉呢？"

她好不容易在岛中间顺着一阵叽叽喳喳的声音才找到她要找的围帷。这是块绿茵茵平坦的草地、四周被灌木和荆棘像一堵墙严实地环围着，围帷边还有一条清澈的小溪。这里是清一色的女高中生，达娃一个班的女生，她们真会选地方。一见达娃便欢呼起来。

"你才来呀！"她们用过于亲昵的举动按住达娃在地上翻滚。一个胖女孩扳着她脑袋狠狠地在她脸上亲了一口。她们有的只穿着内衣内裤在草地上练下腰，翻跟头；有的披头散发在小溪边洗衣物；有的在围帷里像主妇似的蹲在汽油炉子前热茶。几个同学围着达娃神色激动地告诉她，总有些厚脸皮的小伙子笑嘻嘻地钻过丛林，想侵入这块女儿国圣地，她们怎样用树枝、唾沫、刻毒的咒骂和驱鬼般的尖叫一次次把他们赶跑。就在刚才还有三个小伙子闯了进来，他们每人抱一把吉他，毫不慌乱。女孩们使尽招数也无能为力。他们面无表情，弹着吉他还唱着："我们万众一心，冒着敌人的炮火前进！前进！前进进！"边唱边慢慢挪动脚步过来。最后，有几个同学豁了出来。她们索性闭上眼，做出异乎寻常的大胆举止。小伙子到底还是有羞耻感，一个个红了脸，吓得直翻白眼，连连骂她们是一群魔鬼的亲生姐妹，跟跄着连连后退，宣告了他们精神战的失败。

"他们长得真帅。"胖姑娘说。

"中间那个长得像佐罗。"披散着头发的一个同学说。

"请他们来坐坐有什么关系？"达娃说，"我听一些老一点的婶婶说，过去，特别是牧区和康区，只要来了骑兵队的青年，姑娘们晚上就在村外烧起篝火、熬好茶，还准备酒，把银碗擦得比镜子还亮。然后用歌声把他们从军营里引出来，一起唱歌，跳舞一直到天亮。"

"那是过去的事。"有人说。

"那我们现在这种风气是先进了还是落后了？"一个文静的同学提出了问题。

大家立刻很有兴趣地讨论起来：有人说过去那样带有原始愚昧色彩，几乎每个民族都有过这种风俗。有人说不对，汉族几乎没有这种形式。它有一种民族特色，应该保持下来。你现在敢这样，公安局马上把你当流氓抓起来，有人说。又有人说凡是现代化国家都没有这种集体性的娱乐。还有人说我们比祖先封建了。马上又有人反驳说现在有些男女风气比内地还开化。

"我们都是学生，怎么谈起这些事来？"一个脸红的同学困窘地说。

大家不作声了。

后来，不知谁出的主意，把冒着火苗的汽油炉子搬到草坪上代替篝火。大家拉起手围成圈子，摹仿藏北草原牧女跳起圈圈舞，唱起一首流传在青海藏族地区的民歌：

    骑不骑马都由你，
    赤脚走来也可以。
    我们都是穷孩子。

阿妈见了会高兴的。

达娃拉着同学们的手。也跟着无精打采地唱着。

巴桑手勾着过道的柱子探头往楼下一看，自行车没了，气得直哼哼："这条母狗，简直拿她没办法。你就是把车钥匙埋进地里她也能找到地方刨出来。"

巴桑本想骑车去强巴家看看他回来没有。她只去过他家一次，那是好久以前强巴把驾驶执照丢在了她家，她怕他第二天出车没有执照车会被扣，便骑车找到他家。他家的门只开了条缝，露出一个老头恶狠狠的半张脸，他是强巴的父亲。

"他不在。你是什么人？"老头把她堵在门外，一只眼睛上下打量她。

"我是他一个单位的。"

"为什么不叫个男的来送？"老头从门缝下伸手接过执照。

巴桑莫名其妙，赶紧离开了。

她不敢再去强巴家，一想起那老头就害怕。再一看车也被达娃骑走了，便给自己找了个去不了的理由。

明天，上班时给他公司打个电话问问。她想。

家里只剩她一个人。她捧着脸坐在矮床边呆呆地愣了一会神。忽然想到爸爸大概今天该从厂里回来了，他有三个星期天都没回来。她最近听说爸爸常去附近农庄一个寡妇家，她听后漠然，装着不知道。一想起爸爸回家时醉醺醺的样子就觉得他挺可怜的。她起身将昨晚做好的炒菜端进了厨房，准备等爸爸回来热给他吃，跟他聊聊。弟弟妹妹都像见了陌生人似的疏远他。谁叫他喝酒呢，只有巴桑明白：妈妈的死，会使他伤心一辈子。

央京奶奶捧着两瓶酸奶子走进来："姑娘，天热了，中午给他们吃一点。"

"奶奶，别，他们都跑出去玩去了，我一个人也不吃这些。"

"收下，收下。他们回来后口渴头热的，这比喝凉水好。"

"奶奶，尼玛没调皮吧？"巴桑收下酸奶子，放在柜子上。

"她睡着了，真乖。"央京坐下来，"单增大叔好久不见他回家来。"

"爸爸今天可能回来。这不，我正准备给他做点饭。"

"强巴这孩子也好久没见他来。"

"嗯。"

"你们现在的年轻人，就跟我们那个时候不一样。两人看电影呀，转马路呀，今天你来我家坐坐，明天我去你家玩玩，可就是不结婚，谁知道还等什么？"

"现在弟弟妹妹的事已经够我忙的了，等一结婚，再有了……"她不好意思说下去。

"唉！别这么说，女人的身体就是人间的田地，我们做女人的谁不愿意为自己的丈夫结出果实来呢。"

"奶奶。"巴桑脸红了。

"啊……啊……啊……你们现在的年轻人呀，就是跟我们那个时候不一样，除了不去甜茶馆。我看，单增大叔还喜欢强巴那孩子，说话比金子还少，干的工作抵得上一群牦牛。哪像我们家的'将军'。"

"可他爱喝酒。"

"男人嘛，哪有不喝酒的。"

"他脾气很坏。"

有一次，达娃对强巴说了句什么，他鼻孔呼呼冒着粗气就走了。事后达娃对巴桑说："我看强巴哥哥一点没有现代青年的味儿。"

"现代青年是什么味？酸的还是辣的？"巴桑问。

"他太认真，我才跟他开个玩笑，你瞧他气得肚子都快撑破了。唉，将来你们怎么过？"

"你是说，两个人应该像小丑一样互相逗乐？"

"啧啧，你根本不明白我的意思。"

"我只要明白，等你长大了准是个风流娘儿们就够了。"巴桑怒气冲冲地说。

"谢谢。"她才不在乎。

巴桑知道强巴不是那种喋喋不休的人，他发火也用拳头表示。开车的男人脾气都不好。在医院里她护理过不少司机，有的是翻车受的伤，有的是雪封山冻坏的，也有的是在窄道上为错车或是急弯处碰车而大打出手受伤的。好几次强巴出车回来脸上挂着青疱。在运输公司车队里，他的运输量达到标兵级，年年超额完成任务，年年上台领奖。从拉萨到柳园单趟一千八百多公里，来回用不了一个星期，回到拉萨保养一天车，第三天一大早又出发。就这样他几年来不停地拚命跑车，每季度的路途补贴和奖金可以拿到几千块钱。但这样也使他患了胃病，每次出车带一瓶颠茄。巴桑多次小声劝告他别这样舍了命跑车。她说不清他究竟是在为钱，还是在为工作而奔命。强巴跟她说他得这样不停地再跑几年，等跑到三十岁就不这样了。他每次回到拉萨都要来巴桑家给她提桶作燃料用的汽油，送一些酥油或其他肉食品。每次来只坐上三五分钟半个小时就走。最长的时间莫过于俩人看场电影。

一个隆冬的夜晚，强巴来到巴桑家，掏出两张电影票抖了抖。巴桑随着收音机里播放出富有节奏的歌曲，正闭着眼，在外屋独自翩翩起舞。弟弟妹妹们在楼对面一个四十多岁的单身汉家里看电视。巴桑见强巴进来，边点头边扭着腰伸开双臂说："来，咱们还从没在一起跳过舞。"

"你这是跳舞吗？像母鸭子摆尾巴。"强巴嘟哝道。

"我也得学学了。快过藏历年，我们医院要办舞会。来，我带你。"她仍然摇晃着身体。

强巴掏出两张电影票抖了抖。巴桑看了一看，转过身继续独自跳着舞。

"你屁股扭给谁看？"强巴气呼呼地说。

"给你看。"她随着歌曲唱起来，"摆摆手，摇摇你的头，多少烦恼都在你的脚下溜走……"

强巴冲上前双手抓住她的肩膀把她扳过身来,把两张电影票伸在她眼前晃晃。

"你看清楚了吗?"他说。

"看清楚了。"她挣脱他的手,"胜利电影院。九点。二十排十七十九号。"

强巴把票揣进了口袋里。

"我不想去。"巴桑小声说。

"什么?"

"我说我不想去。"她加重了语气,一字一句地说,"你要是想让谁陪你看,电影院门口有的是姑娘,随便去勾一个。"

强巴一言不发,恶狠狠地向她走来。

"别碰我,"巴桑掏出一个袖珍皮鞘。从里面抽出一把银光闪闪,极其锋利的手术刀。

"你带这……干什么?"强巴困惑地问。

"上夜班,路上用得着。"她用胳膊肘擦了擦。

"也顺便可以吓唬吓唬我?"

"干我们这一行的,手不会发抖。"她刀尖朝着他说。

"你是'巴拉班'① 手下的吗?"他问。

"我是人民医院护士,四个弟妹的姐姐。"

"我想起来了,"他悠悠地说,"干你们这一行的心最狠。"

"得了吧!你以为我们是宰牛的屠夫吗?"她收起手术刀揣进怀里,拿起件外套,"强巴,以后你别对我那么厉害。"

"唔,我不对你厉害。"

"咱们走吧。"

出了院门,强巴朝电影院相反的方向走去。

"咱们去别处吧。"强巴说。

---

① 拉萨居民区有几个不同名称的青少年团伙,"巴拉班"是其中一团伙。

"你不看了？"

"其实，我也不怎么想看。我想走一走。"

"挽起手压马路？"

"滚你的！"

强巴说起上次她去他家送执照的事，他爸爸盘问了他半天。

"他好凶。我一点也想不起当时哪点做得不对。"她说。

"他就是这样的人。他不喜欢女人。"

这晚上，强巴显得很温和，说的话比往常多："干我们这一行的就是这样，几天不摸方向盘，心里就像少了什么，成天不知该怎么打发日子。跑起车来，在戈壁滩上除了公路上来往的车，周围空荡荡的，可以看到天边尽头。特别在晚上拉夜，会觉得全世界的人都死光了，只剩下自己一个人。大灯往前一照，除了公路还是公路，什么也没有了。我都不知道自己在往哪儿开，好像前面什么时候没有路了就算到了地狱。我当时想：老人们常说去天堂的路很远，看来去地狱的路也一样长。"

巴桑知道他性格孤僻，不爱交际，从没听说他有几个好友。她想：男人原来也有寂寞的时候，也需要跟谁说说闷在心窝里的话，也需要得到一点安慰。

她伸过手悄悄勾住了他粗糙的手指。

强巴讲起了他父母的身世，讲起了开车时的艰辛：

他父亲名叫多吉顿珠，是城关区马车队的车夫。家中只有父亲和他两个男人。父亲由于长年坐在驾辕的左侧挥鞭赶马，他和所有的马车夫一样走起路来雄赳赳地显出职业性的跛瘸，而这种年纪的老人的微微跛瘸却更透出一种男人的特征。父亲一向对发动机轰鸣的汽车、拖拉机耿耿于怀、怒气冲冲，骂它们是"贪得无厌的大肚子"。对那些高高坐在驾驶室里目空一切的年轻司机更是恨得咬牙切齿。这些年，随着城乡汽车的日益增多，马车队的生意也越来越冷清。人们办事情拉东西都求助于汽车和拖拉机，因为这些喝油的机器装得多、跑得快，也跑得远，并且收费也越来越低。而马车队所面临的困难也越来越多：饲料来源不足，城关区当官的对马车也不感兴趣，城市交通管理也给马车设下许多障碍，主要热闹的大街不准通过，只得绕城郊走。警察还规定每匹马的屁股上得挂个什么粪兜，遇见了马粪拉在街上还得把大车扣下。跟马车队做生意的单位越来越少，他们只好拉那些穿戴时髦的司机怕把货箱搞脏了或是怕损坏而不愿拉的肥料或石块等。

父亲时常缅怀那些过去的日子。前些年，乃至更早些，那些马车夫们是多么的神气哟，那时附近农村的公社书记伸长了舌头低头弯腰地找他们拉货还嫌路远把马累坏了。家里柱子的镜框里父亲一直还保存着一张六吋的大照片。那是十年前的深秋，堆龙德庆县粮食丰收，城关区派出所有的马车队去支援他们往城里拉公粮。从县广场开完大会，公路边停着一长排高高装满粮袋的三套马车，每匹马身上都披红挂绿、连马车夫手中的长鞭杆上都让农家姑娘系上一朵朵大红花。县委书记一声令下，只听上百根长鞭甩得叭叭响，在广播里播出的电影《青松林》插曲的音乐声中，一百多辆马车队浩浩荡荡向城里出发。路边上站着、蹲着和趴着一群记者，噼噼啪啪按下快门。后来有一天，他收到一封信，打开一看，是一张放大了的六吋黑白大照片。照片是从低角度仰拍的，前头两匹马特别高大。他侧身坐着驾辕，张大了嘴，眼睛笑得快眯成了一条缝。右车辕边插着一面飘扬的红旗。最有情趣的是他身后高高堆起的粮食麻袋上，三个包头巾的农家姑娘两个坐着，一个趴着，她们春风满面、模样十分逗人喜爱。连同照片还附了封短信，是一家图片社寄来的，说这张照片参加了内地的一个摄影展览，题目叫"喜送公粮"。多吉顿珠当珍品似地把它挂在镜框中间，见人就说内地一家大展览馆里也有一张比这还大的照片，每天都有几千几万人来观赏。

如今那些值得骄傲和自豪的事情连同那火红的日子一去不回了。当年喜气洋洋坐在高高的马车上交公粮的姑娘们说不定现在自家都有了拖拉机。

当强巴十三岁那年被多吉顿珠的一个亲戚弄到运输公司当学徒开汽车时，多吉顿珠正在喂一匹又瘦又老的辕马，听到这事立刻暴跳如雷，把马都惊得前蹄竖起。他一会又安静下来，眨了半天眼睛思索良久，揪着自己的羊胡子说："好吧，你这个祖先的叛逆。我原想把这条长长的鞭子交到你手里，看来你到底还是被那圆圆的黑盘迷住了心窍。去吧，去和那些没有感情、不通人性的冰冷的铁机器亲嘴去吧。"他搂着马脖子，将脸贴上去，痛苦地说："它不会说话，可心里什么都明白。它的心跟我一样，不是铁铸的。"

强巴低下头绷紧了肌肉，只等着父亲照他后脑勺砸来一拳，他挨惯了。可父亲却给他脖子上挂了一只小小的银质护身符。

"干你们这一行，是跟死神打交道。"父亲说，"我可清楚。愿菩萨保佑你平安吉祥。听着，当你尝到了苦头，不许在我面前掉下芝麻大的一点眼泪。"

强巴的父亲并不是巴桑所想象的那种卑琐的老头。相反，是一条硬汉子。他对强巴从小就异常粗暴，决不许儿子流露一丝怯弱的气质，对他又打又骂："你干吗像妓女一样总站不直？……你说话怎么像娘儿们似的又尖又细，是嗓子眼堵了牛粪吗？……你怎么像野狗样的坐在门坎上，是屋里死了人还是楼下死了牲口？"

多吉顿珠原是班戈草原的牧人。在强巴不到一岁时，妻子便抛下丈夫和儿子跟一个旧日的情人私奔了。当初为了争这个美丽的女人，多吉顿珠曾跟那个人拼过刀子，亲眼看见那人躺倒在血泊中，以为他死了。因为他们是两个世代打冤家的族系，多吉顿珠不能容忍他跟自己共同占有一个女人。强巴长大后，父亲从没在他面前提过母亲。他记得小时候问过一次母亲是谁，结果父亲重重地打了他一耳光，脸颊肿了两天，从此他再没敢问过。

上小学时，有一次强巴和街上的野孩子打架，脖子上被尖石划了个口，回家后父亲蔑视地看了一眼捂着血淋淋脖颈的儿子，什么也没说，去赶自己的车去了。到第二天伤口感染发起高烧来，被邻居们送进医院，邻居的几个好心肠的老太婆愤怒地围着父亲，对他恶毒地咒骂，冲他拍巴掌，甩唾沫，他被吵得昏头昏脑地来到医院，推开病室门便冲着儿子嚷嚷："嘿！你这个小叫花子倒成了那帮臭老婆子的心肝宝贝了，你不感到害臊吗？"

在父亲心境好的时候，也允许儿子安静地坐在他身边，听他唱一首歌，一首他唱了几十年的《标致的人儿》。父亲总是在喝了几碗酒后的微醉中，晃着脑袋，用优美浑厚的男中音唱道：

马像驭风的翅膀，
美人像那壁上的卷画；
看见那驭风的翅膀，
想起了壁上的卷画。

千里马平措江波，
你别睡，起来吃草呀，
在那五百匹骏马的马队里，
我俩一块儿驰骋。

强巴十三岁学开车时，坐在驾驶室里，屁股底下得塞一个厚垫子才能看清外面。他的师傅是一位经验丰富、心肠善良、同时又不爱洗脚的汉族老头。

强巴十五岁就跑单车，驰行在一千八百多公里的青藏线上。

有一年冬天，离过藏历年没几天了。强巴的解放牌驾驶室里搭了两个从柳园进藏探亲的军属，两人都是白嫩嫩，胖乎乎的四川姑娘。一路上像对待小弟弟似的戏弄他。他很恼火，汉话说得也不流利，便用藏话回敬她们。她们听不懂，也无所谓，照样嘻嘻哈哈跟他开玩笑。他很想把她俩甩下车，让她们在冰天雪地的戈壁滩上哭鼻子。听说那些跑油了的老司机就敢把不受欢迎的客人丢在路上，是死是活才不管。在路上，谁搭车就得把司机像菩萨一样供起来，在车上得不停地给他点烟，有什么好吃的得敬出来。水箱开了锅得下车提水，到了运输站得给他买上好菜好饭，完了还得帮擦车。要是路上汽车抛了锚，也得陪司机站在外面受冻，随时听从吩咐取来工具什么的，拿错了还要受到毫不客气的呵叱。可强巴那时还小，只好默默忍受两位不安分的乘客的戏弄。

他想赶到拉萨过藏历年，便昼夜不停地跑。半夜时分，骤然刮起了暴风雪，不到两个小时，公路就被雪盖住了。车灯往前一照，除了漫天狂飞的雪粒，什么也看不见，狂风像荒原中千百个垂死的魔鬼发出的怒嚎，把一切都要撕成碎片。强巴从来没遇过这情景，躲在里面不知该怎么办。他知道前面是几个急拐弯，看不清路就得翻进沟里。解放牌汽车就像风浪中的小舟，随时会被刮翻，淹没。那两个姑娘早吓得抱作一团，眼泪汪汪地呜咽。眨眼工夫，雪已把车门的踏板给淹没了。他计算了一下路程，从这儿拐过前面的坡一共不到两公里就该是运输站了。只有下车往前走，否则会冻死的。他从工具箱取出手电筒在她们身上一阵猛敲，死活把她们赶下车。他在前，她俩在后拉住他手，三人一起扑进雪堆里，连滚带爬地往前移动。不一会，全身的劲就用完了，拉在一起的手也脱开了，他只得边喊边用声音招呼后面的两个。他爬到坡上已看得见运输站的灯光。他再也爬不动，一只手高高举起手电筒，就这么直僵僵地举着，后来手都放不下来了。他想：就要死了。一个人活着真难，要死却这么容易，躺在这儿不出半个小时，全身就冻死了，再也活不过来了。在这个世上他唯一留恋的就是父亲。他只想在最后一刻再听听他的歌声，而不是叫骂声……

运输站的人们一遇到这样的坏天气便加倍警惕，熄了火的发电机重新发动起来。他们冒着风雪爬到墙头，在公路边仔细寻视和倾听有无车灯、手电光、火把，或者枪声。在这种鬼天气他们不只救过一个人的命。当看到前面山坡上亮着微弱的手电光，便拔腿跑过去。炊事员和医务室的卫生员也从家里钻出被窝做好了准备。

他们救起了强巴，那只手已经硬了，还死死握着手电筒。他们知道一辆车里很少只有一名司机，又在强巴身后五十米远的地方抱起了两个姑娘。

汽车水箱由于来不及放水被冻坏了，强巴在运输站等了十多天，直到车队派车给他送来新的水箱。

两位姑娘的丈夫收到电报后，坐了辆部队的北京牌赶到运输站，临走时，姑娘握着强巴的手，一口一个"小师傅"地感激不尽，最后，把带给丈夫的许多四川土特产给了他一半，以感谢救命之恩。

等强巴回到拉萨时，藏历年早过了。

父亲在这期间也遭到了意外。他赶马车从郊区回来，拉萨也下了雪。马车在路上打滑，翻进了沟里。他为了保护马，被辕木压伤了腰。强巴回来时，父亲在家瘦骨伶仃地躺了一个星期。

他一人很寂寞，见儿子回到家，咧着嘴不自然地笑笑，头一次这么客气地对儿子说："你回来啦，坐。"

他也没问儿子更多，装着不在意地问："路上抛锚了？"

强巴点点头。

"没关系，护身符会保佑你。"

他不知道这次死里逃生是不是护身符在保佑。他在父亲床边坐下，没敢告诉父亲这次历险记，怕又遭到一阵无情的嘲笑和唾骂。

两个男人沉默无言地坐着。

过了会儿，父亲摸摸他冻坏后结了痂的耳朵："路上冷吧？"

"嗯，还好。"

"这鬼天气。"

父亲说着掏出香烟，递给了他一支，他诚惶诚恐地接过。他明白：从现在起，父亲开始把他当一个真正的男人看待了。

父亲跟他说起话来，像对老朋友似的。他讲起了母亲，讲得很平静，一点也不激动。他时而闭上眼，时而轻轻叹口气。那时，他母亲是班戈草原上的美人儿。她从区政府回来的路上，他一把将她搂上马。马儿在草原上像风一样自由地奔跑，她在马背上又喊又叫，他不知道她是在哭，还是在笑。"但我明白，她一直怀念她的情人。我对她说，他已经死了。她只是哭。"生下强巴不久，有一天他回到帐篷，见她神情不对，他一下闻到一股气味。"就是那狗小子的气味。那时，我的鼻子就像猎狗一样灵。外乡人从草原上走过我都能嗅出来。原来他没死，还钻进了我的帐篷。"从那天起，她就像丢了魂似地哭，哭得他眼冒金花。"你知道，我见不得女人的眼泪，就像见不得毒汁一样，我打她，她什么都不说。后来，她走了，连巴掌大的纸片也没拿走，就一个人走了。"那晚上，在帐篷里，强巴不到一岁，睡在他身边哇哇哭叫，吵得他睡不着。她知道如果把儿抱走，就是到天边他也能找到她。"我早就说过，除了天上的神和地上的我，谁也别想动我儿子半根指头。"所以她把孩子留下，就知道丈夫不会再去找她了。"我吸了阵鼻烟、帐篷顶上开着一条长长的缝，可以看到天上很多星星，我记得很清楚，如果没有外面那些星，也许我现在什么都会忘记的。就是那该死的星星使那晚上的事像一条虫钻进了我脑子里，一辈子也赶不掉了。"那天晚上，他心里像堵了一口袋糌粑，闷得慌。有很多话想说，对谁说呢？他就把儿子抱在他肚皮上，说："好了，儿子，如今就剩下了咱爷儿俩了。世上的女人比草原上的牛粪堆还多，是不是？可我们不需要，我会用最新鲜的牦牛奶把你喂大。我还要告诉你，我的拳头经常发痒，就像好刀需要经常在石头上磨一样。过去我总在女人身上消痒，要不然这手好像没处放，就会忍不住砸木桩，连那些牲口也挨了我不少拳头。我心疼它们，可又要对它们挥拳头。以后，你可要忍着点。我抱着你说，要是我把你鼻子打出了血，用水洗洗就完了。男人嘛，嘿嘿。"

　　说到这儿，父亲不好意思地干笑两声。

　　强巴一阵深深的悲哀，不知是可怜父亲，是可怜从未见过面的母亲，还是可怜自己。当他在运输站被人救醒后，一位汉族小伙子端着热腾腾的面条鸡蛋汤喂送进他嘴里，他强咽下万分感激的泪水，硬是咽进了肚子里。现在不知怎地，在经受了岁月煎熬的严厉的父亲面前，他抑制不住地扭过脸，泪水涮地涌了出来。

　　被父亲看见了，他脸色陡然一变，将手中燃着的烟头掷向他，恶狠狠地咆哮道："滚！你这个没一只臭鸡蛋坚硬的家伙！"

……

　　强巴讲述完后，自己胳臂不知什么时候早已被巴桑紧紧挽住。他想抽出来，发现她低着头靠住他肩膀。

　　"怎么，你哭了？"他摸摸她的脸。

　　"你真可怜，强巴。"巴桑转身将头埋在他胸前哽咽地抽泣。

　　几个骑自行车的过路人好奇地回过头望着树荫墙根下一个哭泣的姑娘和一个不知所措的小伙子。

　　下午两点多钟，达娃离开了围帷，在树丛里找到她的自行车返回家去。她本来就没心思去玩，只是算去报个到。她离开时没有跟她们招呼一声，撩起围帷，蹲在小溪边捧一汪水洗了把脸。然后沿着小溪钻出了丛林，最后回过头来朝围帷里望了一眼：十几个女同学毫无生气，有的仰面躺着，一只胳膊摸在眼睛上遮挡阳光；有的两人趴在一起讲悄悄话；有的侧躺着看书。连那几个打扑克牌的女孩也默不作声，出牌的手软绵绵地举起，又无力地垂落下来。达娃刚去时她们那股疯劲早被下午火辣辣的阳光晒蔫了。

　　干吗要来逛林卡？她郁郁不乐地推车想道，既然这以前玩过多次，以后不过是一遍遍的重复，没有变换任何花样和形式。人都是这样，总希望明天跟今天不一样，结果呢？老年人一提起玩林卡，就乐滋滋地说：人生最大的乐趣，就是大家围聚在一起，喝着酒，在醉意朦胧中唱唱歌，拉起手跳跳舞，还会引出一首人皆熟知的民歌为证：

　　　　我们在此聚会，
　　　　但愿永不分离。
　　　　相亲相爱的人们，
　　　　祝您永远健康。

　　达娃非常理解姐姐的心情，姐姐对任何娱乐的形式都不感兴趣，她是在实现妈妈留下的遗言。"使死者的灵魂得到超度，生者的良心得到安宁。"达娃的心里跳出这个句子。她想：什么时候在献给姐姐的诗里写进去。

下午的时候，街上的行人不太多了。达娃骑车到了朗孜夏广场，在一边马路沿上看见了普布。他坐在路边。脖子上挂着他空瘪的破书包，有几个孩子围着他。在他脚前摊着块大方布，上面摆满了连环画小人书。那些孩子们一手抓书，一手给他递上两分钱。他毫不迟疑地接过来便塞进书包里，然后晃抖几下，里面发出一把硬币哗哗的响声。他还很认真地给那些小顾客们推荐，用粗哑的嗓门叫道："这一本，抓特务的。……少林武术，的唏！的唏！……这本是《追捕》，看，杜丘。来呀来，来来来来来来……看看德国鬼子，嗨！通通枪毙。……小孩，这个你不能看。看这本好……两分钱。"

在普布身边，规规矩矩坐着个年迈的喇嘛，他身裹袈裟，里面斜露出黄色坎肩，裸着一条干瘦的手臂，手腕上缠一串佛珠，戴一副老式玳瑁镜。一边是用细绳挂在耳朵上。达娃绕到他们身后，发现老喇嘛正饶有兴趣地看一本日本连环画《铁臂阿童木》。

她蹲在普布身后，刚要伸手拿一本书，普布头也不回地塞给她一本《程咬金》："这本是打仗的，好看。"

"好看，老板，生意不错吧？"达娃气得直搔头皮。

普布回头一看，吓得夹紧了双腿，生怕把尿吓出来。他似笑非笑地说："呵姐姐，我不收你钱，随便看。"

"嗨！不是吗？让一部分人先富起来嘛，你这个戴红领巾的投机倒把分子！你这个小老板……"达娃低声吼叫，抬起双拳在弟弟身上乱擂一气。

普布弓着腰，顾不得招架像雨点般在他后脑勺、背上和屁股上砸来的拳头，极其迅速地抢过那些小顾客和那位老喇嘛手中的小人书，往中间一甩。没等其他人反应过来，他已揪起大方布的四个角一提，将书裹在里面，拔了腿就跑，便愤愤地嚷道："你管不着，你管不着我半根毫毛。"

"你跑吧!"达娃叉起腰骂道,"你往上飞不到天空去,往下钻不到地里去。你等着,我要告诉姐姐巴桑,让学校开除你。呸!"

靠墙根摆杂货摊的一个半老的女人说话了:"姑娘,他是你弟弟吧?那孩子挺机灵,将来准是作大买卖的人。你可别把他吓傻了。"

"他以后要是不做正事,像你这样摆摊赚钱,"她气呼呼地说,"向菩萨发誓我一定要砸了他的货摊。"

"呀!你怎么这样说话?"

"哼!我还不知道你们这些做生意的,白天黑了心赚别人的钱,晚上又跪在菩萨像前磕头请罪。"

"呸!你这个长舌妇,这儿不是你们那个哇啦哇啦的学校。你还算是藏家姑娘吗?我们藏族生来就干两件事:供佛念经做生意,你懂吗?现在呀,世道乱了。回去问问你妈妈,她会告诉你,你家老一辈也照样在太阳下做买卖。说不定,嗨!还当过盗马贼。"

"你……"

"我怎么样?"女人叉起腰摇头晃脑。

达娃平平气,懒洋洋一扭一扭地朝货摊前走去。"让我看看你卖的是些什么,说不定还有我喜欢的呢。这个……是上海出的。这个……哦,是广州的。这……四川的。怎么没有一样我们西藏的东西呢?"

"啧啧。放下,你那双黑爪别在上面乱摸。"

"这件衣服很漂亮。"达娃弹弹一件挂着的尼龙衬衫。

"姑娘你真有眼力。嘻嘻,早上一挂出来就卖了十几件,你看看,看看……"女人取下来翻开领子,指着上面标着字母的商标说:"是外国衣服,刚从印度弄来的。"

"多少钱?"达娃仔细辨认了一下,问道。

"不贵,十五块。像你这样的身段穿起来,喔,把小伙子们的眼睛都得照花。"

"百货公司卖的才九块。还……外国衣服。"

"百货公司有……卖的，九块？"女人慌了。

"什么外国衣服，好像我们连拼音都不懂，zhè浙 jiāng江。这是中国出的，是南方的一个省。"

"那，这个独眼的次仁旺坑了我，塞给我两大包。这个喝驴奶长瞎眼的家伙，他骗我说是外国最新式的。"女人惊慌失措地骂道。忽然脸色一变。"你怎么……是我家主人吗？我赚了钱成为富贵人家也好，我亏了本去讨饭也好，关你什么事？管他浙江的印度的我一样卖。"

"是嘛，只要能赚钱还有不能卖的东西？从酥油卖起，一直把良心也卖掉。"

"滚！你这个到处降临的灾星、地狱里溜出来的妖精，滚！"女人抄起货摊上的一只只皮鞋朝她扔来。她吓得抱住头，骑车一溜风地逃之夭夭。

那些做买卖的人都是这样，两只眼睛死死盯着过路人的腰包，她愤愤地想道。恨不得把别人腰里的钱掏个精光。向护法三宝起誓一定要好好揍普布一顿，和姐姐巴桑一起把他按在床上，用扫帚抽他的屁股，把那堆小人书全烧光。那堆书足可以熬两锅茶汁的。谁说我们藏族只知道信佛和做生意。也许以前是这样，我们不懂历史。要不然，妈妈也做过生意。要是那个时候有一个别的女孩也对妈妈说我刚才说的那些话……

米玛坐在甜茶馆里，跟那些比他大十多岁的大小伙子们在一起。他本想留五角钱交学校。但不知不觉喝掉了六角，还剩两角。他听小伙子们聊些漫无边际的事。当他们谈起那些男女间隐私之事。就命令他："孩子，耳朵关门！"

他便老老实实地捂着耳朵，眼睛向别处张望。捂一会，他自己做起游戏来，两只掌心在耳朵上扇动，一松一紧地压着耳膜，外面的声音便成了一种奇特的声响："呜——哇，呜——哇。"一会儿，他们笑了，米玛放开手，不解地望着他们。

"抽烟吗？"他们递过烟来。

他摇摇头。

"好孩子。"

米玛喜欢跟比他大的男孩们在一起,当发现他们并不讨厌他时,他便产生一种自豪感,竭力装出一副老成的样子。

甜茶馆是小伙子们的天下。他们天上地下、国内国外、区内区外、宗教哲学、地理历史、文学艺术、轶闻趣事、小道消息、男女私情……无所不谈。米玛对坐甜茶馆如痴如迷,在这里面得到许多学校里不可能得到的知识,尽管大多数对他来说无法理解,似懂非懂,可是这一切对他产生了强烈的吸引力。几乎甜茶馆每一个二十来岁的小伙子都是他心目中崇拜的对象。

别的小伙子都散了,只留下一个身体矮小结实的小伙子。米玛认得他,但叫不出他的名字,他住在离米玛不远的另一个院里,并且知道他是足球运动员。

米玛坐在他身边。

"你叫什么名字?"他问米玛。

"老米。"

"老……米?"

"老米。我们同学这样叫我的。"

"我听别人喊你哲学家。"

"那是我姐姐达娃乱叫的。"

"哦,那女孩是你姐姐。我们叫她'奴里'①。你说她像不像,特别是她的鼻子?"

米玛闭上眼,立刻浮现出达娃那只神气上翘的鼻子。

"像。"他笑了。

"以前,我也有个弟弟。"他说,"被车轧死了。想听吗?"

米玛紧张地点点头。

---

① 印度故事影片《奴里》中的女主人公。

小伙子三言两语漫不经心地讲起两年前的一天中午，他和弟弟坐在另一家叫"仙女"的甜茶馆里，它靠着马路。他掏钱叫弟弟去街对面小店买盒烟。弟弟回来过马路时叫一辆卡车轧死了，一只手从轮胎底下伸出来，还握着刚买来的牡丹牌香烟。从此他再也不进那家甜茶馆了。

小伙子闭目沉思一阵。

"我经常看见哥哥你和一个女孩在一起，她很漂亮。"米玛想转移他的情绪。

"很漂亮，是吗？"

"你们俩走在一起很帅。"

小伙子摸了摸米玛后脑勺。

"我原来是跟那女孩的姐姐好，想听吗？"

米玛犹豫片刻，点点头。

"过去，我很多话都跟我弟弟说。"小伙子双手捧着茶杯，下腭顶在杯口上，眼睛透过顶棚望着蓝天。他讲述的时候不时地稍转过头斜眼看看他身边的米玛。他说他原先跟那女孩的姐姐好，她姐姐漂亮得无法形容。他和她是高中时的同学。有一天他才发现她是一个狂热的宗教信徒。他不明白她年纪轻轻的竟然那么虔诚地信教。她在一家建筑公司搞会计，每月的工资不像别的女孩用来买漂亮的时装和昂贵的化妆品，却大部分买了酥油去寺庙点灯，几乎所有的宗教活动她都参加。还在内衣里佩带一枚达赖喇嘛的彩色磁像章。她在账目上常常算不清，赔了不少钱。却不知什么时候学会了读经书，而且读得如痴如迷。总之，她是个怪人。有一天，他和她转到大昭寺门口，发现那里围聚着许多人，他们挤了进去一看：是一个康区来的老头和姑娘在自己食指尖上点燃了火。他们挤进去时，那火已经快烧到指头根部，火苗烧得皮肉丝丝响。那老头和姑娘像两尊塑像，脸上没有一丝表情。在场的善男信女们无不为之感动，人们走上前给他俩脖子上挂满了白雪似的一堆哈达。纷纷掏出钱扔在他们脚下。他不明白这是干什么，刚想上前制止这两位毁掉自己指头的康巴人。旁边的老人们说，现在有许多对菩萨敬仰的人在佛脚下献上粮食、钱财，甚至献上最珍贵的金银珠宝。但是对菩萨献出自己身上的一部分是一种最高的奉献。他们活了大半辈子，这样的人只见过几个。人们眼睁睁看着他俩手指的关节骨烧成了灰烬，一截截往下掉。他的漂亮的女朋友双腿跪下，匍匐在两个殉教者的脚下失声痛哭。

"后来呢？"米玛问。

"后来，她的魂没了。过了没几天，她把辫子剪了，出家当了尼姑。"

"啧啧。"米玛感叹地摇摇头，握紧了食指。

小伙子握着空茶杯在桌子上嗑嗑，立刻过来一个倒茶的姑娘给他们斟满。

"这里面有很多无法理解的东西，你不懂。"他说。

"是，我不懂。"米玛垂头丧气地说。

"听说你在学校敲皮鼓？"

"不，是小军鼓。"他更正道。端起双手，指头在桌面上飞快地颤动，"嗒啦当当当！嗒啦当当当！"

"我现在的女朋友是学校老师。很远，在北郊。她不像她姐姐。她教学生体育，我教她踢足球。"

"女孩也踢足球？"

"不知道吧？"

他只好承认自己不懂。

"人家联邦德国女子足球队，我看过录像。不过，总有些麻烦。但她从不去医院，这很好。"

"我姐姐巴桑说我身体不好，她不让我运动。"米玛可怜巴巴地说。

"你天天看病？"

"我姐姐是护士，她在家给我看病。"

"你是差点。"他捏了捏米玛又细又软的胳膊。

"你轻点。"他被捏疼了。

小伙子咧嘴笑了。他挽起袖子。勾起手，大臂上凸起一块块健壮的肌肉。"怎么样？"

"你会武术吗？"米玛问。

"我从没打过架。别人见我都躲开，我也怕跟别人打架。"

"要是旁边有女孩看着，你就什么也不怕了。"

"看来是一个小哲学家。"小伙子拍拍他脑袋，"这句话你说得有道理。现在的学生，厉害。你什么都懂！"

"我不懂。"

"你懂。"

"我不懂！"

"我揍你！"

"我又不跟你打架。"

"是呵，很多事情你还不懂。"小伙子点着根烟，"一个人要想些问题，不能让脑子空了，脑子一空，灵魂就要往外跑。有时在家我翻来覆去睡不着，我妈就说：孩子，少想点事，我当初在你这个年龄什么都不想，睡觉就香。我继续想自己的事，这灵魂一跑，自己就会昏昏沉沉问自己：人为什么要从妈妈肚子里出来，又为什么非死不可……啊，这些用手抓不到的问题，还会想：我死以后会是什么样子？是不是还是我？那个我是谁，跟我长得一样吗？"

米玛昏头胀脑地听着。

"像我，一般来说脑袋就不空，成天想的是足球。有时还看看报，了解国内外大事，还喜欢看科普杂志。比方说，我昨晚就看到一本杂志上说，有个外国人用牙齿咬住一根钢绳，能叫一辆火车头开不动。天呐！那人真是神力。人啊，什么样的都有。可人家是科学，我对科学很感兴趣。你比方说，这足球嘛，眼睛看它是圆圆的，用手摸它是硬邦邦的，这就是……物质，是……感……感性认识。但有时就不行了，比赛的时候，踢着踢着脑子里的灵魂就跑了。刚要想：这观众里有没有一个我……嘭！脑袋上挨了一球。一个好球丢了，人也醒了。才知道只有一个我，像匹疲劳的马在球场上来回跑。"

"那末，你说我脑袋空不空？"米玛担心地问。

小伙子看看他,伸手在他脑门上敲了敲,"不空。像牛肚子包着的酥油,满满的。"

他放心了。

"你多大?"小伙子问。

"十一岁。我快十二岁了。"

"跟我弟弟一样大。他没你聪明。"

后来,小伙子像对老朋友似地同他再见了。

米玛很喜欢他,脑子里装进一大堆他不理解的话往家走去。

进了家门,掀开门帘,看见爸爸坐在小矮方桌前,桌上摆着一盘菜。他正往嘴里丢进一砣糌粑。姐姐巴桑守在一边给他斟满一碗打得浓浓的酥油茶。尼玛像搂柱子似的搂着姐姐的大腿,姐姐走到哪儿,她就吊在她腿上。

爸爸没有像往常那样躺在床上呼呼大睡。

"爸爸。"他像蚊子哼哼似地叫了一声。

"嗯。"爸爸右脸颊凸起一团活动的肉疙瘩,"不吃点?"

"我不饿。"他慢悠悠地溜进了里屋,肚子确实被甜茶灌饱了。

"米玛,出来。"巴桑喊道。

他站在门口,觉得家里的气氛非常窒息。爸爸每次回来,他们就感到十分不自在,连走路时的脚步都放得很轻,好像地上撒满了玻璃碴。

巴桑向弟弟使了个眼色。示意他坐到爸爸身边去。

米玛闷闷不乐地挪到爸爸身边,半个屁股挨着床沿,立刻就闻到爸爸身上浓烈的酒气。

"普布呢?"

"我不知道他去哪儿了。"

"你们俩没在一起玩?"

"没。"他摇摇头。

爸爸不再说什么,屋里静悄悄的,只听得见爸爸嚼食物的声音。

"爸爸,我在报纸上看见报道你们厂提前完成了上半年任务。"巴桑说。

"唔。"

"还说什么……哦，增加了工人的福利。"

"唔，好像是。"

巴桑看看弟弟，没什么可讲的了，米玛低下头，一只脚在地上来回擦着。

"米玛，去把你和普布的书包拿来，让爸爸检查你们的作业。"巴桑说，随即瞟了爸爸一眼。

米玛咬着下嘴唇，忿忿地瞪着姐姐，没动。

"去呀，别像推不动的石头，在家你们一点也不听姐姐的话吧？"爸爸说。

"不，他们挺听话。"巴桑连忙说，"他今天可能去参加学校的活动，有些累了。"

巴桑又一个劲对弟弟努努嘴，米玛站起身晃晃悠悠地从柱子上取下自己的书包。

"普布把书包背走了。"他说。

他把各门功课的作业本全掏出来，一并交给爸爸。

爸爸推开茶碗，拍拍手掌，又用手指刮掉沾在嘴边的糌粑面。接过作业本，拇指在舌头上沾了点唾沫，一本正经地一页页翻起来。

"嗯，嗯，"他点点头，一会儿，他很得意地发现了几处用红墨水打×的地方，"错了吧，看，又是一个。"

米玛知道爸爸没什么文化，每次检查作业只看本子上有多少个勾勾和多少叉。

爸爸指着一处老师的批语："字迹潦草。有三道题没做，请补上。"他问："上面写的是什么？"

他搔搔耳朵，接过来看了看，说："老师说我按时完成了作业，希望保持下去。"

普布一头扎进了屋，见了爸爸，伸出舌头又缩进厨房，非常利索地把那包小人书藏在角落的那堆泥煤上，又抓起几块泥煤盖住。他喘着粗气，头发被汗水浸得湿漉漉地走进来。

"普布，还有你的作业本。"米玛说。

他摸不清头脑，眼睛像一头受惊的小鹿警觉地看看这儿又看看那儿。

"爸爸要检查。"米玛大声说。

他慌忙取下挂在脖子上的书包塞进床底，又扒拉出一堆乱七八糟的课本，抖了抖上面的灰，老老实实地递过去。

"我这里面全是勾。"他首先声明。

"你身上热得像只火炉。"巴桑帮他抹去脸上的汗，"干什么去了？"

"没干什么。"他躲开了。

"在学校跟同学们打架了吗？"爸爸问。

"没，没有。"他看看哥哥，又看看姐姐。

爸爸检查完作业，从身边油腻腻的挎包里取出几听肉罐头放在桌上。

"厂里发的福利。"爸爸说。他又从兜里取出五块奶油巧克力，给每人发了一块，剩下的一块留给达娃。

厨房里一阵窸窸窣窣的声响，达娃拿了根柳条气冲冲挑开门帘，一见爸爸坐在对面，双眼朝上一翻，转过身，佯装拍打着裤腿上的灰尘。

"姐姐要揍我。"普布明白了。

"揍你？"达娃跳转身，"我还怕疼了我的手心，让爸爸揍你我才高兴。"

"达娃！"巴桑喝了她一句。

只有达娃才敢在爸爸面前嚷嚷，她长得酷像妈妈，爸爸从来不打她，骂她。

"怎么啦？"巴桑问弟弟。

"姐姐，你要是缺钱只管找普布借。他快成百万富翁了，"达娃说，"喂，把你的书包翻出来让我们饱饱眼福，看看你一天赚多少钱？"

"向妈妈起誓，我今天是第一次！"普布急了。

"你们都给我闭嘴。"爸爸指着达娃，"你慢慢讲。"

达娃一口气把经过叙述了一遍,还讲了那个做生意的女人怎样用皮鞋砸在她腰上。

"哦——"爸爸闭上眼。

"还是红领巾小队长呢。"达娃气愤地说。

"你,过来,过来过来。"爸爸朝儿子勾动着食指。

普布吓得两腿打弯,舔着干燥的嘴唇,艰难地一步步挪过去。

"来,过来呀。"

"爸爸!"巴桑喊道。

"这儿来,坐下。"他揪住儿子的胳膊拉在自己的身边,扳起他的圆圆的大脑袋。

屋里的气氛紧张得要炸了。

"好!好!"爸爸朝他竖起拇指,打了个嗝,"我的儿子有出息。"

大家都莫名其妙。普布眨眨眼,嘴一歪,便瘫倒在爸爸怀里。"呜——"地一声,委屈地哭了,"姐姐达娃在外面用拳头打我的背,她还骂……骂我,呜——"

巴桑抿着嘴乐了。

"哦,哦。"爸爸括去儿子脸上的泪珠,对达娃说:"听见了吗?你打了他,他很伤心。他在工作,在挣钱,可姐姐还要打他。啧啧,可怜。"

爸爸感叹地摇摇头。

"工作?天呐!"达娃瞪大了眼睛。

"不是吗?"爸爸摊开手问大家,"他难道去偷别人的东西了吗?没有。去抢了吗?没有。去骗吗?也没有。"他又问普布,"不是吗?"

普布使劲点头。

"你今天挣了多少?"

"我还没来得及数。"

"去,拿来数数。"

普布神气地站起身。

"爸爸又喝醉了。"巴桑低声对达娃说。

"嗷——"达娃气得握紧两只拳头,弯下身狠命地怪叫一声。

尼玛和米玛全把耳朵捂住。

"我心脏不好,"爸爸一手捂胸口,一手指着达娃,对巴桑诉说:"她吓唬我,你说她坏不坏?"

"我要去学校告他。"巴桑说。

"告谁?"

"告普布。"

"你试试看。"爸爸又威胁地指着大女儿。

在一片吵闹声中,爸爸站起身拎起挎包,他要走了,去人民路搭厂里的班车回厂。巴桑倒满最后一碗茶递给他,他喝完后对米玛和普布嘱咐了几句。走到尼玛跟前,抱起她摸摸她的小脸,出了门。

巴桑在门口说:"爸爸,星期三是'五四'青年节,你能回来吗?我们一起去罗布林卡。"

"还逛林卡?"达娃说。

"保证那天有车。本来今天……"

"你说什么节?"爸爸问。

"青年节,'五四'青年节。回来吧,爸爸。"

"还——还青年,我胡子这么长,是一只脚已经迈进天葬台的人了。还青年呢。"

"可你原来'六一'儿童节还穿得干干净净去逛林卡呢。"达娃小声嘟哝道。

"那好,好。"爸爸扬扬手。

达娃陪爸爸走下台阶出院门口。爸爸掏了掏耳朵,有些不好意思地问她:"你姐姐她那个……男朋友……"

"强巴。"

"强巴。他们还好吗?"

达娃把今天准备逛林卡一直没等到他回来的事说了一遍。

"哦。"爸爸歪起头笑笑,"那小伙子,还不错。"爸爸挥挥手走出几步又返回来。"别欺负弟弟。你妈妈过去也作生意,从来没亏过本。"

他挤在星期天的人流中走远了。

达娃愣神地站着。她想起爸爸只见过强巴两面,都是在家里。

第一次是强巴拉来一些木材,达娃帮着他从车上卸下来往家扛。正碰上爸爸回家,他见强巴累得满头大汗,便招呼达娃:"快让你同学进来歇歇,洗洗脸。"

"不是我同学。"她涨红了脸,"是姐姐的……"

"你嘴巴少说点。"巴桑骂道。

"爸爸可真是。"达娃低声自语道,"这么一位黑脸汉子怎么能是我同学。"

强巴歇息下来,爸爸给他递上支烟。两个男人聊起来。其实光爸爸一人在讲,强巴默默地听着,偶尔点点头。最后强巴起身要走了,爸爸拍拍他肩头:"我们都是工人阶级。"他又自豪地补充一句。"我是第一代藏族工人。"

强巴点点头。

第二次,是强巴为汽车修理费的事情跟队长吵了一架,受到处分。那天他醉醺醺到家里拿着两张电影票,要巴桑陪他看电影,巴桑当时说了几句和一个醉汉去看电影算什么之类的话,强巴便揪住她长辫,一下将她甩到床上。达娃气愤不过冲上前去帮姐姐,被他一把揉到门外。她想了想,刚要去喊人。爸爸也醉醺醺地晃进来。他半天才弄清是强巴在自己家打自己大女儿,他愤怒地揪住强巴的衣领:"你这个从监狱里逃出来的强盗,竟敢在姑娘的爸爸面前打她,天底下有这样的事?"

达娃暗暗抄起一根棍子,爸爸在高大魁梧的强巴面前显得瘦小可笑。要是强巴敢动爸爸一下,她手中的棍子就会毫不留情地朝他头上抡下去。

强巴两眼发直地站着,被老头摇得直晃脑袋。"你打呀,照这儿打,照姑娘她爸爸的脸上打呀!"爸爸一个劲儿把脑袋往他怀里扎。

巴桑头发散乱从床上爬起来拉开爸爸,倒被爸爸打了一耳光。

"是我不好，是我惹了他。"她捂住脸，不住地为强巴辩护。

"老家伙！"强巴坐在床上，神志不清地嘟哝道。

"我老家伙？"爸爸又冲上前。巴桑死命扯住他哭喊着："你们要死了！都是一群疯子，醉鬼！"

爸爸被巴桑拚命按住后，高声嚷道："滚！滚！这是我的家，你们都滚！你小子，从现在起，你就把她像木碗一样揣进你怀里，从这——滚出去！滚到我圆圆的眼睛看不见的地方去，滚到我薄薄的耳朵听不见的地方去！"

达娃头靠着柱子，异常平静地望着这出家庭闹剧，望着两个醉汉在姐姐来回忙碌中渐渐安静下来。睡死过去。

男人哪！十七岁的达娃无限感叹地摇摇头。

后来她帮姐姐把爸爸和强巴都抬到一张床上，两人各睡一头，合盖一条被子，睡得死沉沉的。

"他们会不会半夜在梦里又打起来？"达娃担心地问。

"管它呢，他们谁打输了谁睡地下。"巴桑像平时那样，轻松地说。

到第二天早晨，爸爸和强巴爬起来后都说不清昨天发生的事。困惑地看看床，又看看对方。爸爸还是神气的爸爸；强巴还是憨厚的强巴。两人什么也没说，彼此客气地握手一笑，各自去上班。

达娃望着姐姐憔悴的脸上露出一丝苦笑，她那双眼睛永远是那么的善良和乐观。她招呼弟弟妹妹上学后，便揉揉被打青肿的一只眼匆匆去上班。

到中午大家回来后，该笑的还像以往那样欢笑，该吵的还像以往那样争吵。

夜幕重新降临，巴尔廓的路灯亮了。路上又汇聚了转经的人流。

普布提着那包小人书出去，这包书是他花了两个星期时间从同学家逐一讨来的。现在全分送给那些还没上学在街上乱蹦乱跳的小孩们。

他坐在路灯下的马路沿。无数条摆动的腿从他眼前晃过，扬起瘴雾般的灰尘直冲鼻孔。他额头冒着汗，觉得浑身发热。他一只手揣在裤兜里，在里面的硬币堆里搅动。今天他一共收入八毛三分，他不知这点钱该作什么用。每次一见那些十七八岁的女孩们一个个戴着神气的棒球帽，普布不禁为自己的姐姐没有一顶这样的帽子感到惭愧。达娃只戴过一次，是从一个同学那里借来的。院里的年轻人都说她像日本演员，她不好意思地摘了。但普布看见姐姐的脸上泛起别人难以觉察的美滋滋的红晕。他本想突然把一顶崭新漂亮的棒球帽戴在姐姐达娃头上，可这桩买卖刚一开张就砸了锅。这是他长到十岁第一次想给姐姐送一件她喜爱的东西，也是第一次尝到被人误解的委屈滋味。姐姐达娃伤了他，他并不恨姐姐，姐姐永远是姐姐，她不戴帽子也一样漂亮。一想起达娃在饭桌前讲起学校有趣的事情，看着她脸上变幻各种表情丰富的脸，看着她时而微醉般地眯眼甜笑，时而瞪大眼睛精神倍增，时而皱起鼻子小丑般地似笑非笑，普布就觉得心里非常舒畅愉快。他希望姐姐达娃将来能当一名电影演员，他也知道了自己将来长大了永远不会去搞买卖这一行了。

　　米玛去附近一个同学家看电视，他觉得电视节目不精彩，也没什么有关他所认为的哲学问题，就早早地回来了。在路灯下发现普布一个劲在擦汗，便走过去坐到弟弟身边。

　　哥儿俩在一起没什么话可讲，普布的眼光落在前面不远处的一口燃着熊熊火焰，弥漫起滚滚浓烟的大铜锅，许多转经的人们从它边上绕过，不断地往锅里扔进一束朗嘛、松柏枝①，撒进一把糌粑面。

　　一条小黄狗从许多条摆动的人腿的空隙中钻出来，走到他俩跟前伸舌摇尾。米玛把它搂在自己身边，它乖乖地趴下来。

　　"姐姐达娃是在哪发现你的？"米玛问。

　　"什么？"他回过头。

　　"你今天在什么地方摆的书摊？"

　　"朗孜夏。姐姐从我背后来的。"

---

① 敬神用的一种树枝，点燃后弥漫着香味。

"我早说了,去林廓。姐姐她们不会去那边的。"

"我想朗孜夏的人多。"

"赚了多少钱?"

普布笑了,摇摇头。

"你干吗想起干赚钱的事?"

"我不告诉你。"

米玛不再问什么,他双手架起,想象着自己在敲小军鼓。

"你说,姐姐巴桑会去学校告我吗?"一会儿,普布问。

"不会。"他想了想。"不会。姐姐是不会出卖弟弟的。我也不会去告诉老师。"

"要是学校开除我。"普布说,"我就到爸爸那儿去,跟他在一起。"

米玛看着普布那样子快哭了。

"哎呀,姐姐不会去学校告你。真的。"

"我才不怕哪,"普布抹去眼泪,"没什么了不起。"

过了会儿,普布说:"我原来想给姐姐达娃买顶那种长把子的帽子。"

"你没告诉过她?"

"没有。"

"别给她买。"米玛说,"你还给她买吗?"

"这钱不够。"

"多少?"

"有八毛多吧。"

"要不,给尼玛买个玩具。"米玛掏掏鼻孔。

"你说买什么?"

"我也不知道。"

"哥,等以后,我想给家里买一个好看的围帷,尼龙的,带小窗口。"

"你以为有了你说的那种围帷,有了车,我们就能高高兴兴去逛一天林卡吗?这里面很复杂,你不懂。"

普布没搭话。

"你怎么老擦汗?"

"我也不知道,热得很。"

"普布,借我三毛钱好吗?我要交学校五毛钱,姐姐巴桑给的钱我喝甜茶了,只剩两毛。"

"你拿了马上又要去喝。"

"向我的小军鼓起誓:明天要是交不上去要把我赶出仪仗队。"

普布掏出一把硬币数了数。

"给你四毛,分你一半。你还可以喝一杯甜茶。"

"以后我还你。保证!"

"我想回家了,作业还没做。"

"我也是。"米玛推开小狗,跟着起身。

他搂着弟弟的脖子,小哥俩走在夜幕中人头攒动的巴尔廓马路边,用口哨吹起歌来。他俩不意碰在迎面而来的一个人的肚子上,他是个穿干部服的黑脸汉子。

"你们……瞧着这儿有弹性……是吗?……"他捂着肚子,"他妈的!"

"对不起。"米玛很有礼貌地说。

"小……小阿飞。"

"我们不是阿飞,是学生。"

"我们是学生。"普布跟着说。

"学生,还咝——吹口哨。"汉子愤愤往前走了几步,又转身问,"你们吹的是什么?"

小哥俩面面相觑,米玛吹了几个小节。

汉子眨眨眼,他还是没明白。

普布唱了起来:"妈妈,梦中的妈妈,咪咪咪咪咪咪咪咪咪咪咪咪。"

"妈妈?"汉子低头想了一下,他挥了挥手,走了。

"我们是学生。"普布说。

"我们,"米玛咽下一口唾液,"我们是没有妈妈的孩子。"

汉子没听见，裹在人群里消失了。

巴桑一人在家，刚给普布补完裤子，她原来是用针线来补，可他不管穿什么裤子，没几天屁股上就磨出个洞，使得巴桑常常摔了针线骂道："怎么，你屁股上难道长出只眼睛，总想开个小天窗透透光吗？"

后来她干脆省事，用医院里的大白胶布剪下一块从里面一贴、两只手掌用力挤压揉两下就算完事。就这样厚厚地贴上一层又一层，用手一摸，就像盔甲一样坚硬。

"嘿！就是屁股上长了钻头也穿不透了。"巴桑举着裤子摊开，很满意地欣赏道。

收音机开始播放藏语相声，她很爱听相声，但从来不笑，这个怪癖是米玛发现的。好几年前拉萨刚开始公演美国喜剧电影大师查理·卓别林的影片《摩登时代》，全场哄然大笑，米玛笑得肠子绞痛，刚要跟巴桑说什么，发现她神情专注，表情惶惑地盯着银幕，没有一丝笑容，嘴里喃喃自语。

可平时她却常常爽朗大笑，也时常引得别人开怀大笑。她就这么怪。

她把裤子往被子上面一扔，躺在床上，闭上眼专心地收听相声节目，不知不觉忙碌了一天，也不知忙了些什么。这会躺下来感到舒服极了。

达娃走进来。巴桑没动，直到相声播完后，才拉长了声调说："有一个人哪，她天天往隔壁人家跑，一个人在门前踩下的足迹超过一群山羊蹄的足印，那个人是谁呀。啊？"

达娃背靠柱子，也拉长了声调回敬道："有一个人哪，每次说带我们去逛林卡，结果只是用嘴巴给我们讲一个神话故事，那个人是谁呀，啊？"

巴桑不作声响仰望屋顶。过了会儿，她慢慢侧过身去，面对墙壁。

达娃用手抚摸着柱子，脸颊贴着手背。她长时间地望着姐姐，然后默默地走过去躺在姐姐身边。

收音机开着，正播放音乐，串出一阵阵杂音。窗下的街道上闹哄哄的。夜风吹进来，窗帘慢慢地鼓起。又慢慢地垂落。

"你放心。姐姐，我如果有一天结婚，决不会跟'将军'。不管他出来后变成人人害怕的强盗，还是重新作人当了模范，当了英雄。我永远不会跟他好。"达娃平躺着说。

"为什么？"巴桑转过身，发现达娃表情非常冷峻、深沉。

"不为什么。因为我们从小一起长大。"

"我刚才说的不是这个意思。唉……我也说不清。"

"在'将军'出来以前，我要尽责任帮他照看好奶奶央京。别的，我什么都不想。"

巴桑没回答。她俩平静地躺着，各想各的心事。

"还听收音机吗？"半晌，达娃问。

"让它响着，要不，太冷清。"

后来，她俩面对面侧着身，亲昵地交谈。

"你今年高中该毕业了。"

"嗯。"

"干吗不想考大学？"

"我想工作。"

"你能考上。"

"让米玛和普布上吧，咱俩供他们。"

"我也能供你上。"

"姐姐你太辛苦了。我也该帮帮你。"

"以后，有你累的。"

"唉，想起就头疼。"

"想这么多干吗？想也没用。"

"脑袋可不生来为了让手搔痒痒的，总得想点事。"

"……真是大姑娘了。"

"……别碰呵。"

"……戴它是有好处，可我不习惯。"

"……那些康巴女人，……这么大。"

"好吧，……拿去，就剩最后五块钱了。"

"那等以后。"

"先拿着，过几天就该发工资。"

"谢谢你，姐姐。"

"……"

她俩最后吃吃地笑起来，互相胳肢呵痒，躲躲闪闪，咯咯地笑着。达娃不小心摔下床去。

"哦呀！"她瞪大眼惊叫一声，然后连哭带笑捂着后脑勺爬起来。"你听见了吗？'咚'的一声，像摔烂了个破坛子。"

"脑袋嘛，可不是为了让手捂着才长出来的。"巴桑神气得双腿在空中乱蹬乱舞。

"我眼睛在冒金花，我要傻了。"她晃晃脑袋，她忽然想起了次旦，心情立刻变得悒郁起来。

她走到窗户前，趴在柜边，底下转经的人流和一片沉闷的诵经声像是从船舷边划过的一股汹涌起伏、缓缓流过的黑浪。她自己则像是站在船舷边，痴痴地凝视着向后流动的黑浪。这黑浪昏浊得凝重，抑郁得深沉。它旋绕着，翻滚着，喧嚣着。它回荡着一支从远古的蛮荒里传来的、在漫长漫长的岁月里延续下来的歌，它沉重地负载着一个古老永恒、难以磨灭的民族的灵魂，它曾把多少站在陡峭的岩石上，趴在牛皮船边嬉戏的赤子卷入自己的怀抱，溶化成汪洋中的一滴，滔滔汇入历史的江河。

一个十七岁的少女，趴着窗户，俯瞰着脚下的黑浪，开始设计自己朦胧的未来。

达娃从一个焦虑的梦中醒来。她摸到身边睡着一个人，吓得坐起来。

"轻点！"姐姐在黑暗中低声喝道，"强巴在里面。"

她重新躺下，大汗淋淋地喘着气。

"他翻车了。"姐姐仿佛在喃喃呓语，"头一次见他哭得那么伤心。他回来……两天了，没出……门。"

"姐姐，你就要结婚吗？"达娃冒出一句。

"他……真可怜。"

达娃感到神志不清，她没有清醒地理解姐姐刚才说的话，昏昏沉沉地醒不过来。她本能地搂紧巴桑："别离开我呀，姐姐……"

（原刊于《收获》1985年第3期）

黄泥小屋

张承志

　　无论是随上定远营那边沙漠里下来的骆驼，顺着黄河再穿过那片银灰的碱滩，最后瞄准了固原的青砖老城；或是踏上冻硬在洮河弯子上的白濛濛的冰桥，然后朝着岷山或是更远的碾伯大通；若是你偏离了平坦的官道，沿着旱裂的秃秃黄土峁子转绕起来，若是你走上了那一带受苦的庄稼穆斯林惯走的山缝小道，就再也望不上个青山绿水了。那些山道上的行人好像不喜欢宽宽硬硬的大路，他们总是绕着山边、顺着水边、贴着城边，躲开州府的喧嚣和人群的热闹，在那些烤得焦干的荒山缝里寻路走。慢慢地，只要一提起这"三边"，有些老年人就会抬起头来，扬起眼眉，现出一种半像猜疑半像知底的神色来。哦，往那搭——那些老人指点着一片黄黄的连山。那是回回们走的道么，走那搭就对啦。说罢，他们就垂下了眼皮。

　　于是，骆驼蹄子走肿了，耸着的驼峰干瘪了，搭在肩头上的绒线马褡子磨烂了，脸皮和眼角变得糙硬了。鼻孔里头塞堵着黄土尘灰，手上臂上不知怎么划着横竖的血口子，甩掉穿烂了的鞋，两只脚从脚脖脖到小趾头都结上了硬硬的鳞甲。

那条石渣渣、黄胶泥的小路呢，还远远地朝着荒山深处慢慢伸着。

若是在山风呼啸的冬三月，顺着这种"三边"道，人渐渐就给遮天漫地的砂子风打晕了。脸上冻起了脓泡，颧骨上结了两块紫红的硬痂，人变得软了，没有谁再自吹是好汉硬种了。土崖崖边上见着个坑坎，一骨碌蹲进去，再也不敢把头伸进上面嗷嗷吼的风里。可是蹲着蹲着又害了怕：黄砂土一阵阵地给风裹着砸下来，半截身子已经给砂埋啦。那时人心就慌了。自打从定远营、从包头旅栈、从兰州城关出来，人心第一次慌了。

那时人会急急地蹦起来，下死力拉扯骆驼。骆驼呜呜哭着，赖在崖坎坎里不起身。后来鼻绳拉豁了骆驼鼻子，黄蒙蒙灰漫漫的世界里看见了殷红的血。人挣出他壮汉的力气，爬上崖坎，想找个什么。找什么呢？村庄还是客店？他自己也不知道。四下里只有狂暴的飓风在掠劫着飞奔，只有一阵模糊一阵清晰的那绵绵茫茫的黄山头。那黄山头起伏不断，一伏一荡，在这旅人的四面包围着、驾着狂风剧烈摇晃，像是一派黄浊的、突然间活了的怒海。

到了这种时候，人心就失去了掩护。原来被冻僵的肌骨护住的那颗咚咚跳的心，此刻猛地灌进了寒冷。人害怕了。他迷了路，失了道，驼鼻子豁了，他只剩下两条冻伤的细腿，他把眼一下子睁圆了。而视界里那黄浊的海却翻腾得更凶了，好像在喊叫着说自己是个海。不是片老实巴交的秃黄山，是片暗隐了真相的海哪。风刹那间刮得沉重起来，不再嗷嗷地叫，而是挟着可怕的震动轰轰地摇撼。天变成了一匹灰黄的薄布，被那风残忍地撕着抖着；地不见了，只剩下这么个崖坎坎。这个可怜的崖坎子像个遭了兵灾的孤老婆子，吓得打着颤，不管不顾地把自己的东西全抛了出去：把枯干的草根，把羊子屙下的粪球，把碎石砾子和一层层砂土都朝那暴风抛去。

——这样的暴风在西北可并不稀罕。这样的暴风也许能刮上整整七天。在这样的风里蹲缩着又冻又饿，也许第三、四天早上骆驼就死了。

　　人发现骆驼死了时，那骆驼已经冻得铁硬。他像疯子一般跳了起来，顺着风开始混跑。天快黑的时候，他摔倒在一个坑坑里，他不愿意再爬起来了。

　　这时刻才是人垮掉的时刻。那汉子破天荒地哭开了，哭得又丑又难听。好像他在包头街上常给人称做硬汉呢，在定远营那巴掌大的小镇上他敢作敢为，专门跟那儿的恶人寻衅揸架。到上路前为止，他这辈子深深浅浅地交往过六七个女人，那几个女人虽然都没能跟他好到底，但却异口同声地都说他是个好人。他是个身高膀圆的关西汉子，浓眉俊目，一表人材。从黄河码头牵下骆驼的时候，同船的伙伴都劝他等几天结伴走。人们都喜欢他。可是他受不了码头小店里那无聊的日子，他又暗暗想在众人面前露一手：他喜欢独自一人昂首挺胸踏上险道、而众人在背后啧啧声羡时的那股子滋味。后来，踏上了荒凉的"三边"道以后，他还是争强好胜，手上蹭破了皮从不包扎，非等着自己的血也服了输、结了疤、再落下来。而此刻——他全完了。

　　他捂住脸哭着，颊上的泪道道里掺着砂粒，抹一把粗碜碜的。头上那恶风怪吼着，吞没了天上的太阳。砂粒痛痛地打在脸上眼里，他什么也看不清了。他只觉得荒山变成了滚滚的黄浪头，正涌动着朝他逼近。砂土已经埋住了双腿，心正迅速地变得冰凉。他明白自己的日子就要走到尽头了，他渐渐止住了哭，紧缩着身子静静等着。八十老母——他突然想起家里那孤单凄苦的娘来；可是他觉得这份心思已经没有谁搭理了。就像说书先生说的李鬼见了李逵时，叨叨的那个八十老母一样，没有谁信李鬼的。

　　在大西北的冬三月，在狂风扫荡的荒僻小道上，人很可能遇上这么一个结局。心气愈硬的人就愈是这个结局。

　　可是——

　　只要你避开大道，哪怕是偶然串到那种"三边"上看看，你就会发现：那些小道上仍然是旅人如线，不断如缕。在茫茫荡荡的黄土山地，在密密的沟壑梁峁之间，在纷扬的大雪和疯魔的狂风中，在爆烤般的夏日酷暑和冻硬的阴沉长冬，总是能够看见一些头戴白布帽的人，他们沉默着，在那些小道上一步一陷，他们远远地避开喧嚣的世界，走得匆匆忙忙。

理解这片天地可不是易事。可是愈是理解得多的人，愈是饱经忧患、深富同情、识宽见广的人，就愈会觉得弄不明白。他们注视着那些旅人，注视着他们破旧的汗褂和污脏的白布帽，一直望到那匆匆的背影被那片起伏连绵的黄色群山淹没。

为什么呢？人们想，那些匆匆的旅人究竟要走到哪里去呢？一代代的，他们求的究竟是个什么呢？

第一章

一

窝棚算是搭好了。歪歪地立在山坡上，罩着黑糊糊的破席顶。只可惜了那根铁立柱，苏尕三坐在一块石头上，望着眼前刚盖起的黑窝棚想。两根立柱里，有一根铁的听说是东家家门的顶门杠，老阿訇讲那是东家在兰州城寻了铁匠打下的。却配不上一根直挺的横梁；寻了半扇山，只寻上一棵弯弯子杏树砍了来。苏尕三心里挺惋惜那根黑沉闪亮的铁立柱。虽是窝棚，盖成个歪斜顶子，心里不舒坦呢。他想着立起身来，瞟瞟通到山脚庄子的小路。不管怎么，窝棚算是盖起来啦，一秋就靠着它躲个风寒呢，歪斜就歪斜吧，也不是自家的屋。

苏尕三想着心里就沉重起来。他赶忙不再费神想这座黑棚子的事，转身朝丁拐子走过去。刚才扛着那截弯弯木回来的时候，脊梁上的汗浸湿了烂棉袄里子。他爬上山坡，放下杏树杈时，弯弯的树杈在山石上弹了一下，砸在他的脚上。可是丁拐子明明看得真真的，却凑过来说脏话：

咦，裤裆上淌出血来啦，不是哪搭闺女——苏尕三只要一看见丁拐子那张脸就冒火。他这些天里就想着揍揍丁拐子那张丑脸。可得忍着呢，他警告地在心里说，可不能和这拐拐子再结仇。他觉得心里一直咚咚地跳，今日里见着那女子以后，他心里就一直跳得没了章程。他知道，这可不是个好兆头。

后来他咬紧了牙，抡起伤腿把那木头踢了个滚，正巧砸在丁拐子腚沟子上。丁拐子扬着高声骂道我日你哥，可是他看透了丁拐子不敢真的和他动气。后来立柱上梁盖窝棚时，他也留着心，没有再寻丁拐子的事。

苏尕三慢慢走了几步，走上这扇坡的顶脊上，弯下腰撮起一把土，撒在小腿背和赤脚上的伤上。

看这荒山，焦干焦干的。空空背了个月亮山的好名。丁拐子是个癞蛤蟆，是个黑天白日涎着脸的色鬼，可是我不能再和丁拐子结仇。不能为那女子和丁拐子结仇。这月亮山前襟后坳可见不上一丝清润，一眼不见边的，喏，到处都是黄秃秃的山垴子。皱皱巴巴，黄土石头，朝那边再走三年也都是这焦干干的山垴子。漫山栽着洋芋，站在这搭才看出东家有心计。说是洋芋尽着肚子吃，可是这沟沟坡坡栽了多少洋芋呢？舍了铁门杠，急急地催着在山上搭窝棚，这就看出东家的心计。这东家，他生个啥脸面呢？连老阿訇也说没见过他。谁也没有见过他，可是他却谁都知道。五个人里，一老一小一拐子，只韩二个和我两个有些气力。铁门杠舍了当柱子，赶上五个短工上山住窝棚，能说那东家缺心计么？

站在山坡顶上，一眼眺望出去，火毒的太阳下面的山影白茫茫的，像片白花花闪烁的凝住的浪头。苏尕三又抓了把滚烫的干黄土捂在腿伤上，远远地望着月亮山的层层山峦。这么立在坡顶上望着那山，一阵阵工夫眼睛就疼了。听说绕过月亮山，往西走几天就能见着树林子，那边的庄户里有干净的井。老阿訇就是这么告诉他的，老阿訇说那边不吃沤臭的窖水，那边家家都打一口清洌洌的井。可是苏尕三出来已经三年了，他已经不信那些编传了。到处都一样，哪搭也是没边没沿的黄山包包。雨水冲下来，冲毁了山形，黄山包包里添了些深深裂开的沟壑伤口，然后雨水就消失了，无影无踪了。哪搭有那清清的水井呢，苏尕三想，哪搭有呢。

老阿訇和韩二个两人收拾了窝棚里的杂物，从黑席帘下钻了出来，走进明晃晃的太阳地里。老阿訇一面扶正头上的白帽帽，一面吆道："搬铺盖吧。"

苏尕三冷冷瞥见丁拐拐子挟着一条黑牦牛毛毡往棚子凑，就大步下了坡顶。他用膀子抗了拐子一下子。那条黑毛毡摔在地上，噗地溅起一股黄尘。丁拐子斜着瞟了他一眼，嗓子里咕噜噜地响了一声。

这拐子腿是个坏孙，精得很。看他这阵子不出声了，也不再喷粪般地说那些脏话了。就是要给你个硬膀子看看。住进这个黑棚棚以后，咱们这刨洋芋的营生就算开了头啦，一搭在黄土坡上刨饭食，你不要逼着我跟你结仇。那女子是个苦命丫头，相跟着个瞎眼的阿奶，守着一口水窖过日子。你拐拐腿不是不知道她的一边还立着个我。给你一膀子就为着叫你记着这个。苏尕哥直直腰，不理睬丁拐子的目光，朝着老阿訇吼起来："阿訇，你先睡下！"

老阿訇慢腾腾地进去了，在窝棚角铺开了铺盖。苏尕三又瞟了眼丁拐子，就把自家的千块皮烂光板皮袄摔在老阿訇身边。"我占这搭，"他大声说道。丁拐拐子这时候精得很，赶忙把黑毛毡甩到另一个角落，"能行，能行哪，让着你，老子睡这搭。老子就在这搭啦。哼，睡哪搭也是搂个拐腿……"苏尕三瞪了他一眼，于是瘸腿不情愿地咽回了后半句花花话。

韩二个不言不语地提过一团烂棉絮，先商议般地看了看才三尺高的贼娃子。贼娃子今年十五，可是已经离家十年了，浪得本事大得很。看见韩二个虎熊般的大汉对他这么仁义，连忙一甩手，准准地把一个讨食使的白布口袋扔在丁拐子的黑毡旁边。

剩下当着门的中间还空着一块迎风的空地。韩二个小心地把棉絮团子在那空地上摆好，抖开一张包袱皮，匀匀地罩住那床棉絮。收整好了，韩二个转过身来，摸出黄烟和铁锅子，开始吸烟。

老阿訇看见烟冒了起来，就起身出了窝棚。苏尕三也钻出窝棚。他知道老阿訇严守着教门的规矩，吃洋芋还一天五遍地做乃玛子，眼里见不得酒烟。他出了黑窝棚，踏进明晃晃的太阳地里，秋季里毒烫的阳光晃得人睁不开眼皮。丁拐子、韩二个，还有瘦得像条猫的贼娃子也跟着出来了，站进了太阳烤着的黄土坡上。真他妈的不懂事——他心里骂了韩二个一句。韩二个的大簸箕手里攥住的锈铁锅子还在冒着一缕青烟。可是搭窝棚还是靠着韩二个的憨厚。丁拐子腿不中用，一见了使力气的时刻，就闪到一边，只会使使嘴功，拚命地把嗓门吼得天高。贼娃子浑身灵便，又扶柱又扯席，精脚片子还踢拨着黄泥巴给韩二个喂锨；可是那娃太细嫩了。这黑窝棚，苏尕三想道，还是靠着老阿訇的解数和韩二个的力气搭起来的。我今日出力不多呢，腿脚都给弯树砸伤啦。

五个庄稼人立在山坡上，微微喘嘘着，打量着这歪斜的黑席窝棚。微风顺着一道道秃山头的连线嗖嗖吹过来，烂袄里子上的汗湿变得冰凉。五个人立在干裂了皮的坡上，窝棚就孤零零地卧在眼前。他们望着这座黑糊糊的席棚子，不知怎么都沉默了。

一秋就靠它躲个风寒啦。山里川里，除了黄土就是石头，就这个孤零零的黑棚棚能算是个藏身处。满世界都是滚滚的黄山头，满坡的黄土下面都是长壮了的洋芋。只有这黑窝棚是自家的。苏尕三望着窝棚，发觉自己的心原来一直空空地吊悬着，这阵才慢慢地落下来。落下来，沉下来，终于稳当了。他长长地吁了一口气。

二十岁啦，离了家门也整整三年啦。今日里才头一次觉出个安稳。这黑棚棚搭得歪歪趴趴的，枕靠着四野里的荒山秃岭。满世界茫茫闪闪的毒日头里就它算个藏躲，曳着一片暗暗的荫凉。看着它，心里安稳了，心归了巢。走这搭刨洋芋是对了，将军台那庄子不是咱蹲的地方。记得刚进将军台那晚，一阵阵觉得又凄惶又心跳。两棵大黑杨丫丫杈杈拧扭着朝天上钻，像是……那两股黑烟。那两股一团团旋着转朝天上滚冒的、浓浓稠稠的黑烟哪。苏尕三想着，心猛然抽搐着跳了起来。若在那个庄蹲下一准出事。这搭僻远，这黑窝棚搭得也牢实。可是蹲在这搭也说不准要出事——你可不能再惹出事来。苏尕三暗暗用指甲剜着掌心,手疼得微微颤了。第一要防住这拐子腿,不能因为那女子惹得拐子跳了墙。可是也不能叫这癞蛤蟆耍了那女子,那女子心多好呐。

想起那个女子,苏尕三的心乱了。他伸出粗大的精脚丫丫,把一块干土疙瘩踩成粉面,又用大脚趾头拨过一块,再细细踩成粉面。他知道那个穿着烂花袄的女子这阵正围着灶台转呢,灶上烧着一大锅苞米糊糊汤。隔着濛濛的水汽,那女子灰毡毡般的蓬头发有些潮湿了。脸蛋上的灰垢也不见了,给水汽熏得通红。苏尕三想了想,就抬起赤脚朝一旁的坡顶走去。

远近都是黄土山包。一直到天边那滚滚起伏的连线,四野里只有这数不清望不尽的荒凉的黄土山。忍住泪,跺跺脚,背着那两股柱子般立起的黑浓烟,离乡弃井已经三年了。三年里走在这干旱的黄土山里,脸皮裂了,骨架粗了。心里也像灌上了黄土,沉重又堵闷。可是自从浪到这搭,自从那天在水窖旁边,那闺女紧紧靠着他坐了一阵以后,他觉得心里的黄土化开了。有时候心里还酸酸的哩,他费劲地想着。那股酸酸的滋味进了骨头,刺得全身手脚都酸酸的。你是怎啦,你在胡想个甚呢?他忍不住拼劲骂着自己。

十七岁惹了那桩事,他在这黄土山里已经走了三年。三年里他更知道那桩事有多大,他知道自己此世卸不下那事了。这是场罪孽呐,背着它打发日子吧。三年里,顺着走不完的黄山包包,他已经觉出自己老了。不是身板和肉腱子,其实满身的肉腱子还像是刚刚苏醒,渴渴地盼着什么。是心老了,心上扛着那重重的罪孽,心里又灌满了这焦干的黄土,他觉得自己腔子里那颗心已经长茧起皱,心已经老了。再不敢拉扯进那丫头来,他想。拉扯进她来一准就毁了她。这罪债,这黄土,能一下子埋了那软心肠的闺女。不能惹丁拐子结仇,他暗暗地下着一个狠心。也不能拉扯那闺女,你记住你个人的事。苏尕三突然觉得心情舒畅了些,他又起腰杆,朝远处的山峦望去。记住寻上这个黑窝棚不是易事,这棚棚又暖和又牢实,四下是满坡的洋芋。不能血上了头就忘了自家的事,不能再惹事啦。

他拿定了主意。此时太阳西偏了,眼前的层层道道的黄土山包显出了明暗,静静地伸展铺开着,一直在天尽头和白炽的太阳光化成了一片。

二

这条小路蹚得露出了石头芯。从山脚底下朝上,一个弯弯也不扭地,就这么直愣愣地拔上坡顶。赤脚踏着道上的石头芯子,咯得硬又烫得疼。可这条扁担又满是疙瘩,隔着串了棉花套子的袄,压得个肩膀火辣辣地烧。

可是她走得很稳。在这山里长大,她早惯了。圆滚滚的腰一弹一绷,提着碎步子平平匀匀地往上升。山里这阵空荡荡的,只有日头悄悄地在上头烤着,四下里这么寂静,挑担走上一程,人心就随着碎碎的步子,显得踏实了。两头桶里热热地散着白汽,逗得黑狗雄赳赳地围着跳跃。这黑狗生得像个牛犊,漆黑的毛皮当心长着一绺白毛,两只茶叶色的眼又虎势又实在。她小心地把精赤的脚片片顺次踏上山石,巧巧地移着步子,一面瞟着黑狗心里难受起来。

东家昨黑夜里隔着门扇闹了半夜。后来她一直哭,哭到天明时哭哑了嗓,只顾着使劲搂住这条黑狗。若是没有黑狗吼着,那门扇一准给破开了。有这么残的人么?瞎阿奶哭着嚎着求他他都不睬,下了狠命破那门扇。尕苏哥,那黑夜你蹲在哪搭呢?若是那门扇真的破开了,若是那薄板子门扇——她突然间浑身一震,从肩头朝下袭过一阵冰凉。尕苏哥,我今日可不能不言语呢,我今日可要真真地跟你说呢,东家昨黑夜里吼着闹,他说,他说你是——

两头的桶都剧烈地晃了起来。稀稀的苞米糊汤溅了出来,溅在一旁的干黄土上,噗噗地响,两颗咸咸的泪也憋不住地涌出了眼。她止住脚步,朝天伸直了脖颈,使尽力气忍住心里的翻腾,忍憋得她喘出了声。

天明晃得耀眼，亮闪闪的光射得人一阵发晕，好在四下里静静的荒山还是那么一动不动，深黄的坡上涂着阳光，山皱里一片黝黑。山在远处牢牢地蹲踞着，连成高高低低的一片。她挑着担，立在那条陡陡的上山道上，停了好一阵，黑狗跑到前头坡顶上以后，回过头来也卧下了。她和黑狗就远远地对望着，隔着条直直地伸在山腰上的石芯子路。静静地停了一阵，她安静下来了。

她低低垂着眼皮，又踩出那匀匀的步点。身上的棉袄洗得补得失了花色，连成片的补钉灰灰蓝蓝。这袄还是阿奶年轻时辰穿下的，不知穿披了多少年了。一想到快要见着尕苏哥，她就觉得为这烂袄臊得慌。精着脚，风里土里把发辫子弄得像片脏毡毡，谁家的尕哥哥见着能喜欢呢。可是长到十八岁，守着一窖水一间窑，还有一个瞎了眼的老阿奶。日子过得就靠条黑狗叫唤着长些生气，又能指望什么呢。从小破衣烂裳围着灶台长大，所以她也从小一个人躲在灶台的黑影里，垂着眼皮悄悄蹲着。以为遇上尕苏哥像是有了指望了；可是尕苏哥说了：他们厌烦露着头发的妇人！……她想着心里又漾上难过来。她知道尕苏哥他们山上一搭五个人都是回民，那边的教门不兴女人露着头发。可是……可是走哪搭讨唤块手巾蒙蒙头呢，家里除了一张席一口锅，就数这件袄还算个物件啦。她不觉得又落下两颗泪。

踏上一个坡坎时，不知怎地一使劲，腋窝下面嗤地响了一声。她一惊，慌忙止住步，卸了担。扭身一看：腰身里裂开了一道口子，露出了里头的肉。她臊得心噔噔狂跳起来，前襟拔下根针，手指却抖战着穿不上个线线。死鬼呐，死鬼呐，怎么就对不上个针鼻呢！黑狗！这狗硬是不要张狗脸么，你若敢舐那桶糊糊汤，看我不——穿上啦。缝呀，快缝呀，山上五个男人直着眼看着呢……死鬼，你快缝哪！

那根针总算是牵着线走开了。她换出手来抹了抹头上的汗。这时才臊羞得脸红起来，先是颊上火烫烫地，接着脖颈上也火烫起来。若是给山上那拐子腿看见，真不知他要说些什么脏话呢，她深深地喘了一口气，针走得快了起来。这一阵缝得顺手啦，她又深深地吁了一口气，就像前天给尕苏哥缝袄那阵一样。那天我缝得多快呀,那天缝得才巧呢。可惜就是说不出一句话。你问我怎死活不说话么?我从小就不会说话呀。想起来多羞人,给个男人缝过袄,送过煮熟的鸡蛋——她突然停住针,揭开一个桶盖子。嗯,这鸡蛋好好的呢——可是呢,就是没跟他说过一句话。嗯呀啊的,点点头,低下眼,再就是羞得脖子发烧,可是没说过一句话呢。

她立起身来,挑起两只沉甸甸的桶。头几步她小心地扶住桶绳,护住苞米汤不洒出来。强壮的黑狗在阳光里闪着漆般的亮,昂着头又跑了起来,后爪子扒起一股股细细的黄烟。

走匀了步子以后,肩头和心里又渐渐轻松起来。精脚挑担对女儿家当然是个苦事,她想,可是这么走着人心里还是觉得喜欢。何况前头高高的坡顶上,那高高的洋芋地里有她的尕哥哥呢。念叨着他挑重爬山,只觉得四周的黄土山就动起来了:近处这些红黑焦黄的山堎子山皱皱落了下去,远处天边那些黄里透蓝的山连线轻轻飘飘地升了起来。把碎步走得匀匀地,让圆木扁担吱吱地叫唤起来,心里有多喜欢呐。她知道自己挑担走得好,她得意自己这碎碎柔柔的走法。前桶里洋芋只晃不滚,后桶里苞米糊汤滴水不漏。昨日里挑担上来送饭时,她看见尕苏哥满眼都是称赞的神采。那时她紧紧地垂下了脸,可是心里快活得想笑——她自己也知道,尽管穿着这件烂花袄,尽管没块干净手巾遮遮脏得擀毡的灰头发;可是挑起担子走开步点,自己还是显得好看了。

眼看着就靠近了坡顶。隔着砂石挡开的几步路,她已经看见了对面遥远的连山。那山影黄里透蓝,在天尽头卧得那么静寂。她想,那山影就像是一道山的浪头停到了那搭,在那个尽头处寻上了个歇息似的,静得让人心疼。

不多一阵,她上到了坡顶。

她一面默默地打量着新搭成的窝棚,一面悄悄地把一个煮鸡蛋掖进袄襟里。

她把饭担子卸下,先给老阿訇欠了欠身。老阿訇正跪在土地上,面对着西斜的太阳念叨着什么。隔教的事她一个丫头不敢问，只是怔怔地望着老阿訇的背影。

"尕妹妹，昨天黑夜睡得可美？"她耳边突然响起一个尖尖的嗓音。她吓得双脚一跳，碰倒了扁担。"没把你个拐子阿哥想上一阵？"丁拐子笑嘻嘻凑了过来，两只眼光溜溜地盯着她。她的心又开始紧张地跳蹦起来，愈跳愈急，像是要把她拉扯到一个黑黑的深坑里去。丁拐子又捏起两个熟洋芋，捏捏就弄下皮来："不吃上两个洋芋么？"她吓得朝后退着。丁拐子色迷迷地盯着她，顺手把洋芋皮喂给了黑狗，一手摸索着黑狗的头，一手把洋芋塞进嘴里。

老阿訇和韩二个走近过来。韩二个拿起汤勺，开始给众人盛苞米汤。老阿訇微微摇着头，白胡须颤颤地，吹着碗里的热气。她赶快站到了这两个人身边，蹲下接过韩二个的汤勺。

只有贼娃子还躺在窝棚里。她最嫌的就是贼娃子，一丁点大的个尕娃娃，躺得倒像个阿爷。看他那个躺相，就像这顿饭没有他的份一般。她抓了几个洋芋抛过去，于是贼娃子也吃开了。

就着黑窝棚遮出的一片荫凉，四个人都吃开了。荫凉旁边的日头地和四外的山坡一样，都给早秋的骄阳照得一片明亮。人歇息在阴影处，就不愿再望那日头地了，那里连空气都是白晃晃的，刺得人眼胀疼。只有黑狗直直地坐在阳光里，等着丁拐子喂它洋芋皮。

老阿訇抬起一双浊浊的眼来："唤唤苏尕子，他在坡顶上蹲着呢。"

丁拐子挤挤眼，甩给黑狗半个洋芋："快去呀，他那搭背静！"

贼娃子突然操着外乡口音，举起一个洋芋喊叫起来："土豆，这叫土豆子！"然后一口吞掉。

只有韩二个默默地吃着。他吃洋芋也是一口吞一个，黑脸膛上冒着大粒的汗珠。

她使劲垂着头。灰毡般的头发遮住了额头和眼眉。立了一阵，她趁着众人喝汤的空，一拧身朝坡顶走去。

尕苏哥原来拣了块好地场。从这搭望出去，远近的连山有多宽敞哪。太阳的光亮斜斜地打在那山上，黄山脑一座座地明暗鲜明。尕苏哥就是贴着那山边边，从一条线一般细的小道上过来的。他没有蹲在将军台。他径直对着自己长了十八年的这座三里庄走过来了。那天立在三里村头的窖边边上，她看见尕苏哥正径直走了过来。他甩开大步，露出黑红的胸脯，走得那么畅快。若是相跟上你，寻上条悄悄的小道，从这个三里村走出去，该多好呢。若是紧紧跟上你尕苏哥，就再不担惊受怕了。我一准碎步跑得美美的。行李担子给我担上，落不到你男人的背后。若是落在你背后也美，我就一头挑担走着，一头真真地把你看个够。尕苏哥……可真是个俊汉呢。她想着又羞红了脸，赶忙又看了看刚才缝上的袄腰。缝得丑，可是总算缝上啦，她轻轻地松了口气。

苏尕三正愣呆呆地瞄着远处什么张望。她慢慢走到苏尕三身边，突然间，一阵阴森森的恐怖猛地抓住了她。她身子摇晃起来，牙齿上下打起战来。

快开口呀，快给他说！死鬼——不敢就顾个脸红啦，"尕苏哥——"她费劲地说出了声，心里立时紧锣大鼓地乱成了一片。

苏尕三还在出神。半晌才扭过脖颈来，认清了是她。想了一阵，苏尕三问道："咦，刚才你唤我个甚了？"

她紧张得两只眼里憋出了泪，两排牙嗒嗒地碰撞着。头晕了，眼前昏暗起来，坡顶右手的一座山腿子粗粗横横地逼近过来，那山腿上的石头裂沟像黑糊糊的深洞。说呀，说呀，你倒是快说呀——我舍出来了，舍出来了！她忍不住了，泪水哗哗地涌流出来。

"东家昨黑夜——"她扭过脸不看那座黑黑的山腿，"昨黑夜他说——"她拼尽力气压着身上那哆嗦，可是昨夜的情景却冒了出来，她满耳朵都是那震响的砸门声，还有东家凶残的怒吼。

"东家？昨黑夜？"苏尕三奇怪地问。

"他说——他说——"她的耳朵已经给那门板的响声淹没了。隔着那扇乱跳着的薄门板板，她觉得外面立着一个看不见的恶魔。那恶魔的黑影就要闯破这片薄板子了。"他说——"

"说了甚？"苏尕三像是明白了。

"他说——你是杀下了人命的！"

她终于喊了出来，身子一下子瘫松了。她大口大口地喘着气。四外的群山，还有那半面山石嶙嶙的山腿，此时又涂上了亮亮的阳光，慢慢地退了开去。

"尕苏哥……引上我，咱逃吧。"她轻声说。

苏尕三默默地转过头去，望着远处的连山。

"东家可残呢，引上我，寻活路去啊。"

她渐渐地恢复了平静。总算把这些个要紧的话都说出来啦。她像是有一丝难过，以后她又该不言不语，又该哑巴般不敢做声啦。尕苏哥厌烦她不言不语，也厌烦她不像人家回回女人那样蒙上头发；可是她，寻不上块干净手巾，又从小讲不出句整话来。她突然想起那个煮鸡蛋，心里一喜。

袄襟摸了个遍，可是那煮鸡蛋不见了。

苏尕三一句话也没有说，只顾盯着远处的黄山头。她摸不清自己这尕苏哥的心思。那煮熟的鸡蛋光光滑滑的，可是寻不见了。拚上个闺女的脸皮把话说出来了，可是当阿哥的却不理睬她。主家那么残，他今黑夜一准又来，主家要毁了我哪。她想起黑狗来，挑担子上来时，一路上想着尕苏哥没觉出个怕；可是过一阵下山时，就只剩条黑狗能护着我啦。她觉得一颗心浸泡在一片悲哀里，就像这漫漫相连的秃山脑浸泡在毒日头的光芒里一样。

可是苏尕三还是只顾着独自出神，盯着远处的黄里透蓝的山连线。她也忘了下面的窝棚和扁担家什，只顾呆呆地坐在苏尕三身边，直愣愣地盯着男人壮实的侧影。

三

丁拐子和瘦小的贼娃子很快就发现了，他俩搭伴在一起好干活。吃罢了饭，众人都来到地里刨洋芋的时候，丁拐子抢上锄镢，先喊叫一阵再胡乱抡它一下子。刨深刨浅他睬也不睬，惹逗得贼娃子汗水淋漓地跟着跑，又拾又刨。

"贼娃子，你当真浪遍了三个省么？"丁拐子翘起脚尖，指点着一块没刨到的地，懒洋洋地问道。"你若是当真浪遍了三省四省，怎不见你引上一个女人回来呢。你尕娃子这点年纪就学会吹牛啦。"那个尕娃子这阵怕是正干得美呢。瞧那坡顶上静得听不见动静。这狗日的，这阵正死死搂定那闺女啃呢，也不怕日头晒得毒。这日头可真是毒，洋芋出了土就晒得半熟啦。苏尕三一准也是给晒得来了火。奶奶的，谁给我拐爷消消这火呢？他用手指头挑起扣在头上的毡帽，瞄了瞄太阳。那太阳是白的，模糊地撒着烫眼的闪亮，烧得连边棱都熔化了。

"你若是说你五岁头上就出来浪世界，没哪个日鬼的信你。可你若说你贼娃子偷遍了这些水边边山边边，我拐爷倒是一百个信。老实说吧娃，刚才那闺女挑担上来，你偷了她些甚？说呀，你当我拐子腿就连眼也看不真么，我见你尕娃稳稳坐在那窝棚角里，就知道你那偷病要犯。你立定了做甚？刨呀，刨着说，你偷了那圆腰杆的闺女些甚？"丁拐子气汹汹地喊着。

贼娃子给这油滑的汉子吓住了。他捉紧比自己还高的镢柄，一下子一下子地刨了起来。沾满黄土的肥洋芋一串串跳出地面，翻躺在土垄上。贼娃子捞起一个洋芋，避开丁拐子灼灼的小眼睛。多壮实的洋芋，胖胖的像个大白馍。它若是个馍呀，我立时就把它吞了。心里饿得发慌，这拐子腿还来胡缠。白面馍也是这么个大小，可白面馍俊得多啦。哼，你偏偏不当个白馍馍？你偏惹我肚里的饥火？你偏不让我啃了吞了么？哼，你尕东西就算变成个馍也变不成个鸡蛋。鸡蛋比白面馍馍还俊呢。呀，这肚里饿得像是起火啦，肠子要饿断啦。我偷了那女子些甚？你个瞎拐拐腿当然看不见。我摸了她一个嫩嫩的大鸡蛋。那蛋可真俊呢，就是没觉出滋味就跳下肚了。摸了个蛋吃反倒饿得慌。刚吃了苞米糊汤和煮洋芋，又摸了个蛋吞上，他奶奶的反倒饿得紧了。谁没浪过四个省？老子今年十五，阿爷活着时相跟着阿爷，阿爷说我五岁出的门，那不就整整地浪了十年么。十年偷遍了山边边水边边，凡有回回的地方，老子全把它偷遍啦。饿得慌么，不偷又干甚呢。我这肚里一准是有条饥虫，不然怎么一天就想着个饿呢。偷，还得偷，下头三里庄子里住着东家，偷东家的白馍馍去。东家一准蒸白面馍吃呢，今夜晚我就去。贼娃子甩掉洋芋，又高高地举起镢头。他想蹭着躲开丁拐子，就斜斜地朝韩二个那边一镢一镢地靠过去。他饿得心烦，实在不想答理丁拐子了。

丁拐子察觉到了。他巧巧地拖着残腿一蹦，挡住了小贼娃子的去向，风车般抡起镢来，一连刨了十几下。"拾。弯下腰拾。你这个贼，"他命令道，"快快地拾。你尕尕的贼娃子心还鬼得很，甩了老拐爷去干甚？放开手偷去吗？"他发出一股蛮劲，呼呼地使着镢又长长地刨开一垄。"拾。拾了刨。尕——贼娃娃，"他得意地又挑挑毡帽。山坡这边只见韩二个独自刨着，山坡那边却静悄悄的。坡顶上这阵可美得狠啦，狗日的苏尕三。浪到这荒山凹凹才几天，就把个水嫩嫩的闺女啃上了。老子怎地就那么命苦呢，那闺女其实生得还赶不上那黄脸寡妇。头发乱蓬蓬的一堆草，袄子红不红蓝不蓝。可就这么个丑闺女还撇着嘴，瞟也不瞟咱一眼。命就是苦，命里就是一片黄土，没有个色。"狗日的你个贼娃子快些刨哇！"他怒吼了一嗓。那时节拼上心劲卖房卖地，全赌上了，才娶来那个要饭讨食的黄脸寡妇。洞房——妈的洞窟！——窑洞里刚钻进她的被窝窝里一阵子，丁大善人就进来啦。我日你十八辈祖奶，你丁大善人再晚进来一阵阵我也认你是善人哪！……丁拐子恶狠狠地咒着，气得肚子鼓胀。他熬到四十那年，跺跺脚卖家娶亲，食色赌在了个色字上。可是丁大善人领着一伙恶汉，在洞房里当着那黄脸的寡妇新娘的面，打断了他的一条腿。

丁拐子又瞟瞟山脊那边，西斜的太阳霎时刺疼了他的眼。到处都是这焦干焦干的黄山包子，到处见不上块滋润土。狗日的这片焦干荒山，活脱像个缺少妇人的日子！拖着根废腿，顺着一条条干沟，打短工，当寺师傅，他哪搭也蹲不住。那时节睡野地，睡清真寺，十天半月他一准甩腿走。心里急得像火烧，总觉得这世界还欠他一个媳妇。后来，为块凉冰冰的煮洋芋也得出汗出血了，他才总算明白了最要紧的事还不是妇人。只是他天生的有眼力：隔着那件烂袄和那头灰蒙蒙的头发，他一眼就看出这送饭的闺女是个好吃的熟果子。一想这个他又忍不住了。

"你个贼娃子！你说，"他用劲地捣了贼娃子一镢把，"你偷的时辰，摸了那闺女没？说哇，你是咋么个掀她那花袄的？"他两眼瞪得滚圆。

贼娃子怕了。他一咬牙撞开丁拐子的镢把，绊着垄沟逃到韩二个的身旁。

韩二个独自在专心专意地刨着洋芋。

韩二个四十多岁，身子五大三粗，紫脸膛上满是络腮胡子。他刨得又准又沉。一团团连着须须的洋芋串沾泥挂土，活泼地跳出了地面。他不用弯腰。两条粗胳臂一抢，一串洋芋就随着跳出地皮；一只骨棱棱的大脚再一踢趾头，洋芋就滚到了土垄外面。他不思不想，干得滋味十足。他身子后面刨翻的土垄上，滚涌着新鲜潮润的黄土，微微地散着一股湿气，像是刚刚苏醒的活物。

韩二个稳稳重重地端着架势，不喘气也不吭声。他心里实实满满的，心里那分量正巧跟手上的镢头一样。他的镢头又笨又厚，刃子磨得短而光亮。他刨洋芋简直赛过女人使针，刨开的垄子笔直匀溜，一分不差地排着齐刷刷的洋芋窝。土垄上新土突然翻起着，又慢慢软陷下去，亲热地拥挤着成串的大洋芋。刨到坡头，他转过身打算把洋芋堆起来，却看见贼娃子正紧贴着他立着，手里握着他的烟荷包。贼娃子把烟荷包递过来，他赶忙接过又掖进袄里。他见贼娃子已经把洋芋堆得山高，就扭身又攥住了光滑的镢把子。沉重的铁镢头高高扬了起来，韩二个满心欢喜，他没有去想自己的荷包怎么给贼娃子抓在手里。他轻轻地一运劲，镢头闪电般落了下来。镢刃切进黄土皮时他又微微抖了抖腕，随即他就看见一串子憨憨傻傻的洋芋拱出了土皮。

烈日靠上了西边的连山，可是那光芒还是一样的炽烫。好像毒日头睡歇以前还要狠狠折磨一阵这荒山一样。韩二个安静地刨着，使着镢和手脚，一条条新垄沟划裂开焦旱的黄山坡，迎着烈日鼓动着那深黄的浊浪。四周的山峦上面浮起了一层抖闪着的蛰气，颤颤抖抖的，遮晃得那些山都模糊了。韩二个披着祅，心平气和地抡着锄镢。他不觉得累乏，也不觉得干渴。他听见贼娃子在耳朵边说了些什么，可是他听见时已经又忘掉了。他只觉得心里满溢着喜欢。他喜欢洋芋；喜欢起伏不平的山坡地；喜欢在太阳烤晒下的荒山头上，有板有眼地使镢头。

土黄的群山静静立着，一层层地排向远处。山里静下来了，虫鸟草叶都停住不动。坡地的那一头，一条微微陷下的坳地里立着他们的黑窝棚，歪歪地卧定在凹处，忍受着傍晚斜阳最后的烤晒。

韩二个背后的洋芋愈堆愈高了。

四

老阿訇把青布袍角撩起来，掖在腰带上，慢吞吞地跟在苏尔三身后拾洋芋。这个尕苏子刨洋芋也只仗着股心劲，镢把子抡得嗖嗖地带着风，溅起的土块高高地朝半天空飞呢。这娃，病入了心了。他扶住头上的白布帽，眯着老眼躲着那乱飞的土块，等着苏尔三把一股子野劲使尽了，才缓缓地弯下腰，把挂着湿土的洋芋串串拣起来，捧着堆在一处。

这一天呀，日头烧得怕是熔化了。烤得满山起了烟，烤得这空荡荡的野山里一片死寂。是那个火狱的征兆么？经书上处处讲到火狱。老阿訇慢慢运着洋芋，心里不住地思前想后。隔着窄窄一道山脊梁，刚才他像是听见丁拐子和贼娃子在吵闹，后来又悄没声了。

青海的监牢没有铁门铁锁。土坯墙上撒上几泡尿，挖个半夜就挖透了。挖开的墙洞洞里，蓝莹莹地嵌着一碎片黑夜。所以那土牢不是火狱。念了一辈子《古兰》，自从十岁在寺里当满拉，描下第一个阿里夫，我念了一辈子经文了。给多少娶亲的念过？给多少无常去了的人念过？干了多少次怀念亡人的尔麦里？数不清啦。蹲过的寺数不清啦，教出的满拉数不清啦，见过的血，流过的血也数不清啦。这尕苏子偏偏不听我的，这娃心里是有了病啦。从青海出来，手里没有一部河州印的大经，我数着这黄土的秃山包包，数着山里这皱纹一般的干河沟沟，又默念了多少年。我看见真主在经上划满了警号，你个二十岁的尕娃娃为甚就不信我的话呢？老阿訇擦了下汗，袖头上湿了一块。他喘吁着对苏尕三说道：

"停一阵吧，娃。累得不行呢。"

苏尕三解开汗褂，脱了个赤膊。汗水顺着他的胸上背上淌下来，冲开薄薄的黄尘，淌成些花花道子。这娃看着单薄，看着不像他处世那么硬壮呢。仗着个骨架架，没有几块粗实的腱子肉。山里人一眼就看得出：这娃还没有学会吃些洋芋野菜就长肉。你不该只顾养那股子心性，该学学韩二个。韩二个才真正算个山边边的回回汉子，饥着渴着也那么粗壮。老阿訇捶着腰，心里为苏尕三惋惜起来。看这娃，又犯了心病啦。我知道你在那远山影里寻的是个啥。你歇歇吧，望穿了眼也是枉然，你寻的那东西，真主没预备给你呢。

两个人又开始干活了。太阳快下山了，爆烤了一天的山里像是有了一丝凉气。苏尕三歇了一阵，此时把柄镢头舞得像个风车，土块和切断的洋芋茎蔓直直地朝半空飞去。

我看见那经上处处都是那个警号，我看见它的时辰，不光是眼睛烧疼了，连心里也疼呢。你说你小时也上寺当过两年满拉，也念过几天经文，那你就该知道，不能再犯那种心病。经上写着："你也要防备着火狱。"你记着呢么？火狱不单是官家的，真主说了，连你我这些教门里的人也得防备。想起青海的事，实在是太可笑啦，置不起铁栏子牢就是穷，穷官家就不该那么丢人地盖些土坯牢。官家不懂这些，因为官家惯会的是欺主辱人，他们的后人等着为他们耻得慌呢。尕娃，那不是要紧的事哩，要紧的不是你心里的冤屈，不是我的青海土牢。那些警号在一本经里闪着火亮，像一个又一个烧着的火星星。你听我的吧，别任着浅浅的心性，那警号使一部真主的训诲变沉重了，变得滚烫了。老阿訇停住了，想了想，开始唤着年轻人：

"娃，乏了就站一阵。几片洋芋地么。"

"咱不觉着乏呀，"苏尕三应道，"阿訇，云彩快上来啦，您老先歇息吧。"

老阿訇叹了口气："娃，停下，我有话说。"

苏尕三甩了镢头，又把头扭过去背着老人。

"你走近些，我有话说呢。"

"说哪——我寻思着刨了这根垄呢。"

"你转过脸来，"老阿訇坚持着。

"嗯。说吧。我堆着这洋芋听呢。"

"尕娃！"老阿訇厉声喊了起来。

苏尕三只得走了过来。对面天山冒出来一团团云彩，雪白地旋成一个巨大的圆囤，旋着滑了过来。夕阳挂在远山棱线上，已经收去了酷热。

"你听着——那丫头子你沾不得。"

"她是隔教的人，"苏尕三冷冷地迎视着老人，又追问了一句，"是么，阿訇？"

"还不为这个。唐朝的先人也娶过汉民的丫头。不为这个，"老人的白发颤抖起来。

"东家正逼着要毁她呢，"苏尕三轻声说。

"火狱，"老人费劲地说，"你念过经，记得火狱么？你不能拉扯个丫头子一搭进火狱。"

苏尕三攥着两个拳头，直挺挺地站在洋芋地上。他浑身上下都蒙着一层细细的黄尘，沾满黄土的脚丫片陷进垄沟的软土里，整个腿脚辨不清了，像是和这片黄土坡地长成了一个。

这难心的娃呀，念过可是没能记下。他偏偏不蹲在将军台，其实将军台那地场是个穷汉寻食的好地场。可是他走了这搭，直直地顺着山边边走上来了。

"信我老汉说的吧，别沾那丫头。"老阿訇说罢就弯腰去拣洋芋了。

不说啦,他想,说得自家心里难过。说这些有个甚用场呢,他还正较着心劲呢。走陕西有两条河,两条河流在一搭,一条沟里淌着,可那两条河互不混水。你只记挂着你的冤屈,只知道张望着寻你要寻的那个东西,可你见过清水和黄水淌在一搭吗?其实处处都能看见那个警号。不防备,处处都是火狱呢。

洋芋堆成了一座山。须蔓已经晒得抽缩了,沾上的湿土也干裂着落着。天上晴得清澈,几团团云朵像是离开了蓝天,眼见着要落到这山坡上一般,又浓又白,那么真切。老阿訇望了望堆起的洋芋,朝苏尕三喊道:"回啦,不干啦!"

年轻人却一下子坐下了,凝神望着,脸色一片铁青。老阿訇知道,他准是寻见那东西了。

老人走近过去,低声问道:"看见啦?"

苏尕三点了点头,眼里闪着一抹晶莹。

云影罩住的那条远山丝纹可数。太阳早已沉没,荒野这时显出了秋天的清朗。顺着斑斑驳驳的山顶,在一块蓝蓝的云影下面,能清楚地远远望见一个小小的什么。老阿訇揉了揉眼角,学着苏尕三的样,细细地望了一阵以后,他也真真地看清了:那是一座低矮破旧的、给烟火熏得发黑的黄泥巴小屋。

第二章

一

贼娃子已经怎么也忍不住了。他每天清早一睁开眼,就懒懒躺着,盘算起偷的事。那时小窝棚里正睡着最后一觉,天色还刚刚泛白。等到老阿訇战战兢兢地爬起来,背过脸去,朝着窝棚的黑角角做起第一遍乃玛子的时候,他已经想定了这一天偷的地场,以及细细致致的偷摸章程。

昨日傍黑时浪了趟三里。三里这尕村子实在没有处值得下手的地方。

一共五六家土屋石窑，都是吃洋芋的家主。只村边边上一家子陕西回回，守着盘烤柿子饼的泥炉灶，算得上是有些油水。可那家老陕鬼着哩，手里提个翻饼的铁片片，恶呆呆地死瞪着咱。不得手咱就走呗，你那烂柿子面吃了窜稀屎，咱情愿回来啃洋芋。

他伸了伸懒腰，走到窝棚外头撒尿。一头尿着，他看了看早晨的山野。西边望不见山头啦，山边罩着一道黑黑的云。他系上裤回来，窝棚里还在呼呼睡着两个，起了身的韩二个也陪着老阿訇跪在一搭。贼娃子暗暗乐了。韩二个也跪下啦，你会念吗？还不是怕老阿訇。这窝棚里，老汉只是不逼着我念，连那拐子腿都给老汉缠得跪了一回。不要脸的拐拐子！他厌恶地朝另一个窝棚角瞥了一眼，跪了一回还真的哭了一顿。贼娃子又想了几句话咒了咒丁拐子，歪着头看了阵子韩二个笨熊般的跪相，接着又望着山，盘算起偷的章程来。

这个窝棚里已经摸遍啦。韩二个那铁烟锅子不行。柿子饼炉那老陕说，若是有块废铜，他就给换个柿子饼。可韩二个那烂货是铁的。丁拐子腿浑身上下只有一块黑毛毡，一顶烂毡帽。老阿訇——贼娃子想着心里又害起怕来，那天夜里他摸索老阿訇的时辰，他发觉老阿訇没有长肋骨！没有肋骨！老汉皮下头尽是些小疙瘩，小疙瘩连成两扇扇，一左一右地罩在肚肚上。他不觉伸手摸起自家的瘦肋条来，一根根数着。自家的肋条细棱棱的，肋条间的皮皮陷下去像条沟。

那时节的事记不真啦。像是昨日里，又干脆像日狗的旁人的事。那时躺在滩上爬不起来；阿爷说，你就睡这搭算毬啦，反正一搭还有两个死娃娃做伴。说罢阿爷就走啦，一走不见回头。躺在那青石滩上，石块子又尖又硬，垫得肩梢子骨想碎。后来就数自家的肋条，一二三地数了几遍。记得有个青绿青绿的肚子，透明透亮的，印得那些肋条骨又黑又显。那不是咱的肚子，那怎能是咱的肚子呢。贼娃子摇摇脑袋，拍了拍肚皮，嘿嘿地笑了。本来脑子里没有这么个鬼事情；若不是前年春天吃了一春野菜树叶，吃得肚子青绿透亮，脑子里是不能编传出这么个鬼事情来的。那肚肚若是你尕娃的，他生气地说叨自己，你怎能今日又浪到这搭睡窝棚呢?

老陕的妇人嘴太利。骂得太狠。没个脸皮!你娘没给你生脸皮!……日狗的,真该唤上丁拐子和她会一会。拐子腿有现成的脏话,那脏话比你灶上烙出来的柿子饼还多还热呢。我怎么就没个脸皮了?你那烂脏娃啃着的饼子,我只碎碎地啃了一口不就原样放下了么。其实你个老泼妇瞎瞎地没看见,是你那脏娃刁,他觉出饼子少啦。贼娃子想着又笑了起来,他觉得那天最可笑的还数老陕本人。面挡面立着,手里还捏着条铁片片,就硬是看不见他偷饼吃。呸!谁再去你们那盘脏炉灶头前站一站,谁就是个狗日的!那柿子饼里一半糠皮一把沙子,我永不想再吃一口啦!

窝棚里都起来了,一群挤着在门口忙碌。等山下的女子把饭担上来时,贼娃子瞟了一眼就明白了:这女子身上没有掖鸡蛋。他心烦烦地挤开丁拐子,急急掀开桶,抓起一个肥洋芋就咬。一口洋芋慢慢滑下肚肠,同时贼娃子肚子里响起了一声长长的呼号——他猛地觉得饿了,饿得不能再熬片刻,饿得头脑昏旋起来。

这一刹间他下定了一个死心:偷主人家!狗日的,窝棚里再没个解数。三里净是些吃洋芋的。女子的袄襟里明明不见鸡蛋了。只剩下一个去处:偷主人家!

他觉着前面的黄山包包霎时都变成了一个个白软软的香馍。那馍馍山一直排到了天边。

她刚刚脱下身上的花袄,就听见狗叫起来。

黑狗现在夜里也不拴。原先家里有根拴狗的铁链子,还是阿大活着时节置下的。现在她把铁链子绑在门上了,一道门栓再绑上一根铁链子,她多少觉得安心些了。

三里的土街上静得吓人。这个尕庄子从来不掌灯,天黑了街也就黑了。隔着窗棂子望出去,黑沉沉的大山不言不语,蹲定了顶撑着蓝得透亮的夜空。最怕的是夜里不见星月,她想,剩下一片黑漆漆,压着这窑洞尕院，压着碎小的三里庄子，压得人心里止不住地恐慌。那座黑沉的大山永也不动；天天夜夜隔着窗棂子望着那架圆乎乎的山影障，她总是觉得那里像有神鬼。在没有星月的黑夜里，那大山一阵子像是护着她，牢牢靠靠地贴近她蹲着；一阵阵又阴森森的，她缩起身子，觉得那黑山影正盘算着一口吞了她。

狗还在一个劲地吠叫。已经成了病灾了呢，先前觉着黑狗嗓音太粗，吠叫得人心烦；可是如今，只要听不见汪汪的狗叫，就吓得睡不着啦。尕苏哥，你五尺汉子，俊俊的眉眼，怎么就不朝这搭伸伸手呢？东家那黑夜隔着门扇说啦，他一准要……他一准要毁了你这尕妹妹呢。这三里四周八方都是荒山恶岭，你说说，守着间破窑咱还能指望个甚呢。那一日你从将军台走下来，大步流星踩得路也响地也响，你一只手就抓起我的两桶窑水。她想着想着心里就变得甜蜜了。两只眼睛泪莹莹的，披着又补了几遍的袄。

从将军台下来的小道两面夹着褐红的火石山腿，山上的红胶土正好打水窑。立在水窑边上，左手能看见东家的青石头庄院和黑漆门上的铜门环；右手能看见连着将军台的月亮山。那月亮山滚滚地起着浪，一座座一层层的圆山岭推拥着没有个边。夹当中一根又白又直的羊子蹚的山道，窄窄的山道上下来了个深眼眉阔肩膀的庄稼汉。她忘不了那天的山影，忘不了山道上大步走着的那庄稼汉的神采。原来那山山岭岭荒着哩，小道上旱得走着黄白的烟。可是尕苏哥大步地下来了，路也震了地也响了，野坡荒岭都欢喜了。她美美地笑了。怎能忘了呢？她立在水窑边边上，看见一个人从那两架火石山中间的小道上大步走了下来。那人就是尕苏哥。自从尕苏哥敞着汗褂、露着胸脯从那小路上走下来，这秃秃的山坡地、这窑洞庄稼就显得明亮、显得好看啦。

黑狗发着狠嚷叫起来。她怔了一怔，直直的眼瞪着石窑的拱顶子。黑狗嚷得更凶了，不单是喉咙里吼叫，还听得见牙缝里咝咝地挤着唾沫。她猛地裹紧了破袄，心在那一刹不再跳了。

窗棂子外面夜黑漆一片。她仿佛听见大门外有人走动。脚步声在黑夜里传得真真的。她裹紧了破袄，慢慢把身子蜷缩了起来。窗外的黑山影像是悄悄地动着，阴沉着看不清的脸孔朝她这破窑院逼近过来。她使劲地蒙住了眼睛。

贼娃子费了好大的劲才咽了下去。咽下去以后他还好喘了一阵。白面馍？嘿，是个白面糖馍馍！那座黑漆门闭得紧，可是没有拴锁。这就对着哩，铁门杠在山上搭了棚棚啦。阿爷独个远远走啦，他若知道今日能嚼上这么甜的白馍，他一准不会抛开咱和那块石头滩。摸的时辰胆战战地生怕撞上主人家，可是那屋里黑洞洞的没个人影。主人家该蹲在那屋里哪，怕不是就正正地立在那黑屋子里？若是给主人家撞上，怕就是要打断腿呢。哪一年啦，也是挨一个胖子捉住了，那个胖孙满嘴吼的就是打断你的贼腿。那胖子开着个棺材铺，那地方流着一条绿花花的河，河里飘着去了皮的松木。胖子还说，把你个贼娃子装棺材埋！阿爷在一边说，这娃是回回，您老若想行善，舍他一匹白布吧，您自家留着那棺材。贼娃子想着这些忽然烦了，他赶忙咽下糖馍，伸手拍起门来。

"大姐！大姐！我是贼娃子呀！"他嚷着，一只手拦着黑狗。高大的黑狗双爪扒住了他的瘦膀子，两只黑眼睛汹汹地瞪着他的脸。"老子是贼娃子！"他朝狗喊着。黑狗慢慢地甩了甩大尾巴，松了爪子，跳回地面上。

"大姐，我这就走山上呢，"贼娃子进了屋，两眼一扫，便觉得来得错了。这烂窑，他想，还顶不上山里的黑窝棚。炕上睡着个老婆子，脏得赛堆泥巴。没有一口能吃的能摸的货，除开她宰了那只下蛋的鸡子。"大姐，我回窝棚走呢，你还不给我苏哥煮个蛋捎上？"

不该进这个窑。那蛋怕是明日早起才能屙下来呢。还是主人家有货。软软的大白馍，日狗的还包着糖馅子。阿爷算是吃不上啦，阿爷离了那石头滩就没见回头，许是在哪搭寻上了块裹尸的白布——不想这个。"大姐，不给我苏哥捎个蛋上去？"他又问道。

那架黑山怎么一个劲地动呢，从窗棂子看着，它挪过来一尺啦。她扭过脸不再看窗子外面，可是又真真切切地觉着那座阴森森的黑山在逼近过来。今傍晚母鸡子下了一个蛋，我就给尕苏哥煮了捎去。她挪下炕来，摸出那个滑润的鸡蛋，走到灶边上。她点火的时辰又瞟了瞟窗子，吓得浑身冷透。那阴沉的山影又近啦，她的手抖得点不着火。那黑影子已经遮住半边窗啦。

　　蛋煮熟了。她用凉水浇了浇那蛋，抚着摸着又犯了愁。难得贼娃子一片好心呢，这么瘦的个娃也是一天天顶着毒日头刨洋芋。只这一个蛋哪，若再有一个该多么好呢。"要不，贼娃子呀，你就自家吃了吧……"她说，"明后日，若是再只有一个蛋，你就忍忍不吃捎给他行么？"她心疼地抚着那个蛋。手心摸索的，那鸡蛋已经温热了。其实明日早起，我送饭时给他也是一样，若那么办就不为难啦，她想，可是又太难为贼娃子一片心意了。

　　谁知贼娃子一把抓了蛋去，嚓地一口啃了半边，眼一眨，嘴一挤，蛋壳壳就吐了出来。"能行。明后日再给我苏哥吃。"接着又一嘴，蛋不见了，贼娃子手里捏着半个壳壳。

　　"你歇吧，大姐，我走呀。"她看见贼娃子已经钻出了门。她叹了口气，重新把院门拴好锁好，慢慢走回窑里，像是失了神一般。黑狗的吠叫渐渐远去了，她知道那狗追着贼娃子跑了。夜已深沉，抬头望望还是不见星月，她想天上怕是满罩着乌云呢，那狗吠声已经微弱得听不真了。

　　她在黑窑里又坐了一阵，然后脱了袄。

　　突然黑暗里嘎嘎嘎地响起了尖尖的狞笑。"哈哈，嘎嘎嘎……"接着就震天碎地般响起了砸门的乱响。"哈哈哈！你今夜还有个甚章程！开门！老子三脚就破了你这烂门扇！开门！哈哈哈哈！……"尖厉的怪笑在深夜的三里响成一片，那粗野的吼声放心大胆地四外传荡着。她哇地嚎啕起来，泪水顷刻流了满脸。

　　睡在炕上的瞎阿奶颤颤抖抖地爬起来了，摸索着爬到她的身上，又摸索着往炕下爬。轰！轰！轰！薄薄的板子门重重地给跺了三脚，一块板子咔嚓裂响着，砰地摔在地上。老阿奶一头栽在炕下的石头地上。她的心一紧，嚎啕得更凶了。

"东家！东家呀！求求你吧，求求你吧，"瞎阿奶高一声低一声地朝门外哀求起来。"给你跪下啦，求求你呀，"可是阿奶的嗓音被那片狂暴的砸门声淹没了，她看见阿奶一头往石板地上撞了上去。

她滚身翻了下来，紧紧搂抱住瞎眼的阿奶。老人呜呜地哭了，瘦棱棱的手捏着摸着她的肩膀。"尕苏哥——"她死命尖叫了起来。

贼娃子懒洋洋地走着黑路，一只手抚弄着黑狗巨大的头。若说福气，今日才真算是福气呢，两个软软的大白馍，里头还奶奶的包着糖馅子！主人家可真是过得美。还有一个嫩嫩白白的煮蛋。那女子可真憨得狠，两声大姐喊上就把蛋摸出来了。在河州城浪的那时节，有个开耍钱摊摊的，说你若喊声阿爷我就给你一个铜钱。老子脆脆地喊了他十声阿爷。看看，十个大钱到手啦。贼娃子愈想愈美，精脚走在山道上，白天晒下的石渣子热热地烙着脚。他满心舒服，这阵就像睡进了窝棚里一般舒服。

黑狗却突然停住了，两个耳朵硬硬地挺了起来，粗尾巴像根杆子翘着。贼娃子拍拍狗脑袋，捉摸着想揪下根狗胡子来。这狗好高呀，粗粗的硬胡子。若揪它一根，回去就扎丁拐子的鼻子眼。可是黑狗嗖地转过了身，凝神听了一阵，两眼冷冷地闪着光。贼娃子刚刚瞄准了一根狗胡子，正悄悄地探过手去，那黑狗却箭一般笔直地朝下坡道射出去，飞快地狂奔起来，一眨眼就消失在黑幢幢的山影里。

黑狗回来了，东家跑掉了，她紧紧搂定了枯柴般的瞎阿奶，一声不吭地坐着，脸上无声地淌着滚滚的泪。黑狗呆呆地坐在窑中间的石板地上，两眼凝视着她们。她记起好像刚才黑狗在门扇外面狠狠地尖声吼着，撕咬过什么东西，可是这一阵她觉得黑狗眼里也是一片茫然，像是盯着她在问个究竟。她觉得累乏，往日里和男人一般抡起锹镢，独个一人挖个比窑还大的水窖，独个踩拌了红胶泥抹了窖底，她没有想个累乏。毒日头底下一天三趟担着发臭的窖水烧汤煮饭，一天三趟顺着那条直直陡陡的石芯子路上山，她顶多也就是有点腰酸。而如今，她的心累乏了，她一步也不愿再走了。

瞎阿奶在她怀里焐得动弹起来了。她打起精神，想服侍老人睡下，可是瞎奶奶挣开了她的手。瞎阿奶哆嗦地举着手，在黑暗中摸索着。她忙扶住那手臂，可是老人僵硬地打开了她，继续摸索着。终于，她看见瞎阿奶攀住了窗棂子，慢慢地攥紧，然后又松开，最后支起一指骨节凸起的手指头，指着窗棂子外面：

"娃，逃吧。这搭，蹲不下啦。"

她穿上了那件旧花袄，走出窑来，解下门扇上的铁链子，拔开了门栓。瞎阿奶睡下啦，三里又是一片静静的。黑狗寸步不离地贴着她立着，她心疼地揽住了黑狗毛松松的脖颈。东家刚才闹腾时，喊叫说一准要拾掇了她，还说一准要宰了歹苏哥。阿奶说得是理：这搭已经蹲不住啦。只剩下一条逃的路啦。

她倚着门扇，等着天明。黑茫茫的大山层层叠叠地围在四周，静默着一声不语。三里的庄户深陷在这巨大的山影里，显得那么孤单。歹苏哥，歹苏哥，她一遍遍地在心里悄声唤着，亮天前的露水渐渐打湿了她的破花袄。

二

苏歹三喜欢赤膊在地里干活。他见韩二个总是披着棉袄使镢，心里就觉得惊奇。身上的烂开花袄沤了汗，再给毒日头一蒸烤，浑身就黏黏地不好受。闪了袄精了膀子，刨上一阵子，汗水就出畅快啦。苏歹三最盼的就是个畅快劲儿，那淋淋的大汗出透的时辰，脸上身上先是冲开咸咸的沟，再就成片地往下淌，整个肉身子油亮水湿，像是盐水里泡了一遭。

汗出透的那一刹，苏歹三心里就像风赶着云彩，熨贴贴地晴朗开了。他身板不算结实，仗着骨架扛着沉重。闯出来这三年里，遇上和韩二个那号粗汉一搭受苦，他有时暗觉着有些顶不住。身子顶不住，心就烦乱了。那么干着，他怎么也挣不出个畅快。所以他从那时节就养了个喜欢闪精脊梁的毛病。破袄一甩，山里的凉风就吹过来了，浑身上下的骨节皮肉也立时一抖擞，绷得紧紧的。尤其是脑子，那一刹好一阵清爽振奋。抡起家具来，土块块高高地溅起来啦，石头打着滚跳起来啦，庄稼地里的勾勾绊绊冲过去啦。然后扶住镢把子，立住脚微喘一喘，一放眼望出去：层层道道的荒山野坡都在脚下踩着哪。望着那四下低低伏下的黄山头，心里立时就开了晴，晴得畅快啦。

一扳手指出来三个年头了，他不问冬天夏日，只要觉出短了力气就扒下袄来，赤条条地捉紧镢把。三年里，他这么干着，抗住了风沙寒暑，喂好了脑袋肚子，也压住了心里的火气和憋闷。只仗着这一手，他穿过了几州几府，浪遍了这片焦旱的荒山。

老阿訇说得过了分。他死死缠住我不叫沾那女子。我最烦的就是他那个神神鬼鬼的劲。上山的小道上露着石头芯子，我走在那道上就猜出这块坡地里一准有石头，看不是么。刨洋芋管它石头多少呢，可是韩二个见了石头就刨。那么我就也刨。你若不缠其实我还真不愿沾那女子呢，难道我自家还不知自家是个背着罪的人么。真主的经文我也念过几天，我怎就记不得火狱的警号！主不会使火狱吓人，我也念过，那阵阵我还是个尕娃呢，我念着念着就入了迷。我当尕娃时节念下的《古兰》里没有火狱，只有天堂。至今日我还死死地记着呢，那天堂里淌的不是水，不是臭了的死窖水，是雪白的奶子和蜜。这块石头还真大得很呐，几镢下去还刨不出来，留给东家自己刨才对。那闺女遭劫呢，你长胡子的老汉又不是没看见！东家残得赛狼，东家夜夜砸她的门扇呢。这块石头就等着我刨呢。虽是隔姓隔教，你老汉就忍心瞪看着东家毁了她么？老子怕天不怕地，你这块鬼养的石头难得住谁？我偏不喊叫韩二个，我连个贼娃子也不用。我看得透透的呢：你这块黄石头是睡定了等着我呢。

苏尕三慢慢直起身来，慢慢地扶稳了镢把子。拼力气以前他先吁了一口气，然后咬住牙打量那块黄土里的大石头。他想，这石头睡在自家的垄沟里，躲也躲不开啦。想着他就握牢了铁镢头。这时他的眼角突然扫见了一个熟悉的影子，心里一惊，抡锨的手臂迟了一瞬。

阴云遮住的山头青青的铺展着，在那片山头的边边上，他又看见了那座熏黑的小泥屋。

心里堵得难受。苏尕三愤怒地举起双手，嗖地一声，锨头重重地插进了深土。苏尕三用腰杆撑住，微微一运力气，那大石头翘起来了。

黄泥巴垒的小屋。顶子塌歪了，墙给柴火熏黑了半截。他又闪电般抡下一锨，把腔子里的气运上去，那石头纹丝不动。怒火烧起来了，苏尕三铁青着脸，准准地又劈下第三锨。杏木削的锨把咯吱吱响着，他稳稳地往上添着力气，绷紧的腰杆慢慢弯着，两只大精脚丫牢牢地插进了黄土里。锨把咯吱咯吱地响着，两只手上胀满了青筋，大石头猛地一滚，笨笨地在土垄里翻了半个身。那小泥屋显得多暖和哪，一准是给柴草熏了多少年，黄泥墙壁匀匀地熏黑了。我再抡三锨就让你翻个底朝上，苏尕三瞄准了，这一锨下得更狠。他看出来了，这块黄石头像个斗大。那闺女可惜啦，生在个汉民窑洞里。若是引上她——引上她见了娘，若是娘还活在人世上，会说些个甚呢。最后一下子到底把它翻过来了，苏尕三拼足了劲，全身抗住锨把，一个膝盖骨顶紧石头，脸上胸上的汗水哗哗地淌下来了。嗵咚一声，满坑溅起一阵黄尘，那块巨石滚出了垄沟。他甩了锨锄，扑住石头，用肩头顶住石棱角，两腿朝后狠狠蹬去。

巨大的黄石头又笨又蠢地翻动了。苏尕三任着汗流不住地淌进腰里，淌进眼里。他的双腿在背后缓缓升起的黄土坡上蹬出了两道深深的窄沟，像两条壮牛刚刚扯着犁铧耕出的一样。

那女子，可真是心眼好，他觉得自己的气力就要使尽了。眼前现出了斜斜皱皱的壑沟，他咬紧了牙关。舍了她，她可就毁啦。他用一个膀子重重一抗，那巨大的黄石头轰隆隆地栽出坡地的边棱，砸着刷着沟壁上的黄土，曳着一股浓浓的黄烟，吓人地跳蹦着向沟谷里栽了下去。

他瘫软地坐在山坡的边边上，咻咻地大口喘着粗气，眼睛累乏地瞟着前面的黄土山峁。天从早起就阴着，平日里晃亮得扎眼的这片黄土大海此时柔淡了，在阴云下显着一抹暗蓝。他强着睁开眼睛找着，可是远处的连山迷蒙了，已经看不见那座矮矮的黄泥屋了。

也许还是老阿訇说得对吧，你引上她又能奔哪搭呢。东家已经摸着了你的底细，凭你的罪，他绑你杀你都费不多力气。你十七岁头上已经惹了一场祸，这二十头上也非再惹它一场不行么。东家恨你恨得牙痒，那女子说东家吼着要宰了你。老阿訇说得不假呢，火狱已经近在眼皮前了，你消停吃洋芋的日子已经没有几天啦。

苏尕三想着，一手拾了镢头又站到了垄上。看着一串串睡躺在垄子上的洋芋块块，他突然觉出这洋芋的珍贵来了。天上罩着阴云，整个山里都像使劲地闭住了嘴，隐藏着不和他说那件立时就到的大祸。他默默地挥镢刨着，觉得心里最底下有层薄薄的膜颤起来了。

三个年头了，他想，三个年头里一心就想着寻口食吃上，不多想起唤唤主。身子骨架倒是粗大些了，可是心眼却一年比一年呆傻。如今只稀罕一件事，就是遍山地张望那间熏黑的尕尕的黄泥屋。三个年头里哪搭都蹲不住，哪搭也是吃一嘴就走，你奔的是哪搭呢。

火狱，他想，也许我就是直直地朝着火狱奔呢。这月亮山里一准还有个我的故事。在窝棚？在三里？有场劫难已经快到啦。那女子……他痴痴地想着，想起那天坐在毒毒的阳光下，那闺女紧紧地挨着他。她那针使得又快又巧。你也苦呀，守着口红胶泥抹的臭水窖，顾着个半死的瞎阿奶，冬天里从山坳里背来一筐筐雪，夏天省着算着喝那沤臭的水，喝上一秋一夏。你憨直得连句整话都不会说。苏尕三摇了摇头，这么憨这么苦的闺女，你能把她舍下不管么。

可是那时才十七岁。跑出村子几里路了，回回头，望见那股骨碌碌滚着旋着的黑浓烟。那两股黑浓烟像两根黑柱子，像将军台村口那两株怕人的黑黑的钻天杨。我不是个你能靠着的男人呐，我也许生来带着病，老阿訇说我病入心了。就为着心里忍不住那股滋味，就为着那么一件事，我就把自己的家毁啦。我举起镰刀，朝那官的脖颈上割了一下，家就毁啦。家成了两股直直滚着团冒的黑烟。家里有娘，有一个妹子，如今都不知死活。我是个背着罪的男人，我惹来了劫难，自己又逃到了外头。

那劫难我甩给娘和妹子啦——我割断了那官的脖颈,他们能饶了我娘和我妹子么。老阿訇说得在理呢,是火狱。娘和妹子都是女人,正巧你又是女人,黑夜里睡下的时辰我常想:让自家的女人苦着,许就是我的本事呢。你长到这么大,长成了活脱脱一个大闺女;你和我隔着教门,你成年受穷受累,连块盖头都置不起,你连口清亮的井水都没喝过,你就真的情愿随了我去闯那火狱么?

从这块多石头的土坡看过去,通向三里的陡坡就横在前面。在那坡顶的洋芋庄稼当中,露出一条石芯子小路。苏尕三默默地刨着洋芋,见到埋在土里的石头,他就脱了汗褂破袄,满头汗水地去挖那石头。刨洋芋虽然并不是挖石头整地,可是他只顾一块块地挖着。陡坡的坡顶上露出了一些蓬蓬飘着的乱发。接着那蓬蓬的乱头发下面露出一对眼睛,又露出一张黑红的女人的脸蛋。那闺女踩着碎碎的步子,轻轻摇晃着,一点点地升出了坡顶。等到苏尕三看着她的精脚丫丫也露出坡面,踩在黄土地上的时候,苏尕三暗暗下定了决心。那闺女肩着担子,圆圆的腰杆挺得笔直,沿着那条小道上到山顶,对着这边走过来了。听老阿訇的,苏尕三想,不能拖着这么个好闺女遭难。

天色一直阴沉着。正前方在月亮山拐弯的那个山洼地方,已经是暗得迷茫了。再也望不见那座亲切的黄泥屋,那里望穿了眼也只能看见一片阴暗得发黑的山影。连那闺女望了一阵也说望不见,那就不是自家眼力不好了。苏尕三心里觉得空空的,今日里他格外留心那片山洼,可是偏在今日里不见了。东家已经摸清了我的底细,知道我是杀下了人的。可是今日里那泥屋不见了。东家放了话要宰了我呢,可是已经正午了,天还不晴给我,那让人望着心里舒坦的泥屋给阴云罩住了。

和闺女挨着坐在坡顶上,苏尕三特别地盼望能看见那座柴草烟熏黑的黄泥屋。他已经铁了心不再沾这闺女了,可是这阵近近地和她坐在一搭,苏尕三又觉得他嘴里说不出那难心的话来。她一个心眼都想靠着我呢,昨夜晚东家闹得更残,门扇已经破开一块了。他使了几次力气,头上渗出了一层细汗,可他怎么也说不出口来。鬼神催的一般,他却一个劲想望见那歪歪卧着的黄泥屋，想和这闺女一搭好好地看看那遥遥地卧在山那边的、那间温暖的黄泥巴小屋子。

"知道么，我杀下人啦，"他终于张开了嘴。

闺女点了一下头，眼里满是心疼的神情。

"杀了人，家就给人家毁啦。"他又说。

闺女眼睁着，那眼里静静地漾上了一层泪。

苏尕三说不下去了。我惹了祸。就为着那个事，我就把镰刀使劲一割。我那把镰刀磨得可薄呢。那两柱黑烟冒到了半天上，毁的不是我，是家和母亲妹子。我就为了那么个事，就把她们毁啦。我这心就是一个火狱。可是，苏尕三猛地立起身来，顺手扒了袄褂。他大步地朝洋芋地里走了过去，手里紧紧握住镢把。可是这闺女走投无路啦，三里没有一个巴掌大，东家残得赛狼，四下里又层层迭迭的全是大山。我怎能在这个时辰和她说出那些话呢？苏尕三走到地里，镢把在空中嗖地划了一声，就重重地刨在土垄上。

黄泥小屋的念想不是罪过。我不知忍受，不知先得忍受，才能有生路；我不如老阿訇也不如韩二个。我自己惹下事让别人背着祸，我自家在这山上吃洋芋却舍了娘和妹子，把祖宗留下的故土放了一把火烧成两柱子黑烟。我心里永也背着这罪债。可是那黄泥小屋远远地卧在山那边呢，它矮矮卧着，半截长在黄蒙蒙的旱渴的地上。它是用麦秆子搅了泥，用苞米秆编了笆盖的。歪斜的屋顶是寻来隔雨水的黄胶土掺了牛粪抹的。那顶子上用手捏出个短粗的泥烟囱，柴火烧着了灰白的烟就漫下来。那淡淡的白烟漫了满屋满院，后来就把黄泥巴墙熏黑了。那熏黑的墙夯得实稳，人看见它心里就踏实。那屋后该有一眼清粼粼的水井，井上盖上盖子，销上一根木栓子。真主给了回民使水的规矩，有了那眼清水井，就能不喝那窖里的臭水，也能像在寺里一般净净身。这样一来，日子就清爽干净了。那山边边该静得出奇，黄泥地里能种麦子洋芋。傍黑时喝上一碗苞米糊糊，啃几口洋芋，坐在那泥屋前面，能看见远远近近的黄土山岗。真主为了磨试人们的诚心，给了人们几辈子的苦难；可是真主知道这些庄稼汉心里有处怕碰的肉，所以也给了他们这种黄泥屋。若是寻不见天堂，又害怕火狱，主是能让他们寻一块地场的。在那泥屋里，哪怕是背着再沉的罪，也能躲风避雨。劳累了能歇息，浪远了能回来。能蹲在那低低的泥屋里护住自己，护住自己心里那块怕人糟辱的地方。老阿訇，你说得不对，追寻这个不算背主。主是答应了庄稼人的，就算是进不得天堂的人也不一定非进火狱。黄泥小屋是主造化的，人不该失了这个念想。我离家三年啦，并不是为着我杀下了人，是为着那件事。那事太毒啦，事情过去了，它还钻在腔子里，糟辱着人心。三年了，心里盛着这个，我浪东浪西总觉着自家在躲着谁。三年里我累乏了。我不是自寻火狱，我忍住了避着呢。东家放了话要宰了我，我忍住了一声没吭。我不想再惹祸，不想进那火狱，我只想避开，我这些天想着那烧成黑烟的家，想着遭了难的娘和妹子忍着呢。我只想寻上那个地场，寻上那座主给我预备的泥屋子。你念过那么多年的经，你坐牢的岁月比我岁数还多，你怎么就不给我指指路呢？

　　荒凉的秃山不发一语，铅灰的厚云把那些涌出来的山头都遮没了。近处的山岗圆圆的，边棱上扯出一条条裂开的皱纹，露出红褐的石脉，披着稀薄的枯草蓬子，挡住了通向远山去的小路。

三

　　丁拐子美美地翘脚躺在山上，噘着嘴唇吹着哨。和韩二个混成一搭以后，他立时就舒坦了。镢锄干脆甩得远远的，地头上拣块平整的斜坡，睡上一阵，再哼上一阵子小曲。今日里阴透了天，山坡地里凉嗖嗖的，二郎腿架上吹个口哨，心里实在太自在了。

　　　牵着个骡马吧抓着条枪
　　　拍拍门扇咱要粮饷

哎哟哟，

大姑娘架到了马上

他扯开粗嗓吼了一阵，又噘上嘴唇吹了一遍。这个歌子他听过两遍就学得上了口：头遍是在天水那搭，听几个喝醉了的兵痞唱的，后来蹲在黄河沿那时节，有一次土匪来打堡子，他躲在一个坍窑里，听见那伙人强马悍的土匪们掠了堡子以后，吼唱着这个歌子从窑眼前面撤回山里去了。月亮山这里穷得慢说军兵土匪，连个鸟雀也不爱答理。一片大山秃光光地，静悄悄的像是死绝了人。蹲在这黄土山坡上，成日里陪着这片焦黄的死山，人就变成了匪。人活得没精神，就想在这穷山沟里当个大王。丁拐子这几天一直转着这个念头，白日里躺在坡上看着荒山浑想着，想着想着，就白日做梦了，真真地觉得自己变了个威风的山大王。

可是缺个压寨夫人呢，他又想起那烧饭的闺女来。那女子没爹没娘，正好和咱拐爷配成一双，他想。可是看她那架势，还很不把拐爷看得上哪，嘿。拐爷若是月亮山里的大王，你还以为拐爷能看得上你么？压寨夫人都是柳叶眉杏核眼，你个穷丫头子顶强给她当个丫鬟端端汤水。你以为拐爷要你么？拐爷今日是山大王落难，老虎啃洋芋。寻你是算计着使你垫炕呢，你还装什么样。

丁拐子想得愤愤的。"哎哟哟——大姑娘给架到了马上——"他可着嗓子又吼了一声，那狼嗥般的声音在荒山缝里震着穿走着。只有姓苏的那个歹娃才是个克星！有那姓苏的在，那丫头眼里便看不见个拐爷啦。丁拐子眼一转，看见了韩二个。

"韩家兄弟，喂，老韩哥，"丁拐子凑到韩二个身边，"咱们弟兄熬不住啦，对吧？咱们伙着把那闺女拿上，行吧？你帮老哥一把，先服住苏歹三子，那咱就稳稳拿上啦。能行吧老韩哥，今日里等那歹娘们挑担上来，咱就摘他奶奶的熟桃！……再不拿上她，就没有咱弟兄的果子吃啦，你壮熊般个汉子还当真就啃啃洋芋算毬么？还能搂着条镢头把子睡到死么？"丁拐子急猴般跳蹦着，前后拦堵着韩二个的步数。天阴得让人喘不过气来，环抱在四下里的荒山都像憋着一口闷气。他猛地觉得心从腔子里窜起来了，恨不得立时抓住那闺女把她撕成碎片片。

韩二个披披袄，像是听不懂。停了一霎，又举起镢刨了起来，步子稳稳当当，摆成个丁字一迈一停。洋芋串串又翻跳着出了垄背。

丁拐子急了，跳上去抓住了韩二个的镢。"你干不干？你个洋芋脑袋！"他急得嘴角冒出白沫，一条残腿甩着，在黄土上划出些浅沟。他拧着韩二个的手臂，想夺下那柄铁镢来。只有韩二个搭上一手，才能制服姓苏的那个汉子。苏尕三身架高大，刨起地来像在砍人的头，眼睛里满是直直的凶光。他怕苏尕三。韩二个真是个活洋芋，分给他半个妇人都不干，丁拐子火了，你他妈的还算人么？搂住洋芋活像搂住媳妇。你就是块黄皮洋芋！……可是韩二个的大手像铁钳，握住了铁镢头不松开。丁拐子拧着扳着闹了一阵，干脆一头扑在土垄上，护住洋芋蔓子不许韩二个下镢。"老子不起来！拐爷今日不起来啦！你说，你干不干？"他撒疯地嚎着滚着。一辈子混不来个妇人，拐爷我不活啦，真主也没说过咱不该摊个妇人，凭哪一条我拐子就这么命苦！……喊着想着，他突然鼻头酸麻起来，一松劲，哇地哭出了声。

丁拐子呜哇呜哇地哭开了，泪水鼻涕淌得满脸横七竖八。放开嗓哭开以后，他真地伤心了。这些年他已经哭过几遭。自从给丁大善人打折了腿离了家乡，扛着短工耍着花嘴，一浪多少年。有时见着人家迎亲娶媳妇，他一边蹲着看得出神；那迎亲的队伍一过完，他就忍不住嚎啕起来。这个毛病后来出了名，受苦的把式师傅、长工脚夫堆里就拿这毛病耍笑他。可是他忍不住。下一回遇上闺女出门、光棍娶妻，他还是忍着忍着又在一旁哭起来。每一回都是先哭开然后动了心。这么活着还算个儿娃子么？走到哪搭都是精着腚沟子的秃山头，怎么蹲着都是捧上块洋芋啃啃。忍了一年又一年，这么活着还能算个男人么？鬼！还抵不上条公狗！那黑狗总是雄赳赳的，他连那黑狗也一搭恨上了。老阿訇开导他信主求主，可是他只随老汉礼了一次拜就不干了。静静地那么一跪，这些酸咸滋味就涌上了头，那泪任你死也忍不住啦。

韩二个慌慌张张地拖着镢跑开了，唤了老阿訇一声，就奔那坡西寻地场干活去了。

满坡的洋芋秧秧没有日头烤蒸，又显得滋润些了，远远望着，起伏的山坡也有了些灰灰绿绿的颜色。

老阿訇不声不响地敛着洋芋。扯过秧蔓，松松地堆在地头上。今日怕是要阴到黑啦，他直起腰望望远山。铅黑的云压在那远山上，也像是压在了他的心上。这窝棚里生着股杀气呢，他想。贼娃子偷得疯掉啦，连我这把老骨头也要摸摸。那娃摸着像是怕了呢，小爪子战战抖抖地缩回去啦。其实，我若是有一个白面馍，我准摆在这碎肋扇骨上头，闭上眼给他摸哪。苏尕子就不然啦，你给他个白馍他还不睬呢，真真的病入了心。再也不能和他讲火狱啦，他那两眼里根本看不见警号，他见着妇人受屈心就软了。

我不是没见过妇人，我那妇人比这汉民丫头子还贤淑。在伊犁好不易寻上水磨，就是我那妇人架住我冲洗。她饿得太乏了，立着立着手一松，撒了我就栽进那大渠里。那渠里流的是伊犁河水，我那妇人立时就给水卷着冲下去啦。

老阿訇艰难地扶着腰又走向一条土垄，他抬着沉沉的眼皮看了看远处阴沉的山影。苏尕三看见过的那座尕泥屋子不见了，那座看着都觉得暖和的熏黑的黄泥屋。我没有住过那么暖和的黄泥屋。我惯了，我住那些土窑窑住惯了。在洮河边上我住的是一孔羊圈的窑；在青海越了狱，住的是一孔砂岩上刨开的洞，那洞后来塌了一半，我醒来的时辰两条腿给砂石埋了。在新疆，在伊犁河边上我住的——我住的是坟。

那是第二回给人捕了去，身上挨了四十板子。我从官衙里爬着出来时，碰上个白胡子老汉，他手里提着一捆鲜韭菜。他说，这板子打得残呢，这叫卧牛板，今夜晚不治你就活不到明日早晨。我说，求您老人家指条活路呀。他说，你寻上个人，架着立在水磨边上，让磨轮水冲着伤口。若是磨轮水把那伤疤冲落了，你就能活了。后来我那妇人就架着我奔了水磨。那冰冰的水把我打得周身都青黑黑的。

后来她就栽进渠里，白浪头抓着她一翻一冒地跑着走了。她相跟着我，跟了多少年。我蹲在狱里，她在外头围着那高墙讨食，她讨着食等着我出来。我出来那天一准看见她蓬头垢面地立在门对面的角角里。她脸上涂着泥，身上绕着烂布。等我出了牢门，她就走近前来搀住我。她去了多少年啦？记不清喽，只记得那年伊犁河发大水，淹了岸上的礼拜寺。我不是没见过妇人，尕娃。我这阵还真真地看见她呢。她挎着筐篮子，脸上一抹泥巴，身上一团褴褛，就是这阵也正真真地立在我眼前呢。

老阿訇慢慢地走到丁拐子身边，把丁拐子从地上扯了起来，又接着拾起洋芋来。丁拐子不敢再闹了，可还是抽抽噎噎地缓不回气来，只是随着老阿訇，使脚乱踢着垄沟旁的洋芋蛋子。

妇人死了，我就寻了个坟蹲下。新疆那世界样样新奇，坟修成座尖尖的屋。我睡在那坟里，手里没有一部经。我原先有一部河州印的大经，妇人给我缝了个绿缎子面。可那阵子没有经啦，连块洋芋也寻不上。磨轮水看来真是灵药呢，那疤落了我又壮了起来，只是肋骨条条碎成块块了，长成扁板子般两大块。贼娃子摸着摸着手抖了，怕是他还没摸过这号疙疙瘩瘩的板子骨。独自睡那个坟洞洞，黑夜里有时候怕得不行呢，有一天大风裹着雨，坟洞里成了泥河，我就卧在泥水里睁眼等到天明。这拐子还抽抽嗒嗒的呢，可是谁能笑话他呢。下巴骨粗得像个狼，脖颈子粗得赛棵树，他长成个壮汉可活得像条毛虫，怎能忍住个哭呢。我卧在泥水里，坟洞顶子上一滴滴地往下淌着稀黄泥，那夜晚我也落泪了，没有哭，就是觉出脸上淌下些泪。我忍住心里的苦处，高声颂起主来。我说，我的养主，我那独一的真主啊，你让我远离这痛苦吧！……就这么睁着眼，到了天明。

尕苏娃子，自那夜晚以后，我就信啦，再不要寻你那寻不见的东西啦，熏黑的那座黄泥巴屋是个幻象。真主给你盖下的黄泥小屋，那座遮疼避辱，挡风拦雨的温温暖暖的小屋，不在这荒山野岭，它在你尕娃的心里呢。

老阿訇突然觉得腰疼难忍。一丝冷气顺着脊骨慢慢逼上头顶。他支撑不住，两只枯瘦的手在半空里抓挠了一下，就颓然跌坐在洋芋堆上。丁拐子吓了一跳，抽泣声立时止住了。

老阿訇满脸汗珠。汗珠子细细地渗进他额上脸上的皱纹里，使那深深的纹道涂了层油亮。那一丝彻骨的凉气还在骨缝里穿走着，他疼得紧紧皱住了眉，眼睛里闪烁着火星，朝眶窝里陷进去了。真主呐，他微弱地唤了起来，硬硬的手触着了一串肥大的洋芋。

这月亮山不是火狱，得把这个告诉苏尕三那娃知道。他不该那么火急性子，哪搭也蹲不住。这漫山遍野的黄土能长洋芋，也能长麦子。这山荒僻，穷庄稼汉不愁刨不上块洋芋吃。老阿訇伸着无力的手抚着那串肥洋芋，刚才那股冷气散开了，周身又缓了过来。土豆子，山药蛋，走了半个天下，庄稼汉们给这东西起了那么多的名。这洋芋壮得喜人，浆水又稠又白，咬一口又沙又软，吃下去实实在在。你有了它，就能保住命，也保住心里的念想。我那苦命的妇人，她一辈子跟定了我，一辈子饿着走着。你二十岁的尕娃能比得上她么，虽说你是个男子汉，你还没有她经的多。若是她能守住这堆洋芋，若是她能安安稳稳地天天吃饱洋芋饭，她该多么喜欢呢。

天不再往黑里阴了，看来一两天落不了雨。铅般的云层里游出了一层淡云，靠近远山的天空开始敞亮些了。老阿訇和丁拐子接着干起活来，隔着一块凸起的坡地，韩二个和苏尕三离得远远的，各自在独个刨着。贼娃子又不见踪影了。空旷的山上只有四个不言不语的人影在晃动，淡灰的云彩罩在群山上空，只听见沉重的镢头刨进土里时那硬钝的响声。

韩二个不慌不忙地刨着，步数不乱，心跳匀稳。精赤的大脚踩在黄土上，在背后留下一条直直的丁字印花。他稍稍地运着一丁点巧劲，镢头齐刷刷地斩断了洋芋根须，又不伤一点皮地勾住了那沉甸甸的块串。他微微一闪腰时，一只粗大的脚片便向前方迈开，手里的镢挑着，洋芋串便涌出了土垄。他喜欢这么看着洋芋出土。黄黄的土垄裂开了，露出一点青黄的洋芋皮皮，那洋芋自己蹦跳着出来了，土垄上的潮土也朝两侧滚开，撩起一阵清爽的土腥气。

一辈子，许是几辈子了，韩家的汉子都是这样。韩二个天不明就欢喜上山，他特别愿意顶着毒日头在山上干活。他长着一张紫黑的脸，终年像涂了油般地亮。在月亮山里扛短活正对他的心，这山里宽宽荡荡，满坡的洋芋可耐刨呢。他只有件棉袄，那袄肩许是缝得合适，抡锨使锹地从不滑下来。他就这么披着件袄，捏着柄镢，从一片地到另一片地，从一座山到另一座山地刨着干着。韩家人从来如此，这么干着已经几辈子了。

云彩愈变愈淡了，明日准又是个火烫的晴天。韩二个把刨出来的石头堆起来，盘算着等歇息时把它们撇到沟里去。他惯了这么顺便整整地。看着一片舒缓的斜坡地里净净的不见一块石头，有多么痛快呐。

湿润的黄土一块块翻了起来。黄土不像这片秃山那么让人看着荒凉，韩二个觉得这翻起来的黄土块块里满是宝物。在一块土里，草根子齐刷刷地断开了，那黑褐的草根扭着劲，被射来的阳光烤得一下子就发了白。还有烂叶叶，酥碎的羊子屙下的粪球，沤成些小渣渣的苞米颗粒。细嫩的洋芋根须雪白雪白的，从切断的伤口处冒出的浆水干了，黏黏地贴在断碴上。这么一大块湿润的、掺和着草根碎粪，腐叶和庄稼颗粒的黄土懒懒地翻滚着，白嫩的洋芋须子清脆地叭叭折响。这块黄土还在扭转着的时辰就遇上了山风，湿气只那一霎间就干褪了。韩二个心满意足地看着，又把镢头高高举起来。那黄土褪着潮湿，给镢头刀子切得光滑平刷的背面瘫软了，一边变着颜色一边听话地朝后仰着躺倒下去。它躺得还没有稳当，又一块沉甸甸的新土翻躺过来，默默无声地搭在它的身旁，温温柔柔地靠着它，把自己怀里的洋芋敞露出来。韩二个刨着，时时抖抖膀子，让棉袄披得更得劲。在他的两只巨大粗糙的精脚片下，这些沉湿的新土挨成了长长一行，文静地舒开筋管般露出土缝的白嫩根须，悄悄地散出一片弥漫的土腥，远远地伸向坡地的边缘，像一道静寂的黄黄的浪头。

韩二个刨得出了神。清晨跟着老阿訇念过乃玛子，所以今日里心里格外宁静。他举起镢头时，觉得自己浑身都是新鲜的血和饱饱的气力。两个赤脚插进阴凉的潮土，他觉得从腿脚一直到腰杆都足足地吸满了那土地的活力。这股活力连着长长的土浪头，连着这面起伏的山坡，一直连着天尽头那道模糊的山影。他已经忘了丁拐子刚才是为了甚么哭闹，也听不见苏尕三在地那头对着石头刨出的凶狠的镢头声，他只觉得当双臂高高举起时，插在黄土里的赤脚就一下子把这土壤里的活力吮了上来，化成热热的喘息，化成活泼的血，一直注入到他高举着的镢头刃上。他干着，不思也不想。他没有家，若是这块坡地刨完了，他就去另寻一块接着刨。真主早就告诉了他，告诉了他们韩家的汉子该这么干。他刨着，时间随着他起落的镢刃子一下一下地走，西边的天晴开了，露出来一片红艳醉人的霞火。

晚霞红红的，空空的荒山此时都给染红了。韩二个举起的铁镢上，刃口上也镀着一抹红光。那挨挤着涌成一条条长浪的新土变了颜色，溶着霞火的金红，散着青蒙的潮气，黄土的浪头里像是生出了一个温暖的海。

第三章

一

贼娃子攀着一根树枝，轻轻地滑到了地面。他两脚落地时觉着踩了一块石头，于是他就用脚后跟和脚趾头撑住地，让弓起的脚心包住石头，再把它稍稍拨开。一直到他贴着墙摸进灶房，没有弄出一丝丝声响。夜静极了，院子里只有不动的黑黑树影。

这已是第三遭啦。头一遭摸了两个糖馅的白馍馍，后来摸的那馍虽说没有糖馅子，可是一把就捞了四个。那馍不知是使了甚么麦蒸的，软嫩得简直舍不得下嘴咬它。主人家的庄院不能常来，这里可不比那老陕的柿子饼炉。可是忍不住呢，贼娃子想，忍不住呀。整个三里都是些啃洋芋的穷户，偷他们就跟偷自己差不多。忍忍说再不敢来了，可是呢，这肚子不饶不依地擂起了鼓。肚子这东西也凶残呢，你不偷上些喂喂它，它就不管不顾地闹腾。

　　贼娃子屏住了气，朝灶房深处探手摸去。主人家也真照顾咱呢，他暗暗想笑，若是在这灶屋里点上一盏灯，不，若是在当院那树梢上挂上个火油灯盏，饿疯了老子也不敢来呀。看起来主人家也穷呢，学着穷汉们夜里不掌灯。我先摸着案子。嗯，悠着身子过去。顺案子蹲下，别让膝盖骨出声响。行，悄没声蹲下啦。听一听——天下太平。挪一条腿，使脚趾头先点住地，踩下脚丫丫时要轻轻提起腰来。好呐，悄没声。老子靠住了蒸笼啦。使眼角瞟瞟灶屋门，不能扭脖子。嗯，布衫没摩擦响，颈子骨也没出声——门外头白蒙蒙的星星亮。静得出奇呢，主家庄院里像是都死净了。白蒙蒙的星星亮光不是好东西，说不准溜进来那时辰给人照见了。先蹲一阵。贼娃子暗暗地收缩着浑身的骨节，瘦身子渐渐蜷成了小小的一团，紧紧地贴住炉灶的边角，随即溶进了灶屋里的黑暗。

　　这黑屋里可真像是死人蹲的，主人家这座庄院活话就像是住着鬼魂。贼娃子稳稳贴住灶台，开始厌烦起这个地场来。简直像那个青石滩。那是哪个年月的事呢？他费力地回想着。记不清了，反正阿爷扭头就走啦。阿爷走得猛猛地，脚踏得那石滩上的碎石头嘎嘎响。滩里只剩下他自己，伴着两个饿死的尕娃娃。那两个死娃像睡着了一样，脸色看着比我还好呢。贼娃子记不大清那后来的事了，只记得那片滩上空空静静，连飞着寻死人啃的雕鹰都悄无声音，滑过来，飞开去，像是天上走着几个无声的黑影。那青石滩也像这搭一般死静，贼娃子想，先不忙下手，先蹲一阵看看。他又缩了缩骨节。

　　久久地停了一阵以后，贼娃子慢慢松开了身架。他探出手臂，又弯过肘弯子。两个指头顶住了笼屉。他轻轻摸着了屉边边，然后把五个指头都按了上去。笼屉发出了细细的一声吱吱的湿响，贼娃子的手停在空中，像铁铸了一样，纹丝不动地撑住屉盖。听一听——他屏住了气。黑暗里还是一片死寂。没事，下手。他又探出一条手臂。两手无声地在沉重的屉盖上换了换，原来撑住屉盖的手朝打开的笼屉里伸了过去。

白馍。贼娃子心里笑了，可是他绷紧的嘴角动也不动。这阵子他心像铁一般又硬又冷，双手也像铁一般又硬又有力。白馍，不知想着包上糖馅子没，软软的大白馍。他开始缩回手来，一个鲜软的馍已经给他牢牢地抓住了。

"嘎嘎嘎嘎！……哈哈！嘎嘎嘎嘎！……"突然贼娃子的头顶上像炸雷般爆响起一阵狂笑。凶蛮的狂笑震得这黑暗的灶房在簌簌地抖动。贼娃子一下子麻木了，脑子轰地嗡叫起来。

贼娃子看见一个黑影。在灶房敞开的门口，衬着院子里白蒙蒙的星星光，他看见一个漆黑的影子。那人影放开嗓门怪笑着，笑得颤成一团。"嘎嘎嘎嘎！……哇哈哈哈！……"一阵阵怕人的粗嘎笑声从那黑影里散出来，包围住贼娃子的身体。

贼娃子的手臂还牢牢撑着屉盖子。他慢慢地把手里的馍塞进怀里，又隔着布衫按了按。

"你个贼种！放下那馍！"漆黑的人影突然厉声吼道。接着就离了门框，朝贼娃子逼近过来。贼娃子静静等着，又按了按那馍。

黑影逼到了跟前。贼娃子见那黑影朝他伸出一只漆黑的手。就在这一刹，贼娃子猛地松开筋骨，身子像条猫一般从那黑影一边窜了出去。他一手护住馍，一手扳住了门框子，扭过头来。他想看看主人家，他还从来没见过这主人家的模样呢。

"贼种，你还能跑哪搭去？嗯？你能跑个哪搭？嘎嘎嘎嘎！……"黑影又爆出一阵大笑。贼娃子看见它扑到一旁的碗架架边上，摸出一个东西。"给。用不着你个贼种偷，给，给呀！"

贼娃子转身跳出灶房，站定在星星的白亮里。那巨大的黑影跟出来了，摇摇晃晃地举着那东西在大笑。"给，接下呀，给你吃！哇哈哈哈！……拿着吃吧，不用偷。嘎嘎嘎嘎！……"

贼娃子冲到墙角，一纵身抓住了树枝。他浑身一缩，瘦小的身体猫一般倒卷起来，两只赤脚上的每根趾头都扒住了树干。他又一换手，一直腰,眼睛就看见了墙外星光照着的山峦。

贼娃子跳下地面,撒腿就跑。可是他只顾着护住怀里那个馍,忘记辨辨方向。他冲到庄院前面时,那扇黑漆大门咣当打开了。主人家像一个漆黑的鬼般跳了出来,差一步撞在他身上。

"给,给呀!你个贼种!给你吃个够!今黑夜叫你吃个够!"黑影怒吼着,跟着他追了上来,黑夜中的三里庄子给脚步震得咚咚响。

星光下,那黑影高举着一个东西,正微微地闪着一层黯淡的光。

贼娃子疯了一般跑着。他突然害起怕来。突然间心跳得疯快,血涌上了脑子。亮亮的星光下没有路,他不管不顾地朝山坡上冲去。赤脚踏着尖利的石渣和草刺,急急地朝山上跑。他觉得两腿软了,酥酥地迈得艰难。东家举着的那东西突然叫他害怕。他觉得这颗心在腔子里突然缩紧了,血涌得像是要胀破。他跳上石头,冲上山坡,蹚过一丛丛野草棵子。眼前突然见着一个黑洞洞的深渊,他拚命收住了腿,站在了不见底的水窖边边上。

浓黑的窖水在静静地漾着,微微泛着一抹暗淡的星光。这时,主家也爬了上来,呼噜噜的喘声又粗又难听,震得那大黑影在抖颤。

"吃!拿上吃!"那黑糊糊的东西伸了过来。

这是一块猪骨头。

贼娃子惊异得睁大了眼睛。他使劲睁圆眼睛想看清眼前的这个黑影。他只觉得吃惊,他感到有一柄尖刀一下子挑开了他的袄褂,挑开了他的皮肉,毫不留情地揭开了他的躯壳。他觉得自己刹时间鲜血淋漓地给剥开了,那残酷的尖刀还在往深处扎,准准地对着心底下的一块柔软的地处。他早忘了自己的肉身子里还有这个地处,可他又知道打他小时候就似乎是一直护着掩着这个地处。若是毁了这个地处,世上就没有贼娃子了,只有一摊臭肉。太残啦,他睁大了眼睛想,还有这么糟毁人的事么。他想看清楚主人家是怎个模样;他觉得这个主家太奇了,怎想得出这么毒的招数来呢。活了十五岁,浪了三四省,他没想到有这么场肮脏羞辱等着他呢。

贼娃子突然觉得心里涌起一股酸酸的难过。他从来也没有这么伤心过。他全身哆嗦起来，脸上淌下了两道泪水。

贼娃子一扭头就跳进了那黑洞洞的水窖。暗夜里的窖水溅起一个高高的浪头，沉重地响起咕咚的一声巨响。

二

丁拐子整整半天心神不定。傍黑太阳下山时，他还随上老阿訇做了个乃玛子。跪在窝棚角角里，他觉得心在怦怦乱跳。他偷眼瞟瞟老阿訇，老阿訇凝神跪着，定定地盯着席棚壁。吃罢了饭溜出来，坐在山坡边边上，挂在西山上面的日头又白又圆。好个白白的日头呀，丁拐子想，怕是前两日里阴天弄的，这日头一点也不显得热呢。

韩二个在窝棚旁收拾着洋芋车。天阴了两天，掌柜的怕堆在坡上的洋芋给雨打了，就传话来叫快运下山。韩二个就喜欢摆弄洋芋，这阵又勤勤苦苦地收拾上了。这韩二个也算奇了，丁拐子不满地想，一天天过得那么舒心。活像是洋芋的男人，娶上了洋芋美得不知手朝哪搭放。也真是福呢，他想，用不着想那粉皮嫩肉的真妇人，也用不着受东家掌柜的惊吓。掌柜的可真有解数呢，从不见他上山，哼，从也没见上过他的脸面，可是指点得头头是道。可真是个……残狠的人。丁拐子不敢再朝下想了，立起身来的时候，他两腿酥软了一下，闪得他又扑嗵坐在坡上了。

丁拐子下坡的时候瞧见苏尕三正在磨镢头，用块石头磨得镢刃沙沙响。丁拐子弯了腰，小步溜着，从石芯子小道上几步窜了下来。背后的山坡挡住了苏尕三，可是他还是觉得那边尖锐地传来磨铁刃的声音。耳朵都疼啦，他急急地又跳下几步，照见他可是不吉利哪。他是颗克星，掌柜的说一早晚要宰了他。丁拐子扭着腰，拖着残腿，飞快地下到山沟里。深浓的山影护住了他，他觉得心里不再那么慌了。

那条黑狗在傍黑时常在三里庄子外头蹓跶。他知道穷庄户里的狗从来都是自己蹓跶着寻食。西边的天还是白惨惨的,他想早些寻见那狗,寻见了再蹲下等着天黑。他紧咬着粗大的方下巴骨,一扭一扭地拽着残腿下山。露出薄土的石头芯子磕绊着他,磨蹭着那条废腿上连着的大脚掌。老阿訇在独个念经,苏尕三正磨镢头,韩二个玩那洋芋呢,他算着,没事,都乖乖地在山坡上蹲着呢。缺个小贼娃子——他想着打了个冷战。都还不知道呢,看那样子都还不知道呢。小贼娃子毁啦,掌柜的说了,他把小贼娃子拾掇啦。丁拐子耳边忽然响起那粗嘎的声音,他浑身发起冷来。好凶恶个嗓门哪,他记起昨日自己吓得闭上了眼。"你个狗×的若敢不干,老子照样也拾掇了你!……"那雷就炸在耳朵边上。那嗓子凶得就像个雷。这时丁拐子看见了黑狗。

　　黑狗懒懒地站在庄子边上。将没的太阳照得黑狗毛皮闪着漆亮。三里庄上冒着炊烟,丁拐子一眼就从那些炊烟里找见了那个围着窑洞的歪院子。他停住了,慢慢地坐下来。

　　掌柜的说,今夜晚一准要拾掇那闺女。谁碍事就先灭了谁。"看见那小贼娃了么?弹弹手指甲就把他灭啦。"丁拐子恐怖地捂住了耳朵,那嘎哑的粗声怒吼又响了起来,滚雷般快把他淹没了。下一个轮到你个拐子腿啦!你说,你干不干?你若不乖乖地给爷干,我使刀活剥了你!我头一刀先割了你这肉洋芋!……丁拐子浑身一哆嗦,猛一下蜷缩起身子来。冷呐,他心里哀嚎着,冷毁啦。他朝一个岩缝缝里钻去,岩碴子撕开了他的袄袖,把一团烂棉毛絮子挑了出来。他怎么知道的呢?东家他怎就知道我想挨那闺女呢?若是不干他一准宰了我,听那嗓音就知道他多残狠。"我第二刀,第二刀割你这条脚筋!……"丁拐子猛地一抽腿,腿上冰飕飕的。第三刀我捣你的后沟子!……丁拐子疯了般哇地一声叫,蹦了起来。脑袋壳咚地撞在山岩上,嗡地晕过去了。

　　丁拐子醒过来时,四周已是黑漆漆一片。天黑透啦,他想了想,朝三里望去。那熟悉的窑窗里透出一点火亮。做饭吃哪,你个不知死的货。他这时心里静些了,他知道自己得快些下手。别说我拐子不仁义呐,他心里唤着那闺女,我可是走投无路。这荒山窝里没个仁义,不干了你他可就要干了我。掌柜的说啦,他把你拾掇拾掇就给我。你个死心眼的还不如早早随了我呢。丁拐子渐渐觉得自己发起狠来,他走得又灵便了,心里也漾上一股酥麻麻的劲头。万事都是你这小娘们惹下的!小贼娃子毁啦,掌柜的已经杀开了头。不干他就要割你拐爷。若是给掌柜的割了,还不如把你拿上呢。我拐子也了了这辈子的债。他觉得此刻自己已是欲火熊熊,恨不得赶快把事情办了,一把抓住那个穿破花袄的闺女啃上几口。

丁拐子把黑狗逗上以后,就把狗脖子上的绳圈捏紧了。他亲热地摸着狗脖颈上的茸毛,狗哥狗弟地唤着,牵着狗朝山里走。黑狗轻轻抬着前腿,跳起来舔着他的大下巴,喉咙里发出低低的呼噜声。三里的光亮被黑暗吞没了。丁拐子暗中解下腰间的麻绳。无毒不丈夫,他咬紧了牙关。他把麻绳穿进狗脖圈,系了个死扣扣。我可不能挨人挑顺手的地处拿刀割。他用另一只手在黑暗中顺捋着麻绳,麻绳硬硬的。那我就——他摸着了一块尖尖的石头,——我就把你个大闺女抱上啦。他觉得自己这阵也变得又能又残,心里满是恶毒的舒畅劲。

没别的章程,黑狗兄弟。委屈你一阵阵,谁让你壮得像个虎狼呢。你也该委屈一回啦,拐爷还是个人呢,可处处活得都不如你。人活一世总得求个痛快,这道理你一听就懂。该残了就是要残,该毒了就是要毒。若不然人家就要使刀刀碎割了你。拐爷我没什么亏心的,我活一世就是要寻上个妇人。好寻不上拐爷我就恶寻,这跟你黑狗兄弟一个样。

丁拐子觉得浑身上下都活泼泼的充满了活劲,心里又黑暗又结实。这一阵他已经想去谢谢东家掌柜了;没有掌柜的这一逼,他一辈子也只有守着堆洋芋睡。闺女这一回狂气不了啦,丁拐子又馋又恨地想,这回她铁定得让咱拐爷消受消受啦。那是个长熟了的瓜果,这一回拐爷我要啃个痛快。妈的就算是个啃烂的剩货吧,老子我也顾不得那么多啦!

丁拐子把大黑狗牢牢地绑在那块尖石上。趁着黑狗还没有闹腾,他赶忙一瘸一拐地走开,喘着坐在黑地里。远远地望去,山脚下的三里还是一片宁寂,没有一丝声响。入夜了。

突然，远处传来了一阵声响。轰轰的砸门声，隐约的怒骂声微弱而清晰地在黑暗中飘着，像是一个什么不安宁的东西在那片黑暗中行走。四周的空气都激动了。丁拐子在黑地里一跃而起，两眼直直地盯着黑暗，仔细地辨听着那声响。下手啦，掌柜的可真是残狠，丁拐子不禁心里浮起一股对东家掌柜的敬畏之心。瞧人家说一不二，水嫩嫩一个大闺女已经快拿上啦。他下手啦。山影黑糊糊地高高耸着，在暗夜里一动不动。透过这片浓浓的黑暗，丁拐子觉得那不安的动静时隐时现，像那边轻轻跳着，飘游着一个看不见的鬼。

狗突然呜呜嚎了起来。颤抖的嚎声像哭一般难听。丁拐子赶快朝一边滚爬了几步，然后转过头来。大黑狗一动不动地卧在地上，并没有去挣咬那根麻绳。它两腿平平地伏在地上，巨大的毛茸茸的头伤心地轻轻摩蹭着岩石。奇啦，丁拐子暗暗吃惊了，他已经见惯了这黑狗雄赳赳的虎狼相。他拣了根又细又硬的麻绳子，就是算计好了黑狗发狠时的力气。这狗咋这么个老实！黑狗还在呜呜哭着，像吹着一个号。丁拐子奇怪地朝狗爬了两步，歪过头想看看狗脸。黑狗一扭头，把脸贴到另一面，接着呜呜地哭。这狗！丁拐子呆愣了，这狗它不搭理我呢！他不相信地拉开拐腿，转到尖石头的另一面，又附下身去。黑狗一抖颈毛，嫌恶地把脸又扭到石头这一边。呜呜——长长的哀号般的狗叫声穿过黑暗，细细地朝天上飘去。

丁拐子哇地怪叫了一声。

黑狗还在自顾自地呜呜哭着。

丁拐子猛地扑上尖石头，一把抓住绳子。他扑得太重，石棱子重重地击在他的手指甲上，疼得他眯住了眼。他哧哧地粗喘着，撕扯着那系得死死的绳扣。像是有个手指甲给撬开了，刀割般疼得钻心。他一声不吭，使劲扯开了那个死死的麻绳疙瘩，然后一下子歪在石头旁。

黑狗慢慢站了起来，伸直了四腿，像头小牛般立在黑暗中，朝他扭过了脸。

"快走！你个狗日的！"丁拐子怒吼着。

黑狗弓起了柔韧的腰身，停了一瞬，然后嗖地弹了出去，像一支箭一般消失在暗夜里。

丁拐子茫然地看了看四周的黑山影障。走啦，走吧。他想，我也走啦，远远地走啦。他站起来，又望了望黑幢幢的月亮山影。滚你妈的吧，你这秃头。老子走啦，拐爷我走啦，谁若再回头望你这秃山一眼，谁就不是人生养的。滚你妈的，走哪搭老子也不回来啦，拐爷走啦。

三

苏尕三拚命地挣跳着，下死劲甩开老阿訇。老阿訇低着头，双手紧紧搂住苏尕三的腰杆，给这年轻人抡甩得摔倒跌下，两根枯瘦的脚杆在坡上搅起弥漫的黄尘，在黑暗中闪过一抹黄晕，随即就被浓夜吞没了。

老阿訇一句也不吭。苏尕三发蛮力时，几次把胳膊肘子捣在老汉头上，可是他还是低头搂着，两手箍定在苏尕三粗壮的圆腰上。两条手臂上跳出了鼓胀的脉管，僵僵地抱着，像是在黑暗中和年轻汉子的壮腰长到了一块。他的瘦干身子给抡起来，两只瘦脚嗤地划裂了一片土皮，黄烟腾爆起来，盖住了夜幕，黄黄地滚动着，包裹了他们两人。他又扑通嗵绊倒了，精脚砸在土疙瘩上，那脚已是痛得麻木了。但是老阿訇不撒手。戴着白布帽的头压得低低的，偶尔抬起来瞪苏尕三一眼。他抬起头来的时候，白布帽便在黑沉沉的夜里发出一点暗暗的白亮。

苏尕三暴怒地跳着，像头锁死住的狮子。"撒手！阿訇！"他狂喊着，"拚啦！拚啦！"腰给铁链子般的两条枯手臂锁住了，苏尕三高高举着手臂，手里握紧的镢头插进了黑暗，连刃上也不见光亮。"求求啦，阿訇，放开！嘿！"他急暴地挣着，恨不得使镢头砸开腰上那个铁箍般的手。又是那件事，他心底满满地晃荡着一腔沉重的酸水。又是那么个事，他简直想下镢头砸老汉的白帽帽了。暗暗中只有这顶白布帽帽能看得清，它时时晃动着，默默地和他比着蛮劲。"撒开！让我去了吧！阿訇！"那件事三年前逼得他个十七岁的尕娃子杀了人命。磨利的镰刀割开肉皮那时辰，自家的心上也齐齐地裂开了一般大小的伤口。远远地离乡背井，远远地走了荒山，忍着苦着，原来到头来还是这么个事！尕贼娃子长得还比不上镰把子高，也摊上这么个事。他多屈啊，他没吭一声就毁了自己。苏尕三跳挣得累了。他觉得心里满是泪水，浸泡得他受不住了。"阿訇！撒开吧——"他猛地跪在地上，老阿訇也给猛地拉得坐倒了。"松手吧，我给您老人家跪下啦……"他哑声说。

在黑暗里，老少两人突然都不出声了，默默地抱成一团。苏尕三跪着，眼里涌出来两大颗咸咸的泪。咸咸地淌过脸腮，淌进嘴角里边。

苏尕三就着微微的夜光，看见老阿訇正牢牢地瞪着自家。那两只眼里闪灼灼的，满是严厉的责备。苏尕三跪着，忽然弯腰给老人叩了个头。

老阿訇慢慢松开了双手。

苏尕三跃起身来，跳下山崖坎，顺着依稀闪亮的石芯子小路，朝山下冲去。夜风骤然掀起来了，呼呼地掠擦着他的耳鬓。一幢幢黑沉巨大的山影快快地身后移着，默默地给他闪让开谷底的小道。他单手紧握着沉甸甸的镢头，在山石崖壁上纵身跳着跑着，他觉着这阵自己正变成一只壮健的虎豹。黑夜肃然绷紧了，呼呼的风里走着一股杀气。苏尕三大步流星，穿沟越壑，朝着三里的方向飞奔着。赤脚上的厚茧擦着山石的边棱，腰杆扭转着护住姿势，手里的铁镢头又沉又顺手，滑滑的柄子攥在手心，心里便漾着一丝快爽。

那东家的院门上没有铁杠，我要一镢头下去就把它破开。你个残狼不是夜夜去破那女子的门扇么，今黑夜看我也去破破你的门扇。杀就杀，宰就宰，我十七岁那年就打算着死上一遭呢，你们偏又白送了我这三年。破开你的门扇我就闯你的院，直直地瞄准你那上房。我要使镢头毁烂了你那上房门，进了屋和你见个雌雄。回回心里就这一处长的是软肉，你们就偏偏欢喜拣着这搭糟踩。贼娃子他可怜是个弱娃，他忍不了就一头扎了那窖水。我不是贼娃子，我忍不了就给你一镢头。我今夜晚破了你那门扇再破你的肚子，豁出染身血裰子穿也要看看你肚里的肠肺。你们太残毒啦，东家，人活一世就想护住颗心，你们活一世专是糟辱人那心。贼娃子太屈了，他才长了十五岁年纪。可是你该记着还有我呢，我不强不勇，可我今黑夜要毁了你的命。苏尕三心里滚着轰轰的雷响，他觉得自己的心和脑子已经晕眩了。心口那里大开闸门地放出了一股嗜血的渴望，他想劈砍剁砸，想快快闻上那腥腥的血味。黑茫茫的大山退向两侧，正前的中间空空地一片苍茫。苏尕三咬紧牙关，笔直地对准三里庄大步跑去。

毁了这三里，毁了这世道吧，你糟辱我一场我叫你还一汪血。这黑糊糊的大山该蹲腻烦啦，这悄悄的三里也太规矩啦。一年年的，浪赶浪般立在这搭的秃山荒坡都该活泛一下子啦。这没头没终的山路，这满眼枯干的焦黄，都该溅上些活血，都该见见红啦。那女子再用不着吓得不敢睡，你东家也用不着黑了天就忙着破人家的门，我苏尕三不硬不强，可我要在今黑夜算算这些罪孽账。东家，你蹲好等着。苏尕三径直冲上了三里的窄街，顺着黑暗的街路直奔东家庄院。

黑漆大门紧紧闭着。苏尕三伸脚跳上了石头台阶。为着护住这心，我避着躲着，我走了三年石渣子黄泥土的山路，串遍了几州几府的偏荒去处。我走得又累又乏，一心盼着寻上块地方让这颗心歇息一阵。我给你刨下了堆成山的洋芋，我攥得这镢把子细了一圈圈。若是能受了这些磨熬就能寻上那间黄泥巴屋，若是再苦上十年八年就能把这疲累了的心放下暖暖，我情愿刨得洋芋山高过黄土山。可是——苏尕三抡起镢头，——可是你不应我这一句么，你至死也忘不了辱毁人这颗心！轰然一声，镢头狠狠地劈在黑漆大门上。那就拼吧，我不要那黄泥巴尕屋子，你也搭上你这漆门砖屋！他闪电般抡起镢来，磨利的镢刃咣咣地刹在门上，白白的木头屑屑横竖乱飞。苏尕三劈得火性爆发，连连的镢头雷击般打向那扇黑漆门。

咔喳一声，一块门板随着镢头劈裂了。苏尕三又一镢下去，猛地剎断了插住的门栓。苏尕三脑子里闪过那条铁门尕，他飞起脚来，哗啦一声，大门扇散了架，猛地敞开了。

正房！苏尕三扑了进去。东家，掏出你预备着宰我的家伙来吧。正房门扇可就嫩些啦，东家，我舍了那穷汉蹲的黄泥屋，你也舍了你的大庄院吧。苏尕三登上台阶，风车般一阵猛劈，正房门被打得粉碎。他撞开垮下的门框子，一步闯进了正房。

正房里黑洞洞的，没有声响。

苏尕三使劲压住呼喘，握牢镢把。还是没有声响。他突然发觉了，这正房连这庄院都静悄悄的。

苏尕三忍着心中那股疯狂，强压着喘息屏住了气。他使劲地辨听着，在黑暗中把两眼瞪得圆圆的，他觉得自己的眼角角裂开了。

黑夜中，整个庄院都是一片死寂。不像有一个活物，简直像个坟圈子般一派阴森的死寂。

苏尕三猛地想起来了：他从来没有见过东家。窝棚里，谁也没说自己见过东家的面。

苏尕三绝望地举起镢头，独自立在院中央。他一阵脸朝着砖院墙，一阵朝着正房，一阵又朝着黑漆一团的院角落。他举着镢头转着，心里渐渐渗进了一丝恐怖。东家，你出来吧，掏出你预备下的尖刀子。你我两个拼上一场吧，若是毁不了你，我情愿给你拿刀剥了。你出来么，他唤着，你出来咱拼它一阵么。苏尕三愈来愈慌乱，下了拼死的心也只闯了座空空的宅院，这事把他直筒筒的心搅乱了。出来，主家，你该也是个敢说敢做的男人么，出来咱拼上一场。为个甚你躲在黑影里不露呢。苏尕三高高举着的镢头开始沉重了，他觉得两臂开始酸麻。你若是有种你就出来，我知道你打心眼里从不把我们当成人看。你拣着人心里薄软的地方糟践，你从不知人都有个不能再退让的时辰。我情愿背罪担险，我情愿在你手里染个血裰子穿。你出来么，再莫要躲进黑影，我两个一搭走个火狱吧，放一腔男子的血在这荒秃的黄土山上，我两个一搭下火狱吧。

黑暗的大幕罩着庄院。房子院角空无音声。那斜斜曳下的黑阴影子一动也不动。

苏尕三提着镢,退到三里的窄街上。破碎了门扇的青砖院像淹在水里,青蒙蒙地一派阴沉宁静。苏尕三恐怖得渐渐心里慢慢敲起了鼓点。夜天里的流云滞缓了,风渐渐停息下来。远处围绕着三里的山影已经分辨不清。苏尕三不知所措地退上村子边边上,在路口上停下来。东家活活是一个鬼,他想,这东家不是我一镢头放得翻的。荒凉的夜里飘来一股清冷,苏尕三灼烫的心此时已经变凉了。

这鬼还要随着你呢,这甩不掉劈不碎的罪孽也许永也不放开你。你单凭一股心火,你抖擞着伤弱的身子力气;你盘算着寻个你死他活血溅黄土,可是世上的事比你盘算得更恶。你出了月亮山,它随你追到太阳山;你求的是舍条命护住心,它偏要毁了你的心留下你的命。留你一条命受这熬不住的苦。残狠哪,东家,这可真真的是座火狱。我才二十岁,我还要在这火狱里蹚多少日月呢?我还有没有寻上那么间脏污坍塌、烟熏火燎的黄泥巴歪歪屋子的指望呢?主啊,难道人活一世,连这么个穷念想也真是罪过么?

苏尕三慢慢地放下了高举着的镢头。隔着黑暗,庄院的黑影大开门扇,凝着神像是在等着他。他提着镢把立在街心,独自痴痴地望着那破门。他的双眼里冷冷地闪着亮,他觉得脸上又皱又涩,像是在这一阵阵里人也苍老了。你这么干太残啦,东家。他暗暗呼唤着,我们凭的只是这一阵的火劲。我们就是这么些人,只有一阵烧着的心劲。你这么对付我们,你太恶啦。

苏尕三提着镢,慢慢走上了归路。夜空上依然流动着深浅不匀的黑云。前面的山腿山坡迷濛一片,简直看不见那条走熟了的石芯裸露的小路。

四

她咬咬牙,扭头出了门,回头替瞎阿奶把门扇掩好。大黑狗紧紧靠着她的腿,使毛蓬蓬的头磨蹭着她。阿奶已经堵住了窑洞,这阵想回去阿奶也不叫进啦。阿奶说她就在窑里睡下，永也不再出这眼窑了。大黑狗磨蹭着，弄得人心里酸酸的。可是阿奶你孤老婆婆一人，又是瞎着一对眼呢。阿奶说饿了有煮下的熟洋芋，渴了有炕头的大水缸。哦，阿奶推着揉着就把我推出来啦。

她满脸流着泪水，舍不得地倚住了自家那扇碎成烂片片的门，回头看看，窑窗黑黑的。

阿奶怕是真的睡上了炕。可是阿奶，你是个废人呢，煮熟的洋芋吃净了，担下的水喝干了，你可怎么个活呢。你走吧，你快快走，阿奶能喝多少，水有那么半瓦缸呢。可是阿奶，半瓦缸喝喝就干了呀，你眼睛不爽快也不能挑了来。你走你自家的吧，再多说阿奶可要打你。那水么，那水喝不得啦，尕贼娃子睡在窑里，谁还有心吃那窖水呢。你快走，快走啊，吃净喝光了阿奶就睡下。可是阿奶——快走吧娃，今夜的事你还看不出来么，三里这搭你一天也蹲不下啦。

她抹了一把泪，眼里又哗哗地淌出来。望望窑里，黑洞洞的窑里睡着自家的瞎阿奶；望望庄外，黑茫茫的大山一道隔一道，不见个边涯。尕苏哥，她伤心地想，尕苏哥，你在哪搭呢，你到了这个时辰也不搭救你尕妹子一下么？

阿奶说，这窑住了三辈子了，我睡在这窑里屈不了我。我也在这窑里长到这么大，可是阿奶说得一点也不假，这里我蹲不得了。这窑，这三里庄子已经不容我了。阿奶揉着推着把我赶出来了，她说今日里若不是靠了条狗，今日里就是我的日子。她说明日东家就不是来破门，等明日东家来就是要放火杀人命了。阿奶是存心把这窑做了坟呢，她睡下就不会再起来了。我随了瞎阿奶这多年，我知道她，她睡下就不会再起身，她早就盼着这么睡着去了呢。

她扣紧了旧花袄上的一根根扣绊，提起来一只盖着布的筐篮。狠狠心一挺身出到门外。

街上天上黑暗得不见五指。走呐，黑狗狗，她哽着声唤了下狗。原来自家住惯的窑，原来自从梳了个尕抓髻在窑屋炕上耍髀石那阵就住惯了的窑,也这么迈迈腿就出来了。真的呢,女子长大了总得离开自己的家屋,原来这住惯了的破窑真的不是自己的家屋。女子离开自己长大的家屋,好离恶离都是一把泪;瞎阿奶说得凄惨,可是这时辰不能不信阿奶的理了。走呐,不能再回头。阿奶吃那洋芋也罢,阿奶不喝那窑里的脏水也罢,阿奶睡下了永不起来也罢,我一个女子只能咬咬牙离了这家门。走啊,黑狗狗,再不能回头了。从小破衣烂裳,从小厮守着这破窑烂灶,累得脸面枯干,活得蓬头垢面,我就这么离了家啦。她不住地抹掉满脸淌不停的泪水,只觉得自己和那些哭闹着离门出嫁的女子一样。她提着筐篮,紧跟着大黑狗,走出了三里的窄街。

　　三里是个住惯了的庄子,四外都是见惯了的大山呀,平日里这山又荒又野,叫人每日见着心里害怕,可今日里我要离了它啦。山脚那搭净是红石头,顺着那搭走上去,就是自家的红胶泥抹了的水窑。贼娃子屈着毁了,他个十五岁的儿娃子屈得跳了那水窑。脏腻的窑水不能再喝啦,我没了担水的去处,我在这搭不能蹲啦。那窑留给贼娃子吧,只求他睡个安稳。我去啦,我不能再回头,我永也不再担那窑水了。尕苏哥恨恼那窑水;头一回见着尕苏哥那时辰,就听他这么说过。尕苏哥爱的是喝口清清的井水,我该寻着那水给他担来。那天见着他时,他刚从将军台的小道上下来。那条小道明明亮亮地夹在红褐的石头当中,两边尽是又高又陡的火石山。尕苏哥敞着汗褂,露着胸脯,顺着红石头当中的小道下来了,走得大步流星。如今我得走啦,再也不去那搭担水,也再见不上那条红石头当中的小道。可是我忘不了尕苏哥那天下来的模样。那天你大步走下来,路也震了地也响了,野坡荒岭都欢喜了。

　　她急急地赶着路,大黑狗紧紧贴着她的身边。三里给甩在了背后,渐渐溶进了那片黑暗。

　　黑狗突然叫了起来。

　　她突然看见:前面的山坎上正端端地立着尕苏哥!黑狗挤着舔着苏尕三的衣裳,喉咙里咕噜噜地低吼着。她哭开了,原地立定不动。她肘上挎着个破了边的筐篮篮,紧紧地穿着那补得失了底色的旧花袄,头发蓬蓬的像片黏在头上的毡片。她立在苏尕三的面前，在黑地里哭得抖着身子。她满脸哗哗地流着泪水，哭得发不出嗓音来了。

苏尕三默默地拄着镢头，立在黑地里，久久不出声地望着她。隔了好一阵才开口了：
"你知道么，我又惹下事啦。"
女子只顾着哭。她又不会说话了。
"我砸毁了东家庄院。我又惹下罪啦。"
她在黑地里牢牢盯着这庄稼汉。
"我背着两样子罪呢，你就一准跟我？"
她说不出来话，怎么也说不出句话来。
"我是个走火狱的罪人呢，你不嫌我？"
她使劲地摇了摇头。
"跟了我，你一辈子就是个受苦受罪。"
"我……我愿意，"她总算张开了嘴。
"我人粗呢，说不准我气了还打你。"
"我愿意。"她轻轻地说。
"我手重，"男人说，"我手重，我也残狠呢。"
"尕苏哥，"她怯怯地捏紧了男人的袄襟，"引上我，尕苏哥。"
"你就不怕我毁了你？你不知道，也许我能真地毁了你呢！"
"毁了我情愿。"她使劲攥牢了那袄襟襟。
"那黄泥屋……"苏尕三低哑地说道，"那黄泥屋，我寻不上啦。"他这时已经舍不得挣脱开丫头的手。走吧，他想，我怎能再说难为她的话呢。只怕是我顾不上你呢，我的苦命妹妹。我怕屈着你。你好好一个大女子，唉，苏尕三一甩头下了决心，走吧，死活一搭走吧。他抬起眼打量了下这女子。在夜色里，他突然觉得一阵温热。一个实实在在的大闺女紧紧攥住他的衣角角，近近地立在他身边呢，他心里突然起了一阵潮。这潮涌漫得他心里又酸又热，"走吧，"他忍着这阵潮的抚摸，低声说道。

她挎起筐篮,急忙随着苏尕三迈开了步,一只手牢牢抓着他的衣襟。大黑狗轻轻奔跑起来,上了那条陡陡的石芯子道。尕苏哥,我愿意,苦着穷着我愿意。我给你洗洗补补,我给你担水烧饭。你心里累乏难受,我拿我这心陪着你。引上我走吧,尕苏哥,你的罪我担上一半,毁了你我情愿陪上。别人不知道你,我可知道得见根见底。别人欺辱咱们,咱们相跟上远走高飞。我掏出我这心暖着你,你心里平复了你就能活得又壮健又神气。到那时辰天底下再寻不出像你那么威武的男人。走吧,尕苏哥,引上我,我一步也不离你。咱们相跟上进山进海,咱去寻那熏黑的尕黄泥屋子。

陡陡地斜起来的山坡垫着扭来折去的石渣子坂道。裸露在夜色里的白石渣子发着一些微明。荒凉的月亮山层层叠叠的,浓淡不等地平摆开深重的黑影。朦胧的山野无边无限,静寂的暗暗中,只有这一对年轻人精赤的脚踏动着山石,发出一声声清晰的声响。

结 尾

在西北的黄土山区,无论你走到哪一处荒凉贫瘠的山沟,顺着长得密密的胡麻地和麦田,顺着圈里养的那些身子瘦窄的羊群踏出的小路,绕着黄土峁往上一步步登上去,你就能看见漫坡上和圆圆的山垴上的洋芋地。拦羊子的那些脏脸蛋的小孩子和披着光板子羊皮袄的老汉们喜欢把羊儿撒在这附近的沟里。秋天过了,风一日日变得萧杀透凉,踮脚朝下面深深的沟底一望,顺着沟底的土道飞刮起着一股股黄尘。紧接着就是冻手冻脚的天气,拦羊的这些娃娃老汉们蜷着身子,拿出脊梁顶着那卷着黄尘穿沟而去的寒风。一眼几十里山沟坡崖不见人影,羊儿倦怠地正散散地朝更高的山顶上爬去。爱玩耍的娃娃不愿动弹了,爱唱个花儿漫个少年的老汉也沉默不语。他们孤单单地挟着根鞭梢短棒踟蹰在荒凉的山坡顶上,脸上心里都像是灌满了黄土砂子。

老汉就唤过娃娃。他们拾来一捧枯枝乱草,扯来些干透的秧秧蔓蔓,架起来一堆篝火。地上刨出几个给人忘了刨净的洋芋,洋芋埋进火堆,再撒上些薄碎的石头渣子。熊熊的火燃起来了,火焰烤着老汉皱巴的脸膛,娃娃欢喜地蹦来跳去地寻草添火。寒冷漫长的一天里,只有这一会他们觉得心里轻快,像是不觉间突然发现了什么喜庆,那种快乐的感觉简直让人觉得神奇。

火渐渐变成了红灰。暗红的灰烬久久亮着,因为碎石渣已经都烧得灰红了。娃娃忍不住几次伸手要抓,老汉眯着眼几次都拦住了他。老汉的眼深埋在一脸皱纹下面,眯着一条缝,心满意足地等着。羊儿还散在陡峭的崖坡上,蠕动在光秃的圆山峁顶上,山里还是起着一道道黄尘,可是听不见有什么风声了。

老汉终于拨开了黑灰。他不全拨开,只捏根小棍拨开那么一丁点,轻轻地挑出一个圆滚滚黑糊糊的大焦蛋来。接着他把那黑焦的东西放在手心里。一边的娃娃想,还烫呢,还烙得很呢,可是老汉那大手心里粗茧子几重几层,娃娃瞧见老汉眯着的眼皮眨都不眨。那黑焦的疙瘩突然给老汉那粗茧子手弄开了,焦皮落下来,跳出一个白嫩滚烫的白蛋蛋。一股子香气猛地冲进娃娃的鼻孔,他啊地欢叫着跳了起来,闹着朝老汉要,揪扯得老汉坐不稳了。

有时候,这么一老一小蹲在高高的荒山坡上,望着四外无声无息的世界,这么啃着香喷喷的烤洋芋,能一直坐到黄昏。揽回四散的懒羊子,拾起撇在一边的鞭子羊棍,他们顺着细细的羊肠子小道下山了。这一天已经黑了,明日早起他们还要相跟着上来。

岁月就是这样度过的。可是他们心底隐隐微微地有着一丝飘忽的满足。那山上烤熟的洋芋塞饱了他们的肚子,那洋芋的滚烫到多久都像是暖着他们的生涯。

老阿訇默默地望着这一对破衣烂衫的年轻人,在阴暗的山坡上立了好久,没有说一句话。苏尕三硬挺着脖子,背着老阿訇站着,手里还握着那柄镢头。这尕娃娃，老阿訇心里想道，盘算着和我老汉论个是非呢，他想着不禁苦笑了一下。那女子低着头，直直地站在窝棚门前的亮处，手里提着筐篮不敢放下，像是在听着老阿訇的发落。苦命的女子，你就直端端地闯进回回庄稼汉的窝里来啦，这里可不是你寻盼的地方呢。老阿訇叹了一口气，替她接过了手里的筐篮。看来这也是真主的安排呐，一搭走吧，真主不曾逆着人的心愿。不怕受难就往一搭走吧，奔着你们的念想，试着寻寻你们的黄泥巴小屋。

老阿訇抬头看看天色，浓墨般的云层还在低低遮着连山，稀疏的薄云后面隐约闪露着几粒星星，已经是后半夜了。走吧，我不能拦阻你们了。尕苏三子他累乏啦，他病攻心般只求着那么一间熏黑歪塌的破黄泥屋，让他去吧，我不能再拦阻他。也许他有朝一日信了我的理，也许他有朝一日能在自家心里搭起一座遮风避雨的泥屋，可是今日黑夜，让他们走吧。老阿訇走进窝棚，喊出来韩二个。他引着韩二个朝坡上走去，踩着黑夜里不知浅深的松土。

老阿訇和韩二个架起了一堆火。

火苗转瞬间窜跳起来，红通通地闪跳着，黑暗中的山坡突然被照得现出了变幻的轮廓。老阿訇和韩二个靠着火堆坐下了，那忽高忽低地抖闪的橘红火焰立刻把他俩映亮了。

火堆后面的洋芋堆背后，突然立起来一个人影。瘸瘸拐拐地走了过来，迟迟疑疑的。

老阿訇和韩二个架着火，朝火堆上添着树枝草叶，稍稍转过脸看着走近的丁拐子。丁拐子气恨恨地拐着走近火堆，一屁股坐下了。停了一阵，他也拾起柴草，胡乱扔在火苗上。老阿訇看了他一眼，什么也没有说。韩二个这时抱来了一大抱洋芋。

老阿訇从坡上拾起一把碎石渣片，撒在火堆上。火焰噗地响了一声，顿时黑灰了一瞬，紧接着又轰地爆起火星，更猛烈地燃烧起来。苏尕三也走近过来，背后怯生生地随着那个女子。石渣子片片一把把地朝火堆上撒去，溅着灰烬里的黄亮火星，沉在烧过的通红灼脸的炭火底子上面，静静地铺着，慢慢地变得灰红起来。

火苗暖暖地亮着明晃欲滴的黄色。火苗在五个衣衫褴褛的庄稼人中间窜跳闪灭，黑重的浓夜被冲淡了，飘摇着生出了一个沉重哀伤的精灵，旋绕在山坡顶上的窝棚棚和围着篝火的五个庄稼人上空，久久不去。紧压背后矗立四周的漆黑山影苏醒了，给火光映得吐出了一丝活气。山坡的斜斜棱边拖曳着火光伸下去，伸向依旧罩在黑暗夜幕中的深沟陡谷。

从远处望过去，黑蒙的斜坡上只有一块明亮鲜黄的角落，中间清清楚楚地显着五个人和一座窝棚的明暗分明的远影。

韩二个低着头，手里抚摸着一个壮大的洋芋。他的脸给火光照得通红，浓黑的双眉下，眼窝里凝住了一点干净的闪亮。颧骨和满腮的黑胡子都挡在阴影里，一张脸像个煞神般半黑半红。他举起那个大洋芋，火焰在那只粗硬的巨手上闪亮着。他把洋芋填进红灰下面，不避灼烧地又把洋芋朝里塞了塞，让烧红的石渣片盖在上面。送送苏家兄弟，他想，送走苏家兄弟和他妇人，明日早起再刨时，就先刨梁那边石头多的那块地。这洋芋，壮得多喜欢人哪，他想着，拣出一个个壮大圆滚的洋芋，接连塞进火堆，用烧好的石渣子盖上。他每塞一个洋芋前都用粗糙的大手把洋芋摸索一阵，那些洋芋又凉又滑，摸着心里舒舒坦坦的。

丁拐子手里抓着一把草。他不烤洋芋也不添火，只顾对着黄红的火苗发痴发呆。拐爷我又回来啦，他瞪着熬肿了的陷眼睛盯着火苗，粗得吓人的狼下巴翘着，映着火光，像是涂了红彩。心里受不住，拐爷我又回来啦。原想我放了那黑狗，搭救了这闺女，她也许就乐意跟我了呢。呸！你个瘸心瘸腿的货！回来才看见她相跟上苏尕三了。洋芋吃罢了，她就走啦，她就迈开她那小碎步，挺直她的圆腰杆走啦。不是随着你拐子，是随着人家好腿的苏尕三。这火烧得多美啊，在这道山里我拐爷还从没见过这么红亮的火呢。洋芋使烧红的石渣片一煨，香气就随着烟火浪出来啦。走吧，你们走，拐爷我在这搭蹲着。啥我也不怕，反正一辈子混不上个女人。冒了死回到这坡上还都引不上个女人，还有个什么可怕呢？快烤吧，韩二个，快吃吧，吃上一顿去死拐爷也情愿啦。

她半跪在篝火一边，隔着男人们的背影，远远地盯着那神秘的火焰。大黑狗紧紧贴着苏尕三卧着，在她前面高高耸着漆黑的耳朵。狗也认了他了呢，再往后就是一家人啦。这火苗多暖和啊，又黄又亮地映出了半面山坡。她的旧花袄紧紧裹着身体，鬓发给火焰燎起的灼烫掀得轻轻拂着。她舒服地跪坐着，凝视着默默闪跳的黄火苗。她好像已经寻上了一生的安慰，两只黑黑的眸子里满是感激的温柔神情。长到这么大，没年没月净是给男人们烧火做饭，如今要吃一顿人家做给的饭食啦。多好的人啊，她幸福地想。吃罢这么一顿饭食，我就要相跟上尕苏哥走啦。走吧，这么走该多好啊。

苏尕三坐在坡坎上，敞开了袄襟。裸赤的前胸上热灼灼的，像是给火苗直接舐着烤一样。他背后靠着黑黑的山影，半个身子和那黑山影化成了一块。火光打在他前胸和脸上，衬得他浓眉大眼的脸庞棱角鲜明。吃上这顿送行的烤洋芋，我就要引上她走了。前方是个甚么呢？是遭逢第三场罪债呢，还是看见一座半埋在黄土坡上的熏黑的泥屋？是真主教示了的火狱，还是真主唤着我不敢忘的天堂？不知道，我不知道也往前走。我知道我生这一世总有个走到的地方。总有那一天，我能走上一处山坡岗，或是一处树林子，一处河湾汊，一处野草滩。我总能走到那个地方一头栽倒，或者我就能在那个地方寻见我的终宿，寻见那座黄泥小屋。走吧，吃上这顿饯别的洋芋，记下乡亲们的心情。走吧，引上这诚心实意的女子，走个永不回头。

老阿訇细心地用树棍拨着灰火里的洋芋。他续上柴草，撒上石渣，接过韩二个递来的洋芋。厚厚的暗红的灰烬鼓鼓凸凸地冒着青烟，压在灰下的洋芋给烧得微微震抖。尕娃娃们要走远路，他们要走上险山恶水，走上埋伏着火狱的远路啦。仔细烧些洋芋，经心烤些最壮的洋芋，给娃们送个行吧。当年随着造反的乡亲们围了县城那时辰，家里老人就是这么给烤的洋芋送上阵。远走新疆，下伊犁以前，亲戚朋友也是使这洋芋给饯的别。已经转回了一辈子啦，已经轮上我经心细意烤上洋芋，给这些娃们送行啦。红灰已经乏了,再添些柴草。石渣片片暗暗地红啦,快翻翻洋芋。这一个给这苦命的女子,难为她年轻轻地舍了家随了我们这些人。这一个壮的给韩二个,韩家这兄弟出力最重,憨得不知疼疼自己。这两个一搭给丁拐子,看他屈的,多吃上一个洋芋吧,一阵阵再给你烤出来。这个有疤的,孕苏三子,给你娃吃上吧。你要走的是大山大沟,处处埋藏着火狱,从今黑夜就让你记着艰难吧,这个有疤的洋芋你吃上。

老阿訇抬起头来,众人正围着火等着他。他默默地拣出一个又大又圆的烤洋芋,用手掌拍着那洋芋黑焦的皮。他轻轻地剥开了一点,接着一撕,一股热气里,洋芋露出一块白嫩的肉来。老阿訇小心地剥着,不伤一点肉地,把那个大洋芋剥净了。

大洋芋像个雪白的大馍馍,静静地摆在了篝火边上的空地上。

老阿訇突然觉得鼻子酸了,忙忙扭过脸去。吃吧,贼娃子,他心里说道。他甩了甩白胡须,"吃吧,吃洋芋吧!"他大声吩咐众人说,声音颤抖着。

从月亮山暗暗中的山丛里望过去,在下面那些透迤波起的长梁漫坡上,有一块高高的亮地。那块柔和明亮的黄黄亮地中央,正闪耀着一簇红得暖人的火焰。五个沉默的黑色人影环绕着那簇火焰,朝火的侧面被照得微微发红。他们的黑暗后背和浓夜溶成一片,远远望去像是五块栽立在坡梁地里的黑石。有条狗的影子在他们中间闪来跳去,把那深红的火焰时时打上一个黑色的印子。山梁斜斜地伸展着,一直到没入夜幕的边缘,没有一丝动静。只有一座歪斜的棚户的尖顶耸出地平,刺破了山梁那条柔和伸展的坡线。

山风穿行在黑暗里,扇抖着山坡中间的那团红火焰。火苗捉摸不定地闪灭着,把那五个黑影映得时明时暗。茫茫的月亮山依旧默默立着,但已失去了那永远的寂静,沟壑梁峁都凝神望着那堆篝火和烤红的人影,像是正在长久地吐出一个沉重的叹息。

黑窝棚此刻空荡荡的，独自斜歪在坡上开始显得孤独。苏尕三的前胸裸着，火苗已经把那胸脯灼疼了。韩二个大口地吞嚼着新烤的洋芋，粗大的手掌插进火焰里，一个又一个地把黑焦的烤洋芋抓出来。丁拐子吃饱了，蜷缩起干瘦的身子躺着，烤着火像是沉沉睡了。老阿訇还在抱起新刨的洋芋，搓去洋芋上的浮土，抚摸着，然后把洋芋埋进石渣片和柴草烧成的红灰里。只有那个女人一直静静地跪坐着，安详地望着暖人的篝火，独自在想着什么。烤洋芋的香味随着腾起火堆的青烟，弥漫在他们身边，漫过祭奉贼娃子的那个白馍般的大洋芋，漫过不安分地跑来跑去的黑狗，从人们的头顶上飘过去，遮蔽了那座小小的黑窝棚，一直朝坡地周围的山峦飘去，终于消失在月亮山秃秃裸着的胸怀里。

再结尾

凉秋九月，山里还没有刮起那侵肌伤骨的硬风，可是遍山的青庄稼已经砍倒了，远近起伏的山峦只剩下一片黄褐。

夜里已经很冷。清晨起来，浸泡在一派寂静的寒气中的石头枯草上，已经沾着一层白濛濛的霜粒。天空离得高远了。

直直地穿出山脉拦腰处的石嘴子，绕开那石嘴豁口附近的村庄聚落和叉子路，眼前就是牵连数省的大山纵深。这片茫茫的大山里没有贯通的大路，只是漠然地一层层矗立着，远离着尘世般不言不语，仿佛正守着自己的世界，东有黄河冲泻成的宽阔川原，南有渭水秦川的富庶田野；可是一切平坦富足都被这大山边缘的一道贫瘠焦旱的浅山拦住了，像是有一条横伸着的褴褛的手臂，倔硬地推开了眩目的诱惑。

于是就形成了一方的地理，于是就有了一方的人事和命运。

海固，甘南，清水，湟水，向西穿过萧杀的河西走廊，隔着瀚海戈壁通向新疆；大峡，小峡，岷山，六盘，连着雪山彼处神秘的青藏。行走在这片莽莽的黄土荒山里，眼前总没有条顺直些的路径，默默地走上一阵子，人就觉得自己是在迎面走向一面巨墙。前途不辨，心事苍茫，沿着黄土梁峁间起伏的地势，只见一条给羊子和往来客旅踩秃的白色小道依稀闪现，蜿蜒向前。有时遇上几个雪山上下来的藏民汉子，黧黑的脸膛，雪白的牙齿，嘴里嚼弄着一块松脂，大手按定了粗皮鞘的腰刀。有时又遇见几个蜷曲着大黑腮胡的东乡人，斜过深陷在眉毛里的锐眼瞟着，扳住驮马的头，摇晃着擦肩而过。山道陡硬，石块尖利，精赤的脚板一下下踏在这山道上，渐渐地踏出了一个节拍。人的心也不紧不慢地跳匀了，心跳随着粗重的喘息，应和着无休无止的步子，慢慢化成了说不清的一片惆怅。

　　出去个大门三道道岭呀
　　哪一道岭上嘛上呢

　　就这样穿过了一些干涸的深沟，就这样爬过了一些焦旱的野岭。穿烂了的破鞋一扬脚甩进了山谷。赤裸的大脚在暴晒的太阳下，在凛冽的溪水里，在粗粝的砂石上磨出了厚厚的茧子甲。可是在这漫长的长旅中，人习惯了。道路显出了坎坷和舒缓，人心也觉出了苍凉和快意。前方是什么呢？不过是打短工割麦子，不过是找码头撑筏子；心大意高的人奔着远处，要上新疆下青海打旱獭挖贝母。他们都是怀里揣上几块干粮，一根麻绳捆起破旧的棉袄，就不回头地踏上了这艰难的人生之道。心里像是有不少话，可是难得有人听他絮叨，胸口总是堵着一个冲旋的调子，可是又唱不出来。只有迎面逼近过来的山岭，渐渐在眼前舒展得高耸雄大；挺立着赤裸裸的石壁，抖开来密麻麻的皱折，拖曳开两翼长长的、不毛的黄土低岗。

　　可是世界到底熬不住了。一声撕扯般的喊声从空旷中响起，从土崖和坡谷里传了出来：

　　哎哟哟——

阿哥们出门的孽障大

尕妹妹在家的苦大

回声震荡着，歌手却望不见。行路人心里舒了一口气，挥手抹掉了脸上混浊的汗。尖锐粗厉的喊声一跌一沉，冲出庄稼人和流浪汉沙哑的喉咙，倔强地冲撞着死静的石山沙谷。人们双腿轻松了，胸脯痛快地起伏着，那拖长的腔调和激昂的尾音声声高扬，伴随着他沉重的步履和疲惫的心思，仿佛是在诉说着山里的孤苦和不平……

苏尕三紧束着腰带，单手提着镢头，在清冷的残夜中大步走着。女子撩撩夜风惹乱的头发，提着筐篮紧跟着他。壮实的大黑狗轻提四蹄，在前面远远跑着，踩出一丝柔软的嚓嚓声。

阴云已经散开，微蓝的天穹上黑云朵浓浓淡淡，随着高巡的长风离聚。已经快要天明了。

他们默默走着，不再搭言说话。

女子的脚上磨得血肉模糊。她踏着石头棱子，心里清楚地估量着脚上的伤口。可是她一声不响，两腿迈动得反像是更利索了。小道弯弯曲曲地伸延着，通向她不知道的地方，通向远离三里、远离魔鬼般的东家的地方。她心里满盈着喜悦和畅快。无论如何，哪怕脚上血流淋漓，她总算离开那个丑恶肮脏的泥潭了。

苏尕三甩开大步，扯开了棉袄的胸襟，山谷里的夜风像是吹进了心里，使他觉得心里也正走着一股熨帖的清爽。如今的他已经不是那个仓皇亡命的娃娃，他肩宽膀阔，大手牢牢地握着铁器。他如今已是个成熟的庄稼人，吃过苦，拚过命，领着自己的知心女人，自由自在地走向苍莽的大山。辞别了乡亲们踏上新路以后，他突然发现了这片荒山的亲切。层层叠叠的崇山卫护着他，掩蔽着他，他知道自己不仅能在这片大山里创出养活自己的吃食，还能在这片大山里长成一条真正的好汉。残夜里的月亮山深沉莽大，山顶的石头和斜缓的脊坡像是吸吮了天上的微明，暗暗地现出一条弯曲的白亮。在这样的山里，官府远了，恶世道远了，不怕饥苦就能找上一片干净的黄土。苏尕三抡开腿走着，他不愿再去回想三里庄和那个险恶的鬼影，大山茫茫无际，小路清静潮湿，他似乎已经在这荒凉的群山里看见了一座黄泥小屋，一座被烟火熏黑的、低矮温暖的黄泥小屋。

月亮山是一道山体狭窄的山脉。尽管它巉岩成片，田地斑驳，可是在黄土山地的海洋里，它还算不上宽阔。此时它已经快要醒了，正在不觉之间临近的蒙蒙晨光中显得一刻比一刻更清晰。半环着峡谷村庄，纠缠着细谷碎沟，用力地又无言地展开两翼的襟裾，就像一个贫穷褴褛的老母亲正默默地揽着自己的婴儿。

　　上去个高山哟望个平原
　　平原上有一朵牡丹

羊子踩出的窄道突然陡陡地翘了起来，山坡在面前壁立成一架石头屏。他们两人没有停步，顺路朝上攀去，脚趾使劲地扒住了粗糙的沙砾岩。头顶上那些黑蓝的云朵正在消褪，两旁的山头涌动着，像是就要苏醒。两个人咬着牙关，汗水浸透了破棉衣的袄里，小道变得更陡峭了，笔直地通向凹陷的山顶。

　　采不上那花儿心里熬煎
　　采上嘛，有一场磨难

苏尕三先一步登上了山顶，站到了月亮山瘠贫的石垃子脊线上。女子大口地喘息着，也紧跟着他站下。寂静的群山朦胧地沉在脚底，像是屏息着，仿佛在压抑着从地心里传上来的一个声响。

三里庄子已经无法顾盼。洋芋地、黑窝棚，还有那留下的三个庄稼汉都已被群山遮断。前方只有这茫茫的山野，以及这山野上空疾走着的、撼人的长风。苏尕三紧紧攥住了那女子的手，女子也用温热的手掌使劲握住他。是呵，走吧，哪怕走下去再苦再难，哪怕真是从此走进火狱，反正是决不回头了。反正是决不能回头了。走吧，哪怕走上这一辈子，哪怕走到这片茫茫大山的尽头，那大山的彼岸一定会有纯净的歇息处，他俩一定能在那里搭起自己的那座黄泥屋。

就在这个时辰，天亮了。

昏茫的山岭梁峁一下子淹入了透明的晨曦。贫瘠的、雄壮的黄土砂石，荒凉的、旱渴的高低山岗，一霎之间突然现出了自己裸露的本相。两侧条条山脊上密密织着的无数羊肠小径转眼间变成了白色，像一团团揉在一起的线；近处粗粝的峭岩拂去了雾气，亮出了半埋着的浓红身躯。没有流霞，没有五彩，没有日出，连绵的秃峰裸岭只是在透明的晨曦中颤抖了一下，就睁开了渴裂的眼睛。岩缝间还残留着条条黑暗，襟麓上已经铺展开一片黄土，这遮盖着五省六十州的穷苦大山已经默默地准备好承受一天的烤晒。

一九八五年六—八月

（原刊于《收获》1985 年第 6 期）

憨 憨

——矮凳桥第一个起楼的供销员

林斤澜

一

憨憨身上有一股憨气。

老古话说："外练筋骨皮，内练一口气。"这一口气是元气。没有了元气，就没有命。这样说来，元气就是命了。矮凳桥的种田人扁担客，都是这么个认识水平。

不过桥头的老人亭上，天光黄昏，总有有资格做理论研究的老人家，坐到这里交换时道、朝势、气血、命运的信息。有天，空壳大佬倌冷笑一声，说：

"元气若就是命，怎么'内练一口气'？命是练得出来的吗？"

这天是"黄道"，空心大好佬和空壳大佬倌"相生"不"相克"，顺嘴说道：

"命是天定的。"

"对,生辰八字里就定好了。早先掐指一算,都算得出来的。现在用'电指'算,连命根上有几根毛,都算得灵灵清清。"

"对,元气不是命,是运,那是有起、有落、有红势、有乌干,那是活动的,练得的。"

"对对,运动运动,运是会动的。"

"对对,究其实,元气是原料,命是模子。命大气刚,铸出来是贵人……"

"对对对,命好气柔,主富。"

空壳大佬倌和空心大好佬,今天一致到一个鼻孔出气。不过论到这里,还都是纯理论,又叫做宏观的便是。老人亭上七老八十,不肯动空脑筋,管自张长李短。空壳大佬倌把话头一转,朝微观上走。

"若是命小气大,原料用不完,就要走气。"

空心大好佬稍稍有点不同的心得,不过这天"诸事皆宜",只说:

"走气?内胎外胎?你说走神就好了。"

"还要说走气,气分清浊,清气上升,浊气下降。上升的应在琴棋书画上,你看作家艺术家,有几个命好的!都是命薄气清。浊气下降,那就应在三教九流,带青的是青皮,靠红的是洪帮。"

"若是不清不浊呢?"

"那是混沌之气。"

"就算是混沌之气吧,应到哪里去呢?"

"这混沌之气若是命里用不完,走了出来,还要分强弱。你不用慌,我眼见'古稀'了,你是盘我不倒的。这混沌若是强,强在内里就是犟,走到外皮就是憨。"

"憨气?"这一大套,七老八十有点拌不过来。

"丁点不错,憨气。"

空心大好佬想要反驳,空壳大佬倌落实到底:

"谁若不信,只用看看眼面前的憨憨,一身的憨气腾开腾开——官话叫腾飞。"

落实到憨憨，空心大好佬想想，只好说：

"这个后生倒是混混沌沌。"

憨憨，农家子弟。坐在小学里写字，照着"柳公权"，会写出"颜真卿"来，那样滚壮，手重。上操场打篮球，喜欢一窝蜂战术，轧到人缝里撞肚排，不在球不球……这些都还小可，单单有一样是个毛病。正上着课，会不知不觉眼望窗外，走了神。若照空壳大佬倌的说法，是用不完的元气朝外皮走。山坳水边地方，最爱发雾。憨憨最爱看雾，看着看着，他的眼睛里也会发出雾来。这时节，他的元气就掺到雾里去了，混混沌沌，和雾"做阵"。

农家有这样的子弟吗？有，不多。不多不多的，等到成了亲，抱了儿女，几张嘴天天要吃，做牛做马都做不迭，哪里还有用不完的元气好走？那混混沌沌就变做"木质质"。若少数几个还混沌下去，弄不好会癫，不癫也会怪，总是没有好结煞。

憨憨到了十几岁，忽然有种叫做供销员的行业兴起来了。后生家巴不得一声走，拿着"红牡丹"到镇上开张路条，就山南海北了。年岁小一点的还没有胆量，女孩子里有胆量的也还不作兴跑码头。只有笑翼哄着理发店剪了个分头，穿上人造革"夹克"，和几个小后生"做阵"走走近便地方。三回两趟，小后生们把笑翼叫做"官"，意义不明。若盘根问底，只说是说话和官说话一样。进进出出，憨憨总跟在笑翼身边，听"官"摆布，也帮"官"背背抬抬。小后生们顺嘴叫做"亲兵"。憨憨的供销生活，就这样起花了。

供销员，也叫做跑供销，这是千年的乡镇没有见过的行当。老人家摸不着路数，只拿眼角看做是发横财的，赌牌九的，做条头生意的。后生家赚到了成捆的钞票，也好比偷来的锣鼓，东藏西塞。枕头边都只敢说扁担（百），一撇（千），猴大（万）。听见点风声，就开路条叫着走蒙古，其实只过条河躲起来看动静，报上登出来"打击经济犯罪分子"，自把自归到"分子"边边上。不戴分子帽子，只打成挖墙脚的、投机倒把的、落个钻空子，就情愿破财纳福。

乡镇上早先有过伢郎、中人、庄家。那都是又穿长衫又着短打的角色。讲究"一眼准"、"一口清"，随便是一担柴，还是一条溪的木排，一眼就有数。不论六千五百九，还是七分八厘三，都一口拍板。捏起笔来飕飕飕，写出来的字和道士画符一样。说起话来，会把死人活过来，变一变脸子，就把活人吓死了。

不过这些老前辈，不能够冲州撞府，再有本事也是地头蛇。吃水码头的，到了陆码头还不如一条蚯蚓。各人死守各自地盘，自扫门前雪。若走到别人地盘来作客，朋友家烟酒不分家。若动动手指头，在别人地盘里碰碰瓦上霜，舅老爷儿也要把钉板来滚一滚。

供销员是不是这些老前辈的后代接班人，不能说没有关系，究竟还是不相像。

供销员只把根扎在矮凳桥，讲究的是满天飞，飞到天边还盘三盘。也用不着"一口清"，最要紧的是把市场信息摸灵清。就是吃光用尽，只剩条裤头转来，带着一个好信息，也马上有钞票把你。

供销员不长衫也不短打，各人自有一种神通。有的长头发牛仔裤，手提收录机。站着弯弯柳，坐着也会扭扭迪斯科。指着型号不同的样品，会说"拿摩吻"（NO.1.），"拿摩吐"（NO.2.），"拿摩嗦哩"（NO.3.），起身"白白"时，会把录音带"拉"在人家茶几上……

有的小平头，油黑脸膛，蓝制服散着领扣，青布鞋上有泥不刷，裤脚脱线不缝。捧出金钩海米说是土产，立刻报价钱，明明二十元也难买，一口说是两块五角四。凡要签字，就打手戳。声明斗大的字认不得五升，好叫别人放心，开收据少开零头……

若是这么说下去，供销员可能全体抗议：空嚼舌头，把稀奇古怪，把乌里八糟都扣到供销员头上。天下还有没有公道？俗话说八仙过海，各显神通。先要笃定海是不好过的，封闭在乡镇上的子弟，本来连海也没有见过，时运到来，有供销好跑，就一脚踏在海里了。没有工夫理论，凭着本能，狗刨、蛙泳、浮漂、钻底……手舞足蹈起来再看浪头。

各式各样供销员当中，也有憨憨那样一二句话说不透的。有人说憨人有憨福，有人说憨进不憨出，有人说外憨内不憨，有人偏偏抬杠，说是外才不憨呢，内憨，这才憨得出奇。

先不管是八仙中哪一个仙，差不多个个"红牡丹"随身带，见人认不认得，先把烟递过去。钞票满把抓，点菜不问价钱，到了黄昏，个个酒气腾腾。先是成百，后来成千的子弟，走天山，过海南，铁路坐到尽头，靠两只脚还朝前摸。电报，电话，信和口信传回来种种信息。信息和信息相碰相撞，撞出了一个缘故和憨憨大有关系，那就是在小小纽扣身上，看出了门道。子弟扑到纽扣身上，全家扑到纽扣身上，全镇扑到纽扣身上，不过三年，把个穷山恶水角落地方，做成了春花烂漫的纽扣市场。哄得海内海外，都有专家摸来调查。但有一样，目前还查不灵清，那就是乡下土人身上的"能源"——是不是就是老人亭上说的元气，待考。

三年前，老人亭上的理论家，还有放炮的。空壳大佬倌顿脚说道：

"跑了三年供销，问也不用问，就好拉出去枪毙。"

空心大好佬温和一点，冷笑道：

"猪脏吃多了，只怕屎也吃得出来。"

三年后的今天，空壳大佬倌拍心头说：

"跑了三年供销，问也不用问，就好门台上钉个匾。"

空心大好佬摸摸下巴说：

"猪脏吃多了，只怕饭也不想吃了。"

空壳大佬倌把"指头枪"朝前一戳，说：

"憨憨把三层楼也起好了，公众逗个会，送个匾去怎么样。"

"眼前送？"

"眼前送。"

"不早不晚，单挑眼前？"

"单挑'打击组'眼前，放串百子炮，把匾钉起来。"

"你也憨了。"

"憨就憨他一回，这一把年岁了，'打击组'还能把我打做短命鬼？"

"打击组"这个称呼，公文、报纸上都是没有的，是乡镇上的土发明。新近倒真有一"组"人马，一部轿车，两部吉普送下来。"工作组"三个字，又在十年内乱中乱糟了，因此只叫做"调研组"。调查研究，本是和风细雨。不过那做法，又是老套头。一下来就搜罗材料，抓典型。接着规定典型数目。供销员里抓三个，摆摊的两个，开作坊的一双……听着风声，有点名堂的一个个朝外溜，不晓得怎么总结出来的经验：躲过风头，一半势头。躲过点心（典型），一半放心。

憨憨是供销员里，头一个起三层楼的头等憨人，当初要起未起时节，笑翼都拦不牢她的"亲兵"，这个"官"在街上说：

"我们十只眼看着吧，这个憨人迟早把头号典型憨到手，就好过了。"

哪晓得这回风声呜——啊呜——啊中，憨憨大模大样走街中央，笑翼笑眯眯跟在后边，一直跟到镇委会门口。

憨憨走进镇委会，径直走进调研组办公室，自己端把藤圈椅，对着办公桌，在屋当中坐下——那是电影上常看见的受审的位置。说：

"交代情况。"

哗啦——不用老人亭理论，已是矮凳桥的头条新闻。

二

这个憨人散着风衣，风衣上斑斑点点泥水、石灰水。里面是件紫红运动衫，贴着磨盘一样的胸膛。他身上没有胖肉，却又满满一圈椅。两只手搭在圈椅靠上，好像搭着两把红萝卜。厚墩墩一头长头发，额上竟有"刘海"，难道是女孩子那样剪出来的吗？他顺下眼皮，盯着地面。这样的粗壮，又这样的文静。

细细看来，怪了，他那袖口、领口、纽扣缝里，朝外散着热气……叫人不信自己的眼睛，调研组长摘下眼镜来擦擦镜片，镜片是干净的。

戴上眼镜再仔细看看,明明是热气腾腾,看又看不见。若不是热气,难道是别人说的憨气?难道是本地土话说的,憨气腾开,憨气腾开……

他把一个灰黄的帆布书包掼在脚边,包上也有泥水、石灰水,脚上穿着小船似的爬山鞋。他报了名字——他的眼睛盯在地面上,也还叫对面和横边桌子那里,担当着十一分强壮体格的压力。

他弯腰,用两个红萝卜手指头,从书包开口地方,夹出一张报纸——这个仿佛装钳子扳子的包包,鼓鼓的,都装着些什么?

他把报纸打开,那是一张名声响亮的地方晚报。他指着上边的一篇"专访",标题是:《几个农民救活了一个工厂》。

"交代情况"从这里开始——大家都会立刻知觉,这是充分准备,只怕不只一个人不只一个晚上商量好的。若用"十年内乱"的语言,就是"精心策划"。

那年,憨憨走到东北,路费用了一大把,生意没有做成,人家劝他说:回去吧,回南方去吧,下雪了,你这一身南方衣着,在这里就和包一层纸一样。

憨憨心里还有一个工厂没有走到,那个厂在东北的东北角上。心想我们靠什么赚钞票,还不是靠别人不肯走的路,我们走了去。憨憨上了火车,从车窗里看出来,真是越走越冻做铁板了。下半夜两点多钟,在一个小站下车,一看,雪天雪地,好一个白茫茫世界。哪里有什么旅店、饭馆,连点灯火也没有。这小小的车站,好像是个雪洞洞。就在这洞洞里等着天亮再说吧。候车室很小,倒有一个一人抱一人高的大火炉,只不过煤已烧尽,张着大铁嘴,倒吸着人身上的热气。人看着它,只想逃走。憨憨寻个最远的角落,包紧南方大衣,靠墙坐下。墙上有窗,窗上有小块玻璃打碎了,时不时飘进来雪花,落在脚上。那双脚缩不到大衣里去,一双高腰单皮鞋好像冰壳……

真是好后生,竟迷迷糊糊睡着了。梦中,两只脚干痛,痛得刀割一样,一刀再一刀,割醒了,窗玻璃已经蒙蒙白。憨憨挺身站起来,两只脚不像是自己的,勉强走到门口,踏到雪地里,管它自己不自己,谁叫你生在供销员肚子下面？问路，寻路，把单皮鞋踏得糟湿，足足一早上，总算寻着了工厂——工厂里面也冷冰冰，没有什么业务好动脑筋。就借他们办公室一个角落坐一坐，脱下高腰单皮鞋，剥下湿袜来，呀！这双脚怎么紫一块青一块了！工厂的人连声叫啊哟，叫憨憨立刻去医院。警告憨憨，南方人晓不得这里的厉害，脚是会冻掉的。等到全青了，变黑了，就只好爬着上火车了。若是化了脓，两条腿都要嘎咕嘎咕锯掉。

憨憨答应着，先借个电话打一打。电话打到矮凳桥，叫回南方，说那里有个纽扣工厂有名堂……

憨憨开始"交代"的时候，眼睛盯着地面，说着说着，也会抬起眼睛，不过不看人，看看屋角、桌板、墙壁。若是眼角里发现别人盯着看他，又会把眼睛落到地面上。这前胸后背两重磨盘似的后生，竟带着女孩子的腼腆。他一句一句慢吞吞说下来，听话的人都比他聪明，相互递着眼色。意思是：和背书一样，应当说准备工作下了功夫，做得不错。

哪晓得憨憨说到借个电话打回矮凳桥，耳朵里出现了笑翼接电话的声音，真和"官"说话一样。

"……你倒想着打电话了，等你的电话等了五天……没有业务？还在那里冻着做什么？不怕冻成冰棒……东北有三大怪，把你迷了才叫好哩……立刻回南，××省××县××镇有个纽扣工厂，有名堂，你去探探路子，摸摸纽扣。

行情……你要赶紧去，不要看不起纽扣，有几个信息蛮有名堂，赶紧赶紧，不要叫别人抢了头功……手里拿着笔没有？再复一遍，××省××县××镇××纽扣，纽扣，纽扣工厂……"

笑翼没有问问两只脚，南方人想不到脚会黑了的。憨憨自己忙着记录地名，也是没有想起两只脚来。

憨憨没有朝下说，他抬起眼睛，这回望着窗外。窗外有什么？他是什么也看不见，眼睛里倒起雾了……听话的人相互努着嘴，他也没有知觉……他在雾里，看见自己马不停蹄赶到南方，两只脚真真黑了，倒在路上，心想不如叫汽车压断，免得嘎咕嘎咕的锯……他看见后来为了这脚，笑翼扑到他怀里——是生平第一次扑过来，又从怀里滑到地上，这个"官"，竟跪在他面前，去捧两只脚……

憨憨终究发觉前脑、太阳穴，都有冷冰冰的眼睛盯着了，不禁憨气发作，一声不响，跷起左脚，两下三下，脱鞋脱袜，把一只光脚伸在办公室正中央……

这是一只农民的脚。脚板厚厚墩墩仿佛一块砖，脚趾开阔，方头方脑。

这是一只离开土地的农民脚。叫鞋袜保养得光溜溜，有厚皮没有老茧。又不少油水吃，肉满皮嫩，气血红润。

憨憨自己左看右看，前寻后寻，不用说是伤疤，一点点乌青也指不出来。

耳边有鼻孔里出来的笑声……

憨憨通地伸出右脚，一把撕下鞋袜，一样是可以上雕塑的一只脚。好容易才在外侧踝骨下边，寻着了一块指甲大的乌背，也陷到红扑扑的皮肉里去了。憨憨自己也懒得指点出来？这还做什么见证！

这是上半天的事，中午，老人亭上就研究——慢来，慢来。镇委会办公室里的说话，怎么不出半天时间，就在老人亭上摊开来了？难道有传真电视？有实况录音？谁若是从十年内乱中过来，想都想不着这么个问题，除非你也是个憨的？因此，这里也不多交代其中的奥妙。

空壳大佬倌研究道：

"自己身上的脚，自己都不晓得？是去讲清，还是去添乱？把脚给别人看，是叫人相信，还是叫人不相信？"

空心大好佬已经有了结论：

"怨不得街上只叫他憨憨。"

"一个憨字就了得了？"

"了不得还癫了吗？"

"又憨又癫，还会跑供销？还发了财？还起三层楼？"

"那你信不信把脚冻黑了？"

"一百个相信。"

"信不信又红转来了?"

"两百个相信。"

"自己都不晓得自己的脚由黑变红了?"

"元气,自己都不晓得自己元气多得用不尽。"

空心大好佬放心一笑,说:

"我说是憨气,你说是元气,都还差不多。"

空壳大佬倌摇着头,阴阴沉沉说道:

"混混沌沌——还要看看下一步再说。"

三

憨憨也不问问别人听不听,只把眼睛从窗外收回来,盯在地上,心思也就收拢了。他继续"交代"。

他坐了火车坐汽车,过江过河过了不知多少条水,走到南方水乡。那个纽扣工厂在哪里?和一个纽扣掉在路上了一样,只好用两只脚走来走去地寻,寻到黑夜沉沉落到地上,两只脚也沉重起来,简直和黑夜粘胶了。走一步,也要踢着踢不开的黑夜。也和黑夜一样看不透,也不知道脚趾头在哪里?究竟还有没有脚趾头?若有,大概也和黑夜一样全黑了,只好嘎咕嘎咕锯掉了。嘎咕嘎咕嘎——憨憨先是牙根,后来是脑髓都酸都麻了,一跤栽在路上。……

憨憨觉着全身松散,可以说是舒舒服服……泥土柔软,滋润,新鲜,他得到一个全身心休息。多少日子总在站着、走着,一躺倒就睡死了。竟晓不得摊手摊脚全身摊在地上的好处。就是站着走着,也晓不得不穿鞋袜,赤脚,叫泥土满过脚背,叫泥土在脚趾头中间摩擦,会叫全身血液畅通,元气充足……就这样躺着好了,人要晓得休息。自己尽了心,也尽了力,两只脚都黑了还是只管走,只管走。灯也会点尽,钢铁也会疲劳，太阳也会过夜。照这样摊手摊脚躺着，阎罗王问起来，也交代得过去。

憨憨觉得身体沉下去，沉到地心里去，两边的泥土包上来，连头带脚都埋起来了。一点也不害怕，自己都觉着憨，想道："我是个憨人。"还独自微笑……

耳边有个自己问自己：

"这两只脚锯一锯，还有救？"

听起来是自己回答：

"听不得嘎咕嘎咕的声音。"

"这里是走汽车的，汽车就不会嘎咕你吗？"

"不管它，反正这里好听蛐蛐弹琴。"

"初一好看雾。"

"十五好看月光。"

"对，入土为安！"

"对，入土为安！"

憨憨觉得身上的土厚起来，堆上去。堆上去，厚起来，好像一个大馒头。耳边的自己说话：

"应当写上个名字。"

"憨憨。"

"单写憨憨两个字？"

"只有憨憨两个字还传得下来。父亲叫什么，大家都记不清了，只晓得也是个憨憨……"

憨憨真记不得父亲是什么样子，只觉着应当和自己一模一样，不过多一嘴黑胡须，插嘴叫道：

"黑胡须憨憨。"

"……祖父更加没有人晓得名字了，不过听说还是个憨憨……"

憨憨一直觉着祖父应当和父亲一个样范，不过胡须是白的，叫道：

"白胡须憨憨。"

"……再朝上数，就数不灵清，难保还有几个憨憨……"

憨憨觉着身上的土馒头高拱，拱高，竟好比一层楼。

憨憨看见白胡须憨憨长手长脚，肩扛贼长、笔直、轮圆的杉木，一步一米，走过石头溪滩，把杉木朝滩边木头堆上一掼，拉过铅条，铅条在他手里和草绳差不多，把木头捆好。

有人问价钱，白胡须憨憨笑笑：

"不卖。"

"等行情？好了，'行俏'到头了，再等等就'老盘'了。"

不管别人怎么说，白胡须憨憨笑着笑着，两只眼睛起了雾，说：

"我要起楼！"

有一天，天坍一只角，倒下大雨来，溪滩上把柳树也漂起来，杉木堆上铅条散了，白胡须憨憨抱着一抱粗的木头，叫水冲走，冲到矮凳桥下，岸上多少声音叫着：

"放手放手，抱桥墩，抱桥墩……"

白胡须憨憨只管死抱木头箭一样穿过桥洞，听见他叫道：

"带信给我儿，我儿，起石头楼，石头楼……"

憨憨觉着身上的土馒头还在拱高，高拱，高到仿佛两层楼。

看见了黑胡须憨憨，在深山石头坑里打石头，胸膛磨盘一样，手臂车杠一样，一手打锤，一手拿凿，三百锤不喝口水，五百不吸烟。青石打成条，白石打成板。打出一堆来，挑出三块两块，别的全卖了。卖了再打，再打再卖，挑出来的也成堆成堆了，别人估着说：

"好起楼了。"

黑胡须憨憨看看石头堆，说：

"你要，卖给你。"

他总是心不满，打完了老坑，开新坑。打打这爿山，又去打打那爿山。别人说：

"这是个憨人，他在寻宝石。"

"看起来打着个宝山，才算数。"

有天，一块斗大石头崩下来，落在背上，黑胡须憨憨也不在意，坐下来抡锤，一锤下去，眼冒金星，心血上涌，哇地一口吐了一地。

等不到抬回家去，黑胡须憨憨和人说：

"交代我儿，我儿，起水门汀楼，水门汀楼……"

憨憨觉得身上的土馒头和三层楼一样高了，想把手脚再摊开点，好再安生一点，哪晓得动不得，一个指头也指挥不动，心里烦躁起来，心口也气闷起来，想着：躺在这里做什么？怎么好就这样休息？应当打个电话到矮凳桥，出来时节，笑翼千叮万嘱……一想到笑翼，耳朵里立刻是铃铃的电话声响，抬眼一看，身上的土馒头三层楼上，笑翼坐在那里打电话，"官"一样说着话：

"……告诉憨憨，三层楼还没有一块砖呢，就好躺下了……什么脚不脚，把两只脚背在肩膀头，也要寻着纽扣工厂……"

"嘎——咕！"

这一声"嘎咕"，和雷一样劈下来。憨憨一个指头也动不得的身体，震得翻了个身，趁势爬起来，心想：真要把两只脚背在肩膀头了。立刻又跌倒地上，两只眼睛睁不开来，仿佛太阳落到身边来照着，眼皮都烫得针扎一样，……他感觉到一辆汽车，就在他身边紧急刹车，有人跳下车来：

"压着没有？"

"好险，只差一条丝。"

"是个不要命的。"

"只怕是饿晕了。"

"抬到车上去。"

第二天醒来，憨憨一打听，才知道身在千里迢迢寻来寻去的纽扣工厂里，连声叫道：

"凑巧，凑巧，凑巧。"

厂长看过他的路条、介绍信，问了问路上遭遇，面上漾开杏仁酥味道的微笑，也连声说：

"有缘，有缘，有缘。"

随手发给憨憨值千元的纽扣，若推销出去，回来交五百，以后就是老主顾了。这头一回吃了许多辛苦，腰包也倒空，先凭信用担保就是了。憨憨觉着，人家和做好事一样。

憨憨把两个胀鼓鼓的手提包，仿佛两头猪娘，一头前胸一头后背勒在肩膀头。更不管两只脚，只管上路。

走出去一天路程，在一个河码头上，叫什么所的人扣留了。这也不合规定，那也违反条例，憨憨就是有笑翼那张嘴，也只能跟着人家到所里去。

到了所里，在一个空房间的长椅上，独自坐了两个钟头，人家告诉他纽扣没收，人不处分，请！这回便宜了，快走！

憨憨索性朝长椅上一躺，说：

"把人也没收了算了。"

"好的，送你到公安局。"

"送阎罗殿好了。"

人家一笑，说：

"不用说跑单帮，就是跑成队，跑成阵，我们也见过。若是没法办，国家养起我们来做什么！"

"国家叫你们白白没收？"

"哦，你是要折价啊。"

憨憨从长椅上虎豹一样蹦起来，磨盘胸膛粗气呼呼，热气腾腾，那人"嗞扭"倒退到门边……幸好，憨憨面对着窗户，眼睛落到窗外，不禁朦胧起来，说：

"若不是要起三层楼，一个屁也不放。"

那人听听这句话，看看这么个景象，悄悄拉开门来溜走了，在门外自言自语道：

"是癫的还是憨的？"

一会儿，把门打开，所长刚要进门，那人在身后拉了一把，所长站

在门槛那里问道:

"折多少价?"

"五百。"

"若是起三层楼,五百块还不够打地基一只角。"

"我只要没有漏洞。"

所长和门外那位对望一眼,又说:

"折四百吧。"

憨憨望着窗外,摇摇头。

"那给你六百。"

憨憨还是摇摇头。多给一百也不要,所长倒仔细打量,发现神色有些恍惚,就再落实一句:

"不多不少,只要五百?"

憨憨点点头。所长也漾开一个微笑,也是杏仁酥味道,吩咐道:

"折价五百,填个表,打个戳。"

憨憨拿着钱,赶紧朝工厂走。他走的是回头路,心里一门心思,仿佛看见他的三层楼,出现一个漏洞。只怕回头慢了,那洞越漏越大。

走到工厂,找着厂长,摸出五百块来放在桌上,才坐下来歇歇气。

厂长看看那一沓钞票,笑道:

"真有信用。不过怎么销得这么快法?"

憨憨放松手脚,也松松心,说:

"只要没有漏洞就好。"

这个回答厂长也摸不着头绪,拿眼睛打量后生家,好一个粗壮体格,满满一沙发。却顺下眼睛盯在地上,又文静。一头长头发,额前还有"刘海",女孩子也要靠剪刀才会有的"刘海"……全身上下看不出什么毛病来,只好自己解释道:"农民,是个现代打扮的农民。"试探着问道:

"还推销不推销呢?原先说好交回来五百,就可以订个长期合同。"

憨憨摇摇头。

"打算饿着回去?"

憨憨扭扭身体,把自己更加松软地摊在沙发上。好像天坍下来也要先眯一眯。

不想这倒叫厂长十分满意,一拍桌子,下了决心,说:

"河码头所长打电话来,核对了事实,你的情况我们知道了。我们的情况你也应当晓得,站起来,后生,先不要眯,跟我来……"

厂长把憨憨领到仓库里,只见满满登登各种型号的纽扣。现在车间里只开半天工,因为没有地方堆放,资金也周转不灵了,再这样下去三个月,工资也开不出来了……

"我把实情朝你告诉,觉着我们可以以实对实。你若有办法,你来包销,没有办法,也交个朋友,今天晚上喝杯送行酒。"

憨憨回道:"我打个电话。"

笑翼在电话里听了情况,吩咐道:

"你不要走,休息两天。我带两个人,马上来。……还有,保密!"

……

这就是憨憨走进镇委会办公室,拿给"调研组"的那张报纸上,"几个农民救活了一个工厂"中的事。报纸上的报道才一千多字,憨憨嘴上说了两三千字,心里想的若大略写下来,就有万把字。万把字也还是个开头,不过是几个农民和一个工厂怎样挂上了钩。

憨憨说完开头,看见办公桌上的手,都在套上笔、合上本本,扫一眼手表,时间快到下班了。这边那边有脚步朝外走,憨憨也站起来走出去了。

倒是老人亭上接下来讨论。空心大好佬认为:

"憨人自有憨福。"

空壳大佬倌把头摇得摆浪鼓一样,用戏台上诸葛亮口气说:

"此言差矣!"

"那我问你,厂长和所长是不是有勾手,做了手戏?"

"对。"

"做成圈套叫憨憨钻。"

"对。"

"试试这个后生实不实。"

"对。"

"憨憨一头朝里钻,越套得紧,越钻得狠,是个实心人。"

"不对。"

"哪里不对?"

"厂长不对。憨憨钻完圈套,厂长心想:总算寻着了一个天下少有的实心人。晓不得寻着的是个憨人。憨憨钻了厂长所长的圈套,也只说着了一半,还有一半是厂长所长也钻了憨人的憨套。"

"实也好,憨也对,反正空手得了个包销,不是福是什么?"

"你问停当没有?轮着我问问你了,憨憨的祖父白胡须憨不憨?"

空壳大佬倌一下跳到老祖宗那里,空心大好佬没有防备,只有反问的余地:

"你见过白胡须憨憨?"

"当然见过。他落水那天,我也站在溪边,跟着大人叫抱桥墩,抱桥墩。"

"他是不听呢?还是迟了,没法子了?"

"这要从头说起。"

空壳大佬倌得到了历史见证人的身份,别人就不好随便插嘴,他尽心尽意把历史摊开来了……

当初有个保正——后来叫做保长。耳朵后有个馒头大的瘤,血红,背后就叫他做血瘤。他和人说话笑嘻嘻的——圆通。单单耳朵后的血瘤打着主意,做着圈套。他眼看溪滩上,白胡须憨憨堆在那里的木头,全是笔直的杉树,滚壮的松树。不用说起楼,起佛殿也难为了。血瘤想道:叫他起楼,还不如我起。瘤生一计,和白胡须憨憨说:

"你的木头都是百里挑一,看着好是真叫好,不过没有名堂。你看名胜古迹,为什么名扬四海,流传百世?就是有名堂。不用说天下大事了,就说小小一条黄鱼,你烧出来只当便饭吃。别人上席的叫做赛螃蟹,叫做糖醋松鼠,其实是一样的黄鱼,还不一定有你那条新鲜,不过是多个名堂。你辛辛苦苦一世,论做生活,把背脊骨朝天,论吃饭,把肚皮贴背脊骨,何苦呢?还不是为起个楼。又何苦只差一步,有名堂和没有名堂,差一粒米稻桶那么大。"

血瘤这一番道理,不用说白胡须憨憨,就是个人精也会手脚痒痒的,不知不觉钻进了圈套。

血瘤趁势贴过去咬耳朵说道:

"其实我早为你留心到了,只怕你嘴巴不牢靠,叫别人暗算了。"

"暗算我什么?"

"你这一堆里,有一株是真资格,那是有名堂好讲得响的,好打锣样打开的,叫做蟠龙。"

"啊!"

"轻点轻点,你看——"

血瘤指的是一株松木,也滚壮,也直,当初不知什么缘故,扭来扭去螺旋式直上。白胡须憨憨本来不中意,打算再等等把不成材的做一起卖掉,哪晓得偏偏是它真资格。

"可惜你只有一株,若有四株,就是四条蟠龙柱。不用你起楼名,别人就会叫做蟠龙楼……"

"这一株也是碰凑巧,这样的松树,寻是寻不着的,哪里去寻四株来。"

"两株也好做门柱,叫做蟠龙门台。"

"只怕一百年也不一定有一株。"

"对,我还当你不识货,只怕看做不成材卖掉,原来你是晓得贵重的。那你性急做什么?起楼一世还起几回?再等等还怕天坍了?若是差点现款,你先卖别的,卖完了也不卖它。放心,交把我卖好了,保正保正,保证你不吃亏。"

"实不相瞒,是想卖点木头买砖瓦。"

"那就不用卖,找个砖厂和你对调,包在我保正身上。"

"等我想想看。"

"想吧想吧，想它两年也不要紧。"说着，"手指头枪"戳戳天："反正天坍不下来。"

"手指头枪"还没有缩回来，"劈啊"电光一闪，"崩嚓"一个闷雷落到地上，血瘤叫声"啊呀不好"，一言未了，耳朵后开花，流血如杀鸡……

眼皮还没一眨，雨水倒了下来，不分雨点雨脚，也不是瓢泼和倾盆，是瀑布漫天遍野。上游的大水一爿墙似的推下来，溪滩上斗大石头打水漂漂，盘根柳树连根翻筋斗……

啊，天坍一只角。

白胡须憨憨眼看铅条散开，木头漂走，死命冲过去，伸手抓蟠龙。等到蟠龙在怀，脚下不用说石头，连地皮都跟着水走了。白胡须在哪里呢？只见贴着蟠龙在浪里翻滚，朝矮凳桥撞去，岸上的人看着势头凶险，拚命大叫：

"放手放手，抱桥墩，抱桥墩。"

白胡须一下浪上，一下浪下，不但不放手，反把两脚勾两腿夹，和蟠龙共生死。到了桥洞那里，龙头一沉，箭一样射到水里去了，岸上的一声呀——给海龙王打更去了。

没想到过了桥头，蟠龙又箭一样由水底射上来，白胡须憨憨腾到半空，岸上的人吓呆了，却听见白胡须叫道：

"带信给我儿，我儿，起两层石头楼，石头楼……"

空壳大佬馆一口气说到这里，没有人插嘴，更没有人抬杠，老人亭上阴静无比，当个历史见证人的滋味，糖甜蜜甜。空心大好佬也想尝尝，禁不住说道：

"黑胡须憨憨倒是从小一起捉过蛐蛐，捉过知了，捉过纺织娘，什么都捉。他从小就和石头墩一样。爬树爬墙，都是他站在下面垫脚。小学还没有毕业，就跟个打石师傅当徒弟去了。新坑旧坑，这里打打，那里凿凿，只怕锯齿山哪一个齿缝，他都钻遍了。二十岁成了亲，就把开出来的石头，挑中意的自己留下……"

"你念大乘经吗？"空壳大佬倌插了嘴，天下不识相的朋友总是有的。

"好吧，长话短说，到三十岁还没有动手起楼，别人看他子午心未定，青石头存那里一爿山差不多了，他卖了，存白石头，白石头也不中意……"

"花岗岩，太湖石，青田石板……"

"你讲得颠倒颠，别人和你抬杠了没有？到四十岁，中秋月饼重五粽，都是送到山上吃。偏偏又什么石头也看不上眼，别人都说这真真是个憨人，一身的憨气，信了一个采宝客的话，钻了圈套。采宝客是从普陀山坐船飘海过来的，教他夜里看山上鬼火，香头一样的点点红光，飘飘忽忽的，那都是鬼灯。若有点把颜色不一样，带绿、带黄，或带血色的，这是宝石出来吹吹风。采宝客教黑胡须几句口诀：跟着走，跟着走，走到水边勿朝前，走到山前勿朝后，红光勿用秤，黄光勿用斗……"

"不用采宝客，别人也晓得黄光是田黄，绿光是翡翠，血色的是鸡血石，田黄一两值一两金，鸡血会走不会走，若是不会走的，一斤顶钞票十万……"

"你说白胡须蟠龙柱，别人都不插嘴。"

"你也太文长了——抖老娘儿包脚布。"

"呸，不怕头顶上打雷。别人千辛万苦，为的寻着一块宝石，好嵌在中堂墙上。"

"这座楼才有个名堂，是不是这句话？"

"就为这句话，别人送了命。黑胡须憨憨从小……"

"一起捉蛐蛐。"

"呸，从小就石头墩一样。二十娶亲以后，还上身捣臼，下身捣杵头。站起来石将军，坐下来将军石。那也经不起夜熬夜，日打日。有天，一锤打下去，眼前一片血光，只当是采着了鸡血石，两手朝前一抱，头晕栽倒，原来是自己吐出来的血。挣醒过来，还和徒弟说：交代我儿，我儿，起水门汀楼……"

空壳大佬倌总结起来说：

"也就是一句话，有个名堂才好传世。"

空心大好佬早不满意他多嘴多舌，盯着说：

"就这一句话？"

"就这一句。"

"那我问你，白胡须为了有名堂，死抱蟠龙柱不放，怎么又临死，倒叫儿起石头楼，石头楼？"

这一问，出人意料，空壳大佬倌脑筋转不过来，只好说：

"胳肢窝钻出个人头来了。"

"黑胡须为块宝石好有名堂，熬尽了血汗，怎么倒交代水泥……你说呀，莫非两个胳肢窝，钻出两个人头来。"

空壳大佬倌想想，和气说道：

"贤弟，你也不是孔明，我也不是诸葛亮。这都是一股憨气，混混沌沌，我们看看再说吧。"

老人亭上的七老八十，本来有的同意这个，有赞成那个的，一听说混混沌沌，就都说：

"对，对，混混沌沌。"

四

饭桌子上，照例先摆下四个冷盘——本地叫做盘头，是打头的意思。后续的炸、炒、蒸、炖一道一道端上来，放在四个盘头中间。若是吃席，十多道不算稀奇，从第一道虾子冬笋海参吃起，吃到原形本色的葱油黄鱼。若照别的地方，端上大鱼盘是表示一场大吃大喝，到此结束。这个地方跟在葱油黄鱼后边，还有甜菜多至四道……

"调研组"来到镇上，头一天"接风"，吃得组长上一道菜，就摘下眼镜来擦一擦，他总觉着眼镜片糊涂了。站起来时，摸着肚子吩咐道：

"就这一回，下不为例。"

平时顿顿饭先上四个盘头，这是本地风俗人情，无可反对。当中的热菜，组长正色提出不得超过三道，镇上答应着中午遵命，但一日之休在于晚，晚餐稍微加点。组长说那末四道好了，镇上面现难色，口作难言，叫人只能从风俗上想——"四"字不好听？那么五道吧。镇上说五加四是个九，索性再加盘水果凑个十全。组长点了头。这凑上去的一盘水果，其实会叫人吐出舌头来，缩不回去。哈密瓜岭南荔枝自不消说，连台湾的凤梨也端得出来。小小的一个乡镇，得了还是不得了！

"调研组"无不体会到，本地风俗的淳厚。

这天听了憨憨的山海经，脑海沉沉，肚囊空空，走到饭桌边发现有一样不同平时，盘头只有三个，留着个缺口正好朝着组长位置。这三盘是：白鸡、熏鱼、清水虾。等到全组入了座，厨房里出来一盘热腾腾油、盐、葱、姜、料酒、生炒鲜蛏，放在组长面前，填了缺口。既是热炒，怎又不放在当中？据解释说：鲜蛏是昨夜夜潮退后，新捉上来的，你看穿着海滩色旗袍，嫩幼幼一个头两只脚，旗袍缝里，露出一身白肉……不过它的资格放不到当中去，热炒也只好凑个盘头。

无不称赞本地风俗的严正。

又据说明：组长点了三次鲜蛏，今天不端上来不好交代。只因为此物开胃爽口，却不利于肠道。若北人不惯南食，弄到上吐下泻、发烧、住医院，那就担当不起了。

组长早已动筷子，他说你们放心，"调研组"是会调查研究的。别人也无不深感本地风俗的热情。

吃过这样的一顿饭，就是打扑克也要打瞌睡，摸张"参考"也贴在眼睛上眯过去了。

等到新泡热茶漱了口，走进办公室。只见憨憨又满满一圈椅、坐在屋中央受审的位置上。低眉垂目，萝卜大手里还有半个冷馒头。不过总好像有股热气，从那磨盘胸膛撑开来的领口，钻钻的钻出来。真叫奇特！

既然还要继续交代，态度是好的，应当欢迎。有的角色躲躲藏藏，三十六计走为上计。都不管走得了初一,还走得了十五?走得了和尚,走不了寺院!自以为是上计,其实是下策。自以为是机灵,其实是呆也呆烂起来了。这个憨人和别人不一样,主动寻上门来,应当放下手头的七三八四,先听好听不好听,都要先听了再说。不过脱下袜子来做证明,却又细皮白肉,气血调和,寻也寻不着黑疤。这是一个笑话?还是个把戏?是个花头?是假憨还是真憨?……憨到这一步偏偏又发财?又起楼?这一双脚上的心思也太古怪了?

对面组长的眼镜片,反光闪闪,气色阴晴中间,闪闪四个字:"兵不厌诈"。仿佛咔哒一声,两边组员的面孔都放了下来,那意思是……一到斗争,就没有什么憨不憨。就是癫,也要灌灌粪汤,看看是真癫还是假癫。伸出这样一双脚来,有谁肯担保不是条计?三十六计里,也有以攻为守一计,以假乱真一计,……几个农民救活了一个工厂,好事,值得登报。不过这个记者也是生活不深入,只晓得在没要紧地方用形容词,好比用别人的油炒菜。到了关节上,啃空骨头。一个工厂的产品,把仓库塞得透不过气来,那个厂长也是个吃饭的,他都没有办法好想,农民怎么会救活了呢?割别人的肉,贴到自己身上,这也叫救活?拆大会堂的台,起自己的小楼,这算什么救活?不要拿一双脚来打胡混,这里掌握着个材料,要交代就交代关键。……

某年某月,农民某人,走到某省某县,此乃腹地山城。只得十字街一条,有百货商店一座,供销社一处,大集体日用土杂一间,只有这三个地方,有一个柜台角落,塞着三个五个纸匣子,匣子里摆着纽扣。只黑白二色,都圆形、平面、无花式。白的可以百年不变钉在内衣上,黑的供不论身材的蓝、青、灰制服上用。那纸匣上的尘土,不用伸手,眼睛也摸得着的。不用眼睛,放个屁也吹得起来。农民某人,私访服装工厂以及裁缝店,又下乡走遍附近乡镇,又到学校、文化馆、剧场、街头巷尾,和青年人交头接耳,得知作兴军扣钉在花棉袄上,需要铜扣钉牛仔裤,花扣钉喇叭裤、包臀裙、童帽以及书包,讨饭袋……到处钻头觅缝,可惜交通不便,信息不通,后门也走不着。

农民某人，心生一计，是第三十七计。把三处商店尘土纽扣包圆天下，又把仓存货，折扣收购，多年滞销，顿成脱销。纽扣一事，虽说当不得饭吃，但上身无扣，容易伤风，下身无扣，有伤风化。农民某人，此时徐徐放出纽扣，十分行俏，远近乡镇，闻风赶来抢购。

这中间，农民某人，摆酒席谈生意，各处送海米、香菇、茶叶，把精制纽扣作样品，作纪念，作试用，烟酒更不分家……有无茶叶中藏手表，纪念纽扣中动用金银等情，待查。

喂，交代！

憨憨稍稍弯腰，伸两个萝卜手指头，插进脚边书包口里，书包是扣着带的，摸索一会儿，夹出来一盘录音带，递到左边桌上。

为什么朝左边递？因为左边桌角头，也就是憨憨左耳后边，有一个收录机，叫一尺高的公文夹子挡着。憨憨一说话，那里就轻轻嗑一声，仿佛嗑了一个瓜子。憨憨早已有数。

没有人伸手接录音带，也没有人问拿录音带来做什么？这一盘录音带，好比出了奇兵。脑筋一时反应不过来，只好先发感慨。

左翼大概是："切莫把农家子弟看做憨的！现在的农民见过大天，碰他一个脚趾头，脑筋都会盘三盘。"

右翼是："憨吗？拿出录音带和伸出那只脚来，都是战术。"

正面阵地上："若是真憨，我情愿把吃下去的酒席全吐出来！"

两三分钟后，对面眼镜片下面努了努嘴，录音带进了收录机，嗑一个瓜子，就丝丝的仿佛惊冷。忽然，蹦出来一个不像女声，更不是男声？本地话叫做草鸡雄声：

"……这个座谈会？我先来讲个故事……"

"这是谁人？"没有人说出来，不过都摆到面上了。

憨憨回答一声："官。"

"……有一本外国小说，写一个生意人，装一船鞋——皮鞋、皮靴，想来还有球鞋，肯定没有布鞋，因为是外国人呀。也绝对不会有塑料鞋，这是一百年前的故事。

"这船开到一个海岛上,生意人一看,岛上的土人都是赤脚走路,不穿鞋袜。只有高级人家的大人和太太,穿一双木板拖鞋。走到家门口,就把拖鞋留在门外,赤脚进屋。我们本地讲究卫生人家,这几年也兴起这个规矩。想来是海风吹过来的。这个海岛很远,吹了一百年才吹到本地。

"生意人看看没有生意好做,自认倒霉,在街上盯着女人家出气。他看女人家,女人家也看他。他看的是面貌腰身,女人家却只看他脚上的皮鞋,好像那是一对穿山甲、猫狸、黄鼠狼。哟,咬人不咬人?放屁不放屁?

"生意人叫看得毛糙了,正想踢掉,一提腿——有一种叫做灵感的东西,会忽然从心头跳出来,立刻电流一样叫人头脑开窍,好比天门打开。要晓得灵感不只是艺术家的司命菩萨,也是生意人的观世音。

"生意人立刻思想'龙活',手舞足蹈。本来看做石头一样榨不出油来的岛国,变成个生日蛋糕,上面有巧克力和奶油堆出来的十字街。十字街口,是岛国政治、经济、文化、交通的中心,每天早上,全部穿木板拖鞋的,无数赤脚的都要到这里来办公、买卖、闲游、看人……在在无不刺激生意人的想象力,种种计划好像猪娘生猪儿,一个接着一个。

"当天下午,生意人在十字街口把摆出来的木板拖鞋买完,把作坊里仓库里的也全部收购。到了晚上,夜黑人静,到高级人家门口,把留在门外的木板拖鞋,统统装到麻袋里背走。下半夜,生意人把钉前掌钉后跟的鞋钉,撒遍十字街口。

"第二天,满街咿咿哑哑,赤脚大仙也寸步难行。生意人吹起洋号,摆出了平跟高跟、平腰高腰、平空高空各式皮鞋和假皮鞋,从此,岛上进入穿鞋着袜的文明时代,创办起来鞋袜托拉斯。后来这个生意人在岛国里,和首相平起平坐。……"

录音机里响起嗡嗡的众人议论声音。憨憨参照太阳穴边和脑门前的眼光,觉得这些议论声音应当是:

"这是讽刺?"

"胡乱造!"

"张谎儿谎上天。"

"我们没有叫谁穿小鞋!"

录音机里的草鸡雄声又响了:

"……本来我也不明由,翻译这个小说的翻译家,在后记里说,写的是一百年前做海外生意。还说后来,这个岛国变做殖民地了。"

幸好翻译家跟上这么两句,叫眼镜片那里影影绰绰的出现笑影。周围的眼睛全部放松下来,有的还点了点头,有的挂起微笑。

录音机里出现真正的雄声,也就是公鸡的正音。憨憨指指自己的磨盘胸膛。

"……我也来说一个故事,是本地的,是三四十年前。故事里的人是个土生意人,好身体,健到七八十岁,前几年坐喷气式也还坐得,跪搓板跪铁条都跪得下,站得起来。后来倒叫一口痰卡在喉咙里,卡死了。

"三四十年前,本地女人家奶水不足,还是后生得了痨病,老人脚骨摇铃,就要买鲜奶罐头保养身体。这鲜奶罐头是外国人开的奶厂做出来的。

"有年正月初一,土生意人拎一包点心,到娘舅家里拜年。忽然耳朵边'嗨吔'一声,没有防备,跌倒地上。土生意人爬起来一看,正好跌在土地庙门口,里面点着香火蜡烛。土地庙还有多么大,两个人转得开身顶多了,却叫一条奶牛塞得满满的,这条奶牛恭恭敬敬望着香火,是来许愿?拜年?求保佑?问吉利?土生意人看呆了,心头扑落扑落,后来看见香烛下边,有两个供品咬了一半,才把牛赶出去。不过心里还是七上八下,刚才自己跌一跤,把点心包也压扁了。索性先不管娘舅,打开来供土地爷儿,跪下磕三个头。只觉着四面烟雾腾腾,眼花,头晕。那恭恭敬敬求拜土地爷的牛头,却又在眼面前显灵。这事稀奇,这事要好好地想一想,怎么偏偏跌倒在土地庙门前?怎么偏偏正月初一头趟出来拜年跌倒?怎么偏偏跌倒爬起撞着奶牛拜佛?

"想来想去,忽然神志灵清,七窍开通。想道:那牛,吃的是本地的草，本地养大，又是本地人要奶吃，保养本地人的身体，怎么这中间插进来外国人，叫外国人收奶卖奶，两头把钱赚走。这土生意人从这一刻起，奋斗几年，做下一番事业。他的计划一个接一个，都得到胜利。别人说他是拼上几十年的心血，才走出这几着棋。土生意人自己说十几年也没有开窍，这几着棋，都是在土地庙上这一刻，灵感到来，一着一着，一串瞎眼老鼠一样，咬着尾巴跑过眼前。

"这土生意人，开办了个土奶厂。'加一'收购鲜牛奶，'加一'就是见价加一个铜板——好比现在的一分。市价一角，他给一角一，若是一角五，他这里是一角六。不过有一个条件，养牛户若卖一桶给外国奶厂，他这里减一也不收。

"土厂做出了土罐头，发到各店各户代销，也是'加一'的回扣。也有一个条件，若是代销了一桶外国奶，合同立刻取消。

"土生意人请人设计了个商标：一个牛头，牛角是两支红错烛。好像中了状元，帽子上插一对红花。商标就叫做'状元牛'。

"外国奶厂和他打官司，当时的官府怕外国人。土生意人请了养牛户代表，代销户代表都到土地庙前点了香烛磕了头，一齐走到官府去，官府也没法办了。

"……"

录音机放到这里，憨憨对面的眼镜片，皱起了眉头，接着，左右两边都是一副副苦相。

幸好录音机里爆发一片声音，青年居多，女青年领先：

"……我配一副连衣裙扣子，写信给我三舅妈给我寄来，来回两千里……"

"还连衣裙呢？"

"连衣裙怎么了？"

"连衣裙靠后站。我给我小儿子做了身制服，老古板极了，和我这一身一样。就是想配几个小号黑扣子，没有。小衣裳，大扣子，我儿子穿了和挂一排勋章一样。"

"勋章有黑的吗?"

"非洲勋章。"

(笑)

"红毛衣黑扣子,绿毛衣也黑扣子,哼!"

"穿里头的只有白扣子,背心也是,裤衩也是……"

"裤衩还要扣子?"

"你知道什么呀……滚!"

(笑,忍住。)

"别闹,不严肃,反映上去算个问题不算!我问过经理,卖扣子还不如卖瓜子……"

"不对,金子银子也懒肯伸手,反正三年不开张,也有油炒饭儿好吃……"

"木头人儿也照拿工资……"

"木头倒好了,那天我拿着几个扣子做样子,要求他们进点新式货色。那个金鱼眼指指小粉扣问:这做什么用?我说扣子就是做扣子用。他还问:用在哪里?我说用……啊呀,难听死了,我都学不出来……"

(小声吱吱诺诺,大声嘻嘻哈哈。)

录音机里男女声好比风雨齐下,眼看会有高潮来到。不过憨憨对面的眼镜架摆一摆手,左边的啪的一下关掉。十道菜的晚餐时间也到了,大家朝外走,办公室立刻要锁门。

老人亭上还没有装电灯,老人们都只在家里摸酒杯,或摸老娘儿,一宿晚景不提。

五

晚餐每人面前一个青瓷饭碗,镇上做主人的先介绍这青瓷,有一千多年的历史。魏晋时代有个什么赋上,就把本地叫做陶都——可惜主人家背不出来，说不周到。

"哟，是古董呀，古董古董……"

有的双手捧起来细看，不敢一只手拿。镇上的人接着解释，这是这几年烧出来的新瓷，目前是仿古，日后还要超古。捧着碗的人放了心，用手指头敲敲，问问价钱。做主人的都说，若问价钱，就没有好碗。好碗目前只够做纪念品。到千年陶都来的，少说也是百年的缘分，带几个回去做纪念。

说着，主人抱起一个猪肝色双耳酒坛子，朝青瓷饭碗里，倒下古铜般的黄汤。说，这是八百年历史的老酒，名叫"花雕"。又说，这酒论碗不论杯，想当年武松走到景阳冈，那间酒店挑的酒帘子是"三碗不过冈"，不是"三杯不过冈"。

虽说有人看着满碗的酒，一手摸着心口，一手挡在胸前摇着。但眼镜架已经照着古风，两手抱拳称谢了。主人和客人都捧起碗来，对武松的英雄气概，学而时习之。

正当"过冈"过得闹热，鼓舞先进的更上一层"冈"，劝说后进的大步跟上来。轻悄悄走进来一个连衣裙，报告憨憨又在办公室里坐着了。大家刚把眉头一皱，连衣裙立刻飘然而去。

主客都说不要管他，就算是一个憨人，也不能够叫别人吃一口饭都不安生！有说他憨什么，他打的是有准备之仗。眼镜架说，想叫我们挂免战牌？哈哈，呵呵，回击，回击。不免草草走下"冈"来，一张张红脸拥进办公室，才坐定，就抛出一手材料。

某处某地，地处交通要道，一马平川。有一家包做出口服装的工厂，电刀裁剪，流水缝纫，日用纽扣无数。但，远近供销员，或绕道而走，或只当做不晓得有这么个大主顾，都不在这里停留。

只因工厂的供销科长，住在工厂里，吃在工厂里，又在工厂里见不着他，他不接待南来北往跑供销的。

据说有一位供销员，住两张大团结一夜的旅馆，住了五夜，才结识了供销科的一个后生。塞给后生两瓶茅台，拜托把一份产品型号目录，

递到科长手里。到了晚上,后生打电话到旅馆把供销员叫出来,在路边树荫里,脸青面黑,问道:

"你那目录里夹着什么东西?什么东西?多少张大团结?多少多少?"

供销员也不好说有,也不好说没有,只反问:

"怎么了?出了什么事了?好心没好报吗?"

那后生跺一跺脚,只说:

"正在打电话给派出所。"

后生立刻闪到树荫深处。供销员连旅馆也不回,丢下行李袋,溜之大吉。

还有一位供销员,打听到科长是有个家的,只在星期六黄昏才回家,地点绝对保密。等到星期六,守在工厂门口,看见科长出来,不远不近盯着梢,科长上公共汽车,他也上;科长下车,他也盯着走。看见科长进了家门,供销员找个饭店,喝了一升啤酒,借点酒胆去敲门,递上名片,科长看看名片又看人,看完了人指指供销员手提包,说:

"拿出来。"

供销员连忙拿出一对五彩铁筒,笑道:

"土产土产,茶叶茶叶……"

科长一边开铁筒,一边说:

"我家也有啤酒。刚才跟到门口了,为什么不进来一起喝?"

供销员觉着背脊骨冷飕飕的,笑道:

"不敢不敢?科长喜欢啤酒,也有土产,土产……"

科长把茶叶全倒在桌面上,说:

"若有'欧米茄',我就要留你住几天,保卫科长就在隔壁。没有'欧米茄',请你走,走……拿走拿走,我喝白开水。"

供销员们赌咒说:睁只眼睛看着他们出口转内销吧。有的说:叫他们男装女装,都用拉锁好了。

农民某人,肩膀头压着成仓库的纽扣,心想就是鬼门关,也要去摸一摸门路。叫了个农民某甲做伴,直朝某地走。打听到偌大的服装工厂,供销科长只晓得一条路走到黑,不肯稍微变点款式,纽扣也没有来源。这个科里又只有科长点了头,才办得成事情。见见这位科长,又比见阎罗王还难。农民某人和某甲,转来转去,无处下手。

有天,一个初中女学生,骑一辆火红单车,从工厂门里火烧一样冲出来。门口正好有马拉一车瓜,咿咿哦哦的调头。赶大车的没有看见单车来,女学生倒看见了大车又措手不及,正当撞上的眨眼间,扭转车头,"嗞扭",贴着马腿,马吃一惊,又一个"嗞扭",蹭着赶车的后背,赶车的叫道:

"好丫头,带着户口本没有!"

女学生已经嗞扭出去两丈远,头也不回,好比车技表演。有人劝那赶车的:

"这是我们供销科长的独生女。白送吐鲁番葡萄,海南岛荔枝,都还寻不着门路。你这几个破瓜,还要别人的户口?"

农民某人和农民某甲说:

"天老爷开了眼,叫我们弟兄两个看见了这件事。这个生意若应在这女学生身上,也不白白千辛万苦一趟。"

女学生在中学住宿,也只有星期六回家。科长回家坐公共汽车,女学生骑火红单车赶路。到了星期六下午,马路上卡车轿车烟尘滚滚,女学生的单车,只好走马路边边。性急,飞快。烟尘中,有一辆加重单车,箭一样追上来,擦肩而过的时候,看不清是碰是撞是擦了一下,女学生连车翻倒,偏偏路边是个斜坡,打了两个滚。

那加重单车左扭右扭,转眼消失在烟尘里。据说,农民某甲也不知到哪里去了。

农民某人,却又正好在路边,立刻飞身下坡,抱起女学生,飞奔医院。

……

一张张红扑扑的面孔,都紧绷绷起来。抛出去的材料到了这里,真好比斩钢截铁，外带吭吭的声响。

憨憨觉着该他说话了，把盯在地面的眼睛稍稍抬抬，说：

"也不吃力，那个女学生和个小孩子一样，屁轻。我抱到急诊室里一放……"

左右递眼色：他把"农民某人"直接调做"我"，那他就是"农民某人"了。本来说做"农民某人"是转个弯，他倒不要转弯要条直。

眼镜架那里摇摇一个指头，叫大家静听。前边有几个关节没有确定，留着空子，他是没有觉出来？还是懒肯分辨？还是在不在？不知道这几个关节是性命交关？难道真真是个憨的？竟不管凶险？只管顺嘴说下来？好吧，信马由缰，由他说下来吧。

憨憨说医生走来一检查，没有伤筋动骨，擦破点皮搽点药水，顶多包一包就可以了。只不过女学生原本贫血，刚才是晕过去了。

女学生清醒过来，就要下床回家。医生拦着不许，还要观察观察。女学生其实还没有力气，叹道：

"观察就观察好了，不过，不要打电话到工厂里去。"

医生笑道："电话怎能不打呢，早打过了，科长立刻就来……来了，你看来了。"

憨憨回头一看，急诊室的门开着，只见一个干瘦、苍白——也贫血的中年女人，脚步细碎又慌忙走来。走进急诊室，女学生早已坐起来，母女两个一把抱住。

憨憨万万没有想到供销科长是个女人，从科长的为人处世，平日的活动范围，连同家庭成员都摸了摸，就是没有想到可能是个女的！反倒早早立起来一个形象，那是个脾气古怪、眼光冷酷、手段粗暴的、走在街上决不会有人朝他看一眼的男人，没有过青年时代的男人！

现在出现在眼前的是：相依为命的寡妇孤女。却又一个住工厂，一个住学校，星期六才相会。

现在急诊室里，母女两个姊妹一样搂抱，还贴面，还鬓角相磨……医生也悄悄退出来，顺便捅了一下憨憨——这个强壮后生呆若磨盘。

憨憨走到走廊上，走到院子里，走到医院门口，走到街上……两只脚自己走着，心里什么也没有想。说是没有想，又仿佛沉甸甸，也仿佛乱糟糟，仿佛虚无飘渺，仿佛有件要紧东西忘记在哪里，着急又没有头绪。

走到旅馆，冷水龙头下边洗了把脸，才想道：这是想着笑翼了！出门三个月，东碰西撞，天昏地黑，叫这寡妇孤女的一楼一抱，勾起了心角落的相思。

憨憨立刻朝车站走，什么纽扣生意，都不值得。

坐在火车上想道：见到笑翼怎么交代？用尽心思排尽阵要见科长，见着了扭头就走？若说是想笑翼了，怎么早不想迟不想，偏偏在这个千金难买时刻？这时刻，这两娘儿死命一抱，自己的精神就恍恍惚惚，对了，恍惚，恍惚……总要想法子静定下来。想着笑翼，也静定不下。想着起楼呢？呀，呀，对了，两娘儿一搂一抱，冤生孽结，想着起楼了！

起楼！回家起楼！起三层楼！钞票也有了，那原是吃不得着不得的东西！冻黑一双脚，差点儿送掉一条命，赚钞票来做什么！不起楼，那才真真是个憨人了！

一路上，憨憨守着窗口看楼，没有想笑翼。城市里的洋楼，直着横着的火柴盒，闷沉沉！山里，石头楼？笨！走到南边，木头楼多起来了，好看是好看，不"重地"！快走到家时，才在闪过来闪过去的楼窗里，看见笑翼，"官"一样盯着自己。

……

这是全部经过。当然，憨憨坐在办公室里，没有全部说出来，不是不说，是用不着说。若是用得着，只怕也说不清。憨憨说着话，也看见了屋里横来横去的眼睛、一些带表情的手指头，也都没有看到心里去。当憨憨在闪过去的楼窗里看见了笑翼，就抬起眼睛看着办公室的窗外。这是夜里，窗外一片墨黑。憨憨却看见了明晃晃的阳光，初夏天气。等到走到笑翼面前，啊，三月不见，"官"一样的笑翼却好像水蜜桃，昨天还带青皮，今天面肉晒白了，两腮晒红了。新白和新红，叫憨憨认得又认不得，差点儿又恍惚起来了。

笑翼不等憨憨说起楼，拦住问道：

"你和那个科长没说一句话就走了？"

"走了。"

"你还没有走到家，科长的电话就来了，打听你。"

"她怎么晓得把电话打到这里来？"

"偌大厂里当个科长，不晓得查查旅馆登记簿？"

"她说什么？"

"娘儿两个都把你当做好人，要谢谢你。我就说不用谢，我们是做纽扣生意的。她们要派人来看看好人，我说还不如来看看纽扣。"

"正好，我不出门，一边起楼一边等他们来。"

"你发财了？就你一个发财了？你发一屋，别人发一爿山，你晓不晓得？别人连毛都不滋一滋，你倒反着皮袄！你要起楼，等别人先起。你头一个起楼，晓不晓得枪打出头鸟？把典型帽子戴到头上，皇天也叫不迭！你是个憨的，就憨好了，不要癫！"

笑翼说得燥热起来，随手扯开衣领，立刻发觉自己刚刚洗过澡，里面什么也没有穿，赶紧缩手。

只见憨憨那眼睛闪闪——闪闪的是狮子那样的光采。三月不见这个后生，不知哪一下眨眼时节，变成了新生的狮子，头上一头新生的鬃毛——鬃毛蓬蓬的要朝前扑，没有扑。胸膛起落，气息沉沉。

笑翼也立刻叫太阳晒透，红透，熟透，香味喷喷，沙声说道：

"要看，叫你看，看看我这一番心！"

双手撕开领口，挺着。

矮凳桥开天辟地，没有一个姑娘有过这么一个动作。

憨憨一震。狮子也没胆朝前扑，倒朝后一坐，砰地坐到地上，仰头，两眼先闪电，后起雾。说出一番话来，自己听着也隔山隔水。不是自己说话，是灵魂出了窍，在山边水边叫魂：

"我起的楼，三层，团团圈圈是阳台，两米阔，可以晒谷，可以摆茶桌，摆棋局，逢年过节，坐得开镲、锣、鼓、钹，好团圈跑驴、划旱船，不是走马灯，是走马楼。楼顶是平台，四只角有花坞，种迎春、蔷薇、丁香、紫藤、腊梅……一年到头有花看。栏杆上有红绿灯，花架上放音乐，开舞会，跳迪斯科……叫来往客商，看了纽扣，还要看楼。仰起头来，好比看灯，看戏，看台阁，看'拦街福'。有名声不好，没有名声就好了？做人迟早是一倒，愁死愁活是一倒，快快活活也是一倒。反正是个倒，不如倒出名堂来。起楼没有名堂，不如不起。起出名堂来，起完了戴帽子、当典型、讨饭，也落得个名堂……"

墨黑的办公室窗外，好一片光明热烈。憨憨先还零零碎碎说着话，后来不说了，说不得。后来那笑翼的样子，那款式，还有两个人的憨、癫、狂……千万不可说出来……忽然觉得旁边有手指头指他，指他什么？指他看窗外……啊，不要叫眼睛漏光，千万不可走漏信息，索性合上眼皮，一会儿，眼皮也贴牢没缝了。

这个后生睡着了！

岂有此理！

真真是个憨人！

叫醒他，走！

锁门！

六

第二天早上，"调研组"吃了牛奶蛋糕、稀饭、蟹黄包子，中西合璧的早餐，肚皮坠坠的走进办公室——啊！

憨人坐在藤椅上，藤椅放到屋中间，面对办公桌，是个受审的位置。

胸膛和后背，仿佛磨盘重着磨盘，满满一圈椅。两把萝卜手指头，松松搭在椅靠上。厚墩墩长头发，齐族簇的"刘海"，顺下眼睛，落在地面。偌大后生，女孩子一样文静。

紫红运动衫，泥水点点滴滴的风衣，袖口、领口、纽扣缝里，是有一股气钻出来，说它热气也好，憨气也好，反正是一股无形无色，又如烟雾蒸腾。

把这么个后生怎么办？这是镇委会办公室里的问题。

这个后生有没有好结煞？这是老人亭上的自由讨论。

老人们困少，早早爬起来吃碗泡饭，坐到老人亭上吸烟闲谈。别人躲都躲不迭，憨憨倒赶也赶不出门。今天清早又坐在办公室里了，磨盘一样搬不动。老人们无不眉花眼佻，兴致出佻。

不过，这天是"黑道"，又叫做"大破日"，诸事不宜。刚一提出有没有好结煞，空壳大佬倌和空心大好佬就一顶一对，没有一个嘴软一点，本地土话叫做"大破日泼粪"。

"憨人自有憨福，用不着我你赔心价。"

"憨不憨都一样，没有好结煞是现成的。"

空壳大佬倌立马横刀，一声呸：

"呸！当初孙中山革命，推翻大清国，别人叫他孙大炮，为什么？着身西装，没有兵马，空口白话只好讲把学生听，憨里憨气！后结煞，还不是一炮打响了，坐南京，当大总统！"

空心大好佬也不是好吃的果子，马上提枪上阵，也一声呸：

"呸！当初袁世凯叫做袁大头，大头就是憨到头了。大清国叫孙中山推翻，他还想当民国皇帝。结煞怎么样？金銮殿上交椅还没有坐暖，一命呜呼！"

两边都是学问，学问差点的插不上嘴。有位七老八十，靠年高，摇头说：

"孙中山，袁世凯，都是算得着的，星宿，下凡。若看看，老百姓，白胡须憨憨，黑胡须憨憨，憨憨，起个楼，都把条命，起里去了。"

空心大好佬眼看对自己的理论不利，问道：

"叔，起到楼里去了吗？"

"没有，楼，没有起，命，先没有了。"

"叔，朝势不一样了，憨憨把楼起起来了。"

空壳大佬倌立着耳朵听着呢，立刻冷笑道：

"朝势？'打击组'现在坐堂审憨憨呢！"

"打击组"是自造的名号，不过这一个自造，两边都承认。空心大好佬应声说道：

"'打击组'怎么样？审又怎么样？把个憨人审倒过来，也是个人憨，未必审出个人精来。"

"白胡须憨憨倒成精了，抱蟠龙柱，一去不回，好结煞！"

"抱蟠龙柱，到龙王殿当差，这个结煞有什么不好！"

"好道，吃了西瓜皮了。"本地土话：吃西瓜皮，讲大话。

"吃红枣也有人吃。枪打出头鸟，都不出头，哪里来的出头日子。"本地土话，吃红枣是吃枪弹。

"空口白话，不搭本钱不要紧，良心总要放在正当中。"

"哈啐，倒是我把良心挟在胳肢窝了。"

"就说黑胡须憨憨，他这一世落到哪里去当差？先癫后吐血，阴间打石头也没有他的分。"空壳大佬倌寻人支持，说："叔，你说。"

七老八十摇着头，颤颤的，又好像是点头：

"见过，憨人，无其数。好结煞，只怕，明朝，作兴，个把，见得着，个把，作兴……"

"叔，睁开眼睛见见，没有黑胡须那一癫，怎么会有憨憨今天这一憨！"

"你颠倒说话了！"

"你才颠倒颠！"

"混里混沌。"

"你只晓得混沌。"

"混沌是元气。"

"元气还不如筋骨皮。"

正在不可开交，两个小孩子一前一后飞跑过来，前边小孩子叫道：

"笑翼，笑翼上街了。"

老人亭上个个扭过头来，连声问道：

"上街走哪里？"

前边的小孩子说："走路中央。"

"就她一个？"

后边小孩子说："还有我跟着。"

"呸，两个呆大……就说走到哪里了？"

前边小孩子说："到镇上。"

后边小孩子说："到镇上。"

"是哭是笑？"

前边说："笑嘻嘻。"

后边说："笑嘻嘻。"

"空手？空手空手吗？"

"拎一个篮儿。"

"拎一个篮儿。"

"篮儿空的？空的空的吗？"

前边小孩子说："看不见。"

后边小孩子说："看见，盖条毛巾。"

"赶快再去看看，看看清楚……"

两个小孩子转身正要跑开，又一个孩子飞跑过来，一路叫道：

"饭，饭……"

"好好说……"

"擦擦汗……"

"看灵清……"

小孩子站定了脚，说：

"走到传达室门口，一掀毛巾，说：送牢饭。"

"送牢饭？"

老人亭上面面相觑。人家"打击组"还没有抓起人来，是憨憨自己送上门去。昨天夜里人家赶人出办公室，好锁门，是憨憨赖在会客室长椅子上不走。空心大好佬叹道：

"这唱的是哪一出？"

空壳大佬倌一口咬定："倒打一耙！"

这天是个抬杠的日子，空心大好佬冷笑道：

"现在的青年人，还有照老戏文唱的吗？"

"照不照老戏文，都要照理。"

"若都照理，矮凳桥下世也发不了财。"

空壳大佬倌正要高声，听见老人们朝小孩子打听：笑翼开口说是送牢饭，门里门外怎么样？得了不得了？小孩子说：

"传达室我三公走出来，朝门里叫道：'送牢饭'。"指指前边的小孩，说："他二舅打开楼梯边那扇门，走出来朝楼上叫道：'送牢饭'。"指指后边的小孩："他小姨在楼上，走到楼梯口叫道：'送牢饭'……"

空心大好佬指着天说："你听你听。"长叹一声："送牢饭，送牢饭，响雷了。门里门外，楼上楼下都响遍了。"

空壳大佬倌还是咬死了说："这若不是埋伏好的，割下我的头当球踢。"

七老八十说："那是、当然，四个盘头，十道菜，那是、好吃的吗？青瓷、碗盏、白白、好拿的吗？十年内乱，白白、乱了吗？现在，青年人，吃了狼奶了……"

空壳大佬倌把脚一跺，把手一摊：

"混混沌沌，这还有好结煞！"

空心大好佬把手一摊，把脚一跺：

"混混沌沌，这就有好结煞！"

（原刊于《收获》1986年第2期）

他们

陈　村

1

我做了个梦。

我梦见了那条极不美丽的弄堂，梦见那口井，甚至还梦见了重新崛起的折片组黑屋中间的柱上，实实在在地绑着小眼睛。他头戴华盖般的草帽，低头沉思的姿势，坐在那只脱尽漆的木痰盂上。

我不记得是不是还有其他人，记不得喔喔、脚高脚低和相公、精神是否当真出现过那么一霎。我想，看见大头倒是真的。至少是看到了他的影子。地上那颗无比巨大的头慢慢爬上柱子，留下极细的一条。这叫人印象深刻，即使在梦中也不易忘记。

我想，他们的出现或不出现都是有理由的。按说可以请教一下那位叫做弗洛依德的老先生，他将梦释得滴水不漏。

想过之后也就罢了，并没真去翻翻哪本名著。弗洛依德也许释不出东方的有我们的气派的梦。他们与咱不是一个种。

当我看着那根柱子，以及冉冉上升的大头阴影的切片时，想到的并非是性。这是很容易就证实的。就连小眼睛都不是性。八岁的小眼睛如今该十八岁了，但他仍然坚持三岁时的模样，只不过看起来皮色老了点而已。

在梦中，折片组显得如此空旷。那二十余人的歌声，说话声，嬉笑怒骂声犹如传自空谷。没见有人，除了沉思默想的小眼睛。一簇簇的人影趴在地上，像起了苔藓。影子非常厚实，而且散发温暖。

我没有看见自己。

我抚摸着硬纸片，手情不自禁地折起它们。一旦折上，就再也不能停下。折片子是件令人愉快的事，接近于手的无意识活动。折十张一厘钱。当年，鱼就是一边折着一边唱歌的，他把《战地新歌》从第一首唱到最后一首，从续集唱到三集。他是个非常好的歌手，是个没有听众的歌手。在唱《沙家浜》中那段胡传魁、刁德一、阿庆嫂的三人唱时，他甚至摹仿出了各人的音色。我在梦中极想和他再面对面坐坐，折着纸片聊天。我却没能见他。只在最后，他的歌声切了进来，与精神合成循环不已的二重唱。他们都回避了，只把小眼睛留给我。连小眼睛都变得假正经起来，居然充起什么学者，居然摆出罗丹那《思想者》的姿势。他又是一个《被缚的普罗米修斯》，然而镇定，坚强，并不在意柱子与绳索的联盟。

在我的梦开始的时候，我沿着那条迷宫般的弄堂，绕了九十九个弯后，出现在折片组的门外。其实我没看到门板，门不见了，我面对门洞而立。

那是一个黑洞，黑得太阳的光灿烂了百倍。只有当我走近，站在门槛上，黑洞才被后窗弄出破绽。那一块白色嘲笑着黑洞，把好端端一个黑洞搞得不伦不类。

经过好一会，我才见到悠闲地坐着的小眼睛。那时，黑屋里没有一点声响。

我折完纸片，从架子上取下考勤表，在表上给自己印了个鲜红的"到"。我数着影子，从那些非常微妙的凹陷或隆起上判别出它们的主人。我又印了几个"到"。说起来，我是比较幸运的一个。据说，大多数人的梦是单色的，而我却有五彩缤纷的梦。

我似乎还上过一次楼。楼梯窄小，在我脚下颤动。我走进那个堆放片子的小间。好多年没进去，忘了还有马桶一说，进门就踢翻了它。我原想会有固体、液体与气体同时出现，结果很令我失望，马桶空空洞洞地响了一下后，颓然散了架，地上只有一堆弧形的木片，一只正圆形的木盖，此外，还有三道真正黄铜制成的箍。箍上全无铜锈。只消一低头，立刻就会看到脚下那三只金灿灿的圈套。除了我已描述的这些，并无任何他物。

2

我将门推上，然后身手不大敏捷地爬上那堆硬纸片子。片子在脚下懒洋洋地弹了几下，没有任何怨言。我弯下身子，在片子与天花板之间找到了躺卧之地。我没有忘记带上那个铁皮敲打成的簸箕，鱼和我向来用它盛放烟灰。最终的那场火到底证明了组长的警告，证明了火确实是折片组的天敌。

我一躺在一捆捆未经折过的硬纸片上，立刻想起了当年听到的那段对话。当年，我听着，几乎热泪盈眶。如今回想起来，依然禁不住想做出点难看的样子来。那样的对话再不可能听见了。从前才有这样的对话。

当然，感动我的不仅仅是对话，还有一些极其富有生命感的动作。我不是个爱被感动的人，但那次确实被感动了。我也代鱼感动。

也许，这和我当时的心境有关。那一阵，我被我的朋友鱼丢失了，这是非常折磨人的经历。当丢失发生后，我便自我折腾起来。在接下去的十来年里，相继发生过多起这样那样的丢失事件，但再也没有从前的惊心动魄。我逐渐学会了理解。其实，我并不理解。

在梦中，我迟迟没从那间小屋出来。我没有开灯，没让灯光从门缝泄出去。我的烟头的闪闪的红光照耀着屋子，照得那三个黄铜的圈套金碧辉煌。

烟灰一段段折在铁皮上，排列得像 X 光片中那人的指骨骨节。

就在刚才我望着小眼睛时，记起了一个很久很久以前的故事。我对以前的故事更感兴趣。我记起了我那一败涂地的初恋。记得我是在秋天的黄昏下决心作一次史无前例的表白。我记得表白的习惯用语。我开始克制那种因恐惧或因幸福而发生的身体的颤抖，我对失败有心理准备。

我说："我爱你！"

她转过头来，问我说什么。她似乎真的没听见，走神与耳鸣都是可能的。我至今依然相信当时她确实没有听见。

"我，没说什么……"

当时，不光她，连自己都相信了，我确实没说过什么。只是事后回想，才那么明白、清晰，没有差错地听见自己确实是说了。初恋就这样过去了，这样葬送了。连一声"不"都没听见。

要说丢失的话，不算鱼，那是第一次。

直到今天，直到今天的梦里，我从来没说过第二遍"我爱你"。在读书读到这三个字时，也跳去不读。我被败坏了，只觉得这三个字是我没有的，就像没有从前的睡莲。天长日久，看到它竟有一种滑稽之感，这是无论如何要不得的。

在梦中，我从不做梦。那种一个套一个的梦境想必是极为有趣的，我缺乏这方面的天赋。我的梦总是那么单一，纯粹，不可替代。

梦中，鱼始终没有出现。我在那嘈嘈杂杂的声响中细细辨别，迟迟没听到他的歌声。他是最有理由来入我梦的。他是个勤快又快乐的人，尽管他的心坏了。我们之所以认识，应归功于他的心脏。他的富有幽默感的心脏时而玩出一些把戏，就这样，鱼就没能游到乡下，而终于进了这个叫做折片组的地方。他受到许许多多同伴的羡慕。同伴们在田头耕耘时还常常提起他来。当年，在工人师傅和乡办老师的狂轰滥炸前，他始终沉着而坚定。他用一张十六开的体检表漂亮地瓦解了他们那凌厉的攻势。师傅也有吃败仗的时候，仅这一点，就叫人很开了眼。不过，鱼也没太高兴。鱼备着一个听诊器，作为业余爱好，常常会用它来探探心脏的底细。在我俩的友谊开始三公里后，我曾用它来给鱼的心脏以出风头的机会，心脏果然是出了点风头，风头十足：

$$\underline{1\ \ \ 1\ \ \ 1}\ |\underline{1\cdot 1\ \ \ 11}\ |$$
$$\underline{1\ 0\ \ \ \ 1\ 0}\ |\underline{\overset{3}{\overline{111}}\ \ \overset{3}{\overline{111}}}\ |$$

能跳出三连音的心脏想必是不多的，甚至还有切分节奏。那些乐句行进中的休止符令他既矜持又困苦。然而鱼终究还是鱼，还是快乐而且勤奋。那几本《战地新歌》已被他翻烂，这样，他的歌喉也就更加发达了。

以后的有一天，我对鱼谈起了梦，谈到我梦中的所见所闻。他对我的梦非常有兴趣。鱼如今已生了小鱼，小嘴一努一努很是可爱。我把小鱼还给他老子，然后问他，为什么不肯来我的梦中。

"你的梦不是鱼池呀。"

他回答得好生奇怪。

3

细细地追究起来，鱼在梦中还是留下了一点没能挥发净的东西。

在我折片子时，脱了鞋，脚自然地伸进台板下的圆桶。我的脚似乎搅起了一阵熟悉的气息。我的脚没碰上那只盛着热水的盐水瓶，也没碰到鱼的脚。但气息是鱼的，货真价实的鱼脚的气息。鱼的勤快从不在处置脚的形象上，因此他的脚便有了个性。

气息在继续挥发。

我估计自己能听到一两首阔别的歌子,听见鱼那抹过生发油一般滋润的嗓音。我久久地等着。按照前些日子的时髦说法,我在"等待戈多"。戈多一直没有出现。我在一直等待。

鱼有幽默感,难说没在和我捉着迷藏。有一次,他病休后复工,折着片子,突然朝我伸出三根指头,问我这是什么,我说"三",他却说不对。他说是手。他赢得狡猾。又有一回,鱼唱着唱着,忽然住了声,问我"不须放屁"是什么意思,我说"只好忍气吞声"。他快乐地笑到下班。他笑起来很有点疯劲。

说实话,我对他迟迟未在我梦中露面感到遗憾。在仔细清点完影子后,我在考勤表上他的一档印了个"事"。我的章子只有两个,"到"或者"事"。节假日免薪。病假等于事假,没有工资。挨了一个"事",就意味着当天的八毛钱完蛋了。不过,我还是希望他能在办完事后赶来,我们这儿是按钟点付酬的,请假以六分钟为一个单位,每个单位扣一分钱。据我所知,这种超精确的考勤法是独一无二的。

我想,我盼着鱼来是有缘故的。我想在梦中问问小毛头的下落。

鱼曾是小毛头的灾星。

说到小毛头,我忽然发现,她也不在阴影之中。我绕过安分的小眼睛,在柱子后找了一遍,依然没有她的身影。起初,我怀疑她是否藏在喔喔肥硕的影子里,细细地看,喔喔的影子并无双料的厚度。在梦里,我的视力一般都是过得去的。我又用活动检查法,朝喔喔的影子挥了挥手,影子朝后门移动着,肥硕的身躯下并没出现马一样的四条腿。这样,我就不再指望能看到小毛头了。

我在梦中将双脚伸向御寒的那个圆桶,它曾使小毛头茶饭不思。这不再是梦,或者说,只是小毛头的白日梦。事后,我没有责怪她的意思,但为鱼的病而忧心忡忡。

他们都是桶的受害者。

在折片组的所有财产中，只有这些桶是大宗的公共财产。桶是纸板做的，结实，买来放置杂物。如果一如既往地放置杂物，那么就不会有小毛头的两次昏厥。昏厥中的后一次，我在她身边，正准备抱起一捆片子，谁知却抱住了她。小毛头轻得不像是真的，我将她放在台板上，脚高脚低扑上来猛掐人中，而精神一路叫着奔向卫生站的赤脚医生。等到医生穿皮鞋的脚跨进门槛，小毛头已坐到她的椅子上，继续工作。这是一个具有拳击手心理素质的女人。事隔多年，即使在梦中，我依然十分敬佩她。

发明将脚放入圆桶的是相公。文明人叫老公叫"先生"或什么"傻咪咪兔"的，唯她独出心裁，称之为"相公"。于是她也成了相公。相公经常把她的相公挂在舌尖，可见恩爱之深。他们那四个女儿，便十足是爱的化合物。

相公的智商约等于健全人的三分之二，但时有惊人之举。对圆桶的综合利用便是一例。这发明传到精神时，已获进步，添了一条桶底垫上捆扎片子的麻绳的新招。对此，精神是很得意的。再以后，脚高脚低拉车之余，除了肚子上抱一个盐水瓶外，脚下又滚动着另一个。如同哪吒踩动着风火轮，那种自在是可以想见的。

一到冬天，一人一桶，好生得趣。我是后来者，桶已瓜分完毕，便插进鱼的桶里沾点脚气。鱼腿极细，极灵活，时而踩踩风火轮，时而学鼓槌敲着桶边，为口中的高歌助兴。

4

在我多梦的生涯中，梦见的都是逝去的往事。我原先以为它们已被丢失殆尽，谁知还那么鲜活地封藏着。当小眼睛张开他鲜艳欲滴的小嘴时，我确实闻到了一阵血腥气。他终于从无始无终的思想中苏醒了，草帽落在地上，一头搭着木制的痰盂。他的头悠然抬起，下巴在一开一合，没有声音。顺着他茫然的目光望去，可以看到一片虚无。我不明白他在虚无中发现了什么，不明白他何以如此悲哀又如此欢愉，不明白虚无的成因和终了。

看着小眼睛，我会被他的超脱凡俗的举止所震惊。他眯着极小又极清澈的两只绿豆眼，将两道浓眉高高抬起。他说的是没人能听懂的语言，急促，有力，有抑扬的变化。我注意到他对母亲的冷漠而专一的态度，注意到脚高脚低对他的迷恋。当脚高脚低用拉劳动车挣得的钱，为她的白痴儿子不光买了大饼，而且还是五分一个的甜大饼时，黑屋里沸腾着多多少少指斥的声音呵！

脚高脚低把手上沾着的芝麻和糖浆细心地舔去，尴尬地朝黑屋的四周赔着笑。她只有这时是不争辩的。小眼睛的血口在撕扯着大饼，芝麻落在他古朴的衣襟上。"××！"脚高脚低骂着儿子，用手指一颗颗将芝麻粘住，放进嘴里，咂上一会。

"小眼睛大起来也来折片子。"

喔喔的话说得正是时候，脚高脚低感激又亲热地骂了她一句"××！"脸上的劳累的笑变为自然松懈的像哭一般的面容。

"也来一天赚七毛钱！"

大头也说了。

大头激起了公愤。这个笨到一二三四都数不清的大头黄鱼，竟然也费心于小眼睛的前途，并应许每天的七毛钱。大头自己的七毛钱还是他老娘费了许许多多口舌才得到的，大头至今还在"试用期"，帽子拿在群众手里。四面烽火，大头立刻被烧得蜷缩一团，竭力收紧他的头。

"小眼睛娘，把小眼睛药药死算了！"

"不给他饭吃……"

"冻死……"

还有许多出自好心与经验传闻的建议。不要给他看病。一个晚上不盖被子就一辈子轻松了。至少大饼不要给他吃了，脚高脚低自己从来舍不得吃什么甜大饼。

脚高脚低心虚理亏地站着,成为每三五天必充当一次的肉靶。

"死掉算了!"

相公不识时务,贸然插嘴。

"×××!××!××××××××!×!××××!"

脚高脚低手舞足蹈地破口大骂。相公开始还困兽犹斗,最终不可避免地被骂瘫在地,两行污浊委屈之水从眼角挂下,她糜烂着的眼圈益发红得不可救药。在我的梦中,甚至她的影子都是湿漉漉的,成为一块沼泽。

"××××!×!×!×!×!××××!"

脚高脚低愤愤地拉她的车去了,把车拉得像坦克。她的身影被高高堆起的片子遮去,我只能看到那辆自行前进的劳动车。车后有股青烟飘荡。

小眼睛对此概不关心。

在相公浸润着眼圈的浊水一泄如注时,喔喔表示了十分感人的友情。她取来相公的毛巾,绞去泥水,在她的脸上像擦地板一样擦了起来。相公的泪水射穿了毛巾,水到处泛流,使得组长跳将起来,手握拖把冲了过去。地上的沼泽成了池塘。相公被她自己的泪水无情地淹没了,并将喔喔、精神与大头的影子也弄得不清不爽。

喔喔吃力地摆动着肥厚的腰,将袖子捋到肥肘以上。小臂上是一圈又一圈浓密的黑毛。她青筋暴出,两手肿胀,一遍又一遍地擦着,绞着,直到相公的喉音戛然而止,并从缺去三颗门牙的嘴中砰地一声笑了出来。

喔喔歪倒在墙上,已处于半虚脱状态。她已湿得苗条,棉袄紧贴着超人的身段,胸前鼓起不成体统的两个疙瘩,叫人一看就当她有三个脑袋。

毛巾从相公脸上如幕布垂落。幕后的相公判若两人,黑脸极为白而细腻,皮下纵横交织的血管隐隐显现,轻笑时露着缺牙的嘴,也正好是换牙的年纪。这时我注意到,除了小眼睛,谁也没有朝她在看。我看得脑中一片空白。

忽然，一阵风吹过，相公妖艳的脸随风而化，极快又极有过程地又变回到往日那惨不忍睹的模样，还憔悴了几分。

我是她曾经美过的见证，小眼睛也是见证。尽管这美只有极短的一霎，而且不留下任何遗迹，依然使我对相公刮目相看。她曾经美得如此彻底，叫一切人的一切思想全部死去。唯一能保持镇定的是小眼睛，他的虚无救了他，他能客观公正地看着美的流逝，不动声色。

5

当时，相公涌出的浊水是如此之多，不光淹了自己，还打湿了我的梦，使我的大脑如深深的海洋。我当时的感触是，一个人的能量是不可限量的。弱智到相公者尚且如此，余者更不能妄论。

在梦进行到一大半时，我留意找寻自己的影子。我希望它像一块豪华的地毯，令人踩着心安。我做出多种姿势，以求影子的姿态美。

没有影子。

对于自己没有影子这点，我至今仍大感不解。当然，我的体形无疑有点缺憾，它弓形却无弹性。我希望掌握自己的是丘比特或者羿，我需要神力的救助然后创造出神迹。

我没有影子。

影子和镜子其实是一码事。

我在找寻影子时，无意中发现精神正对镜自赏。精神的镜癖是人人皆知的。

精神的镜子是半块古式的雅致的梳妆镜。那时，镜子尚是贵重的物件，所以不会做得很大。剩下的半块就更小了。精神利用了这个小，一点一点地窥探自己的容颜，看得非常专心。每当这个时候，她会唱出柔声曼语式的歌子，脖子在细微而动情地转着，手上的片子则痉挛般地飞动。

精神的镜子上刻有素色的梅花,年深日久,稍稍泛黄。那镀着水银的薄层被一层发黑的什么东西保护着,不曾有脱落的意思。那时候的工艺是很靠得住的。从梦中看起来,镜子像后窗的那块晶莹的空白,放着无比祥和的光芒。

镜子平时并不放在桌上,精神用一个当年还比较金贵的塑料袋包着,放在夹袄上的一处破洞里。那是个古老的洞,精神利用起它来纯粹像利用衣袋。每当折完一捆片子,精神站起来捆扎时,左手总要使劲按一下心口那块地方。我不由得想起读过的连环画上的将军们,他们的心口多半也有这么一块宝物,大约是让敌将照照自己的丑脸,指望他自惭形秽而不战自走。精神的镜子却包着,韬晦得很,还隔着几层布和棉絮。

那年,事情终于发生了,我在帮着清理废墟时,很想找到那块镜子。我搬开断梁残柱,搬开瓦砾,始终没有发现。最后,一个孩子手上的砖引起我的好奇。我一把夺过,端在手上,看得心潮滚滚。

砖上赫然印着那朵古梅,连那泛黄的色泽都一如既往。

我对着砖块发愣。砖上照不出形象。我将砖面摸了又摸。它细腻如脂,如玉,如皓腕,散发着温暖。古梅已渗入砖中,并无凹凸之感。取近了闻闻,依稀闻到梅的沁人的香气。

这块砖我一直收着。直到做了梦去找,却没法找见。想了又想,才记得似乎在一次酒后送了朋友,他去刻了一方砚。我那朋友不是正路上的人,这方砚也许早已走私到东洋国去了吧。

那么说,精神也去了东洋。

精神真是福分不浅。

6

在梦中,我又看见了从前的房子,柱子,从前的太阳。从前的太阳照在从前的房子上,房檐被逼出一条极窄的阴影。阳光从不照进我们的黑屋,就如同照不进后院的那口井。从前的光总是看看要照来了,却又朝边上一跳,灵巧地避开这屋这井。月光也是如此。春夏秋冬一律如此。

照耀着黑屋的是正中的那盏四十瓦的电灯。屋子如此的黑,使它亮如一个萤火虫。灯泡非常的亮,我经常不敢看它一眼,经常在看了它后感到刻骨铭心的头晕目眩。我经常诧异,小眼睛如何能将灯泡一眼接着一眼地看,毫不倦怠。

我说过,黑屋黑得过分了。结果,那盏四十瓦的太阳一般发出嘹亮光芒的灯泡只是将自己照亮了。我常常怀着对小眼睛的歉疚,去将电灯关上。灯光下,屋里显得更为空洞而无聊,灯光下的黑一直黑到了心上。

每当我关掉电灯,小眼睛便不再茫然。他几乎在灯光熄灭的那一刹那便举起他的柔若无骨的手。手腕上下折着,折得飞快,拍击着他的血口。他口中发出"呜呜"的叫唤,带着血腥气飞到我身上。他那深井一般地方发出的"呜呜"声被手掌的干涉所打断、弱化,变为"卜卜卜卜"的声音。听了令人记起鱼的心脏。

他就一直这样叫下去,叫到下班后被脚高脚低连痰盂抱走。他以一样的频率和力度叫着,令人听而不闻。他的手臂挥得那样勤奋,那样柔媚,能使我目不转睛地看它,直到看得身子也跟着荡漾。

"卜〇卜〇卜〇卜〇卜〇卜〇卜〇卜〇卜〇……"

我们就这样轻轻轻轻地荡漾。

在每天的黄昏前后或者阴天,阳光不再直射地面,黑屋反倒显得亮了一二分,黑得不那么彻底,黑得有点发灰。在很长时间中,我没能适应这种灰色。我的审美习惯倾向于较为纯粹的东西。在人,鱼是纯粹的,小眼睛纯粹的,喔喔、精神、相公、大头都很纯粹。我发觉,只有纯粹的东西才可能最终发出惊心动魄的能量。因而,在这间黑屋里,无论是从前还是梦中,我都倾向于一种不夹杂他色的布光。

在灰色的空气里，我看见精神的手明显慢了下来，她的那面古镜也失去了娇媚的光泽。大头的脖子似乎更力不胜任了，像棵南瓜或像个地雷一样挂着。喔喔的身段又膨胀了一轮，塞满墙和台板之间的空间，丑陋的面容憔悴了许多。她一面毫无羞耻感地接连打着哈欠，一面从嘴角往下滴涎水，以致把手边的那捆片子粘成一个像她硕乳一样不可分解的疙瘩。

灰雾在弥漫。

鱼的嘴像一条真正的鱼一样张着，像上了岸的鱼一样吞咽着空气，浑身不安定。两只鼓槌般的脚开始敲打那个圆桶。他终于坐不住了，向我发出邀请。于是，我们两个脱下盖尸布般的饭单，抖落衣缝的纸屑，朝五十公尺外的公共厕所作当日的第四次（也是最末一次）徒步旅行。

通常我们在一刻钟或半个小时后回来。我们在室外抽两到三轮香烟。一般说，鱼抽的烟比我高出一档。在我的梦中也是这样，他的台板上放着精装的"光荣"，那烟盒上的红花因年深日久，也稍稍黯淡了。

鱼说，每当将烟毫无保留地吸下气管时，身体里立刻就有十分愉悦的感觉上升着。通常只升到心脏为止，像手一样抚摸着轻触着那颗坏了的心，心于是也跳得娇媚一点。为了这个十分实在的理由，他每天大约抽十五到十七支烟，其中的一半是抽在黑屋内外。

奇怪的是，每逢抽烟，我发觉他那向来乐观的精神反倒委顿了许多。鱼的心脏大概是受不了那般甜蜜的抚摸的。按说他目前并无特别值得烦忧的事。他的父母健在，对他不薄。他有一份说得过去的工资。有一群说得来的朋友。他的经历不足以对他个性产生过分有害的影响。他胃口好，上厕所的频率也正常。

我向鱼请教过这个问题。鱼总是不置可否。我问他时，正是那种灰雾渗入黑屋的时候，他在这个时候是从不唱歌的。他把脸扭向右边，看着后院坐着的叫"三轮车"的孤老头，和三轮车一样木然。我的脚在桶里踩了他一脚，将他的打击乐搅了。

"我没有。"鱼说。

鱼说完，又去看三轮车。

我仔细端详鱼的脸，发觉鱼尾纹已爬上了鱼的眼角，像瓷碗上的裂痕。我没想到鱼也老了，心里不由得酸痛。灰雾中的鱼，老得和三轮车一样了，茫茫然的脸上，露出一副死鱼相。他在消瘦。他张着嘴。从前的柔漫的光从他左边的窗户照进来，给鱼的脸镀上一层凝重的铅色。

在我认识鱼之后的一年多后，鱼上厕所从四次发展到八次，以后甚至刚坐下又向我提出邀请。小毛头曾关切地向我问他怎么啦。我觉得小毛头的关心是对的。

起先，我怀疑鱼病了，我劝鱼上医院去看看，然后让熟人去配点药回来吃吃。我们看病通常总是这样的。我们经常借用熟人的劳保卡或公费医疗证。在叫别人的名字时答应上去，这需要费点时间适应。不过，我们应得还算及时。我给鱼弄来一张公费医疗证，证的主人也是一条鱼，不过和鱼不是一个品种，不精于此道的人是分不出来的。我陪鱼上了医院。医生说鱼是进行性消瘦，劝鱼戒绝手淫。鱼听了很感困惑。最终，鱼用这张证去配来一大把润喉含片，在唱歌唱累时就朝嘴里丢上一颗。他说像糖一样好吃，请我也尝尝。我含到一半就吐了出来。

显然，鱼并无尿频尿急尿痛之症。在我与他相约共上厕所的那几次，他也往往并不进去，身体靠着他母校的操场围墙，抽着烟和我聊天。假如口袋里被他摸到剩余的含片，他总在句子停顿的地方朝嘴丢上一颗。要是没在抽烟，他的脸还是那么愉快、满足，眼角的鱼尾纹也不知去踪。

那一阵就这么过来了。鱼每天早上总是提着他的烧杯分秒不差地前来黑屋上班。他看到小毛头，总要说一句没什么意思的话，小毛头听了，总朝他尴尬地笑上一笑。小毛头从不脱帽子。每天上午九点钟，鱼就在折片组的煤炉上热着牛奶。在他的烧杯一次被组长不小心打碎前，盛放牛奶的一直是它。我曾对鱼说，烧杯当烟缸大概也是很好的，鱼表示好是好，但不能同意。

我是在鱼的多尿症发作时开始注意到后院那口井的。我对井的知识比较丰富，所以在很长一段时间里并不注意它。我去井里打水，也不过去去就回，从不在井沿流连。梦中，我一次又一次走到井边，探头看着深处那悬空着的一层水膜。我说过，很多年以前，我曾朝井里吐过唾沫，和另一个小孩比赛着吐。我看着井，吸着井从地的深处为我引来的气息。

那阵子，我极想井中开出一朵纯洁的睡莲，我甚至都想得失眠。在梦中，我一次次走到井边，想在那层水膜上看出睡莲，就像在精神的古镜上看出梅。睡莲在梦中也没有出现。我很想为睡莲写一篇好文章，但我从不写看不见的东西。井里有睡莲的气息，但是没有睡莲。不用说，我极度失望。它将我的梦也败坏了。我不喜欢失望的梦。

每次从井边回来，我总有点心虚，害怕别人看出我的心事。人们是不爱睡莲的，那篇《爱莲说》中的莲不是睡莲。我不便公开我对宁和、纯洁、慵懒的睡莲的向往。

当我走回黑屋，一屋的人都在有声有色地干着说着他们的事情。没有人显得有点异样，连鱼连小毛头连我自己都没有。

小眼睛望着我。那空洞无物的目光，在说把一切望穿了。他是知音。

7

无论是从前还是现在的梦里，始终没有睡莲出现。那年，我在一个无名的塘里，目睹过万千睡莲，那种安闲使我久久着迷。

但我特别希望的是它开放在如我黑屋一般幽暗的井里。我希望黑暗中那勃勃的生机。我希望在漠然的死板的灰雾里有一棵没由来的生命。我一次又一次地向井里探看。我对这口井从不失望。

在我梦中的井里，从前的井水静静地泊着，没有一圈涟漪。从前的光照着水面，揭出一层水膜。井壁阴冷潮湿，散发着史前的气息。我一次又一次抛开井，绕过阴影中的三轮车，回到我的黑屋。我别无选择。

事情就是这样。在鱼热衷于上厕所的那些日子，我热衷去看井。我想将我所有的压抑留在井里。应当说，这样的想法在厕所里更容易实现。

但我不。

在发现井的同时，我又发现了三轮车。在我还穿着开裆裤的时候，我就认识了他。他每天晚上骑着三轮车在我家门前的石子路上经过。有一次我还坐过他的车。我曾经跟在他的车后大声嚷嚷：

"三轮车！断钢丝爆胎路去吗？"

"小瘪三！"

不管我们问得有多来劲，他老是边骂一声"小瘪三"边骑着车继续回家。他骑车时背是弯的，夏天露出极粗壮的小腿。

我在梦中游弋。折片折到忘我之时，头顶上响起异常沉重的一声。楼板掉下铺天盖地的尘土。我明白这尘土是有缘故的。到后来，灰渐渐沉降，将相公造成的水害一一中和，使黑屋重又成为沼泽。我正叹息，头上又是一声巨响，楼板不服气地挣了几下，楼在徘徊，又落下没头没脑的尘埃，将沼泽变为戈壁。

人们丢下手中的片子，蜂拥上楼。

我和小眼睛坐着。他的虚无和我的空洞交相辉映。

我明白，三轮车完了。

在尘土飞扬，影子奔出后门朝楼上迅跑的时候，我情不自禁地被突如其来的悲哀击倒了。耳边一再响起那震动人心的巨响。我梦一般地看见那个伛偻的背和壮实的小腿肚。三轮车木雕似的脸记载着经历所赐与的和平。

从前的井边，他那张小竹凳还放着。凳面发红发亮。从前的阳光照在小凳上。

黑屋里笼罩着庄严肃穆的气氛。

我和小眼睛相对坐着。

小眼睛尖瘦的屁股插进木痰盂中，他坐得坚如磐石。他虚无的目光罩定在我身上，令我昏昏欲眠。

"白痴！"

我开始咒骂起他来。我的精神在骂声中生长，焕发。

"白痴！白痴！"

他的目光仍然执着地虚无。

不能克服的巨大的哀痛，变为不可遏止的睡意，我坠入没有穷尽的梦中。

8

梦中，从前的发黄的日历翻在一九七五年三月十六日那一张。梦中的我不再记得那是个什么日子。我记着这个日子。

我坐的是自备的竹椅，椅脚用铅丝一一加固，使我可以长年只用它的两条后腿来支承体重。我的座位在门后，右边是窗，折片折到乏味透了时可以看看弄内有什么新鲜的事。那时，我已经懂得看漂亮的姑娘。每逢看到一个，我总要将她目送到弄堂转弯的地方。这样的机会不算少，因姑娘走入我的视线时，我只能看到很侧的一个背影。一般说，姑娘的背影总是美的。只要她和喔喔不是一类。喔喔其实也是姑娘，二十才出头，正是有点风头的年纪。很难把她想成姑娘。

更好的是从弄堂转弯处突然出现一个正面也美丽的人。人们从那里走到窗前然后出我视野，差不多有十五秒钟之长。假如她一出现就被我的视线捕捉，我就可以比较从容地来判断优劣。在我梦中的那段长长的时间，没有一个人走过这从前的弄堂。人们对这样的弄堂已不感兴趣，那些美丽的骄傲的姑娘更不感兴趣。只有我这个笨瓜，重新来到从前的黑屋，坐在台板前折着片子。

我常常能看到的是脚高脚低，她拉着劳动车为折片组送来一捆捆片子。她拉来我们的一切七毛和八毛的日工资。她长得高大健壮，脚板阔大，天生是拉车的料。每逢她的车出现，我便招呼众人准备搬片子，搬来堆在黑屋或是小间。

在我们搬片子时，脚高脚低借口喝水或者擦汗，进到屋中，将小眼睛从木痰盂中拔出来，看看他的屁股。然后，又将他插回去，走来和我们一起搬那片子。

黑屋里的四个男性都是特殊人物。小眼睛占了第一号,我和鱼算并列第二号。大头吃了亏,只在半人中占点便宜。在这些阿姨群中,男孩极容易受宠。小毛头的待遇要差上好多。这种不公平是没法想的。

以脚高脚低为当事人的传闻在渐渐加强。暂时还没传到她的表弟也就是她丈夫的耳中。脚高脚低显得心事重重,连骂人时也失去了往日的出口成章。

那天,喔喔猛地说了一句:

"小眼睛娘有两个老公,开心味!"

黑屋里一下子肃静,几十双眼睛在等着脚高脚低反应。我已解下饭单,准备去厕所避难。鱼也在向我这儿运动,他同样听不得那些绝妙的"××"。小毛头先红了脸。喔喔面色煞白地等着挨骂甚至挨揍。精神毫不掩饰她的幸灾乐祸。相公怕事地躲进墙角。组长上完马桶,刚进门来。

脚高脚低先是一愣,脸色赤橙黄绿地变化了一通,浑身哆嗦,一下子倒在小眼睛身边,声息全无。

组长赶紧扑上去,拚命打她的耳光,没有一点动静。一组的人慌了手脚。我派鱼去看住喔喔,不让她跳井,自己冲出去架起劳动车准备送人。这时,头顶上"砰"的一声响,滴下一串骚臭的尿水,正滴在脚高脚低的额上。

她苏醒了。

她叫着娘哭着。

可怜的小眼睛,被她一把抱住,抱得他眼珠都要迸出了。抱着抱着,说要去投井,娘儿俩一起投井。

我赶忙奔到井边,像小眼睛坐痰盂般的坐在井口上。我不够肥,我要自己不掉下去。千万别掉下去。我不想投井。

井中阴凉的湿气浸润着我的臀部,又舒服又难受。脚高脚低和喔喔轮番朝我扑来,我估量着自己,不是她们中任何一个的对手。我战战兢兢。阿姨们手挽着手,拦起人墙,将我围在核心。形势在急剧恶化。她俩几次冲破纠察线,将纠察一头撞进我的怀里。我像守门员一样接住大头的大脑袋,乘机凿了两个毛栗子。

正在危急之时,楼上响起沉闷的一声巨响,尘土从黑屋的后门涌出,灌进院子。天昏地暗。

两条生命就这样被挽救了。

9

我回到梦中的小间,跨过地上的木片和三个金灿灿的圈套,只身登上片子堆成的眠榻。我在默默地抽烟。

我来这儿并非是想找鱼,对他,我已经绝望了。他今天不肯见我的。自从他常常借口上厕所而去朝拜那个窗口时起,我就知道我们算完了。不过,这还不构成真正的丢失。

在我梦后的一天,我见到鱼,鱼依然有着明朗生动的脸。不抽烟时,鱼脸上的鱼尾纹还是不可捉摸。我指着小鱼问起他窗的事,他说已经不记得了。他说他始终没有越过窗户。这我相信。要鱼跃过窗户,就像叫鲤鱼跃过龙门一样费劲。鱼以攻为守,问起了我的窗口。我告诉他,我分明是爬过去了,因爬得难看而且费时,窗里已经什么都没剩下。听完,他分明同情着我。我告诉他梦,告诉他那一阵我在寻找睡莲,告诉他我曾见到极其美丽的相公。说到风化,说到小眼睛的从前的目光在我心中引起共鸣时,鱼不再听我说话,而去摆弄他的小鱼。现在的太阳照在小鱼的腮帮子上,照得它像睡莲一般动人。于是,我也就什么都不说了。

我去小间,潜意识中大概是想再经历一次那叫人感动的场景。当年我无意中听到了那些话语,听得热泪滚滚。不知换一个人会不会落泪,我对这个一点把握都没有。我一直将这事瞒着,连对鱼都不提起。

我睡在小间的片子上时,不能不想到大头。虽说我将他对我的崇拜看得很轻，但他还是有他的价值的。我看着他从站在我的窗外到进到我们组里，看他逐渐成为一名真实的男子。他在看我时，总努力想正视着，竭力将歪斜的眼珠运动到中间。这种努力也叫人感动。到后来，我不再逼他叫我"爷叔"或"阿爷"，他却自动叫我和鱼"爷叔"，叫得那么虔诚，我禁不住摸摸他的大头。

大头和喔喔、精神、相公一样，在这黑屋里如鱼得水，视之为天堂。他们是天堂里勤劳的园丁。身为他"爷叔"的我，不能不为此惆怅。

小毛头坐在离我三个座位的地方。她一年四季戴着工作帽。一次，大头听人唆使，想要去摘她的帽子。幸亏大头手笨，只在小毛头头顶上拍了一下，没能得逞。这事最后以小毛头躲进这小间痛哭一场和脚高脚低将大头痛骂一顿而结束了。组长警告大头，再要混账，一定逐出折片组。对被逐出伊甸园的下场，大头怕到了骨头里。他发誓不再去和小毛头捣蛋。他不会去了，哪怕那是只金苹果。

我看得出来，喔喔是不希望大头走的。在大头去向小毛头赔礼道歉时，喔喔也跟着去了。小毛头虎着脸，始终没说一句话。道歉的仪式就在这小间举行，组长关上了门，谢绝人们的参观。喔喔被关在门外。她很忠实地站在那里，一直到里面的人一个个出来。

在这种场合，我和鱼是有权去看看的，附带训斥大头几句。但因事情的敏感性，所以都回避了。

事情发生的第二天，小毛头没来上班。当晚组长去过一次，去后说没事，大家也就放心了。到第四天，她吃完午饭来的，来了就坐在凳上折片。

组长走过去，替她脱下帽子。她的头上有一头美丽的黑发。

她低低地垂着头。

10

小毛头套上假发后，比往日精神了一些。在听到精神自编自唱的歌子中有好笑的词时，也抿嘴一笑。假如没人注意她，她会不自信地去摸摸头发，然后又飞快地折片。

自从小毛头脱去帽子，她比往日好看了许多。夏天，她穿着短袖衬衫，两只臂膀也圆润起来。大头总想献一点殷勤，以赎回过去的罪孽，小毛头偏偏不让。看到这些情形，即使在梦中，我也是要笑一笑的。

那个窗口依然吸引着鱼。我不知鱼在窗里的那个人身上看到了什么。那一年，我正巧在另一个窗口和一位姑娘接吻，被鱼看见了，鱼显得心烦意乱。我很想帮帮鱼，可苦于想不出办法。

小眼睛不声不响地望着鱼。

鱼在每次学习的时候，总担任读报员。不过，比起唱歌，他读报的热情要低多了。折片组每周学习两次，组长擅自将它减了一次。每次读报读文件，黑屋里显得更加热闹。只要精神不唱，组长并不管谁。

鱼是条狡猾的鱼。我听得出，每次他读完标题后就开始跳着念，跳得像他的心脏，加入了许多莫名其妙的休止。他念完，学习也就完了。上面煞费苦心整理的材料，最终往往成了小眼睛练手劲的东西。小眼睛撕扯着，嘴里发出哼哼声，朝它喷着血腥之气。

憋了多时的精神，振作精神唱她自编的歌子，唱得摇头晃脑。

> 戴花要戴大红花，
> 骑马要骑千里马，
> ……

精神用的不知什么调，唱得旁若无人，除了我，没人在认真听她。

> 香烟要吃大前门，
> 宁波汤团只只甜，
> 走路要走大马路，
> 屋山头上猫叫春，

宁波汤团不宁波，
裤子鞋子小辫子，
吃三吃四不吃五，
吃七吃八七七七七，
……

再唱下去，呜呜哇哇，就什么都听不懂了。精神就这样永远没有停歇又永远津津有味地唱下去，唱下去。她将四十几岁的老嗓尖去二十多岁，悠然地，抒情地，念咒语似地唱着没人听得明白的歌子。

歌声中，精神比照镜子时更动情。她唱着，摸一下脸，继续又唱。她脸上有被老公打肿的一块紫斑。她唱得旁若无人。没有老公。没有小棺材们。只有无穷无尽的歌，只有歌。

小眼睛听得入迷了，两手停止撕扯，听着，规规矩矩的。

此外，没有人听她。黑屋里一片胡言乱语之声。鱼被叫去读信，读一封寄自黑龙江的来讨钱的信。组长开始哭了，她抚摸着儿子潦草的笔迹哭了。

"母亲大人……"

她听到这四个字时已经哭了。

"母亲大人……"

她一遍又一遍地哭着。

她叫鱼再读一遍。

"母亲大人……"

我的梦中，一遍遍响着鱼的干巴的声音："母亲大人……"鱼念到"母亲大人"这四个字时，脸上一扯一扯的。组长哭得没够。

精神继续在唱。她的歌的调子转向低沉。她唱得连一个词都听不懂了。她一个音节一个音节地唱着，唱得扣人心弦。

那些半人们也不再喧闹。

小眼睛突然发作了，他使劲抽打着自己的嘴巴，手腕上下翻飞，口里喷出威胁的喉音。他全身摆动,将那木痰盂弄得乱晃。他像一个不倒翁,前后摇晃,左右摇晃,一圈又一圈地转着摇晃。喔喔想去扶她,相公拿起了绳子,他却摔倒了。

他在地上,口吐白沫,还在挣扎。似要挣脱他的躯壳。

"还是生个小眼睛好,"组长悲戚地说。

精神还是唱。歌声变得野性十足,饱蕴着某种神秘之气。她手在飞快地折片,身子前后缓缓摆动。对周围的人事她漠无知觉。她还是要去摸脸,摸心口的那块古镜,即使摸着,也没停下歌喉。

组里的阿姨都有点怕她。

夜晚,精神就住在组里。她通常吃完咸泡饭后就准备睡了。她将两块台板拼拢,盖一条组里的棉门帘,一直睡到黎明。她从黎明开始唱歌,唱到我们上班。在这段时间,她已冲好开水,扫完地,把窗玻璃用麻绳擦一遍。这些活中,她最爱的是擦玻璃。她走过任何玻璃窗和橱窗前总要照一下头发。她在洗脸时避开那块紫斑。她不刷牙。她每天早上吃一碗泡饭和一只三分钱的大饼。假如阴雨天,她会揉揉腰,把被老公打进去的伤痛慢慢揉出来。

她是在尼克松访华的那年收进来的。那年我还在乡下。因怕神经病们闹事,弄出国际影响,就把他们收了来。她沾了尼克松的光。尼克松来了又走了,精神一拖再拖就被留下了。她干活不错。她日工资七毛。他们这类人都是七毛,永远七毛。

我在梦中无端地徘徊时,见精神从影子堆中跳出来,向我索讨工资。她恨透我了。每月,我将工资发到他们手上。她认定是我不给她八毛。她恨我比恨她的老公还凶。她不打人,也不怎么骂,只是嘴里无穷无尽地嘀咕一些没人能懂的词。在她说话的头几分钟,也有几个词能听懂,比如"剥削工人阶级"什么的,听着听着就什么也不懂了。

威胁对她是不起作用的,她不是大头。我一般也就不和她说话。有时挑唆大头去捣乱,但大头不是她的对手,见她发怒,收紧头就逃走了。

她和我说着，两手朝两边用力一摊一摊的。她穿得单薄，脸上的紫斑和胎记般不肯消退。她一步步朝我逼来。我没有办法，只好掏出买烟剩下的一块几毛钱。她没要。

"再吵，民兵来了！"

听到这句话，她十分沮丧地躺回到那堆影子中去了。影子中间有一块紫斑。细看，是由星星点点的红色彩点聚成。是那种暗红，吞去光泽的红。红得糟心。

于是，我坐下来折片。我坐下来，知道头顶上迟早会轰隆一声巨响，掉下遮天盖地的尘埃，就像被哈雷彗星扫过。

我还是坐着，认认真真地折片。

我留意楼板上的动静。我以为三轮车在生命的最后时刻，总要弄出一点响动。我看见他那非洲木雕般的脸走进我梦里。那是在一切震响又平静下来的时候，那是在空空的后楼的一领席子下。

11

梦后，我复述着梦与非梦时，身上总有点发冷。也许那口井的潮湿阴冷之气还留在我体内。冷气直直地从地上冒上来，透过水膜，没有睡莲的遮蔽。

从前的风吹拂着我的梦境，吹入那层灰雾，吹入精神之歌中古怪神秘的调子。

我面前的台板上，平展展地放着那张自己设计的考勤表。二十多个人名后面，"到"与"事"盖满了格子。只有我看得出，哪一个"到"的后面，隐藏着三十九度高热，腹泻或牙痛。在黑屋与小间的门板后面，在斑驳的墙面上，刻着写着一条条短横，象形字，圆圈和叉。如果刻写者离开人世，就永远无法考证出确定的含义。这些甲骨文般的符号精确到年月日，精确到六分钟。它将我的考勤表可能造成的失误预先纠正了。

每个人有每个人的方法。这些并非即兴的涂抹是异常神圣的。

从前的涂抹仍刻在墙上，抚之不去。一层层地叠着。最老的踪迹已经难以分辨了，它融入墙面，与墙合为一体。在这道涂抹而成的墙前，我想起茧，想起琥珀。

我还想起了庞贝。想起那火山灰下的一切。我没看到资料，说庞贝的墙上也有类似的涂抹。这不是岩画，壁画，学者们也许忽略了。

当一场得天之助的火吞去这墙这屋时，那些圈与划该是跷起身子，纷纷从墙面跌落。梦中的我试图捧起这些小物件，试图装进密封的瓶后送去历史博物馆或干脆挖个坑埋掉。小物件们那么老实而阴郁地躺着。我用手小心地捧起它们。

它们在我手上化为虚无。

我从没有到过庞贝。我对那座遭劫的古城充满敬意。在和鱼相对而坐的那些年里，我读过一本叫《礼节性的访问》的书。它对庞贝命运的歪曲使我耿耿于怀。庞贝是注定要毁灭的。所有的古城都将毁灭。没有预兆，没有救星。从前的太阳照着庞贝，看着庞贝毁灭。毁灭不仅仅是恶。

就这样，我对那捧终于没捧起来的小物件的死也不再悲哀。梦中，它们回到了墙上。它们又组成了那堵很有年头的老墙。

从前的阳光照不到黑屋。

从前的风吹了进来。从前，风吹进黑屋，我将门关上，守护着二十余人散发的体热。鱼在喝完牛奶后去到那个梦魂萦绕的窗前。我没动，折着从前的片子，听着小眼睛的叫，听着组长的哭，听着精神的歌子。我听着从未有过的乱七八糟的混响。我把烟头丢进那个空的马口铁罐头。《礼节性的访问》已经结束，庞贝最终没有逃脱厄运。书中的外国人也不该逃脱厄运。我念经般地读着《战地新歌》。我知道，有一双眼睛在看着我，那双又小又虚无的眼睛。我知道，楼板上的声音就会响起，那群阴影会一涌而出，而那么美好温暖的话语却不可能再现。我知道，我的梦也不可能再现。

小眼睛被绑在柱子上,他已被人们化了装,拖着脚高脚低的饭单,戴着华盖般的草帽。草帽上"为人民服务"五个红色的大字印得工工整整。他又摆出思想者的姿势,假模假式地坠入他的世界。

我想着乒乓桌边的那个吻。我想着从前那个没有阳光也没有风的暗夜。我想着灰雾重重的那个白天。我想起,那天的雷声和豪雨冲刷过的心灵。我想起一个姑娘她那可爱的年月。我想着可爱之后的不甚可爱。

小毛头摸了一下鬓边的黑发,黑发上有一个细细的发夹。我想,她也许在回忆满头自己的头发的年月。她的胸部依然平平,和喔喔并排站着时,令人发生胸部凹陷的视错觉。她温柔地对待片子,片子商标纸上的红色映在脸上,脸柔美而含笑。片子将被拉到机器旁,钉成一个个纸盒,放入大小不等的产品。她折着,不时抚摸一下黑发。她的头套与她结合得那么完美。我注意到,鱼在看着她时也面带笑意。鱼嘴唇因心肌捣鬼而着了一层病色。鱼咬着嘴唇,看着不远处那张红得恰如其分的脸。鱼的脚又在敲击圆桶了,节奏舒缓。我重新想起乒乓桌边的初吻。我想起那轮经久不灭的太阳。在从前的阳光下,她和我尽力坦然,健康。从前的风吹乱她的头发。我伸开双臂,将我们的世界失神地抱紧。

12

在这间黑屋,隔不太久总能传来喔喔的新闻。喔喔的娘处心积虑地想给她找个婆家。托了许多人,说的还是一个意思。对喔喔的宣传近于客观。说她身体好,长得福相,吃得不多却做得动,比较讲卫生,晚上也不尿床。要是她不听话,未来的丈夫是可以打的,她一打就会讨饶。娘家是绝不会说什么话的。

喔喔常被牵来牵去,巡回展览。男人们福浅,没一个表示试试的。做母亲的仍没有灰心。有几次,喔喔从约会之地直接来上班,大衣罩衫箍着圆桶一样的身体,叫人忍不住多看几眼。

我搞不懂喔喔是否真懂，但她每次都高高兴兴的，折片时也有问必答。问她最多的是大头。听着他们一问一答，人们只觉得好笑。没人去打断那兴头。笑上一笑是很好的。

每次我领回全组工资，一份份分开，交给鱼复点。鱼掌心朝钱上拍拍，眼一瞥，装入各人的袋子。我怀疑他是否真在复核。

我在一份钱里多放了两元。他接过，拍了拍，装进袋子。我叫住他。鱼显然不适合复核这类敏感的东西。那段时间，他进行性消瘦。他常常取出他那听诊器，欣赏着自己心脏的节奏。

我曾发生过一元钱的差错。我回忆又复点了几遍，没有发觉。我准备认了。一元钱等于一万张片子的加工费。数目不算大。

喔喔高兴地抖着手中的纸币，把钱还来。这有点出我意料。她把钱还来。纸币还有三成新，卷着一只角。我谢了她。梦中，我有一会儿在想着这事。我害怕她故意说还我，其实并没多出。所有的钱我都点了几遍。细想又不至于此，她每月只有三毛钱零花，筹不起这张纸币。

钱总容易叫人疑惑。

我已经很久没看见小毛头了。离开折片组后她没有回去过。那次鱼见了我还问起她。鱼也不知她的去向。她走后，鱼已久不再去那个窗前。那位窗姑娘同样不知去向。为此，鱼在病休之后继续苦恼过好一阵，不知是为小毛头还是为窗。

鱼看见我接吻后的心烦意乱是那么明显，使我怎么都不能叫他快乐起来。其实，我也就是这么一次，他看到的也就是全部了。他以为我是很幸福。鱼尊重我的幸福，没将他的烦恼来干扰我。我想，在鱼迷失意志这件事上，我是有责任的。鱼在那段时间确实是死了，报纸也改由我来读。我读得比他更短。没一个人在听。

回想在小毛头第一次昏厥时，鱼便是有所觉察的。本来，鱼一定会拎点什么食物去探病，那次他没去，甚至都没提议和我一块儿去。他始终没去过小毛头的家。就这样，小毛头一旦离去，便无影无踪了。

关于小毛头的历史也渐渐不清晰起来。我们同样没到过那贵州的山地。她曾在那儿当一个自食其力的新农民。她在那里留下了她那秀美的真实的头发。有一度，她身体干净得不像个女的。在变为半木乃伊时，她回到了家，戴着工作用的蓝布无檐软帽进了折片组。散发着腥味氯气味的自来水重新灌溉她，使她复苏。她甚至有闲心想想鱼了。甚至一而再地昏厥。我所知道的大概就是这些。以后，机会与公正朝她走来，小毛头考上了大学，一去不再回来。

我不知她还想不想鱼。她没有出现。

鱼在快乐的时候，喜欢和我说一点切分音与四四拍一类的事。我怀疑他的灵感得之于中邪的心脏。我每天像看温度表一样看看他的嘴唇的色素。我抽着烟，劝他别再抽烟。他总是笑得那么真实。

在我面前的这张考勤表上，鱼有一长串"事"。鱼曾被人击倒过一次。鱼被击倒后立刻就死鱼一样了，叫击倒他的人无须再给他一击。本来，我也会被击倒，那天我独自去了厕所，于是鱼就孤零零地躺那儿了。

等我从厕所回来，脚高脚低已把鱼拉去医院。那个击倒鱼的人被拖到派出所，不一会也放了回来，从我的窗前失魂落魄地经过。那人的脸上有许多条血痕，是大头、喔喔他们的指甲划出来的。精神脱去了夹袄，准备决一死战。

大头还是好样儿的。鱼为这样的大头挺身而出是完全值得的。那次事件之后，不再有人公然欺负大头。黑洞里杀出二十几个老娘们和半人们，一个个要拚命的神气，这样，就没人再敢了。

大头的老娘非常感激地去看了鱼，给鱼送去一捆甘蔗。鱼想分一半给我，我没要，嫌麻烦，就在他家把这一半吃了下去。

小毛头也去看了鱼。她以为鱼爱吃巧克力，就买了很大的两块。巧克力是很香的，鱼吃着吃着也就爱上它了。小毛头约坐了半个小时。她不怎么说话。我借故走开过一会。回来后，小毛头已走了。我问鱼，鱼说她为什么不说话。我听后就觉得，小毛头太管不住自己，急于把话不用语言就统统表达了。

在没有鱼的日子里，小毛头有时坐到鱼的座位上。我在台板下把桶踢给她，自己另去找了根木头垫脚。我和她还能谈几句。我也当过农民。她说当农民不算很苦，就是……就是什么她没说。我一下子想到了头发什么的事上去了。

她的眉毛很淡。以前，她戴着蓝布帽时，鬓边漏馅的毛茸茸的黄发和这眉毛一种形态。这使她的脸显得和气。

在一次晚上加班后，我和她一起回家。她走出弄堂后显出很苦恼的样子，我便说送她回家。她点了点头。

我们走在马路上。我从没和一个姑娘走在马路上，因而稍稍有点兴奋。当然，没有目的，没有企望。我们默默地走了一刻钟后，她停了下来。

"我就自己回去吧。"

"怎么了？"

"我就自己回去。"

她朝我抱歉地笑了笑，自己回去了。

我往回走着。我有点倦了。我没怎么走路就有点倦了。那天，我干了十二小时活，挣到一元二毛钱。想到那个庞大的数字，我更累了。我没再去想小毛头，也没代她想想一些事儿。就这样一个人往回走着。回到家，我就上了床，很快做起梦来。

我总是做梦。

13

当我走进黑洞般的黑屋，睁开眼睛看着黑茫茫的空间时，首先给我眼睛以光的不是后窗那堵晶莹的白色。我看见的是两点鬼火般的光焰。后来，我慢慢看到了窗和柱子，看到围起黑洞的四堵老墙，还看到产生鬼火的那个小眼睛。

他从不说话，不认人，不表示任何意见。给他大饼或片子是一样的，他都用嘴撕扯，都想咽它下去。他会扶着东西蠕动般地行走，会去触摸。不过，最能表现他个性的是长时间一动不动地坐着，像丢在那儿的一堆破布。

他那虚无而尖锐的目光使人自省、自重。在他那目光的负荷下，生活变得更为酸涩绵长。他是人生出来嘲笑自己的怪物。梦中，有一阵我很想去掐死他。我鼓起勇气逼近他，硬是不理会那虚无的讹诈。我伸出手，刚一碰到他软体动物般的身子，立刻碰了电一样抽回。接着，我很恐惧地逃走了。逃出门前我回头看了他一眼。他安详，超脱，虚无，一心一意。

在那个多梦的晚上，我掀起过几次梦的高潮。去掐死小眼睛能算一次。在睡到小间硌人的片子上时，我明白这样险恶的居心已蓄谋良久。我的下意识中，想掐死小眼睛由来已久。我被自己的发现震撼了。我看着自己清白的无辜的手，我从手看到了灵魂。

我发觉，自己在听到"药死他！""冻死他！"一类蠢妇之语时所产生的烦躁与反感是有深意的。对小眼睛的死，我希望得比她们中的任何一人更为强烈。我对这个人类之子在生理与心理上都不能超然。

小眼睛活得比任何一个人所预言的都要健康。

看着他，我明白无论我还是比我更像人的人，其实都不是这世界的主人。我们活得太不够意思。他更能适应这样的世界，并奴役了比他健康的人们。奴役了脚高脚低。也奴役了我的思想，使我从此无法保持自尊。

"白痴！"

我就会骂他白痴。他与世无争，一切都容受了。

他有着人的最不堪的形象。他确实是人。他所牺牲的不过是可笑的"体面"。他用这个"人"来释放他的非人。虽然我极想掐死他，人们想掐死饿死冻死他，他的生身母亲想遗弃他，在一个曲写的"人"字面前，一切犯罪欲都变为自伤的犯罪感，为原本就在痛苦着的生涯揉进灵魂的不洁。

　　脚高脚低抱着他的动作，在我看来是如此迷人。
　　他被端在手中，如花似玉。
　　他那蛇一般的身子不留空隙地贴向脚高脚低多肉的身体。他那极白极软的手无意识地在母亲颈上划来划去。听着儿子的"呜呜"，她显出积累了多少世代的幸福。手在继续滑行。紧紧贴着，不规则地蛇行着。血腥之气呵在她脸上，发上。永远没有忤逆，虐待，遗弃。永远没有心灵的分娩。永远是一个最为现实最为完满的梦。
　　"呜。呜。呜。呜。呜……"
　　他吹着他的号角，蠕动着他那疑惑人心的精灵般的肉体。
　　天！

14

　　在我的很有节制的梦和黑屋有始有终的往事里，脚高脚低一直处于幸福感之中。她的那次投井事件的起因与结局其实也还是幸福的。当然，我没去问她，也没问她的表弟。我没有给她四处张扬。幸福是不能张扬的。
　　在这黑屋，我曾干过一件非常荒唐的事情。没有干成，后来就不了了之了。那是组长叫我干的，她开会回来说要造一个表格。是一份生育情况的表。我划好了格子。组长说了许多项目，其中有一项叫"绝经"，我听不懂，问怎么写，她们一齐大笑起来。组长走过来，说算了算了，不要你写了。阿姨们说，是不该叫小青年写，他们还没开花呢。她们一齐又大笑起来，笑得我异常狼狈。连大头都在摇头晃脑，晃得我恨恨的。
　　严格地说，在这个折片组并没有男人。不开花的男人是中性的。我们没有机会一试身手。鱼和我同小眼睛是一样的。在缺乏实践的时期，可能者与不可能者是一样的。我唯一拿不准的是大头。

大头也正是好时候，但没什么胡子。他对人们鬼鬼祟祟的事似乎毫无兴趣。不过，他喜欢听到"开花"这个词倒是真的，他在这个词中品出了许多笑意。

　　我听不明白"绝经"这个词时，我已有过初吻。我的体内充满生机。但是，没有开花的气氛。从前的阳光照不进黑屋，花不能学着蘑菇开放。肉体肤浅的热情和心灵深刻的欲求构成一个中性的人。没有雨露，没有花。花是生命的奢侈。

　　梦中，我一遍遍寻找那泛滥着生命激情的睡莲。我在期待奇迹。那饱含明朗、欢乐、欲求与生命的高傲的睡莲，终于没能开在从前的井里。

　　梦中，我想到过花的绝经。

　　我把青春交给黑屋，把梦留给井。在我终于见到万千睡莲在塘中竞放时，我捡不起过期的热情。这样的错位叫人痛心不止。睡莲在阳光下那明朗的诱惑，反使我感觉到并传递给我的湿重之气。我渴望井中飘浮在水膜的睡莲，那才是我的睡莲。我深入梦境一遍遍寻找，井里只有史前的阴郁之气。

　　没人能分清脚高脚低的作为，是否算一件有其表弟参与的阴谋。看着她对小眼睛的爱，我怀疑这样的猜疑是不合理的。可是，她也许未雨绸缪，为小眼睛储备下另一个奴役的对象。我的智商不足以解决如此烦难的问题。

　　我的经历也无法深入到她发生事情时的感情。在外发活儿给我们的那家厂子里，做这样的事要有勇气。那家歹毒的厂子，每月使我们组入不敷出。据人们事后的推测与回忆，这事已由来已久。这种猜测不一定可靠。最拿得准的是脚高脚低事发后的招认，她一再不顾人们的提示与诱导，声称是自己愿意的，声称是"小阳春"年纪上一时的管不住，没有任何用心。接着，她批判了自己的资产阶级思想。

　　作为报应，那个中年工人被打得从此休想开花。种瓜得瓜，种豆得豆，花开得过分便开得败了。这是合情合理的。不清楚脚高脚低有没有挨打。她的前来代她求饶的表弟曾被人打了两个耳光，骂过一声"乌龟！"表弟像乌龟一样缩着头，还是求饶。

最后，小眼睛还是落空了。他母亲为自己找的替身未能留住。替身也许被日后的命运惊走。流产后的第五天，脚高脚低抱着无喜无怒的小眼睛来上班，她强打精神笑着和人们打招呼。面色苍白，那几颗麻子红得醒目。人们劝她回去，她不。

那天，鱼和我拉着劳动车去送货。我俩一前一后，跑得飞快。在拉进厂门后的那个需要技巧的拐弯处，轮子撞到铁门上，将半车片子洒落在地。鱼蹲下身子去捡，我骂了一声，将车身扶正。我看见那个中年工人的身影在一堆纸板后闪过。他对我没有兴趣。

当晚，表弟来接小眼睛。表弟文绉绉的，和我们打招呼。表弟说他先回去开炉子做饭。脚高脚低去小间上马桶。组长咒起表弟，说他阴毒，说一定是他打了脚高脚低，不打是不会下来的。

脚高脚低回来，折着片子说表弟人是很好的，自己对不住他。我以为她说的对不住是指那件不宜张扬的事，谁知她重重地叹着气，说：

"我没本事，没给他生个有用的儿子……"

这以后，她哭着。哭到有气无力，哭到下班。

我说过，我的智商不够，没法想清黑屋中的是是非非。

15

脚高脚低到底有没有挨打，挨谁的打，永远成了一个谜。按说表弟是打不过她的，她完全可以将表弟像劳动车一般拉起来，甩出去。但如果她心虚那就难说了。

黑屋中的女人，多少总挨过老公的打。挨打最多的精神，常常挂着青来上班。她老公是一把好手。原本还会亮出点本事，不巧是"刑满释放分子"的身份，下手时一有顾忌，精神的脸也就没有原来可能有的那些花了。但是，只要挨打，她脸上就和那块古镜一样，至少有一朵梅开着，彩色的。

精神已过了小阳春，没人问她她便宣布过几次，"我老早绝经了。"她说这类事很爽直。她虽瘦，手还是有劲的，经常在半夜将老公推下身去。推得不是时候，老公便恼羞成怒，左右开弓。要是将她打昏了，老公便去自得其乐起来。组长几次想带精神去告，派出所同志说这种事没有旁证，又是夫妻之间，比较难处理。派出所同志开导精神将就一点，并告诉组长，精神病人的话不可不信也不可全信。不过，他答应将她老公叫来教育一次。

她老公将在派出所吃的亏原封不动地倒在精神头上。几天后，老公说她想放火，半夜将精神从家中驱逐，并没收了她的钥匙。精神穿着单衣，跑到折片组，撬开黑屋的门，用棉门帘裹身不久，离婚了。

我在梦中还听见她恶毒咒骂亲生的几个小棺材。他们漠然地站着，看着她被拳脚逼出门去。既没有抗争也没有哭声，其中的老二还朝她"去去去"地猛挥着手。她只带出了她的镜子。

梦中，精神的影子显得那么不安定。她的手飞动，她唱，她晃动身躯。她的白发被很仔细地塞进黑发之后。她已到退休的年龄，但她是精神，不能享受每月十元钱的退休金。

她以黑屋为家。

精神恨我，但不恨鱼。她曾讨好地为鱼热过牛奶。这样的时候比较难得。通常她谁也不理，独自沉溺在歌子与嘀咕之中。她的歌声在黑屋嗡嗡作响，老墙释放出回声。地上的影子一起一伏，受了歌的感召。精神的歌中奇怪地没有哀怨、不平。她被歌引导着，去到一个人们无能为力的地方。

在她的歌声中，小毛头见鱼坐到我的座位上。他康复了。他踢开垫脚的木块，将脚伸进圆桶。他的脚裹住了另一双脚。鱼似乎没意识什么，高兴地哼着歌，哼着那支花腔女高音唱的歌。

千年的铁树开了花，

万年的枯藤发了芽，

小毛头不敢动弹。脚心贴着盐水瓶，热到烫人。她被脚背上的那双脚烫着了。她的手停了下来，支着头，不让自己死过去。腿在发抖，抖得鱼的脚也抖动起来。鱼正唱到那一串极需技巧的"啊"，他困难地完成着，发音一顿一顿的，顿得恰到好处。鱼有出色的假嗓。

从脚上燃起的温暖进到小毛头的肺腑。她耳热心跳，用手扶住膝盖，将它们并拢，安定。

她觉得真正把自己交出去了。

一切都随着脚上那个贴合的面流走了。小毛头沉溺于解脱的幸福之中。没为自己留下什么。她知道自己已经给了，给得心甘情愿，不遗余力。她知道自己已寄生在鱼的体内。她闻见鱼的醉人的腥味。她也将是一条无可指摘的鱼。只有鱼是美丽的。

永远没有结束。

她知道自己在鱼的体内循环。她已洞晓鱼的心脏。在鱼的如黑屋一般幽深的心脏中，她体会到安全感。她没能留在那儿，她急于新的旅行。鱼心的"卜卜"声渐渐离去，如同逐渐远去的船桨。她将腿迎上去，和鱼交缠着，将鱼邀入自己的清波。

鱼就这样回到了令他困惑的世界。

在从前那个漫长的下午，鱼有了一生中最为辉煌的时刻。鱼终于回到了鱼的生态。令人晕眩的不带意识的嬉戏。没有歌，没有报，也没有远处的窗口。鱼在空前的快感中毁灭自己。他渴望毁灭。怀着激情与恐惧，怀着深深的善意与深深的犯罪感。在没有开花气氛的季节中，他们相互触摸，死去，又复苏。

在那个悠远的下午即将过去时，鱼已近于虚脱。鱼活在自己创造的水里。小毛头变得滋润、强壮。她生机勃勃的脸上焕发着少妇的光泽。

我把鱼架回家去。在经过那个窗口时，鱼挣扎着站下，背靠母校操场的围墙，长长地喘息。窗开着，从前的夕阳照进窗户，窗内空无一物。

鱼软弱地坐在地上，神情呆滞。他抬了抬手，向我要烟抽。我把烟点上塞进他嘴里，他没叼住。再给，还是没能叼住。我低下头看鱼，鱼已昏厥过去。

鱼始终没有完全复原。考勤表上鱼的名字后又拖着一长溜"事"。滋润着的小毛头慢慢成为鱼干。她曾两次昏厥。她的脸不复有少妇的光泽，也没有少女的青涩。她逐渐成为折片组里众多阿姨中的一员，嘴不碎但心碎。而鱼，只有我明白，他走得太远，已不再有健全者的精神状态。

梦中，鱼的声音突然切入，我惊喜交集。鱼的歌声依然甜美多水，它介入精神的歌。歌声交缠，黑屋里回荡着阴柔的二重唱。

16

小毛头随着鱼的歌声潜入黑屋，靠在墙角的墙上。她那影子看上去那么单薄、平板，鱼见了心里一定不会好受。

我走到影子前。

影子没有逃开，只是更平板了，将自己卷起来，可怜巴巴地巴在老墙上。我看着她，没想出合适的话。记得她后来上了大学。走后，她从没回过黑屋。我不知她现在怎么啦。

歌声鸣响。

歌声鸣响。

影子抖动着，展开，从老墙上跌下。她捂着耳朵逃向门，发套在她身后落下。她义无反顾地逃着，在迈出门坎时，我看见满头青丝在迎风飘扬。她将新发甩向右侧，跨上自行车，明明白白地骑向远方。

歌声鸣响。

我无处逃遁。

我期待楼板上又一次轰响。久久没有。我拿过扫帚，用竹柄朝上狠狠敲打。没有轰响。没有回声。我恍惚记得，三轮车已被抬走，不再有声源。

歌声鸣响。

我走上窄窄的楼梯，推开门，我看见横梁上那条绳索在随歌声悠荡。竹凳歪倒在墙角，凳面红得鲜艳。地上还有条绳索，结成一圈，但断了。它没尽职，它使三轮车多吃了一次苦。三轮车好样儿的。

当年，我尾随炸窝的一黑屋人上到这楼上，胆怯地伸手在三轮车鼻下试了试。三轮车安详地躺着，瞑目而眠。房内无床。脚高脚低拖过席子将他盖了。

我走到那个绳套前，将头伸入其中。它很低，我得跪着才能勒上。绳索压迫我，脑中迷迷的。一个影子爬上来，刚要大叫，我站起正色望着她，她从楼梯滑了下去。那是相公。

那二重唱依然不绝于耳，无论我如何跳着，用竹凳砸着楼板，全然无效。我灰心丧气，坐在楼板上，默默地抽烟。

相公有两对双胞胎女儿。每天下班前，四个小相公溜过我身后，排着队儿走到相公前，伸长颈子嗷嗷待哺。相公依次在她们的嘴里倒点茶水，她们下巴朝前一探就咽了下去。她们站得笔直，像在阅兵式上。衣服全是一种花式，一样的脏。

每逢这时，我总很有兴致地看着她们。连小眼睛都在看着她们。听到叫"姐姐"，喔喔总乐得下巴上的肉一颤一颤的。

相公总有"想穿了"的时候，就数出四分钱一两粮票，差花衣服中的一个买个脆麻花来。小店的麻花放得久，并不脆。相公一节节掰断，数过，依次放进跟前的小嘴。在这种时候，相公总神色紧张，缺牙的嘴张得老大，眼睛一扫一扫地巡视着。分到最后的那节，相公就不再分发，而放入自己的口中，用缺牙甚多的嘴香香地嚼，一直嚼到下班。

母女五人欢乐地走在迷宫一样的弄堂里，相公的脸上，有着母亲的庄严。迎面，走来她的相公。

17

  我说过，精神她恨我。我实在没什么理由被她爱戴，何况她根本不爱戴任何人。她和物的关系比和人好点。她对镜子，对玻璃的感情与日俱增。即使烧水的壶或手中的片子，她也爱抚不已。精神并不将组长放在眼里，她对组长权威的尊重只限于学习时停止歌唱。在黑屋里待久了，我渐渐发觉，人们其实都有点怕她。我搞不懂这怕来自何方。

  传得最神秘的是三轮车吊死的那天早上，精神一反往常，径直走到他面前，说：

  "你不是你。"

  三轮车没有理她。

  "你没有你了。"

  说完，精神回到黑屋继续折片，歌唱。唱得人心里梗着什么似的。

  我走到精神前，心虚却胆壮地问她：

  "我是什么？"

  影子没有理我。我又问了一遍，她还是不理。我想走开。她说：

  "墙没有了。你也没有了。"

  "那你呢！你呢！"

  她不再搭理，又唱起歌。歌词是我所听不懂的。曲调倒熟悉，想了想才记起，是什么《卖报歌》，不过，她走了调。

  精神的影子不平伏地躺在地上。那天等到我来上班，她已被照了相抬走了。据说她被烧得缩作一团，凭谁都认不出她了。像一团炭，黑得像黑屋一样，像井一样，同样没有睡莲开放。我找了好久才看到那块砖。我后悔没在梦里问问精神，她是否愿意流落东洋。在她生前，我从没听她说过一句有关东洋的话。她也没唱过东洋歌。我曾经希望她儿子中的一个，在这块废墟上放一朵哪怕是纸花。他们从没来过这里。废墟上瓦砾成堆，老墙残立，没有一朵纸花。甚至连草都没长一棵。我知道，生草也要时间，要等瓦砾运走或风化。草也不能贱到哪儿都长。四周的邻居说废墟从不闹鬼，半夜也不曾有谁幽幽地歌唱。那么说，精神确实是死了，死于她亲手酿成的大火。一切已无法核实，但我在心里认定她是过失，不是故意。她那么地依恋物品，决不至于将其亲手毁灭。她那么专注地望着自己，一往情深，决不会毁灭而后快。不过，这一切也仅仅是猜测，连猜测都变得毫无意义。一场真正的火吞去了我们的黑屋，这就是全部的事实。至于精神，终究不过是大火中的一个道具。

精神的死，充其量使地上少了一个影子。人们从不在乎影子的匮乏。这么说，精神也确实死得其所。

我为她庆幸。

不过，终究还有那朵古梅的吊唁。物情似乎胜于人情。虽经烈火，梅亦不曾凋谢，反倒升华到砖上，开得更为坚实。

我实在是很蠢的，我只知睡莲能开放，能安慰人，没想到还有梅。梅还带着迷惑人的幽幽的香呢。人其实有梅的人与睡莲的人，梦也有梅的梦和睡莲的梦，彼此从根上大约还是相通的。

作为精神的遗迹的小棺材们没有出现，这无疑是给精神冥冥中的坟砌上了最后一块砖。我突然省悟到，活人给死者造坟造陵，其实还是怕死者泄露出死气。精神就这样被封住了，唯一将她的古怪的意味蛊惑人世的只有那朵梅了，又幸而流落到了东洋。梦中，我总觉得命运的这种安排仿佛大有深意。

南无阿弥陀佛。

18

在这个黑屋的故事中，牺牲得最没有名堂的是小眼睛的兄弟。我说不上他们是嫡亲还是同母异父。不管怎么说，他毕竟逝去了。脚高脚低没能留住他。他匆匆来去，叫人觉得不是真的。他死得窝囊。

脚高脚低很快又强健起来，甩着两张大脚板，将劳动车拉成坦克。她的小腹还是稍稍隆起，与后突的臀部相配。不过，她所招认的"小阳春"大约过去了，身子也变得僵硬。喔喔再没敢说"小眼睛娘有两个老公，开心咪"一类疯话。脚高脚低也还骂人，也还"××"得紧。不过，挨骂最多的是小眼睛。小眼睛任凭他老娘如何痛斥，决不做出半点反应。那个中年工人据说已调到地处郊县的三车间，重叙旧情恐怕也不很容易。据说，脚高脚低一次在小间上马桶之后，对组长说了知心的话：

"××××！我想啊，组长，女人的贞节还是第一要紧的！"

组长不置可否。当时，组长可能记起了自己的身世。她是个二婚头。第一个老公被她克死了。她拿不准自己算不算"贞节"。除了见不得"母亲大人"的信，她过得安静，知足。

脚高脚低对小眼睛出奇地宠爱起来，连棒冰也舍得给他买。小眼睛捏着棒冰，聪明地用它画脸。冰水挂在他脸上，脚高脚低便将嘴凑上去，啧啧有声地吮去。棒冰实在是一件危险的东西，冰化完后，小眼睛将棍在脸上乱捣，出血也不住手。阿姨们对脚高脚低说，这样弄死小眼睛未免太残酷。脚高脚低小声分辩几句，然后大声骂着儿子，骂得神伤气促。

小眼睛在手中的棍被缴去后，显得很无聊的样子。他居然打了个哈欠。

那一阵，鱼已经加入了精神的歌唱。小毛头的两次昏厥早成为陈迹。黑屋里，从前的风穿堂而过，空气清新得不是味儿。那盏四十瓦的电灯疯狂地亮着。后院的井里，井水取之不绝。从前的柳枝上，挤出点点的新芽，预告着春的来临。

而春天，是半人们发病最为频繁的季节。

我一再想起小间中发生的往事，它像鱼的退化一样，烙在我的记忆之中。鱼最终被他的病救了，停止了无药可医的进行性消瘦。所有的焦虑，自责，犯罪感，在人的退化面前统统隐去。

在鱼居家病休的日子里，我时有惆怅之感。台板上，那瓶乳白色的黏稠的牛奶的不再出现，叫我不习惯好一阵子。最终还是习惯了。在我的梦中，牛奶就没有出现。它和鱼之间的联系似乎是天然的。

中午休息时，我爬上那堆高高的片子躺卧，心里是很想鱼的。过去，我们常躺着抽烟,组长她怕得心惊肉跳。其实,有铁皮簸箕就没有关系。不抽烟的组长是不懂这些的。

我睡了过去。

吵醒我的是一阵水声,睁开眼,见喔喔在我的下面。我不去看她,抑制着对她的嫌恶。大头抱着片子走了进来。他带进了门外的灰雾。

一切发生得很慢。像母亲与幼子,没有更多的内容。他们热衷于自己的这个新的角色。我在喔喔叫他"囡囡"时爬下片子走出门去。我被感动得热泪滚滚,喔喔看看我,继续叫着"囡囡",而大头头都没有抬一下。我关上门去厕所边上一连抽了三支烟。我想着鱼。等我回到黑屋,大头已坐下折片。他的大头仍像埋在两只脑袋大的乳房中间,左右寻找。直到快下班,我都没见到喔喔。组长去小间锁门时把她拉了出来,说她正仰躺在那堆片子上,手舞足蹈地学精神唱着什么小调。经她一说,大头也唱了起来。唱得野而且大走调,像野猪的哼哼。

组长叹叹气,说:

"春天了,是要发了。"

19

梦中,我无意将梦做到绝望。于是,我迎着那鸣响着的歌声走下楼来。男声与女声此起彼伏,令人的灵魂不得安宁。

我扶着老墙走进黑洞般的黑屋。地上,依旧躺着那些沉重的影子。小毛头的假发被小眼睛抓在手里,他正聚精会神地用手用牙撕扯。灰雾飘进黑屋,裹着那只四十瓦的灯泡,使屋内的一切平板得可怖。鱼的蒙尘的烟在台板上放着。鱼在黑屋毁去的那一天收回了理智。鱼的往日的消瘦不再进行。老墙上,那甲骨文一般的刻画历历在目。化作石砚的古镜散发着精神的气息。喔喔搂住大头的脑袋,叫着"囡囡",肿胀的手在他的头顶轻轻地抚摸,粗蠢的脸有母性的温柔。鱼将脚交了出去,与她交缠着，战栗着，将自己推入意志迷失的深坑。大头婴儿般地捧着脑袋大的乳房，贪婪地吸吮着，没朝我抬一下头。我知道，裂缝的楼板承受不了三轮车的重压，会发出雷鸣般的响声。尘土滚滚。楼在徘徊。影子像惊弓之鸟一样飞走。唯有柱前的小眼睛，冷漠地望着极遥远的那一点。相公的四个花衣小相公站成一行，引颈张口嗷嗷待哺。相公的相公迎面而来。我在黑屋徘徊。我愿把对黑屋的记忆还给黑屋，只留着那个睡莲的梦。我寄意于井中那片反映天光的水膜。被磨损的初吻请去休息。我知道，一切"初"字已与我无缘。我能平静地对待这些。

台板上，片子层层叠叠，它们终究不曾化蝶，愉悦我的梦境。脚高脚低的小阳春已成往事，她那聪慧的小儿子也确已夭折。可幸的是，鱼的小鱼活泼泼地生活着，为人类的生殖冲动令人信服地释放着暖意。"母亲大人"再不必为此后悔。我将考勤表撕了，点成一支火炬，那"事"与"到"在火光中一一隐去。应该绝经的绝他的经吧，应该开花的也尽管开花。三个黄铜的圈套金碧辉煌。从前的太阳，照在迷宫般的弄堂，投下窄窄的阴影。从前的风，吹着从前的太阳，将灰雾吹进黑屋。灰雾中，小眼睛摆出思想者的姿势。我将火炬投在影子上，影子熊熊燃烧。小毛头摇散了一头美丽真实的黑发，脸上浮动着少妇的光泽。"喔喔你就嫁给我好了，不要嫁给人家。"我想起乒乓桌，想起鱼的窗口。火在蔓延时居然没有一丝烟气。我把曾将我吓走的小眼睛一把抱起，我为曾有过的歹毒念头而战栗。我走出从前的黑屋，黑屋在我身后飘飘然地倾倒。我记起相公曾有过的鲜艳。我记起精神歌子中无解的隐秘。我记起她昭示的我的命运。我面对废墟，心中涌起无限的惆怅和巨大的欢欣。废墟上，一群半人们在嘤嘤地哭。我看着废墟，我庆幸我们的解脱。嘤嘤的哭声越来越响，半人们如丧考妣。

只有小眼睛，望着面前的一切，神情超然，目光虚无。他无喜无怒。

一九八六年三月八日—三月十二日于上海

（原刊于《收获》1986年第3期）

虚 构

马 原

> 各种神祇都同样地盲目自信，它们惟我独尊的意识就是这么建立起来的。它们以为惟有自己不同凡响，其实它们彼此极其相似；比如创世传说，它们各自的方法论如出一辙，这个方法就是重复虚构。
>
> ——《佛陀法乘外经》

1

我就是那个叫马原的汉人，我写小说。我喜欢天马行空，我的故事多多少少都有那么一点耸人听闻。我用汉语讲故事；汉字据说是所有语言中最难接近语言本身的文字，我为我用汉字写作而得意。全世界的好作家都做不到这一点，只有我是个例外。

我的潜台词大概是想说我是个好作家，大概还想说用汉字写作的好作家只有我一个。这么一来我好像自信得过了头。自负？谁知道！

这么自信的人好像应该说些表现自信方面的话，好像应该对自己的小说充满同样信心。比如绝对不必像我这样画蛇添足硬要在现在强迫我的读者听我自报写过些什么东西。

我现在就要告诉你我写了些什么了，原因是我深信你没有（或者极少）读过这些东西。别为我感到悲哀（更别替我不好意思），顺便告诉你，我心安理得泰然自若着呢。

有人说我是为了写小说到西藏去的。我现在不想在这里讨论这种说法是否确切。我到西藏是个事实。另外一些事实是我写了十几万字有关西藏的小说。用汉字汉语。我到西藏好像有许多时间了，我不会讲一句那里的话；我讲的只是那里的人，讲那里的环境，讲那个环境里可能有的故事。细心的读者不会不发现我用了一个模棱两可的汉语词汇，可能。我想这一部分读者也许不会发现我为什么没用另外一个汉语动词，发生。我在别人用发生的位置上，用了一个单音汉语词，有。

我不讲语言学教程，这个话题到此为止。

我写了一个阴性的神祇，拉萨河女神。我没有说明我在选择神祇性别时的良苦用心。我写了几个男人几个女人，但我有意不写男人女人干的那档子事。我写了一些褐鹰一些秃鹫一些纸鹞；写了一些熊一些狼一些豹子一些诸如此类的其他凶恶的动物；写了一些小动物（有凶恶的）如蝎子，（有温顺的）如羊羔，（也有不那么温顺也不那么凶恶的）如狐狸旱獭。

我当然还写了一些我的同类的生生死死，写了一些生的方式和死的方法。我当然是用我的方法想当然地构造这一切。大概我这样做是为了证明我是个不同凡响的作家。谁知道呢？

我其实与别的作家没有本质不同，我也需要像别的作家一样去观察点什么，然后借助这些观察结果去杜撰。天马行空，前提总得有马有天空。

比如这一次我为了杜撰这个故事，把脑袋掖在腰里钻了七天玛曲村。

做一点补充说明,这是个关于麻风病人的故事,玛曲村是国家指定的病区,麻风村。

毫无疑问,我只是要借助这个住满病人的小村庄做背景。我需要使用这七天时间里得到的观察结果,然后我再去编排一个耸人听闻的故事。我敢断言,许多苦于找不到突破性题材的作家(包括那些想当作家的人)肯定会因此羡慕我的好运气。这篇小说的读者中间有这样的人吗?请来信告诉我。我就叫马原,真名。我用过笔名,这篇东西不用。

当然肯定也有另一些人宁可不当作家也决不会铤而走险走我这一步。不走就对了。羡慕的不必羡慕。

实话说,我现在住在一家叫安定医院的医院里;安定医院是对外名称,所有知情的都知道这是一家精神病院。我住在这里写作。我周围是些老人,这是老人病房。房间里很干净。大约是个二十平方米的房间,有六张病床。

实话说,我当初不知道麻风病的潜伏期最长可达二十年以上。我刚刚出来三个月,现在我还没有呈现任何病兆。

我开始完全抱了浪漫的想法,我相信我的非凡的想象力,我认定我就此可以创造出一部真正可以传诸后世的杰作。

(请注意上面最后一个分句。我在一个分句中用了两个——可以。)

我不是个满足于"想一想不是也很好吗"的海明威式的可以自己宽解愁肠的男人。我想了就一定得干,我干了。海明威是个美国佬。

我不敢夸口我是唯一敢这么干的人。因为我进玛曲村认识的第一个人就是另一个这么干的。他说他也不是第一个。

2

你看我有多大年龄。说你第一眼时的直观判断。不要怜悯我。不要说那些想使我高兴一点的话。不不。我说了别这样。

这里有镜子。有水。我每天都能看到我。可是我不知道我是否显得衰老。我不知道别人到我这个年龄时的样子。你告诉我实话。你应该知道这没有关系的。我早就从你们的世界里退出来了。那个世界是你们的。

有三十年了。也许四十年。我没去计算时间。时间没法计算。昨天跟今天一个样。今天跟明天一个样。你记不住重复了许多次的早上或晚上。山绿了又黄。我是记不住了。

我是个哑巴。这里的人都当我是哑巴。我到这里就再没说过话。我怕我早把汉话忘了。跟你说这些话的时候我敢肯定我还记着。有些事会了就忘不了。游泳就是这样。我七岁那年学会游泳。那好像是一百年以前的事了。不是地道汉族。我爸亲是个做生意的印度人。

我不说话。后来也没人跟我说话了。就不要问这个了。叫什么名字有什么关系呢。这么多年我没有名字一样活着。他们都不叫我。没有人知道我叫什么。他们当我是个聋子。

你真有眼力。这里没有人看出我读过书。我爸亲有钱。是我自己不想再读下去了。

你要吃东西吗。你有再好不过了。我至少几十年没吃过点心了。好吃。我们再不回去就错过吃午饭了。那好。我们就往沟沟里走。

我一直不想这些事。这些事现在想起来好像跟我没有关系了。也许不是关于我的。其实我的别人的又有什么关系呢。

你肯定不信我有一支枪。二十响盒子。我们一会儿就会看到了。有七发。这么多时间了不知道是不是还能打响。没一点锈。我放的地方雨淋不到。没人知道。没有人往山上爬。我爬山他们都当我是傻瓜。从这儿往上去。

从到这的第一天我就爬山。这条路就是我踩出来的。这种地方没人来。你累了就歇歇。上面的路还远。我尽可能走得远一点。我不放心那支枪。走吧。一会儿累了再歇。

虚构

3

我们边说边往山上爬。他看上去很衰老,可是脚步比我要健。我不期待发生奇迹,我同样不反对有奇迹发生。我们走走歇歇,最后还是到了他要到的地方。他让我等一下。

他像变戏法一样,突然从一个可怜的老人变成荷枪实弹的强盗。他动作迅捷模样凶狠,我从声音和外型可以断定他手里的是真枪。他用枪口对着我的脸,我想起他说的弹夹里还有七发子弹。我的腿突然哆嗦起来。

这时他说:"把背包里吃的东西统统拿出来!快点!听见了没有?!"

我完全吓傻了。我那时脑子里什么都不能想,我只是盯住黑森森的枪口。我记得它比我想象的要大得多,像个山洞,我完全可以直着腰走进去。我能做的大概谁都能做,我伸手到背包里,把先触摸到的一筒罐头拿出来扔到地上。接着扔出来的有另外两筒罐头,一包巧克力和剩下的干点心。

我还在犹豫是否要把照相机也拿出来的时候,他又突然笑了。"我以前就是干这个的。过了几十年,我想看看现在的人。什么都跟从前一样,没变,嘻嘻,没变。"

他笑。我把笑忘得一干二净,因为我前面的那个山洞。他的话我听见了,可是我不明白这些话的涵义,我的脑袋已经不运转了。

枪口从我眼前慢慢移开垂向地面。我的意识像春天的蛇一样开始甦醒。我开始回味他刚才的话,我回忆起刚刚过去的半天时间。

不行,我的脑袋还是处于半麻木状态。我甚至不明白他下面那些动作的实际意义。

他把枪重新端在手上,我注意到他拿枪的是左手。他用右手拨开保险,然后他把左臂伸向空中。枪口朝天,他要干什么呢?

我盯住他扣在枪扳机上的左手食指,我看到它开始用力。枪响了。

空气剧烈震动起来,近山远山充满回音。我觉得整个世界在看我们。

山下的玛曲村这时正沐浴在中午的阳光下，它显得很小，小得不真实了，像沙盘上模型。村里看不到人，但我觉得所有的人都在看着我们俩。

"可惜只有六发了。真不错，几十年了。"

这两句话我马上就听懂了。我知道刚才的梦境已经过去，可我那时还不知道这个细节在我那部杰作里面的位置。

他在不知不觉中消隐在山石中了。他再出现的时候，手里的枪已经不见了。他好像已经忘了我，不再理睬我，从我身边轻盈地跳着下山了。跳动的身影在山石中时隐时现，就像个放羊的男孩子。他个子高大，这时显得瘦小。

我一个人蹲下身，捡起刚扔在地上的食品罐头。我再站起来时他已经完全消失。我这时产生了想找找那支枪的念头。

我有一种预感。我要证实这种预感。我的预感没有错。我找不到它；或许它根本就不存在，或许它只存在于我的想象中。

我下山的时候，我才想到关于所有的麻风病的问题。他是个麻风病人吗？他已经在这个满是麻风病人的地方生活了几十年。我不知道我为什么会遇到他，为什么先不进村子。

4

我没有把握得到医生的许可，我是偷着溜进这块禁地的。我事先已经听说有两个医生负责玛曲村的事。听说是两个年轻的藏族，其中有一个女的；听说那个男的也很漂亮。

病区没有任何形式的围栏，这样它既不能防止病人外出，又不能防止外人进入。我就是钻了这个空子。

公路傍江而行，附近百里没有人居住。因此这两幢石砌的小屋就显得格外冷清。西边的一幢是公路道班，玛曲医院占了另一幢。而玛曲村离这里还远，在十几里外的山脚下，和公路隔着大片的漂砾滩。从公路向北望，一眼十几里无遮无拦，小村子看得一清二楚。把玛曲村与外部世界连接起来的是条小路，弯弯曲曲的像条干绦虫。

我搭乘一辆运货卡车，在离道班很远的地方先下了车。我为了不惊动两位医生，就从下车的地方径直向北往玛曲村跋涉。我相信医生绝不会想到我的侵入。

我事先准备了睡袋和一些食品，我拿定主意自己解决食宿问题。我没想好该逗留几天，但我没有当天就离开的打算。

村子北面的山非常高大，因而有一些山沟沟到山下时就变成了泄洪道。泄洪道把大块漂砾滩分割成条条块块。

我决定在靠近村子但又人迹罕到的地方找个能睡觉的地方。我找到了一条又窄又深的泄洪道，我在一个拐弯处埋下背囊和多数食品，只背了挎包和相机进了村子。

下午的阳光晒得人快干枯了。村子里静悄悄的，没有马牛羊猪鸡这类常见的禽畜，只有一些在阴凉处躺着睡觉的狗。

房子都是石块砌的，典型的农区藏式房，平顶而低矮。房子格局分布与其他村子都没有什么两样。土路，多半都很狭窄，看来不是车马道。我在村子闲逛，我没见院子里有人，我走遍了村子没见到一个人影。我拿定主意不轻易走进人家的院子和房间。

更有趣的是没有一只狗朝我吠一声，连狗都没兴趣理我。我感到由衷的悲哀。

如果不是我在事前多方了解，我此时肯定要认为这是个被人遗弃的村庄。我知道不是。这里至少住着一百二十几个活人。我还知道这些居民不事耕作或放牧，他们吃的用的都由国家免费供给。

第一个有人的信息是从村里最后一幢二层楼院里传出来的。我这时已经转到村后。这是村里唯一的楼房，上楼的石阶在北面。我听到的是孩子的哭叫声。声音尖利。我毫不犹豫地走上石阶推开门。我没想到我会看到女人们。

三个女人一字排开，靠在墙边昏昏欲睡。我不好意思讲我的窘态，我只能告诉你，她们下身都没穿衣服，都只是在上身穿着汉人式样的旧布衣，三个人都敞着怀，露出奶子。其中有一个人身上趴着个男孩在吮奶头，看得出这就是刚才哭叫声的来源。

我知道我走错了地方。不过三个女人似乎都没注意到我，只有那个男孩的眼珠往我这边溜来溜去。女人们闭着眼，舒舒服服地享受着阳光的沐浴。我像所有敏感的年轻男人一样，特别注意到她们有意把腿叉得很开，像专门晒那个地方，我当然不会盯住她们，我也没有像个冒失鬼似的转身跑开。

准确地说，这不能叫楼，它只不过是两间小小的房上房罢了。住人的小房间建在东厢屋顶上，又在正房屋顶北面垒起一道一人多高的石墙。正房屋顶成了这几个女居民的日常活动场所。住房在东面，西面则堆放着一些用来做烧柴的矮棵植物。看来这里没有居住男人。

我站在门口，进退维谷。我没有看到女人们的脸。凭着一瞥瞬间的印象，我认定有男孩的女人还很年轻。我想我不该走进去。就在我转过身的同时，一个声音传过来了。

"我会说汉话。"

我只能重新转回身去，这时我看到了那个有男孩吃奶的女人的脸。是她在对我说话。

我说："我也说汉话。"

我不知道我是否在发抖，那张女人的面孔叫我毛骨悚然。鼻子已经烂没了，整个脸像被严重烧伤后落了疤，皮肤发亮，紧绷绷的。

她表情奇特，两个瞳仁外斜，像在看我又不像在看我。她说："你是拉萨来的。拉萨来的人说汉话。"

我说："你到过拉萨吗？"

她说："拉萨是个大地方……"

我说："是个大地方。你是什么地方的？"

她说："我到过昌都。听人说，拉萨比昌都还大，我想拉萨一定很大。"

我说:"你怎么会说汉话呢?"

她说:"我们那里的人都会说汉话。"

我说:"你男人呢?"

她说:"你问的哪一个男人都在他们自己的房子里。这里都是女人,还有孩子。"

我说:"你来的时间很长了吗?"

她说:"山绿了又绿,"她拍拍男孩的脑壳,"他是到这里生下来的。你进来吧。"

我说:"医生每天都到村里来吗?"

她说:"听说换了两个,我没见过呢。"

我下意识地"噢、噢"了两声,连自己也不知道要表达什么意思。我不知道再该说点什么,就转身往下去了。到了石阶下,我又想起该问一下村里是否还有会说汉话的,我重新想走上石阶。这时我发现刚才的四个人正都扒着门框看我。

5

她是村里唯一会说汉话的人。

我没有别的选择。我让她转告她们穿上衣服。我看得出她们三个年龄都不大,只是另外两个干瘪瘦弱。她们三个人面目极其相似。

她比另外两个多一点生气也丰满得多。我跟着她进了她们的房间。这一间都是她的,她和她的孩子。我犹豫了一下坐在一个木椅上。

她说:"那个矮的是痴呆。高的腰坏了。她们都不能生孩子。"

孩子刚刚能走动,可是眼睛里却有某种看了叫人心悸的老成。他扭着脸像我,一边蹒跚地朝门外走。阳光照在他赤条条的身体上,使他看上去像有几分透明了。

她说:"他什么都懂,有人来他就出去。"

以我们看来，她的话里暗示着某种东西。我得说这是我们的错觉。她不是我们熟悉的那一类女人，这是我在以后几天里通过接触观察得出的结论。

　　我告诉她，我要在村里住几天。

　　她说："没有一个外来的人住村子里，他们都是跟医生一起来，转了一圈又一起走掉。他们不住村子里。村子里没有外人住的地方。"

　　我肯定地告诉她，我要在村里住几天。然后我说："我不会藏话。我只能说汉话。"

　　她说："你说汉话吧。"

　　她说话的时候，我下意识地看她没有鼻子的两个鼻孔。我说话的时候心不在焉。我甚至忘了恐怖。我只是觉得她脸上的这两个小洞非常滑稽，滑稽到荒唐的程度。

　　我说："我这样一个外来人到村里，村里的人会不高兴吧？"

　　她说："村里的人不会注意你。别人的事跟他们没有关系。来送粮食的和来放电影的才会引起他们的注意。他们不会注意别的外来人。"过了一会她又说话了："你要到村里去。外来的人都在村里转来转去。他们都有医生陪着。你只有一个人，没有人陪你来。"

　　我说："我一个人来的。我不要医生陪。"

　　她说："我陪你到村里去。你可以问我。"

　　我说："问你什么？"

　　她说："你要问什么就问什么。我比那些医生知道得多。"她说话中间总要间断，我过了一段时间才逐渐习惯了。"我住在村里。"

　　出门以前，我想起一件事。

　　我说："你抱着孩子，我给你们照相。"

　　她说："我不照相，我不懂照相。"

　　我从挎包里拿出随身带着的小相册。我找出一张我的彩照指给她看。

　　她毫不犹豫地说："这个是你。"

　　我就势告诉她，我可以把她也留在这样的东西上。她摇了摇头。

虚构

她说:"我懂。我不照相。我不懂照相。"

她的话自相矛盾,不过我猜到了她要表达的意思。她是说她知道(懂)照相这件事,但是她不懂为什么照相会把人移到东西(纸)上面去?她不要别人给她照相。我记起一本书里写过一个类似的故事,说的是没经过现代文明的人见了照相,以为是摄魂术,以为照相之后人的魂魄就被装到那个小盒子里(照相机)去了。我知道这个细节在我未来的那部杰作里将要出现。看来她曾经见过照相或摄影或摄像。

她不想照,我只得作罢。

后来证明我又犯了自以为是的错误。我忘了这里的人们不止一次地看过电影。摄影这种事对于他们并非我想的那样难于理解。她说不懂,说不要照相其实另有原因。那是后话。

6

村子中部偏南是一块空地,空地两端各立着一个简易篮球架。黄昏时分,人们陆续汇聚到空地附近。这大概是村里唯一的公共场所。

我和她站在离空地稍远的地方。她表情安闲恬淡,手里拉着那个蹒跚学步的男孩。我没有拿出相机。

正如她说的那样,村里的居民好像完全没注意到多了我这个生人。

这里的人大多面相淡漠,一副无所欲求的样子。我觉得那些绷紧的皮肤并不如刚见时那么可怕。夕阳的黄色光芒照在这些脸上,使它们更富幻想色彩。没有人对别人表示关注,这个发现使我一直紧张的神经慢慢松弛下来了。

病兆使他们许多人看上去模样相似,一样的塌鼻梁,一样的皮肤发亮,连两眼距离过宽也都是一样的。我格外注意到许多人斜视。

我说:"他们走路都慢吞吞的。"

她说:"他们用不着快走。"

我说:"有人玩篮球吗?"

她转过脸看了我一眼。好像奇怪我怎么问这种问题。我不明白。不过我马上就明白了。

有一个年轻的男人拍着篮球从南面的房子转过来,立刻有另外一些男人响应。他们吹口哨,叫喊,显出了出人意料的生气。

我注意到,上场打球的男人有一些已经不年轻;他们同样分成两伙。没有裁判,因此比赛看上去一团糟,有点像橄榄球赛。

她在一旁像是解说:"男人到了晚上都来打球。"

我"噢"了一声。她又说:"你去打球吧。男人应该打球。"

我意识到她在说什么,我不能再心不在焉地随便答应了。我是个篮球好手。不过这时我无意以此来向她炫耀。

比赛吸引了所有的人,我们也随着人群一点一点凑到球场周围。她抱了孩子站在人群里层,我站在她身边。

打球的人中有个小个子突出地灵活,我估计他有四十岁左右。他是所有球员中唯一懂得运球和投篮要领的人。他一个人投进了几次,每次都赢得一片起哄式的喝彩。

他又投进了一个球。就在大家起哄时,她用肩膀撞了我一下,然后用手拍拍男孩。

她说:"是他的儿子。"

我就是傻子也听得出她话里的自豪意味。

她又说:"他有时过来跟我睡觉。"

她说话时全不放低声音,我们周围挤满了观战的人们。她不在乎,我脸却红了。

接下来发生的事使我来不及多想,篮球不知受了什么东西吸引,突如其来滚到我脚下。我用脚尖一踮,球就到了我手里。

我当时后悔自己太冒失,不过我的确来不及多想。我站在场外偏东一侧,离球篮少说也有十步远,我运足力气,压腕将球投出。

我不说你们也能猜到,天公作美球进了,而且空心入篮。没有网,

虚构

401

太可惜了。

我终于引起了玛曲村民的关注，所有的人都在为我叫好。我成了大家目光的焦点，所谓众目睽睽。我当时后悔的就是我自己暴露了。

也就是在这个瞬间里，我发现两个不那么友好的人的注视。一个是那个打球的小个子男人。另一个已经相当年迈，个子高高的，背驼得很厉害；他的干皱的脸上没有胡子，很像一枚陈年核桃。他是所有村民中唯一没有发滞神情的人。而且他皮肤晦暗，看不出麻风病人那种显而易见的征兆。

村民们马上把我忘掉，比赛继续了。

7

我一个人悄悄挤出人群。

刚才的那一阵子，我几乎忘了自己身在何处。我自己绝没想到，置身麻风病患者中间我会这样从容。我觉得背后有人看我。

人的第六感觉经常惊人地准确。我一下认出了他。他见我回头忙扭过脸去。那时我还不知道他第二天早上会和我一起爬山。

我站了一下，等着他再次回头。他果然没有辜负我的期待。他用与他年龄不相称的敏捷迅速回头看了我一下，然后再也不回头地走进人群。太阳已经走到山脊上，天就要黑了。

我正考虑是否与她道一下别时，她抱着男孩向我走过来了。她脚步很重，在地上踏出咚咚的声响。她来到我跟前，把孩子放到地上。

她说："哑巴总是盯着外来人，别怕他。"

我说："哑巴是哪一个？"

她说："驼背的老人。他很老实。"

我说："他一个人在这儿吗？我是说，他在这儿还有亲人吗？"

她说："他是村里年龄最大的，他一个人住在村西南角那个小房子里。他不和别的人来往。他每天一个人往北面山上爬。"

我说:"什么时候?"

她说:"早上吃糌粑的时候。"

我说:"我明天再来。"

她说:"夜里外面冷。要下雨了。"

我不明白她为什么说这个。我没告诉她我准备睡在什么地方,莫名其妙。还有,现在满天湛蓝,刚有几颗亮星在闪烁。

我说:"我走啦。"

她坚持说:"要下雨,外面冷。"

外面不冷。我在心里暗笑她,她又说下雨又说冷,我睁着眼躺在睡袋里看满天亮星,一点也不冷。我的这处泄洪道位置很不错,背风而且安静,我不知道我是什么时候睡的。

不过我记得,在睡着以前我决定明天早一点到村后去等那个每天爬山的哑巴老人。

我做了一些关于拉萨的梦。我梦见了拉萨的朋友和八角街朝佛的康巴女人。凉雨把我从梦里打了出来,真的下起雨了。

我慌里慌张从睡袋里爬出来。天阴得像黑锅底,不留一丝缝隙。雨点很大但是很疏,伴着阵阵冷风。我冻得哆嗦不止,又得抱着团成一卷的睡袋和食品。我怕地上潮湿,只能在沟里走来走去以求暖暖身子。我担心雨大起来会淋湿压缩干粮。我无处可投,虽然我明知道玛曲村就在不远处。

好在风很快吹散了雨云,天又晴了。我试探着用手触摸地面,这雨居然连地皮都没有打湿。可是气温至少降下十几度。我重新铺好睡袋躺下,这一夜剩下的时间我再没睡实。

我冻坏了。我觉得自己身上很热。

8

天刚泛白我就起身了。我几乎忘了要去村后等那个老哑巴,早上实在太冷了。可能我应该先进村子，到她的小屋子里打一声招呼。

我把背囊重新理好。我没有先到她那去。

从山上回来，我远远就看见她的房子。她们住的小楼正好处在这个沟的沟口，我很奇怪自己有种急切的心情，步子也快了。

昨天黄昏时出来以后，我经历了多么奇特的一夜加半天啊。能再回到她的房间，这本身已经是了不起的奇迹了。

太阳愉快地悬在头顶，她的小门和石阶完全被小片阴影笼罩了。那是一块多么凉爽多么叫人愉快的阴影啊。

走近时，我看出了她一个人坐在门槛。她一动不动，她的剪影就像一帧剪纸作品。在我走进了这幢房子的阴影时，她站起身走入门内并且把门关了。我站在石阶前，一时愣住了。

我有点饿了，我不想饿着肚皮在村里逛来逛去。于是我坐在石阶第一级上，拿出点心慢慢咀嚼。一边吃，我一边想着下一步我该做的事。如果她不再接待我，我就要一个人闯这个世界了。我已经揭开了帷幕的一角，我自想可以最终进入其中。不过我也知道以后将更不容易，我知道全村仅有的两个说汉话的人都不会帮我。语言不通，我能行吗？

我没有把握。可能是因为坐在阴凉的石上的缘故，我突然剧烈地咳嗽起来。一咳就是十几次，连续不断，使我喘不过气。一阵剧咳之后，我感到肺里又热又胀。我大概病了。

我听到身后的那扇门开了。我站在那，我没有回头。我听着她走下石阶的脚步。

一，二，三，四，五，六，七，八，九，十，十一。她已经到了我身后，我仍然没有回头。我似乎像个孩子，以孩子的方式赌气，我绝不首先跟她说话。

我又猛烈地咳嗽起来，止也止不住，直咳到满脸通红头皮发炸。这时她说话了。

她说："上去吧。"

我第一个念头是要摇头拒绝，但我马上否决了这个卑劣的想法。她不是我什么人，她甚至不是我熟悉的那个世界中的人，我有什么权力——我为什么?

我乖乖地走在前面,我脑子里机械地数着石阶,是十一级。我进了门。她跟在我身后。

除了她不在那个位置上,门后的情形跟昨天完全一样。她的位置在里面,现在那里是她的儿子。另外两人倚着墙半眯半睡,裸着下身晒太阳。她对我示意,要我到屋子里去。

她的屋前,铁皮炉子里噼噼叭叭地燃烧,给烟火熏得漆黑的茶壶沸腾着,散出好闻的奶茶气味。我禁不住咽了口唾沫。

我进屋坐到卡垫上,这时我看到了什么?我没法相信自己的眼睛,我的背囊!我伸手抓了一把,没错。里面是软软的鸭绒睡袋,还有罐头和压缩干粮。我把背囊塞到背后,舒舒服服地靠倚着。

她不说话,我也懒得开口。她给我倒了一杯茶,然后出了屋子。我透过窗子看到她又回到她们中间,回到她的位置,把孩子放在怀里,解开衣服给孩子喂奶。她与另外两个女人不同的是她穿了一条裤子。

茶非常热,我等着凉一点再喝,可我等不得茶凉就睡着了。这个白天余下的时间我一直在沉睡,我没做梦。我知道在睡着的时候我仍然不时咳上一阵。我感到口干舌燥,我渴得要死,可我困得睁不开眼。

我醒过来的第一个举动是找水喝。我抓起藏桌上的茶杯一饮而尽,好香的凉奶茶!这时我发现天已经蒙蒙黑了。房子里没人,房子外面也没人。我想起昨晚,我想她们一定都在球场附近。我的头像被什么硬物敲了一下,疼得非常厉害,我只能重新靠在背囊上。

就是这时我还没发觉自己做了多么可怕的事:我用麻风病患者的杯子喝了满满一杯茶。我没有再睡,我的昏昏沉沉的意识像一只受伤的小鸟,飞不了多高多远可又不肯落到地上。

我又咳了起来,嗓子像裂开一样痛。玛曲村成了一件往事,仿佛隔了很多时间。我记不得那个女人的模样了,可我盼着她来,盼着马上回到她身边去。我隐约记得我打开睡袋铺到屋里地上,我坚持睡在地上,结果睡在睡袋里的是那个男孩。我还记得她给我嘴里塞了白色药片,好

虚构

405

像是她问医生要的,好像她说来的是那个女医生。我还是第一次丧失时间概念,我的感受时间的那根神经肯定搭错位置了。那个晚上我发了一夜高烧,天亮时我才沉沉睡去。后来她说我整夜都在说话,又说不清楚。她说她一夜没睡。我就这样成了她的病人。

9

有整整两天时间我足不出户。她不允许,另外我也确实非常虚弱。

我最多被允许走到她房间门口。我坐在那个旧木椅上,百无聊赖地观望这个小小的屋顶平台。我从早到晚地看着两个邻居,倒也发现了一些非常有趣的现象。

白天她经常出去,有时带着孩子,有时就把孩子留在家里。留在家里的时候,孩子很少自己到两个女人那儿去晒太阳,他一动不动地坐在卡垫上看我。我也看着他。我觉得他在研究我,被一个大约一岁的婴儿注视不是件叫人愉快的事。他目光深不可测,额头上有三道浅浅的肤纹。我喜欢和他对视,这是一种可以愉悦心性的游戏,前提是你不要总是认定自己被对方猜度。我在心里单方面约定,比试看谁后眨眼,一次不行,要比九十九次。

我反正有的是时间。遗憾的是我没比上九次,就对自己丧失了信心。九次里我只赢了一次,而这一次还是在他连续六次保持不败后才眨的。换一句话说,我眨了六次以后,他只眨过一次。实力悬殊,我无心恋战了。

我的眼睛又涩又疼,我就不该进行这种游戏。这个游戏的唯一好处是我忘记被这个小精灵研究,被他研究可是太不舒服了。

我又想出了新主意。因为我自己无聊得要死,所以我的主意也都是些无聊的主意。我把他抱到我膝上(他竟轻得出人意料),让他脸对脸看着我,我又把自己左手食指放到自己两眼中间,我成了对眼,两个黑瞳仁聚到两眼内侧。这是我的一手绝活，我知道这时我的样子非常滑稽。他果然被逗笑了，这是我认识他这几十个小时以来他的第一笑。

他笑的时候就不那么老成了，不再是那种潜心研究别人的神态。我决定把这手绝活教给他。他真是聪明绝顶，我只消把手指往他两眼中间一指，他的两个小小的黑瞳仁立刻并拢，那样子真是说不出的可爱。

我大笑起来，他也和我一起笑个不停。

我过了好一阵才发现问题的。我的手指不再指他，他仍然瞳仁并拢一副对眼相，我叫他喊他都没有效果。我知道出了毛病。我两手抓住他的小脑瓜晃了两晃，还是老样子。我真的急了。我想起一个著名的故事，讲一个老朽文人中了状元欢喜疯了，被他丈人一个嘴巴打回清醒境界。我没有多想，抽手一个嘴巴，他立刻大哭起来，惹得那两个迟钝女人也一起扭头往这边看。我一看他嘴里流血，心里有些不是滋味；不过毕竟这个嘴巴结束了关于小对眼儿的无聊故事。

不是有个哲人说过，"人到无聊比什么都可怕"吗？我被禁囿了两天以至如此，那么另外一些禁囿在此终年的人，他们的生活也许仅用无聊就不够了。比如那两个女人，我这几天的邻居。她们其实是她的邻居，名符其实。我只不过是个外来人，是她的临时房客。

我注意观察了很长时间，这两个女人彼此不说一句话。两个人中较矮的那个更迟钝些，无时无刻不在流口水。早上是她先起身活动，来回进出她们住的房间几次，还有一次出了大门。她早上是穿着裤子活动的，太阳出来以后她又搀出同样穿裤子的高个子。她把她搀到墙根坐下，坐下后她们彼此就极少交流了。她们各坐各的。她看天时，她可能已经在打瞌睡。我还注意到她们各自的位置是固定的。

这样大约坐了两小时以后，她们开始坐不住了。高的扭动脖子，矮的则把手伸到衣服里用力搔痒。动了一阵，高的从衣服的什么地方摸出一个小铁盒，小心翼翼地扭开盒盖，轻轻地倒出一点东西在左手拇指甲上，然后把这个拇指甲再倒进鼻孔里。我看她用力地吸了一下鼻子，脸相怪模怪样抬向空中，过了好一阵用力打了个喷嚏，神态极满足。这个全过程被矮女人看在眼里，迟钝的脸上也露出了羡慕。

我不知道这是否就是鼻烟，可我看得出这是她们极其重要的一份精神享受。高个子又在重复刚才的准备动作，不过这一次她是为同伴准备的。当她把拇指伸向矮个儿鼻孔时，我看得眼睛都湿润了。矮个儿的鼻涕沾了高个子的拇指，高个子全然不顾。她像自己吸一样专注，一直凝神看着矮个儿打出喷嚏。

非常可惜，这一幕到此为止，我甚至在以后几天里也没看到第二次。于是她们又回复到一贯的姿态，坐着不动，各坐各的。

天近中午时开始热起来，又是矮个儿先动手脱了裤子，接着敞开怀，让阳光尽情抚摸。高个子脱得晚一些，她比矮个子更瘦。她们已经晒得非常黑，肤色看上去已经完全没有质感了。我不明白她们为什么这样迷恋阳光。

午饭是矮个儿去取来的，是个搪瓷钵，舀了满满一钵糌粑面。矮个儿女人又拿了一钵水坐回到自己的位置。两个人不声不响，各自用水把糌粑捏成团，之后放在嘴里一块，有板有眼地咀嚼一阵，最后扬起脖子费力地咽下去。

我看得出她们食欲都还好。

饭后她们东倒西歪地睡了，睡得很沉，相信打雷也不会惊醒她们。大约两三个小时以后她们才会醒来，先是坐着伸伸腰腿，以后就又不再动作，安静地坐到太阳西斜。

她们两个都不去球场。她们先搀扶着到大门外走一遭，估计是解手，回来就进到自己屋里，关上门一直到次日早上。我想，她们不至于每天吃一顿饭，估计早饭和晚饭是在房间用过的。我看到，她们用的水都是我的女房东用一只小木桶提来的。她们不烧茶。

有时，男孩也自己走出去，走到她们俩跟前。这种时候离男孩近的人必定要伸出手，拉住男孩的小手。我注意到，她们都不抱他，可是看得出她们也都爱他。她们愿意把自己的时间匀出一些给他，假如他有事要她们帮忙，我想她俩谁都不会拒绝的。

开始我没注意到下面的房子里也住着人，而且不止一个两个。她们都很少说话，动作也都轻轻的。我先是听到一声门响，才知道下面还有一个活生生的世界。我看到的先后有五个老年妇女，她们都是单个行动，不声不响地进进出出，就像哑剧中的配角演员，也像幽灵。看得出，她们在这里都没有亲人，她们一些人混住在一起，可是她们互不往来。我甚至想到连她们的灵魂都是孤独的，如果她们真有灵魂的话。她们的头发全都花白了。

她说下面总共住着六个人，"但是有一个已经全瘫了很久，她从不出屋。"

"她们都不会说话吗？""都说话。她们很少说话，没有什么可说的。""还有，楼上两个人也都不说话。""矮的想说说不出，高的能说不想说。""都是藏族吗？""有一些汉人，有一些回族，有一些珞巴人。""你不是说，没有人会说汉话吗？""是这里土生土长的汉人，他们说藏话。这里没有人说汉话。""下面那些老人出去干什么？她们都出去。""我也出去。我们出去转经。村子西面有两棵神树，我们到神树转经。""你信佛？"

话刚出口我就后悔了。我马上意识到我犯了错误。那两棵树很高，我只是远远看过它。

"我总得做点事。我不能像她们，"她用手指指隔壁房间，"那样总是晒太阳。"

我心里有什么东西被拽了一下。

10

"这两天，村里人都说老哑巴疯了。平时他除了爬山很少出门，可他两天不爬山了，一大早就在村里转来转去，他从来不在村里转来转去的。他不停地走，大家都说他疯了。"

"他为什么要在村里来回走呢？"

"没有人知道他为什么转来转去。他从早走到晚,可是他再也不去爬山了。"

"也没有人知道他为什么爬山吗?"

"没有人知道谁为什么爬山,没有人知道谁为什么转经,没有人知道谁为什么晒太阳。"

如果我不是自作多情,我敢断定他是在找我。我是知道他一些底蕴的人,他一定后悔不该让我知道,他慌了。也许他要做出什么举动来弥补他的饶舌,我想起了两天前的上午,想起那个可以直着腰走进去的山洞,我觉得汗毛孔发炸,头皮针刺一样钻心地痒。

"我说我读过书,我认得许多汉字。"

"你说什么?"我心绪烦乱,我不知道她说的话的实际意义。

"你有点累了。你的病没好。你躺一下,我要出去了。"

"你说你读过书,你说认得许多汉字?"

"你睡一会儿。你白天总要睡一会儿。"

她扶我躺下,自己走到外面。

我不想睡。她为什么告诉我这个?她说话坦坦白白,从不闪烁其词。而且我早就注意到她用语非常简单,但是同时又非常特别。她说话没有疑问,还原成文字没有问号。我是个写小说的作家,我格外注意人们说话的情形,我知道她的情况极为罕见。她的思维跟我们绝大多数人不一样,我们的思维尽管跳跃幅度大,总是有问号。没有问号的思维真是一桩奇迹。对她来说,现存的一切都是现成的,一目了然没有任何问题。刚才她说她读过书。

头疼。

房间里闷得太久了。我要出去走走。我想她一定已经走了,我不希望在门口或是在村里碰到她。离黄昏还有一段时间,村里几乎没有人走动。她什么也没有说,我猜她不一定又去转经。我来以后,她说的那个打篮球的小个男人没来过。听说话的口气,那是她的男人,他不来,难道她不会去?也许是我胡思乱想,我想说我考虑到这个问题时不掺一点妒忌成分。我拿不准，我这样说是不是有点此地无银三百两？不管怎么说，我认定了她是去找他。

我的打扰一定使她烦了。我在她家妨碍了她的正常生活。我是否应该考虑不再住她那？这两天我睡卡垫，孩子睡睡袋，好像她一直没睡过。我睡下的时候，她坐在地上拍孩子，我醒时她已经在屋里屋外做什么事了。这几天我非常能睡，躺下一觉到天亮，夜里即使天塌下来，我也只能稀里糊涂睡着去死。

有人跟在我身后。距离还远。

我不回头。我知道那是谁。我慢慢走，等着他逐渐走近。他不走近，估计他也放慢了步子。我不知道他为什么如此。我决定给他来个突然袭击。

我给自己下了口令。我按口令也按规范向后转走，我们面对面了。我大步向他走过去，我认定他会惊慌失措，他不会料到我这一手。我很快走到他跟前。我站下了。

我说：" 你两天没去爬山了。"

他竟全不理睬我，视若无睹地从我身旁走过去。我呆住了。过了好一阵我才想起，他是哑巴。他在这个村里当了几十年哑巴了。他不会轻易改变这个形像。看来是我唐突。尽管村里看不到人影，可谁也不能说我和他谈话不被人撞见。我决定再和他几次交臂而过，我抄近路截他的路，我也像他一样在村里走了几回。

后来他不再转小路，他回自己住处去了。

我不想跟着他，但我注定要到他住的地方去一次，这是后话。

又快到黄昏了。我开始往回走。这时我才想起刚才没有结果的问题：我要从她家里搬出来吗？这不仅仅是我一个人的问题。

我决定，这件事由她来决定。

走上台阶以后，我完全没想到会看到打球的小个子男人。他在逗他的儿子，他回头朝我笑了一下。我发现我喜欢这个人。

我进到屋里，我又猜错了，她不在，说明她不是去找他。我坐到卡垫上，透过窗子看那幅天伦之乐的图画。

虚构

爸爸脸上扮出各种怪相，儿子则嘻嘻地笑个不停。爸爸把儿子从背后举到与自己同高，儿子却执意要扭头看爸爸的脸。显然这是个经典游戏。他们以这个方式捉迷藏，当爸爸的把头躲来躲去，以至脸完全贴上儿子的屁股。

就在这时事情发生了戏剧性变化。爸爸单方面地放弃了游戏，把儿子放到地上。儿子的笑凝在脸上，叫人难以忘怀。爸爸变得惶恐，一副心不在焉的样子，原来是她回来了。

我密切注视事态发展。

她不理他，他也没正眼看她一眼。他只一味看着脚下。她从他身边走过去，弯身抱起孩子往屋里来，他匆匆忙忙瞥了她母子一眼转身出了大门。这又是怎么回事呢？

晚饭我拿出一筒猪肉罐头打开。我看着她们母子几下就吃光了。我心里很痛快。她有点不好意思，说："好吃。"

11

这个晚上我没有睡意，我想大概是因为体力逐渐恢复的缘故。我照常先躺下，我盖着她们仅有的一床羊毛被。我为了不使她在意，把脸转向里面，我一动不动地躺在那儿。

房间里黑黝黝的，能见度很差。我从声音判断她已经躺下，好像就躺在我旁边不远的地上。我强忍着不翻身看一下她铺盖什么，夜间很凉，我心里非常难受。

我一动不动地躺着，睁着眼。我渐渐习惯了黑暗，我数数儿消磨时间，一百为一单元，我一直数到三千三百三十三。我还是睡不着，我听得出她已经睡了。于是我轻轻转过身来。

竟有微弱的月光从窗子照进来，我想一定是弯弯的月牙。借着月光，我看到她裹了一件翻皮毛的藏袍，她的脸侧向外面，只听见酣睡的鼻息。

她的一条光腿从袍襟伸出来，圆滚滚地泛着浅浅的光泽。

气温很低，我露在外面的脸是最敏感的温度计。我的鼻尖冰凉，身子在羊毛被下蜷缩成一团。这时我看到她露在外面的腿下意识地往里收缩了一下。她肯定比我要冷得多。

我毕竟是个五大三粗的男人，我受不了这个。我有羽绒服，没有羊毛被我怎么也能应付过去。我凭什么？我一骨碌坐起来，用脚试探着找到鞋，我把羊毛被轻轻盖到她身上，特别为她盖上裸露的小腿。

我重新坐到卡垫上，心里涌出莫名的温暖感觉。我坐着，看着充满月光的小窗，一点也不想睡，甚至不想躺下。我索性闭了眼。

我想起她坐在门槛等着我回来，想起她关了门以后我的胡思乱想。我觉得我认识她已经一辈子了，这些事是那么遥远又那么亲切。我弄不明白她怎么把我的背囊找回来的，还有她像先知一样告诉我那天夜里会下雨。想起下雨我仍然禁不住从心里打战，我于是又想起厚厚的羊毛被沉重地压到身上时那种感觉。我这时觉到了羊毛被的温暖又带点膻味儿的覆盖。我不睁眼，我怕我再从那种感觉中走出来。

盖在膝上的羽绒服掉到地上，我无意捡起，我凭直感知道她紧靠着我的肩膀是赤裸着的。我们披着羊毛被坐着，彼此无话可说。

我是男人，应该是我。我把手放在她的大腿上，她把手放到我手上，我们不约而同地在手掌上用力。什么都不需要说。她全身光着，我们干吗还干坐在那儿？让羊毛被把我们两个人一起覆盖吧。这个玛曲村之夜是温馨的。

我永远也忘不了她做爱时的激情。我知道这种激情的后果也许将使我的余生留下阴影，但我绝不会为此懊悔。我当时并不清醒，我的理智早被她的热情烧成了灰烬。不过如果有机会让我重新选择的话，我还是不要那该死的理智。我做了一次疯狂的奉献。后来我们睡了，在梦里我们仍然紧抱在一起，羊毛被使我们浑身汗津津的。我们睡得真沉。我真心希望就这样一直睡到来世。

非常奇怪的一件事是我既然在沉睡，又怎么能去希望呢？我向来不问自己这类傻问题。

太阳又升起来了。

我已经躺了很久,我还有许多事要做。

12

我想知道我到玛曲几天了,我以为这是件再容易不过的事。可是我掰着手指算了又算,仍然算不出个一二三来。我的时间观念依赖钟表。我来时匆忙,竟忘了带手表,我的手表有日历。我记得我是过了"五·一"从拉萨出来的,五月二日,路上走了两天应该是五月三日。

我倾向借助现成的事物来假设。我喜欢时间上用七;重复的经验,六比较合我的意。我凭直感断定,我在玛曲的时间已经过了一半,我就假设是四天吧。那么今天应该是第五天。说实在话,我不太喜欢五,这是个带着阴郁色彩的数字。不过这没办法。

早上阴天。云层很高,又高又稳,看来短时间不会转晴。我首先否定了要搬出她家的想法;其次,我决定今天要做的第二件事是到神树去。第一件昨天就决定了的,我记得老哑巴的家在村子的西南角上。

我要先确定一件事。我站到大门口向北翘望,如果我猜得不错,他这个时间应该在爬山途中。我站了很长时间,细心地看了又看,我得承认我感觉出了毛病。没有他的影子。

我以为昨晚他已经找到了我,他大概就不会疯疯傻傻地在村里转圈子了,他一定会重新回到原来的生活节奏,他应该在今早来爬山。

看来,应该——仅仅是一种愿望。

我不想耽搁,我辨别方位,走最近的路,我走到他住的房子只用了一支烟的时间。

他的房子非常矮小,且没有一般藏式房屋必不可少的院墙。他的背驼得那么厉害,肯定与长时间住在这个小房子里有关。

门虚掩着。我没敲门，我不想让屋里的人有所准备。我想突然闯进去，也许我会发现什么奇迹。我推门和移动脚步都很轻，不留心绝对不会注意有人进来了。进来的这个瞬间我才发现我失策了。整个房间没有窗子，能见度极差。这样，屋子里的人看我一清二楚，可我由于刚从强光下进来，眼睛不能适应，什么也看不见。我只知道头碰到屋顶，我低下头。我还听到一种叫人恐怖的声音，像恶狗扑食时发出的那种低吠。我感到紧张，浑身钻心地刺痒起来。可是我不便退却，我要是就这样退出来就太荒唐了。我决定站着不动，我知道用不了多久我的眼睛就可以适应。

这一次我没错。几分钟以后我可以分辨出屋里的情形了。他不在。在他睡觉的卡垫上卧着一条老狗。那真是一条老狗，已经老得一目了然，牙已经掉光了。然而它到底是狗，它的记忆里肯定深深刻着往日的威猛，它用只有威猛的动物才可能有的声音恫吓我。很有效果。它的目光充满敌意，我不明白它为什么这样不友好？它的歹毒毫无来由。

我不在乎它。我甚至不在乎有犬牙的猛犬——我摔跤拳击都搞过，一条狗算不了什么。凭它没牙的老样子，它的吠叫有点装腔作势。我觉得很滑稽。它卧的姿势很特别，细看我才发现它只有一条前腿。是个残废，看来在他这里领残废津贴。我之所以不厌其详地写它，是因为除了它，这间屋子里就再没有什么可以一提的了。另外它的确引人注目，当然这里面另有其他因素。它的耳朵被人用剪子齐根剪掉。

我躺了两天多，心里无聊得要死，我很想找点够刺激的事。我希望它扑上来，好给我一个痛打它一顿的理由。看它那副凶模样，我估计我再向前一步它就不让了。我因此向它前进了两三步，奇怪的是它居然没脾气了，它不再吠叫。我再向前时它开始蜷缩起身体，露出一副可怜巴巴的样子。它的眼神仍然是陌生的。这是个可怜的家伙，我没兴致理它了。

我想在这个有枪又装哑巴又说汉话的老人家里发现点不同寻常的东西，我仔细察看房间的几个角落。除了铁皮炉子、钢精水壶和一堆趴地松烧柴，还有一双破得不能再破的老式皮鞋，一个藏式方桌，一个木桶，一个唐古（糌粑口袋）和两只木碗。墙壁上光秃秃的，没有粘贴任何东西。如果说这个房子里能藏点东西的话，我估计只有卡垫木架的下面。

我单膝跪下，把脸侧贴向地面向卡垫下观望，我发现有件东西。我看不清是什么，但可以断定不是鞋。我走近卡垫，它更怕了，竟将肚皮翻过来向上，恐惧地抖个不停。

我用脚探到下面，没费力气就拨出了那件东西。是个旧军队的大檐帽，前面正中嵌着一枚青天白日大徽章。我这下吃惊不小，连忙把大檐帽重新踢到卡垫下面，心里突突地跳个不停。这时门被推开了，泛滥的阳光泻了进来，不用说是他回来了。

13

他和我一样，他没有马上发现我在屋里。他先转身关了门，这时它突然快活地叫起来，我吓了一跳。他用口对着我的全部细节，我仍然记忆犹新。我不想惊扰他，我决定先开口说话。让他有个思想准备。

"我在这儿等你好一阵子了！"

我以为他会惊讶屋子里有人，他不惊讶，好像我说话他根本没听见。

"你为什么没去爬山？"

他走到卡垫跟前，用手为狗肚子搔痒。

狗显得特别快活，愈发伸展开肚皮，并且尽力叉开两条后腿，我看出这是条母狗，好像从来没下过崽子，因为三对小奶子像公狗一样小而干瘪。没下过狗崽儿的老母狗极为罕见，至少我从没见过。我又一次先开口了。

"你不记得我了吗？"我小声问他。

他充耳不闻，我以为他为了小心，怕隔墙有耳。我再一次放低声音："你不记得我了？"

他只顾低头为狗搔痒，我看不见他的脸，可我看到那狗的发情一般的神态，我心里格登了一下。我不敢想那种假设。

我没法把那个大檐帽、那支盒子枪和眼前这个又瘦又驼的干巴老头联系到一起。我尤其想不出他怎么度过了这三十多年。

我乍着胆子用手碰了他一下，他抬起头，完全是一副痴呆相。这不可能是装出来的，我凭我的全部经验起誓。我怀疑自己的记忆，我不知道几天前山上的一幕该怎样解释。他和她邻屋的矮个儿女人完全处在同一智力水准上，莫非他和他的枪只是我的妄想？我得了可怕的妄想症？我偷眼看卡垫下，那顶大檐帽明白无误地在那里，到底见什么鬼了？

另外一种解释也许能够成立，他真的像村里人说的，疯了？就在这两天里疯了？

我从心里推测了一下时间，解放西藏是一九五〇年，也就是说他在三十六年以前就进了玛曲，那么他为什么躲到这里来呢？难道他不知道麻风病会传染？如果知道（估计他不会不知道）还要进来，那么可以假想他在躲避生死攸关的追捕，进一步可以假想他犯了大罪（不犯大罪不至于冒这么大风险——我的推理）。那么，如果这种推理能够成立的话，他也许是国民党的一位要人，或许这位要人在解放西藏的时候神秘地失踪了。他在这里潜伏了三十六年了，他已经是个寿数极高的老人了。

我这么想的时候，心里开始发抖。假如他就是这样一个人，我现在已经落到他手里，恐怕凶多吉少。不过他似乎无意与我为难，我站在他身后，他一点也不戒备。他一副痴呆相。

我断定，他要么是个精神残废，要么是个最了不起的演员，是个魔鬼和凶恶的杀人犯。

我想溜出来，我不能坐以待毙，也许有机会逃出一条命。我想，他反正不理我，我何不试试运气？我拔脚的那个瞬间，又瞥了他和老母狗一眼。我被那情形震骇了。他的右手食指和中指正抠进狗的阴部。它舒服地闭着眼。

我轻而易举地从这个洞穴里逃出了性命。

我不明白他在家里还怕什么，他即使真的疯了，他说话的功能并没丧失。他总该说点什么吧,特别是疯了以后神经中枢紊乱,控制系统失调了,他不会再怕暴露真实身份。而且他不理睬我,他为什么拒绝承认我呢?

强烈的阳光使我自以为重新回到了我生活过三十多年的那个我熟悉的世界,我从他的小房子走向西边有树的地方,我不愿再去想他,我努力把有关他的全部细节忘掉。

有那么半天时间我做到了。因为神树。

14

村子向西有约步行需要一小时的路程。

我可以看到前面有两个人,这两个人之间也拉开很大距离。我踩在一条小路上,小路很窄,只能容人单行。这里砾石滩还算平坦,完全不必非循着小路走,可事实人们只走这条小路,这条路纯粹是日久年深踩出来的。我不想另辟蹊径,走现成的路也是惯性使然。

地势渐渐高起来了,我一路上坡,有点喘了。我站下歇息,回头看玛曲村。玛曲村了无生息,像一小片被遗弃的废墟。玛曲村处在一大片泥石流砾石滩上的边缘,远看那些小房子很像一些大块漂砾。这片石滩上很少泥土,因此也很少绿色的草皮。这里很像一块年轻的泥石流滩地,好像刚刚发生过翻天覆地的变化。然而身后那两棵大树提醒我,上一次山川剧变至少是千百年以前的故事。

后面又有两个人跟上来,由于上午顺光,我可以看得出是两个女人。她们都拉开距离,远远地相跟着往这边走。

我继续向前去,到神树已经没多远了。

这两棵树连根并生,极其粗大,是我所见过的最粗的树。我叫不出这树的名字。强光下它们簇拥着一大片阴凉。它们的绿叶非常鲜亮耀眼,可叶子生在很高的枝干上,看上去又过分遥远了。我听到一种悦耳的敲击声。

树下有几个人,缓慢地绕着树基逆时针转动。我抓紧拿出相机,从各种角度拍了几张。看来我的举动并未引起他们的注意。我记得,在拉萨转经的人们总是顺时针方向转动,我不明白其中的道理。还有拉萨转经不分男女,可这里却全部都是女人。我的照片可以记录下这里的情形,我带的是日本原装彩色负片,富士胶卷。前后有六个女人走进了我的取景框。

远景摄完我走进树下的阴影,这时意外地发现有个男人坐在两棵树的夹缝里。我非常惊奇居然会是他!那悦耳的声音是他弄出来的。

转经的人们另一个与拉萨不同的,是她们没有捻珠也不唱诵六字真言。她们几乎是闭着眼在走,步履机械有板有眼,她们的年龄都不算小了,我估计没有少于四十五岁的。当我刚断定她不在她们中间之后,她跟在我后面进入了转经行列。

她不看我,她像她们一样闭着眼,两腿机械地向前移动。别人那么虔诚,我不好意思一个劲儿地东张西望。我尽量不扭头,但我忍不住用眼角观察这个庄严的场面。

他在用锤子敲一块石头,那是一尊未完成的雕像。是个人头浮雕。想不到他是个造佛的匠人。树基周围没有经幡或哈达,有的是圆圆的小石子,有几十个浮雕人头像均匀地摆放在树基周围。我凭着不多的佛学知识,可以知道它们不是释迦牟尼、松赞干布和莲花生大师。它们甚至不像神态各异的欢喜佛。但是无论如何他造出了一些偶像,这些偶像与神树共存,供人们膜拜供奉。

我一路过来,阳光晒得浑身刺痒难禁。我本来该在阴凉下歇一歇。我奇怪我这样跟着她们转了许多圈之后,搔痒不知不觉消失了。

好像她们每个人都规定了转一定圈数,我看着先来的陆续走了,后来的也都走了,看太阳应该是吃午饭的时间了。我成了转经人中最后一个。她也已经走了。她走时也没看他或看我一眼。我觉神清气爽,心情也平静得像一泊碧蓝的湖水。如果不是他向我摆手,我也许会继续转个不停。

他的话我不懂，可我懂了他的手势。他要我为他照相。我当然乐于效劳。我用手势让他继续凿雕石像，我从两个角度拍下了他工作时情态。然后又为他拍了全身正面留影照。

我感到了他的善意，他对我是友好的。我们一路往回走，路上彼此没有任何交流。这时有种颤动从我心底处传导出来，我无端感到了深深的不安。我不知道缘由，我只是觉得要发生什么事，是大事。我们进村前分手，临走时我送了他一瓶猪肉罐头（和昨晚在她家吃的一样的），他高兴地收下，并且表示要送我一尊石浮雕。这真是意外。我心里兴奋得发抖。

15

说不清道理，我觉到了即将离开的怅然。我第二次在黄昏来到篮球场。我虽然还没决定明天离开玛曲，但我凭直感知道这是我平生最后一次在他们中间。他们虽然和我们同时生存在这个星球上，各自的世界彼此却是不相通的——他们是弃儿。这么说很残酷，事实如此。

我知道，这里差不多集中了全村人，只有少数严重痴呆患者和老年妇女不在。我想在他们中间走一走，每张面孔都多看上两眼，看看他们中的一部分男人打球，看看其余的人自愿成为热情的观众，我不再怕别人注意我，我在人群中慢慢踱步。我注意到许多年轻女人或壮年女人都有好几个孩子，并且大小差不多。

这天夜里，我问她："我听说，好像，病……我是说你们，你们的病，传染？"

她说："我不太知道。别人怕我们。"

我说："听说特别遗传传染。就是，病人生孩子，孩子生下来就是麻风病人。"

这是我们谈话中首次提到病的名字。

她说：“都这么说。没别的办法呀。”

我说：“我见到好几个女人都生了很多孩子，她们不生不行吗？孩子生下来就是病人，做母亲的心里就不难受？”

"她们没别的办法，她们只得生了又生。"

"她们不懂，你也不懂？！你不是读过书吗？你为什么也要生？你太不负责任了。"

"不生也得生。也许我又怀上了，怀上你的，用不了多久我又要生了。"

"那就不要怀，不怀！"

我没发现我的歇斯底里又发作了，我的声音又重又疾。

"这种事情由不得女人，你应该明白。"

"那，那——为什么——不避孕？"

"你说的什么我不懂。你再说。"

我忘了我在什么地方。这种新名词新概念我怎么解释明白呢？我越来越不近人情了。

我说：“那就不要……男人女人就不要在一起睡觉……”

"那么还干什么？这里的情形你都看到了——除了男人打球，除了和男人睡觉，你说女人还干什么？年轻女人没有别人去转经，只有我跟那些老太太们去。男人没别的事可干，女人也一样。让你说，不干这种事他们干什么？"

我想提醒她，为孩子们着想。我马上又觉得这话太空洞。我缄口了。

后来我想起告诉她，打球的小个子男人要送我一尊石浮雕像。她轻盈地笑了。

"他喜欢你。你叫人喜欢。"

她的话使我恼火，我又不是三岁的孩子。我不喜欢对我说这种话。我意外地发现了一个非常重大的变化：她刚才也生气的时候用了一连串的问号，一连三个"干什么？"这个发现使我无比欣喜，虽然别人会认为这根本算不了什么。我知道这个变化的意义。我不知道是否该把我的观察和发现告诉她，我没想好。

她说："你知道他喜欢你。"

我郑重其事地点头首肯。

她说："你不知道他是珞巴人。"

我的确不知道。我故意用极平静而又冷淡的口吻说："我不知道。"

她说："他们不喜欢珞巴人，他们不让我跟珞巴人来往。他早就不和我来往了。"

我不便问她说的——他们——指的是谁。她不解释有她的理由，也许不便解释吧。我又回忆起第一次在球场，她自豪地说孩子是他的——还有那次在她家里他们彼此冷淡。因为别人（他们）不让，她就抛弃他，这个事实使我生她的气，恨她，鄙视她。这时我真是不带一点妒忌地考虑这些事了。

我说："你叫我愤怒。"

她说："你常说我不懂的话。"

我说："我为这个恨你，生你的气，瞧不起你！这下你懂了吧？"

她说："你瞧不起我吧。"

她这么说，我竟不知道说什么好了。

最扫兴最最扫兴的还在后面。做爱之后，我气喘吁吁精疲力竭，我尽了全力。

可是她说："你长得强壮是假的。你不如他。他到我这里干一夜不会喘得像你这样。"

我能告诉她我有高山反应吗？这种为自己的无能做辩解的话，我说不出口。

16

临睡以前，我又觉到了那种发生在心底深处的颤动。我开始把它当成了放纵的激动,我以为我过分累了。她已经睡得浑身松弛了,她的胀鼓鼓的胸膛和大腿贴紧我,我爱它们。我不在乎她乳头已经烂掉。我早就知道她的手指脚趾也都烂掉了半截。她是个温馨的女人,这比什么都要紧,我还知道另一件也很要紧的事——就是她爱我。有那么一个瞬间,我甚至想过留下来,留在他们中间,留在她身边。

我对自己说起了宽心话,我说那不会是什么凶兆,我希望(非常非常)我最终能说服自己。只有那样我才能入睡。不会。不会。不⋯⋯会⋯⋯不⋯⋯我在不知不觉中战胜了失眠引起的无端恐惧。我把握十足,只要我一旦睡过去,再睁开眼时一定已经光明朗照。

那种颤动带来的不安,随着满天的阳光化入虚无中去了。早晨又是一个艳阳天。

从昨天上午去神树,我已经把老哑巴的事忘得一干二净。我睁开眼第一个念头就是复习昨天在老哑巴家的情形。

我一个细节一个细节地重新咀嚼。

国民党军官帽。淫狗。痴呆相。

还有那天在街上,他和我视若不见,失之交臂。我认定我发现了问题的症结。

半小时以后,我走在老哑巴踩出来的小路上。我故意穿上砖红色羽绒服,我不紧不慢地往上爬,一边爬一边停下来回头张望。早上阳光出来天就暖了,这时我觉得很热。

于是我坐在半山休息。我特别坐到一块突出的山石上,这里可以清楚地看到整片白褐色的砾石滩,看到砾石一直推进到江边,看到江边两幢火柴盒似的小房子,看到暗绿色的稳稳流动的江水。对面的山迤逦起伏,比我身后的山要矮一些秀美一些,已经泛出嫩鹅黄色。

我收回目光,我看到那个小小的人影在村子里快速移动,我知道他来了。我到底成功了一次。他已经出了村子来到山脚下,我有意要他着急,就起身奋力朝山上奔去。

我回头看他,他简直拿出了拚命的架式,我心里不免有几分得意。

我索性躲到一块石丛后面，脊背贴着凉爽的石面坐下来。我忘了他是个古稀已过的老人了。

他已经到了跟前了，我听得见他的喘息。

我从石丛后闪出来，心平气和地站到他跟前。他看到我就泄气了，一屁股坐到地上。

他汗如雨下，满脸惊恐。我突然从心里涌出怜悯。我深知他不值得怜悯，他心里有鬼，这样拼了命地爬山是他自找的。他实在可以选择另外一种方式生活，那样起码他不至于整个一生都提心吊胆。

我低着头看他。他实际年龄大概有八十岁，老年块斑已经遍布他脸上、脖子上和手上。他仍然是不清醒的，他的眼神混浊，瞳人的光点几乎已经散尽，他已经完了。他在喘息。

我很奇怪他四天前还那么结实，他那时让你觉得他还有一种咄咄逼人的架式，他喋喋不休地讲这讲那，可是刚刚过了四天呵！过去的三十多年对他来说也许更残酷，毕竟他活过来了，我想不出这四天怎么会置他于死地？

也许他一直都是个痴呆患者（这种生存环境无疑是培育痴呆症最适宜的土壤）；也许只是由于一个说汉话的人的到来，启发了他压抑了几十年的说话欲望；也许他发泄了这一次他就再也不会复原。什么是不可能的呢？

他能在这个满是麻风病人的村子里生活这几十年，这件事本身就是不可思议的，何况他自愿封住嘴做了哑巴！哑巴说话了，说了也就完了，就这么回事。他到底是不是麻风病人，我无从确定，他的病症不明显。但我可以确定他是典型的精神病患者，他完全崩溃了。

我说不准我这时的感情。也许他曾经是个罪大恶极的逃犯，也许他什么坏事也没做过，无论如何他自愿躲进玛曲村肯定有重大隐秘。我不想知道他是谁，不想知道他干过什么。我只是不能容忍他选择的这样一种生活。

出乎我的意料，他再一次开口说话了。

"我是个哑巴。这里的人都当我是哑巴。我怕我早把汉话忘了。跟你说话的时候我敢肯定我还记着。你看我有多大年龄。"

"你多大年龄？"

"说你第一眼的直观判断。不要怜悯我。不要说那些想使我高兴一点的话。你告诉我实话。你应该知道这没有关系的。"

"我看你有八十岁。听见了吗八十岁？"

"我爸亲有钱。是我自己不想再读书了。这里没有人看出我读过书。我爸亲是个做生意的印度人。"

"你妈妈呢？阿妈——母亲？"

"我不说话。后来也没人跟我说话了。他们当我是聋子。叫什么名字有什么关系呢。这么多年我没名字一样活着。我爬山他们都当我是傻瓜。"

"他们不知道你为什么爬山。"

"你肯定不相信我有一支枪。"

"我知道你有枪，二十响盒子。"

他眼睛直直的，他无法重复四天前他说的那些话了，我截住了他要说的。

我说："你要吃点心吗？我带了点心。"

他好像想了好一阵才说："点心。什么叫点心？"

我从背包里拿出两方军用压缩干粮，递到他手里。他把它们看了又看，抬起头看着我。

他说："你肯定不相信我有一支枪。"

我说："二十响盒子，我相信。"

他显得非常沮丧，他把干粮往石头上敲，逐渐敲成了碎末。他抬头看看我，接着敲碎第二块干粮。他这次不抬头了。

他低声说："你肯定不相信我有一支枪。"

我本能地抑制自己不去接话。结果我却说了一句反话："我当然不信。"

虚构

他骄傲地补充说:"二十响盒子。"

我说:"我还是不信。"

他说:"我们一会就会看到了。我放的地方雨淋不到。没一点锈。没人知道。从到这的第一天我就爬山。这条路就是我踩出来的。"

直到这时我才有一点觉悟。他说的每一句话我都不是第一次听见。我无论如何不想让四天前的情节剧重演,我对我扮演的那个角色实在没有信心。我不想听到他最后那句台词。

他说:"可惜只有六发了。真不错,几十年了。"六发是上次,这次就只剩五发了。

这一次我过虑了。他始终没有从地上站起来,看来这次爬山伤了他的元气,他太老了。

估计他短时间很难恢复,我先下山了。

17

也许是心虚,怕背后挨冷枪,我下山的速度很快。我产生了错觉,我感到整个山坡都在向下滑动。我知道我有点头晕,我体力没完全恢复,不应该这样急上急下。

我回头时,已经看不到老哑巴了。但是为慎重起见,我还是躲到一块巨石后面去休息。我心情紧张,加上累,总感到心里抖个不停。我不喜欢这种感觉,因此又一次产生了毫无来由的不安。我眼也花了。我看着整个砾石滩正滑离大山。我恨这种感觉,我宁可累一点再累一点。我继续往山下去,也不时地回头看看,我看不到他的影子。

一路上我几次劝自己不要心慌,要稳住脚步。我步子却一次又一次加快,我真怕了。

我没回她家,我想起前一天要办的事。我想起她说他是珞巴人,怪不得他的话我听起来有点特别。我想我大概可以找到他住的地方,村子总共那么十几二十多幢房子，我又在这里待了一些时间。估计没什么问题。

她昨晚说：你知道他喜欢你。

我当时点头了。其实我不知道。他待我比较友善，这我看得出来。可他肯定看得出我和她的关系，他会不会认定我抢了他的女人呢？我不了解这里的习俗，不过我估计世界任何地方的男人都不会对这类事安之若素的。他会例外吗？她夸他能干时，我反正心里不舒服。

我看得很清楚，对于她来说，她不属于任何一个人，她是自由的，她属于她自己。而他似乎对此没有表示异议。

我却不能那么达观，我甚至不能忍受在想象中她属于别的男人。我不是她的男人，我只是她的房客——一个男房客——如此而已。可我自作多情，心里打翻了醋瓶子。她为他生了孩子这个现实使我越来越不能忍受了。我居然为了争这口气，认真地盼她也为我怀上孩子，顶好也是个男孩。我相信准比他的儿子要好。想到这些，我几乎不再想找他了。

不行，他的石刻太让我着迷了。况且我已经送过他礼物，接受他的礼物，我以为也在情理之中。虽然我深知彼此的礼物不是等价物，我没道理心安理得地借用交换法则平衡内心。我不想那么多，我反正一定能找到他的住处。

我在玛曲村里要找一个人可没那么简单。

首先我语言不通，其次村里没人走动，各家各户闭门不出，我没有想到去敲人家的门。我空转了一圈，最后还是决定回去问她。

我这时发现我有点怕见她。昨晚睡觉前的谈话使我们拉开了距离。我们到底是两个世界里的人，各不相通也各不相扰。两个人抱在一起做爱的时候产生了一些没有益处的幻象，比如麻风的传染或预防，比如谁属于谁，再比如莫须有的爱情以至为了爱去献身等等。

我实在只是个写小说的拉萨居民，时而有一点超出常规的浪漫想法；我读过几本书，了解一点人道的零星内容，于是我真的浪漫主义起来，天马行空地瞎想一气，再没有比我更没用的人了。我隔一段时间，总要像昨晚那样慷慨激昂一阵子，发烧发热，发一顿人生感叹，发一堆大道理，之后就凉快下来，该干什么还干什么，夹起尾巴老老实实地做人。

我吼了一通，之后拍拍屁股走了。解决了什么呢？避孕还是遗传传染？或许我还要留下点麻烦。我没有能力改变玛曲村的生活现状，又在这里施放文明药粉，结果是很难想象的。现在想来，我的话一定伤了她的心。

等等，他是珞巴人，她说过他是珞巴人。珞巴人是不习惯住在石头房子里面的。他如果仍然承袭珞巴人的习惯，应该住木头房子。

村里有两幢木头房子这我早就知道，只不过没格外注意就是了。看来这两幢房子应该住的珞巴人。

两幢房子是并排的，相距不远。我来到房子南面，一个门开着，门口趴着一条大狗，是那种一看就令人胆虚虚的家伙。我可不愿招惹它，我先去敲关着门的房子。

随着一声应答，门从里向外推开了。出来的女人个子极矮小，但模样秀气而且年纪轻，一身典型的珞巴女人装束。我又不知道该怎么办了。她肯定不是麻风病人，她对我的来访显出惊诧。她相对来说肤色白一些，看来很少出门。我只能用汉话问她。

我说，你男人在吗？

她摇头。我觉得她好像听出了我的问话，她摇头不是表示听不懂，而是告诉我：不在。

我说，他到什么地方去了？

她马上用手指着西边。看来他还在村西的神树造佛。她指着，并用另一只手比划，告诉我很高，我认为她在说那两棵大树。

我说，他是你男人吗？

她连连点头，显出充分的自豪感。

我这时看到她身后有个男孩子，个子齐她胯高，精瘦得像个猴子。这孩子长得跟他一模一样，只是瘦成一把骨头。还有，这么小的孩子眼睛太大了。孩子尽力往母亲身后躲，又忍不住偷着看我。屋里传出一声婴儿的啼哭。她马上丢下我和小男孩，转身去照应婴儿；男孩吓得紧跟在她后面。我就势进了屋子。

我不想细致描写屋子的情形，那样太过分残酷了。我在这里只能讲另一件叫人同样难过的事。我在这个屋子里发现了六个孩子，一个比一个小，看来都是他和这个女人生的。

我不忍细心察看，其中几个有病兆？我反正心里堵得死死的，我也看到了昨天我送给他的玻璃瓶罐头。他把它放到一个孩子们够不到的地方，像是当成了供奉物。

我不能再待下去了，而且我也注意到这房子里没有他的石刻作品。我决定再去神树。

这时又快到中午了。大狗在背后低吠。

18

我站到村西，我看到有几个人往村里来，是那些老年妇女。我没往前走，我不愿破坏这里所有现成的东西。这条路是一脚之路，我迎面过去势必另外踩出一条路。不能那么做。

在她们进到村里之后我仍然没再向西去。我独自站在村边，大约等到过了中午才看见他捧着石头从远处走来。看来石头很重，他走走停停，我看得满眼泪水。

他也看到了我，他又那样友善地笑了。这一次我知道了，他真的喜欢我。我更喜欢他。

这就是他昨天一直在刻凿的那尊。一对极度夸大的眼睛，完全是表现派技法；鼻子只有又短又窄的一条，没有嘴，却有一个尖削的下巴。奇怪的是前额。宽宽的额面正中，非常形象地用刻线画出一座山。

他把它郑重地递到我手上，忽然迎面跪在我脚下。我连忙把石刻像放到地上，伸手去扶他。我弄明白了，他在拜石像，这一定是他的神。是他们的偶像。我像他一样跪到他身后；最后他站起来，头也不回地走了。我好一阵没动，我想起一句藏话，朝着他的背影大声说：吐切齐！

（谢谢！）他回一下头表示听到了。这时我在心里却在说着：再见。再见。

19

读者朋友，在讲完这个悲惨的故事之前，我得说下面的结尾是杜撰的。我像许多讲故事的人一样，生怕你们中间一些人认起真；因为我住在安定医院是暂时的，我总要出来，回到你们中间。我个子高大，满脸胡须，我是个有名有姓的男性公民，说不定你们中的好多人会在人群中认出我。我不希望那些认真的人看了故事，就说我与麻风病患者有染，把我当成妖魔鬼怪。我更怕的是所有公共场所对我关闭，甚至因此把我送到一个类似玛曲村的地方隔离起来。所以有了下面的结尾。

我有一尊那样的石浮雕刻像，是件珍贵的珞巴艺术珍品。我就不讲来历了吧。

我到过西藏境内许多地方。西藏是一块年轻的高原（地质学家这么说的），随处可见壮观的砾石滩。砾石滩是我喜欢的素材，我可以由此激发灵感，而且它是有生命的。

我老婆是个新闻记者。在一次会议采访中她认识了一位女医生，她在麻风病医院工作了一年多时间。我老婆听她讲了一些医院的事，回到家里又告诉我。我老婆和我无话不谈。

我碰巧又读了一本法国人写的书，叫《给麻风病人的吻》。我对这个耸人听闻的题目很感兴趣。后来我不巧又读了另一本英国人写的书，也是写麻风村里的，叫《一个自行发完病毒的病例》。

不久前我又去藏东南，当时春风正劲。雅鲁藏布江稳稳地东流，江水澄碧，几只白色的高原湖鸥在水面漂亮地掠飞。我身后是高拔的大山，身边是个牧羊的藏族小姑娘，我沉醉在她的牧歌里。我和大山之间有一种默契，隔着一望十几里的砾石滩我们无言无声地交谈。

我坐车返回拉萨。开车的司机是个朋友，他说他跑遍了全藏。有一段时间他不爱说话,我问他怎么了,他说刚才经过的地方向北走十里是麻风病村。他还说,他曾经在这里搭过一个病人,是个胖墩墩的女人,还抱着孩子。

这些事都让我碰上了,该着我当作家,谁碰上是谁的运气。我得说我运气不错。

我还得说下面的结尾是我为了洗刷自己杜撰的,我没别的办法。我这样再三声明,也许会使这部杰作失掉一部分光彩,我割爱了。我说了我没别的办法。我自认晦气,我是个倒霉蛋。谁让我找上这个倒霉的素材?找上这个倒霉的行当?当然没别人。我自认倒霉就是了。

下面我还得把这个杜撰的结尾给你们。说一句悄悄话,我的全部悲哀和全部得意都在这一点上。

20

当天晚上发生了一件事。

当时我在收拾东西。我把石刻裹到睡袋里再往背囊里塞,她在一旁帮我。孩子已经不再把我当外来人,他骑在我脖颈上看我们干活,两手牢牢攥紧我的头发。我用手电筒照明。

她说这样太重了。我说没问题,背得动。

她说我再也不会回来了。

她还说他喜欢我,这话她昨晚说过了。

我说我看到了他的女人,看到他和那女人的六个孩子。她说村里还有一些他的孩子。

"他是个能干的男人。"她这样总结。

我不接这样的话。

隔了一段时间她又说话了。

她说,早晨天亮以前常有小鸟在房子上唱歌;她说明天我早早就会醒来，在天亮以前动身上路。她的声音非常平静。

我努力使自己不发出声音，我背过脸什么话也不想说。看来她也并不希望我说什么。

她说，天快黑的时候，她看到老哑巴一个人从山上走回来。老哑巴走过来又走过去。她认为老哑巴跟平时不太一样。

"怎么不一样？"我问。

她说："他走得慢。他平时走得很快，你都见过的。今晚他走得慢。"

我说："他刚从山上下来吗？"

她说："是从山上走回来的，我看见他下午在山上。他过去上午爬山。"

我说："我就要走了。"

她说："你明天早上走。"

我说："是的，明天早上。"

她说："你反正要走。你明天早上走吧。早上别人睡觉，我也睡觉。你早上走。"

我说："我想给你照相，行吗？"

她说："我不懂照相。"

她伸出手掌抚摸自己的脸，动作很慢。我看到她慢慢地流泪了。我突然明白了，她为什么不要照相，她知道自己病后的样子不好看。她是女人呵。我进而想到，也许在得病前她是个美丽的小姑娘，她一定很美。

她说："我不懂照相。"

枪声就是这时响起来的，我知道终于出事了。我说我要出去一下。我走到门口时，她用我刚好听得到的声音说："你早上走吧。早上我睡觉。"我郑重地点头应允。

21

刚才这一声枪响，我就全明白了。

缺月已经走到中天，白生生的，玛曲村沐浴在清朗的月光中。路很平，我于是小跑着穿越整个村庄。我的脚步声惊动了夜游的野狗，结果此呼彼应，全村一片狗吠声。

我发现刚才的枪声没有引起村里人注意，这样总归好些。我跑到老哑巴的房子前面，门大开着，他正从屋里往外拽那条母狗；刚才他把它打死了。他为什么要拽它出来呢？

他用一只手拽狗后腿，像抛弃垃圾一样把它扔到房前的旷野上。从他的动作里我看到了他心底的厌恶。他没拿枪。

我有手电筒，我想我应该抢先把枪找到，这样就可以避免事态进一步发展。我先他一步迈进屋子，同时按亮手电。

地上，卡垫上，我没有发现枪放在什么地方。我看到了那顶嵌着青天白日帽徽的军官大檐帽，已经被人踏得稀烂。无疑是他干的。

他就站在我身边，眼睛随着电光移动。我可以听到他急促的喘息。我相信他不会对我怎样了。当然这种自信毫无道理。

我也想到，他推开屋门以后也许把枪放到外面了，我一个人跟着手电的光圈一步一步来到外面。月光如泻，平滩显得更荒更空旷。

那条死狗像一堆破布，看不出丝毫曾经有过生命的迹象。一个生命的结束就这么简单。

我再也想不出还有什么地方可以藏枪，这几分钟里我的脑袋给枪塞得满满的，完全不能想别的，这就给了他充分的准备时间。我像做梦一样听到另外一声枪响，我模模糊糊地知道枪一直在他身上，是我给了他足够的时间让他从容地把自己打死。

我于是决定不再进到他房里去了。

我决定连夜动身。

我回到她的房里，她已经睡着（或者故意装出睡着的样子）。我轻手轻脚拿起背囊，又用手电在地上照了一圈。我最后把手电关掉，并排放到剩下的三筒罐头旁边。

我想吻她一下，结果我只吻了孩子。我背着背囊出了小门，关门。

又出了大门，关门。

最后出了村子。

22

背囊很重，路很远。我一路走一路喘，我看到前面远处有一点灯光。

我咬住牙不休息，我真是累得要死。累得要死我还是不放下背囊，我连脚步也没停过一下，我知道我要是停下来准会再也站不起来。

那点灯光一直在前面眨眼，好像小时候常捉的萤火虫。我走着走着，竟做起梦了。我梦见了幼儿园里的小情人，我们睡一个木床里，盖一条儿童绒毯，后来我尿了。她大哭起来，后来我忘了我是不是也哭了。我知道我困了，我是困了才尿床才做梦的。还因为萤火虫，因为已经到了跟前的灯光。

我不记得我是怎么敲开门的；我甚至不记得那两个藏族养路工怎么睡到一铺卡垫上，把我安排到另一铺卡垫上睡的。我反正困得睁不开眼了，稀里糊涂地一直睡到第二天上午。

我是被一阵隆隆声弄醒的。我醒了又睡一直睡到太阳老高。我睁了眼以后还在做梦，我闹不清怎么躺在一个陌生的房间里。我看到门口站着两个男人，他们正在张望同时交谈。

我说："嗨，出了什么事？"

那个块头大的告诉我，说夜里有泥石流，北边的山塌了半边。我一下蹿起来跑到门口，只见满眼铺天盖地的漂砾，不过漂砾已经不再滚动了。我再没看到玛曲村，我想泥石流一定也把那两棵大树翻到漂砾下面去了。

那个瘦小的回过身拧开了收音机？我却心不在焉地看着北面。"……我们现在是在北京工人体育场，在这里向广大观众朋友转播——由中国青年报主办的北京'五·四'国际青年足球邀请赛开幕式的实况——朋友们，这一次参赛的有世界足坛劲旅意大利队、西德队、巴拉圭队……"等等，是我说的等等。

"等等，"我发现有什么东西不对头？是什么呢？对了，时间。我知道又出了毛病了。"我想问一下师傅，今天是什么日子？"

块头大的说："青年节。五月四号。"

我机械地重复了一句，五月四号。

一九八六年四月二十五日凌晨北京厂桥

（原刊于《收获》1986年第5期）